미친 놈

모든 일에 미친놈이 되어라.
그리고
百鍊千磨 백련천마요.
열심히 갈고 닦을 때
성공의 시작이며
고난은 저주가 아니라
은혜와 축복이다.

미친 놈
CRAZY MAN

한승주 장편 실화소설②

들풀

초판인쇄 2024년 8월 1일
초판발행 2024년 8월 10일

지은이 한승주
펴낸이 김정선
디자인 북허브

펴낸곳 도서출판 들풀
등록일 2024년 3월 4일

주소 경기도 가평군 청평면 잠곡로 91번길 9
서울사무실 서울시 강동구 천호대로 219나길 29
전화 02-472-0177 010-9430-0177
팩스 02-3281-2768
이메일 han561007@naver.com

ISBN 979-11-987399-0-2
값 25,000원

contents

프롤로그

태초에 남자가 여자를 만나 교제를 하며 뜨거운 사랑으로 생명을 낳게 되었다. 사랑의 원천을 잃고 사는 사람은 비정한 사람이요, 고통과 슬픔은 철장 없는 감옥에서 살고 있는 생명이요, 울리는 꽹과리와 같다. 사랑이 충만한 사람은 남의 허물을 보지 않고, 싸움이 없고 아름다운 것만 보며, 존귀한 생명체를 귀히 여긴다. 또한 우리는 사랑의 힘으로 살고, 희망의 노래를 부르며, 모든 것을 버리고 나누어 주는 삶을 살게 된다.

사랑은 생즉애生則愛다. 인생의 알파요 오메가이다. 부모와 자식 간의 사랑 혈족애血族愛, 형제자매간의 동기애同氣愛, 친구 간의 우애友愛, 남녀 간의 연애戀愛, 사제간의 사제애師弟愛 등 사랑으로 살아가는 것이 인간의 본능이다.

인간은 빵만으로 사는 동물이 아니다. 빵이라는 육체적 양식만으로는 만족할 수 없다. 사랑이라는 정신적 양식을 먹어야만 행복해질 수 있다. 사랑은 우리 생애의 활기요, 환희요, 정렬이자 행복이다.

사랑은 4가지의 눈을 가지고 있다고 생각한다.

첫째는 인생을 넓게 보는 역사적인 눈이요.

둘째는 사물을 바로 보는 과학적인 눈이요.

셋째는 존재를 깊이 보는 철학적인 눈이요.

넷째는 모든 것을 아름답게 보는 예술적 눈이다. 이러한 눈은 혜안慧眼이요, 슬기로운 눈이요, 지혜로운 눈이요, 총명한 눈이다. 인간은 생生에서 사死에 이르는 길목에서 많은 문제에 부딪히며 사는 것이다. 사랑, 우정, 결혼, 이별, 죽음, 사업, 공부, 신앙, 성공, 실패 등 난제難題와 난문難問에 봉착한다.

사랑하라. 섬기라. 상대의 인격을 존중하고 생명의 존재 의식을 소중하게 생각하며 이웃을 내 몸과 같이 사랑하라. 그때서야 행복은 찾아올 것이다. 괴물처럼 살지 말고 행동으로 사랑하며 희망을 가져라.

산은 자신의 몸을 내어 준다. 천만 가지의 생물과 나무를 주며, 열매를 주며, 힘과 에너지를 주고도 보상의 대가가 없다. 그것이 산이 주는 교훈이다. 나무에는 열매가 있고 만민에게 나누는 미덕이 있다. 가을이 되면 열매가 풍성하여 나눔의 기쁨을 주고 겨울이 되면 잎이 땅에 떨어져 썩어서 흙이 되어 생명의 샘을 주고 있다.

영원히 행복하며 살기를 바라는가!

사람은 태어나서 땀을 흘리고 결혼하여 아기도 낳고 부도 축적하여 모든 것을 성취하였으나 일년도 가지 않는다. 봉사하라. 자기 자신을 사랑하라. 아내를 사랑하라. 그러나 정직하라. 정직하지 않으면 고통과 괴로움 속에서 탄식할 것이다.

우리의 정원에 물을 주고 관심과 사랑을 할 때 꽃이 피고, 나무가 자라고, 잔디가 자라며 사랑 속에 정직한 정원은 아름답다.

필자는 평생 죽도록 충성하며 정직하게 살아가면서 오직 집필로 한세월을 보내왔다. 외롭고 고독할 때마다 내가 읽고 있는 책과 연애를 했다. 책은 나에게 사랑을 주었다.

필자는 <미친놈>소설을 탈고하게 되었다. 혼자서 글을 쓸 수 없다. 그래서 인간에게 인人의 교훈을 주고 있다. 신과 동물은 혼자서 살 수 있다. 그러나 사람은 혼자서 살 수 없다. 내 곁에는 항상 그림자처럼 따라다니는 친구가 있다.

이런 의義가 없으면 살아갈 수 없다. 이들의 도움을 받아 거대한 작품을 완성한 것이다. 오백 페이지 넘는 작품을 탈고하기까지 기쁨이 넘쳐난다. 친구와 함께 펜을 들고 잠을 자고 일과 생활을 함께하며 우정을 나누며 한 폭의 그림을 그려낸다. 그 사람은 누구인가! 영원한 친구이다. 혼의 열쇠이다. 나에게 도구가 되지 않는다면 난 아무것도 할 수 없는 존재이다. 이 사실을 그려보며 감사와 찬양을 기원한다. 목숨을 주고도 바꿀수 없는 보물이다. 그 은혜를 받고 살기 때문에 존재의 가치가 있다.

필자는 몸이 마비되어 사용할 수 없다. 그러나 영육이 충만하다. 마음은 건강하여 세상을 비추며 행복의 꽃이 피고 있다. 모든 것을 할 수 있다는 긍지를 가진 능력자란 말이다. 그런데 왜! 사람들은 손가락 한 개가 절단됐다고 인생을 포기하고 있는지…. 포기는 외로움의 무인도요, 고독의 슬픔이요, 죽음의 무덤이다. 정신이 건강하면 모든 것을 할 수 있다.

필자는 불편함을 전혀 못 느끼고 살고 있다. 오히려 휠체어에 몸을 싣고 있는 삶이 행복하다. 그것은 마음이 건강하기 때문이다. 육체의 가시는 문제가 안 된다. 정신적 장애를 가진 사람은 절망뿐이다. 그렇게 살지 마라. 자신을 사랑하며 천년을 하루 같이 생각하고 살아가라.

천지자연天地自然도 자유가 없다. 자유가 있다면 파멸되고 존재의 소중함을 모를 것이다. 들에 있는 곡식들도 농부의 사랑을 먹고 산다. 그러나 더 먹고 싶지만 절제하는 것이다. 절제한다는 것은 자유가 없는 것이다.

만물의 영장인 사람은 구속사 속에서 살아가는 것이 당연한 이치다. 은혜와 감사를 생각해야 한다. 자유분방하게 산다면 믿음, 신뢰, 존경 등이 사라지는 것이다. 시간에 맞춰 우리는 살아가기 때문에 신뢰를 받고 의지하고 인생의 정원에서 사는 것이다.

나와 너 그리고 우리가 만날 때 운명이 시작되는 것이다. 나는 너에게 배우고 너는 나에게 배우면서 산다. 배우지 않는 것은 동물이다. 동물은 배우지 않아도 살아갈 수 있게 자연은 동물에게 사는 지혜와 기술을 선천적으로 부여했다.

동물은 학교가 없다. 그러나 인간은 교육의 산물이다. 인간은 학교에 비유된다. 산다는 것은 나와 너가 배우는 생즉학 生則學이다.

우리는 죽을 때까지 배워야 한다. 환경에 적응하지 못 하면 죽는다. 적자생존이요 부적자 부생존이다. 인간은 살기 위하여 본능적으로 부단히 배워야 한다. 할아버지가 손자에게 배우고, 자식이 부모에게 배우고, 부모가 자식에게 배우며 무식한 자에게 유식한 자들은 깨닫게 되고 깨달음으로 마음의 감동이 일어난다. 자신을 겸손히 생각하고 선한 마음이 시작되며 좋은 길, 아름다운 열매를 맺어가려고 노력하게 된다.

독자들은 이 책의 사연을 만나 더욱 성숙한 인간이 될 것이다. 책은 사람을 가리키는 도구이다.

본문의 내용을 간단하게 요약해 보려고 한다.

<외국에서 돌아와 실로암으로 출근할 때 정신지체 1급 장애자 김현수가 외친다. '아빠 아빠'하고 내 곁으로 오더니, '죽었어 죽었어.' '누가 죽었어?' 물었더니 '써찌 써찌 죽었어' 손을 피고 힘을 준채로 목에 대며 '죽었어 죽었어 황 죽였어 예이 목목사사 죽었어'

서유철이 죽었다고 말한다. 누가 죽였느냐고 물었더니 이철문, 황승연이가 죽였다고 한다. 그들은 故 서유철 유골을 가지고 와 '실로암 연못의 집' 앞산에 뿌리고 있었다. 그들은 '잘가라. 누구도 원망하지 마라' 하며 유골을 뿌렸던 것이다. 그걸 보고 '죽었어 죽었어' 하고 그들이 때리면 때린다고 일러댄다.>

나는 사람을 죽인 사실이 없다. 그러나 이 씨는 한승주가 사람을 죽였다고 허위유포를 한다. 그는 양심의 가책을 느꼈는지 사실을 은폐하기 위해 SBS에 제보하고 고인의 보호자 서씨 누나와 짜고 이 사건을 거짓으로 꾸며 한 사람을 매도시키고 폐망하게 만들었다. SBS도 한승주가 사람을 죽였다고 하였다. 사랑했던 환우들이 기억속에 생생하게 살아있으매 거짓없이 말할 수 있다. 죽인 자는 이 씨, 김 씨, 황 씨, 서 씨이다.

'여러분! 혈혈단신孑孑單身이라고 생각하지 마세요. 책이 그대들의 친구가 될 수 있습니다. 책 속에는 많은 이야기들이 넘칩니다. 이런 이야기들을 들으면 고민이 바로 사라집니다. 책과 만나 사랑을 하고, 연애를 하고, 행복의 집을 지으세요.'

나는 4년 전, 고독의 중병이요, 슬픔의 증후군이요, 외로움 속에 찬 바람만 불고 있을 때였다. 정신적 고통과 괴로움으로 인해 이겨낼 수 없는 장애물이 나를 꽁꽁 묶어 가두고 온몸과 영혼까지 굳혀버렸다.

그때 살아가기 위해 집필을 하고 일기를 쓰고 책을 읽고 대화하며 영화 속에 주인공이 되어 하루가 희로애락이었다. 죽음도 생각나지 않는다. 또 다시 원고를 탈고하고 나니 허무주의에 빠지게 된다. 시간이 말없이 가고 온다. 내 영혼이 살아서 꿈틀거린다. 희망이 보인다.

인간은 두 가지로 나눠 볼 수 있다.

첫째는 헌신, 봉사, 희생, 양보, 이해, 인격, 도덕, 윤리, 사랑, 행복 등이 있다.

둘째는 시기, 질투, 다툼, 미움, 정죄, 판단, 살인 등이 있다.

이 두 가지가 없다면 인간은 생명이 없는 대물이요, 도구에 불과한 것이다. 감정이 없는 동물은 죽은 자다. 감정이 있기 때문에 생명이 있다. 인간을 판단해서는 안 되지만 상대가 맞지 않으면 상호 계약을 하지 않으면 된다. 그러나 모든 사람에게 사회의 상호 관계를 맺지 않으면 형성될 수가 없다. 분별하면 되는 것이다. 절제하면 되는 것이다. 완전한 마음을 주지 말고 행동만 주면 된다.

필자는 출판사 사장을 만나게 된다.

서로가 감정을 느끼게 되며 마음의 열쇠를 풀어본다. 나와 너 관계 속에 인연을 맺게 된다. 바람직한 인생의 조우가 있고 불행한 인생의 만남이 있다. 이것은 인간다운 만남이요, 행복한 조우요, 바람직한 해후요 나와 너와의 만남은 축복이 되고 아름답고 성실한 조우 속에 어두움은 사라지고 서로의 빛을 비추며 살아왔다.

서로는 자유로운 상호계약을 통해서 각자의 이익을 추구하는 경쟁자이다. 계약이 성립되고 출판이 되어 지금까지 둥지를 틀어왔다. 그뿐 아니다. 서로 믿음으로 만나고 서로의 인격을 도덕적 핵심의 원리로 살아왔다. 나이 차이는 나지만 친구요, 우정이요, 한 잔의 술로 저녁 식사를 나누며 우정 속에 살아온 것이다.

두 번째 출판은 총판하기로 상호계약을 하고 <들풀 출판사>와 출판하기로 하였다. 참 좋은 사장님이다. 그 사람 속에는 인격, 사랑, 우정이 있다. 수학적 계산은 따지지 않는다. 오직 상호 간의 관계를 맺고 사는 것이 삶의 철학인 것 같았다.

필자는 함께 원고를 집필하면서 혼신을 다한 들풀 출판사 김 대표에게 감사하며 고맙게 생각한다. 그분이 아니면 출판은 엄두도 내지 못했을 것이다. 일 년 동안 대필하면서 인고의 고통은 그분의 영혼 속에 요동치고 있었지만, 배출하지 못하고 절제하는 그 인격은 나의 영혼을 살찌게 하였다.

'우리의 관계는 영육이 아니고 오직 상호 간의 신뢰 속에 우정의 미를 거두는 그 모습은 하늘도 감동할지 모른다. 그대는 세상에 태어나서 책 한

권을 읽어가면서 영혼 없이 책을 무심코 넘겼지만 내가 집필하는데 대필을 해주는 당신은 이제 와서 책 한 권이 생명의 피를 먹고 마시는 고통과 어려움이 있다.'라고 사실을 깨달은 그 마음은 영원히 추억을 뒤로할 것이다. 아무쪼록 이 책이 출판되어 나오기까지 여러 사람의 공이 있다.

본문에 유경종 목사님의 사연을 집필하면서 감동이 아닌 충격을 받았다. 사람으로서는 이해할 수 없으나 하나님의 섭리 속에서는 충분히 이해가 간다. 유경종 목사님은 인격과 도덕 아가페적인 사랑이 가슴에 살아서 파도를 치고 있으니, 오늘의 현실은 희망의 꽃이 핀다. 사악한 이 사회에 큰 원동력이 되었으면 좋겠다.

이스라엘 인물 중에 가인, 모세, 유다, 바울 등 특히 삼손은 천명의 사람을 죽였다. 그러나 이들은 사도요, 선지자요, 사사요, 제사장이 되어 은혜 속에 사명을 감당했다. 그렇다면 인간이 인간을 판단하는 것은 어리석은 행동이다. 곧, 율법으로 보면 죄인 중의 죄인이요, 괴수 중의 괴수이기 때문에 판단할 수 밖에 없다. 그러나 율법을 복음으로 보면 나의 죄를 생각하게 된다.

유경종 목사는 26년간 배신했던 여인을 사랑으로(복음) 끌어 안고 원수의 딸을 친딸보다 더 소중히 여기며 사회의 빛이 되는 한 인물로 만들어 냈다. 그리고 그는 늦게 신학을 전공한 것이다.

아무쪼록 사람을 판단하지 말고 인간을 최고의 예술작품으로 보고 존귀하게 여기며 인격적으로 대해 주면 좋을 것이다.

끝으로 하고 싶은 말이 있다.

사람은 솔직해야 한다. 본문을 만나 시간을 보내는 독자들은 섹스 사건을 보면서 음란의 행위라고 부정적인 생각을 할 수도 있다. 사랑은 빛이요 생명이다. 곧, 생명은 사실적 섹스를 하는 행위이다. 그 행위가 없으면 행시주육이다. 인간은 죽은 자가 아니다. 살아있기 때문에 사랑하고 연애하는 것이다. 사실을 현실적으로 기록하였기에 부정적인 생각을 한다면 당신은 거짓 선지자요 자신을 속이는 것이다.

인간은 삶 속에서 좋은 향수를 풍기며 상대에게 행복을 주는 빛이 되었으면 좋겠노라. 사람은 가치 있게 살아야 하는 것이다. 그렇다면 돼지처럼 살지 말고 소처럼 정직하고 진실하게 순종하며 살아갈 때 일생을 마치는 시간까지 행복의 꽃이 피리라.

이 책이 이 땅에 둥지를 틀 수 있도록 기도해 주시며 독자들의 뜨거운 관심과 성원이 있기를 기대한다.

2024년 6월
둔촌동 쪽방에서 필자가

운명의 만남

1. 운명의 만남

3월 1일 그는 죽었다.

아버지는 사람을 잡아 먹었다.

아기와 남편 어머님까지

그리고 딸을 미국으로 망명시켰다.

어느 봄 날 박광희(랍비)를 만났다. 나는 '나사로 출판사'를 하고 있었다.
그는 나를 찾아왔다.

"안녕하세요?"

"네, 어서 오세요. 무슨 일로 오셨나요?"

"한승주 씨를 만나러 왔습니다."

"네, 제가 한승주입니다."

그는 밤색 정장과 구두에 흰 와이셔츠를 입고, 빨간 넥타이에 검은 뿔테
안경을 쓴 꽃미남이었다. 머릿기름을 발라 옆으로 가르마를 타 넘긴 머리

카락은 햇빛에 반사되어 윤기가 흐르는 깔끔한 모습이었다. 한눈에 보아도 키가 크고 호리호리하며 웃음 짓는 그의 입은 하얀 치아가 드러나고 우윳빛 피부는 나를 더욱 다가가게 한다.

잠시 잠깐, 어린 시절 물가에서 고기를 잡고 잠자리를 잡으며 곤충채집을 하고 놀던 그때가 생각났다.

검정 고무 신발에 물을 가득 담아 친구들에게 물세례를 주었고 바위틈에서 고기를 잡고 가재를 잡던 깨복쟁이 친구 중, 그 한 사람……

깨끗한 모래와 자갈이 훤히 들여다보이는 시냇가에서 실컷 멱을 감고 물장구를 치면서 놀다 보면 하루 해가 금방 저문다.

이내 물싸움하다 지치면 큰 바위로 올라가 잠시 몸을 바위에 기대며 쉬고 있을 때, 잠이 호로록 찾아온다. 얼마의 시간이 지났는지 달콤한 잠을 자다 비몽사몽간에 깨어난 영민이는 뒤척이려 하는데 뭔가 이상해서 고개를 숙였다.

"야, 누가 그랬어?"

고추가 이상하다. 아프다. 잡으면 잡을수록 커지면서 고통이 밀려온다. 낚시 끈으로 묶어놓은 것이다. 얼마나 칭칭 감아 놓았는지 풀리지도 않는다. 손으로 만지면 만질수록 더욱 강한 아픔이 밀려 온다. 산에 돼지나 노루가 덫에 걸려 고통을 당하고 있는 거 같다.

이윽고 한나절 뙤약볕은 영민이의 얼굴을 빨갛게 익혀버렸고 눈동자에 살기가 생겨 소리를 지른다. 바위틈에 숨어서 지켜보던 친구들은 웃음을 참지 못하고 도망가다가 나는, "야, 영민이에게 가서 사과하자."

"뭐? 남자 거시기가 떨어지려 하는데 우리 사과를 받아주겠어?"

"야야, 좋은 수가 있어. 그냥 가면 안 되니깐 아이스케키 하나 사서 갈까?"

나는, "야, 여기(들녘)에 무슨 아이스케키가 있어?"

다섯 놈이 한마음이 되어,

"우리 밭에나 가자."

"야, 밭에 가면 뭐해? 얼음과자라도 있대?"

"얼음과자 여름의 과자~, 얼음과자 여름의 과자~ 크크크."

"영민이한테 맞아 죽게 생겼으니깐 이젠 헛소리까지 하네."

"승주야, 영민이 고추가 우리 중에 제일 크다고 니가 묶자고 말했잖아?"

친구들은 불안해 떤다. 나는, "영민이 고추를 묶자고 할 때, 약한 실로 살짝 묶자고 했는데 왜 너희들이 '야, 승주야 너는 왜 마음이 약하고 인정이 많아! 사내자식이 말이야… 이왕 묶는 거 세게 묶어야지. 남자는 말이야 화끈해야 해. 영민이 고추는 통통하고 크니깐 괜찮을거야. 그래 그 새끼는 어른 것보다 더 커. 말 좆 같애.' 하면서 니네가 그렇게 말했잖아."

그 중의 키 큰 녀석이 학교에서 제일 짱이다. 반에서 1등이며 반장이었다. 학교에서는 모범생이었으나 동네에서는 구슬치기요, 딱지치기 1인자다. 그리고 개구쟁이 노릇은 다 하고 다녔다. 엉뚱한 아이였다.

"낚싯줄로 칭칭 묶어 놓았으니깐 풀리지는 않았겠지, 화가 많이 났을 텐데…"

반장은 또다시 장난기가 발동한다. 나는 반장에게, "야, 익불사숙弋不射宿이랬어. 사냥은 하되 잠자는 참새나 잡새는 잡지 않는 거랬어."

"문자쓰고 있네. 잘난척하지 말고 조용히 있어, 재미있잖아."

"고추는 급소야. 잘못 묶으면 죽어."

나는 제안을 한다.

"싸우지 말자. 다투지 말 잔 말이야. 저기 밭에 있는 수박이나 2통 따서 가지고 갈까?"

들녘은 온통 녹색으로 사람의 마음을 편안하게 해주며 풍성한 들판에 여물어 가는 과실이 탐스럽고 먹음직스럽게 열려 있다.

"야, 호랑이 아줌마네 밭이야, 그 아저씨는 놀부야, 얼마나 지독한데."
"저 넓은 밭에 수박 1~2통 서리한다고 표시가 나겠어? 아무도 모른다고."
"야, 어떻게, 가운데서 따보자."

친구들은 수박 2통을 서리해서 밭이 보이지 않게 무섭게 뛰어왔다.

그런데 2시간이 지났는데도 영민이는 그대로 있었다. 우리는 미안하다고 영민이를 달랬다.

"영민아, 우리는 장난하려고 그랬어."
"장난! 이게 장난이야? 잘못하면 죽을 수 있어. 나도 너희 고추를 낚싯줄로 덫을 놓아봐? 장난하려면 살짝 감아놓고 웃겨야지, 이것은 살인이야 날 죽이려고 하는 거라고."

친구들은 잘못했다고 쩔쩔매며 빌어봤지만 영민이는 대꾸할 가치도 힘도 없다. 친구들은 영민이 고추가 아프지 않도록 조심스럽게 풀어본다.

"야, 이 개새끼들아, 살살 풀란 말이야."

영민이 고추는 길이가 30센치요, 둘레는 25센치요, 숲속의 숨어있는 생명은 귀한 보물이다.

"징그럽게도 생겼네. 아기도 많이 낳겠다."

"야, 고추가 크면 아기도 많이 낳을 수 있어?"

"그럼."

옆에 있던 태호는 고민이 밀려온다.

"왜 갑자기 얼굴이 노래져?"

태호는 고추가 조그만하다. 너무 작아서 보이지 않는다. 그러나 '세월이 가면 커지겠지'하며 사춘기를 보낸다.

'태호는 고자일까! 성적 불구일까!' 친구들보다는 유난히도 작은 고추다. 키는 크지만 작아서 남모를 고민이 있다.

남자들은 고추가 크고 튼튼하고 탐스러워야 아기를 잘 낳고 장가도 잘 간다고 하는데 태호는 내심 걱정이다. 한쪽에서는 낄낄대며 웃고, 한쪽에서는 아프다고 난리다. 우리는 돌멩이를 가지고 와서 수박을 쪼개 먹었다. 이제 화해가 됐다.

시냇가에 있는 큰 돌 몇 개를 살짝 들어보면 영락없이 가재들이 있었는데 빨간 알을 밴 어미 가재들, 주변에는 새끼 가재들이 옹기종기 모여 있었다. '어디 가재뿐이던가!' 송사리 떼, 갈겨니, 버들개, 참몰개, 열목어, 피라미, 모래무지 등 1급수에서만 산다는 물고기들이 많이 있었다.

그때 가까운 친구처럼, '100년 묵은장이요. 묵은장 같은 당신은 아주 가까운 우정의 친구였어라. 그 사랑이 익어 오늘의 길을 함께 걸어갔어라. 당신과 나는 말이오.'

그런 친구가 박광희 씨였다. 얼굴만 나를 가깝게 대하는 것이 아니요. 내 마음 전체를 삼켜 버린 사람 그는 나에게 운명적 만남의 친구였다.

나는 신문사, 잡지사, 출판사까지 하고 있었다. 저자들의 책이 나오면 출판 기념회를 열고 세미나를 개최한다. 그때, 박광희(랍비)도 찾아왔다.

랍비는 학습열이 불타고 있어 여러 곳에서 강의를 듣는 빈 깡통을 채우는 지혜로운 친구였다. 사무실에 찾아와 서재의 책을 보더니 눈이 휘둥그레진다. 그는 가난해서 읽고 싶었던 책을 마음대로 읽지 못하고 갖지도 못했다. 책에 대한 욕심이 많은 것은 랍비뿐 아니라 목사들은 책에 대한 관심과 애정이 많다.

"승주 씨, 책이 엄청납니다."

"그냥 보통이지요. 한 3~4만 권 되는 거 같은데 잘 모르겠어요."

사무실은 전시관이다. 곧, 책이요, 유명한 그림이요, 도자기요, 돌과 분재들이 많다. 자바라를 제치면 샤워실, 운동할 수 있는 공간, 쉴 수 있는 침실이 있다.

"사무실은 몇 평이나 됩니까?"

"모르겠어요."

"한 80평(264.46㎡)되겠는데요?"

"대략 그 정도 되겠죠."

박광희는 인생의 흔적을 한 폭의 그림처럼 가득 채우고 있었다. 그는 감동했는지 자신의 과거를 고백한다.

"저는 어릴 때 보육원에서 자랐어요. 뒷골목에서 형들한테 매도 맞고, 돈도 뺏기고, 배고픔의 설움으로 소낙비가 내리고 있을 때는 생명을 유지하기 위해 뒷산에 올라가 생쑥을 뜯어 먹고 흐르는 계곡물을 한참 마시고 나면 주린 배가 채워졌지요."

"그럼, 지금까지 어떻게 살았어요?"

"독학으로 공부했어요. 친구들은 놀고 있을 때 저는 후원자들이 사다

준 책을 열심히 읽었지요. 만 19세에 보육원에서 퇴소했어요."

"사회 생활하는데 힘드셨겠네요?"

"네. 일하다 졸면 망치가 날아오고 일 못 한다고 욕설을 들어가면서 견디며 참아왔지요."

"생존이 인간을 비참하게 하네요. 박사학위 취득까지 어려움은 말로 표현할 수 없을 정도였겠어요?"

"이제와서 말하면 뭣하겠습니까? 주경야독晝耕夜讀하면서 지금까지 살아왔지요. 그 인내는 쓰고 힘들었지만, 열매는 달콤하고 포근했으니까 버텨왔어요."

그의 이야기를 듣고 조금이나마 도움이 됐으면 좋겠다는 생각이 내 혈관속에서 흐르고 있었다.

어느 여름이었다. 오늘은 세미나 일정이 잡혀 있다. 그러나 강의를 할 수 없는 상황이 발생했다. 박광희에게 전화를 건다.

"여보세요?"

"승주, 왜?"

"갑자기 일이 생겨서 강의할 수가 없어. 대타로 부탁해."

친구는 차질 없이 강의를 끝맞췄다. 그는 어렸을 때부터 상처가 있어 사람들의 심정을 누구보다 잘 알고 이해한다. 곧, 동변상련同病相憐이다. 나는 그의 스폰서가 되고 있었다.

책을 출판해 주고 세미나를 열고 명지대학, 안양대, 신학대 등 시간강사를 세워 나무가 자라듯 물을 주고 가꿔왔다. 신학대 학장으로 취임할 수 있도록 끝까지 뒤에서 기둥이 되고 자원의 원동력이 된 것이다.

독일이나 미국은 학력 제한이 없이 능력만 있으면 누구나 강의를 할 수 있다. 그러나 우리나라는 명문대 박사학위를 가지고 있어도 교수가 될 수 없다. 잠시 특강이나 강사로 강의할 수 있지만, 정교수로는 인정을 받을 수가 없는 것이다. 곧, 사립명문대 교수가 되려면 5억~10억을 학교 재단에 기부금을 내야 정식 교수로 인정받을 수 있다. 이 제도는 잘못된 관행이다.

박 교수는 나의 일이라면 모든 것을 제쳐두고 달려왔다. 그는 눈웃음을 치며 화끈한 마음을 전해주고 있는 친구였다. 그러나 그 마음속에는 응어리가 뭉쳐 있다. 고아로 살아오면서 남이 경험하지 못했던 고통을 당하면서 뿌리 깊은 나무가 된 것이다. 아무리 노력해도 의지할 곳 없는 외로움과, 비바람 속에 홀로 사는 인생이었다.

랍비는 한 여성과 동거하여 작은 울타리를 만들었고, 지극히 작은 위로와 관심 속에 사랑이 피어나기 시작한다.

둥지를 틀고 1년 만에 아들을 낳았다. 또다시 자식을 낳았는데 여자 아이였다. 그 아이는 위쪽 입술이 벌어지고 입속 천장도 갈라져 발음이 정확하지 못한 구순구개열이었다. 랍비의 마음은 늘 안개요 어두운 그늘이 삭신에 사무치고 골수가 쪼개져 답답하였으나, 봄바람은 춥기보다는 따뜻해 언제 어느 때나 좋은 낯으로 다른 사람을 대하는 사면춘풍四面春風자였다.

나는 랍비를 생각하며 전전긍긍하고 있을 때, 박 교수가 아내와 함께 찾아왔다.

"두 사람은 어떻게 만났어?"

"아내 나이가 더 들어 보이지? 그런데 아니야."

"그럼?"

"내가 15년 정도 어려 보인다고 주변에서 말들을 많이 해."

"연상의 여인이 아니란 말이야?"

"아내가 두 살 어려."

"야, 그런데 20년은 더 들어 보여."

"남들도 그래, 그러든지 말든지."

박광희 부인은 사무실로 들어온다. 두 사람의 이야기를 엿들었는지,

"박광희 씨는 원래 동안이었어요. 저도 나이가 어려 보여서 말도 한번 붙이지 못했지요. 저는 고생도 안 했는데 육신이 늙어 보여요. 우리집 유전자가 다 그런가 봐요. 애늙은이라고 불렀어요."

나는 고생을 해야만 피부, 몸, 마음, 정신까지 늙는 줄 알았다. 그러나 지금은 유전자라고 말할 수밖에 없다. 나는 뼈가 녹아서 흘러내리도록 고생했지만, 40대 나이인데도 불구하고 30대로 보는 사람도 있다.

사람은 육체적인 고생으로 늙는다고 하지만 근거 없는 어불성설語不成說과도 같다. 육체보다는 정신적 고통이 인간의 세포를 소멸시키고 혈관이 노화되고 퇴화한다. 탄력도 잃고 피부가 누룽지를 긁어 놓은 것처럼 거북이 등짝같이 거칠어진다. 외적으로 보면 좋은 것 같으나 망원경으로 보면 마치 논바닥에 가뭄이 심해 쩍쩍 갈라진 것과 같이 흡사하다.

청소부 아저씨, 독거노인, 비행 청소년, 미혼모 등 사회에서 생명의 빛을 보지 못하는 자들에게 구원의 빛을 비추기 위해 '이웃사랑' 잔치를 연다. 매년 5월이 되면 가정의 달을 맞이해 포천에 있는 '용암온천'에 가서 목욕을 시키기 위해 답사를 한다.

"박 교수 식사할까?"

"한 원장, 아직 11시도 안 됐는데 무슨 식사야? 소화도 전혀 안 되었어."

박 교수는 위암 수술을 받은 후, 위장 기능이 약해져 음식을 제대로 섭취하지 못한다. 나는 박 교수가 병실에 누워 있던 그 순간이 주마등처럼 스

쳐 가고 있다. 내가 아침밥을 먹지 않고 왔기 때문에 출출했는가보다. 어쨌든 한 번은 맛을 봐야 한다.

"박 교수 그럼, 온천에 가서 먼저 계약하고 나서 식사할까?"

"아닐세. 난 배가 고프지 않지만, 승주는 아침밥을 먹지 않았을 것 아냐? 혹시 와이프 하고 말다툼 했어?"

"날마다 싸우는데 그러려니 하고 이해하며 살아야지."

"결혼한 지 얼마나 됐어?"

"2년 채 안 됐지."

"그러면 서로가 이해할 수 있는 기간인데, 공인으로써 주야장천晝夜長川 싸우게 되면 사회활동을 어떻게 하나, 눈코 뜰 새 없이 앞만 보고 달려가는 당신이 참으로 안타깝다. 누가 그 마음을 알아주겠나? 당신이나 내가 알지."

박 교수는 중언부언重言復言 하지 않고 한마디 하면서,

"식사하지?"

"그럴까."

고기를 좋아하지 않아도 '이웃사랑' 잔치의 목적이 목욕이고 이동갈비를 먹는 것이어야 일단은 먹어봐야 한다. 두 사람은 고기를 시켰다.

"맛있는데! 이 정도면 한국에서 최고의 '이웃사랑' 잔치가 되겠지. 이 곳은 대부분 여인이나 불륜남들이 놀러와서 온천에 몸을 담그고 고기를 먹으러 오는 곳이지 일부러 올 수는 없어."

식사가 끝난 후, 예약했다. 온천 5곳을 다녀본다. 3곳은 안 된다고 한다. 그 이유는 장애인들이기 때문이다. 아직 우리나라는 장애인을 사람으로 보지 않고 벌레 취급을 하는 사회다. 남은 두 곳도 가본다. 장애인이요, 노인들을 위해 목욕잔치 행사를 한다고 1인당 5천원씩 계약하자고 부탁한다.

"모두 몇 명입니까?"

"600명 이상입니다."

계약을 예산에 맞춰 성사시켰다.

역시 박 교수는 사회생활과 비즈니스에 탁월한 능력을 갖추고 있다. 나는 모든 일을 마치고 포천에서 서울로 이동한다.

겨우내 꽁꽁 얼어붙은 자연은 아직도 응달이 있는 곳에 수정처럼 빛난 얼음조각이 빛을 내고 있다. 인류 최고의 예술작품이다. 얼음으로 그림이 그려져 있는 바탕은 하얀 은빛 찬란하지만, 물이 졸졸 흐르는 땅속에서는 생명이 살아서 움직이고 잠자던 동물들은 고개를 들고 봄을 맞이한다. 주인도 없는 자연의 품 속에 놀고 있는 생명들이요, 이름 모를 산은 노란 옷으로 갈아입고 바람을 맞으며 춤을 추고 있다. 저 위 작은 산봉우리에는 진달래 꽃으로 만발하다.

이렇게 좋은 세상, 자유로운 세상, 누가 천지를 창조했는지 그저 감사할 따름인데 아직도 천지 분간 못 하는 인간들이 다 반사다.

산에는 분홍색 철쭉이 만발하고 서울로 향해 있는 두 사람은 흥분된다. '몸과 마음의 눈동자가 빛나고 있구나!'

잠깐 스쳐 갔던 노랑색 분홍색 꽃이요, 산봉우리에 말 한마디 남기지 못하고 헤어지고 말았다.

전류가 흐르는 그 순간은 잠시였고, 나는 누구에게도 말할 수 없는 인생의 수수께끼가 있다. 숨기려고 기쁨으로 대신하지만 우정의 친구는 나에게 말을 건넨다.

"승주야, 무슨 일 있어?"

"무슨 일은…."

"박광희는 말이야 한평생 살아오면서 눈칫밥만 먹고 살았어. 배가 고파 쑥을 뜯어 먹기도 하고 쓰레기통을 뒤져서 음식을 주워 먹기도 했어. 다른 이들은 부모 뜰 안에 살면서 '무엇을 먹을까! 무엇을 마실까! 무엇을 입을까!' 걱정없이 하고 싶은대로 살면서 최고의 환경 속에서 엘리트 과정만 밟은 사람들이지. 그러나 박광희는 지금까지 걸어오는 길이 도탄지고塗炭之苦 하면서 불 속에도 넘어지고 물에도 넘어지고 한세월을 생존하기 위해서 부단히도 힘들게 살았다. 매도 맞고 헐벗고 사랑은 나에게 오지 않고 칼바람만 불어왔다네. 어찌 내가 당신 마음을 모르겠는가! 그래서 인간은 처지가 비슷한 사람끼리 서로를 걱정할 수 있는 거지."

사람은 가까울수록 사적인 말을 하지 않는 것이 좋다고 생각한다. 문제가 있는 곳에는 항상 칼춤을 추고 근심은 뼈를 녹이며 지옥에서 사는 것이다.

나는 연신 불에 들어가서 살아보려고 꿈틀거리고 있다. 미움은 적을 낳고 적은 칼날처럼 날카롭다. 인간은 누구를 만나느냐에 따라 운명이 정해진다. 나는 잠시도 행복이란 긴 시간도, 그 시절도 없었다. 오로지 행복해지기 위해 한 여인을 만나 가정이라는 천국을 만들어 왔던 것인데 '이것이 지옥이란 말인가!' 방황하며 갈등한다.

'그대는 누구인가!

나를 죽이려고 내 길을 헐고 내 재앙을 재촉하는데도 도울 자가 없구나, 이 순간에 공포가 나를 에워싸고 원수는 내 품위를 바람같이 날려버리니 나의 구원은 구름같이 지나가 버렸구나. 이제는 내 생명이 내 속에서 녹으니 환난 날이 나를 사로잡았음이라. 밤이 되면 뼈가 쑤시니 아픔이 쉬지도 아니하는구나. 나는 능력이 없어 옷을 떨쳐 버리지도 못하고 옷깃처럼 나를 휘어잡는구나.

나는 누구인가! 말할 수 없네. 들을 자가 없어서 초롱의 옷으로 이 몸을 칭칭 감은 채 부끄럽게 살기가 싫어서 침묵 속에 세월이 가고 있네.

하늘이여 오! 하늘이여 나의 신음을 들어주옵소서.

진흙 가운데 나를 던지셨고 나를 티끌과 재 같게 하셨으니 내가 외치고 부르짖어 신음한들 임이여 대답하는지 아니 하는지 내가 섰사오니 아버지께서 나를 돌아보지 아니 하시나이까? 오 나의 아버지여 모친은 늙어서 돌아가셨으나 나는 바람에 휘날리고 지독한 고독 감옥 속에 눈물이 강이 되어 흐르고 있습니다.

나를 돌아보아 주시옵소서. 내게 잔혹하게 하지 마시고 힘 있는 손으로 나를 대적하는 원수를 막아 주옵소서. 나를 바람 위에 올려 불어가게 하시며 무서운 힘으로 나를 던져 버리고 있으니 나는 살고 싶어라. 천지진동 소리 들리지만, 방패 무기는 하나도 없고 이대로 돌아간다면 너무나 억울하고 슬프니 눈을 감을 수가 없노라.'

활짝 피어 있는 봄은 어디로 지나가 버리고 침묵 속에 검은 구름이 숨소리도 없다. 서울에 도착했다.

〈1995年 5月 8日 어버이날 : 우리나라 최초 사랑의 목욕잔치〉

노인, 독거노인, 장애인 등 300명, 봉사자 300명 총 600명이 '용암온천 목욕 잔치'를 하게 된다. 버스 14대, 승용차 10대, 앰뷸런스 1대, 119 구급차 1대, 경찰차 1대, 경찰 5명 등 만발의 준비를 하였다.

3개월 동안 차 준비, 음식 준비, 활동 봉사자, 의료인 등을 섭외하기 위해서 백방으로 연락하고 각 지자체와 사회단체 등에 협조 공문을 보냈다.

〈 제7회 '이웃사랑 잔치'〉
내 이웃을 사랑하기 위한 실천 나눔
행사를 개최하게 되었으니
뜻이 있는 분들은 많은 협조 있기를 바랍니다.
따라서 지자체 공무원, 의료진, 소방관 등이
참석해 주시기를 바랍니다.
한승주 백

나는 동이 트기 전에 새벽부터 일어나 오늘 해야 할 일들을 차례차례 정리하며 혹시 빠진 부분이 없는지 체크한다. 그리고 어르신들을 섬길 때 시작부터 마치는 시간까지 1:1로 책임을 져야 한다.

장애인과 노인들은 휠체어에 태워 바퀴가 굴러가는 대로 끌고 가면 사고가 난다. 허리를 쓰지 못하는 중환자들에게는 앞바퀴가 들릴 정도로 가슴에다 몸을 기대고, 길이 가파른 곳은 뒤로 지그재그로 가는 것이 안전하며, 차에 태울 때는 여섯 사람이 동원되어야 한다.

두 사람은 목을 바치고 두 사람은 허리를 붙잡고 두 사람은 다리를 붙들고 의자에 수건을 다섯 장 이상 깐 다음 앉혀서 여섯 사람이 중환자를 관리하게 된다. 목적지까지 두 시간 반에서 세 시간이 소요될 텐데 한 시간 이상 가면 간식을 제공해야 한다.

11시쯤에 목욕탕에 들어간다. 한 사람씩 짝을 지어 끝까지 책임져야 한다. 만약 300명 어르신 중 혹시 간질이 발생할 수 있으니(평소에 간질이 없던 어르신도 목욕탕 안에 들어가면 발작을 일으킨다.) 주의하길 바라며 척추 환자는 목욕탕 바닥에 큰 타올 10장 이상을 깐 다음, 미지근한 물을 부은 후 그 타올 위로 조심히 눕힌다. 전신마비 환자이기 때문이다.

처음부터 물을 심하게 뿌리면 환자가 놀라서 이상 증상이 일어나게 된다. 수건에다 따뜻한 물을 적셔 온몸을 닦아준다. 물비누로 몸을 적신 다음 전체를 닦아 낸 후 깨끗하게 마무리한다. 목욕은 1시까지 마쳐야 한다.

나는 600명의 사람이 혹시라도 사고가 생길까 눈동자를 정신없이 굴리며 관리 감독하는 자원 봉사자들에게 철저히 부탁을 한다. 어떤 이는 두 다리와 두 팔이 절단되고 또 어떤 이는 전신마비 노인도 있다. 1시간 반 동안 목욕탕 안은 정말 바쁘다.

그러나 속삭이는 말들은 사랑이요, 애정이요 감동의 물결이 물안개처럼 피어오르고 있다. 나는 가슴이 터질 듯 내 몸속에서 흘러나오는 물은 마치 폭포수와 같이 쏟아지고 있다. 옷을 입고 있을 때는 장애가 있는가 보다 생각했지만, 알몸으로 탕에 들어가 목욕할 때는 몸통만 있다. 두 다리와 두 팔이 절단되고 없어 배와 얼굴만 존재하고 있는 것이다.

나는 살아야 한다는 이유로 얼마나 고생을 했는지 그들의 마음을 뼛속 깊이 생각하며 사무치는 눈물을 흘렸다. 어떤 이는 사고가 난 후에 한 번도 대중목욕탕에 가보질 못했다고 한다. 20년 만에 목욕탕에 왔다고….

"원장님, 감사합니다. 어떻게 이런 일을 하려고 하셨나요? 20년 만에 몸통만 가지고 있는 지체를 따끈따끈한 물에 담그고 있으니 뼈마디가 쑤시는 고통은 사라지고, 혈관이 굳어 썩어가는 내 몸체는 다시 새로운 생동감이 넘칩니다. 감사합니다."

나를 끌어안고 운다. 같이 울었다.

1시 20분, 한 사람도 사고 나지 않고 무사히 마쳤다. 뭉쳐있는 혈관이 이제 풀린다. 행복의 날이다. 이 소중한 날을 나에게 감당할 수 있도록 사명을 주셨으니 살아있는 삶이 값지다.

점심 식사는 이동갈비로 시작한다. 지인들, 친구 목사님, 동기들 많은 분이 동참했다. 600명의 사람은 감동의 눈물을 흘리고 있다. 이런 가치 있는 일을 하다니….

지극히 작은 자들을 통해서 반성의 시간이 찾아온다. 남을 원망하거나 탓할 필요 없이 나는 남편에게, 나는 아내에게, 나는 부모에게, 나는 자식에게 수원수구誰怨誰咎 하고 있다. 이 행사에 참여한 자들은 사랑으로 하나가 되었다.

자신의 파트너를 끝까지 책임지고 1~14호차까지 노래를 부르고 춤을 추며 기쁘다고들 한다. 서울에 도착하니 오후 5시다.

각자 집으로 돌아가고 헤어지는 하루가 소망이 있었으나, 그 뒤에는 허무함이 밀려온다. 박광희는,

"한 원장 수고했네."

"무슨 수고? 늘 하는 일인데."

"허전할텐데, 우리 밖으로 나가지."

차를 타고 남한산성에 도착했다. 조용한 저녁 시간에 나를 알아보는 사람은 없다. 단둘이 보리밥을 먹었다.

"나의 친구는 참 현명한 사람이야, 세상은 당신 같은 사람이 있어서
희망이 있는 거야. 절망한다는 것은 희망의 증거라고. 지혜로운 친구
야 혹시 정치하면 안 돼?"

"정치는 아무나 하는 게 아니야. 명예는 허무한 거야. 남는 게 없어. 교

만함과 거만이 파도치기 때문에 인간이 짐승만도 못하게 되지. 그것이 정치야. 오른손이 하는 일 왼손이 모르듯 침묵 속에 사는 거야. 저 달빛 아래 비추는 호숫가의 여인처럼 말이다."

친구 박광희와는 관포지교管鮑之交이다.

이 세상에는 삶의 길이 있다. 빛이 있고 어두움이 있다. 공이 있고 과가 있다. 인생의 가는 길도 누가 나를 교사하느냐에 따라 달라진다. 좋은 열매는 좋은 나무에 맺히고, 나쁜 열매는 나쁜 나무에 맺힌다. 친구의 깊은 속성을 들여다보면 어디 한 곳도 허점이 없다. 나는 친구의 삶을 교사로 삼아 성숙한 열매를 맺고 싶다. 꿈은 지극히 작은 곳에서 시작해서 천지까지 피는 것이다. 저 하늘의 별처럼 삶의 힘이요, 원동력이요 소망이다. 나는 랍비의 어린 시절을 찾아 가고 싶다.

광주 모 보육원이다. 이곳에서 19세까지 랍비는 생활을 했었다. 그래서 나는 광주에 내려가 사과 50박스, 수박 200통, 참외 50박스, 빵 600개, 아이들 운동복 300벌, 소고기 300근, 돼지고기 200근, 닭 300마리, 쌀 20kg 500포대, 각종 장난감, 문구류, 세계 위인전집, 양서, 시, 수필 등 어린 아이들에게 필요한 것들을 화끈하게 샀다.

랍비는,

"미쳤어?"

"누구한테 하는 소리야?"

"너한테 하는 소리지, 누구한테 하는 소리겠어? 보육원에 방문하는 사람들이 대책 없이 자기 성질대로 이것저것 사서 방문해 오는 사람들이 어디 있겠어? 대기업도 이렇게 하지는 않아. 처자식 생각도 하고 본인 생각도 해야지 늙으면 어떻게 살려고 하나?"

"박 교수, 인생은 굵고 짧게 살아야 해. 수학적으로 살면 안 돼. 인간은 오래 사는 거 아냐 알았어? 하루살이야 정신 차려!"

랍비는 후회한다. 그는 늘 계산적으로 인생을 설계하고 생각하고 살아왔다. 그 옛날로 돌아가지 아니하리라. 외롭고 슬픈 보육원의 친구들은 상처의 골이 깊다. 컴컴한 밤중에 이곳 보육원에 맡겨놓고 가 버린다.

한 살 때 혹은 난지 3개월 만에 버리고 간 아이들이 300명이 넘는다. 랍비는 한 번도 이곳에 방문하지 않았다. 어린 시절 트라우마로 아팠기 때문이다. 그는 지금도 생각하면서 이를 간다. 보육원에 있는 아이들처럼 살고 싶지 않다. 사람은 윤리, 도덕, 인간의 형상을 따라 살아야 하는데 실수가 되었든, 의도적이든, 부부의 갈등이든, 아이들은 이곳에 버린 부모들을 죽이고 싶어 한다.

랍비는 외친다. '친구여 좋은 친구여. 우정의 꽃이 날로 피어가며, 활짝 핀 꽃 그 자체로 잊지 않고 열매를 풍성히 맺어 우리의 손끝에서 상처받은 영혼들이 치료될 줄을 몰랐습니다. 세상은 당신처럼 살아야 합니다.'

나는 만 18살 된 30명을 선정하였다. 상처가 깊은 아이, 사기가 꺾인 아이, 일사병에 걸려 시들어 가는 아이들을 위해 소망의 닻을 이곳에 내리고 장학금 1억을 주기로 약속하고 장학재단을 만들었다. 인생은 세상의 빛이요, 소금이요, 우정이요, 사랑이었다.

늦은 여름, 가을이 시작되는 계절이다. 절기가 바뀌고 시절이 풍성하니 삶에 행복한 여유가 있다. 오곡이 물들기 전에 연녹색 피어났어라. 청록색 피어났어라. 진녹색 피어났어라. 시와 때를 따라 옷을 갈아입는구나.

자연은 인간을 위해서 존재하고 생명은 그 품속에 사랑을 먹고 살지만, 생각도 마음도 피어오르기도 전에 시들어 떨어지는 것이다.

'운명의 만남이었는가 아니면 우연의 일치일까! 혹은 숙명의 만남일까!'

나팔 소리가 들린다. 이 소리를 듣고 온 랍비는 종일 나와 동행하고 있다. 아침이 오면 낮이 오고, 낮이 지나면 저녁이 오는 것이다. 그때 헤어질 줄 알았던 친구는 마음에 변화가 없다. 그는 그림자가 되어 나를 지키고 있다. 나의 절제할 수 없는 혈기가 불을 뿜는다. 친구는 잠시 차를 타고 나가자고 한다. 목적지도 없이 그냥 자유롭게 바람 따라 구름 따라 안개 속 깊이 숨어들고 있다. 그는 운전하면서 나에게 묻는다.

"승주야, 결혼한 지 3년 됐잖아. 그런데 하루도 편할 날이 없어?"

침묵 속에 절제하지만 살아있는 달걀이구나. 달걀은 죽어있는 거 같으나 살아있다. 삶은 바가지에다 달걀을 가득 채워 가지고 오는 어린아이 같도다. 그는 나를 향해 총알을 겨눈다. 가슴에도 심장에도 머리 정수리까지 그러나 나는 말이 없다.

"승주야, 부부가 그렇게 맞지 않으면 못사는 거 아니야?"

"이 박 교수는 애들 둘 낳을 때까지 한 번도 말다툼이 없었어. 뜰 안에 있는 집은 천국이었어. 언제 내가 싸우는 거 봤어?"

"도대체 왜 승주를 살모사가 되어 죽이려고 하는지 이해가 되지 않아?"

"자네처럼 성실하고 열심히 살면 세상은 아름다울거야. 부부싸움을 해도 말로 해야지 당신은 공인이야 그런데 얼굴을 잡아 뜯어 놓았으니…."

"랍비야, 그건 아니야."

"당신은 닭싸움하다 털이 빠진 닭이야. 어떻게 그렇게 살 수가 있어? 오늘은 공휴일이니까 일정이 없어서 그렇지, 그 얼굴 가지고 대중 앞에 고개를 들 수가 있겠냐고? 저번에는 서울시장과 약속이 있어서 가려고 하는데 당신이 아내랑 싸우고 있으니 혹시 둘 중에 문제가 있는 거 아냐? 당신이 바람을 피우는 거 아니냐고?"

"내가 바람 피울 능력이나 되면 좋겠다."

"글쎄 말이야, 그런데 왜 그렇게 싸워? 무슨 가정생활이 되겠냐고? 사회는 생존을 위해 전쟁하는 거야. 딴 생각하게 되면 죽는다고. 자살해 죽고, 병들어 죽고, 스트레스 병으로 정신적 병마에 시달리다 죽고, 편히 쉴 곳이 필요하지. 가정은 노래가 있고, 떡이 있고, 사랑이 있고, 교제가 있어야 쉼터라고 말할 수 있지. 시들어진 생물에게 물을 주면 다시 피어나듯이 사회인들도 가정으로 돌아가면 낙원이 되는 것이야. 명예, 권력, 돈 뭐가 필요해? 나그네가 집이 없어 여관방에서 하룻밤을 지새고 있다는 것은 사람으로서는 비참한 거야."

박광희는 같은 회사에서 근무하는 한 여인과 인연이 시작되었다. 사람은 가까운 박스 안에서 연애가 시작되고 결혼까지 골인하게 되는 것이 남녀 간의 일이다. 자주 만나다 보면 자연스럽게 눈을 뜨게 되고 사랑이 싹 틔어 영육이 완숙되어 성취되는 것이다. 나는 세상에 아무것도 부럽지 않지만, 잉꼬부부로 사는 친구가 최고봉이다.

박 교수는 사랑이 시작되어 꽃이 피고 열매가 맺힌 것이다. 그 사랑은 뜨거운 불꽃이요, 어두운 세상을 밝게 비추는 광명이요, 영원히 변하지 않는 진주였다. '그 사랑 어찌 아름다운고.'

창조주가 연인을 불타는 사랑으로 뜨겁게 달구어 낸 것은 그들의 운명은 급하다고 보았다. 아무도 의지할 곳 없는 나그네요, 고아로 살아왔기 때문에 사랑을 알고부터는 세상을 온전히 삼켜 버릴 정도였나보다. 근심이 있는 사람은 어두움을 감추려고 본능적으로 늘 기쁜 것처럼 노력하는 것이다.

친구는 30대 중반에 아파트가 2채였다. 열심히 살아온 증거다. 바람이 불면 나무는 흔들린다. 그러나 박 교수는 광풍이 몰아쳐도 흔들림 없이 그 자리를 지키며 살아왔다는 사실을 알 수 있다.

경기도 광주로 가다 보면 남한산성을 지나가게 되는데, 그곳에 올라 가자고 한다. 그저 친구가 가자는 데로 따라가는 것 뿐이다.

오르막을 가는데 코스가 험하고 힘들어 내려올 때도 굉장히 위험하겠다는 생각이 들었다. 길고 굽은 길을 조마조마하게 지나가는 기분이 오싹하지만, 어느 정도 스트레스와 피로는 좀 가실 정도이다. 주변에 온통 초록색을 띤 나무숲이 앙상한 가지만 뻗어있는 나무들과 극명하게 대비를 이룬다. 그뿐 아니다. 새들은 숲속에서 사랑을 하기 위해 수컷은 암컷을 부르고 산속 깊은 골짜기는 물레방아가 돌며 온 인류에 음악가들이 하모니를 이루고 있는 지상천국인데, '나 홀로 고독 감옥인가!'

"박 교수, 잠깐 차 좀 세워."

"왜?"

"저쪽에 가서 빈대떡이나 먹고 가지."

"한 원장답지 않게 무슨 빈대떡? 먹을 수 있겠어?"

"추억속에 묻어버린 그 옛날을 생각하면서 빈대떡과 막걸리 한 잔 하고 싶네."

"알았어."

복잡한 도시에 살아가는 사람들은 혼탁한 오염 속에 견딜 수 없는 비극이 인간을 아프게 하고 외적 전쟁 속에 폭탄이 터져 총알이 날아오고 있다. 여유도, 인정도, 나눔도, 사랑도 없는 강팍한 인간 로봇으로 살아가는 삶이 매정하다.

우거진 푸른 숲과 나무들이 생각할 수 있는 여유와 마음을 주고 호흡할 수 있는 생명의 근원에 산소를 공급하니 삶이 아름답도다. 굽이굽이 작은 언덕길 찾아가며 작은 소나무가 믿음직한 모습으로 두 사람을 향해 길게 뻗어서 반기고 있다.

들풀이요, 야생화요, 이름 모를 꽃들로 인해 향기에 취해 잠시 시골 고향 생각이 절로 난다. 그날 기차를 타고 서울을 향하여 하루 이상 걸려 도착한 서울역 그 시절이 좋았노라. 새마을 사업을 한답시고 초가집을 없애고 마을 길도 넓히던 젊은날의 시절이 가슴을 뭉클하게 한다. 어떻게 살아왔는지도 모르겠다.

"술도 먹지 못하면서 막걸리는 무슨 막걸리야?"

"야, 기분에 따라 한잔 할 수도 있잖아. 여기는 완전 시골이구먼."

"처음 오는거야?"

"어, 처음오지. 여기 올 시간이 있겠어?"

"아니 이곳은 연인이나 불륜남들이 많이 오잖아."

"이 사람아, 그 사람들은 시간적 여유가 있잖아."

"아무튼 한적한 곳으로 가자."

"알겠습니다."

차를 주차하고 둘은 입술이 타고 목이 말라 막걸리 한 잔씩 마시면서 허기진 배를 빈대떡으로 채웠다.

"박 교수, 지금 몇 시야?"

"오후 5시 반."

"우리 퇴촌이나 갈까? 여기서 가깝잖아. 한 40분 걸릴 거 같은데…."

우리는 퇴촌을 향하여 달려간다. 마음이 조급해지며 이 시간이 행복한 지도 모른다. 아니다. 마지막 시간인지도 모른다. 인생은 굵고 짧게 사는 것이다. 이별은 예고 없이 오는 것이다. 가다 보니 퇴촌의 강이 아름답다.

「이 강의 한 줄기인 북한강은 총연장 317km, 유역면적 10,834㎢의 하천으로 금강산에서 발원한 금강천이 강원도 철원군 원동면에서 금성천을 합친 후 북한강이라는 이름으로 화천군을 거쳐 남쪽으로 흐르다가 소양강과 춘천에서 만난다. 소양강은 인제군 서화면에서 발원한 인제천이 인북천이라는 이름으로 남쪽으로 흐르다가 설악산에서 발원한 북천과 인제읍에서 합쳐진 후 홍천군 내면에서 발원한 내린천과 합류되어 춘천으로 흐르는 강을 말한다. 이후 북한강은 경기도 가평군에서 홍천군 서석면에서 발원한 홍천강과 합류한 뒤 서류하다가 외서면 청평리에서 조종천과 합친 후 양평군 양수리에서 남한강과 합류해 한강을 이룬다.
또 한줄기인 남한강은 강원도 태백시 금대산 검룡소에서 발원하여 충청북도 북동부와 경기도 남동부를 흘러 경기도 양평군 양수리에서 북한강과 합류하여 한강으로 흘러간다. 이 둘이 하나가 되어 양수리 두물머리라고 한다.」

마치 한 인간이 작은 몸체를 가지고 있는 것 같다.

인체 속에는 동맥, 정맥, 모세혈관을 하나로 연결하면 약 12만km이다. 지구를 세 바퀴 도는 길이와 맞 먹는다고 한다. 그런데 더 놀라운 사실은 지구 세 바퀴 반의 길이를 단 46초 만에 피가 흘러 돈다는 것이다. 모세혈관이 모여있는 뇌에는 지름 1인치에 무려 3천 개가 넘는 모세혈관이 들어있다고 한다. 인체의 신비함을 알 수 있다. 하나님이 우주 만물을 창조하신 후 생명이 존재하기까지 오묘하게 만들었다. 혈관은 한 곳만 막혀도 생명체는 살아갈 수가 없다. 그래서 양수리 두물머리 강을 보면서 창조의 원리가 더욱 신비하고 놀랍다.

우리는 퇴촌에서 서울로 가던 중, 남한강과 북한강의 사이를 두고 지리학적으로 생각하면서 지나간다. 어쩌면 충청북도에서 퇴촌까지 흘러오는 물이 놀라운 자연의 섭리라고 말할 수 있다. 두 사람은 서울로 가지 않고 양수리를 거쳐서 강을 끼고 더 구석진 곳으로 들어선다. 하늘에는 별이 수없이 빛나고 있다. 그것도 모자라 둥근달이 새벽 2시에 온 세상을 광명의 빛으로 물들이고 있다.

그곳에 앉아 잠시 쉬고 있을 때 갑자기 충동이 온다.

돈이 있어도 행복할 수 없다. 권력이 있어도 자유가 없다. 모든 것을 가졌으나 지극히 가난한 자며 비참한 자라고 나는 생각한다. 오늘 밤에 이 강물에 뛰어 들어가 죽고 싶다. 말없이 차 안에 들어가 시동을 건다. 친구는 눈치를 챘는지,

"왜 시동 걸어?"

"아니야, 한 번 걸어 봤어."

차와 함께 강물에 빠져들고 싶다. 그러나 친구는 벌써 내 핸들을 뺏는다.

"야, 너 미쳤어? 너 같은 놈이 죽는다면 이 세상에 한 사람도 살아야 할 이유가 없어."

"박 교수 그런 말 마. 자네가 지금까지 나를 지켜보지 않았나. 날마다 지옥 불에 혀를 내밀며 사는 내 삶은 능지처참陵遲處斬이야. 이 고통이

계속된다면 살아야 할 이유가 없어. 나를 그냥 내버려둬."

둘이 실랑이를 벌이다 차 액셀러레이터를 밟는다. 차가 강물에 빠지기 직전 멈췄다. 그 순간 이성을 잃고 말았다. 혀에서 피가 난다.

경찰차와 119 구급차가 소리를 내며 달려온다. 친구가 신고했다. 나는 양평에 있는 길병원 응급실로 실려 간 후, 한 시간이 지나서 일어났다. 박광희는 나를 달래며,

"정신 차려. 행복은 자신이 만들어 가는 거야, 그냥 무시하고 지금처럼 열심히 살면 돼."

나는 아무 말도 하지 않는다. 박교수는 경기도 가평군 설악면을 거쳐 강원도 철원까지 나를 싣고 흑암 속에 달려가고 있다.

새벽 4시 10분, 작은 모텔이 하나 있어 들어가 잠을 청했으나 전전반측輾轉反側하다 보니 동이 트며 아침이 밝아온다. 나는 자살을 시도했으나 실패해서 후유증이 남아 있다.

나는 속세를 떠나 산골 마을로 들어가 펜을 들고 하얀 백지에 글을 써가며 글과 함께 초탈하려는 마음으로 연애하리라.

겨울이 지나고 봄이 오는 소식이 여기저기서 들린다. 날씨가 따뜻해져 각종 초목이 싹이 트고 겨울잠을 자던 동물들은 깨어나서 땅 위로 나오려고 꿈틀거린다. 개구리들은 번식기인 봄을 맞아 물이 괸 곳에 알을 까는데, 그 알을 먹으면 허리 아픈데 좋을 뿐 아니라 몸을 보호한다고 해서 경칩 일에 개구리알을 먹는 풍속까지 전해오고 있다.

새들은 노래하고 따뜻한 남쪽에서는 산수유꽃이 언제 피었는지 황금 물결이 온누리에 가득차 있을 때였다. 박 교수 가족들이 내가 있는 곳으로 찾아왔다.

넓고 푸른 산천에는 천지가 오색 찬란하게 꽃들이 피어 있고 벌레들은 자유를 찾아 이곳저곳 다니며 생동하는 만물이 역동한다. 저녁노을이 저무는데도 시간을 잊은 채 즐긴다. 친구는 서울로 가족들과 함께 돌아간다.

아침 일찍 전화가 온다.

"승주야 아내가 죽었어."

"뭔 소리야? 박광희 아내가 죽었단 말이야? 맑은 하늘에 날벼락일세. 어제 멀쩡하게 와서 함께 잘 쉬고 갔잖아."

"글쎄 말이야. 저녁에 나갔는데 친구 집에 간 줄 알았어. 기다리지 않고 서재에서 책 보다가 잠이 들고 말았지. 나도 아침 7시경에 경찰서에서 연락받았어."

"어떻게 경찰서에서 죽었다고 전화가 걸려 와? 시신을 확인했어?"

"응"

"사실이야?"

"맞아. 내가 확인했다니깐 한 시간 동안 시신을 바라보고 있었지. 사인을 규명하기 위해 국과수에서 부검한 후, 검사 결과가 이틀 뒤에 나온다고 해."

고인은 길거리에서 객사한 것이다. 원인은 심장마비다. 나는 정신없이 면목동에 있는 장례식장으로 찾아갔다. 빈소가 마련된 장소는 추모객들이 고인을 떠나보내기 위해 마지막 이별의 인사를 하려고 여기저기서 찾아온다. 웃음 짓는 영정사진은 그녀의 얼굴이 살아있는 것만 같다. 나는 친구에게 무슨 말을 어떻게 해야 할지를 모르겠다. 박광희는, "뭐가 그리 급해서 나를 두고 갔어. 조금만 더 살지. 어린 자식들을 남겨두고 어찌하란 말인고."

랍비는 항상 명랑하고 기쁨이 사면춘풍 하였는데 시들어져 있는 모습을 보니 가슴이 터질 것만 같다. 그러나 그는 고분지통叩盆之痛하지 않는다. 박광희를 위해서 어떤 도움을 줘야 할지 여러 가지 방향으로 모색해 본다.

그러나 그는 불요불급 불사조不要不急 不死鳥이다. 누구에게 굽히지도 않고 새와 같이 날며 자유로운 마음을 가지고 언제 천둥을 쳤는지, 비바람이 불었는지 얼굴은 맑고 화창하다.

이해가 가지 않지만, 그가 살아온 삶은 강하고 힘 있게 솟구치며 할 일을 찾아 독수리처럼 날고 있다. 내가 하는 일들을 동행하며 나에게 의지하는 마음이 깊은 강물이 되어 흐르고 있다. 나는 물어보고 싶은 말들이 많지만 그저 태양처럼 따뜻한 사랑만으로 위로할 수밖에 없다.

"애들은 잘 적응하고 있어?"
"그럼, 아이들은 지혜롭고 현명하다니깐. 어쩜 애들이 더 독한 거 같은데, 아니야. 냉정하게 삶을 이겨내는 것이 아이들인지도 몰라. 이러 쿵저러쿵 짜증 한 번 안 부리고 척척 알아서 잘들 하고 있어."

애들의 얼굴에 슬픔이 나타나지 않는다. 당당하다. 자신 있다.

"참, 아이들이 무섭다니까."

'속 깊은 아이들은 아빠 마음을 상하게 할까 내심 걱정을 많이 하는구나.' 물은 냉정하게 흘러가고 낙엽은 돌아보지 않고 떨어지며 시간은 말없이 흘러가고 있는 세월유수歲月流水구나.

3년 후, 박 교수는 여자와 함께 나에게 찾아왔다. 나는 간이 작아 공연한 일에 미리 겁부터 먹고 허둥거리며 창자가 꼬이는 거 같은 고통이 밀려온다. 경궁지조驚弓之鳥이다.

눈을 들어 두루 살펴본다. 그녀(구슬)는 눈썹이 짙고, 얼굴은 잘 익은 대춧빛이며 목소리는 장군도 쓰러트릴 것 같은 천지진동이며 구경꾼이 찾아와서 침을 질질 흘리고 색을 생각하게 만드는 여자 같다.

'어린 시절에 만났던 고등학생, 철없던 시절 한 세월이 지나가고 청춘의 입맞춤으로 둥지를 틀고 새끼를 낳았건만, 임은 가고 봄은 찾아와서 산천초목 구경하는구나. 얼굴에는 꽃이 피고 치맛자락은 바람에 흔들리고, 새 신발 신고 있는 그녀의 발이 요동치고 있을 때, 당신이여! 내게 와 달라고 목 타게 불렀구나. 깨끗한 남자는 이 여인 품에 잠이 들고 말았구나.'

박광희는,

"나를 따라오시오."

두 사람은 운전석으로 앉는다. 나는 뒷좌석에 앉아 외롭고 쓸쓸하게 달을 바라보며 말을 건넨다.

'바람은 시원하게 불어오는 월백풍천月魄風天이구나'

나는 여자 트라우마가 있다.

'인연이 된 여자들은 꽃이 피고 새가 울고 열매가 맺히기도 전에 함께하지 못하고 다 이별하였노라.'

한 시간 정도 달리다 보니 홍천강이 보인다.

"승주야, 저쪽 홍천강 입구를 찾아봐."

"길이 험난하여 정신을 놓으면 세 사람이 죽을 수도 있으니 잘 알아서 가면 돼."

"그러면 홍천강 쪽으로 가지 말고 저쪽 별장 있는 곳으로 가자. 그곳은 소나무도 많고 잔디도 있고 꽃이 있어서 평화와 여유가 있는 집이지."

"그래, 그리 가지. 그곳에 아는 사람 있어?"

"알아, 좀."

친구는 아는 지인의 별장으로 들어간다. 이미 생각해 놓은 것이다. 여인의 삼촌이 사는 집이라고 한다. 별장은 아니지만 부부가 손님을 반긴다. 그들은 얼굴에 골이 여기저기 파여 있다. 머리는 백발이요, 목소리는 늙은 사자 같았다. 집주인의 모습을 보니 잘 늙었다는 생각이 든다. 말씨와 행동이 아름답고 상처가 없어 자유롭고 평안하다. 앞마당 작은 탁자에 다섯 사람이 옹기종기 앉았다.

"차 한 잔 드세요."

곱게 늙은 여자가 차를 가지고 온다. 여름인데도 뜨거운 차를 마신다.

"여사님, 이 차 이름이 뭡니까?"

"질경이 차예요."

"아니 질경이 차가 이렇게 달콤하고 묘한 깊이가 있습니까?"

"여러 가지 한약재가 들어갔지요. 음양곽, 구기자, 산약, 대추까지 들어갔습니다. 조금은 단맛이 있으면서도 차에 깊이가 있습니다. 남자의 전립선에 좋다고 해요."

"네"

"제 조카 구슬이가 부족한 것이 많지만 신앙심은 좋아요."

구슬(여)은 박 교수를 학교에서 만났다. 제자와 스승 사이다. 제자는 재벌 집안이다. 어쩌면 잘 만났는지도 모르겠다. 세상일은 모르지만 순박하고 순진한 여인이다. 그러나 살아온 삶이나 모든 문화가 일반 사람하고는 하늘과 땅 차이다. 부자는 환경도, 음식도, 언어도 모든 것이 완벽하게 갖추어 있는 사람들이다. 명품이 아니면 입지도 먹지도 갖지도 않는다.

'어떻게 빈곤 속에 살아가는 랍비와 함께 살 수 있단 말인가.'

생각이 다르고 문화가 다르고 철학이 다르고 행동이 다르다. 나는 마음이 안타깝다. 재혼은 초혼보다는 비교할 수 없이 힘들다. 아무리 여자가 남자를 좋아해서 미친다지만 육체적 감동은 물결치는 파도와 같다. 너희들의 사랑이 쓰나미와 같이 몰려온다고 할지라도 잠시 왔다가 빠져나가는 것이다. 그런 사랑이 된다면 또다시 상처의 꽃은 세상에 피고 말리라.

대나무 위에 힘들게 올라가 고기를 구워 먹는 고난이 밀려올 것이다. 나는 친구를 사랑하고 소중하게 생각한다. 그의 모습은 남자로서 성격과 성품이 좋아 여자들이 보면 꼬리를 치고 혀를 쭉 내밀고 독사처럼 친구를 삼키려고 한다. 그러나 그 독사에게 물리면 생명은 상처가 깊어 봉합할 수 없어 죽고 만다. 이런 세상을 나는 살아왔다.

나와 함께 살아주지 않는다고 여자가 세 명이나 동맥을 끊고 목을 매고 약을 먹고 죽었다.

'여자들은 꽃이 피고, 새가 울고, 열매가 맺히기도 전 함께 하지 못하고 다 이별하였노라'

여자는 꽃이다. 꽃은 향기롭다. 떠도는 구름 같아서 남자들이 여자들을 보면 좋아하는 것이 본능이다. 그러나 여자가 사자로 변할 때가 있다.

'친구야, 한승주가 누구이기에 여자들이 미치도록 따라다니며 괴롭히는가.'

결국 그녀들은 내 곁을 떠나면서 독사의 독을 남겨주고 간 것이다. 아직도 독신으로 살지만, 자유가 있어 행복하고 노래가 있어 즐겁고 나눔이 있어 존재 가치를 알았으니 얼마나 감사한지 모른다.

랍비와 만나는 여인 35세 구슬이는, 연세대 경영학과를 졸업한 후 미국 프린스턴 경제학 박사학위를 취득하였다. 그는 미국 드라마에 나오는 카멜리아 꽃보다 더 아름다운 여인이었다. 남자들은 그 여자의 옷자락만 스쳐 지나가는 것이 하나의 로망이었다.

어느 화창한 봄날, 태양은 눈부시게 내리쬐고 꽁꽁 얼어붙은 시냇물은 오묘한 소리를 내며 흐르고 있었다. 학교 작은 뜰 연못에는 분수대가 만들어져 무지개를 이루고 있다.

구슬이는 고 1학년일 때 연못가에 있는 한 물체를 발견한다. 멀리서 보면 짐승 같기도 하고 바위가 있는 것 같기도 하다. 그녀의 시력은 근시여서 멀리 있는 것이 잘 안 보여 가까이 가본다. 아주 작은 남자가 앉아 있다. 그는 난쟁이였다.

1년이 넘도록 난쟁이는 학교 뜰 안 물속의 소금쟁이, 송사리, 참개구리와 함께 아무 생각 없이 살아가는 작은 자였다. 순박하고 아름다운 생화 꽃이요, 자연 그 자체였다. 그녀는 자유롭게 사는 난쟁이를 보고 매력을 느낀다.

"너, 이름이 뭐야?"

물어봐도 대답이 없고 만져봐도 죽은 자처럼 감각이 없다. 웃지도 않는다. 그는 목석같다. 그녀는 호기심이 발동한다.

난쟁이는 약속하듯이 그 시간 그 장소에 나타나서 나를 기다리고 있는 거 같았다. 그러나 나 혼자만의 생각일 뿐 난쟁이는 자기의 신분을 밝히지도 않고 부끄러워하지도 않는다.

어쩌면 어리석게 살아가는 세상 사람들보다는 시간을 초월하며 사는 그 자체가 아름답고 멋있게 보인다. 구슬이는 난쟁이를 미행한다.

고양이가 쥐를 잡듯이 소리 없이 뒤를 쫓아가고 있다. 한참 따라가다 보니 작은 초가집이 보이는데 그곳으로 들어간다. 문도 아주 작다. 그녀는 깜짝 놀랐다. '세상에 태어나서 초라한 곳은 처음이고 난쟁이가 살고 있다' 라고 하는 것이 순수하고 깨끗한 아기 같아서 그녀에게 스며든다.

오늘은 돌아간다. 시간이 됐기 때문이다. 그녀의 수업이 끝나는 시간에 맞춰 운전기사가 데리러 온다. 벤츠 차 안에서 눈을 감고 기도한다. 집에 도착하기 전까지 한마디 말도 없이 묵도하며 난쟁이만 생각하고 있을 때 기사는,

"아가씨, 학교에서 무슨 일이 있었나요? 선생님께 야단맞았어요? 친구하고 싸웠나요?"

"……."

아줌마가 대문 밖으로 나왔다.

"오셨어요?"

인사를 한다.

"네"

구슬이는 자기 방으로 들어가 침실에 누워 난쟁이 생각에 집중하다 못해 자기 자신을 잊어버리는 망아지경忘我之境에 빠져든다.

"아가씨, 식사하세요?"

3번 불러도 대답이 없다. 기사가 갑자기 눈을 휘둥그레 뜨며,

"혹시 무슨 일이 있는지도 몰라요. 오늘 학교에서 아무 일도 없다고 했는데 도통 말을 하지 않았어요."

아줌마는, '사춘기가 왔을까!' 번개처럼 스친다. 방문을 노크한다.

"똑~똑~똑"

두 번 이상 노크를 했지만, 아무 기척도 없다. 다급하게 문을 열었다. 이불속에서 깊이 잠들어 있는 거 같았다.

"아가씨, 아가씨."

흔들어 댄다. 아무런 대꾸도 하지 않는다. 이윽고 실례를 무릅쓰고 이불을 살짝 걷었다. 그냥 웃고만 있었다.

"왜 대답을 안 하세요? 무슨 일이 있어요?"
"아니에요. 잠깐 천국에 갔다 왔어요."
"참, 무슨 말씀을 그렇게 하세요. 식사하러 가요."

아줌마와 손을 잡고 1층 식탁으로 간다. 이미 진수성찬이 차려져 있다. 구슬이는 대꾸도 하지 않고 웃음도 느낌도 없이 먹는 둥 마는 둥 밥숟갈을 내려놓으며,

"아줌마, 물 좀 주세요."
"네"

물을 가져다준다. 마신 후 일어나서 방으로 들어가는 아가씨를 보고는 충격을 받는다.

"아니, 왜 식사를 안 하세요? 어디 아프세요? 병원에 갈까요?"
"신경 쓰지 마세요. 맛있는 음식을 먹은들 무슨 소용이 있겠어요."

그동안 쓰지 않는 언어들을 사용해 직원들을 놀라게 한다. 구슬이는 부모님이 지금 자신이 하는 행동을 알게 되면 큰 일이 벌어진다는 것을 잘 알고 있다. 상상도 못할 일이다.

"아줌마 아저씨, 나 멀쩡하거든요. 사춘기도 지났거든요. 사람을 이상하게 생각하지 마세요. 지극히 정상이에요. 괜히 집에 불씨가 되어 화를 입게 하지 마세요. 평상시에 하던 대로 하면 돼요. 사람이 어떻게 불로불사가 될 수 있어요? 인간은 생물이에요. 날씨와 같다구요."

가정교사(남)가 온다. 구슬이는 초등학교 때부터 지금까지 고액 과외를 받고 있기 때문에 전교에서 1등이다. 대학생 정도의 실력이다. 태어나서 지금까지 부족함이 없는 부모 품 안에서 공주처럼 사랑을 받아 왔다. 오늘 아침 기분은 유쾌, 통쾌, 상쾌하다. 난쟁이가 학교 뜰에 있다는 사실이 온통 마음을 사로잡고 있기 때문이다.

3교시 수업을 마치고 난쟁이가 있는 곳으로 달려간다. 안 보면 보고 싶고 온통 몸과 마음이 난쟁이에게 빼앗겨 정신을 차릴 수가 없다. 그런데 항상 그곳에 있던 난쟁이는 없다. 가슴이 뛰고 마음이 쪼그라들며 죽은 낙지처럼 흐물흐물 힘이 없다.

'어디에 있을까!'

학교 주변을 찾아본다. 구석구석 나무 사이를 둘러보지만 어디에 숨었는지 눈에 띄지도 않는다.

'사고가 났을까 아니야, 그렇다면 어디가 아플까!'

바람이 불어 구름이 흩어지는 풍류운산風流雲散이다. 수업은 수수방관하고 온통 머릿속에는 난쟁이에 사무쳐 몸부림을 치고, 불 속이라도 들어가 몸을 태우는 고통보다 더 힘들고 그립다. 걱정되고 연락할 길도 없다. 전화도 없고 수업 중에 집을 찾아갈 수도 없다. 하루가 도일여년度日如年이다. 집에 들어가 마음을 집중해 난쟁이만 생각하고 있다.

환상 속 그때

〈내 마음은 난쟁이와 함께 웃음 지으며 정을 나누고 있다. 구슬은 이것이 사랑인가보다. 난쟁이네 집에 들어가 소금에다 밥을 먹고 있다. 얼마나 꿀맛인지, 행복이 무엇인지, 사랑이 무엇인지 이제야 알았다. 난쟁이와 함께 마당에 나와 물장난을 치고 행복의 시간을 보낸다. 시간과 공간을 잊어버렸다. 난쟁이는 어린아이 같았고 구슬은 엄마 같았다. 난쟁이도 구슬이를 보고 마음이 설레고 흥분이 된다. 신혼부부가 깨를 볶는거 같다.

햇볕이 내리쬐던 대낮에 난쟁이는 작은 돌 위에 앉아 무엇인가 골똘히 생각하고 있었다. 그때 구슬이는 난쟁이에게 다가간다. 난쟁이는 몸이 꽁꽁 얼어붙어 있고 성기는 커져 한 가운데 텐트를 치고 있다. 이미 구슬은 그 사실을 알고 있었다.

구슬이 역시 성욕에 사무쳐 마치 남편이 군대 갔을 때 아내가 배란기가 돌아오면 남자가 그리워서 100년 된 소나무를 붙들고 몸부림을 치는 것과 같다. 공주는 고1이지만 완전히 성숙한 여인이었다. 충분히 이해하면서 둘이 겉옷을 벗고 속옷 차림에 샤워를 해준다. 사랑의 씨앗이 땅에 떨어져 싹이 나기 시작한다.〉

구슬이는 아무 일 없듯이 차를 타고 학교에 간다.

"공주님, 수업 잘 받으세요. 요즘 고민이 있는 거 같은데 저한테 털어놓으면 안 되겠습니까? 대학 시절에 연애 박사였고 상담도 많이 했습니다."

구슬이는,

"기사님, 운전이나 똑바로 하세요. 이젠 난 애가 아니에요."

따끔하게 기사에게 말을 건네고 학교로 들어간다. 담임 선생님을 만난다.

"선생님"

"어쩐일이야? 구슬이 무슨 일 있어? 그동안 상담이 전혀 없었잖아.

구슬이는 입시 문제나 진로 문제 등 특별히 상담받을 것이 없잖아."

"선생님, 저라고 사람이 아닌가요? 요즘 연애하는 중이에요."

"야 신시대구먼, 학생이 입시 때문에 죽느냐 사느냐 하는 판국에 여유가 있어 좋겠네. 연애 상담을 다 한다니 말이야."

"오늘 조퇴하려고요. 제 마음 아시죠? 비밀로 해주세요."

구슬이는 문제 학생이 아니며 서울대에 갈 수 있는 실력을 갖추고 있다. 담임 선생님에게 촌지를 건네준다.

"무슨 이런 걸 줘… 잘 다녀와."

선생님은 주고 간 봉투를 확인해 보니 50만 원이다. 선생님의 입가에 미소가 피어오른다. 감동의 물결이 솟구친다.

난쟁이 집을 찾아간다. 할머니와 함께 살고 있다. 난쟁이를 보는 순간 세상을 다 얻은 것처럼 설레고 행복하다. 태어나서 처음 행복이 무엇인지를 알게 되고 살아야 할 존재 가치를 소중하게 생각해 본다.

'하늘이여 하늘이여! 이 땅에 태어나게 해주셔서 감사합니다. 이 난쟁이 친구를 만나게 해주셔서 감사합니다.'

공주는 난쟁이와 할머니가 사는 것을 보고 신기해 했다. 가구, 액자, 그림 한 점 없이 오로지 수저와 밥그릇 몇 개만 달랑 작은 통에 들어 있었다. 아마 식사하고 설거지통에 그냥 둔 것이다.

방 안에 이불이 정리되지도 않고 몸만 빠져나온 형태가 그대로이다. 집 안에는 곰팡이 냄새와 쥐와 벌레들이 여기저기 기어다니고 있다. 악취가 어디서 나는지도 모른다. 인간의 냄새도 코를 자극했다.

그러나 구슬은 그것이 행복이었으며 집안의 냄새도 향기로워 그를 끌어당기고 있다.

"할머니 안녕하세요?"

"누구신가요? 학생이 이렇게 초라한 집에 오다니 무슨 일이 있나요? 우리 난쟁이를 알고 있어요?"

"네, 잘 알고 있어요. 할머니 제가 난쟁이를 무척 좋아해요. 표현할 수 없어요. 머리부터 발끝까지 좋아요. 저 요정 같은 작은 키가 나를 미치게 해요. 어제 하루 못 봤는데 꿈속에서 환상을 보고 행복했어요."

구슬은 난쟁이와 대화한다. 그러나 난쟁이는 낫 놓고 기역 자도 모르는 새싹이 트는 순수한 나무였다. 6개월 동안 한글을 가르치다 보니 대화의 문이 열리고 소통이 되며 마음도 충만해진다. 사랑은 눈을 마주치면서 정이 들어 태양보다 더 뜨거워졌다.

2년 만에 중·고를 검정고시로 통과하여 대학 시험을 보게 된다. 난쟁이는 연세대학 법학과를 수석으로 합격하고 구슬은 서울대학교에 다니고 있었지만, 사랑의 열매를 맺으려고 연세대에 편입했다.

이들의 사랑이 캠퍼스에서 익어가고 있을 때였다. 분홍빛으로 둘러싸인 사랑의 둥지는 뜨거운 태양이 그들의 마음을 사로잡듯 사랑이 시작되고 있다. 난쟁이는 짧은 시간에 연세대 법학과를 졸업한 것이다.

구슬이는 대기업 회장의 셋째 딸이었다. 율법적으로 갇혀있고 기술학적으로 살아가는 느낌이 없는 삶이었다. 자유가 없고 늘 고독하고 외로웠다. 가정교사와 사랑의 눈을 떴지만 피기도 전에 시들어 버렸다.

캠퍼스 생활도 할 수 없었고 물가를 떠나면 죽은 고기와 같이 어항에 갇혀있는 생명체였다. 부모가 하자는 대로 순종하며 살아왔다. 재벌가들의 자녀들은 사랑해서 결혼하는 것이 아니다. 사업을 위해서 논리와 심리적 이해타산과 수학적 관계성을 가지고 결혼하는 것이 재벌 자녀들의 현실이다. 상식도 인격도 자유도 없다.

물론 이 조건이 틀리다고는 볼 수 없다. 그러나 사랑이 없는 결혼은 짐 승과도 같다. 구슬이는 유럽 학생들처럼 자유롭게 놀고 공부하고 행복을 만들며 인성을 완성해 가는 것이 인간의 본능이라고 외치고 싶었다. 그때 난쟁이와 사랑하게 되고 그 사랑의 선물로 임신하였고, 쓰러져 가는 초가 집에 행복이 가득 채워져 가고 있었다.

아이가 한 살 때 구슬이 부모들이 이 사실을 알게 되었다. 구 회장은,

"세상에 어찌 이런 일이 있단 말인가! 아무리 사랑이 좋다고 할지언 정 난쟁이하고 연애하다니, 아니 내 딸이 병신하고 산단 말이야! 우 리 집안을 뭘로 보고…. 참 세상이 미쳐 돌아가는구만, 난쟁이 새끼가 그것도 남자라고 우리 딸을 건드려 감히! 사랑은 무슨 얼어 죽을 사 랑 그것은 막노동하는 사람들의 이야기야 사랑은 자유가 있다고 하 지만 나에게는 사랑도 없고 자유도 없어."

창피해서 얼굴을 들 수도 없고 집안이 망하는 것만 같았다. '내 딸이 인 지능력 장애란 말인가!' 도저히 이해도 안 되고 이해하려고 했으나 먹구름 이 앞을 가린다. '난쟁이와 초라한 집에 살고 있다니…' 며칠 동안 전전긍 긍하다 무서운 결단을 내린다. 회사에서 신임받는 지혜롭고 똑똑하다는 본부장을 부른다.

"본부장을 내 방으로 들어오라고 해."

"네, 회장님."

본부장은 회장실로 들어간다. 문은 향나무로 제조되었으며 금으로 무 늬를 놓고 있다. 노크한다.

"회장님, 부르셨습니까?"

"어, 거기 좀 앉게나."

본부장은 회장실 전체를 가끔 보지만 오늘은 유난히 체스터필드 소파가 눈에 띈다. 영국 클래식 가구의 자존심을 그대로 드러내고 있다. 소파 전체에 움푹 들어간 딤플에 달린 단추 모양의 장식이 특징적이고 팔걸이가 안정감을 주고 인간의 삶에 에너지를 심어주는 분위기이다. 소파에 마주 앉는다. 책이요, 고려청자요 그림 등이 여기저기 자리를 잡고 마음에 안정감을 준다.

"지금부터 대화하는 소리를 누가 들어서도 안 되고 알아서도 안 돼. 자네와 나 둘만 알아야 해. 우리 집사람도 알아서는 안 돼. 내 약속을 무덤까지 가지고 갈 수 있나?"

본부장은 회장 얼굴이 심각하고, 누렇게 떠 있으며 긴장된 모습이었고 행동도 불안해 보인다.

"회장님, 무슨 일 있습니까? 20년 동안 회장님을 모시고 있었지만, 이런 모습은 처음입니다. 몇 조를 손해 보고도 눈도 깜빡이지 않으셨던 회장님이 무슨 큰 일이라도 있습니까?"
"본부장, 나는 말이야 세상에 태어나서 처음 이런 고통을 당했지."
"왜 그러십니까? 회장님."
"나는 마음만 먹으면 불가능이 없는데 마누라와 자식은 마음대로 못 하는 거 같아. 세상을 헛산 것 같은 기분이야."
"회장님 걱정하지 마십시오. 세상에 안 되는 일이 어디 있습니까?"
"자네는 말이야, 너무 쉽게 말하는 거 같애. 그건 그렇고 구슬이 말이야 어떻게 했으면 좋겠어? 난쟁이랑 살고 있다네. 애를 하나 낳았어."
"구슬이를 관리하는 민 기사는 몰랐을까요?"
"자자, 여러 가지 생각할 필요도 없어. 무 자르듯 자르는 거야. 본부장은 난쟁이 집 근처의 땅들을 다 사들여. 난쟁이가 사는 집이고 뭐고 다 사들여.”

본부장은 전문인에게 의뢰하여 주변 땅 위치와 시세를 알아보았다. 그러나 그 주변 땅들은 삼성이 20년 전에 이미 매입한 상태였고 난쟁이와 할머니가 사는 집은 그냥 거주할 수 있도록 두었다.

몇 달 후, 회장이 비서실로 인터폰을 친다.

“따르릉~~~ 따르릉”

“네, 회장님.”

“본부장 보고 내 방으로 들어오라고 해.”

“알겠습니다.”

본부장은 모든 자료를 가지고 회장실로 들어가고 있다.

“똑똑똑”

노크한다. 조심스럽게 문을 연다. 그 순간 물은 흐르고 있다. 그러나 소리가 나지 않는다. 본부장은 고양이 밑에 쥐처럼 조용히 소파에 앉는다. 회장님이 계시는 방은 삭막하다. 이 넓은 방에 화분도 그림도 웅장한 소파도 전화벨 소리도 말이다. 물론 회장님도 고개를 숙이고 번민에 차 있다. 본부장은 숨소리도 낼 수 없이 회장님의 말씀이 떨어질 때까지 기다린다.

회오리 바람이 불고 있다. 긴장이 고조되어 본부장은 안절부절이요, 몸의 근육은 경직되고 머리마저 아무 생각없이 백지가 되고 있다.

“그동안 생각해 보았나?”

“네, 회장님.”

본부장은,

“감쪽같이 아프리카에 보내는 게 좋을 거 같습니다. 그러나 난쟁이를 외국으로 보내면 흔적이 남습니다. 늙은 노모와 신생아가 있어서 복수 할 수 있기 때문입니다."

회장은,

"본부장, 무슨 일이든 시작은 쉬우나 완성까지는 어려운 것이야 동지지이動之至易요 안지지난安之至難이란 말을 명심해야 해."

"네, 잘 알겠습니다. 풀을 베고 뿌리를 제거하겠습니다. 걱정이나 화근이 되지 않도록 흔적도 없이 참초제근慘草除根 하겠습니다."

"본부장, 그럼 난쟁이와 할머니를 죽인단 말이야?"

"회장님, 방법이 없습니다. 그 방법 외엔 다른 길이 없습니다. 남한과 북한 사이의 바다에다 던져 버리면 됩니다."

"이 사람아, 까딱 잘못하면 난쟁이가 살아나올 수도 있어. 안 죽을 수도 있단 말이야 머리가 좋아서… 다른 아이들은 평생 동안 개인지도를 받아야 대학에 갈 수 있어. 그런데 난쟁이는 2년 만에 연세대 법학과를 수석으로 합격한 놈이야. 얕잡아 보면 안 돼, 죽이려면 완전범죄가 되어야 해."

"회장님, 드럼통에다 집어넣어 콘크리트를 쳐서 바다에 던지면 됩니다."

"어쨌든 잘 해봐."

"네, 회장님."

1월을 시샘하듯 겨울은 무척이나 춥다. 본부장은 난쟁이 집에 찾아와 여기는 개발해야 하니까 우리 회사에서 집을 한 채 지었으니 그 집으로 이사를 가자고 한다. 오후 6시 30분경 가족들을 차에 태웠다.

난쟁이는 본부장의 차를 타고 강원도 고성의 집에 살게 되었다. 난쟁이와 할머니 아기까지도 조금의 불편함 없이 이들이 살 수 있게 조경이요, 잔디요, 친환경적으로 초현대식 궁궐로 꾸며 주었다. 구슬이 아버지께서 일할 수 있는 남자와 여자 도우미까지 함께 살도록 준비해 주었다. 이곳 생활은 하늘의 구름이나 안개도 끼지 않았고 검은 흑암도 찾아오지 않았다. 따뜻한 봄날에 온갖 생물이 나고 화창한 풍광이 명시하다. 솔솔 부는 바람과 따스한 햇볕이 봄날을 말해주는 것 같다. 걱정도 근심도 없다.

6개월 후, 구슬이는 방 안에 갇혀 있은 지 8일이 지났다. 그때, 구 회장은 딸을 부른다.

"구슬아, 아빠하고 함께 갈 때가 있어."

대답도 하지 않는다. 그저 무거운 몸만 발걸음을 움직이며 아버지 말씀에 순종할 수밖에 없다.

구슬이는 10시간 동안 차를 타고 강원도 고성에 도착해서야 난쟁이가 살고 있는 집을 알게 된다. 쇳덩어리처럼 굳은 마음이 녹아서 흘러 내린다. 그런데 아버지가 난쟁이를 죽여 버릴 거 같은 불안한 생각이 번개처럼 스쳐 간다. 드디어 구슬은 아이를 만나 품에 안는 순간 행복이 찾아온다. 그러나 그것도 잠시 잠깐 부르는 소리가 들린다.

"아가씨, 회장님이 부르십니다."

소리 없이 눈물을 흘리며 아버지의 말에 길든 소처럼 순종해야 한다. 만약 불순종하면 엄청난 일들이 벌어진다는 상상이 그의 머릿속에서 맴돈다. 아버지는 딸을 데리고 서울로 돌아왔다.

난쟁이는 행복이 하늘을 찌르고 자연과 더불어 사는 생활은 누구도 시샘할 수 없다. 그러나 1년이 채 안 되어 불행이 찾아온다.

행동대장은 50억을 받고 난쟁이 가족을 흔적도 없이 없애 버리려고 한다. 누구한테 계약금 10억을 받았는지는 조폭들도 모른다. 물론 알 필요도 없다. 돈만 받으면 된다. 깡패 10명에게 지시한다.

봉고차에는 난쟁이 가족을 태우고 양쪽에 힘센 놈들이 붙고 승용차 2대에는 3명이 나누어 타고, 승합차에는 모든 장비를 준비해서 행동대장 망치가 탄다.

"목적지 잘 알고 있지?"

"네."

"약도와 지리를 잘 분석해서 차질 없이 완수하도록 해. 모두 새벽 1시까지 난쟁이 집 앞으로 도착. 이상. 여기서 실패하면 우리는 다 죽는다."

"네, 형님."

"명심해. 또다시 말하지만 늘 우리는 하는 일이고, 이것이 하늘의 운명이며 이 땅의 사명이다. 그러나 마음의 변화가 오거나 배신을 하는 자가 있으면 그 즉시 칼로 목을 쳐 버릴 것이다. 알았나?"

"네, 명심하겠습니다."

"이 일은 50억 사업이야 잘 알고들 있지? 너희들 말이야 자식이 있고 아내가 있어. 가정이 있으니 돈이 필요해. 돈 없으면 죽은 자야 허수아비란 말이야, 사업이 잘돼야 처자식도 먹고 살지. 한 명도 죄의식을 가지면 안 된다. 머리털 하나 들어갈 틈이 없게 행동으로 완수할 것."

007작전을 하는 것이다. 난쟁이의 가족들은 청천벽력青天霹靂이 일어날 줄도 모르고 평안하게 잠을 청하고 있을 때였다. 그때 난쟁이 입을 막고 검은 두건을 얼굴에 씌우고 손, 발을 묶는다. 핏덩어리까지 데리고 첩첩산중으로 들어간다.

갑자기 회오리바람이 몰아치더니 비가 억수같이 쏟아지며 번개가 치고 있다. 나무는 뽑힐 듯이 하늘을 찌르는 고함소리를 내고, 땅은 진동하며 바다는 거대한 파도가 일고 있다.

그때 난쟁이를 드럼통에 넣고 파도가 억세게 몰아칠 때 바다에 던지려는 순간, 인상이 좋고 의리가 있는 깡패 한 놈이,

"잠깐"

"야, 왜 그래?"

"형님, 우리도 사람이지 않습니까? 그냥 나무에 살짝 묶어 놓지요. 그러면 이 겨울 파도에 휩쓸려가지 않겠습니까?"

그러나 두목은 인정사정도 없이 그 자리에서 칼을 꺼내어 목을 쳐 버린다. 함께 있는 깡패들은 그 현장을 보고 소리를 지른다.

"단결"

"이것은 사람을 죽이는 일이 아니고 우리의 사업이야. 생각을 바꿔. 물 한 방울도 새어 나가면 안 돼."

난쟁이 가족을 바다에 던져 버린다. 모두 죽고 만다. 핏덩어리와 80세 먹은 할머니 그러나….

구 회장은 구슬이를 미국으로 유학 보낸다.

밤의 황제

2. 밤의 황제

나는 하남시 초이동에서 서울로 간다. 강동구 상일동에서 면접 볼 사람을 만나기로 하여 육교 앞에 차를 주차했다. 한 여인이 기다리고 있었다.

"제가 좀 늦었네요. 처음 뵙겠습니다."

"안녕하세요. 저도 처음 뵙겠습니다."

40도 안 되 보이는 당차며 아담하고 똘똘하게 생긴 여성이었다. 그녀는 웃음 지으며 가지고 온 짐을 뒷자석에 싣고 조수석에 올라탄다. 나는 목적지나 일할 곳을 차 안에서 말하지 않았다. 이미 소개해 준 곳에서 잘 알고 오신 거 같아 굳이 말할 필요는 없었다. 차는 서울 외곽고속도로의 바람을 헤치며 달린다. 나는 30분 동안 입을 열지 않았다. 그녀는 몹시 궁금했는지,

"운전을 잘하시네요."

"혹시 불안하십니까?"

"아니에요."

"저는 자가운전 여행이 취미입니다. 그러나 운전은 자신감을 가지면 안 되지요."

"네"

'도대체 이 남자는 어떤 사람이기에 좋은 차를 타고 다니는 걸까! 흙수저가 아니고 금수저인 거 같다. 인상을 보니 배운 사람 같고 점잖은 분 같았다.'

차 안에 앉아 있는 여인은 여러 색 빛깔을 연상시키며 편안함을 준다. 가는 동안 추억 속에 핑크 꽃이 피었으면 좋겠는데 처음 만난 남자요, 서로가 사주 관계이기 때문에 그녀는 말하는 것이 조심스러운가 보다. 환상 속에 1시간 30분을 달린다. 오른쪽에서 달리는 기차는 '기적소리를 내며 연기와 함께 천천히 달려 가고 있었다.'

두 사람은 여전히 명상 시간에 젖어 있다. 어색함과 정적이 흐르면서 운전자 마음대로 자동차가 달려가고 있을 때 단월면 이정표가 보인다. '초가집들이 각자 개성을 가지고 옛 추억을 생각나게 한다.' 방앗간을 지나고, 다방을 지나고, 초라한 여인숙을 지나면서 인생이 세월을 말해주고 있다.

"시골이네요."

목석같은 사나이에게 여인은 말을 건네 온다.

"네, 시골 맞습니다. 이곳은 봄이 되면 고로쇠 나무가 유명하지요."
"고로쇠는 단풍나무과의 식물입니다. 여느 단풍의 잎처럼 여러 갈래로 갈라져 있는 잎을 지니고 있으며 가을이면 노랑 또는 밝은 갈색으로 물들지요. 떠도는 말에 의하면 예로부터 '뼈에 좋은 나무'라 하여 골리수骨利水라 불리다가 이 말이 고로쇠가 되었다고 하는데, 애초 우리말인 고로쇠가 있었고 이를 그 음가가 비슷한 한자로 골리수라 표기하였다고 보는 것이 타당할 것입니다. 우리나라 전역에 자생을 하며 특히 해발 800미터 이상 되는 고지에 군락을 형성하고 있죠. 그늘지고 습한 곳에서 잘 자라 계곡을 따라 군락을 이룹니다. 지역에 따라 고로쇠가 조금씩 다른데 지리산의 고로쇠는 잎이 대개 7개로 갈라지는 왕 고로쇠입니다. 그 외 우산 고로쇠, 산 고로쇠, 집게 고로쇠, 붉은 고로쇠 등이 있는데 이 고로쇠에 따라 그 수액의 맛은 다르다고 하네요.

나무는 겨울이면 그 몸에서 수분을 다 빼버립니다. 얼어 죽지 않기 위한 전략이죠. 봄이 오면 나무는 그 몸에 물을 다시 채우는데, 단풍나무와 식물의 경우 그 물을 올리는 양이 많아 구멍을 뚫으면 수액이 밖으로 흘러 내립니다. 이 수액은 달아서 그냥 마셔도 맛있고 단풍나무와 식물에 이 수액을 받아 졸이면 달콤한 시럽이 되며, 이를 영어로 maple syrup(메이플 시럽)이라 합니다. 최초로 단풍나무와 식물의 수액을 채취하여 시럽을 제조한 사람들은 북부 아메리카 대륙의 원주민들이었습니다.

이 지역에는 단풍나무들이 많아 수액의 채취가 쉬웠고, 그것으로 단맛의 음식 재료를 만들었던 것입니다. 1500년대 이후 아메리카 대륙으로 이주한 유럽인들이 이 메이플 시럽의 제조를 따라 하였고 단풍나무가 많은 캐나다에서는 이 메이플 시럽 제조가 큰 산업으로 발전하였습니다. 1960년대 자료에 의하면, 한국에서 이 메이플 시럽을 제조하여 수입품인 설탕을 대체해 보자는 연구가 있었습니다. 우리 땅에도 고로쇠 등 단풍나무들이 많으니, 캐나다에서처럼 메이플 시럽 제조 산업을 키울 수 있을 것으로 생각합니다. 고로쇠 수액 음용이 1970년대까지만 하더라도 극히 일부 지역에서의 일이었고 1990년대 초에 와서야 전국으로 번져나간 것으로 보아 그때의 연구들이 지금의 고로쇠 수액 봄의 씨앗이 되었을 수도 있을 것입니다.

고로쇠 수액 채취는 이르면 2월 중순에 시작하여 늦으면 4월 초까지 이루어집니다. 강원도 일대뿐 아니라 제주도, 울릉도, 지리산 등 전국 각지에서 고로쇠 수액이 나옵니다. 지역별로 그 맛이 조금씩 다른데 고로쇠나무가 자라는 자연환경의 차이인지 수종의 차이인지는 정확히 알 수가 없습니다.

칼슘, 마그네슘 등 미네랄이 풍부하여 약간 미끄덩하고 비릿한 냄새가 나며 당분이 많아 달콤한 것은 어느 지역 것이든 비슷합니다. 고로쇠 수액은 열처리 등 가공 없이 병입 되어 팔리고 그래서 금방 상하고 봄 한때 잠시 맛보는 음료로 자리를 잡고 있습니다. 건강에 좋다하여 한 번에 많은 양을 먹기도 하지만 과학적으로 규명된 것은 아닙니다. 미네랄이 풍부하니 건강에 이로운 것은 맞을 것입니다."

"사장님은 자세히 알고 계시네요?"

"관심이 좀 있지요."

요즘은 모내기가 한창이다. 다락방 창문을 열면 개구리 울음소리가 별빛처럼 쏟아져 들려온다. 어두운 적막을 뚫고 목청이 터지도록 울어대지만, 지나가는 사람들은 소음이며 불쾌한 생각을 느끼고 있다.

"왜, 화가 난 개구리 소리로 들리죠?"

"사람의 행동에서 나온 죄성이며 재앙이라고 볼 수 있습니다. 아프리카의 나일강이 세계에서 최고 긴 강이지요. 이집트 사람들은 이 강을 신이 주신 축복이라 여기며 살았습니다. 생명의 원천이었죠. 그러나 그 강이 우상이 되어 아침마다 절을 하고 섬기며 살았으나 어느 순간 썩어 냄새가 진동하고 그 물을 마실 수가 없어 개구리들이 밖으로 다 뛰쳐나와 사람을 헤치는 것이지요. 온 마을 가정, 식탁, 침실까지 인간을 지배하였지요. 밥을 먹고 있는데 밥그릇에서도, 국그릇에서도, 반찬에서도 갑자기 우글우글 생겨 밥을 먹을 수도 없고 잠을 잘 수가 없는 고통은 자연으로 말미암아 오는 것이기에 이 재앙은 인간의 힘으로 해결할 수 없는 아픔이었지요.

인류는 물에 의해 전멸하고 말 것입니다. 물이 없으면 생명은 살 수가 없으니까요. 동·식물들이 존재할 수 없지요. 돈으로도 안 되고 물리적 방법으로도 안 되는 것이지요. 오직 자연의 섭리만 해결할 수 있습니다."

"그럼, 환경을 파괴하면 안 되겠네요?"

"그렇죠. 파괴하면 안 되죠. 자연과 더불어 사는 것이 생명이며 인간이지요. 우리 여사님은 물 없는 사막에서 살 수 있겠어요?"

"글쎄요."

환경적 생태의 비극에 대해 이야기하고 나니 그녀는 물리적 전쟁보다 심각하다고 말한다.

"참, 무섭습니다."

"그럼요. 자연이 주는 재앙은 인류의 재앙이며 해결할 방법이 없습니다. 오직 하나님만이 해결하는 것이지요."

나는 자연이 파괴되는 현실 앞에 열불을 토해내면서 누군가에게 인식을 시켰다. 차 창문을 열고 공기를 마시며 시골 풍경을 바라본다. 집집마다 연기가 피어오르고 있으나, 산 중턱 외딴집은 굴뚝에서 연기가 나질 않는다. 분명코 저 집은 불이 켜져 있고 사람의 흔적은 있는데 연기가 나오지 않는 거 보면 저녁밥을 못 짓는 거 같다.

된장국 냄새와 밥 냄새에 잔치를 벌이는 인심이 후한 집도 있다. 이 집은 제삿집이나 내일 자녀를 결혼시키기 위해 음식을 푸짐하게 준비하는 잔치집 같다. 시골 정경은 그림 한 폭 한 폭을 구경하는 것같이 선명하게 나타나 옛날 이야기를 말하는 거 같다. 두 사람은 언제 미팅했는지 기억도 나지 않는 것처럼 무색하게 또다시 침묵으로 일관한다.

한참 달리다 보니 단월면 다리를 건넌다. 직진하면 '작가의 집'이 보이고 우측으로 가면 서면으로 가는 길이다. 조수석에 타고 있는 여인은 겨울처럼 꽁꽁 얼어붙은 몸이 되어 긴장하고 있었다.

'이 사람이 나를 어디로 데리고 가는지…'

가면 갈수록 깊은 산골이 두렵다. 불안한 마음이 밀려온다.

"목적지는 산골 외딴집입니다."

여인은 대답하지 않는다.

'설마 납치하는 것은 아니겠지.'

남자의 인상을 보니 범죄 저지를 상이 아니고 배려와 섬김, 온유와 사랑이 가득한 사람 같았다. 그러나 가면 갈수록 더 깊은 곳으로 들어간다. 여인은 가슴이 뛴다. 갑자기,

"동무, 어디매 가십니까? 나를 죽이지는 안캇죠?"

여인은 겁나서인지 북한말이 자연스럽고 구수하게 튀어나온다.

'무슨 말이야! 간첩인가 조선족인가 북한말을 쓰다니 지금까지 이 여자가 나를 속였단 말이야!'

운전하고 있는 나는 좌불안석坐不安席이다.

'야~ 제대로 걸렸네, 혹시 간첩이 피신하려고 이 산골로 들어온단 말인가!'

어떻게 처신해야 할지 모르겠다. 지혜롭게 판단해야 하는데 분별하지

못하겠다. 요즘 사람들은 사악하고 무섭다. 칼이 무서운 것이 아니다. 호랑이가 무서운 것이 아니다. 항상 사람이 제일 무섭다고 나에게 가르쳐 주었던 어머님이 생각난다.

'아들아, 사람을 잘 써야 한다. 잘 못 쓰면 망하기도 하고 흥하기도 하는 것이야. 사람이 제일 무섭지. 머리 검은 짐승은 거두지도 말라 했다. 사람을 신뢰하거나 믿으면 안 된다는 것이다. 사람은 도와줄 대상이지 믿음의 대상이 아니란다.'

나는,

"걱정하지 마세요. 천사들이 모여있는 살기 좋은 곳입니다."

입구에서부터 대관령을 넘어가는 것처럼 길이 험난하여 가슴이 짜릿짜릿하다. 여인은 나에게 말한다.

"동무, 대체 나를 어디매 끌고 가십니까?"

"네, 이제 다 왔습니다."

나는 차 안에서 클락션을 누른다.

'빵빵'

내가 왔으니 빨리 나오라고 급하게 재촉한다.

아이들이 휠체어를 가지고 와서 소리를 지르며 아빠가 왔다고 좋아한다. 직원들도 나오고 있다. 여자는 가슴이 타 창자가 끊어질 거 같다. 이상한 사람들이 나온다. 이 여인은 휠체어를 탄 사람이나 장애인들을 한 번도 본 적이 없다. 나와 함께 차를 타고 온 멀쩡하게 생긴 남자가 차 안에서 내리더니 휠체어로 옮겨탄다. 여인은, '사나이 같은 남자가 휠체어를 타다니 앉은뱅이란 말인가!'

충격이다. 2번 충격, 3번 충격 중증장애인이 운전한다니 이해가 가지 않는다. 상체는 알랭들롱 배우와 같다. '여기서 내가 살 수 있단 말인가!' 이대로 죽을 수도 있다.

산짐승들은 소리를 낸다. 저녁이 되면 부엉이 울음소리요, 소쩍새 울음소리요, 외롭고 고요하게 들려온다. 사람 소리가 들려야 하는데 짐승 소리만 처량하게 들려오니 여인은 살 수 없다고 판단한다. 저녁 9시쯤 키 큰 아줌마가 새로 오신 분을 달랜다.

"도시는 여유가 없고 삶이 전쟁이지만 이곳은 인간의 향이 나는 곳입니다. 보기에는 삭막하고 찬 바람만 불어오는 것 같지만 살다 보면 공기도 좋고 자연도 아름답고 숲이 깊어 산나물이 지천이요, 사철에는 꽃들이 만발하여 평화와 여유가 있는 곳입니다. 이곳에서 정들면 떠날 줄 모릅니다."

나는 아줌마와 함께 2층으로 올라간다.

"아줌마가 탈북자 같아요. 이해하고 함께 주무세요. 난 내 방에 들어가 자겠습니다."

방에는 아무도 없다. 그러나 잘 꾸며 놓았다. 천장은 흰색으로 도배가 되어 있고, 벽 사면은 와인색이고, 커다란 창문이 바깥에서 보이지 않도록 우아하고 고급스러운 커튼으로 수를 놓고 있다. 침상은 백옥 같은 포근한 이부자리가 침실에 마련되어 있고 더블 침대는 검은색이다. 나는 늘 독신으로 살고 있다.

도시는 아침이 밝기도 전에 바보들의 행진곡이 여기저기서 들린다. 폭탄 소리요, 총알 소리요, 미친 사람들이 생존하기 위해 몸부림을 치다 보면 넋이 나가 있어 사람 소리가 듣기도 싫다. 그러나 이곳은 새소리, 바람소리, 물소리만이 들려오는 고요한 밤이다. 조용히 침대에서 여유를 가지고 혼자서 시간을 보내다 잠이 든다. 새벽에 잠에서 깨어난다. 사람 소리가 들린다. 어제 오신 아줌마께서 간밤에 몸을 이리저리 뒤척이다 잠을 이루지 못하고 밤새 뜬눈으로 근심 걱정하다 밤을 새웠는가 보다. 이 시간에는 아무도 일어나지 않는데 누군가 내 방문을 노크한다.

"네"

문을 조심스럽게 연다.

"원장님, 어제 오신 분이 없어졌어요."
"어디 좀 잠깐 갔겠지. 수선 떨지 말고 좀 기다려 봐요. 이 첩첩산중에 혼자 어딜 간단 말이야, 정 실장(여) 어젯밤에 함께 주무시지 않았습니까?"
"네, 그런데 그이가 잠을 설치는 거 같던데요?"
"잘 좀 지켜보지 그랬어요?"
"저는 피곤해서 금방 잠이 들었습니다."
"그럼, 새벽에 누가 화장실에 다녀왔지, 문소리가 나던데."
"그 아줌마시겠지요."
"함께 내려와서 식사 준비하는 거 지켜봐야 할 텐데 이상하구먼."

나는 조금 불안한 예감이 든다.

'혹시 진짜 간첩일까!'

온 식구들이 창고요, 방 구석구석을 찾아다닌다. 그러나 여인은 온 데 간데가 없다.

해가 중천에 뜨고 정원의 잔디와 꽃들은 이슬방울이 빛나고 있다. 오늘은 날씨가 매우 화창한데 내 속은 말이 아니다. 몹시 마음을 태우며 애를 쓰고 걱정스러워 고심참담故心慘憺하고 있다. 이슬이 떨어지고 나니 그녀는 산에서 엉거주춤 내려온다.

"아줌마, 어디 다녀오세요? 도망간 줄 알고 깜짝 놀랐잖아요."
"아니에요. 산에 올라가서 운동 좀 하고 내려오는 중이에요. 오늘은 첫날이니까 이 고장에 대해 잘 알아야 하지 않겠습니까?"

여인은 어제와 다르게 북한 사투리를 쓰지 않고 정확한 발음으로 서울 말씨를 쓰고 있었다. 당차다. 똑똑하다. 이곳에 처음 온 직원들은 기가 죽고 '이런 곳에서 살아야 되나!' 걱정이 태산이던데 전혀 그런 기색이 보이지 않는다. 여인은 내 곁으로 다가와,

"회장님, 잘 주무셨어요?"
"네, 여사님은 잘 주무셨습니까? 하기야 낯선 곳에 왔는데 잠을 잘 잘 수가 있겠습니까? 적응될 때까지는 힘드시겠지요."

직원들은 여인이 빨리 적응할 수 있도록 친절하게 관심을 가지고 베푼다. 함께 식사하자고 친근하게 대해주는 그 모습에 조금은 안도감이 왔나보다. 밥 한 그릇을 뚝딱 먹어 치운다. 그러더니 주방으로 들어간다. 센스 있게 설거지를 하고 있다. 잘하면 빨리 적응해 식당 일을 하는 것은 문제가되지 않을 거 같다. 식사를 끝낸 후, 실장들과 함께 정자로 모이자고 했다.

정 실장은 엉덩이를 둥실둥실 굴리면서 김이 모락모락 나는 뜨거운 커피를 타온다. 7명이 둘러앉아 차를 마시며 면접을 본다.

"성함이 어떻게 되시는지요?"
"리영숙입니다."
"서울에 오신 지 얼마나 됐습니까?"
"5년 됐습니다."
"고향은 어디인가요?"

"부모님은 경상북도고요, 저는 북한 평양에서 태어났습니다."

"학교는 어디까지 다니셨나요?"

"대학 나왔습니다."

"아 그래요, 나이는 어떻게 되셨나요?"

"45세입니다."

"아, 나이가 30대 후반으로 보이는데 동안이네요."

"감사합니다."

"몸 관리도 잘 하시고 얼굴도 미녀신데 식당에서 일할 수 있겠습니까?"

"아직은 잘 모르겠습니다."

"그러면 며칠 기다려 보지요."

이곳에 온 지, 하루밖에 안 됐는데 서울에 있는 친척들에게 벌써 전화가 걸려 온다.

"나 도저히 여기서 못살 거 같아. 완전히 시골이야. 핸드폰도 잘 안 터져. 한 2~3일 지내다 안 되겠으면 그냥 가야 할 것 같아."

그녀는 식당으로 가서 열심히 일한다. 갈 때 가더라도 적응을 위해 노력하고 있다는 것이 몸속에서 풍긴다. 나는 그녀의 모습을 보고 조금은 마음이 놓인다. 이곳은 산중이라 직원을 구하는 것이 하늘의 별 따기이다. 나는 12시경 길을 나선다. 친구 고영재(남)와 대명콘도에서 식사 약속이 있다. 일식집으로 들어가니 남자 3명, 여자 2명이 있다. 그 중 박광희 교수도 보인다.

"어서 와, 한 원장."

"아니 말도 없이 자네는 어쩐 일인가, 학교 강의는 없어?"

"응, 마침 수업이 없었어. 영재가 전화해서 승주한테 간다고 하길래 따라 왔지."

"그래, 어쨌든 반가워."

식사를 한 후, 본론으로 들어간다. 영재는 두 여인을 소개한다. 창가를 바라보고 있는 여성이,

"안녕하세요. 저는 양지원이라고 합니다."

또 그 옆에 앉아있는 여성도,

"안녕하세요. 저는 송나영이라고 합니다."

"네, 저는 한승주입니다."

차를 마시면서 덕담을 주고 받는다.

"내 친구 한승주는 정말 멋있고 남자다워요."

한 여인은 말을 툭 던진다.

"TV에서 봤어요. 그런데 실물이 훨씬 잘 생기셨네요."

"천만의 말씀입니다."

영재는 나의 기를 살려준 그 한 여인을 소개한다.

"어때?"

"뭐가 어때? 오늘 너랑 식사하기로 했잖아. 미팅 얘기는 없었잖아. 갑자기 봉창 두드리는 소리로 민망하게 하네."

"뭐가 민망하냐? 이래서 친구가 좋은 거지."

'뼛속 깊이 파고드는 아련한 그 마음을 친구가 안다니 얼마나 의지가 되는가, 우리는 그렇게 멋지게 살아야 하지 않는가!'

친구는, "부부 동반으로 여행을 떠나려고 생각하면 자네만 외톨이 같이 달랑 떨어진 바위섬 갔단 말이야, 여태껏 세상의 빛과 소금의 역할을 감당하고 살았으니, 이제는 자기 삶도 한 번쯤은 생각하며 살아야 하지 않겠어? 주변에서 한 원장을 볼 때 가슴이 찢어져 그 마음 알고 있나?"

"야, 그만해라. 각자의 철학이 있는거 아니야? 자네들은 자네들의 삶이 있고 나는 나의 인생이 있어."

"야, 이 사람아, 우리가 그걸 몰라? 우리한테까지 설교하지마라."

나는 가슴이 답답하여 견딜 수가 없다. 창가에 앉아 있는 여인과 맞선을 보라고 소개를 해 준 자리이다. 옆에 있는 송나영이 친구를 자세히 소개한다.

"내 친구 양지원은 한 번도 연애를 해본 적이 없는 순박한 여자예요. 미국에서 디자이너 공부를 하고 박사학위를 취득하기까지 열심히 살아온 덕분에 아직도 혼자 살고 있어요. 한 원장님, 이 친구를 보세요. 얼마나 예뻐요? 돌아온 돌싱도 아니고 현숙한 여인이지요. 한번 사귀어 보세요. 이미 우리 친구는 원장님을 잘 알고 여기까지 왔습니다. 바쁜 당신을 붙잡아 놓고 말장난하려고 하는 게 아니에요. 생각 없이 말한 게 아닙니다. 마음에 들지 않습니까?"

"아닙니다. 오감을 가지고 계신 분이네요. 저에게는 너무 과분하지요. 양지원 씨는 매우 겸손하고 온유하다는 사실을 목소리와 행동에서 풍기고 있습니다."

양지원은,

"함께 둥지를 틀고 싶습니다."

여성이 훅하고 들어온다. 듣고 있던 세 사람은 손뼉을 친다. 조금은 어

색하다. 고영재는 어쩌면 두 사람이 천생연분이라고 한다. 한참 대화하다가 자리를 뜬다. 박 교수는,

"한 원장, 내가 운전할께."

"그래, 나도 운전할 수 있는데…"

"누가 몰라? 잘난 척 좀 그만하세요."

박 교수는 양 교수를 향하여,

"선생님, 이 차 타세요."

뒷자석에 나와 양지원을 태우고 친구가 운전한다. 나는 입을 열기 전에 귀를 열고 있다. 팔봉산을 지나 춘천 소양강까지 드라이브 하는 중이다.

양지원(여, 35세)은 바깥 정경을 바라보면서 물이 흐르는 소리, 바람소리, 새소리, 자연의 생물들이 좋아 장관을 이룬다고 잠시도 잊지 않고 눈과 마음에 담아둔다. 나는 어린아이와 같은 여인을 보면서 천진난만한 여성이요, 녹 쓸지 않고 아직도 빛이 나고 있다고 생각했다. 소양강에 도착해서 나는 양 선생님과 노점에 놓여 있는 둥근 탁자에 마주 앉는다. 따끈따끈한 칡차를 시켜놓고 단둘이 세월을 열며 추억의 노래를 부르고 있다. 나는 깊숙이 그 여인의 말에 빠져 들어간다.

저 강물에 작은 배 띄어놓고 남녀가 사랑을 속삭이는 거 같았다. 한 세대를 살아오면서 목숨을 바쳐 사랑했던 경험이 나에게는 있다.

만약 상처가 없다면 주눅 들린 강아지가 되지 않고 파도치는 생동감에 자신을 가지고 그 여인의 품속에 예고없이 들어가고 말 것이다. 그러나 지금은 들판에 서 있는 허수아비가 그 자리를 지키며 홀로 사는 것도 멋있는 청춘이라고 할 수 있다.

나는 노을이 지기 전에 친구들과 복지재단에 도착하였다. 직원들은 손

님을 반갑게 맞이한다.

"한 원장, 빈손으로 왔는데 어떻게?"

"괜찮아, 자네들이 사 오지 않아도 이곳은 먹을 것이 지천이야."

함께 서 있는 그들은,

"그래도 그렇지, 아이들이 섭섭하지. 빈손으로 오는 것은 예의가 아
니잖아."

"어허, 그런 한국 문화의식 버리라니깐."

친구들은 3층으로 올라간다. 계단은 폭이 넓고 높이가 낮다. 향나무로
마감이 되어 있어 고급스럽게 보인다. 실내화를 신고 올라가는 발이 부끄
러울 정도다. 나는 서재와 강단을 보여주고 거실로 들어간다. 소파에 앉아
있다. 양 선생님은 황금 도자기를 보고 예쁘다고 한다.

"어머나, 무게가 있네요. 값이 꽤 나가겠어요?"

"아닙니다."

"주변이 두루 고급스럽게 위치 선정이 잘 되어 있네요."

"장식이지요. 취미가 있어서 사다 놓았어요."

박 교수는,

"이제 우리 일어나 가야지, 한 원장은 서울 안 갈 거지?"

"나는 여기 있을 테니 자네들만 올라가시게."

리영숙 씨가 입사한 지 5일째 되는 날이었다. 나는 그녀를 집무실로 불
렀다.

"일은 할 만 합니까?"

"어차피 왔으니 뜨거운 불 속이라도 참아 내야지요."

"아, 대단하십니다."

나는 하늘이 높은 줄도 모르고 그녀를 인정하고 칭찬해 주며 인간의 존엄성을 갖게 해주었다.

오후 2시경 버스 3대, 트럭 1대가 대문 앞에 섰다. 손님이 왔다고 진돗개들이 나를 부른다. 소리를 듣고 정문으로 내려간다. 100여 명이 쌀 50가마, 과일 30박스, 식자재 등 먹거리를 준비해 왔다. 그때 리영숙은 눈이 휘둥그레진다.

"원장님, 이게 다 뭡니까? 사람들이 왜 이곳으로 몰려오나요? 오늘 무슨 잔치라도 있나요?"

신기하고 놀라운 일이다. 주인보다 처음 보는 여인이 흥분하여 어찌할 줄 모른다. 손님이 가고 난 후, 그녀는 나에게 할 말이 있다고 한다.

"원장님, 시간을 좀 내주시면 안 되겠습니까? 할 말이 있습니다."

약간의 걱정이 밀려온다.

'그만두고 가려고 하는가!'

나는 여인이 소파에 앉자마자,

"왜요? 일할 수 없겠습니까?"

"아닙니다. 원장님, 나 리영숙이 이곳에 잘 왔습니다. 행복합니다. 사람들도 좋고, 먹을 것도 많고, 돈도 많이 있는 거 같아서 행복합니다."

"그러면 이제 마음을 정했습니까?"

"말하면 잔소리지요. 열심히 일하겠습니다."

나는 근로계약서를 작성하고 정식직원으로 채용하게 된다.

8월 중순, 강원도 산골 마을 굽이굽이 산길 따라 시원한 바람만 불어오고 있는 지금, 이 날씨는 나를 향하여 반기고 있다.

서울 워커힐호텔에서 2시에 세미나가 있어 도착했다.

제목 〈재앙〉

우리 한국은 세계에서 제일 불안정하고 희망이 없는 나라입니다.

첫째는, 다문화 가정입니다.

다문화 가정은 인구가 확산되어 경제, 사회, 문화, 정치까지 지배하게 됩니다. 그들에게 이방인 취급을 하면 원주민은 그들의 노예가 되어 비참한 민족이 될 것입니다. 따라서, 다문화 가정이 증가하므로 자식들을 많이 낳게 되지요. 그렇다면 세월이 지나가면 이 작은 나라에서 다문화 가정이 대한민국을 장악할 것입니다. 외국인들이 한국 자산을 사들이는 것도 큰 문제입니다. 그렇다면 자연스럽게 한국은 외국인들에게 몰수당하고 말 것입니다.

여러분!

근신하여 기도하는 삶이 되시기를 바랍니다. 나라마다 텃세하고 싸우고 전쟁하고 있다는 사실은 누구도 부인할 수 없는 현실입니다. 이 작은 나라에서 여러 민족이 살아간다면 엄청난 갈등이 일어날 것입니다.

두 번째, 종교 문제입니다.

세상에서 제일 무서운 것은 종교적 탄식입니다. 곧, 종교로 인하여 전쟁이 일어나게 될 것입니다. 배가 고파서 전쟁하는 것이 아니요, 오직 종교 갈등으로 세계는 싸우고 있는 것입니다. 종교는 인간 중심이 되어야 합니다. 종교 중심이 되어서는 안 됩니다. 종교가 인간을 지배한다면 비극입니다. 종교는 인간을 보호하기 위해서 생긴 것입니다. 인간은 누구나 불완전한 존재입니다. 종교를 의지하지 않으면 살아갈 수가 없습니다. 세월이 변하고 문명문화가 발전하면 인간의 본질은 더욱더 종교에 의지할 수밖에 없는 것이 생명체입니다. 그 이유는 연약한 존재이기 때문이지요.

세 번째는, 빈부격차와 학력 차별주의 문제입니다.

S대학만 나와야 사회인이 될 수 있습니다. 곧, 정치, 경제, 문화 등에서 인정받을 수 있고 하나의 구성원이 될 수가 있습니다. 나머지 대학이나 고졸까지는 방황하며 갈등하고 있는 것이 현실입니다.

대학을 불문하고 모든 인간은 존엄성이 있으며 자연의 풀과 같고 빛과 같은 생물학적 동물입니다. 그 자체가 소중하고 값집니다. 똑같은 대우를 받아야 하는 것입니다. 그런데 왜! 학력 차별을 하는 것인지 전혀 이해가 가지 않습니다. 능력은 차별이 없습니다. 작은 그릇은 작은 그릇대로, 큰 그릇은 큰 그릇대로, 나무 그릇은 나무 그릇대로, 금 그릇은 금 그릇대로 가치가 있습니다.

따라서, 한 달란트나 두 달란트를 받은 자도 차이가 없는 것입니다.

한국은 여의도 정치판에 80%는 남자이며 교수입니다. 즉, 여성은 20%이며 교수가 아니면 정치판에 들어갈 수 없습니다. 그러나 독일은 교수보다는 교사가 80%입니다. 이 세상에 엘리트는 없습니다.

청소부가 청소를 잘하면 최고봉입니다. 운전사가 운전을 잘하면 빛과 소금의 역할을 감당하는 것입니다. 소금은 짠맛을 내면 되는 것입니다. 빛이 소금의 맛을 낼 수는 없습니다. 능력은 자신의 인지에서 창조되는 것입니다. 부자는 어떻게 되는가요? 소비자가 있기 때문입니다. 소비자가 없으면 돈은 벌 수 없습니다.

네 번째는 환경문제입니다.

인류는 파괴되어 생명이 살 수 있는 지구가 점점 사라지고 있습니다. 개미는 부지런히 일하고 벌은 일해서 나눔의 매력을 가지고 있습니다. 벌이 없으면 모든 생물은 번식할 수가 없습니다. 사람이 하면 되겠지만 그것은 한계가 있습니다.

과학이 발달하고 있으나 잠자리의 눈은 아무도 개발할 수가 없습니다. 잠자리의 눈은 2개의 겹눈과 3개의 홑눈을 가지고 있습니다. 겹눈은 머리 양쪽으로 커다랗고 동그랗게 있어 거의 360도 모든 방향을 볼 수 있으며, 약 3만여 개에 달하는 낱눈으로 이루어져 있습니다.

이 각각의 낱눈은 수정체와 빛을 감지하는 세포들을 가지고 있습니다. 이마 위쪽에 세 개의 홑눈이 있는데, 이들은 운동중추에 시각 정보를 전달하는 역할을 하여 잠자리가 빠르게 움직일 수 있도록 합니다.

자연은 재창조가 될 수 없습니다. 하나님밖에 창조할 수 없는 것입니다. 인간은 우주와 만물 속에서 살게 만들어져 있습니다. 여러 가지 생태계들이 사라진다면 인간은 살아갈 수 없습니다. 지금은 플라스틱이 전 세계의 생명을 멸망시키고 있습니다.

인위적인 전쟁보다는 더 무서운 것이 자연의 파괴입니다. 아무런 방법이 없습니다. 심각합니다. 나는 이 사실을 깨닫고 날마다 불안하고 걱정이 하늘을 찌르고 있습니다. 사람들은 과학에 미쳐 살고 있습니다. 〈700년 전 흑사병이 걸려 유럽인 1/3이 사망한 사실을 잘 알고 있습니다.〉 자연이 훼손되면 인간은 전멸할 것입니다.

자동차, 공장, 사람, 짐승 등에서 나오는 가스들이 오염을 시키기 때문에 살아갈 수가 없고 면역성이 형성되지 못해 생명은 존재할 수 없습니다. 문명문화가 발전해 사람을 편하게 했으나, 그에 따르는 지구는 멸망되어 가고 있습니다.

〈육군 소령 이영주 씨의 발표에 따르면, 과거 10년 전만 해도 산업, 난

방, 발전 등이 대기오염의 주된 원인이었으나 자동차의 증가로 말미암아 최근에는 자동차의 배기가스 즉, 질산화 물질(NOx), 일산화탄소(CO), 탄화수소(HC), 총 먼지(TSP : Total Solid Parti late), 아황산가스(SO2) 등이 대기를 오염시키는 주요 물질이 되었다.

소가 앞뒤로 내뿜는 방귀나 트림은 메탄이 주성분이다. 메탄은 열을 붙잡아 지구 온난화를 유발하는 온실효과가 이산화탄소보다 25배 강하다. 양도 어마어마하다. 소 한 마리가 매일 800~1000리터의 메탄을 내뿜는다.〉

다섯 번째는 인구문제입니다.

박정희 대통령 시대의 대한민국은 보릿고개 시절이며 더 이상 인구가 증가하면 살아갈 수가 없는 상황이라 정부는 인위적으로 출산을 조절하는 산아제한정책을 적극적으로 추진했습니다.

예비군 훈련을 받을 때 정관수술을 하도록 권유하고 혜택을 준 것입니다. 이것은 한국의 인구재앙이 그때부터 시작된 것입니다.

단일민족 대한민국은 인구재앙으로 인하여 충격적인 아픔과 고통, 슬픔으로 나그네 신세가 되고 말 것입니다. 세계인들은 한국을 찾아와 살아가면서 자식 많이 낳기를 원합니다. 그 이유는 외롭고 쓸쓸하기 때문입니다. 과거에 이스라엘 민족도 유랑하며 의지할 곳이 없어 자식을 많이 번식하게 된 것입니다. 이것은 자연의 원리이며 신이 주신 축복입니다.

결론은 환경문제, 저출산 문제, 학력 차별 문제, 자본주의, 빈부격차, 인구 등 재앙이 오고 있습니다. 정신을 차리고 깨어 있어야 하는 것입니다. 환경보다 더 무서운 것이 자살 문제, 노인 문제 등입니다. 빨리 해결해야 할 사안입니다. 남한과 북한의 전쟁이 무서운 것이 아니라 이러한 재앙들이 문 앞에 다가왔는데도 인간은 인지능력 장애가 있어 깨닫지 못하고 피부로 느끼지를 못하는 무감각한 채로 살아가고 있습니다. 나는 어릴 때부터 이러한 것들을 생각하며 살아왔습니다. 한 번도 나의 예언은 틀린 적이 없습니다. 자녀를 많이 낳기 바랍니다. 곧 청년들에게 주거요, 직장이요, 자녀 교육은 유치원부터 대학까지 무상으로 교육을 시켜야 됩니다. 사람을 사랑하십시오. 연애하십시오. 이것이 우주와 만물을 주관하고 계신 하나님의 섭리입니다.

강의를 마치고 내려오는데 양지원 씨가 나를 반긴다.

"선생님, 어쩐 일이세요?"

"원장님이 보고 싶어서 왔지요."

"제가 여기에 있는 거 어떻게 아셨죠?"

"원장님은 양지원 손바닥 안에 있어요."

그녀는 깔깔대고 웃는다. 잠깐 일곱 색깔 무지개가 나를 반기는지 아니면 한 여인의 치마폭에 묻혀 잡혀있는지 나의 생각과 마음, 행동을 사로잡는다. 그녀는 나에게,

"커피숍으로 가지요."

나는 정수리를 한 대 맞은 거 같다. 멍하니 끌려가고 있다. 그녀와 마주보며 차 한 잔을 마실 때 모든 자연이 눈을 뜨고 기지개를 켜고 웃고 있다. 생존하는 동물들이 생동하듯이 나에게 다가온다.

"양 교수님, 뭐가 그리 좋습니까?"

"목마른 생명이 물을 만났으니 얼마나 행복하겠어요?"

"무슨 말씀이죠?"

"아니, 작가가 그런 말도 모른단 말이에요?"

"노 노"

"O란 말이에요? X란 말이에요?"

나는 대답할 수가 없다. X도 아니고 O도 아니다. 부족함이 없는 그녀에게 스폰지가 물을 빨아들이듯 그녀의 품 안에 내가 빠져들어 간다면 자존심의 문제다.

화창한 날씨에 갑자기 검은 구름이 몰려오더니 소낙비가 쏟아지며 강한 바람이 불어온다. 남자는 뿌리가 깊은 나무가 되어야 한다. 바람이 불어도 바람을 등지고 몸부림을 치며 비바람을 맞지만, 잘 견뎌낼 때 생명은 살 수 있는 것이다. 굳건한 소나무처럼 담대하고 늠름한 장군이 되어 지혜를 구하자.

그녀는 나에게, "무슨 생각을 그렇게 하세요? 제가 부담스러워요?"

"아닙니다."

"오늘 저하고 시간을 같이해요."

그녀는 송곳이 되어 나에게 훅 들어온다. 생김새는 여성 같으나 말과 행동은 남자 뺨친다. 탱크 같은 그의 성격과 불도저 같은 그의 말투다. 그러나 그녀의 마음속에는 따뜻한 날개가 나를 향하여 품어 주려고 한다.

"승주 씨, 오늘은 내 차를 타고 제가 가자는 대로 드라이브하면 돼요."

"아니, 차가 어디에 있습니까?"

"잠시만 기다리세요."

그녀는 나에게 다시 온다.

"승주 씨, 빨리 오세요."

"어디에 차를 세웠습니까?"

"호텔 정문 앞에 있어요."

나는 그녀를 따라 차가 세워진 곳으로 간다.

"이 차가 양 선생님 차에요?"

"네"

"차종은 뭐에요?"

"맥라렌 스포츠카에요."

"네"

나는 그녀 차에 올라탔다. 그리고 침묵에 젖는다.

'여자가 능력이 있나 보다. 사람은 성격대로 산다고 하더니 스포츠카를 몰고 다니네. 멋있네.'

나는 안갯속으로 들어가고 있다.

'이 여인과 인연이 아니겠지, 만약 그녀가 내 곁에 와서 내 마음의 문을 열고 들어온다면 나는 영원히 풀리지 않는 키를 가지고 채우리라.'

자유가 없는 사람은 불행한 사람이다. 독신만이 특별한 자유가 있는 것이다. 외롭고 고독한 것은 살아있다고 반증해주는 것이다. 누군가의 보호와 관심을 받고 살아간다면 그것도 행복하다고 말할 수 있지만, 수십 년 동안 자유인으로 살던 나는 시간의 매를 맞는 고통 속으로 내 몸을 밀어 넣어 불 속에 달굴 필요는 없다. 인연이란? 소통이 잘 되는 것이며 한 배를 타고 태평양을 향하여 가는 영육쌍전靈肉雙全이다. 그렇다면 불속으로 들어가서 내 몸을 녹여 새 생명이 탄생 되어야 그녀와 함께 동거할 수 있다.

고속도로 입구까지 왔을 때, 그녀는 나에게 입을 열어 대화하자고 한다.

"승주 씨, 왜 30분 동안 얼음이 되어 있어요. 네?"

나는 쫓기는 고양이처럼 깜짝 놀라 대답한다.

"아니에요. 운전하는데 방해되면 안 되지요."

"그래도 그렇지 목적이 드라이브지만, 대화도 하고 스킨십도 하고 속
에 있는 마음도 오픈하는 것이 우리의 목적이지 않습니까?"

"그러면 댄스도 하고 점프도 할까요?"

"그래요. 한 번 해봐요. 하하하."

"양 선생님, 참 재미있으시네요. 외국에서 살던 분이라 그런지 자유
분방해서 좋네요."

한 시간 동안 옥신각신하다가 서로의 성격을 오픈하게 되었다.

"승주 씨, 나 헝그리 헝그리."

"아니 그렇게 말을 많이 하니 당연히 배가 고프시겠죠. 10킬로 더 가
면 정읍 휴게소가 나와요. 간단하게 햄버거 먹죠."

나는 밀가루 음식을 전혀 먹을수가 없다. 그러나, '오케이' 그녀를 위해
연주를 하는 것이 나의 책무라고 생각한다.

'어느 사람이 상대의 입맛을 맞춘단 말인가!' 그래도 그대를 위해서 맞
춰가는 예의가 필요하다.

150킬로 이상을 달리는데 비행기가 나는 것 같다. 컵에 물을 가득 채워
놓아도 물컵이 흔들리지 않는다. 한 모금씩 마시는 그녀의 모습이 예쁘다.

'차가 좋기는 좋다.'

정읍 휴게소에 도착했다. 햄버거와 커피를 사들고 그늘진 곳을 찾는
중에,

"승주 씨, 저기 테이블이 우리를 기다리고 있어요."

나는 작은 의자가 놓여있는 곳으로 양 교수와 함께 앉는다.

"원장님, 종교가 있어요?"

"네"

"뭐에요? 종교도 수만 가지던데."

"물론 기독교이죠. 오리지널 장로교인입니다."

"아 그래요."

그녀는 말한다.

"미국에 살다 보면 기독교 신앙을 갖지 않고는 살아갈 수가 없었어요. 믿음이 좋아서 신앙생활을 한 것이 아니고 사람과 사회를 알기 위해서 믿음 생활을 할 수밖에 없습니다. 혼자는 살 수가 없어요. 만약 혼자 살게 되면 폐인이 되고 말 거에요."

나는 종교가 같아서 불행 중 다행이라고 생각했다. 이 여인과 인연인지 필연인지는 모른다.

'시간을 정해놓고 초원을 지나가듯이 자연 계시를 따라 세월을 보내다 보면 청춘의 꽃이 피겠지.'

양 선생은 스낵이 끝나고 혼자 서 있는 차 안으로 들어가 몸을 맡긴다. 우리는 목포를 향해 달린다. 속도 의식이 가지 않고 차분하고 조용하다. 이 여행의 시간은 청백한 하늘에 구름이 떠 있는 사이로 지나가는 거 같다. 넓은 들녘에 초록빛이 비치며 황금의 들판으로 변해가는 늦은 여름에 푸른 논 사이로 늙은 부모의 얼굴은 까맣게 사람인지 원숭이인지 구분을 못 하겠다.

'화염충천火焰衝天 하는구나. 만물이 황금으로 물 들어가고 있는 계절은 노을이 저물어져 가고 낯선 도시에 찾아오니 삭막하구나. 홀로 남은 철새가 그리움을 말하는데도 천만의 친구들은 사랑의 둥지를 틀고 있구나!'

목포는 항구의 도시다.

구경할 것도 많고 구수한 사투리 그것이 무슨 뜻인지 알 순 없지만, 듣기는 싫지 않다. 그 속에 포근함이 있다. 강한 바닷바람 등지고 살아가는 삶의 터전이 그들의 몸과 얼굴에서 영역이 드러나고 있다. 말씨도 거칠고 행동도 강하다. 저 멀리서 소리를 내며 '만선이요, 만선이요 외치는 목소리는 내 남편 같아라. 우리 아빠 같아라.' 부둣가에 앉아 있다가 통통배 소리만 듣고도 '우리 아빠 오시네요.'

저 배 위 우뚝 서 있는 모습 속에선 얼굴에 골이 파여 있고 가뭄에 논이 말라 금이 가버린 것처럼 색깔은 흑색으로 변했지만, 푸른 꿈으로 하얀 치아를 드러내며 웃음 짓는 여인들, 분명코 황인종인데 흑인으로 점점 변해 가 버린 세월의 모습이다.

먹거리 풍성하고 인심 좋은 목포 사람들이 어느 고장보다 행복지수는 충만하다. 나는 동행한 여인과 어두워져 가는 저녁 7시쯤 식당을 찾아 들어간다.

"양 교수님은 주차도 잘하시네요."

완벽하고 머리카락 한 올 들어갈 틈이 없는 미녀 중의 미녀다. 메뉴판을 보니 볼 것도 말할 것도 없다. 나는,

"아주머니, 요즘 먹을 만한 회가 있나요?"

"네 사장님, 민어가 제철이지요."

"몇 킬로 드릴까요?"

"충분히 넉넉하게 주세요."

"한 3킬로짜리 하겠습니다."

"네"

"양 선생님?"

"네?"

"냄새가 코를 찌르고 있는데 이 악취는 견딜 만합니까? 나는 힘들어 죽겠습니다."

"무슨 말씀이세요? 항구는 사람들이 살아가는 고장의 특이한 향이지 요. 자연스럽고 풍요롭고 정이 넘치고 삶의 터전이 소망으로 가득 차 있으니 인생극장 아니겠어요?"

시간이 흘러가도 그녀는 말이 없다. 나는 몸과 마음이 그녀에게 영육쌍 전하고 있다. 특별한 여인이 사랑의 궁핍함을 견디지 못해 나를 삼키려고 도사리고 있다.

'얼마든지 방어하리라.'

그 생각을 하고 있을 때 탁자에는 스무 가지 반찬과 나물들이 한 폭의 그림으로 그려져 있고 빈 그릇에 가득가득 채워지는 걸 보면 인심이 후하 게 넘친다. 친절하고 사랑도 있고 정도 있다. 고향에 온 것 같은 느낌이 내 피부 속을 파고든다. 양 교수는 기도한다. 만찬의 식사가 큰 상을 가득 채 워 상다리가 부러질 거 같더니 빨리 먹자고 재촉한다. 회를 초장에 찍어 내 입에 넣어준다. 거부할 수가 없다. 여성의 자존심을 배척해 버린다면 당신 을 무시하는 것이다. 두툼하고 먹음직스러운 회를 한 입에 넣으니 입 안에 가득 차 오감의 맛을 느낀다. 찌개가 들어온다. 냄새가 구수하고 사람의 입 맛을 끌어 당긴다. 주인장은 매운탕이 최고라고 하며,

"매운탕이 민어 한 마리를 다 먹는 거나 다름이 없지요."

양 교수는 푸짐한 탕을 정신없이 먹고 나더니 배가 불러 뒤로 넘어지 려고 한다. 커피 한 잔을 들고 바닷가에 둘이 나란히 앉아 넓고 평화로운

물결을 바라보니 오묘하다. 바다 한가운데 떠 있는 배 한 척은, '주인이 만족함이 없나! 아직도 부둣가에 기다리는 사람도 없고 나오려고 하는 마음도 없나!' 무엇을 하는지 알 수가 없고 궁금하다. 잠시 지나가는 어르신에게 물어본다.

"저 배는 무슨 어선입니까?"

"낙지 잡는 배입니다. 세발낙지요."

친절하기도 하다. 정답게 알려주고 가신다. 우리는 차 한잔을 마신 후 그녀의 목적지까지 이동한다. 나는 궁금하다.

'도대체 어디까지 데리고 간단 말인가!' 처녀 도깨비한테 홀린 거 같다.

"30분만 가면 돼요."

거리로 따지면 엄청난 거리다. 바다와 계곡을 지나서 깊은 초원으로 들어간다. 까만 지붕이 눈에 띈다. 정원이 잘 가꾸어져 있다. 작품 같은 소나무와 각종 꽃이 이슬을 맞으며 밤을 지새우고 조명에 비친 7미터 되는 소나무들이 장관이다.

나는 그녀와 함께 거실로 들어간다. 실내는 향나무로 천장이요 벽까지 잘 꾸며져 있다. 기둥 하나하나가 오래된 나무로 각을 이루고 웅장함을 보여주고 있다.

거실은 100평 정도 되고 스크린 골프장, 경마장, 풀장까지 조화를 이루고 있다. 룸은 5개인데 그 안에는 개인 욕조가 있고 우드 화장대가 분위기를 잡고 있으며 창문이 두 군데 있고 커튼은 화이트 매화꽃으로 수를 놓고 더블베드가 주인을 기다리고 있다.

실크 카바 이불은 화이트로 바탕을 이루고 연보라색 물망초 꽃으로 수를 놓았다. 룸이 60㎡이다. 나는 포근하고 안정감이 있는 의자에 앉아 현실 속에 꿈을 꾸고 있는지 아니면 천사와 사랑하며 지상낙원에 있는지 은은하게 들려오는 노크 소리가 내 신경을 터치한다.

양 교수는 룸으로 들어온다. 차 한 잔을 마시자고 한다. 그녀는 변신하여 다른 여성으로 내 곁에 다가온다. 바지만 입던 그녀는 실크 베이지색 가운을 입고 분홍 매화꽃이 피어있는 컵에 뭉게구름이 피어오른다.

"침실 위에 있는 속옷과 가운을 갈아 입으세요."

속옷은 잘 정돈되어 있다. 옷을 만지기가 부담스러울 정도다. 마치 롯데호텔에서 하룻밤을 지새우는 것 같다. 그러나 나는 옷을 갈아입지 않고 멍때리고 있다. 그때,

"승주 씨, 옷을 바꿔입지 왜 그러고 계세요?"
"모르겠어요. 꿈인지 생시인지."

1시간이 훌쩍 지나갔다.

"우리 와인 한 잔 할까?"

갑자기 그녀의 말꼬리가 흐려진다.

"승주 씨, 준비해 가지고 올 테니 탕에 들어가 샤워하고 가운을 갈아입고 계세요."

나는 욕조에 몸을 담그며 머리를 샴푸하고 있다. 은은한 향내가 난다. 정종 냄새 같다. 따뜻한 물이 내 몸을 감싸고 하얀 김이 서린다. 샤워를 하고 잘 정돈된 팬티를 갈아입고 가운을 걸치며 그녀가 오기를 기다리고 있다. 와인 한 병을 가지고 들어온다. 분위기가 묘하다. 갑자기 시간여행을 떠나온 신혼부부 같다.

"승주 씨, 이 여인의 마음속에 불꽃이 타오르고 있어요."

두 사람이 함께하는 시간의 열정은 식을 줄 모르고 둘은 서서히 하나가 되어가고 있다. 두 사람은 계속 서로를 사랑하지만, 삶의 사고가 다르다. 의지하는 마음을 주체할 수 없다. 나는 여기서 무너지면 안 된다. 쉽게 이 여인의 몸 속으로 나의 몸과 마음이 들어간다 할지라도 정신을 잃어버리면 안 된다. 아직은 꽃이 피지도 않았기에 열매도 맺지 않았으며 잎 파리만 무성한 것뿐이다. 강한 쇠라도 용광로에 들어가면 견디지 못해 녹아 흐르는 것이다. 절제해야 한다. 그녀는 나에게 고백한다.

"당신의 눈동자만 보면 내 심장이 뛰고 내 골반에 힘이 들어간 뒤 척추가 머리를 향하여 찌르고 있어 견딜 수가 없어요."

그녀는 자리에서 일어나 내 옆으로 바짝 다가온다. 순간 심장이 '쿵'하고 내려 앉는다.

"교수님, 왜 이러세요? 우리 이러면 안 돼요."
"아니야, 분위기 때문에 미칠 거 같아. 외롭단 말이야. 빈 마음을 채워주라고, 왜 나 거부하는 거야? 나는 여자가 아니야?"

그녀는 화살처럼 살을 가로지르는 전기선이 된다. 강한 눈꺼풀에 얼룩거리는 천연한 무지개가 두 귀에 감기는 거품 같은 음악이 들려온다. 온몸에서 오르가슴이 요동치며 솟구치고 있다. 전화가 걸려 온다.

'오! 주여'

전화벨 소리가 나를 살린다. 그녀는 발끝부터 머리끝까지 흥분으로 온몸에 불꽃이 가득 차 방안을 뜨겁게 달구고 있다. 벨 소리 때문에 잠시 진정하더니, 옛날 차 한 잔을 가지고 온다. 잠옷을 입은 그녀의 모습은 왜 그리 관능적인지 어느 장군도 견뎌내기가 힘든 시간이다. 전화를 받고 있을 때,

"목이 차니 마셔요."

이제 그녀는 이성을 찾은 거 같다.

"승주 씨, 당신이 원하는 것을 다 할 것이며 그저 순종하며 섬기며 사랑하겠습니다."

나는 그녀에게 고백한다.

"양 교수, 나는 남자가 아니야 페니스가 없어."
"무슨 소리야? 페니스가 없단 말이야? 그럼<트렌스젠더>? 그래도 난 괜찮아. 당신 자체가 좋아서 미칠 거 같아. 여기까지 오면서 옹달샘에 물이 흐르고 있었어."

그녀는 나를 처음 보았을 때 흥분하면서 얼굴이 붉어지고 감정이 달아올라 쇠붙이도 녹여 버릴 거 같은 도가니에 빠져 있었다. 운전하면서도 그녀는 눈꺼풀이 덮이고 몸속은 속옷을 적시고 있었다. 그녀는 음핵을 만져 보라고 내 손을 잡아끈다. 더 이상 거부할 수가 없었다. 닿는 순간 질퍽하다. 스폰지에서 물이 나오는 거 같은 느낌이었다. 그녀는 팬티를 입지 않았다. 물론 브래지어도 착용하지 않았다. 나는 스킨십을 하고 그녀의 몸은 내 몸 전체를 어루만지며 어찌할 바를 모르고 있었다. 내 자존심을 살리기 위해서 페니스를 만지지 않으려고 애를 썼다. 그녀는,

"굿이야, 당신이 최고란 말이야. 당신을 얼마나 사랑하는지 모르겠어? 얼마 되지 않았지만, 사랑이 충천해 하늘을 향하여 타오르고 있어."

나는 여인을 보고 성욕이 불타고 있으나 성행위는 할 수가 없다. 행동으로 접촉을 해주고 싶었다. 한없이 몸부림을 치고 울고 있는 그 여인의 모습

이 애처로워 보였다. 발가락 사이사이 종아리 허벅지 사타구니 성기 전체를 수색하고 그녀의 풍성한 젖가슴도 혀로 빙빙 돌리며 애무를 시작했다. 온몸 그 자체였다. 여자는 더 큰 소리로 엉엉 울어댄다. 1시간 정도 그녀의 알몸 전체를 목욕시켜 주었더니 펑펑 싸댄다. 세 번도 아니다. 기억도 나지 않고 느꼈던 순간도 몇 번인지 모르겠다. 황홀해 하는 그 여인의 모습과 두 사람의 몸이 꽈배기처럼 꼬여서 들림을 받고 있었다.

나는 지난밤 그녀와 함께 핑크빛 가득 채워 꿀잠을 자고 있을 때 창문으로 햇볕이 두 사람의 몸 전체를 따뜻하게 감싸 주면서 그 여인의 자궁털까지도 볼 수밖에 없었다. 그녀가 거실로 나간 뒤에 샤워하고 옷을 갈아입고 있었는데 예쁜 컵에다 차를 타 왔다. 입으로 차를 마시려고 할 때 묘한 느낌이 든다.

"이건 뭐지요?"

"남성에게 좋은 거에요."

나는 그 잔을 들고 정원으로 나갔다. 그녀가 타 준 차 한 잔을 마시고 30분이 지나니 온몸이 노근노근해지며 마음이 편해지고 소화가 되어 온 혈관에 피가 봄비를 내리듯이 흐르고 있다. 물고기가 물을 만나듯 그녀는 엉덩이를 흔들거리며 다리에 힘을 강하게 쥔다. 죽었던 초목이 살아났는지 잎 파리만 무성했던 꽃나무들은 아침이슬 먹으면서 햇빛을 보고 활짝 피어오르고 있다.

"승주 씨, 어제 저녁 밥은 낯설었지요?"

나는 입술을 열지 않고 고개를 끄덕거렸다.

"힘들었구나. 열정이 대단하던데. 이 여인에게 스트레스를 다 푸는 거 같아서. 그러나 조금은 아쉬웠어."

"당신의 정액을 맛보아야 했는데."

"쉿~~쉿, 아줌마 아저씨들이 들어."

"괜찮아 들어도, 어르신들이 좋아하던데 멋있는 남자 데리고 왔다고."

"무슨 과찬의 소리."

아침 식사를 스테이크로 하고 방으로 들어갔다.

"잠깐 쉬었다가 풀장에 가지용."

그 동안은 사랑의 결핍에 목말라 쓸쓸한 가을바람만이 그녀에게 불어오는 것 같았다.

'모든 것을 잃었다가 얻은 것일까!' 지금은 희로애락이 왔다 갔다 한다. 신상 수영복을 꺼내준다. 나는 풀장으로 들어간다. 그녀는 화이트 드레스 가운을 걸치고 내 곁으로 다가오더니 물속에 몸을 푹 담갔다가 일어선다. 알몸이다. 그녀의 모습이 나를 더욱 미치게 한다. 그러나 뿌리가 깊은 나무는 쓰나미가 찾아와도 부러지지 않는 것이다. 여인에게 맞장구를 쳐주고 싶다. 나는 손에 물을 모아 그녀의 몸에 온 힘을 다해 던진다. 퍼지는 물결을 맞으며 즐거워한다. 몸과 몸이 꼬여 섹스하는 것이 아니다. 함께 야하고 세련되게 즐기면 그것이 연애요, 사랑이요, 행복이다.

서울로 돌아왔다. 나의 육체는 가루가 되어 무너져 버리고 바람에 휘날리고 있다. 이제는 정신을 차리고 내 영혼을 집중시켜 밀려 있는 원고를 써야 한다. 파랑새는 멀리 있지 않다. 항상 내 옆에 있는 것이다. 허랑 방탕하지 말자. 회사 잡지도 만들어야 하고 신문에 기고할 원고도 써야 한다. 육신의 사람을 만나면 아픔의 시작이며 고난의 연속이 될 수 있다. 인간은 상대를 편하게 해주지 않는다.

대가를 받으면 반드시 그 대가를 지불해야 하고 나는 그로부터 울타리에 갇혀 있는 신세가 될 것이다. 받는 것보다는 주는 자가 행복하며 자유가 있다. 인간의 근원은 자유에서부터 생명의 존재성을 지니게 되는데 인간의 실타래는 어디서부터 잘 못 되었는지 비비 꼬여서 더는 풀 엄두도 못하게 된다면 인생의 수수께끼는 풀리지 않는다.

나는 세상 사람들과 똑같이 살고 싶지 않다. 욕망, 성욕, 탐욕, 탐심, 권력, 권위는 괴물과 같아서 오감을 느낄 수 없다. 신성한 어린아이와 같이 무감각 속에 하루하루 살아가는 것이 나의 삶인지도 모른다. 나는 왕족의 대우를 받았으나 잠깐 지나간 구름이었다. 황홀한 순간은 영원할 수 없다. 곧, 하늘의 별은 계산할 수 없이 반짝이며 화려하다. 땅은 진동하여 자연의 덕을 보고 사는 동물들은 행복하다. 지금 내 마음은 하늘을 놀라게 하고 땅을 움직이게 하는 경천동지驚天動地이다. 그녀는 나에게 행복을 선물하려고 했으나, 정신이 요동치며 강물은 뒤집히고 바닷물이 끓는 마음을 주체하지 못한다.

아침 일찍 회사에 출근하였다. 각 부서의 팀장들에게 보고를 받는다. 한참 듣고 확인해 보니 개발팀이 부진하다. 회사는 개발팀과 마케팅, 광고 등이 매우 중요하다.

신상품이 나오지 않으면 마케팅을 할 수가 없고 수억을 들여서 광고 해본들 반응이 없다. 회사에 생동감은 떨어져 꺼져가는 불씨가 되어 연기만 모락모락 하늘을 향하여 날아가고 있다. 내년에 신상품을 출시하기 위해서 수천억을 투자하고 강렬한 힘을 가해서 일의 진행을 한층 매진하라고 박차를 가했다.

"각 팀장은 들으세요. 물이 정화되어야만 생명이 살 수 있어요. 가뭄에 일사병이 걸려 시들어진 풀잎이 되지 마세요. 실패해도 좋고 실수해도 좋으니 과감해지세요. 각 팀의 직원들은 옷차림, 정신, 이미지, 인성교육을 철저히 하세요. 수많은 신상품이 나오고 마케팅에 전무하여도 이미지가 살아있지 않으면 회사는 살아남을 수 없습니다. 거북이가 천천히 가지만 토끼를 이긴 것처럼 현대인들이 절실히 요구되는 것들을 잘 판단하고 시장조사를 정확히 해 신상품에 차질이 없도록 하세요."

회의를 마치고 내 방에 조용히 들어가 묵도한다.

퇴근시간이 가깝다.

'혹시 실수가 없었는가, 사업에만 몰두하고 있는가!' 일도 중요하지만, 더욱 중요한 것은 나 자신이다. 나를 잃어버리면 전부를 잃게 된다. 아프면 병원에 가면 된다. 힘들면 쉬면 된다. 그러나 자신을 잃어버리면 폐인이 되고 만다. 늘 마음이 고독하고 우울하다. 먹구름이 지나간 이 시간에 한 통의 전화가 걸려 온다.

"회장님, 조기홍 국회의원입니다."

전화를 받았다.

"한 원장, 언제 한번 시간을 내야 하지 않아?"

"왜, 무슨 일이 있나?"

"정치한다는 것이 힘들어."

"그럼 힘들지, 거저 되는 게 어디 있어. 뼈가 부러지도록 노력해야지. 정치와 사업은 인심을 잃으면 밥 구덩이와 술 자루나 먹고 마실 줄만 알지 일할 줄을 모르는 쓸모없는 반갱주낭飯坑酒囊이야."

"한 원장은 달걀 속에 뼈가 있는 소리를 하네."

"양심에 찔려?"

"그래서 사람은 오래된 사람이 좋고 물건은 새 것이 좋다고 하잖아."

"내일 저녁에 얼굴 한번 보자구."

나는 약속 시간에 서초동에 있는 일식집으로 들어선다.

조의원,

"얼굴이 별로 안 좋네, 건강 조심해 건강을 잃으면 다 잃어."

"어제 병원에 가서 검사 결과를 들었는데 아무 이상이 없대."

"이 사람아, 의사가 뭘 알아?"

"그럼, 의사가 알지 누가 아는가."

"의사는 하는 일이 없어, 배 째고 꿰매고 항생제 주고 더 이상 악화되지 않도록 진통제로 진정만 시켜주면 돼. 몸 자체에서 새로운 세포가 자라 회복이 되는 것이 생물학적 동물이야. 잘 먹고 잘 자고 잘 싸고 혈액순환 잘 되면 돼. 음식 절제하고 스트레칭하고 스트레스 안 받으면 되는 거야. 모든 병의 근원은 동맥이 막히면 당뇨, 혈압, 콜레스테롤이 쌓여 비만, 고지혈(위, 장, 당, 뇌졸중, 당뇨, 심근경색) 등 병이 오는 거야. 모든 조직은 혈관으로 이루어졌어. 혈관이 막히면 건강에 빨간불이 켜지게 되는 거야. 주치의는 믿지 말게나. 혈액순환개선제를 꼬박꼬박 복용하고 인삼, 생강, 녹차, 성창포, 백하수오 등을 차로 만들어 먹으면 좋고, 물을 많이 마시면 얼굴이 팽팽해 젊어지며 치매에도 도움이 된다고 해. 이런 것들이 몸을 해치지 않고 유지 시켜주는 것이야."

식사가 들어온다. 품위가 있는 지배인이 들어와서,

"의원님, 맛있게 드십시오."

술 한 잔을 따라준다. 조 의원은 팁을 준다.

식사하던 중 조 의원은,

"법무부 장관, 차관, 판사, 검사, 검찰총장 등 샤워를 시키려고 하는데 어떻게 했으면 좋겠나?"

"조 의원, 시시하게 하려면 하지마. 뿌리째 뽑아야 해. 몸통만 비어내면 효과가 없어 혹시 스폰서는 있나?"

"있지, 전통 있는 대기업은 아닌데 노비를 잘하고 돈을 적재적소에 조각을 잘하는 정치부 기자였던 사업가가 있어. 마당발이야."

"그놈 믿을 수 있어?"

"이 세상에 믿을 놈 어디 있겠나, 반만 믿으면 행동으로 옮기는 것이 세상 조직 아닌가?"

"몸조심하게나. 앞으로 장관에 대선까지 생각해야 하지 않아?"

"그건 그렇지. 그런데 한 원장 운이 따라줘야 해. 하늘에서 도와주지 않으면 대통령은 될 수 없어."

"맞아, 심령이 가난한 자가 천국을 갈 수 있고 행복한 거야. 권력이 행복을 만들어 줄 수 있겠어? 권력이 조 의원을 만족시킬 수 있난 말이야?"

조 의원과 함께 롯데호텔 터키탕에 들어갔다. 그후, 호텔에서 밤새워 대화하며 위로하고 위로받는 밤이 되고 있었다. 아침은 우리를 깨운다. 로비에 내려가 간단한 식사를 하고 회사로 돌아왔다.

나는 1980년부터 미래를 30~50년 앞을 내다보고 인터넷 쇼핑 사업을 하고 있다. 명품 주식회사를 설립하게 되었다. 사람을 잘 다루는 능력, 인심의 관계, 지도력, 지혜와 판단력이 매우 좋았다. 주변에 사람들이 벌떼와 구름떼 같이 몰려 오고 가고 한다.

앞으로는 온라인 홈쇼핑 시대가 기승을 부릴 것이다. PC가 사회의 문화를 바꿔 놓을 것이며 지금 어린아이는 기계화 속에 살아가기 때문에 지혜나, 감정, 기억력이 떨어지고 젊은이들은 인조인간처럼 변해가는 사회가될 것이다. 최고급이 아니면 사용하지도 않는다. 짚신 시대에서 고무 신 시대로 또 운동화 시대에서 구두 시대가 찾아오게 된다. 다시 운동화 시대가찾아오면서 케쥬얼 시대가 유행될 것이다.

외국에 나가보면 넥타이를 매고 정장하는 사람이 거의 없다. 시대는 급속도로 변하면서 나는 황금을 캐기 위해 사업을 시작한다. 사회복지는 평생토록 해 왔지만, 초고령화 시대가 찾아와 실버타운, 실버병원이 대세가된다. 빈부격차는 더 심해져 양극화 현상이 생긴다.

사회활동(봉사, 복지, 교육, 문화, 예술, 스포츠, 종교)은 생명을 살리는 원동력이요구되는 시대가 찾아오게 될 것이다.

1982년부터 지금까지 복지를 하고 있다. 나는 지극히 작은 자이지만 50년 앞을 향해가고 있다. 지금은 터를 닦고 기초를 잡는 시기지만 때가 되면 일본, 중국, 독일, 미국, 영국 등 전 세계에서 나를 향하여 찾아올 것이다. 사회사업을 하고 있어서 소나무처럼 굳건히 자리를 잡고 자라고 있다. 이 푸른 소나무는 언제나 변하지 않을 것이다.

생명의 나눔 재단을 설립하여 가난하고 병들고 고아나 청소년들을 위해 줄을 던지고 있다. 11월 말일 복지재단 '생명의 나눔' 제20회 총회를 열게 된다. 국회의원, 장관, 기업인, 교수, 일반인 등 15,000명이 모였다. 1년동안 활동했던 사업, 수입, 지출, 예산 등을 오픈한다. 1원도 숨기거나 실수하여 오해의 대상이 되면 안 된다. 보육원, 양로원, 장애인 시설 등에서 500명을 선정해 장학금을 전달하였다.

또한 목포 애향의 집, 섬 등 낙도에서 살고 있는 어린이들을 서울로 초청해 구경시킨다. 이곳 아이들은 육지로 나오면 승용차를 '땅 배'라고 부른다. 땅으로 다니기 때문이다. 배는 바다에서 다니기 때문에 배라고 알지만, 차를 보고 땅 배라고 이야기할 때 충격을 받았다. 인간은 문화를 알아야 역사를 알고 역사를 알아야 인간의 존엄성을 깨닫게 되며 존재 가치를 소중하게 여길 때 성공할 수 있다.

구자도에 사는 할머니가 있었다. 삼촌은 서울로 유학하여 서울 법대를 졸업하고 사회의 한 공동체 일원이 되었다. 할머니는 훌륭하게 자식을 키웠다. 미래는 아이들이 주역이다. 그들을 소중히 여기고 교육에 투자할 때 나라는 빛이 있고 소망이 있다. 인간은 아무리 지혜가 있고 학문을 연구하는 학자나 법관도 나이 70세만 넘으면 살아있는 허수아비다. 그래도 살아 있다고 큰소리치지만, 시대에 뒤떨어진 부정적인 의식을 하고 있다. 흐르는 물을 막아 놓으면 큰 강이 되지만 고여있는 물은 죽기 때문에 생명이 살아갈 수가 없다.

'늙은이들이여 잠잠하라. 길을 열었으니 당신들의 사명은 끝났다. 죽는 그날까지 주인 노릇하지 말고 조용히 명상하며 죽음을 준비하는 미덕 있는 어른들이 되었으면 좋겠다. 그러나 노인이 없다면 나라가 형성될 수 없다. 이 나라의 주인은 국민이지만 그 밑거름은 노인이요, 늙은이요, 꼰대들이다. 젊은이들은 피가 끓고 에너지가 충만하지만 지혜는 없다. 그러나 어른들은 지혜가 있어 실수가 적다.'

나는 현대 정치를 조명하고 있다. 12월 31일, 150명 모임이 있다. 편을 나눠서 골프를 쳤다. 1등에게 벤츠 차를 선물한다. 1조부터 10조까지 나눠서 게임을 하였으나, 지혜롭고 능력 있는 젊은 검찰총장이 차 한 대를 받게 된다. 샤워를 끝낸 총장은,

"선배님들, 제가 저녁 식사 대접하겠습니다."

"아 그래야지, 진 사람들이 사야 하겠어? 거기 김 장관도 돈 많잖아. 스폰서도 많고."

김 장관은,

"제가 무슨 스폰서가 많습니까? 공무원인데."

"여기 공무원 아닌 사람이 누가 있나? 청와대 민정수석, 국회의원, 판사, 검사들이잖아."

"아닙니다. 오늘은 이 회장님께서 모임을 개최하신 것입니다."

"아 그래, 우리는 그런 것까지 알 필요 없고, 어이 거기 선 변호사 요즘에 물 좋은 곳에서 논다며? 능력 있고 잘 나가는 사람은 어디를 가도 군계일학群鷄一鶴이야. 곧, 재능이 뛰어나 보이지 않는 곳에 숨어 있어도 저절로 드러나는 낭중지추囊中之錐야. 선 변호사가 최고잖아. 스폰서가 큰 손이라며?"

"장관님, 왜 그러십니까? 제가 총대 메겠습니다."

"그냥 하는 소리지 뭐. 이 손 장관은 요즘 슬럼프야."

"장관님, 무슨 고민이 있습니까? 부족하지만 제가 작은 힘이 되겠습니다."

"선 변호사, 말이라도 고마워."

"장관님, 대선의 꿈을 가지고 준비해야 하지 않겠습니까?"

"글쎄 말이야 공기가 좋아야 하는데."

"아닙니다. 요즘 공기가 좋습니다."

"선 변호사에게 호박이 넝쿨 채 굴러오는 거 같아 요즘은 신수가 훤하단 말이야."

일행은 국일관에 가서 식사한다. 나는 식사를 끝낸 후, 자리에서 일어나 계산하고 말없이 사라진다. 더 이상 함께 있으면 사나운 진돗개가 될 것이다. 인심을 잃어버리면 살아야 할 이유가 없다. 정치도, 기업도, 사회인도 말이다. 적당히 물이 오염됐을 때 물고기가 사는 것이다. 너무 맑아도 안 되고 너무 오염이 되도 물고기는 살 수가 없다.

밤 10시에 집으로 돌아왔다. 고요한 밤이 내일을 향하여 가고 있다. 친구들을 뒷전으로 하고 나 홀로 근심 걱정에 싸인다. 따돌림 당하면 창자가 끊어질 듯한 슬픔이나 괴로움의 단장이 찾아오게 된다. '끙끙대다가 온몸이 땀에 젖도록 연애나 한번 하리라.' 나는 원고를 쓸 때 연애하는 설렘으로 온 정신과 마음이 집중된다. 주제를 생각해 본다. '밤의 황제들' 새벽 4시까지 원고를 쓰고 꿈속에 잠긴다. 눈을 떠 보니 아침이 왔다.

며칠 후, 김 장관이 찾아온다.

"어서 오시게나 힘을 내라고, 사람이 힘도 있어야 하고, 허풍도 있어야 해. 그래야 정치를 하고 큰 사람이 되지."

김 장관은 고민이 있으면 늘 나를 찾아와 미팅한다.

"지난 연말에 김 장관 속풀이 좀 했어?"

"말도 말게. 파트너 구성을 잘 짜서 그런지 분위기가 좋았고 밤새도록 마셔도 취하지 않고 잘 넘어가더라고. 대한민국 연예인들은 그곳에 다 모인 거 같아."

"김 장관, 어디 가서 그런 말 하지마. 쥐도 새도 모르게 멱 따버릴 수도 있어. 그 몇백 명 중에 간첩이 있단 말이야. 연예인 아니고 일반 여성이야."

"한 원장, 어디서 많이 본 여자들 같아."

"아, 이 사람아, 그런 말 하지 말고 속으로만 칼을 품고 있어야 해. 입술에서 나오는 말은 달콤하고 꿀 같은 말만 해야 한다고. 그리고 남자는 말이야 무게가 있어야 하고 3번 생각하고 말하는 것이 아니고 3개월은 생각하고 나서 혀를 놀려야 해. 직업여성들을 보면 다 예쁜 청춘들이지. 그 향기에 취해서 남자들이 미치는 거 아니야?"

김 장관은,

"말 조심해. 그 수백 명 중에서 초이스도 힘들어. 마음에 드는 여자 고르는 게 힘들다니깐, 바닷가에서 진주를 찾는 거 같아. 물이 상당히 좋더라니까 한 원장도 가서 샤워를 한번 해야 해. 그래야 원동력이 생기지."

"김 장관, 쓸데없는 소리 마라. 아무나 물 좋은데서 노나? 돈 있고 체력이 있어야 하지. 내 걱정 말고 자네들 걱정이나 하게. 조직을 구성하려면 돈, 여자, 술이 한 세트가 되야 해. 오케스트라가 구성이 잘 맞아야 멋있는 연주가 나오게 되고 결과는 후회가 없는 거야. 몸 관리 잘하고 조심하게나."

3차가 끝난 후, 정해진 방으로 들어간다. 신 회장이 계산한다. 샤워가 끝나고 나면 각자 알아서 가고 싶은 대로 길 찾아 가면 된다.

변호사, 판사, 검사, 의사, 교수, 민정수석, 대법원장, 검찰총장 등 100명 이상이 코에서 피가 나올 정도로 섹스를 하고 나왔다. 그러나 대법원장과 검찰총장은 연락이 안 되는 것이다. 여자의 아랫도리에 잡혀 나오지 못하고 꽁꽁 묶여 있는 거 같다. 두 여인은 색골이요 옹녀다. 남자를 바보로 만드는 것이다. 아마 정상적인 여자들은 아닌 거 같았다. 두 여인은 엄청난 파도를 치고 있다. 준비해 가지고 간 비아그라를 남자에게 먹인 것이다. 기가 막히게 다루고 있다. 자궁에 힘을 주면 남자는 빠져나오지를 못한다. 환상이고 쾌감에 취하여 가벼운 날개가 되어 하늘을 날고 있었다.

두 여인은 약속이나 한 것처럼 팁을 전혀 받지 않고 신혼부부가 하는 행동을 하고 있다. 샤워실에 들어가서 남자의 야구방망이를 구석구석 입에 넣고 샤워를 시킨다. 사정하려고 하니,

"총장님, 이러면 안 돼요. 몸 생각해야 해요. 다음에 오시면 그때 황홀경 속에 하룻밤을 지새워요. 기다릴게요."

비밀문을 통해 두 남녀는 외딴 별장으로 들어간다. 식사가 준비되어 있다. 동충하초, 상어지느러미, 해삼, 사슴 힘줄, 거북이, 파극천, 구기자, 천문동, 치자 등 30여 가지의 고급 재료를 넣은 진한 국물 음식이다. 총장은,

"이화야 이게 뭐야? 처음 먹어보는데 맛이 특이하고 끝없이 입맛을 자극하네. 식사한 지 1시간도 안 됐는데 소화가 잘되고 원기가 돌아와 눈이 밝아지네. 고마워. 프로가 되려면 이 정도는 되어야지."

팁 200만 원을 봉투에 넣어준다.

"총장님, 한번 보고 말 거에요? 돈 때문에 당신을 만난 줄 알아요? 그냥 가시면 돼요."

그녀는 프로다. 한번 보고 말 것이 아니고 독사가 물면 놓아주지 않는 것처럼 무섭게 총장을 향해서 훅 들어온다. 총장은 명함을 꺼내서 그녀에게 건네준다. 들릴 듯 말듯 한 목소리로,

"어젯밤에 받았잖아요."

"앗, 내가 줬나? 용광로에 하룻밤 들어갔다 오니 기억이 없어."

총장은 팁을 받지 않고 사양한 이화를 직업여성으로 보지 않고 점잖고 교양 있는 여성으로 바라보게 된다. 날씨가 화창한 하루였다. 진 대법원장

은 직원들 몇 사람과 점심식사 초대를 받는다. 강남에 있는 일식집에 들어가게 된다. 약속도 하지 않았던 신 회장은,

"대법원장님, 어서 오십시오."

조금은 놀란 기색이다.

"아니, 신 회장이 어쩐 일이요?"
"며칠 안 봤더니 법원장님 보고 싶었습니다."
"참, 신 회장은 말도 예쁘게 하고 사람을 부담스럽지 않게 하고 신뢰가 간단 말이야. 좋은 친구일세."
"아이고, 과찬의 말씀입니다."

신 회장은 100억짜리 통장 20개를 개설해 왔다. 흔적을 남기지 않기 위해 대포통장을 개설한 것이다. 법원장은 신 회장 얼굴을 향하여 눈을 부릅뜨더니,

"저번에 큰 선물을 받았잖아. 부담스럽지 않게 적당하게 하는 것이 좋지 않아?"
"아닙니다. 법원장님. 지극히 작은 선물인데요."

식사를 끝낸 후 바로 헤어졌다. 신 회장은 직접 뇌물을 주지 않는다. 제3자를 통해서 아무도 모르게 정치인, 기자, 판사, 법관, 검사, 경찰, 언론장들에게만 접대한다. 그는 밤톨같이 생겼으며 송곳으로 찔러도 들어가지 않는 강한 사람이다. 그는 마당발이다. 위원장, 장관들에게도 수천억을 로비한 것이다. 서울시장, 경기도지사, 정치인, 거물들은 모두 그의 대상이었다. 신 회장은 회사에 들어와서 술 상무를 부른다.

"내년 대선에 민주당이 꼭 승리해야 해. 사람을 모으고 기둥을 세우

고 완고하게 집을 지어야 집이 무너지지 않아. 모래밭에 지은 집은 오래가지 못해 무슨 말인지 이해가 가나?"

"네, 회장님."

"조직을 튼튼하게 하란 말이야. 빈틈이 있거나 물이 새면 절대 안 되는거야. 서울대, 연세대, 고려대 동문 만나서 철저한 세뇌 교육을 하고 배가 터지도록 먹이고 입히고 두둑하게 주머니를 채워줘야 해. 당원들도 철저히 관리해야 하고 하다못해 경비에게도 로비가 필요한 것이야. 이번 대선에 실패하면 인생 끝나는 거야 죽는다고!"

칼바람이 분다. 어떻게 조각하느냐에 따라 인생이 달라지는 것이다. '정치는 생물이다.' 라고 말하지만, 사실은 생물이 아니다. 미친놈들이 하는 소리다. 정치는 민심이다. 조직이다. 100년 된 과실수가 가문다고 열매를 맺지 못하면 그 나무는 무용지물이다. 따라서 평생 정치를 해 온 원로들이 있지만 꿈을 이루지 못하고 닻을 내리고 만다.

나는 사무실에 출근한다. 서울 시내는 새벽 5시부터 9시까지 rush hour 시간이다. 여기저기서 쏟아지는 사람들의 발걸음, 또한 구분할 수 없는 개성을 가지고 바쁘게 뛰는 사람, 천천히 걸어가고 있는 사람, 핸드폰을 들고 문자를 보내는 사람, 애인과 통화를 하는 사람들이 있는가 하면 고급 승용차가 여기저기서 뛰쳐나오는 모습은 부유함을 자랑하듯 검은색, 빨간색, 외제 스포츠카가 서울시를 달리고 있다.

전국 지방에서 몰려드는 자동차들의 클락션 소리에 아파트에 사는 사람들은 몸살을 앓고 있다. 넓은 거실에서 산다고 하지만 콘크리트 벽에 갇혀 있는 사람들은 철장 없는 감옥에서 사는 것 같다. 사람은 공기가 통하지 않아서 세포가 노화됨에 따라 기능이 약해져 오래된 세포는 결국 죽는다. 사람에게 나오는 유독가스, 자동차에서 나오는 매연을 마셔가며 살아가는 도시인들이 안타깝다. 인간은 환경 파괴로 말미암아 생명이 존재할 수 없다. 선천적, 후천적 희귀병이 증가하는데 이유는 환경에서 오는 것이다.

나는 10시경 업무보고를 받고 간부들과 함께 회의를 마치고 나니 11시 10분이다. 노크한다.

"네, 들어오세요."

비서실 직원이다.

"무슨 일이야?"

"회장님, 차 한 잔 드리려고 하는데 무슨 차를 드릴까요?"

"커피 한 잔."

고급스럽고 우아하게 생긴 커피잔이 테이블에 놓인다.

"회장님, 드릴 말씀이 있어요."

"무슨 말인데?"

"개발실에 있는 민 과장 남편이 암에 걸렸어요."

"무슨 암인데?"

"폐암인데 식도까지 전이가 되었대요."

"그러면 입원하면 되지. 무슨 걱정이라도 있어?"

"아직 민 과장 사정을 회장님은 모르시네요. 남편이 뇌졸중이며 아이는 자폐증 환자예요."

"아니 백 비서 입사할 때 가정환경을 조사하지 않았나?"

"모르겠어요. 20년 가까이 되어서 기억나지 않아요."

"백 비서, 서류 좀 가져와 봐."

문을 조심스럽게 열고 서류를 찾아서 급하게 들어온다.

"회장님, 검토해 보았더니 가족관계는 없었어요."

"그러면 가족수당은 어떻게 받아 갔어?"

"그냥 남편이 있고 자식이 3명 있는 것만 알고 있어요. 남편이 뭐를 하는지 애들이 건강한지, 어디 학교에 다니는지, 거주는 전세인지 월세인지 개인주택인지 자세히 나오지 않습니다."

"백 비서, 왜 이리 지혜가 없어? 총무과에서 관리 감독하지 않나? 내 회사 내 직원을 가족처럼 생각해야 할 거 아냐. 가정에서나 직장에서나 복지가 최고야. 말단 직원부터 간부까지 복지가 형성되지 않으면 인재를 만들 수 없어. 복지팀장 불러와."

득달같이 들어온다. 비서가 앉으라고 한다. 복지팀장은 나이가 60이다. 우리 회사는 정년퇴직이 없다. 나이를 생각하지 않고 능력을 본다. 팀장은 혹시 퇴직하라고 하는지 온몸에 소름이 끼쳐온다. 팀장을 질책한다.

"그동안 일을 어떤 식으로 했나? 회사에 직원들이 어떻게 살아가고 있는지 복지팀에서 알고나 있나?"

"회장님, 무슨 말씀인지 잘 모르겠습니다."

복지팀장은 온몸을 사시나무 떨듯 떨고 있다. 비서는 팀장에게,

"개발실 민 과장님을 알고 계세요?"

"잘 모릅니다."

나는 항상 일곱 색깔 선명한 무지개다. 깊은 바닷속에 고래가 춤을 추고 있다. 나도 우리 회사 전체도 말이다.

"백 비서, 민 과장 들어오라고 해."

나는 업무팀이나 복지팀에서 직원의 건강을 관리해도 된다고 생각하

지만, 민 과장은 특별한 사람 같다. 20년간 회사 생활을 충실히 하고 있었는데 그에 대한 개인 사생활은 무소식이라니 궁금증이 생긴다. 비서와 함께 들어온다.

"민 과장, 고민 있으면 고충 처리반 있잖아, 왜 말을 안 했어? 이 세상은 혼자 사는 것이 아니야 독불장군이 어디 있어. 20년 동안 과장까지 승진하면서 사생활을 모르게 했다니 나는 이해가 되지 않아. 물론 사적인 일이고 자존심 상하는 일이지만 긴 세월 동안 한 직장에서 적자생존을 하고 살았는데 혼자만 전전반측했으니 일이 손해 잡히는 것이 이상한 거 아니야?"

민 과장의 눈물이 골을 타고 흘러내린다. '그동안 얼마나 마음이 숯덩어리처럼 타 버렸을까.' 속앓이 하고 있는데도 표정이나 그의 모습에서는 전혀 흠이 보이지 않았다. 항상 명랑하고 유쾌하고 통쾌하며 웃음꽃이 피어 있는 여성이었다. 나는 백 비서를 따로 불러낸다.

"백 비서, 병원비가 얼마 들어가는데?"
"한 5천만 원 예산을 잡아야 한대요."
"아마 그 정도는 들어갈 텐데, 주거 문제는 알아봤나?"
"네, 월세 살아요."
"경제적으로 어려웠겠네."
"네, 그렇습니다. 회장님."
"아니 민 과장은 서울대학교까지 졸업하고 왜 남편이 장애인이야? 왜 그런 사람하고 살고 있지, 연민의 사랑이었나, 아니면 동정의 감정이었나!"
"남편은 청년 때는 이목구비가 잘생긴 건강한 남자였습니다."
"그런데 왜?"

"여자가 사는 집이 가난한데 부모님들이 자식 농사를 잘 지었습니다."

"훌륭하신 분들이구먼, 지금의 현실이야 부모의 대리만족이지. 교육은 그렇게 하면 안 되는 거야. 여자 부모님들이 반대했겠구먼."

"네, 그래서 비밀결혼을 해 살아오다가 남자가 35살에 뇌졸중 왔습니다."

"아 그래, 남자가 스트레스를 많이 받았구먼. 대단한 민 과장이야. 백 비서 얼마를 주면 아파트를 사겠는가?"

"한 5억 정도 있으면 아파트를 살 수 있습니다. 부족한 액수는 대출 받으면 됩니다."

"그래 좋아. 회사에서 5억을 거주비로 대출해 주게. 회사직원이 살아 가는데 부족함이 없어야 지혜도 능력도 개발되는 거야."

민 과장을 설득해 회사에서 비용을 들여 수술비를 지급하고 거주할 주택을 마련해 주었다.

나의 고민은 아무도 모른다. 눈이 쌓이듯 쌓이고 있다. 사회의 빈부격차 때문이다. 다 같이 잘 살아야 복지국가요, 선진국가요, 행복이 넘치는 나라일 텐데…. 부자들은 세금을 내지 않으려고 금이나 현금을 땅속에 묻거나 금고를 사서 저장해 둔다.

'부자들이여, 화! 있을지어다. 나는 그대들을 저주하는 것이 아니다. 90%가 장발장이라고 한다면 10% 되는 부자들은 살 수가 없다. 거지가 대문 앞에서 울고 강도가 득실거리며 배고픈 자는 탄식하며 빈곤을 외치고 있는데도 부자들은 세금을 내지 않으려고 하니 탄식하며 나는 울고 있다.

국민들이여! 살찐 짐승을 잡아 그 고기를 먹으며 그 터를 입되 가난한 자를 먹이지 아니하고 있노라. 가난한 자가 있어야 부자가 산다는 사실을 어찌 깨닫지 못하는가!

장발장이 주변에 마루가 높도록 쌓여만 가는데 부자들은 살만 쪄 인지 능력 장애를 가지고 있으니, 한국은 희망이 없노라. 연약한 자를 강하게 아니하며, 병든 자를 고치지 아니하며, 상한 자를 싸매주지 아니하며, 쫓기는 자를 돌아오게 하지 아니하며, 잃어버린 자를 찾지 아니하고 다만 포악으로 그것들을 다스리고 있노라. 돌보는 자가 없으므로 그들은 흩어져서 모든 들짐승의 밥이 되었도다. 유리하는 사람들이 온 지면에 흩어졌으되 관심도 없도다.'

신 회장이 찾아왔다.

"무슨 일입니까?"

"제가 못 올 때를 왔습니까? 한동안 바빠서 원장님을 챙기지 못해 시간내서 왔습니다."

"그래요."

"원장님, 고민이 있습니다. 그동안 정치에 관심을 두고 투자를 많이 했습니다."

"그건 나도 알고 있지요. 앞뒤 재보지도 않고 무서운 쓰나미가 찾아왔지요. 조금은 염려가 됐습니다. 생명 나눔의 기부도 많이 했던데요? 신 회장 대단한 사람이에요. 지금 이 사회가 얼마나 몸살을 앓고 있는 줄 알아요? 구석구석 장발장이 많아요."

"네, 저도 가난하고 병들고 빈곤속에 살았었습니다. 지금의 열매가 맺기까지 힘들었습니다. 제가 하는 기부나 스폰서 일도 국민이 다 함께 잘 살아야 한다는 것입니다. 병들어 죽어가는 자들이 많습니다. 학습열이 불타는데도 교육을 받지 못하고 학교에 다니지 못하는 젊은 청년들이 많습니다."

"네, 신 회장께서는 복지 개론을 잘 알고 계시네요."

"그럼요. 저도 보릿고개 인생인데요 독학으로 공부하고 무에서 유를 창조했습니다. 그러나 돈을 가지고 인생은 살아가는게 아닙니다. 나눔의 기쁨은 말로 표현할 수 없습니다."

"참 대단하십니다. 고철 하나를 주워다가 이 거대한 기업을 만들어 놓았으니…."

"아닙니다. 이제 시작이지요."

"겸손도 하시네요. 사람들은 세금을 내지 않으려 하고, 가진 자는 더 가지려 하고 사기를 치는 놈은 더욱 사기를 치고 있어요."

"그런 재산은 모래 위에 집을 지어 놓은 거나 다름없지요. 집은 반석 위에 지어야 합니다. 세상은 썩었습니다. 부정부패, 노동 갈취, 세금 포탈하여 땅에다 투자하지요. P기업은 아무 쓸모없는 맹지 290ha 정도 사들였어요. 어마어마한 면적입니다. 축구장 406개 정도지. 여의도 면적만 하지요. 20~30년 지나가면 벼락부자가 되지요. 대기업은 전문부동산팀이 따로 있어요. 좋은 땅이든 나쁜 땅이든 다 사들이지요."

"일본은 20년 미래를 내다보며 땅에 투자하지요."

"맞습니다."

"한 10년만 지나면 서울과 지방이 한 시간 안에 출퇴근하는 시대가 올 것입니다. 지금은 서울에서 부산까지 6시간 이상 걸리지만, 4시간 안에 서울을 왕복하게 되지요. 수도권 안에 땅들이 어떻게 되겠습니까? 하늘 무서운 줄 모르고 천정부지로 오르겠지요."

나는 신 회장에게,

"아차, 무슨 고민이 있다고 하셨잖아요?"

"다름 아니라 선 변호사가 근무하는 법률사무소는 윤앤장입니다."

나는 선 변호사가 고정간첩인 줄만 알았고 거대한 법률사무소를 가지고 있는 것은 자세히 알 수가 없었다. 그는 항상 말속에 뼈가 들어 있다는 생각을 늘 하였다. 똑같은 언어와 행동을 하여도 느낌이 달랐다.

입에는 달콤한 꿀을 담고 배에는 칼을 품고 있으며 겉 사람과 속사람이 완전히 다른 구밀복검口蜜腹劍이다. 나는 누구보다도 예리하고 총명하며 뱀처럼 지혜로워서 사람을 보는 선견지명先見之明이 특별하다. 한 번도 예감은 틀린 적이 없다.

"사실은 선 변호사가 2년 후에 대선을 생각하고 있습니다."
"그 애가 대단한 놈이야. 서울대 정치학과, 석사는 법을 전공하고 나서 미국으로 건너가 하버드 대학에서 박사학위를 받고 돌아온 사람이야. 나는 그 애를 제일 껄끄럽게 생각했어. 그런 모임을 하고 있다는 것이 대단한 거야."
"주로 어떤 사람들이 모였나요?"
"대한민국 판사 검사, 정치인, 기업인, 국정원장, 고위공무원들이 모였지요. 개나 소나 사람이면 회원으로 가입하지요. 억울한 누명을 쓴 사람, 피가 끓고 있는 젊은 청년들, 병들어 죽어가는 사람들을 찾아다니며 구제와 봉사를 하고 있습니다."
"신 회장, 나는 말은 들었지만 사실 그렇게 큰 조직인 줄은 몰랐어요."
"대단하지요."

3시간 정도 마음을 터놓고 대화하고 문제를 해결해 보기로 하고 헤어졌다. 나는 짙은 안개 속에서 방향을 찾지 못하는 것처럼 무슨 일에 대하여 갈피를 잡고 못하고 오리무중이다. 김 장관을 생각하면 일촉즉발의 지

뇌밭을 걸어가는 사람과도 같다.

때는 바야흐로 만물이 소생하는 달콤한 꿀벌과 함께 춘화추동春夏秋冬이 지나가고 있다.

저녁 9시 뉴스를 보니,

〈공금 115억 원을 횡령한 혐의를 받는 서울 강동구청 소속 7급 공무원 김모 씨(47)가 구속기소가 됐다. 서울동부지검 기업·노동 범죄전담부(부장검사 최형원)는 21일 특정경제범죄가중처벌법 위반(횡령), 공전자기록 등 위작·위작 공전자기록 등 행사. 공문서위조·위조공문서 행사 등 총 5개 혐의를 적용해 김 씨를 구속기소 했다. 김 씨는 12월부터 지난해 2월까지 서울도시주택공사(SH)가 강동구청에 입금한 폐기물처리시설 설치 분담금 115억 원을 전액 횡령한 뒤 주식투자와 개인 채무 변제에 사용한 혐의를 받는다. 김 씨는 횡령한 115억 원 중 38억 원은 김 씨가 상사의 의심을 피하려고 돌려놓았으며 나머지 77억 원은 대부분 주식투자로 잃은 것으로 파악됐다. 검찰은 회수되지 않은 77억 원의 환수를 위해 8억 원 상당의 김 씨의 소유 재산에 대해 기소 전 추징보전 조치를 했다고 한다.〉

대한민국 대통령을 비롯하여 고위공무원 1~4급뿐 아니라 공무원 자체가 부정부패하고 소명을 다하지 못하고 있다. 물론 모든 공무원이 죄로 얼룩진 세상에서 타락한 것은 아니겠지만 언론에 자주 비리가 등장하고 있다. 1억도 아니고 100억도 아니다. 이제는 1,000억 혹은 1조, 2조를 공금횡령 하고 있다.

옛날에도 공무원이 되면 1년도 안 되어 집을 3채씩 사 두기도 했고 운전하고 가다 교통법규를 위반했을 때 만 원짜리 한 장을 꺼내주면 교통경찰은 경례하고 사라졌다. 이뿐 아니다. 고위공무원들은 교통법규를 어기고도 계속 법을 준수하지 않았다. 사람을 죽이거나 공금횡령을 해도 전혀 양심의 가책도 없고 법에 심판도 받지 않았다. 언론에도 언급이 전혀 없다. 그 이유는 돈으로 입을 막고 행동을 막아 기자들의 손발을 돈으로 꽁꽁 묶어버렸기 때문이다.

나는 가정맹어호苛政猛於虎가 생각난다. '가혹한 정치는 호랑이보다 더 무섭다.'라는 말인데 가렴주구苛斂誅求와 함께 특히 지방에서 관리들이 혹독하게 세금을 징수하거나 부역을 강요하고 갖가지 명목으로 재물을 뜯어내는 등의 폭정을 저질러 백성들이 살아가기 힘든 정치적 상황을 일컫는 말이다.

이전 상황은 일시적인 이야기가 아니고 100년 전이나 지금이나 별 다를 바 없다. 흔적도 없이 온라인 뱅킹으로 1분 안에 수백억을 갈취할 수 있고 도둑질할 수 있다. 도둑놈이요, 사기꾼들이 충천하고 있다.

무소불위無所不爲요 유전무죄有錢無罪 무전유죄無錢有罪라.

권력이 있으면 끊어진 심장도 뛰게 하고, 죄가 있는 자도 자유를 얻고 모든 게 불가능이 없다는 말을 어제나 오늘이나 영원불변하고 있으니, 절망의 탄식 소리가 벼락을 치고 있다.

그러나 너희는 배우지 못했기에 당연히 빈곤하게 살아야 한다는 현실을 외면하더라도 권력 등 모든 힘을 가지면 불가능이 없다는 아버지의 철저한 교육이 내 두뇌 속에서 살아 움직인다.

공정. 신뢰는 정직으로 말미암아 외치지만 들리는 소리는 징 소리요 꽹과리 소리만 들리고 양심에 화인을 맞고 있으니, 시냇물은 마르고 강은 오염되고 바다의 생명들은 다 죽는데도 고센 땅에서 깨닫지 못하고 출애굽

하지 못하고 있으니 어찌할꼬! 이 시대는 포대도 썩어서 담을 길이 없고 인류가 오염 되었는데도 새날을 기대하고 우주를 향하여 가고 있으나 오래 살지 못하고 이대로 죽고 마는구나!

나는 전화를 받는다. 김 장관이 오늘 회식 있으니 5시 30분까지 참석하라고 한다.

"오늘 급한 스케줄이 있어. 그냥 나 빼고 하면 돼."

고위공무원들은 탕자요, 쓰레기요, 고깃덩어리처럼 행시주육하고 있다. 여자와 함께 술판을 벌이고 노래하며 그것도 성이 차지 않아 성욕으로 만족을 풀고 있다. 밤에 핑크빛 요란하게 알몸으로 춤을 추고 한쪽에서는 한 잔의 술로 괴로움을 달래보지만, 당신들의 괴로움은 치료될 수가 없다. 술, 노래, 마약, 섹스도 모두 만족함이 없는 것이다. 정직하게 살지 않으면 다 가진 자이지만 몸은 마른 흙처럼 부서지며 깨지고 말 것이다. 마음이 건강해야 육신도 건강할텐데….

부정이 판을 치고 공무원들은 권력을 내세우고 기업인들은 돈 박스를 바치고 10억이 넘는 고급 외제 승용차를 선물로 한다니 '김영란법을 만들어 놓으면 무슨 소용이 있겠는가!' 죄를 지은 자는 돈으로 해결할 수 없으며 당연히 감옥에 가야 하는데도 아직도 법을 준수하지 않고 검사들은 무소불위하고 돈으로 목욕하고 돈으로 집을 짓고 죄 없는 자들은 교도소에 가두며 검사들은 칼을 들었으니 생각 없이 어리석고 무지함으로 조각조각 난도질하고 있다.

내가 거주하고 있는 집으로 10명의 친구가 찾아왔다. 조 의원, 구 판사, 검사, 사업가 등 이들은 언론을 가지고 마음대로 칼을 휘두르는 자들이다.

"어쩐 일들인가? 오늘은 건수들이 없는가? 서산에 노을이 지기도 전에 나 같은 사람을 찾아오다니 이제는 사람을 가려가며 만나야 하겠어. 그동안 감정에 치우쳐서 이성이 안개 속이었어. 절제하면서 살지 못한 게 후회막급이었어. 항상 자네들과 있으면서 가시방석에 앉아 있는 거 같았지."

조 의원은,

"왜 이래? 당신 오늘 예수요 부처요 성민 된 사람이야? 함께 놀지 않았어? 우리를 배신한다는 말이야? 한 손만 가지고 어떻게 소리를 내. 양손이 마주쳐야 소리가 나지. 지금까지 고장난명孤掌難鳴했잖아."

10명의 친구들은 한승주에게 한마디 말도 못 한다.

그러나 조 의원은 화가 많이 났나 보다. 설교가 지나칠 정도이다. 창자가 꼬인다. 귀가 아파서 더 이상은 들을 수가 없다. 절제하자.

"조 의원, 인간은 석재石材라고 해. 좋은 나무에는 좋은 열매가 맺히고 나쁜 나무에는 나쁜 열매가 맺히지. 지나친 행동들을 하니까 그렇지. 웬만하면 상부상조하려고 해. 그러나 너무 부패해서 썩은 악취가 진동한다고. 지금은 정보화 시대야. 1초면 전 세계가 다 알고 있어. 이제는 정직. 진실이 아니면 뿌리를 내릴 수가 없어. 엊그제 뉴스 안 봤어? 12일 검사가 투신자살했어. 왜 젊은 인재들이 1~2년을 견디지 못하고 죽는 줄 알아? 사건을 제대로 파악하지 않고 사실을 왜곡하는 선배 검사들은, '씨발 놈, 이것도 일이라고 했어? 왜 이 부장검사 알기를 니 발바닥 때만도 못하게 아는 거야? 똑바로 하라고. 이것도 조사라고 했어? 분위기 파악을 그렇게 못해? 이곳은 학교가 아니라 대한민국 검사야 검사. 이 조직이 어떤 곳인지 몰라?'"

김 검사는 언어폭력, 모욕, 인격 살인을 견디지 못하고 스스로 오전 11시경 본 건물 10층에서 투신하고 만다. 경찰에 따르면, 김 씨는 서울남부지검에 처음 부임해 근무하던 평검사인 것으로 밝혀졌다.

"조 의원, 이 신문 좀 봐봐, 신문 좀 보라고. 검사가 죽었단 말이야. 어린아이처럼 수정같이 빛나는 눈동자가 거짓 진술을 꾸미고 허위유포를 하여 죄 없는 사람을 중형으로 엮어내는 것이 지금의 현실이야. 도대체 사회가 어떻게 되겠어. 옛날에는 검사보다 영감님 했잖아. 호칭이 바뀐 게 얼마 되지 않아. 검사들에게 수억을 바쳤어. 그러나 지금은 정의로운 사회를 구현해 가는 현실 앞에 옛날 흘러온 물을 그대로 마시려고 하니 젊은 검사들이 죽지. 국민은 바보가 아니야. 공무원, 경찰, 검사, 판사보다 훨씬 법을 잘 알고 있어. 생각들을 완전히 바꿔야 해. 의식이 바뀌고 행동이 바뀔 때 어두움은 사라지고 살기 좋은 국가가 되는 거야."

검사 100명과 총장까지 술 접대를 받는다. 선 변호사는 각 지청에 있는 검사장들에게 뇌물접대를 한 것이다. 고급 아파트가 들어서면 10채 정도는 분양하지 않고 로비로 남겨둔 것이다. LE, SL, SI 건축회사도 이유 불문하고 기관장들에게 로비를 위해서 아파트를 남겨둔다. 검사들에게 아파트 한 채씩을 등기 이전 해 주었고 각 시장에게도 뇌물로 바쳐야 한다. 썩을 대로 썩었다. 고위공무원들은 타락하고 성민된 백성은 울며 피를 흘리고 있다. 선생들은 촌지를 요구하고 아들딸 교육을 위해 치맛바람이 휘날리고 대학교수들은 제약회사에서 자기 회사에 약을 사용하라고 수백억의 촌지를 받는다.

오늘 밤에는 선 변호사가 검사들을 다시 데리고 와서 성 접대를 한다. 300평이 넘는 홀에 100평은 쇼하는 장소다. 이곳은 일반인들은 출입할 수가 없다. 뒤풀이를 위해 최고급 양주 랜디뱅크 싱글 말트로로 뒤풀이가 시작된다. 300명이 넘는 20대 숙녀들이 예쁘게 단장하고 있는 모습들이 눈길을 끈다.

총장은 좋아하는 일편단심 민들레가 있다. 그는 아주 못생긴 여자였다. 키는 169㎝, 허리둘레 24, 가슴은 C컵, 치아는 고르고 예쁘다. 그러나 얼굴과 학력이 문제였다. 이 술집은 실기와 필기시험을 봐서 들어오는 곳이다. 때돈을 벌 수 있다. 이화는 양악수술, 코, 눈 등 전체를 5번씩이나 뜯어고친 인조인간이었다. 자궁을 당기고 오므리고 늘리고 상대 남성을 물고 놓지 않는다. 적당히 살살 조이면 남자들은 사족을 못쓴다. 골반에 힘을 주고 소변을 눌 때 힘을 주며 찔끔찔끔 운동하여 마음대로 조절할 수 있다.

수많은 판·검사, 기업인들이 그녀를 거쳐가지 않는 사람은 바보라고 한다. 오늘은 몇백 명 되는 여인 중에서 총장은 이화를 두 번째로 선택하게 된다. 선택을 받으면 바로 룸으로 향해 10명씩 짝을 지어 2차 고급 양주를 마신다. 그녀들은 기둥서방을 뺏었다고 칼보다 무서운 행동을 하며 언어폭력을 일삼는다.

"야 이년아, 니가 얼굴이 그렇게 잘났어? 그게 니 얼굴이야? 자연산이 향내가 나는 거야. 사람을 미치게 하는 거라고 밀가루로 빚어 조각한 얼굴이 뭐가 잘났다고 큰 소리쳐. 대학도 나오지 않는 주제에 졸업장도 위조한 거 아니야? 도대체 니네 엄마는 뭐하는 년이야? 사문서 위조를 하고 검사들을 수백 명 만나고, 제2의 장영자야! 사채업에다 주식을 조작하고 있는 불공평 사회를 선동하는 년, 니네 엄마 말이야."

그녀의 엄마는 건축업에도 손을 대고 있었다. 이른 시일 안에 큰 돈을 만질 수 있는 것은 오직 부동산 사업이다. 부동산은 사업자만 있으면 시행사를 거쳐 건축할 수 있는 것이다. 곧, 무에서 유를 창조하는 것이 건축의 매력이다. 그러나 조금은 변했지만 아직도 건축업은 떼돈을 벌 수 있다.

'선거철을 맞이해서 정치인들은 개미떼와 같이 부지런히 일하고 나눠 주며 교만했던 그들이 언제부터 하늘을 찌르듯이 간교하였던가'

지금은 허리를 굽히고 뻣뻣했던 목을 황새가 먹이를 먹듯이 자연스럽게 지나가는 나그네들에게 인사를 한다.

'정치인들이여, 언제 그토록 온유하며 겸손하며 사랑처럼 포근하였던가. 물이 한번 흘러가면 다시는 돌아올 수 없노라. 세월이 가도 변하지 않고 국민을 의지하고 생각하며 그들의 종이 되어 주고 힘들게 살아가는 백성들의 마음을 알아주는 인심이 충만해야 할텐데…'

지금은 11월 초, 겨울이 찾아오고 있다. 그들은 봄이 되어 천차만홍 꽃이 피고 있으니 이 시절이 지나가면 언제 너를 보았느냐 하며 불법이 왕성하다. 선거철에는 천사가 되어 민심을 얻기 위해 목숨 바쳐 싸우는 전투병이 되어 몸부림을 치고 있다. '어리석은 자들이여 잠잠하라. 교만한 자들이여 잠잠하라. 양의 탈을 쓴 자들이여 잠잠하라. 정치에 미치고 권력에 미친 자들이여 조용할지어라.' 외친다.

<검찰총장과 긴자꾸(명기)의 불꽃이 타오른다.>

서 검찰총장은 이화의 이마에 입술을 붙였다가 떼었다. 또 그녀는 입을 딱 벌리더니 총장의 양쪽 팔을 움켜쥐었다. 강한 악력이다. 검찰총장은 뜨겁고 끈적이는 동굴 안으로 빨려 들어가면서 온몸에 전류가 흐르는 느낌을 받는다. 이화의 입에서 억눌린 신음이 터졌다. 가쁜 숨소리, 엉키면서 뒤틀리는 두 쌍의 사지 "으악." 이화의 신음이 높아지면서 검찰총장의 움직임에 맞춰 음색이 달라졌다. 허리를 들썩이던 이화가 소리쳤다.

"자기야, 천천히 천천히."

몸이 급격히 달아오르고 있기 때문이다. 그러나 검찰총장은 맞추지 않았다. 오히려 더 거칠게 부딪치자 이화가 곧장 절정으로 치솟는다. 이화의 몸은 새롭다. 안기고 뻗는 자세만 서로 익숙할 뿐 느낌은 언제나 다르다. 오늘 이화는 강한 자극을 받은 것 같다. 그것은 금방 달아오르기 때문이다.

"아이고, 자기야 나 죽네."

이화의 외침이 단말마의 비명처럼 울렸다. 동굴이 와락 좁아지는 것 같더니 벽이 허물어지는 것처럼 좁아졌다. 벽의 세포 하나하나가 불끈거리면서 박동했고 이화의 사지가 뜨거운 뱀처럼 휘감겼다. 딱 벌린 입, 치켜뜬 눈은 죽은 생선 같다. 이윽고 이화가 폭발했다.

"으아악."

턱을 치켜든 채 온몸이 굳어진다. 자극을 극대화할 목적으로 다리를 한껏 벌렸기 때문에 이화의 몸은 기묘하게 뒤틀렸다. 상반신은 빈틈없이 엉키지만, 하반신은 떨어진 것 같다. 그런 다음 두 쌍의 사지가 허물어지듯 엉키기 시작했다. 신음과 함께 가쁜 숨소리가 방 안을 뒤덮고 있다. 검찰총장은 이화를 안은 채 귀를 입에 물었다. 이화의 성감대 중 하나다. 얼마쯤 시간이 지났는지 모른다. 이화의 가쁜 숨소리가 가라앉기 시작할 때 검찰총장은 몸을 떼어 옆에 누웠다. 방 안은 아직 열기가 식지 않았다. 둘은 이제 소파에 나란히 누워 있다. 총장은 이화를 바라보며,

"그때 그 음식이 비아그라보다 더 좋은 거 같아."

이화는 성공했다. '꿈이 이루어진다. 내 인생은 이제부터다.' 웃으면서 속으로 생각하고 있다.

이화는 조 의원을 잡아먹어야 한다. 독사한테 물리면 죽는다. 아니다. 독사보다 더 무섭고 강하고 지혜로운 여자인 거 같다. 그는 수단과 방법을 가리지 아니하고 별장으로 유인한다.

"의원님, 제가 드릴 말씀이 있습니다."

이화는 어떻게 조 의원 핸드폰 번호까지 알아냈는지 귀신 같았다. 조 의원은 하늘에서 벼락 치는 소리가 들리는 거 같다.

발끝에서부터 머리끝까지 온몸에 전류가 퍼진다. 충격이다. 많은 검사, 차관들, 선 변호사까지 다 한두 번씩은 거쳐 지나갔다. 그녀는 목적이 달성될 때까지 짐승이 자신의 구역을 표시한 것처럼 향내를 풍기고 다닌 것이다. 그녀는 꽃뱀이다. 걸리면 죽는다. 남자들은 변강쇠여도 그녀 앞에서는 쌍코피를 흘리고 만다.

이화는, "조 의원님, 오늘 쿨하게 쏘려고 하는데 시간 어떠세요?"

잠시 멍하다. '꽃뱀한테 물릴 것인가!' 입술을 더듬으며 온몸이 떨리면서 그녀에게 약속을 거부하지 않고 곤지암 어느 홈에서 만나자고 한다.

곤지암의 어느 집에 시간을 맞춰서 그녀는 약속 장소에 나타났다. 분수대가 하늘을 치솟으며 일곱 색깔 무지개가 이 여인을 반기는 거 같았다. 쏟아지는 빗물은 이슬비가 내리는 거 같고 햇빛은 산으로 자취를 감추고 있을 때 조 의원은 택시를 타고 왔다.

그녀는 자기 승용차에 조 의원을 태우고 10여분 동안 물이 흐르는 곳으로 간다. 초목이 무성하며 숲은 우거지고 각양각색 꽃들이요, 각종 새들이요, 곤충들이 누군가를 부르고 있는 곳으로 차를 주차한다. 주변에는 인가 한 채도 없는 고요하고 깊숙한 곳에 자리 잡은 홈이다. 고급 주택 같기도 하고 별장 같은 느낌도 든다. 군데군데 꽃들이 이 사나이의 마음을 위로하는 거 같았다. 이화는 조 의원을 데리고 거실로 향한다. 보기 드문 화려한 전경이 잘 조성되어 있다. 둘이 마주 보면서 고급 양주를 마신다.

"의원님, 저에게 너무 관심이 없어요. 관심 받고 싶어요."

두 남녀는 술이 몸에 들어가자 잠잠했던 혈관들이 춤을 추며 피가 요동을 치고 있다. 그때 이화는 조 의원의 몸을 더듬는다. 그녀는 페니스를 만지면서,

"아 굉장해요. 이 여자 마음이 요동을 치고 있어요. 역시 돈이 많고 능력이 있는 남자는 연장도 좋고 성욕도 강한가 봐요."

조 의원의 숲속을 인정사정 없이 더듬는다. 이화의 알몸은 풍만했다. 날씬한 몸매가 다른 모습으로 펼쳐지자, 조 의원의 마음을 매료시켰다. 침대에 오른 이화는 시트 안으로 파고들더니 조 의원의 허리를 꽉 끌어안았다. 조 의원은 마침 휴대전화 문자를 읽던 중이었다. 그러나 이미 준비가 다 됐다.

이화는 묻지도 따지지도 않고 시트를 걷고는 조 의원의 몸 위로 엎드렸다. 두 손으로 조 의원의 성기를 감싸 쥐고 입에 넣었다. 그때 조 의원이 숨을 들이켰다. 이화가 남성을 혀로 핥기 시작했기 때문이다. 엄청난 자극이 왔으므로 조 의원은 한 손을 뻗쳐 이화의 머리칼을 움켜쥐었다. 상기된 얼굴로 이화는 말했다. 두 눈이 번들거린다.

"이리 와, 거꾸로 엎드려."

조 의원의 손이 이화의 손을 잡아당기며 말했다.

"내 위로."

이화가 두말 안 하고 조 의원의 몸 위에 오르더니 거꾸로 엎드린 이른

바 69자세로 성기를 물었다. 조 의원은 눈 앞에 펼쳐진 이화의 골짜기를 보았다. 짙은 숲에 싸인 선홍빛 골짜기가 물기를 머금고 반들거리고 있다. 조 의원은 이화의 엉덩이를 한 손으로 움켜쥐고 잡아 당겼다. 그때 마침, 전화벨이 울린다. 그러나 조 의원은 입 안에 든 골짜기를 사정없이 더 거칠게 빨았다.

"으악."

이화의 비명 같은 탄성이 터졌다.

"아휴, 나 죽어."

몸부림을 치면서 이화가 다시 외쳤다. 골짜기가 무섭게 요동쳤다. 다시 이화가 몸부림을 치면서 비명을 질렀으므로 조 의원이 물었다.

"할까?"

"응."

듣기가 무섭게 이화가 몸을 비틀더니 침대에 누워 가쁜 숨을 뱉으면서 조 의원을 바라본다.

"빨리, 저 지금 올라왔어요."

조 의원이 위로 오르자, 이화가 허리를 들썩이며 기다렸다. 두 손으로 조 의원의 어깨를 움켜쥐었고 치켜뜬 눈동자는 흐릿흐릿하다. 반쯤 벌어진 입에서 가쁜 숨이 뱉어지고 있다. 조 의원은 남성을 골짜기 끝에 붙이고는 이화를 내려다보았다.

한 달 후, 서 총장은 스트레스 때문에 온몸이 쑤셔 풀어야 하는데 푸는 방법은 오직 섹스를 시원하게 하는 것이 유쾌 통쾌 상쾌다. 마치 손흥민이 골대에 공을 넣는 거 같은 기분이다. 손흥민이 골인을 하면 온 세계가 춤을 추고 소리를 지르며 대리만족한다. 밤 9시경, 예약이 잡혔다. 그러나 이화는 오늘 밤 보이지 않는다. 마담이 불러 놓고 손님들을 개인적으로 만난다고 얼굴과 온몸을 피가 터지도록 두드려 팼다.

"이년, 눈구멍을 파버릴 년. 왜 물을 흐려놔. 다른 년들이 짹짹거려 못 살겠어. 앞으로 조심해. 쥐도 새도 모르게 처리해 버릴테니깐."

총장은 귀엽고 예쁜 여성을 데리고 하룻밤을 지새운다. 3번 이상을 해도 성 기구로 자위 행위를 하는 거 같고, 도박해 돈을 잃어버린 거 같은 느낌이 들며 마음이 허전하다. 성욕이란? 함께 고인 물을 펌프질해야 행복하고 온 정신이 집중되고 테스토스테론이 충만해져 온 세상을 다 얻은 거 같은 기분이다. 행복 치수가 높아진다. 남자는 돈을 주고 섹스하는 것은 우울하고 허전하다. 스트레스를 많이 받는 것은 인간의 본질이나 테스토스테론이 충만하게 분비되어야 만족감을 느낀다.

서 총장은 짧게 하고 옷을 주섬주섬 입고 나오려고 한다. 그때 그녀는 총장의 옷을 잡는다. 그러자 총장은 고개를 돌리지도 않고 10만 원짜리 수표 한 장을 베드 위에 말없이 올려놓고 룸을 나선다. 빈 그릇은 소리가 요란하다. 물을 채우지 않으면 듣기 싫은 소리가 나는 것처럼 서 총장은 허전해서 자신을 이길 수가 없다. 남자는 욕망 곧, 섹스에 만족함을 못 느끼면 허전하고 기분이 나빠지는 것이다. 다시 룸살롱으로 발길을 돌려 한 잔의 술로 허전함을 달랜다. 그는 양주 5병으로 시간의 여행을 하고 있다. 어느 정도 마셔도 취하지 않는 술고래이다. 누구도 그를 대적할 자가 없다. 그러나 그는 얼굴 색깔 하나 변하지 않고 잔에 양주를 따라 마셔도 허전함을 채울 수가 없다. 한잔, 두잔, 세잔….

한국에서 제일 섹시하고 예쁜 여성을 서 총장이 있는 룸으로 들여보냈다. 그러나 30분이 지나도 초이스가 되지 않았다. 옹녀보다 더 강한 오리 궁뎅이가 들어왔으나 총장이 마음에 들지 않는 것을 눈치채고 오리 궁뎅이 여인은 하체 전체를 애무하고 나서 남자의 페니스를 자궁 안에 사정없이 집어넣고 꽉 물고 빼주지를 않는다. 서 총장은 오리궁뎅이와 난타전을 벌였다. 소파에 뉘어놓고 정신없이 피스톤 운동을 했으나 테스토스테론을 느끼지 못하고 페니스는 점점 시들어지고 말았다.

6번째 양주가 들어오면서 파트너가 들어온다. 러시아 여성이었다. 그녀는 총장을 책임지라는 지령을 철저히 받았다. 마담은 니가 원하는 대로 다 해줄 테니까 저 남자를 죽이든지 살리든지 책임지라고 한다.

러시아 여인은 총장을 붙잡고 시도한다. 술에다가 비아그라를 타서 먹인다. 그는 비아그라를 먹지 않아도 변강쇠가 깜짝 놀라 기절해서 도망갈 정도다. 그런데 비아그라를 먹였으니 온몸이 요동치며 성기는 하늘을 찌르고 있다. 러시아 여인은 양주 한 병을 거의 다 마시고 다시 한 병을 더 시키자고 한다.

"총장님, 양주 한 잔 더 할까요?"
"그래 좋아, 니가 죽나 내가 죽나 한번 해보자"

새벽 2시가 지나간다. 구석구석 더듬으며 요동을 치게 한다. 러시아 여성은 총장이 움직일 때마다 호르몬이 남자의 손에 질퍽질퍽한다. 소파가 푹 젖어 있다.

"죽는다. 나 죽는다. 나 미친다."

작은 소리로 흥분이 된다고 표현하고 있다. 그때 총장은 미치려고 한다. 그러나 여인은 더욱 달궈야 한다는 지시를 받은 것이다. '총장은 보통 섹스 왕이 아니다.'라고 이야기한다. 결국 다시 룸으로 여인을 데리고 간다.

둘이 샤워하면서도 정액이 넘치면 안 된다는 정신적 압박을 주고 이 남자를 두 번째 죽이고 있다.

샤워를 끝낸 후, 여인은 얇은 가운을 입고 냉장고 문을 열고 있다. 그 모습을 보고 설렌다. 불길이 타오르고 있다. 그 여인의 엉덩이는 남자를 완전히 흥분시키고 있다. 조명이 비춰오고 있는 방안은 그 여인의 향내로 가득 차 있다. 글라스에 술을 깨는 약을 타서 입에다 넣어준다. 그러나 아무것도 모른다. 계획적인 섹스 작업인지도…. 총장은 마음과 행동이 미칠 것 같은가 보다. 여인은,

"자기야, 급하기도 해. 천천히, 아직 시간이 많아. 나는 당신에게 죽고 싶거든."

끈 달린 팬티와 젖꼭지만 가리는 브래지어 등 그녀의 젖가슴과 자궁은 보일 듯 말 듯하다. 용광로에 들어가 쇠를 녹이는 것처럼 이 남자를 녹이고 말았다. 그러나 서 총장은 100%의 오감을 느끼지 못했다. 왜냐하면 그 남자의 정신 속에 이화라는 여인이 자리 잡고 있었기 때문이다. 서 총장은 물로 샤워하고 구석구석 물비누로 온몸을 문질러대는 그 느낌에 그나마 만족감을 느꼈다.

검사의 기소권과 수사권은 70년 전부터 지금까지 진행 중이다. 경찰은 동네를 지키는 방범대나 다름이 없다. 즉, 지극히 작은 것도 검사는 법을 만들어서 엮어 교도소에 처넣는 것이며 사건 하나를 가지고 불구속이나 벌금형으로 처리할 수도 있다. 그러나 사건을 드라마처럼 혹은 소설과 같이 육하원칙에 따라 교도소에 가둬놓고 시간을 미뤄 조지는 것이 검사다. 형사는 잡아서 조진다. 판사는 때려 조지고, 교도소에서는 가둬서 조지고, 내 가족은 죄인을 먹여 조진다. 나는 '무전유죄 유전무죄'를 외치고 싶다.

돈이면 법도 없다.

이승만 대통령은 독재하였으나 국민과 청년들은 자유민주화를 외치고 불 속이라도 들어가서 사람답게 살자고 외쳤다. 그때, 이승만 대통령은 자리에서 물러나게 된다. 대한민국의 주권은 국민에게 있고, 모든 권력은 국민에게서 나온다. 국민에게 선택권과 자유권을 달라. 젊은 청년들의 희생과 국민의 외침에 민주주의의 꽃을 피웠다. 정치인은 독재, 국민은 자유….

'백성들이여 들어라. 젊은 청춘들이 피를 토하고 있노라. 그러나 절제하지 못해 술 한잔으로 시간을 달래지만 그 생활은 견디지 못해 혈기가 하늘을 찌르고 있구나!'

청춘들은 어제나 오늘이나 영원토록 변함이 없다. 독특한 관계다. 법관 출신이 직업여성과 눈이 맞아 사랑하게 되고 꽃이 피어 열매를 맺었으니 놀랍고 충격적인 일이다. 술을 좋아하기 때문에 요정을 만나게 된 것이다.

이화는 욕심이 많고 야망이 있다. 아버지를 일찍 잃었고 어머니와 함께 살던 그는 한때는 방황하다가 어머니의 사업이 승승장구하여 모든 투자를 딸에게 한다. 그의 어머니는 검사와 결혼을 시키려고 하였으나 이화는 죽고 만다. 살인사건은 미궁에 빠지고 말았다. 그러나 이화는 죽지 않았다.

3년이 지난 어느 날, 이화는 박 검사와 결혼하였다. 그녀는 사업을 하면서 수많은 사회 원로를 만나며 '한 그루터기' 모임을 만들게 된다. 주식투자를 하게 되고 주가를 조작하여 100조 이상을 벌어들인다. 깡패 조직을 동원하여 라마다 르네상스 호텔을 인수하게 되고 한국에서 특별한 원로들만 성 접대하는 요정을 운영하게 된다.

나는 어느 여검사의 미담을 신문에서 보게 된다. 법관은 타락하고 공무원은 비리속에 묻혀 있고 빈곤은 눈물을 흘리며 한세월을 살아가고 있었다. 그러나 여검사는 진정한 사명을 가지고 정의와 공정을 외치는 여성이었다. 검사의 생각을 들어보면 이렇다.

구속기소하고 책 보내준 여 검사 <부산지검 강력부 B씨 소년범, 검정
고시 보고 감사 편지>

"저도 많이 방황하다 늦게 검사가 됐어요. 아이들에게 '너희도 분명
히 할 수 있다.'라고 말해줬지요."

<부산지검 강력부 검사는 소년·청년 피의자들에게 '누나', '언니'로 통한
다. 어려운 가정환경이나 마음의 상처 때문에 실수로 죄를 지은 소년·소녀
들에게 자기 경험을 들려주고 세상을 잘 헤쳐 나가라고 조언하기 때문이
다. 여 검사는 지난달 배달된 서류봉투를 열어보고 놀랐다고 한다. 손으로
쓴 편지와 함께 '중학교 졸업 학력 검정고시 합격증서'가 들어있었다. 편지
에는, '보내주신 책으로 오늘 중학교 졸업장을 받았는데 검사님께 보여드
리고 싶어 원본을 보냅니다. 법과 양심을 어기지 않고 정직하게 살아가겠
습니다.'라는 감사의 글이 담겨 있었다.

4년 전, 흉기를 들고 남의 돈을 뺏은 혐의로 여 검사가 기소해 징역 5년
형을 선고받았던 20대 청년이 보내온 것이었다.

여 검사는 중학교 중퇴 학력이 전부인 그에게 2년 전 책을 보내줬다.
'앞으로 정말 달라지겠다.'라고 다짐했던 청년이 교도소 수감 중 검정고시
공부를 할 수 있도록 도와주고 싶어서였다.

여 검사는 '검사와 피의자'로 만났던 소년과 청년에게 자비로 책을 선
물하고 편지를 보내고 있다. 창원지검 형사부 초임 검사 시절 당시 검사
장이었던 오정훈 현 국무총리로부터 '검사는 범법자 중 한 명이라도 바르
게 살 수 있도록 이끄는 게 범죄 척결 못지않게 중요하다.'라는 말을 듣고
나서였다.

여 검사는, '고등학교 때 수업을 빼먹고 다녔던 경험, 대학 간호학과를 다니다 중퇴하고 다시 법대로 간 것 등에 대해 솔직하게 말하면 상대도 마음을 연다'라고 했다.

'인생은 축구와 같은데 넌 이제 전반전 시작에 지나지 않으니 다시 시작할 충분한 시간이 있다.'라는 등 책에서 좋은 글귀도 골라 수시로 재소자들에게 들려줬다. 여검사는 소년범들에게 독서를 권유했다. 원고지에 또박또박 쓴 독후감을 보내는 이들도 있었다. 교도소에 수용되면 우편으로 책을 보냈다. 그렇게 맺은 인연이 8년간 100여 명에 달한다. 지난 1년여간 '보내주신 책이 정말 큰 힘이 됐다'라는 감사 편지도 20~30통쯤 받았다. 여검사의 미담은 지난달 검찰 내부 통신망에 소개되면서 화제가 됐다. 김정남 검찰총장도 최근 여 검사를 격려했다고 한다.>

지금으로부터 30년 전의 이야기를 새삼스럽게 하려고 한다. 신 회장은 아프리카에 투자하고 싶다고 했다. 나는 '한국에는 미래가 없다고 생각한다.' 불평등, 윤리, 도덕성, 감수성 등 오감을 느끼지 않는 현대인들의 미래는 지극히 작은 것도 감사하지 못하고 능력주의자로 살아가고 있다. 나는 신 회장에게,

"황무지가 좋을 거 같아. 생명만 살아있는 원시인들이 살고 있는 곳을 창조한다면 거대한 왕국이 될 수 있어. 교육이 없는 곳에 학교를, 자연과 더불어 살아가는 사람들에게 집을 지어주고 병원을 짓고 일할 수 있는 일터를 만들고 물이 없는 사막에 관정을 파고 새로운 개척을 한다면 어떻겠나? 지금도 그런 곳이 참 많을 거야."

신 회장은,

"좋은 생각입니다. 닭의 머리가 될지언정 소의 꼬리는 되지 말라는

이야기가 있지요. 곧, 작은 단체이지만 지도자가 되어야지요."

"그래요. 신 회장, 작은 나라에 가서 문명문화를 발전시키면 보람을 느끼지. 자동차 디지털 사업 등을 하게 되면 신 복지가 시작되는 것이지. 사람이 있는 곳에는 복지가 요구되어야만 사람답게 살아갈 수 있어."

신 회장은 아직도 문명이 들어서지 않는 아프리카에 가서 투자하고 있다. 처음에는 함께 아프리카를 방문했다. 3년 후에 다시 가보니 엄청난 속도로 발전되어 가고 있는 것은 원시인들이 순진하고 순박해서 사람의 말을 잘 듣고 순종하기 때문이다. 조물주가 만들어 놓은 인생 그 자체였다.

양 교수가 나를 찾아왔다.

"원장님, 저에게 시간을 내 주실 수 있습니까?"

오늘은 약속이 없다. 마침 잘 됐다고 양 선생은 좋아한다. 점심시간에 식사하고 나서 대전에 가자고 한다.

"대전에 무슨 일이 있습니까?"
"오늘은 이 여인에게 시간을 줬으니 제가 알아서 계획을 짜겠습니다."

대전에 있는 모시 전시관에 들렀다. 나는 단점이 있어 고급 승용차, 옷, 맵시, 말씨 등 분위기가 있고 특이한 패션을 하고 머리 모양도 독특하게 하고 다닌다. 나는 패션 감각을 갖게 된 것은 어릴 때부터였다. 외모 지상주의를 싫어하지만, 세상 사람들에게 나를 특별한 사람으로 만드는 것이다. 일하다가 작업복을 입고 마트에 가면 나를 업신 여긴다. 상처를 받는 것은 죽음이나 다름이 없다. 사는 방법은 사람 앞에 상처받지 않아야 한다. 그러기 위해서 소 꼬리가 되지 않고 닭 머리가 되고 싶었다. 항상 자신이 있다. 이러한 매력 때문에 양 교수의 마음을 뺏어 왔는지도 모른다. 그녀와 나는 여러가지 삶의 철학이 같아 뜻을 이룰 수 있는 기둥이 될 수 있는 유지자사경성有志者事竟成이다.

평생 패션에 전문가로서 특별한 옷을 만들어 보겠다고 한다. 모시로 정장을 만들었는데 상위 카라는 원형으로 둥글게 말아 5센치 목을 차이나로 하고 가슴은 꽉 쪼이며 어깨는 크고 팔은 약간 넉넉히 하면서 뽕이 일어난다. 소매는 길게 꽉 쪼이며 기장은 긴 편이다. 모시로 만든 맞춤 정장복이다. 우윳빛 찬란한 화이트가 사람들의 시선을 집중시킨다.

나는 외국에 나가면 사람들이 나에게 손을 흔들고 좋아하며 '굿'이라고 한다. 이 모습은 사치가 아니다. 내가 살아가는 하나의 방법이다. 그녀의 작품 연구실이 있는 강남을 처음으로 구경하게 되었다. 감탄이 절로 난다. 나는 패션뿐만 아니라 조경, 건축, 생활속의 사용하는 모든 도구도 작품으로 생각하고 있다.

그녀와 만난 지 채 2년이 안 된 어느 봄날, 내가 활동하는 복지에도 그녀는 관심을 두고 적극적인 내조를 하였다. 수천 명의 회원을 가입시켜 활동을 활발하게 한다. 그러나 나는 지나친 행동을 하는 것은 상대를 무시한다는 생각이 든다. 봉사는 소리가 나면 안 된다. 소문이 나서도 안 된다. 은밀한 곳에 작은 불빛이 비쳐 와야 하는 것이다. 사람들 속에 묻혀 살아야만 하기 때문에 각양각색의 개성을 가지고 있어 행동에 조명이 비춰와도 피할 수는 없다.

사막에 휘날리는 모래 속에서 한 식물이 자라듯 나의 인생은 오뚝이가 되어 살아가야만 한다. 그녀는 내가 어디가 좋은지 상사병이 걸린 것처럼 넋이 나가 모든 생활을 포기한 사람처럼 남자를 품 안에 넣기 위해 영혼이 점점 밀려오고 있다. 3월이니 날씨도 좋고 자연의 세계를 구경해야 한다며 봄나들이 하자고 한다. 그녀는 일방적이다.

"타세요."

사내대장부가 여자 치마폭에 묻혀 그녀의 영혼 속에 살고 있다. 나는 그녀가 동이 트기도 전 새벽 미명에 나서자고 하니 어리둥절하다. 몸도 영혼도 그녀에게 빼앗기고 만다. 승용차 안에서 그녀가 가져온 따끈한 차 한 잔씩을 마신다.

"피로에 좋아요. 남자의 에너지가 충만해져요."

그녀가 마시는 차와 내가 마시는 차는 색도 다르고 맛도 다르고 향도 다르지만 묵묵히 꿀꺽 마시며 오감을 느낀다. '이것이 행복의 시작이란 말인가!' 행복은 만들어 가는 것 같다.

나 홀로 철새가 되어 이리저리 날아다니며 발바닥에 흙먼지를 닦아야 할 시간도 여유도 없이 한세월을 살아왔다. 그녀가 치즈김밥을 만들어왔다. 소고기를 갈아서 채소를 잘게 썰어놓고 치즈로 감은 채 말아온 것이다. 나는 이 나이 먹도록 처음 느껴보는 미각속에 그녀와 함께 예쁜 봄을 맞이하고 있다.

그녀의 향긋한 화장품 냄새, 그녀만이 가지고 있는 몸속 채취가 차 안에 가득 차 있다. 나는 벙어리가 되어 그녀가 움직이는 방향에 따라 행동하고 있다. 그녀는 뒷창문을 연다. 앞 창문은 공기만 통할 수 있도록 유리가 살짝 내려가 있다. 차 안에 음식 냄새가 깔끔하게 통풍이 되어 창문을 닫는다. 차가 빨리 달리기 때문에 문을 열어 놓을 수가 없다. 그저 작은 방 안에서 그녀와 함께 있는 거 같다. 음식 냄새는 저 멀리 날아가 버리고 그녀의 냄새가 나를 흥분시킨다.

우리는 다시 광양의 매화마을에 도착했다. 엉뚱 발랄한 그녀의 행동은 누구도 말릴 수가 없다. 바로 직진이다.

어떻게 이 남자가 서정적인 감정을 품는지 양지원의 마음 깊숙이 숨어 있는 속사람까지 잘 어루만져 준다. 차 안에서 아침 식사를 하고 나니 햇살이 눈부시게 비추며 그 따뜻한 마음으로 매화꽃들이 웃으며 우리를 반긴다. 서울의 아스팔트 길에 갇혀버린 생명들이 불쌍하다.

자연과 더불어 사람이 길을 찾아다니다 보니 자연스럽게 길이 만들어졌고 손질한 흔적까지 여기저기서 나타나고 있다. 자연 그대로 모방하지 않은 돌담을 쌓고 흙길은 정직하고 진실하며 정감을 느껴 마음에 감동을 준다. 저 멀리 섬진강이 바라보이고 작은 배 한 척이 가족을 먹여 살리기 위해 투박한 모습 그대로 고기잡이 하던 어부가 나를 사로잡는다. 어디에서 왔는지 모르지만, 각자의 느낌이 다르다.

'젊은 청춘들이여. 지금 이순간, 모든 것을 잊어버리고 후회 없이 연애했으면 좋겠노라.'

그녀와 꼬불꼬불한 길을 가다 보니 항상 맞닥뜨리게 되는 귀여운 다리가 세월의 흔적을 보여준다. 무엇을 생각하게 하는지 내 코끝은 찡하다. 이 매화꽃들은 누가 심었는지 알고 싶다. 장독이 수천 개가 줄지어 짝을 이루고 마당에는 검은 돌담이 쌓여 있는 것처럼 항아리가 큰 앞마당에 다닥다닥 붙어 있다.

삭막한 산골에 한 여인이 찾아와 이곳에 매화꽃을 심었다고 한다. 세월은 꽃이 필 때까지 기다림에 지치지 않고, 여인은 그곳을 지키며 살아왔다. 산 짐승이 찾아와 잡아 먹힐까 두렵고 무서웠다. 반드시 죽고자 하면 살고 살고자 하면 죽는다는 필사즉생 필생즉사(必死則生 必生則死)의 생각을 하고 하루하루 단장을 쌓으며 살아온 세월은 그 결과가 열매로 풍성해지고 만민의 축제장이 되었다고 한다.

"승주 씨, 이 길 좀 봐요. 너무 예쁘지 않아요?"

"예쁘네. 길만 걸어도 마음이 설레네. 주변에 꽃이 만발한다고 생각하니 황홀하지."

"너무 예쁜 거 같아요."

"양지원 씨, 당신 같아."

"자기야, 내가 그렇게 예뻐요?"

"매화와 비교할 수 있겠어?"

"승주 씨, 빈~말 끝내 주네요. 진실이 아니고 덕담이어도 듣기가 좋아요. 아무리 자연이 아름다워도 인간보다는 예쁠 수가 없지요. 그러나 자연은 누구에게도 비교할 수 없는 엄청난 보화를 가지고 있지요. 그 정도는 잘 알잖아요. 이곳은 천국 같아요. 이곳에 매화가 다 핀다고 생각하니 환상일 것 같아요. 사람들이 꽃을 보면 천국을 연상하니까 그런 생각을 하겠죠."

10만 그루의 매화나무가 꽃단장하는 마을은 봄을 기다리는 상춘 객들로 붐비고 있다. 눈송이처럼 바람결에 휘날리는 매화꽃은 황홀하기 그지없다. 그윽하게 물드는 매화 향기, 봄꽃 중에서도 이른 시기에 만날 수 있는 매화는 순백의 맑고 깨끗한 느낌의 백매화와 봄 햇살을 머금고 분홍빛 고운 자태를 뽐내는 고혹적인 홍매화가 대표적이다.

"양 교수, 이렇게 가지가 늘어진 나무는 수양매화인가?"

"마치 힘이 없고 일사병에 걸려 있는 병든 나무 같아요."

젊은 청춘이 시들어져 가고 생명이 끊어지는 거 같은 서글픈 느낌이 들었다. 그러나 사진 한 장을 남기기 위해 핸드폰을 가지고 추억의 집을 짓고 수양매화의 생김새를 그대로 남겨 놓고 싶었다. 오른쪽 찰칵, 왼쪽 찰칵, 좌우로 찰칵 여러 번을 찍어댄다. 지나가는 청년에게 한 컷을 부탁한다. 축 처진 매화와 함께 인연을 맺기 위해서 사진을 찍는다. 승주와 지원이 그리고 매화와 함께 지금의 추억을 액자에 담아 방에 걸어놓고 싶었다.

'내 나이 80세가 넘어도 축 처지지 말고 홍매화를 닮고 싶어라.'

이름은 다르지만, 개성이 있고 매력이 있다.

'젊은 청춘들이여 활짝 피어나라.'

때가 되면 우리를 다시 반겨 주겠지만 나는 이 자리에 영원히 있지 않겠지, 꽃잎이 땅에 떨어져 바람과 함께 사라지고 바위틈에 모여 있는 부드럽고 신선한 꽃잎은 사람에게 밟히고 말 것이다. 나는 그녀를 보면 몽글몽글한 꽃잎에 곱고 화사한 색감처럼 보면 볼수록 매력이 있고 설렌다. 오늘따라 꽃망울을 터트린 성질 급한 홍매화가 마침 그녀의 성격 같노라. 활짝 웃으며 피어난 부지런한 홍매화 같도다. 그러나 더욱 고마운 것은 솔직하고 진실해서이다.

양지원은,

"배가 고파요."

"여기는 어떤 음식이 유명할까?"

"그럴 줄 알고 내가 미리 조사해 왔지요. 재첩식당에서 뚝배기 재첩국을 먹거나, 섬진강 강굴식당의 벚굴 구이가 맛나지요."

"그러면 그리로 간단 말이에요?"

젊은 남자가 벚굴 전문 식당을 운영하고 있다.

"어디에서 주로 벚굴이 생산되나요?"

"밀물과 썰물이 만나는 섬진강의 하류에서 자란 벚굴이 부드럽고 달달하지요. 그래서 그런지 크기가 손바닥만 하고 굴알이 여물어서 하나를 먹으면 배고픈 배도 든든해져요."

빨간 석양은 어두움이 밀려와 사라지고 오후 6시가 지나가고 있다.

"승주 씨, 오늘 저희 별장으로 가요."
"여기서 별장까지 멀지 않아요?"
"아니야, 1시간 30분 정도 걸려요."
"하기야, 운전을 비행기 속도로 하니 30분도 안 걸릴 거 같아."
"아니 지원이를 놀리는 거에요?"
"아니야~~~아, 그냥 해본 소리야."

지원이는 섬진강 벚굴 30만 원어치를 산다고 한다.

"아니, 무슨 벚굴 장사하려고 해?"
"별장에 가서 회로도 먹고 구워도 먹고 끓여도 먹으려고 해요"

나는 더 이상 아무 말도 하지 않았다. 우리는 차를 타고 2년 전 처음 만났을 때를 이야기한다. 결론도 나지 않았는데 벌써 목적지에 도착했다. 별장 안에 들어가서 샤워를 하고 소파 위에 앉아 있었다. 그녀가 샤워하겠다고 들어간다. 번개같이 샤워하고 나온다.

머리가 젖어 있는 것을 보니 순간 마음이 설렌다. 이 남자의 몸과 감정은 겨울에 꽁꽁 얼어 있었는데 그녀를 보는 순간 모든 혈관 속에서 물이 흐르고 꽃이 피는 봄이었다.

나도 몸이 지쳐 있었다. 이 좋은 침실에 사랑하는 그녀와 한 이불을 덮고 그녀의 품에 잠이 드는 것이 얼마나 행복한지 모른다. 섹스하지 않아도 함께 있는 것만이라도 감격이다. 나는 행동을 하지 않는 나 자신을 보면서 짜증을 내는 거 같은 느낌이 들었다. 그녀를 꼭 끌어 안아 주었다. 살며시 그녀의 입술과 나의 입술은 하나로 포개졌고 사랑의 불꽃이 타오르기 시작한다.

"자기야, 이건 뭐야?"

"남자야 남자."

사랑하고 있는 남자가 성적 장애인인 줄 알고 그저 만나고 신체 접촉하고 교제하는 것으로 마음을 달래며 만족하였다. 그러나 양지원이는 온몸이 꽁꽁 얼어버리고 만다.

"귀두가 크고 송이버섯처럼 잘 생겼잖아. 뜨거운 쇠뭉치 같아."

그녀는 좋다고 표현한다.

"당신은 사기꾼이야, 페니스가 없다고 그랬잖아, 거짓말쟁이야."

"지원 씨, 그래서 싫다는 거야 좋다는 거야?"

"물어보면 뭐 해."

양지원이 이렇게 좋아할 줄은 몰랐다. 늘 그녀의 마음속에는 날개를 잃어버린 새와 같았고 이빨 빠진 호랑이였다. 그런데 부활하여 인생에 생기가 돌고 있다. 좋아하는 그녀의 모습은 표현할 수 없다. 행복하다고 말하며 그녀는 나에게 애무로 행동한다. 2년 동안 페니스를 보여주지도 않았다. 그런데 정상적인 섹스를 하고 나니 더욱 사랑이 활활 타오르고 있다. 그녀는 대만족을 한다.

"당신은 끝내 주네요. 반전 중에 이런 반전은 없어요. 성적 장애인이
라고 생각했는데 나를 미치게 하니 만족할 수밖에 없네요."

우리 두 사람은 알몸으로 꼭 끌어안고 평화롭고 여유 있는 밤을 지새웠다. 예쁜 벽시계가 살아서 똑딱똑딱 소리를 내며 7시 반을 가리킨다. 창문 너머로 비가 내린다. 우리의 행복을 하늘이 시샘하는 거 같다. 커피 한

잔을 마시면서 함께 행복의 찬양을 한다. 그녀는 애교도 없고 무뚝뚝한 남성의 기질을 가지고 있기 때문에 솔직하고 거칠지만, 인정이 많고 마음도 약하며 의리가 있다. 그녀의 마음속 깊이 숨어 있는 노래가 흘러나온다.

그녀를 처음 만난 순간을 기억해 보면 얼굴에는 검은 구름이 가득 차 있었고 슬픔의 비가 곧 쏟아질 것 같았다. 오늘 아침은 특별한 날이다. 그녀가 나에게 고백한다.

"3월 17일, 제 생일이에요."

나는 놀랐다. 관심이 없는 것이 아니라 서로가 생일까지는 생각할 여유가 없었다. 불꽃처럼 타오르는 사랑을 하다 보니 자유롭게 만나 헤어지는 여인의 관계가 더욱 그립고 소중하다.

밖에는 비가 초원을 적시며 쓸쓸한 바람이 불어오는데 그녀가 사 온 벚굴을 아주머니는 깨끗이 손질해서 초장과 함께 가지고 온다. 구워주는 벚굴은 짭짤하면서도 씹을수록 고소하고 달큰한 풍미로 입맛을 사로잡는다. 생굴도 초장에 찍어 먹어보니, 나름대로 별미이다. 오후가 되니 화창한 햇볕이 든다. 나는,

"양 교수, 전지가위 있어?"

"뭐하게?"

"취미가 정원을 가꾸는 거야."

그녀는,

"아저씨, 전지가위 좀 주세요."

나무 한 그루를 다듬고 나니 예쁘다고 하면서,

"여러 가지 재능이 많네요. 사람도 헤어를 바꾸어 주면 10년은 젊어

보이고 깔끔한데 나무도 주인을 잘 만나서 보기 좋네요."

점심을 간단히 해결하고 목포 고등학교를 방문하자고 한다.

"왜?"

"장학금을 줄 학생들이 있어요."

나는 그녀가 소리 없이 선행을 베풀 때 감동하게 된다. 교장실로 안내받고 소파에 앉아 선생님과 미팅하고 나니 3명의 학생이 들어온다.

"안녕하세요."

"응 그래, 키 많이 컸네."

"네. 대학 갈 준비를 하고 있어요. 열심히 공부하고 있습니다."

교장 선생님은 학생 3명을 칭찬한다.

"서울로 대학에 가려고 해요."

"시골에서 공부해 서울로 유학갈 수 있나요?"

선생님은,

"네, 충분합니다. 연대나 고대를 생각하고 있대요."

나는 이야기를 듣고 '참 잘하고 있구나 생각한다.' 그녀는 장학금 3억을 교장 선생님 손에 쥐여 주었다.

"사진 좀 같이 찍지요?"

"아닙니다."

"영수증 처리해 드릴까요?"

"네"

오후 6시, 서울로 돌아왔다. 7월 18일 오후 4시. 필리핀 마닐라행 비행기에 몸을 싣는다. 백 비서와 본부장과 사회사업팀장들을 데리고 도착했다. 한국 호텔에 숙소를 잡고 한 달간 기부활동을 하였다. 마닐라는 길 사이를 두고 한쪽은 판자촌이요, 다른 한쪽은 상류층이 살고 있는 고급 주택들이 자리를 잡고 있다. 빈부격차가 뚜렷하게 나타난다.

한국에서 세계 선교센터를 세우기 위해 직원을 파송하였다. 공터에 거지들을 모아놓고 도시락으로 점심을 먹이고 운동복 한 벌씩을 나눠주었다. 건물은 아직도 진행 중이다. 이 선교센터가 지어지면 훌륭한 인재들을 양성할 것이다. 나는 밀린 대금과 잡비를 정산하고 필요한 전자제품을 준비하라고 당부하고 건축이 준공되기를 기대하며 한 달간 그들과 동행하였다. 판자촌 길목에 들어서니 우리나라 1960년대가 떠오른다. 습기가 차고 길가에는 오물이 득실거린다.

땅은 질퍽하고 냄새는 코끝을 찌르고 6평도 안 되는 방안에 10여 명이 생활하고 있다. 형부, 처제, 여동생, 남동생, 남동생 처, 막내 처, 아이들까지 한방에서 콩나물 잠을 자고 있다. 누가 조카인지 누가 형부 자녀인지 잘 모른다고 한다.

필리핀은 가족을 소중하게 생각한다. 친구들에게 음식을 나누어 주거나 선물도 하지 않는다. 오직 가족만 생각하며 살아가고 먹다가 남은 음식도 버리지 않고 싸서 간다. 나는,

"아줌마, 왜 쓰레기 분리수거를 하지 않나요?"

필리핀은 분리수거하면 노숙자들이나 거지들이 굶어 죽는다고 한다.

"아니, 그 소리가 뭔 소리예요?"
"쓰레기를 땅에다 쏟아놓고 고기, 뼈, 과일, 빵, 밥, 음식 등을 주워 먹어야 사람이 살 수 있어요."

새벽에 비행기를 타려고 공항으로 가고 있는데 잠시 정차하고 있는 차에 올라 타 앞 유리를 깨끗이 닦아주며 돈을 달라고 한다. 만약 돈을 안 주면 언제 죽을지도 모른다. 마닐라의 식당에 들어가는데 거지들이 돈을 달라고 손을 내민다. 그들은 7살 정도밖에 되지 않는 어린아이들이다. 며칠 동안 닦지 않았는지 몸에는 악취가 심하고 피부는 더욱 까맣다. 나는 돈 만 원을 꺼내어 주려 하니까 가이드는,

"돈 주면 안 됩니다."

"왜 안 됩니까?"

"한 사람 주면 순식간에 소문 듣고 개미 떼처럼 몰려옵니다. 만약 안 주면 총 맞아 죽습니다."

나는 현실 앞에서 죄 없는 생명들이 골목마다 죽어간다는 사실을 알고 마음이 미어졌다. 식당에서 밥을 먹으려고 메뉴를 고르고 있는데 냄비를 두드리는 청년들, 수저와 작은 그릇과 온갖 찌그러진 밥그릇 국그릇을 들고 춤을 춘다. 돈을 달라는 요구이다. 열심히 두들기는 모습을 보고 안 줄 수가 없었다.

대나무로 기둥을 세우고 억새풀로 지붕을 씌운 바닷가 대나무 집으로 들어선다. 바람이 불면 금방 쓰러질 것 같다.

우리가 식사하려고 할 때도 악기를 짊어진 가수들이 다가온다. 노래를 부르고 기타를 치고 퉁소를 불며 손님을 즐겁게 해주려 하지만 기분이 묘하다. 조용히 식사하면서 있었던 일들을 이야기하는 분위기가 아니다. 식당이 아니란 말이다. 서커스장이다. 앞에는 바다가 넘실거리며 배 한두 척이 무엇을 하는지 많은 것을 연상시킨다. 바다와 식당은 물과 기름이다.

남녀 7인으로 구성된 악단들은 클래식 기타요, 북, 색소폰 등 여러 가

지 악기를 통해서 손님들을 즐겁게 하지만 그들의 목적은 생존이었다. 나는 그들에게 돈 만 원을 주었다. 클럽에서는 여종업원이 화장을 진하게 하고 미니스커트를 입고 손님들을 유혹한다. 가슴은 산봉우리만하다. 그들은 서빙하고 잠깐잠깐 팁을 받기 위해 미팅한다. 굉장히 친절하다. 그들이 나간 후 가이드에게,

"여성들이 예의가 바르고, 미녀들이네요."

가이드는,

"회장님, 여자가 아니에요. 남자예요. 필리핀은 남자가 여장하고 직업여성으로 삽니다. 점심 식사 때도 여성이 아니었지요. 몸체는 여성이지만 남자입니다."

"그러면 남자가 여자 행세하며 손님을 맞이한다는 거예요?"

"네, 맞습니다. 트렌스젠더지요. 동성연애자도 많아요. 자식이 술집에 가서 직업여성으로 일을 하지만 부모님들은 이상하게 생각하지 않습니다. 창녀 생활을 해도 조금도 부끄럽게 생각하지 않습니다."

"그러면 임신할 경우는 누가 누구 자녀인지도 모르겠네요?"

"네, 그렇습니다. 우선 낳았으니 그저 자기 자식처럼 소중하게 생각하지요."

"산과 들에서 자유롭게 살아가는 동물하고 조금도 다를 점이 없네요. 인간으로서의 혈육을 생각하지 않는군요."

나는 피곤하지만 필리핀 문화를 알기 위해서 직원들과 유명하다는 마사지샵으로 들어갔다. 1인용 침대 30~40개가 펼쳐져 있다. 풀장에서 몸을 30분 담그고 나면 여성들이 대기하고 기다린다. 마사지에 온 힘을 다한다. 물론 이들도 마스카라, 아이라이너, 립스틱 등 전체 화장을 진하게 하고 있

다. 그러나 남자 같은 느낌이 들었다. 인류에게 바람이 분다. 회오리바람이요, 불바람이요, 모래바람이요, 문화바람이 사막에서 불어서 변질하고 있다. 나는 현실을 보면서 옛날 어머니의 보릿고개 시절이 생각났으며 주먹밥이 떠오르고 있다.

우리 동네는 노래를 잘 부르는 5살짜리 어린아이가 있었다. 부모들이 가난해서 방치해 놓은 것이다. 노래를 부르라고 하면 열심히 부른다.

눈물 젖은 두만강. '두만강 푸른 물에 노 젓는 뱃사공 흘러간 그 옛날에 내 님을 싣고 떠나간 그 배는 어디로 갔소…'

서글프게 부르고 있다. 옆에 앉아있는 할머니는 어린아이가,

"왜 저렇게 한 맺힌 노래를 구슬프게 부를까!"

노래가 끝나면 10원짜리를 걷어서 준다. 100원을 벌어 구멍가게에 가서 아이스크림과 호빵 그리고 과자를 사서 집에 가져가 동생과 맛있게 나눠 먹는다. 어린아이는 검정 고무신에 반바지만 입고 세수도 하지 않고 머리에는 부스럼이 나 있다. 그때 그날을 생각하면 필리핀의 어린아이들을 돌아보지 않고 멀리한다면 내 양심이 요동을 칠 것이다.

일본 사람들이 필리핀으로 섹스 여행을 한다. 그들은 고급 호텔에서 숙식하는 것이 아니고 한국인이 운영하는 값싼 호텔에 가서 필리핀 여성들과 성적 욕구를 풀며 동거하게 되고 아기가 생기면 일본 사람들은 책임을 지지 않고 쓰레기처럼 버린다.

나는 점심 식사를 가까운 호텔에서 일식을 먹게 된다. 둥근 테이블에 함께 있는 여성에게,

"Korean? 반갑습니다."

20대로 보이는 여성이,

"한국 사람 아니에요."

그녀는 70대로 보이는 일본 남자와 함께 있었다. 필리핀 여성은 한국말을 능숙하게 잘한다. 발음도 정확해 영락없는 한국 여성으로 오해한다. 그들이 한국어를 잘한다는 것은 한국 사람들이 이곳 필리핀의 유흥업소, 골프, 카지노 도박을 많이 하고 있기 때문이다.

한 달 동안 필리핀 활동을 마치고 한국으로 돌아왔다. 대통령 선거에 한창 불이 타 있었고 여기저기서 외치는 소리와 인신공격이 살벌했다. 대통령은 평범한 사람이 아니요, 국민이 선택한 사람이며 국민의 대변자가 되기 때문에 사람을 잘 보고 선택해야 하는 것이다. 만약 여·야당을 생각하며 편을 짜고 지역감정을 가지고 사람을 선택한다면 나라는 망하고 만다. 그런데 선거철에 정치를 하는 이들은 쓰레기보다 더 악취가 난다. 사람으로 해야 할 도리, 법도, 인격, 도덕성이 전혀 없다. 선거는 끝났고 새 시대가 열리게 된다. 민주당 신 회장은 패배를 하고 새누리당이 당선된 것이다.

난쟁이는 서울중앙지방법원 판사가 되어 있었다. 신문 5대 일간지에 하루가 멀게 언론에 도배하다시피 기사가 실린다. 이 사실을 알고 구슬이는 귀국하게 된다. 회사를 세습하게 되었다. 판사를 만나려고 전화를 건다.

"누구세요?"
"판사님, 저 구슬이예요. 신문을 보고 연락을 드린 겁니다. 꼭 한번 만났으면 좋겠습니다."

그러나 난쟁이는 구슬이의 전화를 받고 사랑했던 여자의 목소리를 기억하며 깜짝 놀랐다. 그 트라우마가 다시 꿈틀거린다. 머리를 망치로 맞은 것 같은 충격이다. 목소리를 듣고 그리움에 사무쳐 '보고 싶었다. 지금 어디 있느냐, 한 번 만나자.' 하고 소리를 지르고 싶었으나 전화를 끊고 만다.

당신의 아버지가 나를 죽이고 내 딸과 어머니까지 죽였다는 사실을 생각할 때, 씨도 종자도 없이 파멸시키고 싶은 마음이 충동한다. 정신적 트라우마가 또다시 난쟁이를 괴롭힌다.

다시는 만날 수 없는 높은 산 밑에 있는 작은 민들레 한 송이보다 못한 난쟁이를 구슬이는 백방으로 만나려고 했으나 거절당한다. 승자가 있으면 패자가 있는 것이 정한 이치인데 패자들은 징역을 가고 선 변호사, 조 의원은 한강에 투신한다.

구 회장은 교사죄, 배임죄, 공금횡령, 주가조작, 살인미수 등 징역 30년을 선고받았다. 구 회장과 관련된 사람들 20명이 무기형을 받게 된다. 회사는 부도가 났고 형제들과 가족들은 정신적인 치료를 받고 있다. 죄를 지은 사람이 십자가를 지는 것, 곧, 결자해지結者解之다. 구슬이는 난쟁이를 만나 설득해 보지만 수수방관한다. 마치 낙타가 바늘구멍에 들어가는 것보다 더 힘들다.

<난쟁이는 구사일생九死一生>

'어떻게 구사일생으로 살아 나왔을까!' 늙은 노모와 핏덩이 딸은 바닷속 물고기의 밥이 된 것을 보고 죽어야 한다는 생각은 사라지고 불사신처럼 살아서 원수를 갚아야 한다는 생각이 강하게 들 때 그때 큰 고래를 만나게 된다. 난쟁이는 고래와 친해져야겠다는 하늘의 지혜가 생겼다. 둥실둥실 떠다니는 플라스틱을 붙잡고 고래에게 가까이 다가간다. 고래에게 영생을 속삭인다.

"고래야, 나는 여기서 죽으면 안 돼. 나를 구출해 줘. 여기서 살아남지 못하면 눈을 뜨고 죽을 수도 없고 만약 죽는다면 영원히 한이 맺혀 물 귀신으로 변해 이 세상의 나쁜 사람들을 다 죽이고 말거야."

고래가,

"그런들 무슨 소용이 있겠니."

"이 난쟁이는 영생을 얻어야 해. 나 좀 살려줘."

난쟁이는 낙지와 오징어를 잡아서 먹고 고래에게도 준다. 그것뿐인가 여러 가지 물고기를 잡아서 고래에게 주면 어찌나 잘 받아먹는지 살아야 한다는 소망이 솟구친다. 난쟁이는 고래에게 스킨십도 하고 똥을 싸서 고래에게 주면 잘 받아 먹는다. 3일 동안 친해지며 고래를 훈련시키고 있다. 고래는 난쟁이 말에 순종한다. 물론 난쟁이도 물고기를 잡아먹을 수밖에 없었다. 함께 놀던 고래와 난쟁이는 동거동락하며 친해진다. 이때 난쟁이는 고래 등에 올라타서 육지가 가까운 곳으로 가자고 유인한다.

"고래야, 저 위에 바위 있잖아. 보여?"

고래는 또다시 물을 뿜고 소리를 낸다. 알았다는 신호다. 우여곡절 끝에 부사히 난생이를 바위틈에 올려놓고 물속 깊이 들어가더니 고기를 잡아 던져주며,

"난쟁아. 고마워, 사랑해, 꼭 성공해."

물을 다시 뿜어내며 소리를 지른다.

'사랑한다고 고맙다고 성공하라고…'

그 후 난쟁이는 죽음에서 부활했기에 그 젊었던 시절과는 현저하게 다르다. 욕망, 탐욕, 탐심, 성욕 등 과거 물질적 소유에 대한 관심도 사라지고 깊은 자신감이 무섭도록 생겨 현재에 집중하며 판사로서의 사명감을 다하

고 있다. 난쟁이가 세상을 놀라게 한 것은 법원장까지 할 수 있다는 굿 뉴스거리이다. 그러나 옛날 사랑했던 여인을 만나 연애하다 상처받은 트라우마가 있어서 결혼에는 걸림돌이 되어 그를 가로 막고 있었다.

부자들이요, 권력자들이요 육신의 건강한 사회인들이 사람을 차별하며 살고 있다는 현실 앞에 그는 인생 역전이 되었지만, 에로스 사랑을 못 하게 되었다. 혼자 살고 있다. 수많은 누명을 쓰고 죽음이나 교도소에 가는 억울한 사람들을 위해 생명의 길잡이가 되어 세상의 진리가 되어가고 있다.

'왜소증(난쟁이)이 무슨 죄가 된단 말인가!' '근거도 없는 허위 유포를 하고 아무 쓸모가 없다고 생각하던 난쟁이도 때로는 어느 것보다 더 용하게 쓰고 있다.' 라고 하는 무용지용無用之用이라는 고사성어가 난쟁이의 마음을 불태우고 있다. 그는 장안의 유명한 사람으로 인정받고 어두운 세상을 밝게 비추는 작은 사람이 되어 있다. 그러나 그는 억울한 일을 당해 한스러운 일을 겪어 쌓인 화병火病을 삭이지 못해 몸에 병이 생겨 일찍 죽고 만다. 구슬이는 온몸이 뚝뚝 잘리는 고통 속에 눈물을 흘리고 있다. 그녀의 나이 40대 중반에 예수를 만나 죄에서 자유함을 얻고 신학교에 가서 교수 박광희를 만나 결혼을 한다. 트라우마가 한 여인의 인생을 망하게 했지만, 랍비와 결혼한다. 그러나 그도 그 여인을 두고 죽는다. 나는 그가 죽은 그 날을 생각하니 허망하다.

나의 빈자리를 채워줬던 친구는 어느 날 전처가, "친구 만나러 다녀올게요."하고 나갔던 사랑하는 아내는 자식 2명과 남편을 두고 차가운 시신으로 발견된다. 나는 장례식장에 들어가 박광희와 대화하다가 그는 자신도 모르게 그의 입술을 통해 나오는 언어 한마디,

"조금 더 살지, 왜 그리 빨리 갔어."

더 이상도 더 이하도 아니다. 그는 열심히 살아왔다. 위암으로 치료받고 십 년이 넘으니까 다시 암이 전이 되었고 나를 보러 4월 10일경 아내와 딸을 데리고 중환자 모습으로 얼굴을 보고 싶어 왔다고 하더니 헤어진 지 6개월 만에 죽고 만다. 나는 죽었다는 이야기를 듣고 현실적으로 믿어지지 않았으며 그의 빈소 앞에서 눈물을 흘리고 말았다. 소나무가 되어 변하지 않는 영원한 나의 친구와의 이별에 섭섭함이 밀려온다. 나의 원수들은 하늘의 별처럼 바다의 모래알처럼 이 한승주에게 돌을 던졌지만, '랍비 나의 친구여, 그 돌을 다 막아줬던 그대여, 이별이 나의 몸을 뚫고 들어오는 총알보다 나는 더 아프구나!'

황무지의 땅

3. 황무지의 땅

불모지 땅 맹지요, 절대농지요, 산림보존지역인 이곳에는 아무것도 할 수 없다. 대통령 권한으로 특별법을 개정해 공포한다면 발전시킬수 있으나 일반인은 농사 외에는 다른 용도로 사용할 수가 없다. 그러나 나는 황무지 땅에 거대한 건축을 위해 5천평의 대지를 평지로 개발하려고 한다.

40년 전 평택과 강원도에 30만 평의 땅을 가지고 있었다. 하남시에 비닐 천막으로 둥지를 틀고 중증장애인들이나 무연고자들이 누구나 와서 먹고 가는 '사랑의 쉼터'를 만들어 놓았다. 소외된 계층이 인류를 이루고 있다.

<설립 취지>

'인간은 초록 동색, 신앙은 인간의 본질'
우리는 고개를 돌려 그들을 보았습니다. 그러나 장애인들을 보는 자 마다 외면했습니다. 지체 부자유 자도 예수님을 알기에 주일이 되면 예배를 드리고 싶어 교회를 찾았으나 휠체어로 예배당의 높은 계단을 오를 수가 없었습니다.

가난한 자, 포로 된 자, 눈먼 자, 눌린 자에게 은혜의 해를 전파하기 위해 오신 예수 그리스도의 교훈은 고아와 과부, 병자와 죄인, 그리고 작은 자에게 한 것이 곧 내게 한 것이라고 가르쳤습니다. 그런데 가정에서나 사회, 아니 종교단체까지도 장애인들을 외면했습니다. 또한 몇 푼의 돈을 가지고 월세방을 얻고자 해도 동정의 눈으로 바라보는 이는 있어도 선뜻 세를 내주는 사람은 없었습니다.

목숨이 붙어 있는 한 살아가야 하는데 장애인들은 사람이 살 수 있는 곳에서도 자꾸만 밀려나 소외된 계층으로 자리 잡고 있습니다. 이들도 한 인간이며 살아야 할 권리가 있습니다. 나는 사명을 받고 어둠 속의 생명들을 찾아다니며 빛을 비추고 길거리에 방황하는 나그네, 장애인, 무의무탁자들을 집으로 한두 사람씩 데리고 와 먹이고 입히고 생명의 물을 주었습니다. 세상에서 가장 귀한 것은 생명인데 더욱 귀한 것은 영생의 축복입니다. 그래서 이름하여 〈실로암 연못의 집〉이라고 명명했습니다.

1988. 10. 7

지구상에서 생존하고 있는 약 60만 종의 인간 90%가 장발장이라고 생각한다. 사람들은 가난하고 병든자요, 선천적·후천적 장애가 있는 인간들을 멸시 천대한다. 곧, 이 사회는 병들어 죽고 말 것이다. 나는 MZ 시대를 보면서 탄식하며 울고 있다. 국가는 한 생명이 천하보다 소중한 것을 모르고 있다. 막노동꾼, 구두를 닦는 아저씨, 새벽에 폐지를 줍는 늙은이나 청소부를 창피하고 부끄럽게 여기며 비참하다고 생각하지만 직업에는 귀천이 없다.

나는 과거 고무튜브로 두 다리를 칭칭 감은 채 뱀처럼 땅바닥에 기어다니며 생계를 이어가고 있었다. 그러나 자신이 처량하다고 느껴본 적도 없고 오히려 훌륭하다고 외치고 있었다. 새벽 시간에 생존하며 살아가는 늙은이들이 더욱 아름답다. 그들에게 배워라. 새벽에 '찹쌀떡 사~~~려' 하는 소리는 나의 가슴을 후벼파며 온 정신에 종을 울리고 있다. '직업이 장애란 말인가!'

40세가 넘으면 허무주의에 빠지는 것이 고학력의 가치이며 물질적 가치이다. 그러나 정신적 가치는 100살이 넘도록 삶의 만족을 갖게 하고, 행복을 낳는 긍정적인 생활을 이어가고 세상의 빛이 되는 것이다. 재벌가들은 인정받을 수 있으나 존경은 받을 수가 없다. 정신적 가치가 있는 사람만이 존경받고 세상에 덕을 세우며 살아갈 때 이 지구상에는 더불어 사는 구원의 역사가 이루어질 것이다. 행복한 사람은 삶의 장애는 오지 않는다. '왜, 사람을 차별하는가!'

인간은 초록동색草綠同色 작은 자 같으나 큰 자요, 비참한 자 같으나 소중한 자요, 어리석고 지혜 없는 자 같으나 슬기롭고 총명한 자요, 무식한 자 같으나 지력이 있고 생명은 빛과 같으며 사람은 초목과도 같도다.

'그대들이 언제부터 최고의 대학을 나왔는가? 그대들의 아버지가 언제 부자가 되었는가?'

지금 당신이 대통령이 되기까지 만들어 놓은 어미는 연탄장수 아줌마요 아저씨였다. 건방 떨지마라. 잘난 사람 한 사람도 없다. 환경미화원을 보고 왜 저런 직업을 가지고 있냐고 업신여기고 장애인이 재수없다고 생각하는 그 사고는 부정적인 생각으로 말미암아 정신적 병자가 되는 것이다. 온 삭신이 건강해서 아무 생각없이 행동하는 그들보다는 다리요, 손이요, 혀에 장애를 가졌으나 작은 지체를 통해서 사랑의 나눔으로 진주와 같이 빛나고 있을 때 나 그리고 그대들은 자유롭게 사는 행복한 사람이라고 외치고 싶다. 부정적인 마음을 품는 사람이 독사의 독을 품고 그 독으로 말미암아 사람을 실족하게 하고 자존심마저 잃어버리게 한다.

나무가 하루아침에 자랄 수는 없다. '세월이 지나 나무는 자라서 열매를 맺어 사람을 위해 헌신하는데 긴 세월 속에 얼마나 많은 환란과 고통을 겪었을까!' 바람과 우레가 크게 일어도 견디어 냈고, 모래가 날고 돌이 구르며 검은 기운이 가득해도 견디어 냈고, 전신이 꿈틀거리며 홍수요 폭설이 쏟아져도 묵묵히 견뎌내는 나무였다. 쉽게 열매를 맺는 나무는 없다.

사람은 겸손해야 한다. 두 다리요, 두 팔까지 잃은 자들은 지극히 작은 것도 생각을 많이 하고 행동으로 옮긴다. 곧, 화장실을 갈 때나 도구가 필요할 때는 많은 생각을 한 후에 작은 유리 그릇을 입으로 물고 오게 된다.

그러나 비장애인은 아무 생각 없이 화장실을 가고 필요한 도구를 가져오고 자신의 만족을 채우는 것이다. 육체가 건강하다고 위풍당당 하지만 온전한 사람은 없다. 모든 사람은 장애를 가지고 사회를 이루고 있다. 그들이 인지능력 장애를 가졌는지도 모른다. 최고의 학력이 엘리트가 아니다. 정신적 가치가 있는 사람이 최고의 인성이 있으며 오감을 느끼는 것이다.

장애를 가졌기에 누구보다 생각이 많고 지혜로워 실수가 적으며, 다른 이에게 상처를 주지 않으려 하고 세상의 빛이 될 수 있도록 노력하고 있다. 욕심을 부리는 배부른 돼지처럼 살지 말라. 나는 고민하는 소크라테스처럼 살고 싶다. 나는 쉬어가는 것이지 실패한 자가 아니요, 성공의 길을 향하여 가고 있는 것이다.

다리가 동강 나고 두 팔이 절단되고 몸통만 가지고 살아가는 생명들이 비가 오려고 할 때 환상지통幻想肢痛을 호소하고 있다.

사지 중 일부를 잃게 되면 삶의 질이 현저하게 떨어지고 이에 따라 우울감을 경험하게 된다. 이들 상당수가 겪는 힘든 과정이다. 곧, 두 다리가 없고 두 팔이 없는데 발가락 끝에서 능지처참을 당하는 고통을 안고 있다. 이들은 세상 틈 사이에 들어갈 수 없는 소외된 계층이다. 나는 이들을 위해 더 좋은 환경을 만들고자 온몸을 태우며 살아왔다. 그래서 죽지 않고 영롱한 진주가 되고 있다.

강원도 산골에 기업에서 받은 땅을 찾아간다. 골짝 황무지의 땅, 그곳에 광명의 새날을 밝히기 위해서이다. 길이 없고 땅 위치를 전혀 알 수 없었다. 주소를 가지고도 찾을 수가 없다. 주변에 사는 나이 든 최 씨에게 물어본다.

"52~53번지가 어디지요?"
"옛날 화전민들이 살던 곳이지요. 그곳은 험지요, 맹지이기 때문에 쓸모가 없습니다. 건축허가가 날 수 없지요."

가일마을 최 씨는,

"좋은 땅이 있습니다. 명당자리입니다. 매매하려고 나왔으니 그곳에 가서 구경해 보세요."

나는 동전 한 닢도 없지만 따라 나섰다. 땅을 보니 사면이 평지요 길은 평탄하고 식물들이 많고 야생화가 지천이며 100년이 넘은 소나무들이 군데군데 자리를 잡고 양쪽으로 10미터 되는 잣나무와 소나무가 빽빽하다. 저 밑으로는 홍천강이 흐르고 가까운 곳에서는 피서를 즐기고 있는 어린아이들이 고기를 잡고 수영하며 잉꼬부부는 저녁을 준비하기 위해서 연기를 뿜어낸다. 나는 욕심이 충만해진다. 함께 간 매형도,

"정말 명당이네, 명당."

결국 유산 받은 땅은 찾지 못하고 해지기 전에 서울로 돌아왔다.

며칠 후, 강원도 군청을 찾아갔다. 등기부등본, 지적도, 토지대장을 발급받아 서류를 검토해 보니, 산림보존지요 전답은 맹지이다. 이곳은 집을 지을 수 없고 만약 집을 짓는다면 2년간 농사를 경작해야 형질변경 허가가(전답이 대지로 전환) 날 수 있다고 한다. 나는 실망에 사무쳐 '하늘의 뜻이 아니다.' 라고 생각하고 서울로 돌아오는데 차가 막혀 4시간 30분 만에 도착했다. 날마다 눈보라가 치는 내 마음은 어디에 피할 길이 없이 외롭고 고독하다. '평택에다 건물을 지을까!'

중부고속도로를 타고 여러 차례 탐지했으나 조건과 환경이 맞지 않아 결론을 내릴 수가 없었다. 평택은 지면이 고르고 원만하지만 맹지이다. 전혀 마음이 움직이지 않는다. 그러나 강원도 홍천 깊은 산속에 최고의 환경과 시설로 건설하고 싶은 마음이 활활 불타오르고 있다.

'누가 이 마음을 진정시켜 줄 수 있단 말인가!' 나도 주변 사람들도 말릴 수가 없다. 성난 사자와 같이 삼킬 자를 찾는 흥분의 도가니에 빠져 있다. 왜! 이러는지 알 수 없다. 나 자신이 이해되지 않는다. 단지 장애가 있다는 것으로 동병상련하는지 아니면 지나친 생각에 나 자신의 주제 파악도 모르고 사는지 모르겠다. 홀로 살아가는 것이 버겁다. 가족도 책임지지 못하는 능력 없는 비천한 사람이 큰 산을 오르고 있다.

그러나 절망이 죽음을 재촉한다. 안개꽃이 피어 어딘지를 분간 못하고 구름 속에 둥실둥실 떠 있다. '포기해야 하는가, 아니면 뜻을 이루기 위해 큰 산을 정복해야 하는가!'

눈보라 치는 산을 오르다가 힘들다고 잠시 쉰다면 온몸이 꽁꽁 얼어서 저체온증으로 생명을 잃게 된다. 끝까지 산을 올라야 산다. 중단하면 죽는다. 절망은 모든 것을 포기하게 만든다. 쉬지 말고 호흡하며 돌 하나하나 잘 디디며 올라가야 사는 것이다. 역경을 이겨내면서 산을 정복했을 때 그 쾌감은 표현할 수가 없다. 나는 생각속에 한 달이 지나가고 있다.

다시 진리의 터를 찾아간다. 봉고차에 5명을 태우고 경기도 광주를 지나 양수리를 거쳐 소리산에 도착해서 물 한 통을 담아 가기 위해 잠시 정차하였다. 나는 목이 타 차 안에서 물 한 바가지를 달라고 하여 단숨에 마셨다.

"야~~~ 물 맛 좋다."

막힌 목구멍이 뻥 뚫리는 거 같고 큰 바위처럼 굳어있는 내 마음은 대지가 뜨거운 태양에 견디지 못해 녹아 흐르고 온 삭신도 혈관이 파도를 치고 있었다. 모든 일이 잘 해결될 수 있다는 예감이 든다. 5명이 물을 마시면서 이구동성으로 하서면 석상리 생수는,

"물 맛 좋습니다."

모곡 입구에 도착하였다. 이장님인 최 씨 아저씨를 다시 만났다. 황무지 땅에 길을 낸다. 칡넝쿨이 여기저기 얽히고 섞혀 꼬여 죄 없는 나무를 칭칭 감고 있다. 낫으로 넝쿨을 자르며 길을 내 번지수를 찾아간다. 나는 함께 가지 못하고 모세가 가나안 땅을 바라보는 것처럼 미래의 땅을 바라보며 기다리고 있다.

이스라엘 백성들이 노예 생활을 하고 출애굽하고 나니 세상에는 욕망이 있고 노래가 있고 에너지가 있는 줄만 알았다. 그러나 그들이 있는 곳은 황무지요, 산중의 산이었다. 좋은 땅 진리의 터는 허락하지 않았다. 엘림 지면에 도착해서 장막을 치게 하였다. 들어갈 수 없는 황무지 땅은 생존을 위협하고 두렵게만 하였다.

사람은 보기에 좋고 기름진 땅에 정착하길 원한다. 그런데 광야는 험지

요, 모래요, 자갈 땅이다. 모세는 간절히 기도하고 있었다. 물을 먹을 수 없자 불평불만하는 백성들 앞에서 나뭇가지를 물에 던지자 먹을 수 없는 마라의 쓴 물이 단물로 변했다. 모세는 물을 먹고 싶은 마음이 충동하여 손으로 한 모금을 입술에 적셔 보니 사이다 같은 음료수였다.

'아 살았노라, 하늘은 우리를 버리지 않고 생수의 물로 변해 살아갈 수 있는 은혜를 주었다. 소망이 없던 이스라엘 백성들은 콧노래를 부르고 소리를 지르며 눈물을 흘리는 자도 있었고 지도자들은 희망의 노래를 불렀노라. 길이 열렸다고 말이다.'

장화를 신고 간 사람들은 2시간 후 에너지가 떨어져 파김치가 되어,

"야, 악조건이야. 이 불모지에 건축을 한다는 것은 불가능해. 모든 조건이 안 맞아. 맹지는 길이 없어 허가도 나지 않으니 이곳에 뜻을 품으면 안 되고 포기해야 하겠어."

바람에 흔들리는 나무처럼 견디어 내기가 힘들지만, 그 바람을 등지고 이겨내야만 하는 것이다. 나는 최 씨에게 물어본다.

"황무지 땅에 어떻게 사람이 살 수 있었나요?"
"화전민들이 농사를 짓고 살던 마을이지요."
"옛날에는 길이 있었나요?"
"산길 따라 그들이 생존하기 위해 살다 보니까 그 흔적이 길이 되었던 것이지요."
"그러면 집터도 있고 농로가 있었겠네요?"
"그때 당시는 있었지만, 60년 이상 지나고 나니 지금은 나무요 풀이 무성하여 길이 없어졌어요."

나는 농로가 있으며 사람이 살았다고 하는 사실을 알고 나서 오히려 희

망이 생겼다. 틀림없이 새마을 사업으로 길을 넓히고, 다리를 놓고 농업 발전에 길이 났을 것이다. 길은 한번 나면 영원히 존재한다. 그 자체를 개발하여 길을 낼 수 있는 희망의 빛이 보인다.

여름 장마에 엄청난 비가 쏟아지고 있다. 온 세상이 홍수로 덮여 사람들이 생존하려고 몸부림을 치고 거주하는 주택에 물이 범람해서 가재도구와 옷들이 둥실둥실 떠다니며 차는 수십 대가 물에 잠겨 있고 사망자들도 발생하였다.

며칠이 지나 비도 그치고 날씨가 화창하여 나는 우리 가족들과 함께 살 수 있는 집을 짓기 위해 가고 있다. 최 씨를 다시 만났다.

"오랜만입니다."

"네, 반갑습니다. 요즘 그쪽에서 상판을 치고 있어요. 차가 왔다 갔다 하고 굴착기로 길을 내는 거 같아요."

나는 입구까지 왔다. 놀라운 일이 생겼다.

"기적일까, 아니야. 인간이 살아가는 것이 기적이지. 하늘이여 하늘이여 날 사랑하시나요? 내 뜻을 알고 계시고 있었나요?"

길을 분별할 수 없는 험지 속에 길이 생겼으며 여기저기 나무를 잘라낸 공사 현장이 눈에 들어왔다. '웬 말인가 웬 은혜인가!' 뜻을 이루고자 노력하면 하늘은 스스로 돕는 자를 돕는다고 하였는데 나는 할 수 있다. 자신감이 생기고 능치 못할 일이 없다고 하는 사실을 알게 된다. 나는 매형 등에 업혀 현장을 확인하였다.

하천이 여러 곳에서 흐르고 있다. 깊은 산골에 보이지 않는 물은 흘러서 홍천강으로 내려가고 있다. 목석처럼 느낌도 없는 내 얼굴은 뒤틀리며 웃음꽃이 피는 그 모습은 흥분의 도가니였다. 나는 최 씨를 보고 이야기한다.

"이 물은 365일 마르지 않고 흐르고 있습니까?"

최 씨가,

"극심한 가뭄에도 홍천강은 말라도 이곳 물은 마르지 않습니다."

나는 주저앉아 흐르는 물에 머리를 숙여 입술을 대고 물 한 모금을 마셔 본다. 화창한 여름 날씨의 하늘에 뭉게구름을 바라보며,

"물 맛이 좋네요. 짠짠이네요."

함께 있는 사람들도 굳어있는 얼굴에 웃음으로 주름이 생기고 감격의 소리를 지른다.

나는 최 씨 말을 듣고 세상을 다 얻은 거 같았다. 사방으로 둘러싸인 산들이 높고 깊다. 앞을 보아도 산이요, 옆을 보아도 산이요, 좌우가 산이다. 숲이 우거진 불모지였고 산골짝마다 고사리나물, 취나물, 산딸기, 초롱꽃, 물망초, 할미꽃, 누룩나무, 두릅나무, 잣나무가 하늘을 찌르고 대나무가 멋내고 있다. 흙냄새요, 풀냄새, 벌레소리, 새소리, 바람소리 등 환경이 전혀 오염되지 않은 명당 중의 명당이다. 나는 지리학적으로 분석한다.

산을 뭉개고 길을 낸 그곳에는 논밭 집터가 까맣게 흔적을 나타냈다.

"이곳에 화전민들이 많이 살았나 봐요?"

"그렇지요. 전쟁하던 시절이었기에 피난민들이 살았지요. 먹고 살기 위해 산을 개간하고 나물을 뜯어 삶아 말려 놓았다가 겨울에 반찬 재료로 사용했지요. 지금도 춥지만 100여 년 전에는 눈이 많이 내려 산 짐승들과 함께 갇혀 살았어요. 심마니도 있었어요. 그는 호랑이한테 물려 죽었대요."

"짐승의 밥이 되었단 말입니까? 그럼, 지금도 산짐승이 많겠네요?"

"그렇지요. 멧돼지가 많고 노루, 산토끼, 고라니, 너구리, 개구리 등 물가에는 가재들이 많습니다."

나는 모든 것을 확신하고 서울로 돌아간다. 머릿속에 스쳐 가는 구상에 설계가 그려진다. 30년이 지나면 희망이 보이고 꿈의 나라가 완성될 것이다. 내 가족 70여 명만이 아니라 일반인들도 함께 전원에서 살 수 있다는 미래가 그려진다. 물 맑고 푸른 숲이 울창하게 우거져 자연 그대로를 살려 이동식 주택 2,000가구를 조성하고 전답은 형질 변경하여 사람<가족>들이 살아갈 수 있는 쉼터를 건설하고 만민이 찾아와 사랑을 나누고 자연과 더불어 사는 생활을 만들 것이다. 2년 동안 농사를 짓기 위해 컨테이너를 놓고 주거하며 농사를 지었다.

2년 후 어느 가을날, 대지를 만들어 건축하려 하니 허가상 문제가 발생하였다. 땅은 여러 가지 종류가 있다. 임야요, 전답이요, 잡종지요, 산림보존 지역이 있다. 건축할 수 있는 제일 좋은 땅은 잡종지다. 잡종지는 가격이 싸고 대지로 변경하는 것이 그리 어렵지 않다. 형질변경 허가가 쉽게 난다. 따라서 산림보존 지역에 일반 건물은 지을 수가 없다. 오직 종교 시설만 가능하다. 거주할 수 있는 생활관을 건축하기 위해서는 제일 먼저 길이요, 관정이요, 전기 시설이 완성되어야 한다. 공사장에 전화가 없으면 공사를 할 수가 없다. 물론 전기도 꼭 있어야 한다. 본 공사를 하기도 전에 천문학적인 투자가 들어간다. 나는 부대공사가 먼저가 아니다. 본 건물이 우선이기 때문에 부대공사에 투자가 우선 되면 본건물이 중단될 우려가 생긴다.

건축허가를 내기 전에 길과 식수(관정)가 있어야 한다. 관정 150미터 깊은 속 암반에서 1급수의 물이 솟아오른다. 기분이 좋다. 나는 칼을 갈고 있다. 꼭 성공할 수 있다고 여기저기서 소리를 지르며 희망의 노래를 부르고 있다.

"물 맛이 좋아요."

전혀 오염되지 않는 깊은 숲속에서 물이 넘쳐나고 있다. 영원토록 마르지 않는 생수의 물이 산골짝마다 흘러내리는 것을 보고 건축하는데 박차를 가했다.

전화를 설치하기 위해 마을에서 산으로 삐삐선을 연결해 돌리고 칭칭 감아 현장까지 선을 이었다. 건설 현장 안에 식당을 만들어야 한다. 한전에서 공사는 끝났으나 돈을 내야만 전기를 3상으로 오픈해 준다고 한다. 나는 없다. 재산도, 돈도, 명예도, 권력도, 그 흔해 빠진 빽도 없다. 전기만 들어오면 모든 것이 해결될 거 같지만, 사실은 본 건물을 완공하는 것이 나의 목표다. 발전기를 빌려오려고. 천호동에 있는 공구상을 찾아간다.

"발전기 한 달 대여하는데 얼마입니까?"
"월 20만 원입니다."

'좋다. 비싸다. 그러나 꼭 필요하다.'

나는 건축에 대해서 아무것도 모르는 바보다. 상식도 없다. 공사장에 가서 구경해 본 적도 없다. 자재도 또한 노가다를 어떻게 하는지도 모른다. 그러나 공사를 하기까지는 수백 가지 자재가 들어간다는 사실을 알게 되었다. 이 문제들을 해결하면서 직영으로 공사를 시작하니 하늘이 도와주지 않으면 도저히 불가능하다. 발전기를 임대하여 현장에 가지고 와서 가동하고 전기 시설은 업자들에게 하라고 지시했다.

"아니 원장님은 어떻게 머리가 잘 돌아갑니까? 저희는 평생 노가다만 해왔는데, 원장님같이 머리 좋으신 분은 처음 뵙습니다. 지도력,

통솔력, 판단력이 0.1도 틀리지 않습니다. 머리카락 하나도 들어갈 틈이 없을 정도로 완벽합니다."

입구 진입로가 약 90도 가파르다. 대관령 고개와 같은 길을 3개 넘어야 한다. 길이 농로이기 때문에 좁다. 소형차 한 대가 지나가다가 마주 오는 차를 발견하면 후진을 해서 넓은 지역으로 차를 피해줘야 간신히 비켜 갈 수 있다. 정신을 차리지 않고 운전하거나 엉뚱한 생각을 하면 낭떠러지로 차가 구를 수도 있다. 방지턱도 설치가 되어 있지 않다. 비포장도로가 주변에 산들을 흙먼지로 덮는다.

나는 철근 회사와 계약을 마치고 쌍용 레미콘 회사에 거래하려고 했으나 단가가 맞지 않는다.

"단가를 맞춰 주십시오."

사정하고 있다. 그러나 거절당하고 만다. 결국 홍천 레미콘 회사에 계약을 성립시켰다. 현장 조사를 하더니 레미콘을 가득 싣고는 들어올 수가 없다고 한다. 나는 무조건, "할 수 있습니다. 사람이 하는 일 왜 안 되겠습니까? 나 같은 사람도 깊은 산골에 평지를 만들었는데 왜 안 된단 말입니까? 나는 그 곳에 들어가 3년을 공들여 기도했습니다. 금요일마다 밤을 지새우며 어린아이부터 어른까지요. 눈이 없는 소경까지 그곳에 올라가 기도했습니다. 기도하다 보면 산 짐승이 내려와 생명의 위협을 당했으며 깜깜한 밤에도 차에 헤드라이트를 켜놓고 '하나님 도와주세요.' 하고 목이 터지도록 찬양을 불렀습니다. 밤새도록 씨름하고 나면 어느새 눈이 내렸는지도 모르다가 눈을 떠보면 온 지면 초목이 하얗게 뒤덮여 오지도 가지도 못하게 갇혀서 생명을 잃을 뻔도 했습니다."

눈이 많이 와서 가파른 고개를 넘어갈 수가 없다. 차바퀴 4개가 하얀 연기를 뿜어내며 헛바퀴를 돌고 있다. 차는 낭떠러지 쪽으로 자꾸 밀려 떨어지려고 한다.

오전 10시가 되도록 7살 먹은 어린아이, 60이 넘은 어른까지 집집마다 들어가 삽자루를 빌려 흙을 파서 길에다 뿌리고 있을 때 5, 7세 된 어린아이들은 고사리 손으로 흙을 집어다가 길에 뿌린다. 어른이 하는 대로 아이들은 따라서 하는지 생각 있게 하는지 알 수가 없지만 기특하다. 인간은 생존본능이 있다. 굴착기를 빌려와 길을 닦고 모래를 파 나르며 동네 사람들은 우리를 도와주기 위해 총동원하였다. 아직도 시골 사람들은 오염되지 않았으며 깨끗한 생명의 물이 흐르고 있었다.

나는 첩첩산중에 생활관을 짓기 위해서는 큰 산을 넘어야 한다. 그러나 불요불급 불사조다. 나를 보는 자는 이빨 빠진 호랑이라고 하고 날개 잃어버린 새처럼 생각하고 있다. 어쩌면 상대가 나에게 비호처럼 죽이려 하고 조롱하는 것이 당연한지도 모른다.

농로 그대로 사용하는 것은 불가능하다. 땅 주주들을 찾아다니며 동의서를 받아야 한다. 땅은 가일마을에 있으나 주인은 전국에 흩어져 살고 있다. 나는 등기부등본을 모두 발급받아 제주도까지 가서 사람을 만났다. 한 달 내내 숙식하면서 찾아갈 때마다 식사나 술, 선물을 전달하고 설득하였다. 강원도 태백에도 있고 서울, 대전, 대구, 부산, 광주까지 있었다. 나는 사람들의 마음을 돌려 동의서를 받아냈다.

그러나, 문제의 발단은 남 씨였다. 본 건물을 공사하려고 하는데 남 씨의 땅 10평 정도가 삼각형으로 지적도상에 존재하고 있었다. 그 지역 임야 90%는 남 씨의 소유지였다. 남 씨의 형은 서울로 유학하여 행자부 차관까지 지낸 사람이다. 89세로 그는 꺼져가는 등불에 불과한 사람이었다.

공무원들이라 공짜를 좋아하고 수학의 법칙이나, 언어구사가 특출하여 일점일획이라도 양보하고 헌신하려고 하는 마음이 전혀 없었다. 대지로 형질변경 허가가 떨어져서 토목공사를 하려고 하였으나 남 씨가 급브레이크를 밟아댄다.

10평 정도가 삼각형으로 지적도가 되어 있어 어쩔 수 없이 남 씨 임야를 매수해야 한다. 그러나 그들은 강한 바람이 불어와도 흔들리지 않는다. 마천루가 바람에 쓰러지고 땅이 흔들리고 하늘이 진동하여도 요지부동이다. 나는 날마다 찾아다니며 식사를 대접한다.

남 씨 동생이 있었다. 그는 소탈하고 건달 중에 왕 건달이다. 술을 좋아하고 여자를 좋아한다. 모곡 농협에 조합장으로 20년간 근무하였고 그 마을을 위해 헌신 봉사하였다. 지역이 오지라 우체국도 없는 곳이다. 새마을 사업에 선구자가 되어 길을 내고 일본 놈들이 빼앗아 갔던 임야를 매수하였다. 홍천 모곡에는 서울까지 가는 직행버스가 있다. 53세 되는 남 씨 동생은 어린 버스 안내양을 꾀었다. 20대 젊은 여인과 함께 동거함이 어찌 아름다운지 황혼의 물결이 넘치며 사랑으로 가루가 된 그 여인은 동굴로 빠져든 것이다. 양심에 찔린 늙은 남자는 안내양에게 어느 날 보약이라며 약을 건넨다. 1~2년 동안 피임약을 자주 사다 주었다. 일반 사람들은 구할 수가 없었다. 그러나 늙은 호랑이는 미군 부대를 통해 약을 구해 준 것이다. 남 씨 동생은, "내가 늙어 병들어 죽을 수 있으니 젊은 남자를 만나 새출발을 하는 것이 어떤가?"

동거하는 여인에게 말을 건넨다. 안내양은 죽더라도 함께 죽고, 짧고 굵게 살겠다고 애원한다. 사람들은 세상의 잣대로 비웃는다. 하지만 사랑에는 나이도 국경도 없다. 그녀는 임신하여 딸을 출산하였고 그 딸이 20살이 되었다. 아빠하고 55세 차이가 난다. 후처인 안내양에게 전화가 걸려온다.

"원장님, 저하고 만나서 미팅했으면 좋겠습니다."

나는 여야를 막론하고 남 씨랑 관계가 있는 사람이라면 천리만리라도 찾아가 만난다. 그녀와 만날 장소는 종로의 한 양옥집이었다.

그곳에서 '방석집'을 운영하고 있는 마담이었다. 남 씨 동생은 작은 마누라가 젊은 여성이기 때문에 하고 싶은 대로 하라고 자유롭게 풀어주었다. 그녀는, "너무 걱정하지 마세요. 제가 큰 아버지를 설득해 보겠습니다. 산이 채무로 인하여 압류가 되어 있었는데 제가 변제하고 모곡산을 찾았습니다. 저한테도 지분이 있지요." 걱정하지 말라고 한다. 나는 식사를 대접받고 조금은 에너지가 충만해지면서 콧노래를 부르며 혼돈한 서울 도시를 가르며 돌아왔다.

며칠 후, 남 씨 동생이 경복궁 앞에서 내일 아침 9시에 만나자고 이야기한다. 나는 작은 마누라가 남 씨를 충분히 이해시켰을 줄 알고 찾아가서 두 (남 씨) 사람을 일식집에서 만나게 된다.

"매도해 주십시오."

나는 4개월 동안 그들의 족쇄에 묶여 이리저리 끌려다니며 사정했었다.

"얼마 주겠소?"
"제가 어떻게 사장님 재산에 이러쿵저러쿵 가격을 매길 수 있겠습니까? 얼마 받으면 좋겠습니까?"
"평당 80만 원 정도는 받아야 하지요."

나는 속으로 울화통이 터지며 '도둑놈들, 이 사기꾼들, 씹히다 좆이 물려 뒈질 놈들. 아니 임야 불모지를 평당 80만 원씩 달라고 하니 칼만 안 들었지 도둑놈이야, 도둑놈. 천 원도 안 되는 땅인데…' 기가 차고 지나가는 소도 웃을 지경이다.

"사장님, 부담이 갑니다. 그곳에 투자하여 개발하려면 부대공사가 본 건물보다 10배는 더 들어갑니다. 생각해 보세요. 통신, 전기, 관정, 길 확장 공사 등 수많은 부대공사가 만만치 않습니다. 이 한승주나 되니깐 불모지에 위험을 무릅쓰고 하는 것이지 미래도 없는 곳에 누가 투자하겠습니까? 제가 공공시설을 건설하고 나면 그 지역이 좋아질 것입니다. 이점 참작해 주시고 협조해 주시기를 바랍니다."

남 씨가 만나자고 한다. 다시 재측량하겠다고 한다. 당신들이 측량한 것은 믿을 수가 없으니 쉽게 허락할 수 없다고 한다. 오늘은 항상 만났던 장소에서 보자고 한다. 나는 모든 계획을 뒤로한 채 그놈들을 만나는 것이 우선이라고 생각했다. 또다시 그들의 행동으로 바닷물이 밀려오고 밀려간다. 700만 원을 요구한다. 참 기가 막힐 일이다.

'낙타가 바늘구멍을 어떻게 들어갈 수 있다는 말인가!'

나는 충격을 받았다. 정신을 잃고 쓰러질 거 같았다. 그러나 여기서 쓰러지면 죽을 수도 있다.

'눈뜨고 코 베갈 놈들. 도끼 가진 놈을 바늘 가진 내가 어찌 당할 수 있나. 벼룩의 간을 빼 먹지. 양심에 화인 맞은 인간들, 나무나 진흙으로 만든 인형이 사람과 비슷해도 정기가 없으니 모두 술독이나 밥주머니 같은 주옹반낭酒甕飯囊한 놈들, 그래 이 늙은이들이 얼마나 살다가 지옥에 가려고 하느냐.'

사람은 사탄의 마음을 받고 태어났으니 독사와 같다. 인간의 마음에는 사랑의 진리가 존재하고 있으며 인격, 도덕, 감동이 있는데 개만도 못한 것이 인간이다. 욕심을 부리면 결국 죽음으로 돌아가는 것이다. 좋다. 어쩔 수가 없다. 우선권이 있는 사람은 땅 주인이다. 그 땅을 매수하지 않으면 공사를 할 수가 없다.

"좋습니다."

매매계약서를 쓰고 매수와 매도가 이루어졌다. 51번지, 52번지, 53번지 등기이전이 되었다. 공무원들은 칼만 안 들었지, 날강도다. 최 씨는 말한다.

"송곳도 안 들어가요. 지독한 독종이에요. 이 마을 사람들은 고양이 앞에 쥐지요. 그래도 원장님이나 되니까 가능한 거예요."

그러나 쥐를 괴롭히면 고양이도 물릴 수가 있다.

"최 이장님, 당신 같으면 어떻게 하겠소?"

"나 같으면 그냥 주지요. 이런 산림보존 지역을 땅으로 생각하나요? 무용지물이에요. 평당 천 원도 안 먹힐 거예요. 그냥 주지요. 얼마에 매수했어요?"

"10평도 안 되는데 700만 원 줬습니다."

"남 씨 형이 공무원이라 지독합니다. 동네 사람들이 그 사람만 보면 벌벌 떨었습니다. 강원도 시골 사람이 서울에서 대학을 나와 공무원이 된 사람은 이 형제들밖에 없어요. 옛날에 짚신을 신고 3일 동안 걸어 다녔어요. 아무런 교통수단도 없었습니다. 때로는 통나무 배를 만들어서 한강까지 갔지요."

"아 그래요. 세상이 많이 좋아졌네요."

<미래는 경제학이요, 수학이요, 문학이요, 언어와 상식이다>

진입로를 만들어야 한다. 굴착기 5대를 동시에 현장에 투입시켜 일사천리로 길을 만들어낸다. 골짜기마다 돋우어지며 산마다 숲은 하늘을 찌르고 꼿꼿하게 서 있는 잣나무, 주목나무, 참나무 등 언덕은 강풍에 맞지도 않았는지 푸른 꽃, 노란 꽃, 분홍 꽃들이 큰 산을 이루고, 사나운 사람은 한 명도 없이 자연과 동물은 함께 자유의 노래를 부르며 낙원을 만들어 가고 있다.

산 짐승들은 그 생명을 잡지도 만지지도 않는다. 자연 그대로이고 노래하는 숲속의 새들과 곤충들은 스스로 생존하며 살아가는 낙원이다. 그러나 도저히 사람이 살아갈 수 없는 험지요, 황무지의 땅인 진리의 터를 닦으라고 하였노라. 나는 높은 산마다 낮아지며 고르지 아니한 곳을 평탄하게 만들며 험한 땅을 평지가 되게 하리라.'

수만 번 자신과 싸우며 황무지를 바라보며 절망속에 꽃이 피었건만 그 꽃이 떨어지지 않도록 얼마나 견디었는지 알 수가 없다.

'나는 왜 깊은 산골 물 흐르는 곳을 찾아 이곳까지 왔는가!'

그러나 30년이 지나면 헛되다고 말하지 아니하리라. 사람들은 나를 보고 미쳤다고 하며 외딴 산골 첩첩산중에 집을 짓는다고 하니 사기를 친다고 입에 독을 물고 내 옆구리를 찌르고 있다. 물론 나 역시 인간은 같은 감정과 생각을 가졌기에 불모지의 땅에 집을 짓는다는 것은 불가능한 일이다. 초막 집을 짓는다 해도 길이 있어야 하고 사람이 살아가는 곳에 둥지를 틀어야 한다. 그러나 모진 세월 지나간 후에는 꽃이 피고 향기를 내던 그들은 다 떨어져 발에 밟히고 나는 인류에 자연과 더불어 생존하며 살리라.

거북이는 깊은 바다에 살다가 산란기가 되면 목숨을 걸고 육지로 나와 모든 에너지를 동원하여 알을 낳는다. 사람도 새끼를 낳기까지는 생명을 바쳐 잉태하게 된다. 나는 여기서 무너지면 안 된다. 나 역시 험지를 바라보면서 미쳤다고 중얼거린다. 그러나 처음 사랑은 내 마음속에서 불꽃처럼 하늘을 찌르며 타고 있다.

'나는 할 수 있다.'

불도저 2대, 굴착기 5대 등 대략 3개월 동안 토목공사를 했다. 하천부지까지 사용 허가를 내니 5천 평 정도의 대지가 확장되고 지면이 평지가 되어 노른자 땅이 되고 있다. 토목공사를 하고나니 명당이 되었다. 진입로에 들어올 때는 '이런 곳에 무슨 집을 짓는다고 친구, 형제, 지인들' 다 반대하였다. 한승주가 미친놈이라고, 그러나 나는 미치지 않고는 불모지에 건축할 수가 없었다. 미래를 보면 엄청난 소망과 꿈이 보이는데도 내 주변에 둘러싸여 있는 사람들은 길이 있고 교통이 좋고 1년 후 발전의 요지가 보일 때 투자한다. 그러나 그것은 성질 급한 토끼다. 번갯불에 콩 구워 먹듯이 땅 투자하는 사람들이다. 오늘 계약해서 오늘 팔고, 내일 팔아서 몇 푼 찾는 장사꾼의 불가한 삶이다. 친구들은 말하기를,

'당신이 살 수 있는 아파트라도 준비해야지.' 자신을 위해서는 전혀 투자하지 않고 엉뚱한 곳에 쏟으니 이해를 못 하겠다고 한다.

나는 집이 필요 없다. 돈이 필요 없다. 권력이 필요 없다. 그저 꺼져가는 영혼들을 구사일생으로 살려내는 나의 사명이 행복하다. 나를 위해 사는 것은 짐승이요, 배고픈 하이에나와 같다. 인간은 자신을 위해 사는 것은 올바른 자세가 아니다. 행복할 수도 없다. 내 몸을 희생하여 죽어가는 사람들을 위해 사는 것이 최고의 행복이다.

'외치는 자의 소리여 이르되, 너는 광야에서 진리의 터를 닦으며 그 길을 예비하였노라. 사막에서 애타는 기도를 들으시고 둥지를 틀 수 있도록 대로가 평탄하게 하였노라. 작은 자들의 영광이 나타나고 모든 사람이 그것을 함께 보며 하늘의 별이 떨어지고 그 영광이 영원토록 임재하고 있노라. 황무지에 꽃이 피어 거룩한 땅이 되었고 검은 구름 걷어지고 광명의 빛

찬란하게 비쳐 오는 오지의 땅 나는 외쳤네, 승리하리라고 나는 외치네, 살아있다고 나는 외치네, 절망하지 말라고 나는 외치네. 꿈이 이루어진다고, 깊은 골짜기에 물이 흐르고 산마다 평지로 만들어 그곳에 반석의 집을 짓기 위해 터를 닦았어라.'

임시로 놋강 250개를 하천에 묻어 물길을 돌렸다. 일단 길과 토목공사는 끝났다. 주변 공사를 하기 위해 하천을 돌리고 물이 한곳으로 모이게 하였다. 전기공사를 하기 위한 전술이 필요했다. 수억이 들어간다. 50미터 간격으로 관정을 팠다. 건축할 수 있는 주변까지 농사용 전기를 이용하기에 전봇대를 박았다. 전기공사는 끝났으나 조명은 비치지 못했다. 그 이유는 한전에 잔금을 입금하지 못했기 때문이다. 통신시설을 하는데 3천만 원 예산이 든다. 부대공사를 절약하기 위해서 내 몸은 위풍당당 하였노라.

어느 추운 겨울날, 눈 쌓인 산을 넘어 홍천에서 경기도 가평군 설악면 86번 지방도 널미재 고개(해발 500m)를 넘어가려 하는데 이곳은 급경사와 급커브 구간이 많아 평소에도 중앙선 침범 사고의 위험성이 큰 곳이다. 널미재 고개는 눈이 내릴 시, 상습 결빙과 교통사고 위험이 큰 구간이라 더욱 위험한 곳이다.

어젯밤 내린 눈이 강추위에 바닥은 유리알처럼 두껍게 얼어 있었다. 경사가 심한 널미재 고개를 넘어가려고 하는데 지면은 꽁꽁 얼어 스키장이 되었고 여기저기 자동차들은 제멋대로 멈춰있고 바퀴가 떨어져 나가고 문짝은 찌그러지고 전쟁터를 연상케 하였다. 그곳을 넘어가기까지는 도저히 불가능하여 장비를 불러 고개를 넘어 거북이보다 더 느리게 평지 길을 찾아 서울에 도착했다.

"원장님, 무슨 일이라도 생긴 줄 알았어요. 다친 곳은 없으세요? 함께 간 아이들은 괜찮아요?"

눈이 많이 왔는데 죽지 않고 돌아온 가족들을 반갑게 맞았다. 나는 토요일 오후 서재에서 원고 준비를 하고 있을 때 해외에서 전화가 온다.

"목사님, 4월 경 한국에 귀국하려고 합니다."

"네, 반갑습니다. 기다리겠습니다."

나는 간단하게 전화를 끊고 주일 설교를 준비하고 있을 때 송파에서 누군가가 찾아왔다.

"안녕하세요?"

"네, 어디서 오셨나요?"

"지구촌 교회 강선미(여, 50세) 권사입니다. 목사님, 이곳이 경기도라서 먼 줄만 알고 시간이 걸릴 줄 알았는데 생각보다 가깝네요. <실로암 잡지> , <나는 서울의 거지였다> 실화 소설을 읽으면서 밤새도록 울었습니다. 어쩌면 생동감 있게 글을 잘 쓰셨나요? 그냥 있을 수 없어서 찾아왔습니다. 남편이 십일조를 생각보다 많이 줘서 찾아 왔습니다."

그녀는 5억짜리 수표를 탁자에 놓고 축복기도를 하라고 한다. 호리호리한 체구에 지성과 감성, 인격을 갖춘 세련된 여인이었다.

나는 밤 11시쯤 석상리 쪽을 지나가고 있는데 젊은 남자가 손을 흔들며,

"나 좀 태워 주세요."

손 신호를 한다. 이 깊은 산속에 적막함이 흐르고 있는데 저 젊은 친구는 왜 여기서 지나가는 차를 세우려고 하는지 무섭다. 무정하지만 그냥 지나쳐 버렸다. 나는 죽으면 안 된다. 뿌리가 죽으면 가지나 잎은 자연히 떨

어진다. '인생의 장애물을 잘 피해 가는 복소지하부유완난호'覆巢之下復有完
卵乎라는 생각들이 번개처럼 스쳐간다. 호랑이한테 물리면 죽는다. 끝장이
다. 뿌리가 깊은 나무가 물을 잘 빨아 먹어 가지와 잎이 풍성하고 열매를
맺어 사람들은 덕을 보게 된다. '절제하고 조심하자.'

<오늘 밤 가일마을에서>

오늘 밤은 가일마을 이장, 반장, 새마을지도자 그 동네에 유지 10명을 데
리고 군청 앞에 있는 일식집에서 접대한다. 2차는 시골 터미널 지하실 룸
살롱에서 술로 주민 유지들을 녹여버렸다.

곧, 촌놈들에게 젊은 여자들을 선택해 위스키를 먹였다. 통돼지 바베큐
를 만들어 마을 사람들을 접대했다. 일단 낯선 사람들이 마을에 들어와서
공사를 진행한다고 하니 텃세를 부리고 꺼리면서도 내심 돈이나 있나 싶
어 얻어먹으려고 똥파리처럼 몰려든다. 공사하기 전에 7개월 동안 그들
과 함께 동고동락했으며, 인심을 얻어가며 소통할 수 있는 길을 열었다.
동네 유지는,

"앞으로 저 산속에 복지재단이 세워지면 주변이 좋아질 겁니다."

어린아이가 있다. 50이 넘어서 난 딸이라고 한다. 그 아이 아빠는 나와
동갑이라고 하면서 친구 하자고 한다. 과거 친구의 부인은 시골에서 살 수
없다고 하며 아들을 다 키워놓고 35세에 서울로 도망가 직업여성으로 술
집에서 남자들의 슬픔을 받아주고 가려운 곳을 긁어주며 스트레스를 풀
어주는 인간 도구가 되었다.

40이 넘으니 어디서든 그를 채용할 곳은 없었다. 몸을 팔고 웃음을 팔

아도 돈은 쉽게 벌어지지 않았다. 깨진 독에 물 붓기이고 인생은 저물어 서산 언저리에 점점 사라지고 있다. 그녀는 아이들 생각에 눈에서 눈물이 내리고 있다. 남편의 향기가 그의 후각을 자극하고 그 세월을 그리워한다. 자신의 행동을 어리석게 생각하고 후회하고 있었다. 그녀는 집에 전화를 걸었다. 남편은,

"여보세요, 누구세요?"

남자의 핸드폰에 발신자 번호가 떴다. 예감이 스친다. 누군지도 모르는 발신 번호는 남자의 마음을 설레게 한다. 가슴이 뛰고 오금이 저린다. 다시 한번,

"여보세요, 누구세요?"

그는 목소리를 가다듬고 온유하고 겸손하게 불러본다. 그러나 대답이 없다.

"에이 재수 없어, 어떤 년이 장난질이야."

한참 중얼거리던 중에 고등학생 아들이 들어온다.

"아버지 다녀왔습니다."

책가방을 던져놓고 아들은 홍천계곡을 찾아 친구들과 놀러간다고 한다. 또다시 10분 후에 전화가 걸려 온다. 그는 소리를 질러댄다.

"누구야, 누가 장난질이야, 끊어."

일방적으로 핸드폰을 끊어버렸다. 전화는 계속 그를 향해 소리를 친다.

"여보세요?"

여성이었다. 늘 기억 속에 사무치는 목소리였다.

"여보, 나야."

그는 그녀의 목소리를 확인한 후 심장이 끊어지는 아픔이 충천한다.

"오랜만이오, 잘 지냈소?"

"네, 아빠 잘 지냈어요."

그녀는 술에 취한 목소리로,

"여보, 나를 용서해 주세요. 나 좀 데리러 오세요."

아침 일찍 서울로 용달차를 가지고 달려갔다. 그녀를 만난 남편은 반가워 어쩔줄을 몰랐다.

"여보, 그동안 잘 있었어요? 나 보고 싶지 않았어?"

남편은 대답이 없다. 머리가 멍하고 가슴은 계속 뛴다. 한숨만 쉬고 있는 남편을 바라보면서,

"왜 그런 식으로 쳐다보고 있어? 여보 가자. 집에 가자."

그녀는 식당으로 남편을 데리고 간다. 손님이 없다. 빈 탁자만 30~40개 손님을 기다리고 있다. 그녀는 창문 밖으로 한갓진 곳에 자리를 잡았다. 등심을 시킨다. 남편은 좌불안석이다. '살과 뼈가 녹는구나!' 그녀는 고기를 잘 굽는다. 글라스에 소주를 가득 채워 따라 마시더니 남편도 주지 않고 고기를 입에 넣고 우물우물 씹어 먹더니,

"당신은 왜 먹지 않아? 여보 무슨 생각을 하고 있어? 나 만났으니 좋은 거 아냐?"

대답 없는 남편에게 또다시,

"여보?" 하고 소리를 지른다.

"빨리 먹으라고 응?"

남편은 심장에 총알이 꽂히고 있다. 깜짝 놀라,

"그래, 음."

고기를 먹는다. 아내는 소주를 유리컵에 따라준다.

"나는 운전해야 하는데."

그녀는,

"술 먹고 운전 못 하면 우리 집에 가서 자고 내일 가면 되지. 그동안 생각 많이 했는데 자식과 당신을 두고 나 혼자 잘 살아보겠다고 강원도 산골에서 서울로 도망쳐 왔는데 모든 것이 바람에 날리는 겨와 같은 인생이었어. 이제 헛된 짓 그만하고 마음잡고 당신하고 다시 한번 잘 살아보려고 해."

여자는 허랑방탕하며 살아온 세월이 헛되다는 사실을 깨닫고 돌아오겠다는 아내에게 남자는 감사하고 다행이라고 생각하지만, 도시에서 물들어져 버린 사람이 강원도 산골에서 다시 마음잡고 산다고 생각하니 걱정이 된다. 남편은 그날 술에 취해 아내와 함께 하룻밤을 지새운다.

잃어버렸던 정, 사랑이 부활했는지 한편으로는 기쁨이요, 한편으로는 슬픔의 일희일비一喜一悲이다.

그녀와 함께 하나가 된 지 6년이 지나갔다. 그 여인은 남자 같은 성격과 카리스마를 지니고 있었다. 음식 솜씨가 좋았고 마을에서는 제일 젊었다. 나는 그 여인에게 공사장 식당을 맡겼다. 하루에 3식 4간식을 먹는다. 그들은 간식 시간이 쉬는 시간이요, 담배 한 대에 에너지를 충전시키며 막걸리 한잔으로 목을 축인다.

토목공사가 끝난 1년 뒤, 5월 기공식이 시작되는 날이었다. 서울에서 별이 빛나는 국회의원, 목사, 단체장, 홍천군수, 경찰서장, 춘천시립 합창단, 전국에서 기공식을 하기 위해 5,000여 명이 참석하게 된다. 처음 오는 사람은 시간이 걸려 실망이고 두 번째는 길이 험지라 산을 넘고 나면 또다시 더 큰 산이 길을 열고 굽이굽이 산길을 찾을 때 충격을 받는다.

'도대체 이런 오지에 평지를 만들어 건축을 한다는 말인가!' 사람들은 말하며 입술을 삐죽거리며 조롱한다. 그러나 수천 명의 사람이 기원을 위해 자리를 가득 채우고 기념의 날은 나의 기쁨이요, 세상의 기쁨이요, 그 자리에 함께 있는 귀빈들도 빛이 나고 존귀하다.

'소망이요 오늘이 있었나요, 꿈이요 오늘이 있었나요, 사명이요 이 자리를 빛냈나요, 이 날이 오기까지 불사신이 되어 꽃이 피니 장관壯觀이로다. 벌 떼와 구름 떼 같이 구경꾼들이 몰려와 덩실덩실 춤을 추고 산골에 잔치가 있다고 가세 함께 가세, 너도나도 함께 가세 영광이로다. 지극히 작은 자가 부르심을 받았으니 존귀하도다.'

사람들이 영광의 시발점을 시작하기 위해 참석하여 기념하고 순간마다 절망이 소망으로, 영광의 마음을 울리고 있다. 작은 봉우리 산처럼 쌓여 있는 모래 삽을 뜨고 준공하는 그 날까지 무사히 성공을 기원하면서 거룩한 땅 진리의 땅이 영광을 나타내고 있다. 2,000년 전의 일이 홍천에서 오병이어의 역사가 생생하게 나타나 있고 혼인 잔치에 물이 변하여 포도주가 되고 있다.

그날 아침 일찍이 이슬비가 내리더니 하늘이 검은 구름으로 하늘과 땅이 낮아지고 천둥소리가 들려오고 비가 시간당 200㎜가 쏟아지고 있다. 오늘 행사는 포기해야 한다는 갈등 속에 의지할 곳 없어 전심으로 기도하고 있을 때 오전 9시경 비가 그쳤다. 10시 30분쯤 화창한 햇볕이 내리쬐는

5월의 봄날은 초목이 웃음으로 오시는 손님을 반가워하는 것이다.

'이 험지에 어떻게 건축할 생각을 했을까? 아마 강원도에서 많은 협조가 있었겠지.'

"아니요."

메아리로 들려온다.

들녘에는 허수아비가 침묵하며 서 있지만 스스로 그 자리에 있는 것은 아니다. 누군가가 필요해서 허수아비를 만들어 그 자리에 세운 것이다. 나는 지극히 작은 자다. 인성, 감성, 인격, 오감을 느끼는 생명체다. 스스로 자라 온 것이다. 왕성하게 말이다. 홀로 뚜벅뚜벅 걸어오면서 비바람도 몰아치고 생명의 위협을 당하면서도 이 자리에 스스로 안식하였노라. 하나님이 역사하지 않았으면 길도 건축허가도 날 수가 없는 불모지에 사면이 둘러싸여 있는 병풍 같은 아름다운 산들이 진리의 터를 감싸고 있다. 놀라운 일이다.

사람들은 절망이 소망으로 감격의 눈물을 흘리며 기원한다. 가일마을 사람들은 어린아이부터 노년에 이르기까지 하나둘씩 모여들었고 서울에서 뷔페가 배달되었다. 3천 평이 넘는 평지에 식탁을 차리고 돼지를 잡아 수천 명의 사람이 먹고 마시며 중얼중얼 참새가 되어 지저귄다.

나는 이날에 떡 한 조각 먹지 못하고 정신이 없지만, 흥분과 설렘임 속에도 중심을 잃지 않고 역사 하심이 하늘과 땅이 진동하고 사람들은 놀라워서 나에게 시비를 거는 자들이 한 명도 없다.

'거룩한 작은 자여, 큰일했습니다.'

마음이 강퍅한 지인들의 마음속에 나를 향해 촉촉이 젖어 드는 감동의 물결은 온누리에 오감을 느끼고 있다. 정과 사랑, 감동과 감격, 인격이 피어오르고 있다.

굴착기 한 대가 집터를 잡는다. 방석 1미터 정도를 파고 기초를 잡아 목수들은 거푸집을 만들고 방수제 콘크리트 400을 친다. 동네 사람들이 구경을 온다. 80세 할머니, 언어장애인, 뇌성마비, 지적장애인 등이 어디서 왔는지 한 끼 식사를 채우기 위해서 이 깊은 산골까지 찾아온 것이다. 시골은 무슨 일이 생기면 너나 할 것 없이 찾아와서 잔치를 한다.

현장 소장은 공사를 시작하고 있다. 영배 아버님께서 소개해 준 전기배관 업자들이 온다. 목수 팀은 나이가 많지만 인생 경험이 풍부하기에 실수도 없을 것이다. 나는 늙으면 여우가 되고 이빨 빠진 호랑이요 날개 잃은 새지만 분명한 것은 토끼보다는 거북이가 승리한다는 진리를 잘 알고 있다. 서울에서 온 목수들이기 때문에 모곡에 숙소를 잡아 놓고 공사를 하게 된다. 한 달도 안 됐는데 목수가 일하던 중 손가락이 절단되는 사고가 났다.

"몸 관리 잘하세요. 돈 버는 것이 중요한 게 아니라 다치면 안 되고 일하다가 병신 되면 안 됩니다."

목수 오야지가 나이가 많아 팀들은 늙은 구렁이가 되어 일에 진전이 없다. 역시 젊은 사람들이 꾀는 부리지만 일은 빠르다. 나이를 먹으면 화장실이나 찾고 담배만 피고 식당에 와서 커피를 마시겠다고 들락날락 거린다.

"아줌마, 커피 한 잔 주세요."

시간을 보내는 것은 인간의 본능이요 몸을 사리는 것도 사람의 꼼수다. 그러나 어느 정도는 윤곽이 드러나야 한다. 소장을 불렀다.

"왜 일에 진전이 없소? 토목공사는 굴착기 소리를 들으면 일을 하는지 농땡이를 치는지 다 알고 거푸집을 짜는 목수들은 망치 소리를 들으면 알 수가 있습니다. 왜 소장님은 현장에서 낮잠만 자고 관리 감독을 하지 않습니까? 이래서 이달에 콘크리트를 다 칠 수 있겠습니까?"

"원장님, 그건 어쩔 수가 없습니다. 목수들이 나이가 많으면 세월아 네월아 합니다. 평생 동안 노가다 일만 하고 살았는데 구렁이 중의 왕 구렁이지요. 원래 오야지가 나이가 먹으면 그 밑에 목수들은 다 나이가 많은 사람들만 일을 하게 되지요. 왜 저런 사람을 채용했나요?"

"원당 풀향기 교회 목사님이 소개를 했어요. 그 교회 장로님이 목수 오야지에요. 이제 와서 후회가 됩니다. 제가 건축의 성격을 알 수가 있나요?"

"원장님, 지금에 와서 어쩔 수가 없어요. 젊은 팀을 데려오는 것이 좋은데…. 장로님 팀은 그만두라고 할까요?"

"풀향기교회 장로님이라 그냥 건축 마칠 때까지 해야 합니다."

목수 두목이 꼰대면 밑에 있는 목수들도 꼰대다. 그러나 노동자들은 에너지가 충만해야 역시 능률이 있다는 사실을 또다시 깨달으며 배우게 된다. 이제와 후회할 수 없다. 그들의 사기와 자존심을 살리는 방법을 연구하는 것이 영롱한 지도자이다.

모세는 험지의 땅에 이스라엘 백성들을 인도하여 절망하면서도 다시 소망을 노래할 수 있는 것은 오직 자신의 지력과 담력이 있기 때문이었다. 나는 포기할 수가 없다. 불모지에 사람이 살 수 있는 둥지를 틀기 위해 지명하여 부르신 자들을 배척할 수 없다. 인생은 속고 속는 것이다. 그렇지 않으면 사회는 형성될 수 없다. 나도 그대들에게 속고 열심히 살자.

무더운 여름 날씨는 막노동하는 사람들의 피부를 파고 들며 목을 마르게 하여 에너지가 급격히 떨어진다. 물론 노동자들이 일하는 것은 힘들고 고통스럽다. 그러나 어느 정도는 일머리를 잘 알고 순서 있게 진행해야 한다. 나는 도저히 참을 수가 없다. 아침 5시에 현장에 와서 참을 먹고 6시쯤에 일을 시작한다. 현장에서 노동자들 30명을 모아놓고 미팅했다.

"고생하시는 여러분들이 충분히 이해됩니다. 그러나 사고가 나고 일에 능률이 오르지 않습니다. 새벽에 고추가 서지 않으면 일하지 마세요. 중국 속담에 남자의 성기가 빳빳하게 서지 않으면 돈을 빌려주지 않는다는 속담이 있습니다. 여러분들도 아침에 본능적으로 성기가 서지 않으면 망치질할 수가 없는 것입니다."

현장 사람들은 깔깔대고 웃는다. 이것이 인생의 생리적인 충동이며 본능적인데 성적인 이야기를 하면 누구든지 재미있어 하며 마음이 충천한다. 인간은 성욕, 식욕, 행복의 추구권이 없으면 의욕이 사라지고 결국 행시주육行尸走肉이 되는 것이다.

나는 건축을 시작한다. 직영으로 할 때 실패가 적다. 물론 돈이 많으면 건축업자들에게 입찰을 붙이면 시작과 완공까지는 성공할 수 있다. 건축에 하자가 발생하면 책임을 묻고 현장에서 사고가 나면 산재 처리를 할 수 있으니 다방면에서 쉽고 간단하다.

그러나 직영으로 하는 이유가 따로 있다. 1~100까지 신경을 써야 하지만 사기는 당하지 않는다. 곧, 자재들을 정품으로 시공할 수가 있는 장점이 있다. 또한 돈이 없기 때문이다. 돈이 없어도 업자들은 공사를 맡으려한다. 그 이유는, 은행에서 60% 이상의 대출을 받을 수 있기 때문이다. 그렇지만 회사를 가지고 있는 영세업자라면 부도가 날 수밖에 없다. 제일 좋은 방법은 직영으로 할 때 실패도 사기도 당하지 않고 자금 30%만 있으면 100%의 성공을 할 수 있다는 판단이었다.

1999년 김대중 대통령 때는 IMF 시절이었다. 돈이 없어 IMF가 온 것이 아니고 한국에 외화가 충분하지 못해서 국제적인 금융 문제가 발생한 것이다. 나는 수학이요, 경제학이요, 언어요 문학을 잘 알고 이해하고 지혜롭게 묶어갈 때 삶의 기업은 완성될 수 있다고 생각한다. 나는 방석을 치고 기초 작업을 완벽하게 끝냈다. 3~4일 후에 거푸집을 뜯어내 보니 설레는 마음을 표현할 길이 없었다.

오늘따라 아침 일찍 서울에서 현장까지 출근하였다. 시계를 보니 9시, 공사장은 한참 일할 시간이다. 소장은,

"원장님, 큰일났습니다."

"왜요? 무슨 사고라도 났단 말이에요?"

"아니에요, 도면을 잘못 봐서 제가 실수했습니다. 66㎡(20평)가 하천 부지로 나왔습니다."

"그럼 어떻게 하지요?"

건축 전문가인 소장은 얼굴이 노랗고 눈이 빨개져 어쩔줄을 몰라 하며 혀가 굳어 말문을 열지 못한다.

"소장님 어떻게 해요?"

"절단해야 합니다."

"그럼 본 건물이 작아지지 않습니까?"

기가 막힐 일이다. 건축에 전문가라는 사람이 실수를 다 하다니 원숭이도 나무에서 떨어진다고 하지만 그만큼 관심이 없고 나를 무시한 것이다. 나는 본 건물을 다시 복구하기 위해 동신 측량소를 찾아 김 사장과 상의하였다. 김 사장은 절단하지 말고 다시 측량하여 원상복구 하자고 한다. 고민에 쌓인다. 그들의 말을 듣고 행동으로 옮기면 여러 가지 문제가 발생한다. 준공검사 건물 도면에 하천부지가 차지하고 있으니, 건물에 가치가 없

고 재산 가치도 떨어진다. 양심이요, 법이요, 자신을 속이면서까지 하고 싶지 않다. 철거하는 것이 깨끗하고 정직하다.

나는 소장을 불러다 놓고,

"기초 방석을 다 철거하세요."

"원장님, 손해가 막심합니다."

"지금이라도 문제를 발견했으니 천만다행입니다. 미련을 갖지 말고 철거하세요."

굴착기로 튼튼히 굳어있는 기초를 철거한다. 여기저기서 들려오는 소리가 '드드드드드' 사람의 정신과 혼을 쏙 빼놓는다. 현장에서 일하는 사람들은 속이 타는지 술을 마시고 중얼거린다.

"역시 사업가는 사업가야. 집 한 채가 한순간의 실수로 물거품이 됐는데 단호하게 철거하는 걸 보니 역시 큰 손이야. 배짱도 좋고 머리도 좋고 자신감도 있고 능력도 있어."

"그런데 소장은 어디 갔어?"

"모르겠어."

"지금 죽을 맛이겠지."

현장은 짐승들, 숲속의 새들까지도 침묵하고 조용하다. '어떻게 이런 실수를 한단 말인가.' 나는 밤을 하얗게 지새우면서 도면 보는 방법을 배우고 자세히 그림을 그린다.

또다시 레미콘도 최고급 450으로 단단하게 기초를 세웠다. 철근 업자가 왔다. 소장은 오야지를 데리고 와서 인사를 시켰다. 막노동꾼들은 아프리카 사람처럼 피부색이 검다. 옷차림도 개성이 있다. 티셔츠에다 잠바를 걸치고 주머니가 많은 바지를 입었다. 매력있고 순수하다. 가공이 전혀 되지 않는 자연의 모습 속에 정직함이 넘치고 있다.

"안녕하세요. 원장님?"

"네, 어서 오세요. 무슨 일을 하시죠?"

"철근 업자입니다."

나는 철근 오야지에게 뼈 있는 말을 던진다.

"철근을 잘못 엮으면 건물이 바로 금이 가고 튼튼할 수가 없지요."

오야지는,

"그렇지 않습니다. 건축회사가 공사를 시공했을 때 자재에서 이익을 남길 수가 있고 부실 공사를 하게 되지요. 그러나 직영으로 하는 건축은 업주가 자제를 일체 구매하여 현장에 조달하기 때문에 튼튼하고 완고하게 집을 지을 수 있습니다. 그 대신에 직영은 능률이 오르지 않습니다."

"그럼 어떻게 할까요?"

소장은,

"일당으로 할 수밖에 없습니다. 원장님 생각하시는 대로 공사를 신행하면 됩니다."

그저 소장이 말한 대로 믿고 일을 시작한다. 지하 1층의 철근이 끝나고 목수 팀이 들어와서 거푸집을 치는 것이다. 레미콘이 들어오고 건물은 한 달 두 달 모형을 갖추어 가고 있다.

3층을 올리려고 철근을 치고 있는 어느 날, 소 씨와 오야지의 싸움이 벌어진다. 전에 있었던 현장에서 공사비를 받지 못해 말다툼이 생긴 것이다. 오야지는,

"야, 시끄러워. 현장에서 돈이 안 나오는데 어떻게 하란 말이야? 노가다 하루 이틀 해 봐? 조금 기다리란 말이야."

"사장님, 공사가 끝 난지 한 달이 넘었습니다. 돈을 안 주면 줄 때까지 가스통 가지고 현장에 가서 1인 시위를 하겠습니다."

"소 씨, 우리 만난 지가 10년이 넘었어. 좀 기다리시지. 소 씨만 임금 밀린 것이 아니잖아. 철근 팀들도 못 받고 기다리고 있는데…"

"사장님, 내가 더위를 먹어가면서 뼈가 녹도록 일했는데 제때 돈을 못 받는다는 거예요? 노동청에 고발하겠습니다. 나도 처자식이 있어요. 아들 등록금 납부일이 내일모레란 말이에요. 천한 막노동을 하고 살지만, 남편 노릇 부모 노릇은 해야 하지 않습니까?"

"알았어."

"사장님, 뭘 알았다는 겁니까?"

"왜 그렇게 말을 해, 소주 한 잔 먹더니 눈에 뵈는 게 없어?"

막 씨는 저녁 식사를 하면서 오야지와 소 씨의 말다툼을 한참 지켜보더니 갑자기 일어나 밥상을 집어 던지면서,

"야 씨발놈들아, 듣기 싫어 못 살겠네. 밥 좀 먹자 좀. 사적인 일은 두 사람이 나가서 하세요."

소 씨는,

"뭐라고?"

"내가 당신네가 돈을 받았는지 안 받았는지 어떻게 알아? 소주 한 잔 먹더니 눈깔에 뵈는게 없어?"

시비가 붙었다. 막 씨가 허리춤에 차고 있던 망치로 소 씨 등짝을 사정없이 후려쳐 버린다. 땅에 쓰러지고 만다. 그는 술 한 잔 들어가면 밴댕이

소갈딱지처럼 꼬질꼬질하고 쩨쩨하다. 막 씨는 막가파 인생이다. 다혈질이다. 그리고 말이 없다. 그때,

"에이, 좆 같은 것. 너 죽어봐라."

군홧발로 인정사정 볼 것 없다. 더러운 세상 하루살이 인생인데 사는 것이 너무 힘들다. 화풀이하고 만다. 소 씨를 병원으로 이송했으나 그는 한 달도 안 되어 죽고 말았다. 등, 허리만 맞은 것이 아니다. 머리를 기분 닥치는 대로 발로 차고 돌을 들더니 눈구멍을 파버리고 입을 돌로 자근자근 찍어버렸다. 그들은 만난 지 한 달 정도 되었다고 한다. 철근 오야지는 막 씨의 성격을 전혀 모르고 있었던 것이었다. 현장에서 싸움이 벌어진 것이 아니고 일을 마치고 자기들끼리 식당에서 한 잔의 술로 지친 몸을 달래다가 사고가 난 것이다. 그래서 현장은 중단되고 철근을 엮지 못했다.

일주일이 지난 후, 오야지가 철근쟁이들을 데리고 와 다시 현장엔 일이 시작되고 있다. 나는 오후 5시에 일이 끝난 후, 오야지를 불렀다.

"사장님, 저와 잠깐 이야기 좀 합시다."

차를 타고 가면서,

"원장님, 운전 잘하시네요. 길도 좁고 낭떠러지도 있고 달팽이처럼 꼬여 있는데 차분하게 잘하시네요."

나는 그때 누룩처럼 굳어져 있는 마음이 조금은 풀린다.

"그래도 살아있으니 다시 만나네요."

우리는 식당으로 들어갔다.

"그때 싸웠던 가해자는 어떻게 됐나요?"

"구속됐고 수사와 조사를 받고 있습니다."

"아무리 화가 나도 그렇지 어떻게 살아있는 사람을 난도질 하나요?"

"글쎄요, 완전히 속았습니다. 한 길 물속은 알아도 열 길 사람 속은 모른다고 하더니 이런 비극이 생길 줄을 어떻게 알았겠습니까? 호미로 막을 거 가래로 막았습니다."

"그럼, 이번에 들어간 장례식비요, 병원비요, 합의금이요 좀 손해를 봤겠네요?"

"네, 집 한 채 값을 냉수 마시듯 시원하게 날렸습니다."

"물론 그렇게 하는 것은 인간의 도리지만 사장님이 책임은 없습니다."

"그런데 원장님, 몇 년이나 형을 받겠습니까? 혹시 사형이나 무기형을 받을까요?"

"아니지요. 사람을 죽였으니 죄가 무겁다고들 하는데 사실은 고의성이나 계획적인 살인이 아니고 우발적 살인이기 때문에 잘하면 4년 이상 받을 겁니다."

"아 그래요. 그럼 죽은 사람만 억울하고 불쌍하고 사람 목숨 개 값이네요."

"우발적인 사건이기 때문에 형께이 그렇게 무겁지 않습니다. 사기보다 훨씬 죄가 가볍지요."

"네"

"아이고 시간이 많이 지났습니다. 배고프시지요? 대화하다 보니 주문을 까먹었네요. 식사는 어떻게 할까요? 고기, 찌개입니까?"

"그냥 원장님이 알아서 주문하세요."

나는 고기와 술을 주문하여 충분히 먹을 수 있는 양으로 대접하고 싶다.

"철근 사장님, 사람을 잘 봐서 쓰세요."

"네, 잘 알겠습니다. 제가 이번에 사람을 잘못 쓴 거 같아요. 그런데 궁금한 것이 있습니다."

"기탄없이 말씀하세요."

"어떻게 건축공법을 잘 알고 사람을 심리적으로 이해하시는지요?"

"사람들은 다 똑같잖아요. 그 정도는 상식이며 수학적 공식이지요. 이것은 통상적이며 일반적이죠."

"아닙니다. 건축주가 전혀 상식이 없고 답답할 때가 많습니다. 그런데 원장님은 부드럽고 상처가 되지 않도록 아름다운 언어를 구사하고 있습니다."

"천만의 말씀입니다."

나는 철근 오야지를 위로하면서 현장에서 또다시 이런 사고가 재발해서는 안 된다고 신신당부한다.

"이번 사건은 천만다행입니다. 만약 현장에서 살인사건이 발생했다면 공사도 중단되고 제가 조사를 받았을 것입니다. 그렇게 되면 아주 입장이 곤란했을 텐데 폭풍을 피해 갔습니다."

"네, 잘 알겠습니다. 조심하겠습니다."

나는 오야지에게 돈봉투를 건네 주었다.

"이번 사건 때문에 생각지도 못한 돈이 들어갔을 텐데 이거 얼마 안 됩니다. 작은 도움이라도 되고 싶습니다."

며칠이 지난 후, 철근 오야지와 현장 소장이 함께 찾아왔다.

"원장님, 이번에 큰 도움을 주셨습니다. 부담을 드려서 죄송합니다."

그들은 신선한 어린아이처럼 온유하고 겸손했다. 오야지와 함께 대화하는 이야기를 주변에 일하는 노동자들이 들었다. 현장에서 일하는 사람들과 대화를 나누는 소리가 바람결에 스쳐온다.

"요즘 IMF 시대에 누가 이렇게 하겠어. 자기 살길도 팍팍하고 힘든 세상인데 원장님이라고 돈 무서운 줄 모르겠어? 지금은 누구나 힘들고 원장님은 우리보다 더 힘이 들겠지."

"큰 돈을 주신 거예요."

현장에서 일하는 소장을 비롯하여 공사업자들이 돈을 모아서 봉투를 만들어 철근 오야지에게 내민다. 사람은 살려고 태어났으니 남에게 맞아 죽는다는 것은 정말 비참한 일이다. 인류 지구상에 60만 종의 생명이 있는데 인간만이 소중하고 100년을 살아도 새로운 매력이 있는 것이 사람이다.

나는 서울에 있는 판넬 집을 찾아다니며 시장조사를 한다. 60이 넘은 사장님을 오금동에서 만났다. 8톤 트럭에 자재를 가득 싣고 준비하고 있을 때였다.

나는 임시 건물로 지어진 사무실에 앉아 있을 때 35세 된 여직원이 어제와 오늘 팔자타령을 늘어놓고 있다. 60이 넘은 사장을 만난 연애설이었다. 사무직원으로 일하다 눈에 콩깍지가 씌었다고 한다. 사랑하게 되면 모든 사물이 아름답게만 보인다. 장점도 단점도 보이지 않고 직진하게 되는 것이 사람인가 보다. 나는,

"사모님, 지금에 와서야 후회한들 무슨 소용이 있겠습니까? 혼인신고는 하셨나요?"

"네, 혼인신고는 되어 있습니다."

"남편이 재산이 있나요?"

"네, 재산 있습니다."

"그 재산을 사모님(여) 앞으로 상속했나요?"

"아니요."

"그러면 재산 혹은 토지를 상속해 놓으십시오. 사랑은 불탈 때가 있으면 꺼질 때도 있습니다. 어쩌면 사랑으로 사는 것이 아니고 이제는 정으로 사는 것입니다. 지금도 젊었을 때처럼 아저씨를 사랑하고 있나요?"

"네, 무척이나요."

"그런데 왜 갈등하고 있나요? 아직도 갈등한다면 아저씨를 사랑하는 것이 아니요, 마음과 행동이 콩밭에 가 있는지도 몰라요."

"그게 아니고요, 남편 아들이 폭력을 해요."

"그게 무슨 말입니까? 젊은 여인이 사랑에 빠져 인생을 바쳤는데 아들이 성장해서 새어머니에게 욕설, 폭력, 기물 파괴라니 이해가 가지 않습니다. 남녀관계는 한 박스 안에서 생활하게 되면 황무지 땅에서도 사랑의 이슬이 내리고, 꽃이 피고 열매를 맺으며 불꽃 튀는 몸부림 속에 환경과 조건을 초월하지요. 아무리 남자가 애꾸든 입이 틀어졌든 사랑하는 남녀는 맵시를 보지 않는 것이 인간이라는 동물이지요. 지금이라도 후회하지 않는다면 그 사랑을 버리지 마십시오. 쉬지 말고 물을 주고 가꾸어 갈 때 정신적 고통과 육체적인 고통이 변해서 진주 같은 사랑의 가치를 알게 되지요. 남편과 세월 차이가 나는데 소통은 잘 되시나요?"

"네, 아직도 그때나 지금이나 성관계는 조금의 차이도 나지 않지요. 남편이 몸 관리를 워낙 잘해요. 왕성하지요."

나는 문득 '그는 변강쇠의 힘을 가지고 있나 보다.' 라는 생각이 들었다. 사랑이란 정신적, 육체적 치료를 할 수 있다. 아직도 그녀는 환갑이 지난 남편을 화마가 삼켜 버린 것처럼 머리부터 발끝까지 꼼짝도 못하게 만든 옹녀인가보다. 겉궁합보다 속궁합이 잘 맞아야 한다는 어머님의 말씀에 귀를 열고 들었었다.

남자는 사랑을 할 때 테스토스테론이라는 행복 호르몬이 생긴다. 곧, 고환의 라이 진열 세포에서 생산되어 혈류로 분비되면서 전신을 돌며 신체의 여러 부위에서 작용하는 스테로이드 계열의 호르몬이다. 따라서, 스트레스로 인한 우울증, 불안, 무기력, 인지능력, 분별력, 정신적 장애가 사라지고 에너지 충만, 자신감, 행복의 근원이 찾아온다.

여자는 옥시토신 호르몬이 왕성하게 된다. 시상하부에서 생산되어 뇌하수체 후엽에서 저장되고 분비되는 호르몬으로 뇌에서 신경 조절 물질로 작용한다. 분만 동안 자궁경부와 자궁에서 분비되어 자궁 수축을 유도해 출산을 돕고, 수유 시에도 아이의 빨기 반사에 반응하여 모유 분비를 돕는다.

한 여인이 20년간 결혼생활을 했지만, 임신이 되지 않아 일방적으로 이혼당한다. 그녀는 외로워서 고양이를 기르고 나서야 옥시토신이 왕성된 것을 볼 수 있다. 오늘날에 성인병인 비만, 고혈압, 동맥경화, 심장병, 뇌졸중(중풍), 암, 당뇨병, 만성 폐쇄성 폐 질환, 간 질환, 골다공증, 류머티즘성 관절염 등 그 밖에 스트레스로 인하여 정신적 질병이 인지능력 장애로 인해서 자폐증 증상까지 나타나고 있다. 곧, 만족이 없어 즐거움은 사라지고 마음이 강퍅하여 무서운 사자로 변해 삼킬 자를 찾고 있다.

인간의 모습은 인격, 도덕, 감성, 오감 등이 사라지고 행복과 사랑이 가뭄에 말라 시들어져 가고 있는 사회는 병들고 있으며 사악한 인간은 사람을 이유 없이 살인하고 있는 것이 사회적 현실이다.

그러나 성인병의 원인이 된 것은 수평적 관계와 수직적 관계가 사라져 독립성 생활관을 나타내고 있으며 그 스트레스로 인해 혼밥을 찾게 되며 먹방을 그리워한다. 이러한 원인은 성적인 관계가 올바르지 않고 비성욕을 한다.

그러나 남성과 여성이 함께 스킨십이요, 대화하고 섹스할 때 행복추구권은 왕성해지는 것이다. 모든 현대병을 치료하는 방법은 사랑과 연애이다. 성욕을 지나치게 절제하는 사람은 모든 병의 원인이 되고 있다. 연애는 인류의 초자연적인 에너지가 화광충천化光衝天해야 남녀가 행복의 춤을 출 것이다.

사무실 여직원(35세)은 10년이 넘도록 살아왔지만, 남편 아들이 한번도 어머니라는 말을 하지 않는다고 한다. 남보다 못한 사람이요 이웃집 사촌보다 더 못한 남성이었다고 한다.

나는 한 권의 소설을 읽은 기분이었다. 어느덧 3시간이 훌쩍 지나가고 있었다. 거푸집을 치기 위해 트럭 3대에 판넬을 싣고 강원도 현장에 도착한다.

소장을 불러다 놓고 동네 늙은이든, 젊은이든 다 데리고 와서 잡부를 시키라고 했다. 여자들도 왔다. 동네 사람들은 그 해 농사를 짓지 않았다. 나는 가일마을 사람들을 3년 동안 일할 수 있도록 현장에 와서 구경만 하는 사람, 쓰레기를 줍는 사람, 못을 줍는 사람, 자재를 정리하는 사람 등 그 마을의 생계를 책임져야 했다. 공사장에서는 사람들이 못을 빼고 부서져 있는 판넬을 잘 손질해 놓는다. 거푸집을 만들기 위해서 공정이 많이 들어간다.

1층이 끝나고 레미콘이 들어온다. 깊은 산골에 거대한 복지센터가 건립된다는 현실 앞에 나는 복권 1등이 당첨된 것처럼 흥분의 도가니에 빠져든다. 이 작은 자가 잘난 사람 똑똑한 사람 30~40명을 현장에서 일을 부린다.

2층에 골조를 세우기 위해 다시바를 메고 철근을 엮고 거푸집을 치고 레미콘을 친다. 3층까지 골조 마감을 위해서 바를 맨다. 이 깊은 산속에 바벨탑이 되어 우뚝 서 있는 골조 건물이다. 3층까지만 완공되었다.

12월 말 경, 눈이 많이 내려 공사가 중단 되었다. 3월까지 내리던 눈은 분골쇄신粉骨碎身하여 내 마음을 애타게 하였고 깊은 안개가 나를 사로잡고 있었다. 견딜 수가 없다. 밤이 오면 뜬눈으로 아침을 맞이하고 동이 트면 홍천 건물이 주마등처럼 스쳐 지나가고 있어서 잠시 잠깐이라도 나는 바람 앞에 등불이었다.

어느덧 눈이 그치고 길이 열리고 자동차가 다니게 되었다. 직원들을 데리고 홍천에 가자고 하였다. 서울은 눈이 녹아서 교통이 원활하다. 그러나 강원도 산골은 봉우리 산처럼 눈이 쌓여 있고 그늘진 곳은 꽁꽁 얼어붙어 있었다. 칼바람이 나를 향하여 무섭게 지나간다. 눈이 내려서 혹시 골조 건물이 무너졌거나 산짐승이 건물을 깨부순 것 같은 충동이 몰아치기 때문에 답답하여 견딜 수가 없다. 나는 가일마을에 힘들게 도착했다. 입구에서부터 차가 다닐 수도 없고 사람 발자국도 보이지 않는다.

작은 마을에 산과 들판은 하얀 백합꽃이 피어 아름답지만 슬프다. 미완성 된 건물이 붕괴할 것 같아서 이성을 절제할 수가 없었다. 공사장에서 함께 일했던 마을 청년들을 불렀다. 10명 정도 되는 사람들이 나를 휠체어에 태운다. 옛날 시집가는 색시가 가마를 타고 가는 것 같다.

"영차 영차"

숨소리들이 무지막지하게 가쁘게 들려온다. 마치 겨울 등산객이 빙산을 타고 올라가는 눈보라 속에 생명의 위협을 느꼈다. 나는 미안하다. 잠깐 쉬었다 가자고 소리를 질렀다. 멀리 가지 못하고 쉬고 또 쉬며 눈 속을 헤치며 가고 있다. 사람의 발자국은 전혀 보이지 않고 산짐승들의 발자국만 여기저기 찍혀 있다.

15㎞를 힘들게 도착했다. 골조만 우뚝 서 있는 건물은 꽁꽁 얼어 눈 속에 묻혀 있고 여기저기 고드름이 주렁주렁 예술작품처럼 조각을 만들어 놓은 자연의 모습이 장관이었다. 김 실장이 건물 전체를 살펴보고 나서,

"원장님, 건물은 전혀 문제가 없습니다. 원래 옹벽이 튼튼하고 웅장하게 지어졌기 때문인 거 같습니다."

눈 속에 묻혀 있는 건물은 그 자리를 약속이라도 한 듯 자태를 뽐내고 있었다. 나는 그들과 함께 내려오면서 새털처럼 가벼운 마음으로 웃었다.

"원장님, 올 때보다 두 배는 무거운 거 같아요."

눈을 가리며 산속을 내려오던 인원들은 한번 더 '영차 영차' 소리를 내는데 숨차서 넘어지는 사람, 신발이 눈에 묻혀 찾는 사람 눈과 함께 묻혀버렸던 우리의 단원들은 신혼여행을 온 신부와 신랑처럼 마음이 설레며 자연과 너불어 동심의 세계로 흘러간다. 잠시 쉬었다 가자고 한다.

"담배 한 대 피워도 되지요?"
"네, 피세요."

여직원은 눈을 말아서 나를 향해 던져본다. 잠깐 여유가 있는가 보다. 내게 장난치는 것을 보니, 그 눈을 가지고 김 실장에게 던졌다. 우리는 아름다운 동심의 마음으로 하나의 눈꽃이 피어오르고 있다. 어렵게 내려오던 단원들은 허기진 배를 채우기 위해 동네 월남 식당으로 찾아 들어간다.

"다들 수고했어요. 소주 한 잔씩 하세요."

글라스에 따라준다. 팔팔 끓고 있는 찌개는 식욕을 재촉한다. 배가 고파 허기졌던 사람들은 찌개에 밥을 말아 먹으며,

"원장님, 저는 막걸리 하겠습니다."

"아, 그렇게 하세요."

"역시 건물은 튼튼하게 잘 지었어요. 궁전 같아요. 언제부터 공사가 다시 시작되나요?"

"눈이 녹아야 하겠지요."

"아니 원장님, 이 눈이 녹도록 기다리려면 5월 말까지는 가야 합니다."

"왜 그렇게 녹지 않습니까?"

"엄청난 눈이 온 것입니다. 산속에는 해도 짧지요. 응달이지요. 얼음 눈은 녹지 않아 일반 도로가의 눈처럼 생각하면 착각입니다."

지 씨가 얼큰하게 술에 취했는지 얼굴이 빨갛고 기분이 좋은 모습이었다. 그는 시골에 사는데도 불구하고 귀걸이를 하고 있다. 그는 나에게 말을 건네 온다.

"원장님, 그대로 놔두면 5월까지도 눈이 녹지 않습니다. 눈이 아니라 꽁꽁 언 얼음이지요."

"그럼 어떻게 하지요?"

"굴착기 1대 부르고 트랙터 1대 가지면 금방 치울 수 있습니다."

"네, 제가 생각이 짧았네요. 지 씨는 멋있습니다. 시골에서 귀걸이 하는 사람은 지 씨 한 분밖에 없습니다. 역시 상남자입니다."

"원장님, 옛날에는 저도 서울에서 한가닥 했지요. 이제 마음잡고 시골에 들어온 지 몇 년 안 됩니다. 서울은 인심이 없어 돈 없으면 살 수 없는 문화입니다. 그래서 때려치우고 고향으로 돌아왔지요."

"아 그래요."

나는,

"수고들 하셨습니다."

봉투를 꺼내서 한 사람씩 나누어 주었다.

"이게 뭐예요?"

"지 씨, 따지지도 말고 묻지도 말아요. 얼마 되지도 않아요."

"원장님, 꼭 이렇게 해야만 합니까?"

"그냥 받아요. 고기라도 한 근씩 사서 집으로 가세요."

10분 동안 실랑이 하다가 결국 지 씨는,

"감사합니다. 잘 쓰겠습니다."

"그만, 됐어요. 내가 창피하잖아. 얼른 넣어둬요."

"알겠습니다."

"이 마을에서 협조하지 않았으면 공사가 진행될 수 없어요. 시골은 이장, 반장, 새마을지도자, 청년회장 등이 어른이야. 인생은 돈으로 사는 게 아니야. 감사하게 생각해요. 이제부터 시작이에요."

3월 말, 지면은 햇볕이 내리쬐고 눈부시게 빛나고 있다. 지 씨, 새마을 지도자, 반장들을 불러다 놓고 눈을 치우기로 하였다. 멈춰버렸던 건축용 시계는 다시 돌아가기 시작한다. 옥상 방수, 미장, 전기 내실 공사, 창호, 외벽 드라이비트 골조 등 우뚝 서 있는 거룩한 성이 예쁘게 옷을 갈아입고 단장을 하며 새로운 모습으로 탄생 될 것이다. 하루하루 전기공사가 시작되고 있다. 나는 오늘 전기공사 사장님을 별도로 만나 신신당부한다.

"이곳에 불이 나면 소방차도 들어올 수가 없고 불을 끌 수도 없습니다. 도시 공간하고는 차이가 있습니다. 곧, 자연 속에 우뚝 서 있는 건물이기 때문에 굉장히 위험하고 만약 불이 났을 때는 한 명도 피할 길이 없습니다. 사람들이 불 속에서 타죽고 말 것입니다. 전기선을 정품으로 사용하세요."

"걱정 마세요. 전선을 두꺼운 3상으로 전체를 시공하려고 합니다. 전기배관 자재 종류는 후렉시블 전선관, 스틸 배관, PVC 파이프 등이 있는데 제일 품질이 좋은 거로 자재를 사용하고 있습니다."

외부 전기공사가 끝나고 건물과 연결하는 전기배관을 땅속에다 묻는다. 전기 배선관을 만들고 본 건물과 연결하는 일을 한다. 나는 전기사장과 약속하고 내부 시설을 꼼꼼하게 하는 것을 철저하게 지켜보라고 총책임자를 두었다. 건물은 하루하루 윤곽이 드러나고 있다. 천장 마감을 석고텍스로 사용하였다. 창호는 LG 창문을 사용하였고 유리는 8mm 강화 문을 썼다. 현관문은 방화 철문을 사용하였으며 문들마다 턱이 없고 일반 창문보다는 1/3이 크고 견고하다.

외벽은 50mm 스티로폼으로 외장을 붙인 다음 드라이비트로 마감한다. 전체는 베이지색 무늬를 넣고 가운데 포인트는 연분홍으로 하고 계단 올라가는 창문은 원형으로 만들고 최고급의 스테인리스 스틸로 문틀을 잡고 나무 무늬로 코팅을 이루고 있다. 일반 계단은 높이가 18㎝이요, 바닥은 23㎝이다. 실로암 연못의 집은 계단 높이를 3.5㎝로 바닥은 46㎝로 만들고, 화장실 문 넓이는 80㎝, 방화 출입문은 86㎝이며 복도를 250㎝로 건축 설계를 하여 가족들이 생활하는데 장애물이 없도록 하였고 휠체어 2대가 양 옆으로 지나다녀도 여유가 있도록 설계하였다.

복도는 로비까지 열선 처리를 하였고 바닥마감재는 LG 강화마루요, 로비, 천장, 벽, 창문은 향나무로 만들고 실내 인테리어는 모시 벽지를 바른 다음에 다루끼로 왁구를 짜고 마감하고 나니, 한 폭의 그림이 완성된 거 같다. 로비의 천장은 가운데 보를 큰 나무로 세우고 옹이 원목 패턴으로 처리하고 나무 서까래로 마감을 지었다.

사면문은 전통 문살 장식을 하였다. 3층 로비는 통유리로 장식되었고 도서실, 운동실, 휴게실, 물리치료실 등은 고급 실크 모시 벽지를 사용하고 와인색으로 바른 다음 다루끼를 붙여 웅장하게 만들었다. 천장에는 조명 등이 어두움을 밝게 비추고 다양한 고려청자가 장식되어 있다. 조선시대를 대표하는 화가 김홍도의 그림이 전시되어 있고 붉은 십자가의 예수 액자 120㎝ 그림이 눈에 띈다.

옥상은 운동시설 테라스를 갖추고 있고 풀장이 있다. 지하실에서 옥상까지 엘리베이터가 설치되어 있고 누구나 와서 자유롭게 차를 한 잔 마실 수 있는 여유의 공간이 있다.

빨간 벽돌로 외부 마감을 하는 것도 웅장하고 단단하다. 자연 속에 지어진 타워는 도시와는 10℃ 이상 온도 차이가 난다. 그래서 삼중 드라이비트로 마감을 한 것이 좋다고 판단했다. 외부에서 들어오는 칼바람을 막아낼 수 있는 중요한 방법이다.

장애인들이 사는 집은 예술적 가치가 있어야 한다. 비장애인들은 생각 없이 살아도 조롱거리가 되지 않지만, 몸이 불편한 사람일수록 정신, 심성, 생각, 언어, 옷차림도 단정하게 해야 품위 있는 사람으로서 사회와 더불어 살아갈 수 있다. 설비도 특수한 자재를 사용해야 습기가 차지 않는다. 3mm 2중 관을 사용해야 습기를 방지하고 보온 처리가 완벽하다.

보일러실은 특별한 기계실이 가동될 수 있도록 특수 제작하였으며 그것도 부족해서 복도, 거실 각 방마다 굵은 자갈을 10mm 정도 충분히 깔고 콩 자갈을 또 한 번 수북이 깐 다음 약 15mm가 되면 벽 사이에 습기가 올라오지 않도록 방수를 한 다음 X-L 파이프를 촘촘히 벽 사이까지 감아주고 사면 벽 사이에 강화 스티로폼을 붙인 다음 2mm 정도의 마감재로 마감해야 한다. 곧, 흙으로 바닥을 마감했을 때 습기가 제거되고 열이 손실되지 않고 오랫동안 따뜻한 보온 효과를 낼 수 있다. 주로 내부 마감은 페인트로 하는 것이 일반적이다. 그러나 미색 드라이비트 무늬를 넣어서 습기와 방음 열 손실이 되지 않도록 완고하게 마감하고 보니 무게가 있고 값어치가 있는 예술작품이었다.

나는 다시 아시바를 철거하였다. 건물 전체 둘레를 1미터 이상 판 다음 주름관을 묻어 산에서 내려오는 물들을 잡아 한 곳으로 내려가게 하고 건물 뒤에는 경사가 18도가 나기 때문에 기초는 옹벽을 치고 석축으로 돌을 예쁘게 쌓아 올리고 잔돌로 큰 돌이 움직이지 않도록 마지막 공정을 잘하고 굵은 돌을 깐 다음, 흙으로 마감을 짓는다. 또한 2m 정도의 석축을 쌓고 잣나무를 촘촘히 심어 옹벽 지지대의 도구로 사용했다.

잣나무에서 나오는 피톤치드는 여름철에 하루살이, 모기 등 해충을 방지해 주고 또한 산이 붕괴될 때 방패 역할을 할 수 있으며 잣이 많이 열리면 자원이 될 수가 있다. 잣나무 1,000그루를 심었다.

임시로 묻었던 놋강을 파내고 다리를 놓는다. 길이는 60m, 가로는 30m 넓이로 옹벽을 치고, 다리를 만들었다. 길이 150m, 하천을 20㎝ 두께로 옹벽을 쳤다. 주변에 좋은 옥토를 깔고 소나무 6m가 되는 1,000그루를 심어가며 정원을 만들어 간다. 좋은 소나무를 구해와서 팔각정을 짓는다. 대목수를 데려다가 100년이 지나면 명품 문화재로 등재될 수 있도록 만들어 달라고 요구하며 설계했다. 팔각정을 짓는데 못이 전혀 사용되지 않고 홈을 파고 짝을 맞추어 짓는다. 주춧돌 위에 기둥을 세우고 차례로 보를 건다. 골조가 만들어지면 서까래를 올리게 된다. 서까래를 걸 때는 되도록 촘촘히 걸어야 하중을 많이 받아도 문제가 생기지 않는다. 우선 기둥에 구멍을 뚫어 기둥과 기둥을 가로로 연결해 나무를 댄 후, 이 가로로 댄 나무에 세로로 힘살을 박아 놓는다. 팔각정 정자는 건물을 더욱 웅장하게 받쳐주고 있다.

분수대는 하늘을 찌르게 만들어 놓았다. 그 주변에 있는 자연의 식물을 위해 단비를 내려주고 있다. 분수대의 물이 하늘을 향해 피어오르면 무지개가 뜬다. 초원을 만들기 위해 사철나무와 소나무를 심고 복수초, 시클라멘, 매화, 수선화, 군자란, 앵초, 동강할미꽃, 암대극, 초롱꽃, 철쭉, 개나리, 진달래, 물망초 등 꽃으로 둘러싸인 정원의 큰 돌, 작은 돌, 바위 만 한 집돌 각양각색 생긴 돌로 석축을 쌓고, 그 사이사이에 철쭉, 연산홍, 눈주목, 눈향나무, 꽃잔디 등을 심었다. 입구의 길은 10m 정도 스테인리스스틸 파이프로 반달형으로 만들었고 바닥은 철도에 사용했던 각목을 깔고 잔디를 심었다.

정원에 잔디를 심기 위해 골을 파고 주름관을 묶고 비가 오면 바로바로 물이 빠질 수 있도록 배수관을 동맥 심줄처럼 사방에 물고를 만들고 자연스럽게 센서를 달고 스프링클러를 설치하였다.

9,917.36㎡(3천 평) 되는 정원에 돌을 골라내고 굵은 자갈을 수북이 깔고 굵은 모래로 마감을 짓고 잔디를 심었다. 그러나 모내기처럼 드문드문 심었던 금잔디는 일사병이 걸려 시들어 죽고 말았다. 전문 정원업체를 선정하여 꾸몄으나 잔디가 죽고 만 것이다.

나는 잔디처럼 일사병에 걸려 생명을 잃어버리는 고통과 답답함으로 견딜 수가 없었다. 이대로 지켜볼 수는 없다. 완벽하고 화려하고 사람이 보면 찬사를 보낼 정도로 창조해 가야만 한다.

일반 사람들이 상상을 초월할 능력을 발휘해야만 한다고 생각하는 철학을 가지고 있다. 끙끙 앓고 있는 정신과 육체가 이대로 시들어 가면 안 된다. 사람을 동원해 3천 평 되는 정원에 잔디를 쇠갈퀴로 다 뽑아내 버렸다.

흙을 5cm 정도 걷어내었다. 입자가 굵어 배수가 잘되고 세균도 거의 없어 싹을 틔우고 토질 개량을 할 때 많이 사용하는 굵은 모래를 충분히 깔았다. 잔디는 일반 흙이나 기름진 흙을 깔면 잡초가 많이 나고 물이 빠지지 않기 때문에 자랄 수 없고 병이 드는 것이다. 나는 잔디가 몸살을 앓지 않고 잘 자라고 생존할 수 있도록 완전한 준비를 한 다음 두루마리 잔디로 전체를 깔아버렸다.

쓸모없는 땅과 흙이 푸른 옷을 입고 골목 구석구석에는 야생화 꽃들이 바람과 함께 한들거리고 새들은 서로 지저귀며 매미들은 목이 터질세라 울어대고 아이들은 소나무 밑에서 라일락꽃 향기에 취해 잠이 들곤 한다. 벤치에 앉아 있는 방문객들은 카메라 셔터를 눌러가며 끼를 발산하고 있다. 그래서 인간은 예술적 창조자이다.

이곳은 핸드폰도 터지지 않고 인터넷도 되지 않는다. 사람들이 다치지 않게 창살은 화이트 펜스로 단장을 치고 스테인리스스틸로 대문을 만들었다. 나는 어딘가 모르게 성이 차지 않고 마음이 허전하여 견딜 수가 없었다. 서울까지 간다. 줄 장미 3,000개를 울타리 담장 밑에 드문드문 심고 정원에 맞는 나무들도 몇 차를 들여왔다.

1년이 지난 후, 정원은 국무총리실보다 더욱 아름다운 푸른 초장이 되었다. 에덴 동산이요, 천국이다. 인간이 자연 속에 동심의 세계를 가지고 삶의 존재를 알리고 있다.

'인간의 본능인 행복을 되찾고 서로 사랑하고 사랑받으며 장애인들도 누구보다도 소중하기에 찬양하고 천만의 꽃이 피어 노래하고 있노라. 누가 이들을 장애자라 했는가. 누가 이들을 멸시했는가. 누가 이들을 버렸는가. 인간의 존엄성이 하늘의 별과 함께 빛나고 있다.'

이곳 <실로암 연못의 집>은 하늘이 푸르고 수많은 별들이 빛나고 있다. '나 그리고 너 우리 모두를 보는 자들은 고개를 들지 못하고 그대들은 피하고 있노라. 그 옛날 입술을 삐쭉이며 조롱하며 저주의 대상으로 보았노라. 그리고 구원자가 없노라. 차라리 죽었으면 좋겠노라고 혀를 차고 칼바람만 불어대는 나그네들은 이 오지의 땅 숲속에 사는 사람들을 보면 충격 그 자체였다. 후회하면 깨달음이 있고 너도나도 구원받을 수 있으니 두려워하지 말라. 놀라지도 말라.'

화마가 삼켜버린
아이들

4. 화마가 삼켜버린 아이들

12월 14일 새벽 2시. 웅장하고 요란한 소리가 울린다. 짐승 소리요, 사람 소리가 꿈속에서 들려오고 있다.

"멍멍, 왈왈"

숨 넘어가는 개들의 울부짖는 소리는 어느새 흐느낌으로 들린다.

"왈왈~~~ 왈왈왈"

홍천복지재단에 화재가 발생해 불꽃이 맹렬하게 하늘 높이 화염충천하고 검은 연기가 땅에 자욱하여 천지를 분간할 수 없는 흑연포지黑烟鋪地이다. 6시간 동안 불은 꺼지지 않고 시커먼 연기가 사면을 감싸고 있으며 사람도 건물도 진입로도 보이지 않는다. 모든 것이 잿더미가 되어 바람에 휘날리고 있다.

'아픔의 고통 속에서 할 수 있다는 자존심으로 지금까지 버텨 왔건만, 흔적만 남겨 놓고 있으니 이대로 죽는구나!'

날마다 나를 보며 반겨주던 그날 그 시절, 강아지들은 한참 꼬리를 치고 '깽깽깽깽' 애교를 떨며 어찌할 줄 모른다. 진돌이, 진순이, 인절미, 누렁이, 검둥이, 얼룩이, 바둑이, 백구, 황구, 비호 등 꼬리가 예쁘게 감겨 있다. 여러 마리가 꼬리를 흔들 때면 벚꽃이 우수수 떨어지는 것보다 더 장관이다. '그래, 사람보다 개가 낫다.'

나는 이 아이들이 아니면 지독한 외로움 속에 소망을 잃고 지쳐 있을 것이다. 그러나 삭막한 산골의 생동함이 넘치는 풍요함 속에 오늘도 나를 기쁘게 만드는 것이 반려견들이다.

'살고 싶어라.' 외치고 싶은 마음이 20마리의 개들로 하여금 희망이 넘친다. 눈물을 흘리고 있을 때는 진돌이가 내 품에 안기어 얼굴을 비비며,

'아빠 왜 울어요. 내가 있잖아요.' 하면서 다른 강아지들을 불러온다. 진순이는 꼬리를 치고 인절미는 바닥에 누워 배를 까고 비호는 패딩잠바를 물어다가 내 손에 쥐어주고 신호를 보낸다. 아무도 나를 반겨주지 않지만 강아지들만이 나에게 옷자락을 잡고 '아빠, 어서 오세요.'라며 짖는다. 차 안에서 물건을 내리고 트렁크에 문이 열리자 짐을 내려주던 엄마, 아빠 개가 그동안 함께 살아온 세월을 대신 밀해주고 있구나!

진순이와 진돌이가 요동을 치며 산꼭대기에 올라가 불이 났다고 나를 부르는 소리였다. 비호는 내 방문을 두드리며 나를 구출해 내기 위해 목숨을 바칠 지경이었다. 개가 아니면 나는 이미 죽었을 것이다. 지난 여름에도 정원에 전지를 하다가 하천에 굴러떨어졌을 때, 진돌이가 놀라 큰소리로 울부짖더니 개들이 떼를 지어 비호처럼 달려왔다. 그 광경을 보고 사람들이 나를 구출해 냈다. 개들은 내 생명의 은인이다.

주 집사는,

"원장님, 불났어요. 불났어요."

잠에서 깨어 일어났다. 산천이 메아리친다.

"불이야. 불이야."

나는 3층 현관에서 문을 열고 몸을 피하려고 하니 새까만 연기가 방문을 타고 들어온다. 숨을 쉴 수가 없다. '진짜 불이 났구나!'

"불이야! 불이야! 불났어요."

소리를 지르고 있어도 들을 수가 없었다. 현관문을 닫고 수건에다 물을 적셔 입을 막고 묶은 다음 강아지 소리가 들리는 비상문쪽으로 열고 4층에서 굴러 2층으로 내려온다. 그때 진돌이는 내가 다치지 않도록 몸으로 막아 준다. 2층 문을 열고 복도로 향하고 있을 때 앞이 자욱해 아무것도 보이지 않는다. 연기를 뚫고 진입하니 견딜 수가 없는 고통이 밀려온다.

'이런 일이 있단 말인가!'

지체장애 1급 이동욱, 신청오, 김민규는 한참 자고 있는 직원들의 방문을 두드리며,

"정실장, 정실장. 불났어. 불났어."

그러나 대답이 없다. 연약한 장애인 손으로 현관문을 두드려댄다. 이상하다. 정 실장이 잠에서 깨어나 창문을 열어보니 세 사람이 새까만 연기 속에 쓰러져 있다. 정 실장은 수건에다 물을 적셔 입을 막고 그들을 구출해 밖으로 피신한 후 직원들을 깨운다.

"불났어요. 불났어요."

소리를 친다. 나의 인생이요, 젊은 청춘을 이곳과 바꾸었는데 화마가 건

물을 한숨에 삼켜버렸다. 꿈인지 생시인지 도저히 믿을 수가 없다. 모든 건물은 잿더미가 되어 가지만, 우리 가족들은 죽으면 안 된다고 떨리는 목소리로 고함을 친다.

"아이들을 살리세요. 아이들이 죽으면 안 돼요. 내 인생을 다 가져가고, 모든 건물이 잿더미가 되어 바람에 날려 버려도 우리 아이들을 구해 주세요. 아이들이 죽으면 안 돼요. 살려주세요. 살려주세요."

불 속을 향하여 들어간다.

"얘들아 어디에 있니? 불난 지점이 어디야?"

"방이에요 방, 산수유 방이에요."

나는 정신없이 산수유 방으로 들어간다. 그러나 방 안에는 사람의 흔적은 찾아볼 수가 없었다. 다 죽었나 보다. 산소가 부족해 질식할 것 같다. 그때 화장실에서 물소리가 난다. 들어가 보니 물을 틀어 놓고 바닥에 사람이 엎어져 있다.

"누구야? 누구"

대답이 없다. 죽은 거 같다.

"야, 여기 사람 있어, 산수유 방으로 빨리 와."

후레쉬를 가지고 비춰보니 영훈이었다. 복도로 끌고 나와 입을 벌려 심폐소생술을 하였다. 그러나 깨어나지 않는다. 몸을 만져보니 온기가 있는 거 같다. 죽지는 않았다.

"김 기사, 차 대기시켜."

영훈이를 차에 싣는다. 방 안에 있는 가족들에게 현관문을 열고 나오지 못 하게 하였다. 만약 문을 열고 아이들이 나오면 연기에 질식해 사망할 수 있다. 직원들에게 정신을 차리라고 말한 후, 뒤쪽 창문을 깨부수라고 했다.

"아니 아니야, 깨뜨리면 안 돼. 유리 파편이 방안에 튀면 애들이 다칠 수가 있어. 창문을 열고 두 사람은 방 안으로 들어가고 나머지는 밖에서 애들을 받으세요."

승합차에 하나둘씩 태워 화재 현장을 필사적으로 빠져나간다.

"애들 다 나왔어?"

"4명이 보이지 않습니다."

"누구누구야?"

"김인주, 정민권, 이주석, 이민규요."

진달래 방에서 함께 잠을 자고 있던 아이들이 나오지 않았다. 나는 방으로 다시 들어가 애들을 구출한다. 그러나 민들레방, 장미방, 할미방, 개나리방 등 아무리 찾아봐도 한 명도 보이지 않는다. 구출된 아이들은 연기에 그을려 몸은 검은 제가 되었고 사지를 덜덜덜 떨고 있었다. 두 아이는 기절하고 말았다. 나는, "단 한 명도 죽으면 안 돼, 다 살려야 돼."

손이요, 발이요, 언어로 표현할 수 없는 온 몸이요, 보는 자들은 '왜 사느냐 차라리 죽는 것이 편할 텐데…' 우리를 벌레요 사람이 아니요. 조롱거리요 입술을 비쭉이고 머리를 흔들며 비방하였다. 이들도 초록동색이다. 외모를 보고 판단을 하지 마라.

불이 난 방을 다시 한번 확인해 보았다. 방마다 사람이 있는지 없는지 일일이 확인하기 위해서 이 잡듯 뒤지고 다녔다.

"한 명 어디 갔지? 이름이 뭐야?"

"이민규입니다."

그러나 이 군은 없었다. 한숨을 쉬고 있을 때 어디선가 냄새가 난다.

"최 부장, 이 방에서 사람 타는 냄새가 나, 빨리 들어가 봐."

이 군은 화장실에 있었다.

"원장님, 이 군이 화장실에 있어요."
"살았어? 죽었어? 죽으면 안 돼요. 빨리 끄집어 내."

나는 정신없이 이 군이 있는 화장실로 들어간다. 수돗물을 튼 채 엎드려 있었다. 이 군을 끌어안고 복도로 나왔다. 질식해 버린 그를 코에다 귀를 대고 숨을 쉬고 있는지 아닌지 확인한다. 온몸이 뜨겁다. 심장이 살아서 뛰고 있다. 기절하고 있는 이 군은 죽지 않은 것 같다.

"식초 좀 가져와."

식초에 물을 타서 한 숟갈 입에 넣는다. 살아 숨 쉬고 있는 것 같았다.

"총무님, 빨리 이 애를 태우고 가세요."

이 군뿐만 아니다. 세 사람이 유독가스를 마셔 죽을 수도 있다. 중상이었다. '이러다가 이들은 생명을 잃는단 말인가.' 안 된다. 절대 죽으면 안된다.

4명을 태우고 양평에 있는 길병원으로 어둠을 헤치고 달려간다. 화상이 심하다. 4명이 죽으면 나는 이들과 함께 죽겠노라고 하나님께, '이들을 구원해 주세요. 구원자이신 나의 하나님 나의 기도를 들으시고 이 시험을 이기게 하옵소서. 꽃도 울고 새도 울고 천지도 울고 나도 울고 있습니다. 나의 기도를 외면하시나요? 바람이 불고 파도가 치고 천지가 진동하여도 꽃이 웃고 있는 것처럼 당신도 보고 웃고 계시나요? 구원자이신 하나님이여, 이들을 불쌍히 여겨 주시고 살려 주시옵소서. 나의 기도를 들어

주시옵소서.'

가족들은 모두 다 소중하다. 길거리에 쓰러져 있는 장애인들, 부모가 버린 어린아이들. 이곳은 다양한 사람들이 살아가고 있다. 그러나 유난히 관심이 쓰이는 한 사람이 있다. 그 사람은 인주였다. 인주는 폐에 물이 차서 살 수 없는 생명이다. 그를 살리기 위해 최선을 다했다. 수술하는데 5천만 원의 비용이 들어간다고 병원에서도 외면해 버렸던 아이다. 그러나 나는 병원 측이 이해할 수 있도록 설득했다.

"과장님, 병원 사정은 잘 알겠지만 일단은 환자를 살려야 하지 않습니까? 병원비는 내 목숨을 바쳐서라도 마련하겠습니다. 너무 걱정하지 마십시오."

"한 원장님, 폐 수술은 심장 수술하는 것보다 더 어렵습니다. 돈이 안 되면 주치의가 마음 놓고 수술할 수가 없습니다."

"과장님, 장애인들만 데리고 살기 때문에 그만한 능력이 안 된다고 생각하십니까? 아니면 장애인들은 수급자이기 때문에 병원에서 거부하는 것입니까? 만약 이 환자를 거부한다면 법적조치를 하겠습니다."

나는 다시 주치의를 만나고 있다.

"교수님, 의사는 사명이 아니면 할 수가 없습니다. 배를 가르고 창자와 간과 폐를 잘라내는 마치 돼지 한 마리를 잡는 것처럼 인간을 가지고 수술한다는 것은 교수님께서 능력과 사명이 아니면 생명은 죽고 마는 것입니다. 교수님은 어느 계기를 통해서 내과 수술 전문의가 되었을 것입니다. 그렇다면 환자를 돈으로 보지 마시고 소중한 생명으로 보시기를 바랍니다. 어떤 경우에도 병원비를 마련하겠습니다. 교수님께서 동의하시면 이 환자는 살릴 수 있습니다."

한참 동안 듣고 있던 교수님은 얼굴이 빨개지며 아련한 목소리로,

"그래요, 원장님 고생하십니다. 저도 그들을 위해서 일조하겠습니다."

이 수술은 심장 수술을 하는 것보다 더 어려운 수술이라고 주치의는 말한다. 그러나,

"선생님, 최선을 다하십시오. 그는 신생아 때 화장실에서 건져 낸 아이입니다. 참 서럽게 살아왔지요."

그 옛날 죽어가는 인주를 간절한 마음으로 살려냈기 때문이다. 나는 사고 난 자들을 병원에 입원시키고 간병인을 붙였다. 아침 9시 주치의를 만난다.

"선생님, 저 환자들은 어떻게 되겠습니까? 죽으면 안 됩니다. 살려 주세요."

나는 울면서 의사 선생님에게 간절히 호소하고 있다.

"아직은 뭐라 판단을 내릴 수가 없습니다. 환자들을 지켜볼 수밖에요. 그러나 사망할 수도 있으니 마음의 준비를 해야 할 거 같습니다."

화재진압을 하던 나는 얼굴이요, 몸은 연기에 그을려 새까맣게 여기저기 타 버렸다. 화상으로 말미암아 상처의 아픔이 후끈후끈 쑤시고 있다.

나는 병원에서 화재 난 현장조사를 하기 위해 돌아간다. 한 시간 이상 걸린다. '왜 건물에 불이 났을까! 인재 사고일까, 그렇다면 누군가가 고의가 있어서 불을 질렀단 말인가, 아니면 건물에서 누전으로 불이 났단 말인가, 보일러실에서 아니면 식당 가스 밸브가 터져 불이 났을까, 아니면 지나가는 등산객 담뱃불에 불이 났단 말인가, 그토록 조심해야 한다고 일렀

건만… 쇠귀의 경 읽기처럼 무관심이 화재로 이 한승주는 이대로 죽으란 말인가. 중환자실에서 천국과 지옥, 삶과 죽음을 오르락내리락 하는 그들과 함께 나도 갔으면 좋겠노라.'

이 생각 저 생각이 머릿속에서 지나가고 있을 때 배가 고파 내려온 부엉이가 차 소리를 듣고 소리를 지르며 하늘을 향하여 푸드덕 날아가고 있다. '아니다. 쓰러지면 안 된다. 영원불멸하노라. 나는 불사신이었기 때문에 지금까지 죽지 않고 살고 있노라.'

강풍은 휘날려 나를 흔들지만 이대로 쓰러지면 안 된다. 아직 할 일이 많고 지금부터 나의 인생은 시작되는 것이다.

'나를 위해 사는 것이 아니고 남을 위해 사는 삶이 빛이 되리라. 초는 자기 몸을 태울 때 어두움은 물러가고 이 세상은 광명이 찾아오리라. 아무리 어두운 흑암이 나를 둘러싸고 삼켜 버리려 하지만 나의 작은 불씨는 이길 수가 없노라.'

세상 고민과 걱정을 가득 안고 화재 현장에 도착했다. 2층 복도를 보니 장마가 진 것처럼 온 건물에는 물이 고여 있고 벽에는 까만 물이 흐르고 천장 조명은 고드름이 달리고 녹아 흐르다가 굳어버렸다. 광경을 보는 순간 허무하다. 벽을 보니 화장을 한 신부가 부모 형제를 두고 시집가던 그날 헤어짐의 아픔이 슬픔의 눈물로 흘러내린 거 같았다. 유리창이 깨지고 정문 현관도 타버렸다. 4층까지 잿더미가 되어버렸다. 화마가 배가 고팠는지 의인을 잡아먹고 싶어서 한숨에 삼켜버렸는지 알 수가 없다. 나는 그 자리에서 또다시 쓰러지고 만다.

잠시 잠깐이었다. 일어나서 정신을 차리니 살아있는 생살을 뚝뚝 자르고 있는 듯하다. 통입골수痛入骨數요 원천怨天이로다.

내 마음을 누가 안단 말이요. 한 세월 천지를 원망하지 않고 앞을 향하여 찾아가 둥지를 틀고 '이루었도다. 지극히 작은 자가 꿈을 이루었도다.' 그러나 꿈은 현재형이 아니고 진행형이다. 나는 중얼거리며 밤새도록 잠이 들지 않고 통소불매通宵不寐 전전반측하였노라.

그날은 구름 속에 햇빛을 가리듯 내 인생은 먹구름 속에 묻어버리고 말았다. 이대로 그냥 두지 않고 통천지수通天之數하리요. 처음 시작은 인생의 연습이었고 두 번째 인생은 완전한 성공이야 까불지 말아. 건방 떨지 말아. 조롱하지 말아. 세월은 말없이 가고 오지만 나는 통운망극通隕罔極 그지없이 슬프지만, 기쁨과 노여움, 즐거움과 슬픔이 찾아오리라. 지금은 보이지 않는 눈물을 가슴으로 안고 복음의 자리를 새롭게 만들기 위해 이 자리에서 쉬지 않겠노라.

일주일이 지나갔다. 하루가 천년 같은 고통을 겪으면서 재건하기 위해 고군분투하였다. 여직원이 핸드폰을 가지고 달려온다. 전화가 왔나 보다. 나는 급하다는 여직원의 행동에 가슴이 쪼그라든다.

'무슨 일일까, 병원에 있는 애들이 살 수 없단 말인가!' 큰 사고다. 만약 그렇다면 살아야 할 이유가 없다. 현장에서는 가족들이 살 수가 없어 하남 시설로 모두 옮겨 갔고 현장 복구를 위해 살고자 하면 죽을 것이요 죽고자 하면 나는 살리라.

"어디서 걸려 온 전화예요?"

여직원은 잘 모르겠다고 한다. 전화를 받을 때는, '어디 누구십니까? 혹은 원장님 자리에 안 계십니다. 메모를 남겨 놓을까요?'

전화 받는 방법을 알려줬지만, 그들은 지극히 작은 생활의 법을 모르고 있다. 천만인의 벨 소리에 묻혀 사는 나는 어디에서 전화가 오는지 분별할 수 없다.

'혹시 애들이 잘못된 것은 아닐까? 그렇다면 죽었단 말인가!' 불안하다. 자라 보고 놀란 가슴 솥뚜껑 보고 놀란다. 나도 그와 같은 불안증으로 고통을 당한다. '어찌 내가 울고 있는 모습을 알겠는가.' 수화기는 내 손에 이미 건너왔다.

"여보세요?"

"경찰서입니다."

"무슨 일이시죠?"

"12월 14일 불이 났지요?"

"네"

"사람들은 다치지 않았나요?"

"병원에서 치료받고 있습니다."

"화재 현장은 그대로 있나요?"

"네, 그대로 있습니다."

"복구작업은 하지 마시고 기다려 주십시오."

"알겠습니다."

경찰들은 어떻게 불이 났는지 원인을 조사하기 위해 5명이 찾아왔다.

"여기 책임자 누구십니까?"

"접니다."

"다치지는 않으셨나요?"

"괜찮습니다."

키가 작은 경찰관이 약방에 감초처럼 나타난다.

"아니, 몸이 여러 군데 다친 거 같아요. 화상이 군데군데 있습니다. 병원에 가보셔야 하겠습니다."

"괜찮습니다. 살고자 하면 죽고, 죽고자 하면 산다고 하지 않습니까?"
"그래도 그렇지요. 얼굴이 그게 뭡니까? 사람의 목숨이 중요하지 재건하는 것이 뭐가 그리 중요합니까? 눈이 충혈되고 몸 상태가 아주 안 좋아 보입니다."
"포고절심怖苦節心 두려움이요 괴로움이요 나의 뼈마디가 끊어지지만 내가 받은 사명을 누가 감당하겠습니까?"

경찰관은 어려운 질문을 나에게 던진다.

"어떻게 불이 났습니까?"
"그냥 불이 났습니다."
"아니, 그냥 불이 났다니요? 원인을 알아야 합니다. 원장님이 침묵한다고 그냥 넘어갈 일이 아닙니다. 큰 화재입니다."

30분이 넘도록 경찰관은 내 몸을 면도칼로 도려내는 질문만을 한다. 가슴도 자르고, 손도 자르고, 입도 자르고 온몸을 자르고 있다. 나는 견디지 못해서 수사관에게 고백했다.

"조사관님, 제가 불을 냈습니다."
"무슨 말씀이세요? 원장님이 불을 냈다니요? 내일 경찰서로 출두하세요."

현장 조사를 마치고 돌아갔다. 아침 9시 홍천경찰서에 들어간다. 문을 열자, 명판에 팀장이라고 씌어 있다. 책상에 앉아 있는 수사관은 풍채가 가슴이 V자요, 키도 180이요, 스포츠 머리요, 인상은 험악함이요 모든 스타일은 좋아 보이지 않았다. 사람은 언어와 얼굴상에서 그 사람의 마음씨와 성격이 나타나는 것인데 경찰관이라고 하는 이름 때문인지 가까이 갈 수 없이 거북스럽다. '왜 그럴까!'

경찰관의 사명은 사람을 보호하고 생명을 존중히 여기는 것이다. 그러나 경찰관을 보면 외면해 버리는 것이 일반적이다. 그 이유는 일제 시대 때에 일본 경찰놈들이 사람을 고문했기 때문이다. 살아있는 사람에게 코에 고춧가루를 붓고 인두로 발가락 마디마디를 지지고 사시미 칼로 사람의 가죽을 벗기고 생각대로 고백하도록 고문을 하였다. 팀장이 책상에서 일어나 나에게 다가온다.

"원장님, 안녕하셨습니까?"

작은 탁자 위에다 커피 한 잔을 주면서 위로한다. 팀장님은,

"어떻게 하다 화재가 발생했습니까? 사람은 안 다쳤습니까? 어제 우리 직원들이 현장 조사를 마치고 나서 이야기를 들었습니다. 그 정도로 큰 건물이 다 타버렸으면 사람도 사망할 수 있을 겁니다. 아직은 모르겠지요. 힘내십시오."

나는 경찰 팀장이 위로하는 것을 썩 달갑게 생각하지 않았다. 그들의 사상은 속사람과 겉사람이 다르기 때문이다. 유도 신문에 사로잡히면 안 된다.

'나에게 힘을 주옵소서.' 속으로 다짐하고 있다. 조사관 한 분이 차 한잔을 마시고 있는 공간으로 들어온다.

"원장님, 조사를 해야지요?"

나는 자리를 옮겨 조사를 받는다. 경찰관은 피의자를 신문하기 전에 진술거부권에 대한 형사소송법 제 244조의 3을 근거로 말한다.

첫째, 일체 진술을 하지 아니하거나 개개의 질문에 대하여 진술하지 아니할 수 있다는 것

둘째, 진술하지 아니하더라도 불이익을 받지 아니한다는 것

셋째, 진술을 거부할 권리를 포기하고 한 진술은 법정에서 유죄의 증거
　　　로 사용될 수 있다는 것

넷째, 신문을 받을 때는 변호인을 참여하게 하는 등 변호인의 조력을 받
　　　을 수 있다는 것

경찰관 : 〈실로암 연못의 집〉 가족이 모두 몇 명인가요?

피의자 : 직원 30명이 있습니다.

경찰관 : 원생들은 몇 명이나 됩니까?

피의자 : 중증장애인 11명, 경증 장애인 25명, 노인 15명, 지적장애인 12
　　　　명이 있습니다.

경찰관 : 그럼, 총 63명이 맞습니까? 직원들은 30명이 맞습니까?

　　　　나는 '네, 아니요' 대답했다.

경찰관 : 불은 언제 몇 시에 발생했나요?

피의자 : 12월 14일 새벽 2시쯤에 났습니다.

경찰관 : 어떻게 불이 났나요?

피의자 : 제가 아이들 방에 들어가서 함께 라면을 끓여 먹다가 부탄가스
　　　　불이 이불에 옮겨 붙었습니다.

경찰관 : 왜 새벽에 라면을 끓여 먹으려고 했지요?

피의자 : 아이들이 '아빠, 라면 먹고 싶어요' 하길래 '이 밤중에 라면이 어
　　　　디 있어, 빨리 자야지. 시간이 몇 신데 새벽이야 새벽.' 그 중 인
　　　　지능력 장애가 있는 아이가 옷장에서 라면 한 박스를 꺼내 왔습
　　　　니다. 나는 아이에게 물었어요.

"이 라면 어디서 났어?"

"줬어요."

"누가?"

"줬어요."

"누가 줬단 말이야?"

그는 이름을 밝히지 않고 그냥 무조건 줬다고 한다. 나는 더 이상 묻지도 않았다. 그 중의 지능이 좀 난 녀석에게 식당가서 김치와 부탄가스를 가져오라고 했다. 한참 라면을 끓이고 있을 때, 밖에는 둥근달이 휘영청 떠 있고 광명의 빛이 이곳에 비추고 있다. 실내 안에는 무서운 침묵이 흐르고 있다. 복도에 소리가 나서 현관문을 열었다.

"누구 있어?"

아무 인기척이 없다. 한참 복도를 살피고 있다. 갑자기 식당 쪽에서 고양이만 한 쥐가 도망간다. 이곳의 쥐는 일반 쥐가 아니고 들쥐이기 때문에 고양이처럼 크다. 전문회사에 의뢰하여 쥐를 박멸시켰다. 그런데도 쥐가 복도에서 1층 식당으로 비호처럼 지나간다.

그러려니 하고 라면을 끓이고 있는데 의좋은 형제가 되어 둥글게 앉아서 먹기 위해 침을 꼴딱 삼키면서 라면이 익기를 기다리고 있었다. 젓가락을 만지고 있는 아이도 있다. 민섭이는 손도 다리도 장애다. 스스로 라면을 먹을 수가 없다. 나는 민섭이에게 라면을 먹이기 위해 옆에서 기다리고 있었다. 그때 갑자기 민섭이가 간질을 하면서 라면 끓는 물에 쓰러지고 만다. 눈을 뒤집어 깐다. 입에서 거품을 품어낸다. 다리와 온몸이 덜덜덜 떨리며 요동을 치다가 끓이던 라면을 이불과 함께 발로 차버리고 만다. 라면 냄비가 뒤집히고 말았다. 부탄가스의 불은 옆에 있는 이불에 옮겨 붙고 말았다.

경찰관 : 왜 새벽에 원장님이 잠을 자지 않고 숙소로 들어가 아이들과 라면을 끓여 먹으려 하셨나요?

피의자 : 지방을 다녀오는 날이었어요. 그 방에는 특별히 관심이 있는 아이들이 살고 있습니다. 그래서 잠깐 방을 들여다보았지요. 애들이 나를 보더니, '아빠 아빠' 하면서 보채며 스킨십을 하던군요. 한 애는 사탕을 하나 가지고 '원천이 임원천이 임원천이 사탕 먹고' 입에다 넣어 주었습니다. 아이들은 사랑받기 위해 태어났습니다. 그냥 외면할 수가 없었습니다. 잠깐 방 안에 들어가게 되었지요.

경찰관 : 불은 어떻게 껐습니까?

피의자 : 건물에 자가 소방시설이 있으므로 화재를 진압했습니다.

경찰관 : 119에 신고했습니까?

피의자 : 이곳은 외딴 산골이며 길이 좁아 소방차가 들어올 수가 없어 신고할 엄두를 못 냈습니다. 그래서 자가 소방시설을 가지고 진압했습니다.

경찰관 : 왜? 경찰서에 늦게 신고하셨나요?

피의자 : 정신이 없었습니다.

경찰관 : 여러 곳에 화상을 입은 것 같은데 왜 치료하지 않고 있습니까?

피의자 : 이 정도쯤은 견딜 수가 있습니다.

경찰관 : 마지막으로 하고 싶은 이야기가 있습니까?

피의자 : 화재 사건은 제가 대표이므로 모든 잘못은 다 저에게 있습니다. 혹시 인명피해나 사망 시 제가 법적 책임을 지겠습니다. 조사관님 많은 것을 참작하여 주시기 바랍니다.

경찰관 : 다음에 또다시 출두할 수 있어요. 차 한잔 하시고 기다리세요.

마음을 진정할 수 없는 불안 속에 나는 스스로 위로하려고 노력하지만, 트라우마로 인하여 몸살을 앓고 있다. 수사관이 화상에 좋은 약을 사 왔다. 연고를 바르고 약을 먹고 식사하자고 하였다. 나는 화재의 불안증으로 음식을 먹을 수 없었다.

경찰관 : 억지로라도 먹어야 합니다.

수사관은 나를 위로한다.

경찰관 : 화상 입은 애들이 사망하지 말아야 할 텐데… 만약 그렇게 되면 원장님이 구속될 가능성이 있습니다.

더 이상 견딜 수가 없어서 병원에 입원하여 화상치료를 받고 있다. 나는 어렵게 사는 사람들을 보면 감동이 물결치고 내 삶은 이슬처럼 사라진다. 오후 3시 30분, 직원들이 병문안을 온다.

"원장님, 치료는 잘 되는지요?"
"시간이 흐르면 문제가 해결되겠지. 걱정하지 마세요."

실장은 나에게 다가와 내 손을 꼭 잡고 눈을 감고 기도한다. 그는 소리 없이 눈물이 얼굴에 골을 타고 흘러내린다. 어찌나 흘러내리는지 마음속의 속상함이 내 정신으로 밀려온다. 그녀는 나에게 한마디 한다.

"원장님, 다 쓰러져도 원장님은 쓰러지지 않습니다. 불사신이잖아요. 뒷머리는 타 버리고 얼굴에 화상이 있어요."
"괜찮아, 죽고 사는 것은 운명이지. 지금까지 열심히 살아왔기 때문에 후회가 없어."

나는 직원들에게 화재 현장을 정리 정돈하라고 하였다. 그들이 떠난 후, 외로움이 밀려온다. 남들은 FM으로 살고 삶을 추구하기 위해서 개미처럼 살고 있다. 그러나 나는 왜 특별하게 살아야 하는지 이해할 수 없다. 돈이 인생의 전부라면 나는 돈과 함께 살았을 것이다. 늘 자신에게 묻는다.

'나는 누구인가!'

12월 14일 그날이 밀려온다.

'새벽 미명 시간 구름이 산 위에 있고 나팔 소리가 매우 크게 들리며 모든 가족이 다 떨고 있노라. 승주는 가족들을 불 속에서 끄집어 내며 생명을 불태웠노라.' 나는 이들을 위해 불 속이라도 들어가는 것이 옳다고 생각했다. 그 순간 건물에는 자욱한 연기가 가득하고 승주는 불 가운데서 몸을 태우며 그 연기가 옹기 가마 연기 같이 타오르고 온 가족은 크게 외치며 우리를 구원할 자 어디 있나요? 삭신은 떨며 울고 있으나 눈물이 보이지 않는다. 그들의 나팔 소리가 점점 커지며 나는 현실 속에 하나님의 음성 소리가 또다시 들려온다.

'승주야 두려워하지 마라. 나는 너를 돕는 구원자라. 그들은 죽지 않으리라. 현재의 고난은 저주가 아니라 은혜와 축복이다.'

비몽사몽간에 그날을 기억하며 하루가 간다. 일주일을 병원에서 지내다가 퇴원한다. 재건하기 위해 서울로 간다. 눈이 내린다. 쥐구멍에도 내리고 집이 없는 노숙자에게도 눈이 내리고 있다. 풍찬노숙風餐露宿하고 있는 사람들은 비가 오면 비와 싸우고 눈이 오면 눈과 싸우고 바람이 불면 생명으로 또 싸운다.

30년이 넘도록 생명 구원의 도구가 되기 위해서 사명을 감당하다가 내 몸도 불사르고 내 영혼도 불살라 버릴 텐데…. 그래도 이 정도면 행운이다.

소리 없이 내리는 눈은 더러운 환경을 하얀 옷으로 갈아입히기 위해 소복히 쌓이고 설화 꽃은 활짝 피어 있다. 지극히 작은 자에게도 세상은 구별하지 않고 나누어 주고 있다. 강아지들도 좋아서 뛰어놀고 있다. 사무실에 도착했다. 작은 화분에 피어 있는 꽃이 보인다. 침실에 죽은 낙지처럼 흐물흐물해 버린 내 지체를 기대고 누워 잠이 들었다. 한평생 3시간 이상 잠을 이루지 못하고 아침을 맞는데 한 시간이 다 되도록 낮잠을 자고 있었다. 코를 골았는지 꿈을 꾸었는지 주변의 요란한 소리에 직원들은 '우리 원장님, 많이 피곤하셨나 보다.'

침실에 자바라를 제치고 일어나 책상에 앉는다. 책 한 권을 읽어간다. 고난은 물이 흐르는 곳에 깨끗이 씻어버리고 삶의 철학은 작은 돌에 새기며 <인간은 철학을 낳는다> 항상 내 곁에 두고 인생의 삶에 지론을 다시 깨우리라. 인간은 누구나 소중하다.

난자와 정자가 있는데 정자가 난자로 들어가기 위해서 4만 개 중, 하나가 난자 품으로 들어가 생명이 잉태된다고 한다. 그렇다면 나는 천하보다 소중한 사람이다. 살아있는 사람은 다시 피어나리라. 천만의 꽃들이 피어나는 봄이 온다는 것이다. 시들시들한 몸은 무너져 가고 있는데 찾아오는 손님이 있다. 대학 동기와 동문들이다.

개성이요, 성격이요, 감성이요 오감을 느끼는 친구들이 사연의 추억을 가득 싣고 산 높은 파도를 헤치며 등대를 따라 목적지에 도착한다. 사랑, 친구, 연애, 사업, 미담들이 담겨 있다. 인생은 인문학 속에 꽁꽁 얼어붙어 있다. 지금 이들의 생각 속에는 봄의 새싹이 움트고 있나 보다. 얼어붙었던 사연들이 눈을 뜨고 피어나는 꽃이고 졸졸 흐르는 물소리가 되어 노래하고 있으니 인생은 예술이다.

나는 양지원(여)에게 청원을 받는다.

"승주 씨, 평생 어려운 사람들을 위해서 살아왔으니 이제는 자신을 위한 삶을 창조해 나간다면 어떻겠습니까?"

"무슨 소리요?"

"남을 위해서 종을 울리지 말고 이제는 당신을 위한 종을 울리란 말이에요."

"양 교수, 그럼 날 보고 이 사명을 버리라는 거예요?"

"네, 남들처럼 편하게 살면 안 되겠어요? 승주 씨는 태어날 때부터 도탄지고 하면서 살아왔고 자신을 위한 삶은 한 번도 살아보지 않았잖아요. 행복이 중요한지 왜 모르시나요?"

양 교수는 또다시 눈 속에 눈물이 고여 터질 것만 같다. 그녀는,

"사람이 남을 위해서 산다는 것은 정한 이치요 자연의 섭리이지요. 내 삶이 존재의 가치가 있는 것은 남을 내 목숨처럼 사랑한다는 것이지요. 그래서 값진 겁니다. 모든 걸 버리고 바람 따라 길 따라 자연과 더불어 광대가 되어 구름 속에 묻어버린다면 그것은 순간이지요. 인간은 자신의 분수를 알고 살아야 합니다."

"지원 씨 말이 맞습니다. 그러나 나에게 지극히 작은 고난이 온다고 일생을 포기한다면 어리석은 사람이지요. 그렇게 된다면 한승주는 곧, 죽고 말 것입니다."

"도대체 이해가 가지 않습니다. 수십 년 살아오면서 자신의 건강이요, 명예요, 부귀영화도 없는 어두운 곳에 헤매고 있는 당신의 모습이 너무나 애처로워요."

"양 교수, 당신은 사람을 가르치지만, 나는 영혼 구원자의 부르심을 받은 사람입니다. 저 생명들을 버리면 살인자입니다. 아무도 돌보지 않는 나그네들을 품에 안고 그들은 내 훈기를 먹고 살고 있지요. 그 생명을 외면해 버린다면 저주의 대상입니다."

"한승주 씨, 외적인 행동으로 만족하면서 충만하게 살려고 하지 마십

시오. 그것은 화려한 것뿐이지 내면에 사랑과 행복이 없습니다. 모든 사람은 외적인 것에 만족을 누리며 살려고 합니다. 곧, 넓은 집을 원하고 명예요, 권력이요, 명품이요 그 모습에 존경받고 오감을 느끼고 살아가지만, 그것은 거짓이요 위선입니다. 사람이 겉은 화려하지만 속은 병들어 고통과 괴로움, 슬픔과 외로움, 고독한 감옥에서 사는 사람들이지요. 자신을 속이지 마세요. 우리가 만난 지 3년이 지났는데 당신의 마음을 어찌 내가 모르겠습니까? 물론 나눔과 섬김이 사랑의 기초이지요. 곧, 부자의 재산 절반을 나라에 헌납하며 상생하는 것이 겉사람과 속사람의 평화일 수도 있습니다.

이 여인은 인생을 살아오면서 지식, 권위, 권세, 물질로 말미암아 화려하게 살아왔지만, 마음속에는 늘 외로움의 이슬비가 내렸습니다. 내 속은 초근목피草根木皮요, 앙상한 뼈만 남아 있는 피골상접皮骨相接이요, 작은 바람만 불어도 견디지 못해 외로움에 지치고 허무함의 고통이 내 살을 자르고 있습니다.

나는 사랑의 3가지를 알았습니다. 에로스요, 필레오요, 아가페이지요. 그러나 그중에서 에로스의 사랑을 하고 싶어 내 영혼이 춤을 추고 내 육신은 가시밭길 걸어가며 심장은 총칼로 맞은 것 같은 마음이 화염충천하고 있습니다. 그대가 있었기에 사철에 소나무 꽃가루가 바람에 휘날리다가 돌 바위틈에 자리를 잡고 눈을 뜨고 피어오르고 있지요. 그 신비의 생명은 당신이 있었기 때문입니다. 이 양지원은 그대의 품에 생동하며 춤추며 노래하고 싶습니다. 그리고 사랑의 불꽃이 꺼지지 않는 영원한 빛의 사자가 되어 당신 품 안에 잠들다가 함께 돌아가겠습니다.

사랑하는 승주 씨, 지금까지 사랑이 무엇인지도 몰랐습니다. 그저 욕망으로 살아왔지만 당신을 만나고부터 이 여인의 사랑은 오래 참는 것도 아닙니다. 기다려 주는 것도 아닙니다. 희생도 아닙니다. 그러나 아가페적인 사랑 곧 신이 인간에게 준 사랑은 인간이 할 수가 없습니다. 따라서 당신은 하나님이 아닙니다. 예수가 아닙니다. 신이 아니기 때문에 아가페적 사랑을 할 수가 없는 것입니다. 착각 속에 한 세월을 보내지 마십시오. 오직 당신과 나는 육신의 사람으로서 불꽃이 타오르는 사랑을 끝까지 하다가 돌아가겠습니다.

지금까지 여자의 일생을 살아오면서 당신같이 멋진 남자는 처음 만났습니다. 하늘의 별처럼 바다의 모래알처럼 많은 남자가 나를 둘러싸고 있었지만, 그들은 나를 만족하게 할 수도 없었습니다. 그리고 성이 차지 못해 허전함에 몸부림을 치고 말았습니다. 그러나 승주 씨를 만나고 나서 젊은 청춘 몸에서 혈관을 타고 피가 강하게 밀어 오르고 있습니다. 만족함을 알았으니 당신을 포기할 수도 없습니다."

나는 그 여인이 감당할 수 없는 4차원적인 말을 하는 거 같아서 온몸에 소름이 돋았다.

한 달쯤 후, 서울대 병원에서 전화가 걸려온다. 내 영혼 속에 들려오는 소리는 일촉즉발一觸卽發이다. 조그만 소리에도 큰일이 벌어질 것같이 아슬아슬한 마음이었다. 마음이 혼돈하고 공허하여 운전을 할 수가 없다. 존경하는 매형에게 부탁한다. 그분은 나를 사랑하고 아끼고 소중하게 생각하는 분이다.

"매형, 지금 서울대 병원에 아는 분이 입원했다고 연락이 왔습니다."

"처남, 누구야?"

나는 살아 있으나 죽은 송장처럼 말도 하지 못하고 듣지도 못해 침묵 속에 꺼져가고 있었다. 그 모습을 보던 매형은 더 이상 묻지도 않고 병원으로 간다.

'누굴까! 나도 알 수가 없다. 갈 곳 없는 무의무탁자일까! 아니면 아는 친구일까!' 하루에도 한 번씩 병원에 입원하는 환자들이 많아서 누가 누구인지도 알 수가 없다. 갑자기 이곳저곳에서 연락이 오고 있다. 일찍 도착했지만 시간은 천년 같았다. 양지원이었다. 그녀는 1125호 병실에 누워 있었다. 환자복을 입고 중병에 걸려있는 사람 같아서 내 몸을 통째로 삼켜 버린 우는 사자와 같았다.

"몸이 왜 이렇지요? 며칠 전만 해도 생생한 사람이 어찌 파김치가 되어 죽어간단 말이오."

물어봐도 대답이 없었다. 새는 울어도 눈물이 보이지 않고 꽃은 웃어도 느끼지를 못한다. 곧, 나는 울고 있다. 슬퍼서도 기뻐서도 아니다.

'인생은 아침 이슬과 같을까. 영원히 생명이 살아서 존재할 줄 알았는데 흔적만 남겨 놓고 이별한다면 인간의 삶은 아침 이슬과 같은 허무하고 덧없는 조로인생朝露人生이다. 왜 이렇게 됐을까, 죽는단 말인가. 누가 나의 이 괴로운 심정을 알겠는가!'

주치의를 만났다. 그는 약을 먹고 자살 시도를 했다고 한다.

"의사 선생님, 도대체 다 가진 자가 무엇이 부족해서 죽는단 말입니까?"

<무감정(우울증)은 감정이 없다는 뜻으로 즉 어떠한 현상이나 무서운 일이 닥쳐와도 공포나 기쁨을 못 느끼는 것을 뜻한다. 의학계에서는 이런 증상을 감정표현 불능증, 혹은 정동둔마情動鈍痲라 부른다. 감정이란 외부 자극에 대한 반응이다.

포커페이스와는 달리 무감정일 경우, 감정 자체를 느끼지 못한다. 즉, 맞아도 고통을 느끼지 못하는 것과 같은 맥락으로 다른 사람처럼 웃고, 울고, 화내고 하는 것을 외부의 자극이 가해져도 나오지 못한다. 흔히 오해와는 달리 무감정한 사람은 공감 능력이 없다고 할 수 없다. 몸으로는 느끼지 못해도 상대가 느끼는 기분을 머리로는 이해할 수 있어서 표정 자체는 인지할 수 있다. 그러나 이걸 뒤집어서 타인에 대한 공감 능력이 없는 사이코패스, 자폐성 장애도 감정을 느낄 수 있다.

트라우마와 강도 높은 우울증으로 인해 마음의 문을 닫은 경우에도 논리적, 기계적인 성격이 되어버릴 수 있다. 이 경우 감정의 고통을 회피하는 경우이며 주변 사람들이 보기에 무감정인 것처럼 느껴진다. 세상의 사물과 사람에 대해 바라는 자신의 애착을 분리한 경우라고 할 수 있다.

감정의 부정적인 면만을 바라보며 감정이 없는 존재를 부러워하는 사람도 간혹 있다. 쉽게 말하자면, 부모라는 작자가 사랑한다는 명분으로 학대한다면 자동으로 사랑이 부정적으로 보이는 것이다.

엄밀히 말해 창작물의 무감정 속성이라 하면, 사전적인 의미의 '무감정'보다는 '감정을 겉으로 드러내지 않는다.'라는 표면적인 특징만을 개성화하여 하나의 단어로 축약해 놓은 것에 가깝다. 순수 쿨, 냉정, 쿨 아름다움, 과묵 등 쿨 계통 속성과 겹치며 정신력 최고 속성과도 흔히 겹친다.

이런 속성의 캐릭터들의 공통적인 특징은 언제나 포커페이스 혹은 무표정에 말투도 억양의 변화가 거의 없고, 무엇을 하든 거기에 따른 죄책감도 느끼지 않는다.

가끔은 감정을 표출하는 이들을 비웃거나 경멸하는 행동도 보이지만, 정말로 무감정하다면 상대가 감정을 표출하든 말든 관심이 없어야 정상일 것이다. 이 경우는 그런 설정을 짠 당사자가 무감정의 의미를 제대로 이해하지 못했거나, 제대로 이해했으나 순간 까먹었거나, 아니면 해당 캐릭터가 그저 무감정을 가치로 삼는 (어쨌건 감정은 있으나 의도적으로 표출을 피하는) 캐릭터라고 볼 수 있다. 혹은 그러한 행동조차 사실은 감정을 드러내는 것이 아니라 그런 행동을 묘사함으로써 다른 이에게 원하는 결과를 끌어내기 위함이다.

창작물에서는 감정을 갖는 것 자체를 미개하다고 생각하는 최종 보스나 캐릭터도 있지만 애초에 감정 자체가 전혀 없는 종족도 있다. 감정이 없으면 당연히 감정 이입도 못하므로 대개 사이코패스와도 연결된다. 그러나 사이코패스가 곧 무감정하다는 것을 뜻하지는 않는다. 정확히는 타인에게 감정 이입을 하지 못하는 것으로, 그래서 자기 자신의 감정에 대해서는 굉장히 솔직한 경우도 제법 많다. 또한 소시오패스적 인격을 함께 가졌을 경우 자신의 감정보다 타인의 감정을 더 잘 이해하는 부류도 있다. 이러한 무감정 속성의 끝판왕은 마음, 감정, 감성을 가지지 않고 오직 이성만을 지니는 존재라 할 수 있을 것이다.

이러한 존재는 언뜻 보기에는 인간다운 행동을 보일 수도 있지만, 그것은 교육과 학습을 통해서 자기 두뇌에 입력해 미리 사전에 저장한 각종 정보의 기억에 근거하여 미리 학습, 기억한 정보에 따라 '인간다운' 반응을 상황에 맞춰서 적절히 선택해 출력하고 있는 것에 불과하게 된다고 말할 수 있을 것이다. 현실에서 이러한 일들이 과연 존재할 수 있는지는 불명확하나 허구에서는 의외로 이러한 설정의 캐릭터들이나 종족들이 종종 나온다.

따라서 갑자기 충격을 받거나 그 트라우마로 인하여 몸부림을 치다가 그 충격이 조금씩 사라지면 자유를 얻게 되고 생각하게 된다.>

이 세상이 멸망하고 수많은 인종이 억울하게 죽어가도 눈 하나 까딱하지 않는다. 즉, 피해자도 가해자도 없다는 것이다. 원인을 제공했기 때문에 피의자가 있다. 서로가 피해자다. 잘난 사람도 못난 사람도 없다. 이유가 있어서 죽는 것이고 고통을 당하는 것이다. 모든 사물은 같이 보는 것이다. 감정이요, 감동이요, 감성이 사라져 버린 존재가 되는 것이다. 이것은 무감정 무불면 트라우마 허무주의 즉, 죽음을 두려워하지 않는다.

오늘날의 현대인은 수많은 트라우마 속에 하나의 정신 변화인 인지능력 장애를 가지고 있다. 곧, 양지원 여인도 외적인 만족보다는 내면의 만족이 없어서 허무주의에 빠져 버린 것이다. 무서운 현대인들의 모습이다.

나는 병원에서 이러한 상담을 받고 또다시 충격을 받았다.

'한 남자가 무엇이길래 목숨을 바친단 말인가!'

나는 병실에 있는 환자에게 인사도 하지 않고 차를 타고 집으로 돌아왔다. 사무실로 두 남자가 찾아왔다.

"누구십니까?"

"목사님이십니까?"

"네, 그렇습니다. 누구시죠?"

"서 형사입니다. 오는 12월 14일 화재 사건 때문입니다."

"네, 궁금하고 답답한 것들이 있나 봐요?"

"조금은 이해가 안 되는 부분이 있어서 왔습니다. 실례가 되는 말입니다만 직업상 어쩔 수 없습니다. 이해하십시오. 저도 명성교회 집사입니다. 수사 방향을 아직도 잡지 못하고 있습니다. 혹시 병원은 왜 갔습니까? 서울대 병원까지 가야 할 이유가 없는데 서울대 병원에 갔더군요. 양지원 환자를 방문했더군요. 혹시 양지원 씨가 왜 음독했는지 아시나요?"

"글쎄요."

나는 한숨을 크게 쉰다.

"저도 전혀 모르는 일입니다. 그 여인이 뭐가 걱정이 있어서 그렇게 행동을 했을까요? 이해가 가지 않습니다."

경찰관은 머리털 하나 들어갈 틈도 없이 질문을 던진다.

"한숨을 쉬시나요? 혹시 양 교수에게 무슨 문제가 있나요? 양지원 씨가 고의로 방화를 시도했을까요? 그것 때문에 그녀는 자살을 시도했을까요?"

나는 또다시 먹구름이 밀려온다.

"수사관님, 그 여인이 나에게 무슨 원한이 있겠습니까? 세상에 부족함 없이 내놓으라 하는 교수들도 그녀를 보면 부러워할 대상이지요. 과연 그렇게 끔찍한 행동을 했을까요? 스토킹 행동을 했을까요? 이성과 감성을 가지고 행동한다면 정신적인 혼동과 마음의 정신을 차리지 못하고 심리 조절을 못 하겠습니까? 그것은 정동둔마 같은 행동을 하는 것입니다. 곧, 마음이 혼돈하고 공허하고 이성을 갖지 못하고 생각 없이 행동하는 것을 말하는 것입니다. 그녀는 지성과 감성과 오감을 느끼며 행복의 충만을 가지고 사는 사람이었는데 막가파 행동을 한단 말입니까? 만약 그렇다면 쓰나미의 행동을 조명하는 것이기 때문에 충격입니다."

"그러면 누가 그랬을까요? 혹시 짐작 가는 사람은 없나요? '주변에 아는 사람이 많고 시기, 질투하는 사람도 많아서 고의성이 분명히 있을 수도 있다.'라고 수사를 시도해야 합니다."

경찰들을 돌려보내 놓고 나니 수많은 총알이 내 몸을 쏘아대고 있다.

예수가 십자가에 못이 박힌 것처럼 온 정신과 육체가 총알의 흔적으로 빨갛게 물들어져 가고 있다. 두 손이요. 두 발등이요. 머리엔 가시관을 썼으니, 피가 흐르고 그것도 부족해 옆구리에 대창이 찔리고 십자가에 몸이 달렸다.

인간의 혈관에는 동맥을 통해서 피가 순환되고 있다. 마치 얼어붙었던 겨울에 봄이 오듯이 혈관에는 생동하는 기운과 생명이 살아 꿈틀거린다. 나에게 강풍이 불고 칼바람이 둘러싸고 생명까지 뽑아가려고 나팔을 불며 요동치지만, 이 자리를 지키며 사는 자체가 기쁨이었다. 나는 죄인이다. 그러나 의인으로 살려고 노력을 해왔고 지극히 작은 자가 온 인류의 빛이 되기를 원했던 것이다.

흑암에 몸살을 앓고 있는 이 깊은 산골에 새 생명을 살리는 하나의 도구가 되기 위해 견인불발堅忍不拔하였고, 골육분신骨肉粉身 혈육도 육체도 가루가 되어 바람에 휘날리고 있으나 생명을 살렸다.

만물이 생동하는 봄을 맞으며 자연의 섭리가 얼마나 소중한지 모른다. 그러나 천하 만민이 각양각색 옷을 입고 개성을 가지고 바람 따라 몸을 움직이며 잣대를 뽐내고 있는 춘삼월 같은 충만함이 하늘을 찌르고 있다.

'돌아선 나 자신이 미웠어라. 그대의 말이 흘러가는 물이었어라. 그대가 말하는 그 말은 허탈한 마음을 나에게 주었노라.'

여러 가지 생각들이 스쳐 가고 있으며 풍랑을 맞은 배가 태평양을 지나다가 암초를 만났던 그대와 나….

12월 30일, 그녀가 입원하고 있는 병실에 두 번째로 문병하게 된다. 오랜만에 만난 그녀는 그때보다는 이성을 찾은 것 같았다. 나를 보더니 구슬 같은 눈물을 뚝뚝 흘리고 있다. 내 가슴은 타들어간다. 시계를 보니 오후 2시 42분, 나에게 손을 내밀어 잡아달라고 한다. 아무 생각 없이 그녀의 감동에 취해서 슬퍼하는 고독에 햇빛 속 병상 침대에 조용히 앉아 준다.

"양지원 씨, 경찰관이 찾아왔나요?"

"아니요, 내가 무슨 죄를 지었나요? 경찰관에게 조사를 받아야 할 이 유라도 있나요?"

"아니요. 그냥 물어봤어요."

그녀는 현실적 이야기로 마음속 깊이 고여 있는 물을 퍼내고 있다. 뜨거 운 물, 찬물, 더러운 물까지 말이다.

"승주 씨, 주변의 사람들이 지옥 갈 땔감이요, 도둑놈이요, 사기꾼이 요, 공금을 횡령한 범죄자요, 밤에는 황제요 낮에는 평범한 옷을 입 고 선한 사마리아인처럼 산다고 겉과 속이 다른 이중성 생활자요 장 애인들을 빙자해서 갈취한다고 합니다. 내가 보건대 성격상 그러지 도 못하고 정직한 사람으로서 온 몸이 녹도록 고군분투孤軍奮鬪하였 는데 어찌 사람들은 당신을 이상한 괴물로 보고 있는지 이해가 가지 않습니다. 그렇다면 이제는 '거룩하다 거룩하다 오 나의 하나님 나를 도와주시옵소서!'라고 애원하지 말고 자신을 위해서 사랑하며 행복 하게 뜰을 만들어 갔으면 합니다."

나는 두 시간 이상 양지원 씨에게 설득을 받고 나니, 정수리를 한 대 맞 은 거 같았다. 경찰서에서 또 출두하라는 연락을 받았다. 아직도 조사해야 할 사건들이 있나 보다. 나는 조사를 받는다.

"한승주 씨, 거짓말하면 안 돼요. 알만한 사람이 왜 거짓말을 하시나 요? 며칠 전에 저희 수사관들이 환자들 입원한 병원에 가서 간단한 조사를 했습니다. 죄없이 감옥에 갈 일이 있나요? 감옥 가고 싶어요? 위증죄가 어떤지 모르세요? 입원하고 있는 가족들이 이제 정신을 찾앉어요. 많이 회복됐습니다. 그런데 한 사람이 생명이 위태로운 거 같아요. 거기에 있는 환자들 모두가 김인주가 불을 냈다고 하는데 왜 한 승주 씨가 독박을 쓰려고 하시나요? 그것은 허위유포입니다. 그 마음은 알겠는데 법은 마음대로 안 되는 것입니다. 동정이나 인정이나 희생의 십자가를 지는 것이 아닙니다. 언제 어디서 누가 어떻게 무엇을 했는지를 철저하게 조사를 하고 근거에 맞게 수사에 최선을 다해야 합니다. 김인주 씨를 병원에서 세 번 만나 진술을 받았습니다."

"밤에 자다가 라이터로 불을 냈다고 하더군요."

김인주에게, '왜 라이터를 가지고 불을 붙이려고 했는지' 자세히 진술을 들어보니,

"담배를 피우고 싶어서 그랬다고 합니다. 그 애들은 서울 주몽학교에서 왔더군요. 그곳은 20세가 넘으면 정부의 혜택이 없어 법적으로 다른 곳으로 옮기던지 자립을 시키는 것이 복지법이라고 합니다. 홍천으로 이사 온 지 일주일밖에 안 됐더군요. 그런데 왜 거짓말을 하십니까?"

"잘 모르겠습니다."

"아니, 왜 경찰관을 가지고 놀려고 합니까? 수사관은 상식도 도덕성도 윤리도 모르는 바보인 줄 알아요? 알면서 왜 말씀을 안 하십니까? 알면 안다. 모르면 모른다. 말씀하시면 저희가 일하는데 고생이 안 되지요. 누가 중증장애인을 처벌받게 하려고 하겠습니까? 한승주 씨는 이 화재 사건에 대해 전혀 모르는 사실이지요? 애들이 불만이 있어서 의도적으로 방화를 한 것이 아닐까요?"

"잘 모르겠습니다."

경찰관은 입을 열지 않는 나에게 계속 조사를 할 수가 없다. 사람을 죽

인 살인자라 해도 묵비권을 행사할 수 있어서 강제적으로 고문을 하거나 유도 수사를 할 수가 없다. 한 달 동안 조사한 결과, 김인주가 불을 냈다는 근거를 잡아가고 있었다. 이주석, 신철민, 김인주 등 4명이 한방에서 잠을 자고 있을 때였다. 그때 김인주가, "불을 냈어요." 같은 진술을 한 것이다. 그것이 사실이다. 나는 천둥소리가 내 머릿속에서 강하게 들려오고 뇌를 망치로 한 대 얻어맞은 거 같다. 어지럽다. 멍하다. 두 번 세 번 수사관은 묻더니 나는 혈색이 하얗게 변하면서 어지러워 그 자리에서 쓰러지고 말았다.

조사관들은 깜짝 놀라 물을 가지고 와서 먹인다. 5분이 지나니 머리가 맑아지면서 정신이 든다. 나는 고질병이 있다. 신경을 쓰거나 몸이 피곤하면 이런 증상들이 여러 차례 찾아오곤 한다. 손이 오그라들고 머리가 흔들리고 온몸이 꼬이는 증상이 나타난다. 입술이 틀어지며 얼굴이 옆으로 돌아간다.

오후 1시 20분, 바람이 분다. 눈이 하늘에서 고요하게 내리고 있다. 날씨가 춥다. 햇빛은 사라지고 천지는 어두움으로 가득하다. 백반이 배달된다.

"원장님, 이리 오세요. 우리 식사같이 합시다."

서 수사관은,

"왜 저희가 원장님 마음을 모르겠습니까? 요즘 원장님은 장안의 화제입니다. 강원도 춘천 복지과장이요, 복지부 장·차관, 행자부 장관 등 거의 모르는 사람들이 없더군요. 어떻게 보면 원장님은 멋있는 사람입니다.

무의무탁자요. 탯줄로 낳지 않는 애들을 데리고 와서 사랑으로 그들을 먹이고 입히는 것을 잘 알고 있습니다. 저희도 시설에 여러 차례 방문했었습니다. 한국에 한승주 원장님 같은 분이 어디에 있겠습니까? 그곳 직원들은 5급 공무원의 수준이더군요. 급여도 넉넉히 주고 생활하는데 조금도 불편함이 없고 힘들지 않도록 지원하더군요. 세상 밖에 있는 사람들은 비장애인이 함께 생활하는 것을 보고 헌신, 믿음, 곧 사명이 불타서 봉사하는 줄만 알았습니다."

나는 식사를 하고 조사를 받고 있다.

"한승주 씨, 간단하게 끝냅시다. 새벽에 그들과 함께 라면도 끓여 먹지 않았지요?"

'가슴이 뛴다. 아궁이에 불을 때지 않았다면 어찌 연기가 나겠는가! 분명 누군가가 불을 낸 사람은 있는데 독박을 쓰고 십자가를 지고 누명 쓰고 가는 것이 나의 삶의 생활이지 않은가! 나는 부르심을 받은 사람이요 영육의 아버지로다. 그들을 돌보지 않는다면 흩어져서 죽고 말 것이다. 잃어버린 자를 내가 찾으며 쫓기는 자를 내가 돌아오게 하며 상한 자를 내가 싸매주며 병든 자를 내가 낫게 하려니와 입이 있어도 먹지 못하는 고통 당하는 생명을 찾으며 어둠 속에 헤매며 울고 있는 생명을 찾아가 구원의 손길을 내밀고 살찐 어린양으로 성숙하게 만들며 이 땅에 존귀한 사람으로 변화시키는 도구가 되어야 할 텐데…. 그들이 실수했다고 법적으로 처리한다면 나는 살아가는 이유를 모르고 삶의 의미도 없고 사명자도 아니다.

하나님은 원수를 사랑하라고 했다. 육의 자녀는 아니지만, 영적인 자녀이므로 그들이 무슨 죄를 짓고 행위를 하였다고 할지라도 그들은 작은 예수라고 하는 사실을 항상 알고 있다.'

한참 넋이 나간 사람처럼 생각 속에 잠겨버린 나를 보던 수사관은,

"생각하지 말아요. 사실대로 말씀하세요. 한승주 씨는 오는 12월 14일

오후 10시 30분에 홍천에 도착했습니다. 그날 서울 중랑구 면목동 안요한 목사님 교회에서 설교를 마치고 서울 사무실에 오후 5시 30분에 들렀지요. 그곳에서 직원들과 6시 45분에 회의하고 강원도 홍천에 들어와 밤 11시경 책을 보다 잠이 들었어요. 우리 수사관은 직원들에게 진술받았습니다. 분명코 김 군이 불을 고의로 낸 것 같아요. 그렇게 좋은 건물에 불이 났으니 얼마나 가슴이 아플까요? 그러나 사망자가 없으니 하늘이 도왔지요. 신의 눈물을 아시기를 바랍니다."

나는 조사하는 과정을 지켜보고 있을 때 더 이상 피할 길이 없었다.

"네, 솔직하게 말씀을 드리고 싶어요. 그러니 우리 장애인들에게 피해가 가지 않도록 많이 도와주시기를 부탁합니다."

"한승주 씨가 사실대로 말해 보세요. 저희도 인간입니다."

나는 자백했다.

"조사관님, 김 군이 담배 골초예요. 그런 줄도 모르고 담배를 피지 못하도록 뺏었습니다."

"그러면 그 애가 고의가 아니란 말이에요?"

"네, 아닙니다. 금단현상이었습니다."

그동안 수사를 해 온 과정을 보면 수사관은 '이미 금단현상으로 불을 냈다.'라고 하는 사실을 알고 있었다.

"한승주 씨, 제가 형사 생활 30년입니다. 왜 거짓 증언을 하십니까?"

"죄송합니다. 고의성은 전혀 없습니다. 잘 좀 부탁합니다. 그 애는 버림 받은 생명입니다. 어린아이들을 세곡동 아동병원에서 데리고 왔습니다. 부모도 없습니다. 살도 뼈도 형성되지 않은 핏덩어리 신생아였습니다. 그 생명을 화장실에서 발견했습니다. 지금까지 소외 계층으로 살아왔습니다. 그들도 인간입니다. 식욕, 성욕, 수면욕, 탐욕 등 건강한 사람과 조금도 차이가 없습니다. 그 애들도 한 인간으로 결혼도 하고 자식도 낳고 싶은 섹스의 욕망이 불타는 본능을 가지고 있습니다."

수사관은,

"그런 사람도 사랑하고 연애한단 말입니까?"

"생명체는 조금도 다를 바가 없습니다. 그런데 사람들이 장애인을 보면 성적 불구자라고 생각합니다. 저는 그런 말을 많이 들었기에 마음이 굳어 있습니다. 장애가 무슨 죄가 된답니까? 사람들은 자신의 죄상을 모르고 있지요. 제가 입이 있어 말한들 무슨 소용이 있겠습니까? 나는 유구무언有口無言입니다."

한 달 동안에 걸쳐 수사는 마무리가 되었다. 아이들은 병원에서 퇴원하였고 중환자 신선우만 병원에 남았다. 그도 많이 회복되는 거 같았다. 나는 화재 사건으로 인한 후유증과 정신적 고통을 당하며 살아오던 중, 양지원 씨는 나에게 마지막 부탁이라고 하며 사무실로 와 달라고 애원한다. 어찌할 바 몰라 마음은 바람에 흔들리고 정신적 압박에도 강남으로 그녀를 찾아간다.

사무실이 100미터 전방에 가까이 다가오고 있는데 양지원 씨는 도롯가에 나와 있었다. 그녀는 하얀 통바지와 분홍색 블라우스를 입고, 긴 머리를 하고 나를 바라보는데 천사와 다름이 없었다. 그녀는 나에게 목숨을 걸고 싶어 한다. 이것이 운명이요 숙명적 사랑이라고 한다. 동물은 본능적 욕구만 생각하고 생존하기에 살아가면서 번식의 근원으로 자유 속에 존재한다. 그러나 인간은 생명 속에 욕망이 충만해지게 생존하면서 사랑을 배우게 된다. 동물과 인간의 차이점은 사랑이다. 조물주가 인간에게만 사랑의 근본을 주신 것이다. 만약 인간에게 사랑이 없다면 사회가 형성될 수 없다.

양 교수는 꽁꽁 얼었던 몸이 녹아 물이 흐르고 얼굴에는 평안과 여유가 충만하였다. 그녀의 사무실을 볼 때마다 어디 하나 허점이 없고 구석구석 자리를 잡은 형태는 보는 이들에게 빈 마음을 채워주고 장식품들은 예술적 감각이 뛰어나 보였다.

그녀와 둘이 차를 한잔 마시며 서로가 수평적 관계와 수직적 관계를 이루고 우리의 대화 속에는 한 폭의 수를 놓는 화가의 마음이 나타나고 있다. 추운 겨울이지만 그녀의 웃는 모습이 마치 봄을 느끼게 하는 따뜻한 미소였다. 그녀와 꼭 닮은 찻잔은 우아하게 보이는지 그 잔을 조심스럽게 자리에 놓고 한참 대화를 한다. 오후 한 시가 되었다.

"식사하셔야지요?"

"무슨 식사를 해요. 시간도 많이 지났는데, 가야지요."

그녀는 성난 진돗개로 변하여 꼬리에 힘을 주자 얼굴에 굵은 심줄이 꿈틀거리며 조용하게,

"당신은 일밖에 몰라요? 나와 함께 있으면 세상이 지진이라도 난답니까?"

차라리 화를 내면 좋겠노라. 그녀의 음성은 나의 신경을 예민하게 하지 않으면 들을 수도 없고 느낄 수도 없다. 입술은 움직이며 행동하지만 음성은 고요히 들려온다. 이런 것이 그녀의 매력인지도 모른다. '예쁘게 옷을 입고 마음은 거룩한데 소리를 지르거나 욕설한다면 그녀의 품위는 이중성을 가지고 있겠지!'

"그래 갑시다."

그녀의 모습은 꽃샘 추위에 꽁꽁 얼어붙어 굳어있더니 긍정적인 내 말에 온몸이 풀려 둥실둥실 춤을 추며 피리를 불고 향기를 내 뿜는 것 같았다.

"당신은 내가 그리 좋단 말이요?"

"그래요. 나는 당신을 만나고 나서 내적 마음이 촉촉해지며 옥시토신 호르몬이 충만하고 늘 풍성해집니다."

나는 그녀에게 길이든 남자인가 보다. 우리는 1인당 20만 원 하는 양식집에 들어갔다. 외국에서 살던 그녀는 양식을 좋아하는 편이다. 음식들로 채워진 그릇은 품위가 있어 보기에도 좋았고 맛도 있다. 주변 환경은 웅장하며 종업원들의 서비스는 이루 말할 수가 없다. 4대 원칙론이 잘 조화를 이루고 손님을 맞이하게 된다. 우리는 그곳에서 또 이야기가 펼쳐진다.

"승주 씨, 우리 여행가요."

"양 교수, 지금 아이들도 병원에 입원해 있고 화재 사건도 마무리가 되지 않고 건축도 재건하려고 하는데 여행을 가자고 하니 답답합니다."

"승주 씨, 왜 자신을 속입니까? 당신은 트라우마로 인해서 마음이 산산조각으로 쪼개졌습니다. 당신은 AI란 말입니까? 마음이 곪아 터지면 정신적 이상이 오게 되지요. 건강을 잃으면 다 잃어버리는 것입니다. 나와 당신이 함께 있는 시간도 매우 소중합니다. 시간여행을 떠난다는 것은 정신적 치료가 되는 것이지요. 마음이 충만해야 모든 일을 해 나갈 수 있는 자기 능력이 생기지요."

나는 10분 동안 그녀의 말을 듣고 마음을 정했다.

"여행을 갑시다."

"승주 씨, 부담 갖지 마세요. 당신은 몸과 마음만 떠나면 돼요. 내가 모든 여행을 준비할 테니 집안 일들을 마무리하고 직원들에게 철저히 당부하세요. 지금 그 마음을 가지고 행동한다면 능력도 열매도 맺을 수 없는 것입니다. 당신의 마음은 바람도 불지 않는 사막이지요. 그 사막에 생명이 자랄 수가 있겠습니까?"

병원에 가서 가족들을 퇴원시키고 직원들을 모아놓고 회의했다.

"여러분, 병원에서 퇴원한 3명의 가족에게 신경을 써야 합니다. 한 명은 아직 병원에 있습니다. 그 환자를 위해서 자주 들여다봐 주시기 바랍니다. 이번 화재 사건으로 가족들이 충격을 받았을 것입니다."

나는 양재동 시장에 가서 소족과 잔뼈를 사서 감자를 반으로 쪼개어 오랫동안 달군다. 뼈를 우려낸 다음, 소고기를 듬성듬성 썰었다. 감자는 잘게 썰면 녹아서 없어져 버리기 때문에 반으로 짤라 넣었다.

1월 1일 새해가 밝았다. 외딴 산골 마을은 3일 동안 설날을 위해 준비 과정이 녹록지 않다. 부모 형제가 없는 우리 가족들은 피로 섞인 혈육은 아니지만, 나의 뼈 중의 뼈요 살 중의 살이요 마음으로 난 생명이다. 누구보다도 준비를 많이 해야 한다. 한복도 사서 입히고 선물도 하고 음식 장만도 골고루 준비하였다. 나는 직원들과 가족들을 섬긴다. 오늘 세배도 받는다. 오고 가는 인정 속에 웃음이 벅차오르고 있었다. 시끌벅적 끌어안고 손을 잡고 다시 살자고 다짐하였다. 맑은 공기를 마시기 위해 바깥으로 나갔다.

대문 앞에 사람이 쓰러져 있다. 머리가 산을 이루듯 얽히고 설켜 있고 몸은 낡은 옷이요 새까만 모습은 길 위의 인생이었다.

'노숙자요, 나그네요 갈 곳 없는 그 한 사람 그대는 사람 소리가 나는 집에 냄새를 맡고 찾아왔나 보다.'

노숙자에게 식사를 대접하니 순식간에 몇 그릇을 먹더라. 고기도 밥도 반찬도 옆에 놓아 주었다. 마음껏 드시라고 했다. 그는, "푸짐한 잔칫집입니다." 너스레를 떤다. 한참 중얼거리더니, 잠이 쏟아지는지 꾸벅꾸벅 졸고 있다.

"이제 배가 불러요?"

"네, 살겠습니다. 눈이 밝아지네요."

"맞아요. 배가 부르면 세상을 다 얻은 것 같지요. 이제 생기가 돌고 있습니다."

나는 나그네를 방으로 모시라고 했다.

"원장님, 이 사람에게 냄새가 많이 나요. 몇 달을 닦지도 않았는지 옷이 누룽지처럼 굳어있어요. 딱딱한 가죽옷이에요. 몸에 이가 기어 다녀요. 목 사이를 보세요."

"얘기만 하지 말고 잡아줘. 지금 씻기면 안 돼. 따끈따끈한 방에서 한숨 푹 자고 일어나면 탕에 데리고 가서 깨끗이 닦아 주세요. 지금 졸고 있으니 일단은 재우세요. 배가 부른데 당신네 같으면 씻겠냐고! 얼어 있는 몸인데 억지로 닦다가 중풍이라도 걸리면 큰일나요. 괜히 밥한 끼 주고 생사람 잡지 말아요. 정초부터 문제 생기면 안 되니까 조심하세요. 그분이 풍찬노숙자가 아닐 수도 있어요. 예수님일 수도 있어요. 우리를 시험하기 위해서 오신 분일 수도 있어요. 나그네 방이 비어 있으니까 그 방에다 보일러를 틀어 따뜻하게 자라고 하세요."

한참 방 안에서 자고 일어난 무의무탁자는 얼굴이 보이지 않는다. 머리가 길어서 얼굴을 가렸기 때문이다. 악취가 심하다. 옷을 벗긴다. 여러 벌꺼입어서 벗겨도 벗겨도 옷은 그대로 있는 것 같다. 속옷을 3개, 내복이 5

개나 된다.

'이렇게 많이 입고 어떻게 걸어 다닐 수 있었을까!'

알몸의 무의무탁자를 보니 앙상한 뼈만 보이는 인귀상반人鬼上半 즉, 오랜 병이나 심한 고통으로 몸이 몹시 쇠약해져 있다. 따끈한 물에 몸을 푹 담근 후 욕조에서 나와 3명이 달려들어 그를 구석구석 닦아준다. 새까만 때가 밀려 나온다. 짐승의 가죽을 벗겨내는 것처럼 밀려 나와 바닥에 수북이 쌓인다.

"야, 이게 뭐야?"

사람도 아니고 짐승도 아니고 그래도 살아있으니, 생명은 고래 심줄 같다. 흑인이 백인으로 변해버렸다. 귀신같은 머리와 모습은 자취를 감추고 깨끗한 모습으로 윤곽이 드러난다. 속옷부터 겉옷까지 새것으로 갈아 입히고 머리도 예쁘게 잘라 주었더니 인물이 드러난다.

'이렇게 멋있는 신사인데 왜 그렇게 살았을까!'

나는 물어보지도 않는다. 인간은 각자 속사정이 있으며 어린아이부터 노인에 이르기까지 내면에 자존심이 살아있다. 그는 말을 잇는다. 눈물이 가득 고여 있다. 얼마나 굶었는지 옛 고향을 그리워했으나 돌아가지 못하는 그의 심정은 여러 가지 고뇌가 녹아 눈물이 되어 흐르고 있다. 그동안 아픔과 서러움이 복받쳐 터져 나온다.

"감사합니다. 고맙습니다."

허리가 땅에 닿도록 인사를 한다.

"그래요. 감사할 줄 알면 됩니다. 사람은 배가 고플 때 지극히 작은 것이라도 감사한 마음이 생기지요. 기갈자심飢渴滋甚 굶주림이 더 심해질 때는 어떻게 살았는지요? 우리와 함께 살고 싶으면 같이 살고 언제라도 가고 싶으면 가셔도 됩니다. 항상 대문이 열려 있어서 자유롭게 돌아가셔도 되는 겁니다."

2주 정도 지나니, 그는 사철의 봄바람이 불어온다. 얼굴이 뽀얗게 피어오르고 뼈만 남아 있던 몸에는 살이 점점 차오른다. 나그네는 어디서 왔는지 모르지만, 6개월이 지나가고 있다. 마음을 잡고 규칙적인 생활을 하고, 점점 인격체로 변해가고 있었다. 우리 가족에게는 꼭 필요한 존재였다. 때에 따라 비가 내리고 철에 따라 만물이 소생하고 시절에 따라 과실을 맺으려 꽃이 핀 것처럼 좋은 사람을 조각해 보니 인간의 본능적 형상이 나타나고 있다. 감사하다.

그는 서울 의과대를 수석으로 졸업한 수재였다. 인턴 생활을 하던 중 담임 교수와 시비가 붙어 폭력을 행사했다. 술로 방황하다 노숙자가 되어버린 것이다. 그러나 그는 지난 가을에 바람따라 낙엽따라 말없이 떠나 버렸다. 배에 기름기가 차오르니 이제는 욕망이요, 성욕이요, 탐욕이 그의 마음속이 용광로로 변하여 불같이 일어나 뛰쳐나가 버린 것이다.

나는 하루에 수십 통의 전화를 받는다. 핸드폰 2대를 가지고 있어도 감당이 안 된다. 직원이 전화를 받고 있다. 어느 날,

"원장님, 어느 분이 찾습니다."

"적당하게 얘기하고 끊고 말아요."

"아닙니다. 5분 동안 통화를 했습니다만 꼭 바꿔 달라고 합니다."

전화를 받았다.

"여기는 병원입니다. 원장님 꼭 와주셔야 합니다."

무단가출해 버린 서울 의대 40대 노숙자는 폐암이라고 한다. 그는 보호자가 있어야 수술을 받을 수 있다고 한다. 나는 그가 입원한 병원으로 급

히 찾아갔다. 업무과 담당을 만났다.

"아니 어떻게 내 연락처를 알고 있나요?"

환자가 목사님께 연락하라고 하더군요.

"네"

담당 주치의를 만나 이야기를 들어본다. 지금 당장 수술을 하지 않으면 환자는 사망할 수 있습니다.

"제가 법적 보호자도 아닌데 사인해도 되나요?"
"이 환자는 혈혈단신입니다. 보증을 서도 문제가 안 됩니다."
"그러면 대학병원에 복지과도 있지 않습니까?"
"물론 있지요. 양쪽 다 사인을 받으면 더욱 좋습니다."

그는 쉰둥이로서 외아들로 자라왔다. 부모님은 돌아가셨다. 수술대로 바로 올랐다.

"수술 잘 받으세요."
"원장님, 죄송합니다."

그는 나를 바라보는 눈빛이 온몸에 녹아 눈물로 흐르고 있다.
어느날 갑자기 고창근 씨가 생각난다. 3주 만에 병원에 다시 찾아갔다.

"환자가 병원에서 무단탈출을 했습니다. 마침 잘 오셨습니다. 연락하려던 중이었습니다. 병원비가 3,000만 원 정도 됩니다."

우선 병원비 1,500만 원을 냈다. 무연고자는 정부에 청구하면 병원비는 다 받을 수가 있다. 혹은 공동모금에다 요청하면 전액을 지원받게 된다. 한 인간은 생명이 끝나는 그 날까지 나라가 책임을 지게 되어 있다. 따라서 공동모금은 개인 후원으로 조직되어 있다. 이 후원금은 생명들을 위해서 구제하는 기부단체이다.

만약 이런 분들을 공동모금에서 무관심하면 사람을 죽게 함으로 유기치사가 되는 것이고 기부단체로 말미암아 사기를 치는 기부문화가 형성되고 있으매 국가나 개인으로부터 큰 장애물이 발생하는 것이다. 아침 안개가 자욱하게 끼어있다.

'고창근 씨가 죽었을까, 아니면 살았을까, 걱정스럽다. 부질없는 생각일까!'

나는 양 교수와 꽘으로 여행을 떠나기 위해 기내 VIP 좌석에 앉아 잠을 청하고 있다. 스튜어디스 2명이 우리 곁으로 찾아온다. 시간은 1시 30분을 가리키고 있다.

"손님?"

고운 음성과 바른 예절을 가지고,

"식사 주문하시겠어요?"

양 교수는 나에게 묻는다.

"당신은 무엇을 드시겠어요?"

"샌드위치로 하겠어요."

우리 두 사람은 같은 음식을 시켰다. 스튜어디스는,

"술은 어떻게 할까요?"

"와인 한 잔 하겠습니다."

하늘에서(기내) 식사를 마치고 나니, 내 얼굴은 홍실 감으로 변해가고 과실이 땅에 떨어질 듯 마음은 그저 여인과 함께 시간여행을 한다는 것이 이렇게 설레는지 모르겠다. 그녀는 나에게 브라보를 청하고 3시간 동안 은은한 음성으로 대화하며 손을 맞잡고 사랑의 감정이 무르익어가고 있다. 기내에서 기장의 안내방송이 흘러나온다.

"잠시 후에 괌에 도착하니 안전띠를 착용해 주십시오."

괌 국제공항에 내려 예약된 호텔로 들어간다. 짐을 풀고 커피숍으로 내려가서 잠시 여유를 즐기고 있다. 여기저기 둘러보며 조명이 비치는 밤을 내다보니 한 구절의 시가 문득 떠 오른다.

『임이여
그대 마음속에
광명이 비치고
당신의 가슴은
바다처럼 넓고 푸르다오.
하늘의 별들이
우리 두 사람을 향하여 비추고
그 하늘은
우리를 방해하는 구름 한 점 없어라.
아무것도 아닌 그 한 사람
설렘과 행복 웃음
나를 찾았나요?
나는 사랑이 무엇인지도 몰랐네.
철없는 아이
울고 울었다오.

지금

나와 그대가

사랑의 둥지를 틀고

잃었던 마음

제자리에 왔노라.

천만을 얻은 것보다 더 귀하네

나는 다행이라고 생각하며

이 순간

그대와 나뿐이오.

사랑의 불꽃이 점점 타오르고

수많은 은하수가 우리를 바라보고 있네.』

밤 12시,

여행한 첫날 밤은 하나가 되었다. 그녀는 영화에서나 본 야한 드레스를 입고 나를 유혹하고 있었다. 룸은 새벽 미명 시간 영원한 사랑으로 집을 짓고 있었다.

우리는 하룻밤 시간이 지나가고 이틀째 되는 날은 바닷가에 알몸으로 들어가 서로가 움켜쥐고 불꽃이 튄다. 지난날은 슬픔이요, 괴로움이요 아픔을 이겨내기 위해 싸웠건만 지금은….

저곳에 있는 사람들은 나침판을 잃어가며 방황하고 있다. 그러나 우리가 있는 곳에는 파도도 잠잠하였고 두 사람이 행복한 시간이요, 바람도 시샘하지 않고 평화로운 자연이 반겼다. 하늘도 구름 한 점 없이 총명하고 깨끗하며 달빛이 온 누리를 가득차게 하였고 별들도 반가워했다.

우리는 투몬 비치에서 자리를 잡고 즐겼다.

광활한 해변이 가장 먼저 눈에 들어왔다. 호화로운 해변 리조트와 호텔로 가득한 야자수 산책로가 늘어서 있어 마음이 행복해진다.

해안가를 따라 줄지어 선 고급 레스토랑과 술집들은 이른 새벽까지 축제 분위기를 이어간다. 인파는 붐볐지만 그래도 투몬은 일광욕을 즐기거나 좋아하는 수상 스포츠를 하기에 이상적인 것 같았다. 우리의 몸은 화끈거리고 꿈틀거리며 좀 더 외딴곳을 선호하고 싶었다.

괌에는 비어 있는 멋진 해변도 있다고 한다. 탈로포포에서 독특한 녹색 모래를 보다 보면 두 사람은 멀리 떨어진 자연의 아름다움을 더욱 느낄 수 있었다. 잠시 작은 찻집으로 들어가 미각이 끌리는 그곳에서 그녀는 나에게 요구한다.

입을 벌리라고 하며 음식을 먹여준다. 보랏빛 찬란한 커플이 작은 둥지를 틀고 사랑을 속삭이는 것 같은 마음이 밀려오고 밀려간다.

잉꼬부부로서 하나가 된 그대의 영혼 속에 리티디안 포인트에서 우리는 자연으로 돌아간다. 이곳은 이상적인 천연 휴양지이자 국립 야생동물 보호구역 안에 자리하고 있다. 동식물로 가득한 곳이다. 투몬에서 약 35분 거리로 괌의 북쪽 끝에 자리 잡고 있다.

나무, 달팽이, 마리아나 과일박쥐, 도마뱀, 두꺼비, 나비, 왕도마뱀 같은 동물들이 울창한 정글을 배회하고 있다. 이곳에는 3개의 가족 친화적인 자연 산책로인 라떼 루프(약 1.2㎞), 네이처(약 2㎞), 리티디안 케이보스(약 8㎞)가 있어서 쉽게 구경할 수 있었다.

나는 트레일에서 땀을 흘린 후 리티디안 해변의 맑은 바닷물에서 몸을 식힌다. 우리는 아프라 하버에서 두 차례의 세계 대전 난파선들 사이에서 다이빙을 즐긴다. 해저 세계에서 맛보는 짜릿함이다.

두 척의 유서 깊은 난파선이 있다. 가장 오래된 난파선은 독일 함선인 SMS 코를 모란으로 1차 세계 대전 중 미국 해군이 침몰시켰다고 한다. 우연히 미 해군은 거의 20년 후 세계 대전 중에 일본 여객선을 정확히 같은 위치에 침몰시켰다고 한다.

두 난파선은 서로 바로 옆에 나란히 있고 동시에 만질 수 있을 정도로 가까웠다고 한다. 지구상에서 유일하게 세계 대전으로 인한 난파선을 볼 수 있는 장소이기 때문에 이 멋진 경험은 자랑거리가 될 만하다고 나는 생각한다. 섬 주변에 다른 멋진 다이빙 장소가 흩어져 있어서 풍부한 해양 동물과 다채로운 산호를 볼 수 있었다.

차모로 빌리지 마켓에서 현지 문화 체험을 하였다. 섬 원주민의 고대 전통을 경험해 보는 것이었다. 이 시간쯤 매혹적인 춤 공연, 흥미로운 문화공연, 어린이들이 좋아하는 버펄로 타기 같은 기억에 남을 만한 이벤트를 경험하였다.

그녀는 차모로 요리를 맛보았고 기념품으로 전통 수공예품을 사기에 바빴다. 그녀의 끼는 마음속 깊이 잠자고 있던 능력에 재발동을 걸었다. 나는 양 교수와 함께 여행에 묘미를 머릿속에 가득 채워가고 있다. 치에 스타 리조트 안에 있는 최첨단 극장 마술사, 조용한 코미디언, 서커스 공연자, 백사자 리오 등 쇼의 스타들을 위한 무대이다. 기발한 코미디 루틴, 아슬아슬한 묘기, 믿을 수 없는 착시 현상이 우리를 다시 한번 놀라게 했다.

우리는 다시 차를 타고 퍼시픽 전쟁 박물관의 역사 체험을 한다. 투몬에서 서쪽으로 20분 정도 가면 괌 군대의 역사에 대해 살펴볼 수 있다. 태평양의 주요 해양 강국 근처에 위치한 괌의 전략적 위치 때문에 이 작은 섬은 1차 세계 대전부터 현재까지 중요한 미군 기지가 되었다고 한다. 이 박물관은 주로 2차 세계 대전 동안 섬 지배를 놓고 일본과 싸웠던 미국 해병대에 초점을 두고 있다. 미국인들이 처음에는 땅을 잃었지만 1944년에 권력을 되찾았고 그 이후로 강력한 입지를 유지해 왔다. 요즘에는 약 7,000명의 군인이 앤더슨 공군 기지와 괌 해군기지에 주둔하고 있다. 군 최고 간부들은 이 섬을 미국의 '영구 항공 모함'이라고 부르곤 한다. 우리는 도시 밖에서 조용히 휴식을 취하기 위해 무인도 알루파트 섬을 탐험했다.

투몬 해변 바로 옆에 있는 무인도 알루파트에서 사람들이 떠난 열대성의 여유로움을 만끽한다. 그림같이 완벽한 모래 코브에서 휴식을 취하는 것 외에는 할만한 것이 많지 않지만 진정 기억에 남을 만한 무인도 경험이 되었다.

오늘 밤은 오색찬란한 잠옷을 입고 잠자고 있는 내 마음을 깨운다. 와인 한잔을 하자고 한다. 냉장고 문을 연다. 그녀의 뒷모습을 보는 느낌은 말로 표현할 수 없는 흥분의 도가니에 녹아버린다. 그녀의 힙을 보면 잠자고 있던 혈관들이 요동을 치고 있다. 어디 빈틈없이 화장을 예쁘게 한 것 같다. 헤어스타일은 허리 밑으로 흘러내려 있고 라면이 꼬이듯 둥실둥실 모형을 나타내고 있다. 그 자체는 예술적이었다. 12시가 넘은 이 밤에 사슴처럼 아름다운 눈이 나를 삼킬 것만 같다. 호화찬란한 밤과 같이 그대와 나는 계속 대화한다.

양지원 씨는, "당신이 없는 시간은 애찬의 암초요, 나는 몸만 기르는 목자요, 바람에 불려 떠가는 물 없는 구름이요, 죽고 또 죽어 뿌리까지 뽑힌 열매 없는 가을 나무요, 수초에 거품을 뿜는 바다의 거친 물결이요, 영원히 예비된 컴컴한 흑암으로 돌아가서 나는 유리하는 별들이 되리라. 그러나 당신이 내 품 안에 항상 있다면 이 세상을 검은 안개가 덮어버려도 그것으로 이불 삼아 행복하다고 외치고 싶습니다. 사랑은 아무나 하는 것이 아닙니다. 뿌리가 깊은데서부터 나무 끝까지 물이 오를 때 그 나무는 수풀을 이루는 청산입니다. 당신 앞에 영원히…"

나는 더 이상 그녀의 말에 마리아가 빈 무덤 속에서 눈물을 흘리는 남자가 되고 싶지 않다.

"그래요. 죽는 그 날까지 그대는 내 품에 나는 그대 품에 사랑을 먹고 영원히 약속하리라."

나는 양지원 씨가 사는 강남 아파트로 들어선다. 그녀의 집은 100평 남짓하다. 복층으로 이루어져 있으며 두 개의 거실이 있어 두 세대가 분리되어 살 수 있는 곳이다. 눈에 띄는 것은 발코니가 둘러싸는 형태의 구조이다. 평수가 넓어서 발코니가 넉넉하게 들어가고 층을 이어주는 계단의 크기도 작지 않다. 디자이너이기 때문에 사철에 봄바람 불어오는 것 같은 느낌이 나의 삭신을 파고든다.

'숙명적 만남은 하늘에서 맺어준 것 아닌가!'

많고 많은 남자 중에 나란 남자를 만나서 좋아 미친다고 한다. 그녀는 독신으로 살면서 고독한 삶이 길었던 것 같았다. 한 시간이 3년 같이 외롭고 쓸쓸한 눈보라가 치던 언덕에서 그녀는 조약돌처럼 닳고 닳아서 그 누구도 눈에 차지도 않고 마음의 감동도 없다고 한다.

그녀는 돈도, 명예도 다 부질없는 것이요, 포근하고 따뜻한 날개 안에 늘 품고 사랑을 속삭이며 사는 것이 그녀의 인생 전부라고 한다.

"승주 씨, 이제는 나무 새가 되고 싶지 않습니다. 바람이 불고, 눈보라가 치고, 저녁에 붉은 노을 치던 그 전, 나는 외로움에 미쳐서 홀로 가고 있었습니다. 지금까지 당신과의 삶은 온전한 뜰 안에서 살 수는 없었지만 행복했습니다. 그러나 늘 불안정한 마음이었지요. 당신은 소명이 사랑보다 더 소중했기 때문입니다."

이제부터 그녀의 집에서 내 영혼이 안전하고 즐겁고 기쁜 마음으로 살 겠다고 그녀의 말에 수긍할 수밖에 없었다. 어느 날 나는, 슬픔이 빗물처 럼 주룩주룩 내리고 있었다. 오후 5시 초인종이 '땡' 하고 울린다. 내 마음 이 조급해 진다.

"누구세요?"

"승주 씨, 저예요."

얼굴에 미소를 띤 채 새털처럼 가볍고 사랑처럼 포근한 모습으로 나에 게 다가온다. 내 입술에 그녀의 입술이 포개지고 말았다.

"양 교수, 지금 책을 보고 있는데 훅 하고 들어오면 어떡합니까?"

'흥'하며 세상을 다 얻은 것처럼 코로 말하고 그녀는 샤워실로 들어간다. 한 시간이 지나도록 어디를 어떻게 닦았는지 알 수는 없지만, 꽤 긴 시간이 었다. 그녀가 샤워하고 가운을 입고 실내화를 신고 터벅터벅 걸어오는 모 습은 여자의 발걸음이 아니었다. 힘센 황소 발처럼 자신 있는 걸음이었다. 식사하고 미니 커피숍에서 사랑의 씨앗을 뿌리고 있다.

"승주 씨, 꼭 할 말이 있어요. 조금은 조심스럽고 실례가 되는지도 몰 라요. 재건축할 때 제가 70%는 부담하겠습니다. 자금 때문에 걱정하 지 마세요."

"무슨 소리 하시는 거요? 혹시나 제가 잘못 들은 거 아니죠? 만약 양 교수가 하는 말이 사실이라면 나는 사양하겠습니다. 자금은 지금도 충분합니다. 보험회사에서 보상받은 것도 있고 은행에서 대출받으면 됩니다."

"물론 당신 말이 맞지요. 돈에 맞추어서 건물을 지으면 되는 것이지요. 그러나 조금은 무리해서라도 100년 앞을 내다보고 건물을 지어야 합니다. 불에 타지 않는 건축자재로 사용하고 현재보다 두 배 정도의 넓은 건물을 세웁시다. 15,000평 안에는 자연과 함께 세우는 이동식 건물로 약 10평 정도의 귀엽고 작은 하우스를 영구적으로 만들어 갔으면 해요. 이것이 승주 씨의 꿈이잖아요."

몇 달을 전전긍긍하며 안개 속에 묻혀 고민에 빠져든다. 나는 그녀가 하자는 대로 하는 것도 나쁘지 않다고 생각한다. 그녀가 세상을 살면서 자신만을 위해 살아왔기 때문에 이제는 나 같은 남자에게도 영육이요 제물까지 다 바쳐 한 세월 살아보겠다고 한다. 여행 가서 설계 도면을 구상해 놓은 것을 건축 도면으로 옮겨왔다.

"자기야, 내가 그동안 생각해 놓은 구상을 도면으로 그려왔어요. 마음에 들지 않는 부분을 꼼꼼히 다듬어 완성품을 만들어 보세요."

그녀가 준 도면을 보니 바늘구멍 하나 들어갈 틈도 없이 완벽했지만 나는 다시 손질하며 다듬어야 할 필요성을 느꼈다. 시간이 간다. 서재에 앉아 책을 보며 내 평생 살아온 길을 도면으로 옮기며 나의 인생을 만들기 위해 3개월 동안 고군분투하였다. 모든 도면은 전문인에게 맡기고 허가를 냈다. 세월은 황금을 주고도 바꿀 수 없는 보물이다.

'천년이 하루 같이 광음여전光陰如箭 하고 있으니, 물은 말없이 흘러가고 시간은 나를 기다려 주지 않는구나!'

나는 도면도 끝이 났고 화재로 인하여 화마가 가져간 흔적은 진리의 터

로 만들었다. 1,200평 건물을 세우고 2,000평이 넘는 정원을 만들고 15,000
평에다 이동식 건물 50개를 세웠다. 누구나 돈이 없어도 편히 쉴 공간을 만
들어 놓았다. 앞으로 30년이 지나면 인간은 자연속으로 다시 돌아가는 것
이 본능인지도 모르겠다. 먼 미래를 대비하기 위해 양 교수는 이곳을 개발
하는데 협조하였다. 미니 하우스는 숲속의 둥지를 튼 파랑새 가족들이 자
연과 함께 행복을 만들고 있다.

본 건물은 4층이지만 복층 건물이기 때문에 6층 정도이다. 유리천장은
햇빛을 받아 실내의 온도가 20℃ 이상 유지되도록 만들어져 있다. 룸 안에
서 생활하다 보면 친환경적이다. 숲속 정원이 보이고 새 소리, 바람 소리,
만수의 개성을 가지고 살아있는 생물들은 우울해 하고 있는 사람들을 즐
겁게 한다. 인간은 자연과 더불어 사는 것이 삶의 창조라고 마음속 깊이 깨
닫는다. 건축 완공식에 3천 명의 사람들이 참석해 자리를 빛내주고 있었
다. 하남에서 강원도로 이주하여 자리를 잡아가고 있었고 이곳에 입주한
병든 자도 고통은 사라지고 지극히 작은 자들과 함께 기쁨도 슬픔도 함께
하며 생활의 터전을 일군다.

양지원 씨는 서울에서 함께 살자고 한다. 이제는 사랑의 새 술로 묶여
있기 때문이다. 그 한 사람을 사랑하고 나니 행복도 있지만, 구속도 있다.
사랑에는 굴레가 있는 것이 당연지사다. 사랑은 좋은 것만이 아니다. 책임
이 따른다. 그러나 그녀는,

"승주 씨, 당신이 나에게는 전부입니다. 돈도, 명예도, 육체도 행복의
웨딩드레스를 입을 수가 없습니다. 당신 품에 잠들기까지 얼마나 힘
들었는지 모릅니다. 시기하는 바람, 질투하는 돌멩이 등 여러 총칼이
나를 향하여 찾아왔으나 지나가는 소낙비가 되었고 가까이에 있는
당신의 손을 이제 꼭 잡았으니 영원히 놓지 않겠습니다. 사랑의 큰 벽

에 내가 가려져 있어 힘겹게 참아왔던 나의 삶은 초라하고 비참했었습니다. 그러나 포기할 수 없었습니다. 시간이 가고 세월은 결코 이 여인을 배신하지 않고 사랑의 선물로 줄 것을 믿었기 때문입니다. 기다렸던 나의 모습은 비바람에 떨어져 버린 꽃잎 신세입니다.

나만 혼자 울고 또 울어야만 했었습니다. 내 중심과 마음은 하루에도 수없이 무너져 내리기도 했지만 용광로처럼 뜨거운 사랑이 다시 일어나는 힘을 주었습니다. 당신의 사랑을 받기 위해 혼자 눈물을 흘리며 돌아서야만 했습니다. 그 순간 여러 가지 장애물들이 나를 찾아왔습니다. '정신이 나갔구나, 배가 부르니 배고픈 자들의 마음을 어찌 알겠는고!' 수많은 조롱거리가 검은 먹구름이 되어 내 앞을 가렸습니다.

그러나 당신을 향한 나의 사랑은 식지 않았습니다. 내가 사랑했던 것만큼 당신을 내 가슴에서 지워버릴 수 없었습니다. 그래서 소낙비도 피하고 천둥소리도 두려워하지 않고 사막에 강풍이 내리쳐 모래바람이 나를 뒤덮어도 잊지 못했습니다. 내가 사랑했던 그 힘은 세상을 다 얻을 수 있는 황소였습니다. 이제 이별까지는 생각하지 마시고 당신의 몸과 마음이 다 녹아 흘러내릴 때까지 나는 변치 않겠습니다. 당신의 모습은 남자였습니다. 당신의 향이 이 여자를 미치게 했습니다. 당신의 음성에 취해 버렸던 것입니다."

양 교수는 외치고 있었다. 그대와 내가 행복하다고 물론 나 역시 외치고 있었다.

오늘은 대전에 강의가 있어 찾아간다. 하늘에는 별이 있고, 땅에는 꽃이 있고, 인간의 가슴에는 사랑이 있다. 그러나 어머니의 가슴에는 아픔과 고통에 이슬이 맺힌 한이 있다. 장미꽃은 아름답다. 개성이 있다. 미美가 있다. 가시도 있다. 잘 만지면 상처가 나지 않지만 잘못 만지면 상처를 입는다.

우리 어머니는 장미처럼 아름다웠다. 솜씨가 있다. 말씨가 있다. 애교가 있다. 그런데 '왜 어머니의 몸에는 무서운 가시가 자라고 있었을까!' 아버지에게 사랑을 받지 못했기 때문이다. 여자는 지극히 작은 것부터 큰 것에 이르기까지 그저 사랑받기를 원한다. 사랑받기 위해 태어났다. 그 사랑 때문에 존재하는 것이다. 만약 사랑이 없었다면 여자는 따뜻한 가슴이 없으며, 어머니로 변하지는 못했을 것이다. 여자는 특별한 은혜를 가지고 있다. 그래서 아기를 낳게 되고 생명을 기르며 먹이며 입히는 것이다.

세상에서 제일 위대한 인물은 어머니라고 말하고 싶다. 수없이 매를 맞고 조롱을 당하며 배고픈 배를 움켜쥐고서 그 자리를 지키며 살아왔기 때문에 어머니는 위대한 것이다. 고귀하다. 소중하다. 어머니가 없으면 나라가 없다. 누구나 어머니의 사명을 감당한다면 사회는 아름다운 향기의 꽃이 필 것이다.

어렸을 적 엄마의 무릎을 베고 밤하늘을 바라보면서 별을 세던 기억이 떠오른다. 어머니는 주먹밥을 가지고 와서 자녀들을 먹였다. 그 마음에는 상처가 있었고, 슬픔이 있었고, 미움이 있었고 원망이 있었다. 어머니는 가슴에 멍이 들고, 배고픔과 설움에 한 세월을 살고 육신도 메말라 갔지만 오직 자녀를 기르기 위해서 희생하며 비바람을 막아 주었다. 당신은 목이 말라 죽을 것만 같아도 물 한 모금 마시지 않고 오직 자녀를 위해 오늘날까지 살아왔다.

지상에는 아름다운 것들이 많다. 꽃도 아름답고, 별도 아름답고, 음악도 아름답고, 젊은 처녀의 웃음도 아름답고, 청년도 아름답고 다섯 살 먹은 아기도 아름답지만 가장 아름다운 것은 어머니이다. 인간에게는 사랑의 꽃과 향기가 있기에 인생을 살아가는 기쁨과 보람이 있다.

인간의 모든 사랑은 이해타산의 범위에서 벗어나지 못한다. 주는 만큼 받고, 받는 만큼 주는 것이 인간 관계의 기본원칙이다. 주기만 하고 받지 못하거나 받기만 하고 주지 못할 때 인간관계는 균형과 조화를 잃어버리고 만다. 우정도, 사제애도, 연애도, 부부애도 깨지기 쉽다. 아내는 남편을 극진히 사랑하는데 남편이 아내에게 아무런 애정을 보이지 않을 때 그 부부애는 오래 지속되기가 어렵다. 금실이 좋은 부부관계는 곧, 음성과 양성이 맞을 때 사랑의 꽃이 피는 것이다.

우정도 그렇다. 가기만 하고 오지 못하는 우정은 우정이 아니다. 우정은 상호 교환적 애정이다. 연애는 더군다나 더 그렇다. 남자가 여자를 사랑하는데 여자가 남자를 사랑하지 않는다면 그것은 연애가 아니다. 하나의 짝사랑이요, 짝사랑은 일방통행이다. 그러나 연애는 쌍방통행이다.

그러한 원리와 관계를 초월한 사랑이 있다. 그것은 바로 어머니의 사랑이다. 부성애도 이 범주에 속한다. 어머니의 사랑은 주고받는 관계를 초월한다. 어머니가 자식을 사랑할 때 받을 것을 예상하거나 기대하면서 사랑하는 것은 아니다. 받으려고 사랑하는 것이 아니요, 희생하는 것도 아니요, 헌신하는 것도 아니요, 오래 참는 것도 아니다. 어머니의 사랑은 이유 없이 자식에게 주는 것이다. 노동의 대가와 희생의 대가를 바라지도 원하지도 않는다.

태양은 빛과 열을 사방에 발산한다. 대상을 가려서 빛과 열을 주는 것이 아니다. 샘터에는 샘물이 철철 넘쳐흐른다. 우리는 어머니의 가슴속 생명의 물을 마시면서 몸과 마음이 자라왔다. 어머니 품에 안겨 눈동자를 바라보면서 인생을 배우고, 사랑을 배우고, 평화를 배우고, 정성을 배우고, 희망을 배우고 용기를 배운다. 어머니의 눈동자는 희망의 무지개가 있다. 감사의 기도가 있다. 지혜의 빛이 있다. 정성과 향기가 있다. 사랑의 별이 빛나고 있다. 곧, 빵은 육체의 양식이 될 수 있으나 정신의 양식, 인격의 양식은 될 수 없다. 인간은 빵으로 사는 존재가 아니다. 사랑을 먹고 사는 존재이다.

고아들이 '왜 성격이 어그러지고 마음이 삐뚤어지는가!' 어머니의 노래와 기도, 빛과 향기, 그리고 사랑이 없기 때문이다. 우리를 품에 안고 조용히 지켜보는 어머니의 맑은 눈동자 그것은 인간이 자라는 최고의 미요 지상의 으뜸가는 아름다움이다.

강풍이 몰아쳐도 흔들리지 않는다. 전쟁터에서 총알을 등지고 가슴에 생명을 안고 보호하고 희생했다. 그래서 어머니는 위대하고 고귀하다. 그 자리를 빛내고 태양처럼 따뜻한 보금자리를 만들어 주다가 그저 자연에 묻혀 말없이 돌아가는 것이 어머니의 교훈이다.

지금 어머니가 살아계신다면 마음을 다하자. 사랑하자. 기쁨을 드리자. 노래를 불러드리자. 애교를 부리며 행복하게 해주자. 어머니는 기다려 주지 않는다. 있을 때 원망하지 말고 최고의 사랑을 주자. 떡보다는 마음을, 마음보다는 행동을, 행동보다는 기쁨을 주자. 오늘 어머니는 기다려 주지 않는다. 이별한 후에 울어봐야 소용이 없다. 후회하지 말자. 그리운 어머니, 영원한 나의 힘이요, 기쁨이요, 양식이요, 교훈이었노라.'

강동 성심병원 3층 중환자실에 한 달 이상 입원하고 있는 강우석(33세, 중증장애인)은 송장처럼 뼈만 남아 있어 보는 이들의 마음을 저리게 한다.

우석 씨는 태어날 때부터 장애를 갖고 태어났으며 누군가가 버려 목숨만 살아 꿈틀거리고 있을 때 세곡동 아동병원에 입원하게 되었다. 병원에서 일곱 살 때까지 살다가 강동 주몽재활원에 들어가 생활하던 중 성인이 되자 재활원을 퇴소했다. 갈 곳 없던 우석 씨를 받아준 사람이 <실로암 연못의 집> 한승주 원장이었다.

강우석은 온 지체가 부자유스럽지만 춤을 추며 노래를 부르고 기뻐하며 많은 사람에게 감동을 주는 향기로운 꽃이었다. 그는 물을 마셔도 기침하고 밥을 먹거나 떡을 먹으면 목에 늘 걸렸다. 음식물이 기도로 들어가 폐에 쌓여서 폐가 점점 썩어가는 것을 평생 모르고 살아왔다. 그런데 싸울 줄도 모르고 탐욕도 없고, 탐심도 없는 그가 갑자기 몸에서 열이 나고 음식을 먹을 수가 없었다. 개인 병원에서 치료받았으나 회복이 되지 않았다. 의사 선생님은,

"감기 몸살 같아요."

강제 퇴원을 당해 집으로 돌아왔다. 보름 동안 집에 있었으나 건강은 호전되지 않았다. 몸이 점점 말라갔다. 뼈만 남아 얼굴만 퉁퉁 부어 심각한 상태가 되어 5월 15일, 우석이를 차에 태워 강동 성심병원 응급실에서 여러 가지 검사를 받았다. 그 결과 폐가 썩어 물이 차 있었다. 만약 고름을 빼지 않는다면 사망할 수 있다고 한다. 급하게 응급조치를 위해 옆구리에 구멍을 뚫고 썩은 고름을 빼냈다. 두 시간 동안 고름을 받아내니 냄새가 진동해 사람이 옆에 있을 수조차 없었다.

"왜 이렇게 냄새가 나지요?"

의사는,

"어제 오늘 일이 아닙니다."

오랫동안 썩어 폐에 고름이 차고 있었다고 한다. 그리고 3주가 지난 6월 20일 수술 날짜를 잡고 중환자실에 입원하였다.

"우석 씨는 정상인이 아니기 때문에 수술 중에 사망할 수도 있습니다."

심장 수술하는 것보다 더 어렵고 비용이 많이 든다고 한다. 사망할 가능성까지 염두에 두고 각서에 서명했다. 1차 수술은 성공했으나 2차 수술은 어려워 포기하는 것이 어떠냐고 했다. 나는 담당 의사에게,

"최선을 다해 주십시오. 돈이 문제가 아닙니다. 생명이 더욱 소중하기 때문입니다."

나는 의사로부터 힘들지만, 최선을 다하겠다는 약속을 받았다. 6월 20일 강동 성심병원에서 전화가 걸려 왔다. 호출이었다. 나는 정신없이 중환자실을 찾아간다. 두 시간 동안 가슴 조리며 불안하고 초조한 마음을 감출 수가 없었다.

담당 의사가 나와 우석이의 상태를 설명했다. 왜 혈압이 급속도로 떨어졌는지 이유를 모르겠으나 두 가지 원인이 있다고 했다. 수술 중 충격을 받았거나, 폐를 물로 세척을 해서 썩은 고름이 혈관을 타고 온몸을 돌아서 쇼크가 왔을 수도 있다는 것이다.

지금 중환자실에 있는 강우석은 목숨만 붙어 있는 상태로 건강해질 그날을 희망 없이 기다리고 있다. 앞으로 얼마나 더 입원해야 할지 기약도 없다.

'그가 무슨 죄가 크다는 말인가!' 나는 눈물을 흘리며 하늘을 바라보고 있다. 원무과에 내려가니 병원비가 많이 나왔으니 어떻게 할 거냐고 묻는다.

"돈은 걱정하지 마세요. 생명이 중요합니다."

그러나 입원비를 감당하지 못하면 치료 중에 강제 퇴원을 시킨다고 한다. 영적인 자식, 육체적인 자식, 탯줄로 낳지는 않았지만 사랑으로 기른 정이 깊어 우석이는 육신의 자식보다 더 귀하다.

그토록 고통스러워하던 아들 강우석이 아프다는 말 한마디 없이 10년 넘게 참아왔다는 사실을 생각하면 가슴이 찢어지는 것만 같다. 온몸은 장애를 가져 꽈배기처럼 꼬여 있고, 그가 움직일 때마다 이상한 춤이라도 추듯 사지가 흐느적거려 많은 사람의 마음을 아프게 한 강우석. 정신이 건강한 사람은 쉽게 표현하고 자기의 생명을 소중히 여기며 조금만 아파도 두려워하며 병원에 찾아가는데 어린아이 같은 지능을 가지고 있는 우석이는 아프다는 표현을 하지 못해 병을 키운 것 같아 안타깝기만 하다. 이들은 배가 고픈데 배가 아프다고 말하고, 배가 아픈데 배가 고프다고 말한다. 50여 명의 실로암 교인들도 비록 장애를 가지고 있지만 다 귀하고 소중하다.

입원 중인 우석이는 언제 퇴원할지도 모른다. 중환자실에서 일반실로 옮기려면 수술비와 입원비를 내야 하고 간병비도 필요하다. 그도 살고 싶어 한다. 외면하지 말자. 우석이는 필요 없는 존재라 생각할 수도 있지만, 우리 사회에 어쩌면 꼭 필요한 인물이라 생각한다.

『어린아이
순박했노라.
목숨만 살아 말하였노라.
육체는 마비되었으나
누워서 하고픈 말 다 하고

표정만큼은 그의 몸에서 흐르는

역겨운 냄새
사람 썩는 냄새까지도
향기롭게 만드는 재주를 가졌구나.

어느 날,
생긴 욕창은
온몸을 휘감아 썩은 물만 흘러내리고
살을 파고드는 욕창은 화마처럼
온몸을 집어삼켜
후비고 파내고 칼로 잘라내어도
아프다는 비명조차 내지 않는 귀한 생명

그래도 살고 싶어 없어서 못 먹는다고 말하고
통닭 한 마리
사달라 소리치는
질경이처럼 억세고 고래 심줄처럼 질긴 생명
오늘도 노래 부르듯
통닭 한 마리 사 주세요..』

<이 시속에 목만 살아있는 한 사람>

두 사람이 출근한다. 양지원 씨와 함께 말이다.

나는 세상에 태어나서 난생처음 사랑이 무엇인가를 알게 됐다. 항상 그대가 내 곁에 있으면 부족함이 없고, 슬픔도 없고, 괴로움도 없고, 헐벗고, 배고픔도 없다. 온 인류를 다 가진 것처럼 편안하고 자연의 섭리대로 성취되고 있으니 늦게나마 사랑의 진리를 깨달았다. 아무것도 없는 것 같으나 많은 사랑 나눠주고 남는 자요, 미련한 자 같으나 지혜롭고 총명한 자요, 수많은 군중이 나를 향하여 몰려올 때도 바람에 날려가는 재와 같이 사라지며 나를 삼키려고 황소 떼가 찾아오지만, 그 자리에 꽃잎처럼 떨어져 버리고 바람도 비도 파도도 사람도 순종하고 만다.

양지원은 출근하면서,

"11시 30분경에 시설로 갈 거예요."

"오늘 특별한 일정이 없나?"

"일정대로 일하다 보면 당신의 일에 조금도 도움이 안 되고 얼굴마저 잊어버리겠어요. 될 수 있으면 일은 조금만 하고 자기가 하는 일에 관심을 가져야 하겠어요. 어젯밤에 시설에 있는 환자들을 걱정하며 하늘의 천둥소리 들려오는 기도를 하더군요. 어째서 이 여인을 미치도록 사랑하지 못하면서 그들만 그렇게 좋아하시나요. 이제는 나도 한 몸이 됐으니 당신과 함께 배를 타고 태평양에 가야겠어요."

"힘들텐데."

"태평양 바다를 건너가는 게 그리 쉽겠습니까? 강풍도 만나고 고통도 당하면서 가야지요. 고귀한 사랑은 거저 얻는 게 아니에요."

강원도 시설에 차가 온다. 승용차 2대, 승합차 3대, 용달차 2대가 입구에 도착한다. 사람들이 차에서 내린다. 30명이 찾아온 것이다. 옷이요, 쌀이요, 김치요, 생선이요, 과일이요, 고기요 풍성하다.

명절도 아닌데 사람들을 인솔해 온 양 교수는 구석구석 다니면서 보여

주기도 한다. 1층 식당을 돌아본다. 봉사하러 오신 분들은 깜짝 놀란다. 창문이 크고 통유리로 되어서 잔디밭이요, 나무요, 정원수들이 주인을 기다리고 있는 그 모습들을 보고,

"아~~ 이곳이 천국일세."

"여기에 있는 노인, 장애인, 치매 환자들은 복도 많네."

식사를 준비하여 이들과 함께 콜콜한 냄새를 견뎌내며 인상 한번 찡그리지 않고 친절과 사랑으로 섬기는 것이 얼마나 감사한지 모른다. 물론 양 교수는 3층에 올라가더니 옷을 갈아입고 모든 행사를 차질 없이 준비해 나간다.

소낙비가 앞뒤가 보이지 않게 쏟아지더니 언제 왔느냐 싶다. 햇볕은 쨍쨍 내리쬐고 하늘이 맑고 푸르다. 산에 올라가자고 한다. 나물을 뜯는다. 더덕을 캐고, 쑥을 뜯고, 고사리를 꺾고, 취나물을 따고 한 보따리씩 가지고 내려온다. 나는 골고루 떡을 나눠 줘야만 한다. 오신 손님들에게 사랑의 떡을 말이다. 누구는 더 주고 누구를 덜 주면 질투하고 싸우게 된다. 사람 비위를 맞추는 것은 참으로 어려운 일이다. 누구나 죄인이요, 괴수이기 때문이다.

어느새 양 교수와 나는 만난 지 3년이 지나가고 있다. '행복하다. 너무 행복해서 희비애락喜悲哀樂이라. 신이 질투할 것 같아서 불안하다. 내가 이런 행복과 사랑을 받아도 되는가!'

어느 여름날, 이슬비가 쉬지 않고 내린다. 우산을 쓰자니 그렇고 안 쓰자니 옷이 젖을 것 같고 어중간한 날씨 속에 양 교수와 나는 출근을 하지 않고 함께 시간을 보낸다.

"승주 씨, 날씨도 꿀꿀한데 군것질 좀 할까요?"

"무슨 군것질이요? 하루 3끼 밥 잘 먹으면 됐지. 군것질 하는 것은 몸의 독이에요."

몇 마디 대화하더니 돌아서서 나간다. 주방에 들어가 아주머니에게,

"빈대떡 좀 부쳐 주세요."

아주머니는 맛있게 반죽하여 여러 가지 채소를 썰어 넣고 해물전을 만들었다.

"교수님, 다 준비됐어요."

양 교수는 다과상에다 예쁜 접시에 양념간장과 구수한 홍차를 가지고 방안으로 가려고 한다.

"교수님, 거기 놔두세요. 제가 가져다 드리겠습니다."

항상 주방은 집사 아주머니가 있다. 양 교수는 간식이요, 음식이요, 빨래요 가사에 대한 일은 전혀 모른다.

"아주머니 아니에요. 오늘은 제가 가지고 올라갈게요."

예쁘고 귀여운 작은 상을 가지고 들어온다. 나는 깜짝 놀랐다. 이때 나의 여자 나의 아내라는 사실을 피부 깊숙이 느끼게 된다. 그녀는 꽃수가 놓여있는 하얀 앞치마를 둘러매고 뚜벅뚜벅 걸어오는 모습이 행복의 맛을 느끼게 한다. 나는 그녀와 함께 차를 마시고 있다. 그녀는,

"왜 빈대떡을 안 먹어요?"

"나는 원래 밀가루 음식이나 간식을 안 먹습니다."

"그런 말이 어딨어요? 열심히 제가 만들어왔단 말이에요. 한 번만 드셔보세요."

하면서 내 입에다 빈대떡 한 덩어리를 깊숙이 넣어준다. 기분이 이상하다. 그동안 빈대떡을 먹어보지도 않았으며 보지도 않았다. 그런데 웬일인가 뜻밖의 일이다. 빈대떡을 붙여서 먹는 것을 보니 임신을 한 것 같은 예감이 든다. 물론 혼자만의 생각이다.

10월 17일 양 교수가 임신했다. '주야장천 남편을 귀찮게 하고 사랑에 굶주려 허기진 사람일까!' 해도 해도 성욕에 만족함을 갖지 못한다. 오늘 저녁에 양 교수를 완전 KO를 시켜야겠다는 마음을 갖고 있었다. 2시간 30분 동안 머리부터 발끝까지 애무하며 삼각형 다리를 벌리고 그녀의 옹달샘에서 물이 흐르게 했다. 양 교수는 옹녀일까, 12번 이상 사정을 한다.

그녀와 저녁 10시부터 아침 5시까지 부부관계를 했으나 나는 한 번도 사정하지 않았다. 그렇다면 '이 한승주가 변강쇠인가!' 2시간 이상을 해도 성이 차지 않아서 마음을 먹고 갈 데까지 가보자는 심정으로 양지원을 미치게 했다.

'나는 그녀를 보면서 여자는 성욕에 살고 성욕에 죽는구나!'

섹스할 때도 그녀는 얌전히 있지 않고 절제를 못 하고 있다. 그녀의 몸은 미꾸라지가 온몸을 흔들듯이 살아있는 물고기처럼 팔딱팔딱 뛰며 의식도 없이 소리를 질러댄다. 연신 그녀의 옹달샘에서는 봇물이 터져 나온다. 침실이 다 젖고 만다. 수건 3개를 깔고 관계했는데도 매트리스 속까지 파고들다니 얼마나 쾌감에 만족을 느꼈는지 그녀는 남자의 사랑을 먹고 살아야 하는가 보다. 작고 크게 앓는 소리를 내며 '나 죽는다' 방안에 행복의 향내가 진동한다. 절제하지 않으면 인간은 짐승보다 못한 것이다.

짐승은 시기가 찾아오면 그때 암컷은 수컷을 부른다. 그 부르는 소리를 듣고 먼 거리에서도 수컷은 암컷을 찾아오는 것이다. 그러나 인간은 때와 시를 가리지 않고 그저 흥분의 도가니 속에 갇혀 전부인 것처럼 생각하는 여자도 남자도 있는가 보다.

나는 성욕이 특별하게 강하다. 좋은 것도 먹지를 않고 음식도 가리며 아무거나 먹는 사람이 아니다. 그러나 내가 성욕이 강해도 아무 여자와 섹스하는 것은 절대 아니다. 낯을 많이 가린다. 갑자기 밤 11시에,

"여보, 배가 아파 어지럽고 토할 것 같아요."

"약을 먹으면 되지요."

양 교수는 화를 낸다.

"아니 그걸 지금 말씀이라고 하세요? 제가 임신했단 말이에요. 약을 먹으면 안 돼요. 왜 나에게 관심이 없고 신경을 안 쓰세요?"

그녀는 배를 아파하고 있었다. 나는 기사를 불러 가까운 산부인과로 찾아간다.

"유산 끼가 보입니다. 조심하세요."

결국 그녀는 유산을 하고 말았다. 나는 마음이 섭섭하고 몹시 괴로워 어떻게 해야 할지 모르겠다. '그냥 나 혼자 살까!' 갈등의 소낙비가 나와 그녀를 붙잡고 매달리고 있었다. 고민이 모든 걸 해결해 줄 수는 없다. 정신을 차리고 그녀를 위로하고 마음과 행동으로 그 영혼을 사랑해야 한다는 사실과 남자로서 해야 할 도리를 다했다. 역시 그녀를 뜨겁게 사랑했다.

'하나의 죄책감일까, 아니면 양 교수를 만난 것이 나의 운명일까!' 나는 방황하지 말아야 한다.

그녀가 3개월 동안 휴가를 내어 쉬고 있을 때였다.

"여보, 힘내세요. 하나님께서 태의 문을 열어줘야만 생명이 탄생 되는 거예요. 어떤 학자는 생명이 태어날 수 있는 확률이 얼마나 되는

가 말했어요. 부모가 서로 만날 확률, 임신할 수 있는 기간 확률, 정자와 난자가 만날 확률, 배 속에서 자라 살아나올 확률 등 계산하면 400조분의 1이라고 한대요. 생명이 탄생 되는 것을 기적이라고 말할 수 있고 오직 진리 되신 신께서 허락하셔야만 하는 것이지요. 당신과 나는 아기를 낳으려는 계획이 없었잖아요? 곧, 포기하고 지금까지 살아왔습니다. 상처받지 마세요. 한번 태의 문을 열었으니 또다시 태의 문이 열릴 것입니다."

그러나 양 교수는 우울증이 오고 방황하였으나 옆에서 함께 관심을 가지고 위로하며 기도하였다. 그녀는 점점 제자리를 잡아가고 있다. 일 년이 넘도록 임신은 안 되고 그저 우리의 행복은 가면 갈수록 핑크빛 찬란하게 가득 차 있었다.

나는 트라우마가 있다. 사람에게 상처요, 부모의 상처요, 형제들에게 상처요, 사회로부터 상처를 받은 것이 지워지지 않고 늘 살아서 꿈틀거리고 있다.

나는 여자를 만난다는 것이 두렵고 고통스럽다. 행복하기 위해서 가정의 뜰을 만들고 가꾸어 가는 것이 정원이며 곧 정원은 남녀가 만나서 함께 세월을 따라가는 것이다. 나는 5명의 여자를 만났다가 헤어졌다. 연상, 연하 등 많은 여자를 사귀었으나 만족함이 없었다. 솔직하게 고백하자면 자식이 있다. 내 혈육이 그립고 보고 싶다. 외로운 것은 그리운 것이고 그리움은 사랑하는 사람을 기다리고 있기 때문이다. 나를 만나는 여자들은 못 살고 헤어지거나 다 죽고 만다. 미녀들이다. 15년 연상의 여인, 20살 연하의 여인, 30세 연하의 여인들이었다. 그들은 두루두루 인성과 도덕 인격 등을 갖췄다.

나는 양 교수에게도 이런 비극이 일어날 것 같은 두려움이 온다. 그러나 그녀에게 부정적인 말을 할 수가 없다. 이미 그녀는 눈에 눈꺼풀이 끼어있기 때문이다. 항상 그녀는 나에게 말한다.

"당신처럼 상남자가 없습니다. 미남이 어디 있겠습니까? 당신처럼 코디를 잘하는 분이 어디 있겠습니까? 이 여인은 이미 당신의 과거와 현재를 잘 알고 있습니다."

그렇게 믿고 나에게 모든 걸 바치며 믿음을 가질 수 있게 영육쌍전 하였다. 나는 세상에 어떤 여인도 성이 차지 않는다. 조금 허점이 보이거나 옷차림이 완벽하지 않으면 그냥 싫어진다. 그리고 싫증을 금방 느끼고 사람을 신뢰 못 하는 것이다.

내 몸속에 있는 가시는 무섭다. 그런데도 양 교수는 좋아서 미친다. 나에게 마주치며 코를 비비며, 이마를 비비며, 볼을 비비며, 내 등을 토닥여주며 애교를 떨며 애정의 표시를 하고 찬양한다. 그러나 지금은….

사람을 잡아먹는

악마들

5. 사람을 잡아먹는 악마들
(언론은 막가파)

　언론은 만민(모든 사람)을 살인하고 능지처참한다. 그러나 수수방관하고 있다. '그렇다면 교사를 하고 있는가! 법은 무참히 죽어가는 생명을 방조할 것인가!' 너도 나도 죽어간다. 나는 이 사실을 생생히 고백한다.

　어느 9월 13일, SBS서울방송 '그것이 알고 싶다.' 김 PD, 새끼 PD 5명, 사이비 기자들도 수십 명 찾아왔다. 식당이요, 식·재료 보관 창고까지 구석구석 촬영해 카메라에 담았다.

　김 PD는,

> "야, 혹시 옥상에 사람을 죽여 파묻어 놓았는지 몰라. 시설하는 미친 놈들은 돈에 환장해서 인간의 존엄성도 전혀 없어. 국가로부터 수급비를 받아먹기 위해 사망신고를 하지 않고 시신을 냉장고에 보관할 수 있어. 카메라 팀 전부 옥상으로 올라가 봐."

　<실로암 연못의 집> 시설은 최고의 환경으로 만들어져 천국을 연상케

한다. 취재하는 기자들도 입을 쫙 벌린다.

"거지 주제에 복지시설을 고급스럽게 잘 꾸며 놓았네. 아깝다."

중얼거리며 미친듯이 이리저리 뛰어다닌다. 그뿐 아니라 장애인 협회 등 기관에서도 찾아왔다. 여기저기 셔터를 누른다. 1층에서부터 옥상까지 사건이 될 만한 내용을 정신없이 찾는다.

김 PD는 지하실로 내려가 창고를 열어 달라고 한다. 우리 직원은 죽을 죄를 지은 것처럼 문을 열어주자 카메라를 들이댄다.

김 PD는 철봉대를 구해 가지고 와서 혹시 시신을 이곳에 숨겨 놓았는지 창고를 쑤시며 수색한다. 그러나 단서 될 만한 것이 건물 어디에도 없다. 지하실은 직원들 숙소가 있으며 자재, 식재료 등 쌀 창고가 자리 잡고 있다. 지하실 방마다 습기가 있어 곰팡이가 피어 있는 곳을 촬영한다. 김 PD를 불러 댄다.

"PD님, 저기 좀 보세요. 쓰레기 소각장에 불량품이 많아요. 라면이요, 식자재 등 시설에 있는 사람들에게 썩어 악취 나는 것만 먹이나봐요."

김 PD는,

"아니야, 며칠 전에 시장을 보았는데 삼겹살, 소고기, 소족까지 사왔던데, 잘 먹인다고 소문났어."

나는,

"여보세요. 기자는 언제 어디서 무엇을 어떻게 했는지 사실을 취재하는 것입니다. 한 사람을 매도하고 징역 보내고 죽이려고 하는 것은 기자로서 자질이 없고 사명이 없습니다. 허위보도 하지 마세요."

사람을 잡아먹는 악마들 275

"여기서 사람이 죽었어요."

"야, 이 새끼야. 니 눈꾸녕으로 봤어? 죽은 것이 아니라 병사로 사망한 거야! 헛소리 하지마. 주둥이 찢어버리기 전에…"

듣지도 않는다. 나는 몸을 던져 죽어가는 사람들을 살렸건만, 부정적인 생각을 가지고 무단 침입해 시설을 단숨에 삼켜버리려고 한다. 그들은 벌레요, 괴물이요, 사탄이다.

나도 한때는 신문을 발행했었고, 잡지를 만들기 위해 많은 미담을 취재했었다. 펜은 칼보다 예리하고 강하기 때문에 기사를 쓸 때는 사실만을 가지고 글을 써 내려가야 하는 것이다. 글 속에는 진실이 숨어 있지만, 그 진실 속에는 살인, 악독, 사기, 멸망이 숨어 있다.

"김 PD, 내가 무슨 죽을 죄를 지었어? 다 뒤져서 건수라도 건졌어?"

김 PD는 핸드폰을 켜서 나를 보여준다.

"타 시설인데 20년 동안 냉장고에 시신을 숨겨 놓고 사망 신고도 하지 않는 시설장들도 있습니다."

"야, 한승주가 돈에 미쳐서 수급비를 갈취하고 사람을 죽이고 방치해 숨겨 놓았다는 거야? 그럼 나도 시신유기, 유기치사했단 말이야? 그렇다면 이 세상 살아야 할 이유가 없네."

기자들이 나를 둘러싸고 있다. 나를 죽이려고 SBS방송국은 계획적으로 취재해 가짜 시나리오를 쓰고 있었다. 세상에 알리고자 하는 의도가 분명했다. 내 다리를 자르고 손가락 마디 마디를 절단한다. 내 육체요, 정신까지도 잔인하게 짓밟고 말았다. 촬영은 1년 정도로 마쳤다.

그러나 전기공사요, 방화문이요 리모델링 내부공사로 인해 정신없이 바쁘다. 나는 죄가 없기 때문에 두려움이나 무서움이 없다.

"갈취했나요? 아니면 장애인들을 이용했나요? 사기를 쳤나요? 환자들을 굶겼나요? 폭행했나요? 방치했나요? 아니면 감금했나요? 유기나 유기치사를 했나요?"

그러나 사실이 아니다. 허위사실유포를 한다. 정직하게 살고 늘 진리를 탐구하며 바른 교훈을 전하고자 애쓰고 있다. 매일 기도하며 살아왔던 우리 가족들에게, '누가 와서 가자고 하면 따라가지 마세요.'

이런 말도 하지 않았다. 마음대로 왔다가 자유롭게 집으로 돌아가도 누구 하나 태클을 거는 사람은 한 사람도 없다. SBS 김 PD는 이곳에 들어오면 죽어서 나가거나 감금시켜 버린다고 한다. 그러나 사실이 아니다. 온 천하가 알고 있다.

<실로암 연못의 집>은 장애인의 집이요, 노인의 집이요, 사회로부터 소외받은 자들이 사람답게 사는 곳이다. 김 PD는 뻔뻔하고 양심의 가책이 없고 부끄럼도 없는 후안무치이다. 그는 이성을 가진 사람이 아니었다. 나는 그들에게 시달림을 받았다.

내가 장애인들 앞에서 떳떳한 삶을 살지 못했다면 지금 이 시간 내 몸에 시너를 뿌려 타 죽는 것이 더 낫다고 생각한다.

'이렇게 인생을 살았는가!'

도탄지고하여 핏방울이 땅에 떨어져 빨갛게 물들어 꽃이 피어 있는 것 같다. 내 허리는 24인치요, 45킬로그램이다. 나는 음식을 잘 먹지 못한다. 소화기능장애, 장이탈, 신경성, 불안, 상처 등이 새 술에 꽁꽁 묶여 마치 이대로 죽을 수밖에 없는 상태다. 그러나 지금까지 어떻게 살아왔는지 모른다. 생각해 보건대 열심히 살아왔으나 결국 내 인생은 잘못된 것이었다.

양 교수가 말한 것처럼 내가 예수도 아닌데 예수처럼 살아온 것이 어리석었다. 빈곤, 고독, 병마에 시달리는 이 땅에 소외된 자들을 내가 돌보았다는 것은 교만이다. 후회스럽다.

나는 자식을 제물로 삼았고 가정을 지키지 못해 패가망신하였다. 한승주는 낙오자다. 선한 일은 아무나 하는 것이 아니요. 곧, 남을 위해 사는 것은 오직 독신한 사람만이 헌신, 봉사하는 것이 정답이라고 생각한다. 자녀가 있고, 형제가 있고, 가정이 있고, 아내가 있고 주변에 사람들이 있다면 절대 해서는 안 된다고 생각한다.

'왜! 사회는 사회복지가를 부정적으로 바라보는가?' 복지 대상은 전국민이다. 그러나 한국은 가난한 사람, 노인, 장애인, 노숙자, 병든 사람들만 복지 대상이라고 정의를 내리고 있는 것이 현실이다. 그래서 대한민국의 복지는 후원제도가 형성되어야 할 수 있다. 후원은 강조하는 것이 아니고 자발적이어야 한다.

개인이 착취하고 부귀영화를 누리는 것으로 생각하고 있는 것은 잘못된 생각이다. 복지는 돈을 가지고 하는 것이 아니다. 특별한 사명이 있어야 한다. 희생, 봉사, 더 나아가서 자존심, 인격, 인성, 감성, 다 버려야 한다. 나는 빈 마음이다. 욕심도, 탐심도, 탐욕도 없다. 오직 맨 몸이요, 정신만 가지고 있다. 그런데 재력가로 본다. 물론 수백억을 만지기도 하고 써 보기도 했다. 그 목적은 오직 자신을 버리고 내 이웃을 내 몸같이 여기며 살아왔다. 그렇다고 의인은 아니다. 그런데 SBS는 나를 죄인으로 몰아간다.

나는 왜! 죽음을 맞이해야 하는지 SBS는 마치 골고다 언덕에 십자가를 지고 가는 예수를 모델로 삼아 한승주를 죄인처럼 취급하고 말았다. 내가 죄가 있어 매를 맞는 것은 당연하다. 그러나 죄 없이 매를 맞는다는 것은 억울한 누명이자 최고의 형벌과 다름없다.

나는 밥이 있어도 먹지 못하고, 옷이 있어도 입을 수가 없고, 입이 있어도 말을 못 하고, 손이 있어도 만지지를 못하고, 다리가 있어도 걷지 못하는 거북이처럼 생긴 사람이다. 그런데 사기꾼이요, 나쁜 괴물로 몰아가며 사람을 살인자로 왜 누명을 씌우고 있는가! 나는 사람을 죽일 수도 없고 죽이지도 않았다.

'부정하다. 부정하다. 이 세상 사람들아. 나처럼만 살아다오.'

나는 이대로 죽어도 후회가 없다. 정직하게 살지는 못했지만 정직하게 살아보려고 죽을 만큼 고통을 당하면서 여기까지 왔다.

<한승주의 생애>

장애라는 운명을 모태에서부터 가지고 태어났으니 저주받은 나는 대한민국에서 인간의 존엄성을 가지고 살 수 없었으며 편견의 대상이 되어 사람들에게 비웃음거리요, 조롱당하며 살아 꿈틀거렸다. 그러나 목숨이 붙어 있어 죽자니 죽을 수 없는 존재였다.

'그렇다면 어떻게 살아야 하는가!' 자신의 인생 수수께끼는 아무도 풀어줄 수 없는 문제요, 숙제였다. 오직 나만이 인생 공식을 알 수밖에 없다.

'스스로 노력하자.' 지혜와 명철과 그리고 통찰력을 가지고 좋은 생각과 함께 지극히 작은 자들을 섬기며 일반 사람들이 상상도 못 하는 일들을 하자. 그렇다면 나는 열심히 공부하고 책을 읽고 가을에 풍성한 수확을 얻을 수 있도록 성숙한 사람으로 만들어 가는 것이다. 언어도 행동도 감성도 충만하며 나보다 더 불행한 사람을 생각하며 나 자신을 이겨내 왔다. 땅바닥에 고무 튜브를 칭칭 감은 채 뱀처럼 기어다니면서 200kg가 넘는 수레를 끌고 다니며 전국 시장의 틈새를 찾아 장사를 시작했다. 겨울에는 영하 20°의 칼바람과 눈보라를 맞아 내 두 다리와 두 팔과 온몸은 얼었다 녹았다 했다. 살아있는 삭신은 바늘로 쑤시는 것 같은 고통과 고문이었다.

존경하는 시장 상인 여러분!

새벽 2시부터 밤잠을 이루지 못하고 적자생존을 하기 위해 뼈를 깎고 피를 토해내는 아픔의 고통이 얼마나 힘드시나요?

그러나 포기하지 마십시오. 노력하는 사람에게는 결코 승전가를 부르며 역전할 수 있을 것입니다. 그대들의 노력으로 온 가족이 평안을 이루며 푸른 초장에서 살아갈 수가 있을 것입니다.

사랑하는 여러분!

이 새벽에 그대들의 발걸음이 멈추지 않고 목적을 향하여 뚜벅뚜벅 걸어가는 그 모습이 황소 발처럼 힘이 있고 에너지가 넘칩니다.

일찍 일어난 새가 벌레를 잡아먹을 수 있습니다. 생물학적 동물은 생존하는 것이 전부인지도 모릅니다. 개미처럼 부지런히 살아갈 때 행복은 찾아올 것입니다. 행복은 누가 가져다주는 것도 아니요, 멀리 있는 것도 아니요, 아주 가까이에 있는 것입니다. 자신을 존귀하게 여길 때 생기는 것입니다. 지극히 작은 것이라도 내가 만족할 때 행복이 찾아올 것이며 그대들이 노력함으로 여러분의 가족과 나라와 민족이 성장하는 것입니다.

나는 비록 두 다리의 장애를 가졌으나 마음은 장애인이 아니라 건강한 사람이요 이 시간이 행복합니다. 이 작은 자를 통해서 큰 자들이 깨닫고 변화를 받는다면 사회는 더욱 아름다워질 것입니다.

지금까지 도와주신 여러분과 시장에서 고생하시는 상인 여러분 감사합니다. 육신의 건강도 중요하지만, 마음이 더욱 건강해야만 한다고 생각합니다. 나는 수십 번 자살 시도를 하며 살아야 하는 이유를 몰랐던 것입니다. 그러나 생각을 바꾸었습니다. 육신의 장애는 누구에게나 닥칠 수 있으나 마음의 장애는 가져서는 안 된다는 것을 깨달았습니다. 나를 보는 자는 혀를 차며 침을 뱉고 돌아서는 사람들이 있습니다. 그러나 나는 소망이 있는 사람입니다. 하루 24시간 노동의 대가로 고아와 소외된 계층을 섬기고 먹이며 병든 자를 치료해주기 위해 분골쇄신하며 살아갑니다.

황 실장은 나에게 김 PD와 합의를 보라고 한다.

"무슨 합의?"

"좋은 게 좋은 거라고 협상하세요."

여러 번 황 실장은 나에게 전화를 건다.

"합의 조건이 뭐야?"

"5천만 원을 주면 방송에 왜곡된 이미지로 나오지 않고, 좋은 모습으로 나온다고 합니다."

그러나 나는 환자를 방치하거나 장애인들에게 폭력을 행사하거나 성추행도 하지 않았고 나쁜 일도 하지 않았다. 나는 형제도 많고 지인도 많다. 그러나 그들을 직원으로 채용하지도 않았다. 비리가 있으면 안 되고 장애인을 이용해서 갈취하면 안 되기 때문이다. 복지시설을 운영하는 것은 단 한 사람이 수십 명씩 병들어 죽어가는 자들을 돌볼 수는 없다. 그래서 생명이 위태로운 사람들을 살리기 위해 지극히 작은 후원과 봉사의 도움을 요청하였다. 그 이유만으로 장애인 시설을 운영해서 사유재산을 늘리고 황

제처럼 살아간다고 하는 것은 죽어야 할 저주받은 대상이다.

'그것이 알고 싶다'는 나쁜 행동을 한 사람이나 단체를 고발하는 시사 프로그램이다. 그러나 종교요, 개인이요, 사회적으로 매장시키는 것은 잘못된 것이므로 바로잡아야 한다. 시사 내용은 사실만으로 프로그램을 제작해야 하는데 시청률에 급급하여 소설화시켜 많은 사람을 죽이는 방송이 됐다. 'SBS는 왜 나를 죽이려고 하는가?' 만약 내가 죽는다면 언론은 살인자요 괴물이다.

황 실장이 합의를 보라고 하지만 김 PD를 만날 이유가 없고 사정할 필요가 없다.

'그것이 알고 싶다' 프로를 맡은 김 PD는 일 년 넘도록 제작을 위해서 동분서주했다. 가락시장에서 나에 관한 내용을 상인들에게 일일이 취재하고 사건 될 만한 내용이 있는지 없는지 이 잡듯 샅샅이 뒤졌다. 가평군 설악식당, 서울 길동 고깃집 식당 등…

"여기 와서 주로 무슨 음식을 먹나요?"

"최고 좋은 고기를 먹지요."

미조사 양복점에 가서는,

"한승주 씨가 옷을 맞춤복만 입는데 얼마에 맞추나요?"

"왜 그러시나요? 그분은 장애인은 더 깔끔하게 신경써야 한다고 누누이 말씀하십니다. 목사님 같은 경우에는 일반 기성복은 입을 수도 없고 맞는 옷이 없어서 꼭 맞춰야 합니다. 상체만 있고 하체는 작고, 키도 작은데 어떻게 일반 옷을 입는단 말입니까? 그런데 그게 무슨 잘못이 있나요? 몇백만 원짜리 명품도 아니고 고작해야 30~40만 원 정도 하는 거를."

기자는,

"왜, 백색을 좋아하지요?"

"그건 모르지요. 그분 스타일이기 때문에 개성까지 태클을 걸 수가
없지요. 화이트를 입는 것도 죄가 되나요?"

한 시간 정도 질문을 던진 기자는 건수가 없나 보다.

"다음에 또 오겠습니다."

하고 돌아선다. 양복점 사장은 그들이 돌아간 후, 중얼거린다.

'옛날이나 지금이나 기자들은 자그마한 내용을 가지고 태클을 걸어 부
풀려 굿 뉴스를 만들어내네. 아니 그럼 복지시설을 하는 사람은 밥도 먹지
말고 똥도 싸지 말아야 하는 AI인생인가? 목사도 사람이기 때문에 먹여야
에너지가 있고 그 에너지로 말미암아 선한 일을 할 수 있는데 식당에서 밥
먹는 것까지 트집 잡고 있는가! 기자, 경찰, 판·검사, 공무원은 건수 얻어서
돈 챙기려고 황소 떼처럼 몰려 드는거야. 조심해야 해. 저 새끼들에게 한
번 걸리면 뼈도 못 추려.'

그것뿐인가! 모곡 이장한테 찾아간다.

"안녕하세요. SBS에서 나왔습니다."

기자는 신분을 밝히기 위해서 명함을 건넨다. 그러나 최 이장은,

"나는 몰라요. 그분이 어떻게 사는지 사생활은 전혀 모르지요.
어느 날 가일마을 황무지 땅에 복지센터를 세운다고 하니까 그런가
보다 했고, IMF 시대에는 기업도 쓰러지고 노숙자들이 지하철이요,
마을 골목이요, 식당가요, 교회 입구요 이 강원도 산골까지도 많았으
니까요. 동네 사람들도 다 굶어 죽을텐데, 모곡 사람들이 한 원장 덕

에 잘 먹고 살았지요. 고맙게 생각하고 있습니다. 그때는 사람들이 밭농사를 경작하지 않았어요. 청년부터 노인에 이르기까지 공사장에서 일했지요."

기자는 최 이장에게 또다시 묻는다.

"한승주 씨하고 가깝게 지냈나요?"

"그렇지요. 다리도 불편하고 몸도 장애인인데 어려운 사람들과 동네 사람들을 위해서 개나 고동이나 다 불러다 일을 시켰으니 얼마나 훌륭한 사람입니까? 우리같이 건강한 사람도 먹고 살기 힘든데 자신의 삭신도 움직이지 못하는 사람이 한 사람도 아니고 100명 이상을 먹여 살리고 그 단체를 운영한다고 하는 것은 능력을 갖추고 있는 사람이지요. 존경해야죠. 그런데 그분이 뭐 잘못 했나요? 설령 원장님이 나쁜 짓을 했다고 해도 이 마을 사람들은 원장님을 신뢰하고 이해하고 더욱 감사하다고 절을 하지요."

시설 정원사 김 씨에게 SBS 기자는 전화를 걸었다.

"혹시 원장님하고 식당가서 무슨 음식을 먹었나요?"

정원사 김 씨는,

"야 씹새끼들아, 니네 엄마하고 붙어 먹다 뒈질놈들아. 원장님하고 무엇을 먹든 니네가 무슨 상관이야 전화 끊어."

전화가 계속 울린다. 정원사는,

"야, 하루 일하고 하루 벌어서 먹고사는 인생인데 일도 못 하게 왜 자꾸 전화질하고 지랄들이야, 미친개는 몽둥이가 약이야. 그분이 무슨 죄를 지었기에 조사를 한다고 지랄들이야? 사기 칠 때가 그렇게 없어? 요즘 배고파? 아니면 니네들 좆이 꼴리는 거야? 옛날이나 지금이나 방송국 기자들은 양아치야. 원장님은 자유롭지 못한 몸으로 평생 좋은 일만 하고 살으셨어. 좋은 일을 하다 보면 사람들에게 오해받는다. 하지만 너희 양아치 같은 놈들은 원장님 근처에도 못 가. 너 같은 놈들이 입에 담을 사람이 아니라고."

정원사 김 씨는 입이 거칠다. 기자들은 가락동 시장을 샅샅이 뒤진다. 잉꼬부부상회에 들어가서,

"혹시 이 사람 아세요?"

아주머니는,

"할렐루야 아저씨잖아! 이 사람을 모르면 간첩이지요. 땅바닥에 기어 다니면서 얼마나 예수를 믿으라고 했는데요. 그분 믿음이 얼마나 좋은지 몰라요. 예수가 아니면 시체예요. 예수 때문에 살고 예수 때문에 죽지요. 그 뜨거운 뙤약볕에서 먹지도 마시지도 않고 지독하게 열심히 살았지요."

"왜 먹지도 입지도 않았나요?"

"몸에다 고무 튜브를 칭칭 감고 있기 때문이지요. 배고파도 먹을 수 없대요. 화장실을 갈까봐요. 할렐루야 아저씨는 요즘 복을 받아 장애인, 노숙자, 치매 노인들 다 먹여 살리고 있어요. 얼마나 훌륭하고 멋진 사람인가요? 그분은 물건을 사면 깎지도 않고, 달라고 하는 대로 다 주세요. 신사 중에 왕 신사예요. 그런 사람만 있으면 대한민국이 잘 살 거예요."

여기저기서 할렐루야 아저씨 칭찬이 자자하다. 김 PD는 쇼킹한 사건을 취재하지 못했다. 성이 차지 않는가 보다. 강동구에 있는 횡성 한우집, 성

내동 불고기집, 영양탕집 등 계속 나의 뒷조사를 하고 있다. 사진을 보여 주면서,

"식당에 들어오면 이 사람은 주로 무엇을 먹어요?"
"김치찌개를 먹지요."

어느날, 장 사장이 수금하러 오더니,

"원장님, 식사나 좀 같이 합시다."
"아니, 나 손님 있는데."
"함께 하면 되지요."

안양 주 목사와 식당에 들어가서 백숙과 영양탕을 먹었다. 횡성 한우집에서는 안심을 먹는 일도 있었다. 주로 황 실장을 데리고 고생한다고 맛있는 것을 사서 먹였다. 그 덕분에 입이 짧은 나도 먹게 된다. 그것뿐 아니다. 젊은 청년이 시골에서 악취가 나는 장애인들과 함께 생활한다는 사실이 대견스러웠는지 설악식당에서도 장어구이를 대접했다.

김 PD는 황실장과 커피숍에서 만난다.

"한승주씨가 강동구에서 유명한 사람이네요?"
"강동구 연예인이죠. 어려운 사람들을 만나면 그냥 지나치지 않고 꼭 도와주려고 하죠. 직원들에게도 사소한 것까지 신경 쓰며 가족처럼 생각합니다. 그분은 부흥회를 하면 대통령보다 인기가 화광충천합니다."

김 PD는,

"한승주 씨가 재산이 좀 있나요?"
"아니요. 집 한 채도 없어요. 형제도 있고 자식도 있고 주변에 사람들

도 많지요. 그러나 직원으로 채용하지 않습니다. 한국에서 드문 사람이지요. 목사님이 방송에 나쁘게 나오면 SBS는 엄청난 욕을 먹을 것입니다. 전국 교회에서 한승주 목사님을 모르는 사람들이 없잖아요. 물론 PD님도 저보다 더 잘 아시잖아요."

"그래서 합의를 보려고 하지요. 취재해 보니까 많은 사람들이 칭찬을 하네요."

SBS는 2년 동안 조사해 보았지만 방송에 나올 수 있는 내용은 찾지 못했다. 또다시 홍천군청을 찾아가서 카메라를 들이댄다. 김 PD는 복지과장을 만나,

"한승주 씨가 운영하는 <실로암 연못의 집>은 왜 감사를 하지 않나요?"

복지과장은,

"도청에서도 감사가 나왔고 군청에서도 감사를 잘 받고 있습니다."

김 PD는,

"무슨 소리요? 공금을 가지고 개인 한승주가 다 쓰고 있습니다. 그리고 그곳에 사람이 죽고 있습니다. 이 지경이 될 때까지 뭐 하셨습니까? 혹시 한승주에게 돈이라도 받았습니까?"

김 PD는 공무원들을 고문하고 있다. 공무원들을 때려잡지 않으면 그동안 취재했던 모든 게 물거품이 되어버리기 때문이다. 김 PD는 협박한다. 이제는 건수가 없기 때문에 공금횡령으로 사건을 몰아갈 수밖에 없다.

'없으면 있게 하라. 만들면 되는 거다. 쓸어버려.'

복지과에서 10명과 함께 PD들이 찾아와서 한승주 계좌번호 등 모든 걸

수색한다. 김 PD는 공무원에게,

"후원금, 장애인 수당, 수급비 등을 원장이 개인으로 사용하고 있는데 왜 그대로 두지요? 혹시 <실로암 연못의 집>에서 사람이 죽은 줄은 알고 있나요?"

"네, 병사로 서유철 씨가 사망했지요."

"아니, 병사로 죽은 것이 아니고 방치해서 죽었다는 사실을 몰라요?"

"그것은 잘 모르겠습니다. 그런데 사망한 서유철 씨는 보호자들이 와서 장례식을 치른 줄은 알고 있습니다."

김 PD는 강원도 홍천군 공무원에게 위협을 주는 협박성 발언을 하고 있다.

"만약 시설을 폐쇄조치 하지 않으면 직무 유기로 방송에 고발하고 내보낼 겁니다."

홍천 군청이 발카닥 뒤집어졌다. 그들이 찾아와 함께 감사를 하고 있다. 나는 억울하다. 망 서유철 부친, 누나, 이 씨, 지 씨, 김 씨, 황 씨 등 망 서유철을 이 병원 저 병원 끌고 다니면서 방치하게 하였고 의도적으로 죽게 만들었다. 그뿐 아니다. 병원에서도 이 문제를 다뤄야 할 것이다. 공범이기 때문이다. 황 실장은 SBS 기자에게 이야기한다.

"원장님이 마사지 숍에도 가고요, 고기도 비싸고 맛있는 것을 먹어요."

그러나 마사지 숍은 정부에서도 장애인에게 허가를 내주며 지원하고 있다. 따라서 비싼 고기를 먹었다고 하는데 직원들이나 손님 접대할 때는 가장 좋은 것으로 대접하는 철학이 있다. 혼자 가서는 고기도 밥도 먹을 수 없다.

황 실장은 사업을 하다 망해 신용불량자로 산골에 들어와 살다가 나를 만나서 돈도 벌고 장가도 갔다. 전화가 걸려 온다.

"원장님, 입소하려고 하는데요?"

"환자가 어떤 분이시지요?"

"저희 삼촌이에요."

"그래요. 입소하면 됩니다."

"아니, 원장님을 만나 뵙고 결정해야 할 것 같아요."

"그러면 며칠 기다리세요. 지금 필리핀에 와 있습니다."

한국에서 전화를 건 남자는,

"혹시 입소비가 얼마나 들어가지요?"

"결정 지어진 건 없습니다. 돈이 있으면 주고 없으면 무상으로 입소해도 됩니다. 거의 다 무료지요."

외국에서 입국한지 한달이 지난 어느 날이었다. 서울 사무실에 멋진 신사들이 온다. 머리는 반곱슬이요 올백으로 깔끔하게 넘겼다. 흰머리가 희끗희끗 보인다. 키는 185㎝이요 몸매는 호리호리하고 흰 와이셔츠에 베이지색으로 까만 얼룩이 주름을 잡은 신사의 코디는 돈이 많은 사람이요 영화배우 같았다. 긴 가방을 어깨에 맨 사람은 키가 작다.

"원장님이십니까?"

"그렇습니다."

안 실장은 손님들 곁으로 간다.

"혹시 차 한 잔 드릴까요?"

"그냥 시원한 냉수 주세요."

가방 맨 사람은 난쟁이보다 키가 조금 크다.

"우리 실로암을 어떻게 알게 되었습니까?"

"누가 이야기를 하더군요."

"다행히 나쁘게는 소문이 안 났나 봐요. 한국 속담에 내 이웃이 잘 되면 배가 아프다는 말이 있지요. 좋게 말하는 사람도 있지만 나쁘게 말하고 터무니없는 거짓말을 하며 협박을 하는 사람도 있습니다. 장애자가 복지사업을 하니까 색안경을 끼고 보지요. 부정적으로 본다는 말입니다."

내 말이 끝나자마자 그들은 나에게 묻는다.

"입소비가 얼마 들어가지요?"

"우리 복지센터는 무료 입소가 원칙입니다."

"그러면 어떻게 운영합니까?"

"제가 책도 팔고, 강의도 하고, 그러나 그것은 지극히 작은 것입니다. 그래서 빚도 많지요."

"그래도 그렇지요. 좋은 일을 하는데 빚을 지면 힘이 빠질 텐데요. 후원금도 받고 돈 있는 사람에게는 입소비를 많이 받으세요."

"입소비를 많이 내고 환자를 저희에게 맡기려고 하면 뭐 이곳 산골 미인가 시설에 맡기겠습니까? 의사도 있고 간호사도 있는 전문노인병원에 맡기면 되지요. 요즘은 시스템이 잘 되어 있습니다."

"그래요. 원장님 저희는 입소비를 드려야 될 것 같아요. 그 대신에 우리 삼촌 잘 케어해 주시고 독방을 주시면 좋겠네요. 월 3,000만 원이고 1억이고 드리겠습니다."

"본 시설은 돈이 목적이 아닙니다. 그리고 3천만 원 주려고 하면 좋은 시설에 맡기시지 굳이 우리 시설에 맡길 필요는 없을텐데요?"

"아닙니다. 원장님, 꼭 원장님한테 맡겨야 한다고 저희 형님께서 부탁했습니다. 대신에 간병인과 1:1로 붙여주시면 좋겠습니다."

"개인에게 간호사나 간병인을 두고 케어를 해주면 안 됩니다. 본 시설 직원들과 환자들이 마찰이 생겨 운영하는데 문제가 될 것이며 본 실로암 설립취지 목적에 맞지가 않습니다. 만약 간병인을 채용하려고 하면 그 급여를 본 시설에 주고 삼촌을 케어하는 간병인에게 저희가 급여를 주는 게 원칙입니다."

그래도 그들은 거액을 주면서 입소시키겠다고 한다. 2시간 넘게 대화하고 오후 4시 30분경 그들은 사무실에서 나갔다. 나는 기분이 좋지 않다. 직원들을 회의실로 모이게 했다.

"지금 오신 손님들은 뭔가 이상하지 않아?"

안 실장은,

"저도 그래요."

다른 직원들도,

"그 정도 능력이 되면 병원에 입원시켜야 하지 않아요? 요즘 개인 병원에서 요양시설까지 겸해서 운영하는 곳이 많잖아요. 뭔가 이상해요."

며칠 후였다. 한창 기도하고 있을 때였다. 입소하겠다는 두 신사는 SBS 기자였다. 나를 뒷조사하고 건수를 얻기 위해 도청 장치를 한 것이다. 나는 그때부터 수상한 사람들이 오면 의심이 가고 내 주변에 미행하는 사람들이 있다는 생각이 스쳐간다.

'맑은 하늘에 왜 날벼락인가!' 강원도 홍천군 주무관들이요, 경찰관이요, 기동대요, 조직 깡패요 시민 단체와 함께 250여 명이 출동하였다.

"많은 사람이 여기서 죽었대요."

"야, 여기서 많은 사람이 죽었다니 무슨 소리야? 내가 사람을 살인했다는 거야? 니가 봤어? 그 입 닥쳐, 허위 유포죄로 집어넣기 전에. 보호자들이 고인을 방치해서 병사로 죽은 거지 인재로 죽은 거란 말이야?"

옆에서 듣고 있던 강력계 수사팀장은,

"시끄러워요. 조용히 하세요. 원장님이 무슨 죄를 지었단 말이에요? 만약 이분이 방송에만 나오지 않았으면(가짜의 가짜 방송) 대통령상을 받아야 해요. 호텔보다 더 좋은 시설을 갖추어 놓고 평생 어려운 사람들을 위해서 헌신했는데…. 힘내세요. 원장님, 좋은 일 하다 보면 오해도 받고 억울한 누명도 써요."

형사 팀장은 오히려 나를 위로해 주었다.

"원장님, 꼭 재판하세요. 우리 형도 노인복지를 하고 있어요. 유언비어를 들어가면서 선한 일을 한다는 것은 어려운 거에요. 복지는 잘해도 욕먹고 못해도 욕먹습니다. 밑 빠진 독에 물 붓기지요. 사명 때문에 하는 것이 마음 아파요."

경찰관도 군청복지 과장도,

"미안합니다. 누가 이런 좋은 시설을 할 수 있겠습니까? 그동안 수고 많이 했습니다."

이유도 없이 언론의 압박으로 시설을 폐기하며 아이들을 데려가려고 한다. 이곳 <실로암 연못의 집> 장애인 50여 명을 아침 7시부터 오후 3시까지 설득해 휠체어에 강제적으로 태운다. 장대비가 양동이로 퍼붓듯 억수로 쏟아진다. 아무 이유 없이 끌고 가려고 하였으나, 이들은 거부한다.

"왜 이래? 이 사람들이 미쳤나. 내가 무슨 죄를 지었어? 너희들 나에게 성추행 하는거야?"

손을 붙들면 물어뜯어 버리고 안 가겠다고 발버둥을 쳤지만, 소용이 없었다. 유명자 씨 한 명을 일곱 사람이 붙들고 끌고 나간다. 그들은 비옷을 입고 신발을 신은 채 중증장애인 30명을 무작정 차로 옮겼다. 가족들은 계단에 앉아,

"나는 죽어도 여기서 죽겠어요. 가지 않겠습니다. 우리는 원장님을 사랑해요. 내 집은 여기에요. 못가요. 안 가요."

엄용기(65세 남, 지적장애인), 그는 어린아이와 같은 단순한 사람이었다. 바람에 날리는 들풀과 야생화 같은 진하고 순박한 사람이다. 그는 가지 않겠다고 애원한다.

"나, 약 먹어야 해요. 안 먹으면 죽어요. 의사가 그랬어요. 아침을 먹어야 해요. 배고파요. 왜 밥도 못 먹게 해요."

이러다가 쓰러지거나 기절할 수 있다. 환자들은 밥을 먹지 않으면 죽는다는 생각을 본능적으로 하고 있다. 나는 그들의 마음을 잘 알기에 가슴이 아프다. 하늘에서 하나님이 울며 소리를 지르는 것 같았다.

'이 죄인들아. 들어라. 지극히 작은 자들이 무슨 죄를 지었기에 저들을 구속하느냐? 죄가 있다면 너희들이 있는 것이지. 이 산골에 사는 의인들이 죄가 있단 말이냐?'

외친다. 쿵쿵 번개가 친다. 이러다가 누구 하나 벼락 맞을 것 같은 생각

이 들고 현장은 지진에 무너져 초토화된 것처럼 무수한 사람들이 죽어가는 것 같았다. 비가 더 거세게 내린다.

'죄 없는 자들을 끌고 가는 저들은 죄의식을 전혀 모르는 양심이 화인 맞은 존재들일까!'

박인자(48세, 여, 뇌 병변 1급), 그녀는 실로암에 입소하여 10년을 내 집이라 여기며 살아온 사람이다. 먹는 것을 좋아하는 그녀는 종일 간식을 입에 달고 살아야 행복한 여인이다. 한 발짝도 움직이지 못하지만, 예배 시간이면 어김없이 엉덩이에 방석을 깔고 뭉그적대며 폭이 넓고 낮은 나무 2층 계단을 기어 올라가 울며 예배드린다. 그런 그녀를 강제로 끌어 내려가자,

"나를 죽여라, 이놈들아."

소리치고 욕하며 엉엉 울고 발버둥 쳤지만, 그녀의 의사는 무시당한 채 결국 봉고차에 내던져졌다. 독사의 독을 품었는지 중증 환자들을 막무가내로 다룬다.

"도대체 장애인법은 누구를 위하여 만들어졌으며 인권은 누구로부터 보호받아야 하는 것인가? 누가 대답 좀 해보시겠습니까?"

장애인들도,

"원장님, 우리를 버리시나요? 죽을 때까지 함께 살자고 했잖아요?"

수사관들은,

"원장님, 아이들을 보내주세요. 원장님이 말씀을 안 하시니까 경찰관과 군청 직원의 말은 콧방귀도 안 뀌고 고집을 부리잖아요."

강력계 팀장은 나를 설득한다.

"원장님 자식들이니까 원장님 말씀만 듣지 저희들의 말은 듣지도 않

습니다. 저분들은 황소고집이지요. 낯선 사람이 오면 피해버리고 대인기피증이 있지요. 설득 좀 시켜주세요."

"이보시오. 30~40년을 노인, 장애인, 어린 아이들과 함께 동고동락하며 인격을 존중하며 살아왔습니다. 어떻게 저들을 가라고 배척할 수 있겠습니까? 당신들이 알아서 하세요. 그리고 팀장님, 내가 무슨 죄를 지었습니까? 아니면 우리 가족들이 죄를 지었습니까? 내가 저들에게 밥을 먹이지 않았습니까? 부모와 자식같이 살아왔습니다. 수사관님도 법을 잘 알지 않습니까? 우리 가족들도 자유 의지권이 있고 행복추구권도 있습니다. 조금 부족하다고 환자들을 일방적으로 끌고 나가는 일이 있어서는 안 됩니다."

250명의 낯선 사람들은 죄 없고 착한 아이들에게,

"여기보다 더 좋은 곳으로 이사 가요. 걱정하지 마세요."

하고 달랜다. 그 중 한 노인이,

"이 새끼들아, 여기보다 더 좋은 곳이 어딨어? 아파트보다 더 좋고 주택보다 더 좋아. 시설이 이렇게 좋은 곳이 어딨어? 여기는 호텔이야 별장이란 말이야 우리 가족들은 별장 속에 꽃이라고."

8시간 이상 설득했으나 그들의 말에는 수긍하지 않고 차라리 나를 여기서 죽이라고 한다. 공무원들은 중중 환자들을 양쪽 다리요, 양팔이요, 머리요, 옷을 붙들고 끌고 나간다.

"원장님, 이 사람들이 나를 발로 찼어요."
"뭐라고? 왜 당신들이 이 환자들을 발로 차는 거야? 아침도 안 먹고 온종일 굶고 약도 안 먹었는데 쓰러져 발작하면 어떻게? 이 환자들은 작은 소리에도 깜짝깜짝 놀란다고."

"원장님, 이 사람들이 나를 죽여요. 내가 부엌에서 칼을 가지고 올께요."

조현증 환자는 식당에 가서 칼을 들고 죽이려고 한다. 아무도 말릴 수가 없다. 경찰들은 칼을 들고 설치는 환자 뒤에서 팔을 꺾어 칼을 뺏는다.

"이놈들아, 경찰이면 다야?"

10여 명 가까이 가족들을 향하여 포위하고 있다.

"너희들도 죽고 나도 죽을 거야."

2시간 동안 대치한다. 나는 군청직원들과 기동대를 향하여,

"야, 너희들은 비 오니까 비옷 입고, 배고프니까 밥 처먹고 왔을 것 아니야? 이 사람들은 대부분 인지능력이 부족해서 밥을 먹여야 해."

밖에는 비가 시간당 100mm 이상 쏟아지고 있었다. 수십 년 동안 함께 살아왔던 내 가족들이 알몸으로 끌려 나간다. 나머지 환자들은 그나마 인지능력이 있어 일반적인 판단을 하고 도망간 것이다.

이곳은 산골이기 때문에 밤이 일찍 찾아온다. 해가 질 무렵(오후 4시 반쯤) 죽어도 안 가겠다고 도망갔던 아이들이 하나둘씩 돌아왔다. 병원에는 9명이 입원해 있다. 그들도 오늘 늦게 퇴원했다. 저녁 식사를 하고 전쟁 같았던 상황 속에서 화살을 피하고, 칼을 피하고, 돌을 피해서 구사일생으로 살아남은 가족들은 조용한 밤에 잠을 청했다. 그러나 잠을 이루지 못하고 뜬 눈으로 아침이 우리에게 찾아온다. 아침 식사를 마치고 나니, 군청 직원들이 또다시 찾아와서 30여 명을 설득해 끌고 간다. 나는, '그래, 어디에 있든지 자유롭게만 살아가다오. 행복하게만 살아가다오.'

어제는 전쟁 속에 사람의 소리는 맹렬히 하늘을 찌르고, 장대같은 비가

억수로 퍼붓더니 오늘은 날씨가 맑고 화창하다.

생명이 살아서 꿈틀거리고 숲속의 파랑새와 매미는 맴맴 울어데는 100여 명의 식구가 죄없이 다른 곳으로 끌려가 흔적만 남겨 놓고 있다. 고요한 외딴 산골 초목이 새 옷으로 갈아입는 가을이 시작됐지만, 울고 웃고 그리워하고 정과 사랑을 나눴던 작은 자들이 어디론가 떠나버렸다. 고개를 숙인 온유하고 겸손한 자연의 섭리는 황금의 색으로 개성을 나타내고 사면이 조용한 이곳은 말없이 시간이 흘러가고 있다.

누군가 찾아온다. 잡지사 기자라고 한다. 노 선배는 기자에게 가까이 간다.

"어디서 오셨습니까?"

"방송을 보고 왔습니다. 방송이 사실인가요?"

"아닙니다. 그거 가짜에요. 언론은 죄 없는 사람을 죽이려고 하는 거에요."

기자 2명은 집에 들어와서 생활했던 방을 보자고 한다. 환자들이 두고 간 약봉지요, 입었던 옷들이요, 신발이요 개인이 사용했던 용품들이 주인을 기다리고 있다. 영원히 돌아오지 못할 수도 있는데 개인 용품들을 챙겨 가지고 가야 했다.

'함께 살아왔던 환우들은 어디로 갔단 말인가!' 둥지를 두고 끌려가던 그들의 눈물 자국과 남아 있는 옷들이 여기저기 흩어져 있다. 어디로 가는지 물어보지도 못했다. 마음을 조아리며 뼈가 녹고 살이 부서지며 혈관은 뇌를 타고 터지기 직전이지만 누구도 이 생명들을 보호해 줄 수 있는 사람은 한 사람도 없었다. 그들과 함께 죽고 살아왔던 30년의 세월은 고단함과 애달픔의 연속이었다. 그러나 소망과 기쁨도 있었다.

노 선배는,

"한 원장, 방에 있는 생활용품들은 버리지."

"그래도 며칠 두고 봐야지요. 혹시 돌아올 수도 있고 본인들이 쓰던 용품들이기 때문에 찾으러 올 수도 있어요."

넋 나간 사람처럼 5명은 빈집을 지키고 있었다.

"노 선배님, 그 새끼들하고 한번 치고 받을 줄 알았는데 감당이 안 되던데요?"

"어릴 적에는 30대 1로 붙어 작살을 냈는데 지금은 많이 늙었네. 그나저나 죽을 뻔했어."

"왜요?"

"한 원장 말도 마. 병원에서 애들하고 나오는데 비가 억수로 쏟아져 앞을 볼 수가 없었어. 반대편 차선으로 들어가 정면충돌해 죽는 줄 알았지."

"큰일 날뻔 했네요."

"그렇지. 애들이고 뭐고 다 죽을뻔했어. 다행히 반대편 차가 막아주니까 살아 돌아왔지."

"다행이네요."

"상대방 차가 깜빡이를 켜고 길을 막아줬지. 빨리 오라고 전화는 오지, 마음은 급하지, 이성은 잃어버렸지, 죽는 줄 알았다니까."

"어느 병원이었습니까?"

"춘천 정신병원에 갔다 오다가 그랬잖아."

나는 환자들이 여러 군데 입원해 있어서 어느 병원인지를 잘 모르고 착각할 때가 있다.

"한 원장은 처음부터 끝까지 혼자서 문제를 해결하고 있으니 보통 사람은 아니지. 머리가 천재야 처음 보는 사람마다 깜짝깜짝 놀래. 어떻게 저런 사람이 큰일을 하는지 아마 이해를 못 할거야, 나도 이해를 못 했어. 나랑 처음 만날 때 강남 사무실에서 만났잖아. 그때 두 번 놀랐어. 처음에 만나서 놀랐고, 두 번째는 기름값 하라고 돈을 줄 때 세어 보지도 않고 지갑에서 푹 내서 줄 때 놀랐어."

"그게 무슨 놀랄 일이에요? 그냥 대충 집어서 주면 되지요."

"이 사람아, 누가 돈을 줄 때 세어 보지 않고 푹 꺼내주는 사람이 어디 있나? 부자지간에도 돈은 세어주는 거야."

"노 선배, 그렇게 줘야 속이 시원하지 않습니까? 세어 보니까 돈이 많은 줄 알았어요?"

"응, 그런데 8만2천 원이었어."

"원래 인사할 때는 돈은 세지 않고 느낌으로 드리는 것입니다."

"한 원장, 그게 일반적인 행동은 아니야. 자네는 특이해. 배짱도 있어. 아니 배짱뿐만 아니라 지력도 있고, 담력도 있고, 권위도 있지. 말에 카리스마가 있어서 누가 함부로 훅 들어오지도 못해. 대단한 거야. 병신들만 사는데 국무총리실보다 더 아름답게 건물을 지었잖아. 그리고…"

"또 뭐요?"

"자신을 위해서 집 한 채 정도는 있어야 하잖아. 생김새가 화려하게 생겨서 옷을 입으면 비싸게 보이는 것도 있지. 연예인들 봐, 명품이 아니고 남대문 시장에서 산 액세서리요, 옷이요 신발을 신고 다녀도 그들이 입은 것은 다 명품인 줄 알아. 자네도 그쪽이야."

"아니, 형님도 과거에는 연예인이요, 가수요, 인기가 화광충천하지 않았습니까?"

"그때는 나도 잘 나갔지, 그러나 지금은 고요한 호숫가에 황새 한 마리로 살아가고 있어."

"형님은 형수가 있고, 아들이 있고, 가정이 있는데 더 이상 어떻게 잘 살겠어요. 맨 주먹만 즐기고 살아왔던 과거는 이제 추억 속에 묻어 버리고 온유한 삶으로 살아가는 것이 인생이 성숙해지는 겁니다."

"그런 말마, 한때는 사업을 크게 해서 중국도 갔다 왔다 돈 좀 벌었지. 그런데 지금은 물거품이야."

"살아 있어 사랑할 수 있고 생명에 존엄성을 알고 깨달으며 행복을 말하고 있지 않습니까? 우리 노 선배만 보면 부럽습니다."

"내가 왜 부러운가? 지금은 다 죽지 않았는가?"

"아닙니다. 가정이 있어서 성공한 것입니다. 돈을 잃어버리는 것은 아주 작은 것을 잃어버리는 것입니다. 돈은 있다가도 없고 없다가도 있는 것이지 않습니까? 또다시 벌면 되지요.
나는 형님, 인생을 잘못 살았습니다. 자식도 아내도 구름 속에 가려져 그리움에 맺혀 사모하지만, 인생은 끝이 나버린 허수아비입니다."

"한승주처럼 멋있게 산 사람이 어디 있나. 자기 몸도 돌보지 않고 목숨을 바쳐 이웃을 위해 살아왔는데."

"그럼 뭐합니까? 나쁜 사람이라고 말하지 않습니까?"

"아니야, 자네는 천국에 갈 거야. 시장을 봐도 트럭으로 한 트럭씩 보고, 고기를 사도 갈비를 짝으로 사잖아. 직원들과 환자들을 질리도록 먹이기 때문에 항상 한 원장은 빈털터리지. 소문난 잔칫집에 먹을 것이 없는 것처럼 자네는 항상 쪼들리고 가난하지."

"아 형님, 제가 그렇게 보입니까?"

"그러니까 사람들이 한 원장을 보고 오해하지."

"오해하든 말든 내 방식대로 삽니다. 옛날 머슴처럼 가난하고 없이 보이고 천하게 보이면 안 되지 않습니까?"

"겨울에 김장을 준비하는 것 보면 일반 사람은 상상을 초월하는 일을 하고 있어. 배추도 고랭지 배추요, 양념이요 손수 다 만들어 겨울나기 준비를 하는 것 보면 한 달 동안 하는 그 모습이 일사천리로 진행되며 물이 흐르듯이 성취하는 걸 보고 사람들은 깜짝깜짝 놀라. 그 누구도 자네한테는 말한마디 못 하지. 견물생심見物生心이라고 돈이 생기면 욕심이 있어 자신을 위해 비축해 놓는 것이 인간의 본능이지 않은가. 사람이 돈에 욕심이 없다고 한다면 그것은 거짓말이지. 그런데 그것이 현실이고 사실이야. 한승주 속을 깊이 들어가 보면 텅텅 비어 있는 빈 깡통이야. 실속이 없어. 그냥 진리대로 살다가 진리를 따라 죽는거야. 좋은 차 타고 다니니까 사람들은 회장이라 부르며 국회의원이라고 하고 거부라고 하지. 그래도 생활이 되는 것 보면 신기하고 기적이지."

"노 선배님, 그래도 의리에 살고 의리에 죽지 않습니까? 화끈하고 멋이 있지 않습니까? 이것 저것 재고 계산으로 살아가는 사람은 지저분하지 않습니까? 인간은 굵고 짧게 살다가 뒈지는 거지요."

"그래, 한 원장은 기분파야, 그래서 주변에 빈대들이 많지."

나는 20대에 전라도 광주 갱생원에 들어가 6개월간 갇혀 있었다. 밤이면 주변 동네에 옷이요, 속옷이요, 신발이요, 쌀이요 다 훔쳐다가 먹는 것이 갱생원에서 생활하는 원생들이었다. 나는 그곳에서 죽을 만큼 매를 맞고 굶고 춥고 헐벗었다. 노 선배는 내가 잠깐 그곳에 있었다는 사실을 알게 되었다.

노 선배는 '나는 서울의 거지였다.' 소설을 읽고 깜짝 놀랐다. 한 원장은 강남에서 음식물 쓰레기 소각 기계를 판매하는 <재로미> 회사의 대표였다. 노 선배를 그곳에서 처음 만나서 어제와 오늘의 생활 모습을 알게 되었다. 나를 보는 자는 외면해 버리고 한 명도 찾아오지 않는다. 왜?

가짜 방송은 살인자요, 사람을 능지처참하였고 언론은 행시주육이요, 사회에서 존재할 수 없는 괴물이다. 죄가 없는 사람을 무참히 죽여 한강은 피로 붉게 물들어져 가고 있다. 사람은 죄로 인해 죽고 만다. 언론은 그 죄의 대가를 3대에 걸쳐 저주의 대상이 되고 말 것이다. 곧, 언론은 사회의 정의와 빛과 소금이 되어야만 하는 것이다. 죄가 없는 사람은 자유가 있고 행복이 있고 기쁨이 있으나, 죄를 먹고 사는 사람은 다 잃어버린 죽은 자와 같다.

하루 아침에 청천벽력으로 동료들이요, 지인들이요, 목사들이요, 한 명도 나를 찾아온 사람은 없었다. 나는 병들고 고통을 당한다고 찾아가서 위로하였고, 그 영광의 자리를 빛내주기에 함께 마음을 다했으며, 잔치한다고 찾아가며 기뻐했으나, 나의 불행은 아무도 돌아보지 않는 것이다. 내가 잘못된 것인지 그대들이 잘못된 것인지는 알 수가 없다. 씨앗을 뿌리되 탐스럽고 건강한 씨앗을 뿌려야만 싹이 트고 열매가 맺어 주인에게 기쁨을 주는 것이다. 모든 것이 헛되고 헛되도다. 그러나 후회하지 않겠노라. 힘들고 어려움을 당할 때 돌아보아 주는 것이 인간의 도리이다.

그러나 방송이 전파되고 나서 나를 찾아 온 사람은 한명도 없다. 나쁜 놈들, 사기꾼들, 뒈질 놈들 목사들은 사탄이다. 사랑이 없다. 그래서 독사다.

예수를 모르는 노 선배는 다 잃어버린 한승주를 끝까지 배신하지 않고 몸과 마음으로 헌신을 다했다. 짜증을 부려도 다 받아주고 방송으로 인해 후유증으로 섬망이 생겨(급성 기질성 뇌 증후군) 하늘만 바라보고 소리 없이 울고 헛소리하고 있을 때도 그는 나를 찾아와 위로했다.

나를 하나의 수단으로 삼고 필요치 아니하면 걸레처럼 버리는 괴물들이 많았으나 노 선배는 끝까지 나를 지켜왔다. 의인이요 나의 형님이다. 방송은 사실이 아니라는 것을 잘 알고 있다. 내가 도둑질하고, 살인하고, 돈을 많이 갈취했다면 내 주변에는 사람이 없었을 것이다. 나는 사람을 믿지 않는다. 사람은 화장실 들어갈 때와 나올 때가 다르다. 곧, 인간은 일구이언해서는 안 된다.

'남아일언 중천금男兒一言 重千金이라.' 남자는 한마디의 말도 무거운 천금같이 여겨야 한다. 남자가 한 번 한 약속은 반드시 지켜야 한다.

'일구이언 이부지자一口二言 二父之子요.' 한 입으로 두 말 해서도 안 되고 약속을 지켰으면 무덤 속까지 무언의 침묵을 해야 한다. 그런데 인간은 돌아서면 허위유포하며 그것이 일파만파 퍼지고 거짓말도 자주 들으면 사실로 인정하는 것이 인간이란 동물이다.

'증삼살인曾參殺人' 사람을 죽였다는 소리를 들었는데 처음에는 믿지 않다가 세 사람이 같은 말을 하자 사실로 인정하는 것이 인간이다. 인간의 심리를 이용하는 것이 사람이며 언론이고 그 안에 있는 기자들의 무서운 펜이다.

전화가 왔다.

"원장님, 전화 좀 받아보세요."

"또 협박 전화인가?"

나를 죽이려고 하는 언어폭력이요, 인격 살인이요. '내 생명을 앗아갈 수 있는 전화일까! 차라리 전화를 안 받는 것이 위협을 당하지 않을 수 있다. 그러나 꼭 전화를 받아야 하는가 보다.'

"원장님, 정호에요. 나 집에 가고 싶어요. 이곳에서 살 수 없어요. 사람들이 무서워요."

강원도 홍천 정원을 가꾸어 가며 낙원의 세월을 보내던 그 추억들을 잊지 못하고 수십 명이 탈출하여 전화가 걸려 온다.

'장애인도 살고 싶어요. 장애가 죄란 말입니까?'

우리가 일구어 놓았던 정원의 집을 떠나 살 수 없어 다시 돌아오겠다는 가슴 치는 소리와 아픔이 메아리치고 있다.

그러나 나는 끌려갔던 그들과 함께 살아갈 수가 없다. 이제는 힘도 의욕도 자신감도 꽁꽁 얼어붙고 말았다. 난 굳게 다짐한다. 그저 봄이 온다고 해도 나 혼자 봄을 맞으며 행복을 의지하며 살아가자.

"안돼 얘들아! 거기서 그냥 살아. 엄마 아빠(보호자)에게 전화해서 좋은 시설로 가면 돼."

이제는 조용히 살다가 이별하리라. 나는 방황하고 있다. 시간에 쫓기며 살아오던 한평생이 바보 같은 짓이었다. 마치 예수가 아닌데 예수인 것처럼 살아온 행동은 부끄럽고 어리석었다.

양지원 씨는 나에게 말한다.

"차라리 잘된 것 아니에요? 무거운 십자가를 지고 사는 것이 불안정하고 어리석은 짓 아니에요? 이제는 이 여자와 함께 사랑을 만들어 가요. 행복한 정원을 만들어 가요. 얼마 남지 않은 세월에 늙고 병들면 사랑도 행복도 부질없는 것이요 조금이라도 남은 세월에 행복의 정원을 만들어서 우리 함께 살아갑시다. 당신이 무슨 죄를 지었습니까? 하늘이 알고 땅이 알고 많은 주변 지인이 잘 알고 있지요. 진실은 언젠가는 빛이 되어 세상을 향해 말할 것입니다."

노 선배는 할 이야기가 있다고 서재로 들어가자고 한다.

"한 원장, 중재위원회에서 온 내용을 보면 언론에서 내보낸 보도나 시사 내용은 사실이 아니라고 하잖아. 중재위원회에서 사실이 아닌 허위유포라는 입증이 있어서 중재하려고 했던 것 아니야?
SBS 김 PD가 위원장에게 욕을 먹어도 한마디 말도 못 했잖아. 판사 위원장님이 하는 이야기 생각 안 나?
'판사님은 작가와 국장 그리고 김 PD에게,
야, 언론이 아무에게나 칼을 들이대고 사람을 죽이면 안 돼. 어떻게 개인 한 사람을 매장시키고 사회에 낙오자로 만들 수가 있어? 이것은 방송국이나 PD들이 사람을 죽이는 거야. 방송내용을 보니까 소설을 썼더군. 힘이 있다고 아무나 죽이면 큰 죄를 받을 수밖에 없어. 당신들은 도대체 뭐하는 사람들이야?'"

김 PD는 한참 야단을 맞다가 변명하려고 한다. 위원장은 김 PD를 향하여,

"입 닥쳐! 언론이면 다야? PD면 사실도 아닌 것을 하나의 연극처럼 드라마를 만들어 한 생명을 죽여서 매장을 시킨단 말이야? 그 내용을 보지 않았으면 이렇게 화를 내겠어? 야 너희들도 인간이야!"

김 PD는 한마디 말도 못하고 듣고만 있다. 중재위원장님이 나를 향해,

"하고 싶은 이야기가 있으면 다 하세요."

나는 온몸이 사시나무가 되어 떨고 있다. 머리가 멍하고 가슴이 답답하고 숨쉬기가 힘들고 목구멍에서 지렁이가 기어 나오는 것 같다. 속이 몹시 메슥거린다. 소리 없이 눈물을 흘리지만 입술이 열리지 않는다. 나는 한참 목석이 되어 떨리는 목소리로 말한다.

"사실이 아닌 것을 육하원칙 자료를 만들어 허위유포를 했습니다. 학교는 미국의 신학대학 4년 졸업(Midwest Theological Seminary), 총회 신학에서 8년을 거쳐 서울예술 신학 4년, 한국 비디오 성서대학 선교사 자격, 명지대학에서 사회복지사 2급, 상담학, 다른 총회 신학 7년 등 다양하게 자격을 갖추고 경기노회 소속자로서 강도사 고시를 합격해 1년 후 목사안수를 9명이 받았습니다. FM대로 모든 절차를 밟았는데 왜 SBS는 가짜를 방송하였는지 제 인생이 참담합니다. 그리고 사업을 하였으나 현금을 계수한 적이 없는데 배우를 통해서 연기를 그럴듯하게 하였습니다.

故 서유철 씨에게 입소비만 800만 원을 받았습니다. 그 나머지는 10원도 받은 적이 없습니다. 그동안 여러 병원을 동분서주하면서 그 생명을 살리기 위해 8년 동안 고군분투하였습니다. 병원비가 많이 들어갔습니다. 그러나 보호자들에게는 10원도 받지 않았습니다.

주로 카드 결제하였고 故 서유철 씨 카드는 발급 시 100만 원 한도였으나 한 번도 미지급한 사실이 없어 신용이 좋아지고 2,000만 원까지 사용할 수 있었습니다. 그러나 9,000만 원이라는 터무니없는 사실을 방송하였고, 한 명도 인재 사고로 죽은 사실이 없는데도 마침 한승주가 유기, 감금, 폭행, 유기치사했다고 보도했으며 사람을 죽였다고 방송에 버젓이 전파되었습니다. 이 사건 전부는 다 허위, 거짓 가짜 방송이라는 사실을 중재위원장님께 고백합니다.

따라서, 한승주는 유기치사를 하지 않았으며 사람도 죽이지도 않았습니다. 보호자들이 살인을 했고 유기도 했습니다. 그런데 나에게 왜 누명을 씌우는지 위원장님께 다시 한번 호소합니다.

지금 저는 SBS서울방송을 불태워 잿더미로 만들어 날려버려도 홧병이 치료되지 않습니다. 평생 두 다리, 두 팔까지 쓸 수 없는 중증장애

인이 산천초목이 아름다운 낙원의 자연 속에서 환우들과 생존하며
살아 왔습니다. 돈을 벌거나 명예를 얻기 위해서 살지도 않고, 돈이
목적이 되었으면 벌써 부자가 되었고 곧, 사기요 장애를 이용해 재산
을 은닉시켰을 것입니다. 그러나 부동산이 하나도 없는 사람이요, 그
영혼들을 내 목숨 바쳐 사랑하였습니다. 중재위원장님, 도탄지고를
당한 이 죄인의 한을 풀어 주십시오."

노 선배와 나는 집으로 돌아오는 순간 김 PD는,

"목사님, 몸조심하세요."

나는 김 PD의 면상을 총알처럼 강하게 쏘아보면서,

"어이, 김 PD 아직도 목숨이 살아있네, 자네 말이야 내 걱정하지 말고
자네나 걱정하게나. 목숨은 두 개가 아니고 한 개야. 기자는 특별한
사명을 가지고 방송해야 해. 만약 그런 소명과 사명이 없으면 사람들
을 죽이는 거지. 나는 죽지 않아. 불사신이야."

김 PD는 그 후 대답이 없었다.

"그렇게 자신 있고 큰 소리 빵빵치던 자네가 말없이 죽은 시체처럼
행시주육 하는가? 나는 당신의 행위와 행동을 이해할 수가 없었어.
카메라만 들고 있으면 세상이 다 자네 것으로 보이는 것처럼 당당하
더니 왜 말이 없는가?"

나는 하늘을 찌르는 마음이 화광충천하였다. 그 이유는 김 PD 앞에서
죄인이 아니기 때문이다.

<중재위원장 임병렬 판사는,

지금은 SBS가 중재를 거부하고 있으니, 한승주 씨의 재판이 끝나면 뵙거나 혹은 언론을 고소하면 됩니다.>

김 PD는 이 방송을 내보내면 안 된다는 양심의 조명을 뜨겁게 받고 있었다. '김 PD. 양심 속에서 왜 죄가 없는 사람을 죽이려고 하느냐. 그 사람에게 돈을 받기 위해서 취재한다면, 여기서 멈춰야 된다. 김 PD는 사기꾼이요, 살인자야! 꼭 이 사건을 취재해서 한승주를 죽이고 싶어? 김 PD. 너도 잘 알고 있지 않나? 수많은 돌이 날아올 텐데 그것을 감당해 낼 수 있겠어?'

그는 여기서 포기하자니 그동안 취재했던 노동의 대가가 밀물처럼 밀려오고 있다. 여러 사람에게 돈을 요구하며 협박을 한 것이다. 기자와 PD, 방송작가 언론들은 교묘하다.

그러나 나는 돈을 줄 수가 없다. 30년이 넘도록 시설 운영을 하고 있으나 사기요, 강도요, 폭력이요, 성추행이요 배고픈 자들을 굶기거나 이용한 사실이 내 평생에는 없다. 돈을 준다면 이 사건을 인정하는 것이다. 죄를 지었으면 내가 십자가를 질 수밖에 없고 문제를 해결하는 방법은 당연하지만 나는 부정이나 나쁜 행동을 해본 적이 없다. 그것이 나의 철학이다.

노 선배는 홍천에서 몇 사람을 데리고 관리하고 있었다. 그들이 살아가는 정원을 말이다. 나는 양지원 씨가 모든 정리가 될 때까지 본인의 집에서 함께 생활하자고 데리고 간다. 모든 걸 포기하고 거듭난 삶을 살고 있다. 양 교수는 퇴근하더니 롯데 백화점에 가자고 한다. 그저 바람 따라 물 따라 그녀가 말하면 순종하게 된다. 지난날 세상에 얽매여 살던 나는 자유로운 삶을 살고 있다.

"양 교수, 김 기사는 왜 일찍 퇴근시켰어?"

"당신과 함께 있고 싶어서요."

"백화점은 왜 갑자기?"

"3년 동안 승주 씨와 만나서 연애하고 살았지만, 이 여자와의 시간은 없었습니다. 이제는 당신이 머리부터 발끝까지 온전한 내 것이 됐으니 얼마나 여유가 있고 인류를 다 얻은 것 같겠습니까?"

"참, 무슨 소리?"

옷, 정장, 지갑, 벨트, 속옷, 잠옷까지 명품 브랜드 구찌로 예쁘게 몸을 포장하였다.

"양 교수, 남자가 겉만 아름다우면 뭐 해, 속이 다 썩었는데."

"무슨 소리예요? 당신이 얼마나 값지게 살아왔는데요. 당신을 위해서 살지 않고 남을 위해서 종을 울리며 지금까지 살아왔습니다. 그래서 이 여인이 당신을 만난 거 같아요. 다른 세상에서 사는 것 같지요."

"어색하네. 내가 이런 대접을 받아도 될까?"

"얼마든지요. 이제는 다 잊어버리고 나와 함께 살아갑시다."

벽에 걸려 있는 시계는 밤 9시 40분을 알리고 있다. 양 교수는 샤워를 하고 내 옆으로 오더니, 애교를 부린다.

"승주 씨, 제가 글을 써 봤어요."

"무슨 글?"

"당신께 드리는 내 마음이지요."

'중년이 된 이 여자는 아직도 사랑이 무엇인지를 몰랐지요. 그러나 지금 한 남자를 만나서 사랑에 빠지고 있습니다. 내 눈엔 꽃물이 익어

가고 있네요. 그 사랑이 활짝 피어 온몸에 꽃이 피고 있네요. 나의 눈 동자에 불꽃이 피고 있어 당신의 품에 잠을 청하고 싶어요. 손을 잡고 당신과 함께 잠들고 싶어요. 이 여자는 사랑에 익어가는 성숙한 여인이 되어 당신 앞에 활짝 피어 있는 꽃이 되겠습니다. 그저 다정스레 사랑에 빠진 나의 몸이 그이의 품에 안겨, 하늘을 향해 날아가고 있습니다. 미소 지으며 나를 보는 사람들은 행복해 보인다고 외치고 있습니다. 슬픔이요, 괴로움이요, 아픔이 사라지고 행복의 창을 열어 세상을 비추며 살아갈 거에요. 그날의 추억만 생각하지 말고 이제는 모든 걸 잊어버리고 싱글싱글 웃음 지으며 소리 내지 말고 웃어주시면 당신의 여자는 그 웃음을 알고 기뻐할 것입니다. 불꽃처럼 피어오르고 있는 사랑을 혹시 누가 시샘하여 산산조각으로 갈라 놓을까봐 두렵사오니 사랑의 둥지 속에서 하나 되어 시간의 지배를 받지 말고 행복의 줄을 이어가면서 살아가요.'

아줌마가 노크한다.

"이 밤중에 누가 노크하지?"

"자기야, 목이 타지 않아? 심장이 끊어질 것 같은 느낌이 들지 않아?"

양지원 씨는 노크 소리에 바로 대답하지 않고 잠시 있다가,

"네"

하고 대답한다. 순간 잠시 쉬었다가 행동하라고 하나 보다. 아줌마는 와인을 가지고 들어와 말없이 탁자에 놓고 돌아간다. 한 잔씩 하고 나니 온몸이 빨갛게 익어간다. 우리는 조용한 밤에 서로가 터치하고 부딪친다. 성난 파도가 산을 삼키는 것처럼 그 여인은 내 몸에 불을 당긴다.

그러나 모든 걸 잃어버리고 이제는 얼마 남지 않은 인생이다. 그렇다면 짧은 생애에 사랑의 불꽃을 태우는 여인에게 온전히 행하게 사랑해야 한다는 마음이 화염충천하고 있다. 그저 여자가 요구하면 들어주는 시늉만 할 뿐 기능적인 행동은 하지 않았다. 그래서 이 여인은 성욕에 만족함을 느끼지 못했다. 양 교수는 성욕에 갈증을 느끼며 혼자서 흐느끼며 울고 육체를 달랬다. 나는 오늘 밤에야 그 여인의 고백을 듣고 있다.

"자기야, 어떻게 여자 마음을 잘 알아? 내가 그동안 성이 차지 않았어. 한번도 홍콩 구경을 못 했거든. 그런데 10번이나 갔다 왔단 말이야. 자기는 여자 다루는 능력이 있는 대단한 남자야. 항상 만족을 못해 갈증을 느끼고 살았는데 내가 요구하는 것을 한 시간 이상 리드할 수 있으니 얼마나 놀라운 일이야, 여자는 사랑을 먹고 사는 거야. 자기가 다 포기하고 나니까 한 남자의 품에 녹고 불꽃이 하늘로 솟아오르고 있어. 구석구석 원하는 것을 건반에 맞춰서 연주하니 노래할 수밖에 없지."

우리는 아침이 오는 그 순간에도 성욕은 불타고 있었다. 나는 그동안 절제하며 살아왔다. 여자가 인생의 전부가 아니고 일에 미쳐 사는 것이 이 남자가 사는 법이다. 그러나 지금은 다르다. 다 잃었다.

육신의 노력으로 성공한 것은 만족함이 없는 것이고 늘 채워도 채워지지 않는 것이 사람이다. 내일이 없다. 오늘만 사는 것이 사람인데 천년이고 만년이고 살려고 하는 것은 어리석은 동물이다.

이제는 한 여인의 사랑을 받아주자. 나 같은 보잘 것 없는 남자를 최고봉이라고 생각하니 받아주지 않는다면 어리석은 자요, 비정한 자다. 양 교수를 울리지 말자. 조금도 부족함이 없는 화려한 여성이다. 저 하늘의 별처럼 많은 남자가 이 여인을 그리워하고 있다.

"자기야, 오늘은 토요일이니까 사랑의 물결이 넘치겠네."

"양 교수, 그렇게 남자가 없어? 나 같은 남자를 사랑하게."

"승주 씨처럼 멋있는 남자는 없어. 상 남자야."

"여자의 육체는 남자들이 이해를 못 해. 여자는 20분 이상해야 해. 풍채가 크거나 작은 것을 요구하지도 않아. 여성의 클라이막스를 잘 조정해야 아름다운 연주가 나올 수 있어. 일반적인 생각은 다르지. 성기는 중요하지 않아. 스킨십를 통해서 시간 조정을 잘 맞춰줄 때 여자는 절정에 오르게 되지요."

월요일 아침 4시 30분 양 교수는 내 알몸을 휘휘 젓는다.

"이러지 마, 양 교수 출근 안 할 거야?"

"할 거예요. 그냥 당신의 페니스만 만질거야. 이제는 이 여자 거예요. 누구한테도 당신을 줄 수가 없어요."

양 교수는 심할 정도로 요동을 친다. 나는 그녀에게 애무를 한다. 오르가즘을 느낄 수 있도록 강하고 깊이 있고 감칠 맛나게 한다. 30분 이상 그녀의 숲속을 헤치고 있을 때 다시 침대를 적신다.

"승주 씨, 이젠 됐어. 빨리 본 게임으로 가자. 미칠 것 같아."

나는 그녀의 몸 깊숙이 파고 든다. 소리를 지르며 울어댄다. 연주 소리가 아니다. 소프라노 노래가 천둥을 치는 것 같다. 그녀의 몸속에서는 강한 물총을 쏟는다. 나는 이대로 그녀를 보낼 수 없어 다시 음핵을 혀로 살살 터치한다. 소리를 친다. 그러더니 그녀는 내 얼굴에 물을 마음껏 쏟아버렸다. 나는 양 교수를 보면서,

"성욕이 참 강하네."

둘이 들어가 샤워한다. 비누 냄새가 우리 두 사람의 몸에 요동을 치게 한다. 한 몸이 되어 다리와 다리 사이는 꼬여 있고, 혀는 그녀의 입을 가득 채워주고 있다. 샤워를 끝내고 옷을 갈아입고 간단한 아침 식사를 한다. 아줌마가 차를 가져온다.

"무슨 차예요?"

"그냥 좋은 차예요."

양 교수는,

"파극찬, 구기자, 천문동, 치자 등 차로 우려내서 먹으면 피로에도 좋고 여자에게도 좋지만, 남자에게는 더욱 좋은 약이에요. 당신은 이런 차를 마시지 않아도 강한 남자이지요. 당신 몸만 들어오면 빨갛게 달궈진 쇳덩어리가 내 몸을 휘젓고 들어올 때 정신이 없었어요."

나는 누구보다도 뜨겁고 강하고 철봉은 딱딱하다. 나를 보는 자들은 고자라고 한다. 육체가 장애이기 때문이다. 그러나 성적 불구자는 아니다. 남자의 자존심을 건드리면 사자로 변해간다. 나는 여자를 남자의 말에 수긍하고 절대적인 복종을 하게 만드는 것이 내 생각이다. 양 교수가 말한 것처럼 어디 하나 부족함이 없다. 얼굴도, 성욕도, 몸도, 마음도 여자가 좋아하는 페니스도 말이다. 여자를 다룰 때는 아주 정성을 들이고 세밀하고 구체적으로 관심을 가지고 행동해야 하는 것이다. 여자는 옥시토신이 넘친다. 물론 남자도 세라토닉이 생길 때 행복할 수 있다.

"자기야, 어디 가지 말고, 엉뚱한 생각 하지도 말고, 자신을 돌아보며 생각하면서 오늘 하루 편히 쉬세요."

양 교수는 벽에 걸린 시계를 본다. 오전 8시다. 그녀는 다른 날보다 한 시간이나 늦게 출근하면서 내 입술에 가벼운 키스를 한다.

"양 교수? 오늘은 늦어서 어떻게?"

"아니야, 안 늦었어요. 10시 30분에 수업 시작이야."

"다행이네."

"별걱정을 다 하시네요. 이 여자가 아무리 당신이 좋아도 그런 정신이야 없겠어? 나 이래 봬도 잘 나가는 교수야? 양 교수를 인정해야 해요."

나는 출근하는 그녀를 향해 손을 흔들며,

"그럼, 인정하지, 능력도 있지, 능력뿐인가 재력도 두루 갖추고 있는 여성이지."

나는 원고를 쓰고 있는 순간은 가슴이 설렌다. 세상에서 집필할 때 정신을 잃어버린 사람처럼 흥분의 도가니에 빠져 버리고 만다.

<사랑하는 자녀들을 위하여>, <빈 깡통을 채우라>, <실로암 종이 울릴 시간이다> 등 역작이 있다. <나는 서울의 거지였다> 이 책은 100만 부 이상 판매가 되었다.

책 한 권이 인생을 바꾸어 놓았으며 죽어가는 생명을 살리는 도구가 된 것이다. 사람들은 책을 보고 밤새도록 울었다고 한다. 그러나 오해를 하는 사람도 있다. 한승주가 거지라고 말한다. 거지 목사라고도 언론에까지 대명사로 일컫고 있다. 가슴 아프고 기분이 좋지 않다. '거지'라고 하는 말은 현재형이기 때문에 작가를 무시하는 것이고 명예훼손이 되기도 한다. 따라서 거지였다라고 하는 말은 인생은 빈손으로 왔다는 것이다. 그래서 '인간은 누구나 어제는 거지였다.'

나는 세상에 태어나서 거지 생활을 해본 일이 없다. 일반적으로 한국인들의 거지는 적선하는 것을 말한다. 적선하는 자체는 열심히 일하고 그 노동의 대가를 받는 것이기 때문에 거지라고 명사를 붙이면 무식한 사람인 것이다. '그렇다면 거지는 어떤 사람일까?' 노숙하는 사람, 자기 자신을 버리는 사람, 좌절하는 사람, 자존심을 지나치게 가진 사람을 일컬어서 거지라고 한다.

나는 늘 최고봉이라고 생각한다. 불가능이란 없다. 하면 된다. 사람들은 교만하다고 한다. 그러나 교만한 것이 아니다. 현실이며 사실이다.

어렸을 때는 육체의 가시 때문에 절망을 한 것이다. 피가 흐르고 불꽃처럼 타오르는 청년 때는 절망이 존재하지 않았다. 생각을 바꾸니 성공이 보인다. 안 되는 것이 없고 희망의 길이 열린다.

<원고 없이 2시간 이상 강의를 해도 지치지를 않는다. 막히지도 않는다. 그러나 육체는 약하다. 이런 것을 일컬어 기독교는 성령을 받은 사람이요, 성령의 조명에 따라 행동하기 때문에 지치지 않는다고 한다. 곧, 한승주는 모든 걸 가지고 있는 사람이다. 지혜, 총명, 지각, 담력, 영력, 지력 등 불가능이 없다. 인간은 절망만 하지 않으면 다 이룰 수 있다.>

벨이 울린다. 벽에 걸려 있는 시계는 오후 6시를 가리킨다.

아주머니는,

"누구세요?"

"양 교수입니다."

<나는 무죄였다> 집필을 한참하고 있었다. 그녀는 내 곁으로 가까이 다가온다.

"당신 종일토록 일했네요. 좀 쉬시지, 쉬는 것도 일이에요. 그리고 내

가 왔는데 얼굴을 쳐다보지도 않아요?"

한마디 툭 던지고 풀장으로 간다. 아주머니는 욕조에 뜨거운 물을 받아 놓고 정종 2리터를 붓는다. 알몸으로 30~40분 푹 담그고 나면 피부 전체가 빨갛다. 피부가 부드러워지고 피로가 풀린다. 양 교수는 오라 섹시 슬립을 입고 시스루 가운을 입은 채 내가 있는 방으로 들어온다. 나는 남녀 누구나 섹시하고 야한 사람을 좋아한다. 사람은 의복이 날개라고 하였다. 어떤 모습으로 포장하느냐에 따라 달라지는 것이다. 양 교수는 개성이 있다. 알몸으로 섹스할 때 보다는 오늘 그녀가 입고 있는 잠옷이 나를 미치게 한다. 그녀는 나에게 말을 걸어온다.

"승주 씨는 가까운 사람에게 무뚝뚝하시나요? 손님을 만날 때는 지나칠 정도로 친절하고 부드럽고 자상한 남자이며 사람들을 기쁘게 하는 은사가 있어요. 그 모습을 보고 이 여자는 당신께 뿅 갔습니다. 전화를 받는 목소리를 들어보면 듣는 자들의 마음에 감동을 줍니다. 당신의 음성은 선하며 미움이 없고 여린 순 같았습니다. 그런데 왜 나에게는 무뚝뚝하지요?"
"양 교수, 가까운 사람은 속으로 이뻐하고 사랑하는 거예요. 뭐가 부족하지? 어젯밤에도 아침 오기 전까지 행동으로 보여줬으면 됐지. 더 이상 어떻게 하란 말입니까?"

그녀는 만족함이 없는가 보다. 나는 그녀에게 인생 삶에 대하여 글을 읽어준다.
'사랑하는 그대여!
수많은 사람을 만나기 위해 개미처럼 부지런하였고 꿀벌처럼 나눠주며 온누리에 종을 울리기까지 내 손바닥의 지문이 다 닳았고 몸은 가루가 되고 내 다리는 천근만근이었지요. 어제의 삶을 뒤돌아보면 무게는 온몸을 아프게 하였고 매일 소리 없이 쌓여가던 인생의 수수께끼를 풀어가기 위해 내 시간도 없이 살다가 평생 바쁘게 걸어왔습니다. 이제는 그대와 내가 하루를 살기 위해 둥지를 틀었답니다.

힘들고 외로워질 때 내 얘기 들어주면서 빈 깡통을 가득 채워주던 당신이었지요. 어느 날, 세월의 한복판에 덩그러니 혼자 있을 때 당신은 나를 찾아와 희망의 열쇠를 주었습니다. 이제는 황금을 주고도 바꿀 수 없는 보물을 얻었기에 나는 당신 품에 잠이 들고 그대는 내 품에 잠이 들고 있습니다.

사랑한단 말 한마디 없지만, 숨 쉬듯 물 마시듯 사랑하고 있습니다. 나는 꽃길을 걸어가는 이 순간이 세상에서 가장 행복이 충만해집니다.

얼굴은 밭고랑이 되어 한 폭의 그림이 되었으나 당신의 눈가에 주름이 말해주듯이 그대와 내가 사랑하기 때문에 늙어가는 것이 아니고 우리 서로 영육쌍전입니다. 이제는 아름다운 사랑이 시작되었으니 혹시 누가 우리를 질투할까 두렵습니다. 사랑합니다. 천지가 진동하고 있습니다. 당신을 사랑한다고 외치고 있단 말입니다.'

글 한마디 한마디를 읽어 내려가는 순간마다 그녀의 눈은 사슴처럼 피어나고, 눈에는 이슬비가 내리고 있다.

'여보, 미안합니다. 양 교수도 사랑하고 있습니다.'

내 품 안에 양 교수는 훅 들어와 반죽이 되어 맛을 낸다. 사랑의 맛을 말이다.

우리는 예술의 전당을 지나서 고속도로에 진입한다.

"자기야, 쉬러 가는데 굳이 고속도로를 달릴 필요가 있어? 위험하게."

"아니에요. 고속도로를 달리는 것도 전율이 흘러 연애하는 기분이 난단 말이에요."

더 이상 말을 잇지 않는다. 강릉 앞바다를 가기 전 작은 찻집에 들어간다.

"승주 씨, 아기자기하고 군데군데마다 사람의 손때가 묻어 있어 순수하고 아름다워. 자기야, 저쪽 탁자에 앉자. 연인 한 쌍이 앉을 수 있도록 의자가 딱 두 개야."

"그래."

양 교수는 40대가 훌쩍 지났어도 19살 소녀 같은 순결한 마음을 가지고 늘 나를 향하여 설레고 있다. 그녀는 미리 준비해 온 간식을 풀어서 내 입에 넣어준다. 정신없이 먹으라고 어미 새가 새끼에게 먹이를 물어다가 주는 것처럼 나는 받아먹고 있었다. 양 교수는 이제 조금 맛을 본다.

바닷가 앞에 넓은 주차장이 있다. 바다와 백사장은 고요한 겨울바람이 스쳐 지나가며 한 여인의 치마는 살며시 말을 건네 오고 있다. 피서객들은 없다. 백사장에 앉아 결혼식을 하자고 입을 연다. 나는 묵념하는 살아있는 송장이다. 그녀가 말하는 것만 귀를 열고 입을 열지 않는다. 듣고만 있어 답답하여 견딜 수 없나 보다.

"왜 또 벙어리가 됐어요? 무슨 생각이 그렇게 많아요?"

"음..."

그녀는 기가 막힌 듯 말을 말자고 한다. 횟집에 들어가서 식사한다. 한쪽 구석에 앉아 있는 연인도 MZ세대 보기가 좋다. 한참 생각하고 있는 순간에 주문이 들어온다. 양 교수는,

"뭐 먹을거야?"

"그냥 적당한 것 시켜, 요즘에 뭐가 좋아?"

"복어회가 좋지요."

"어떻게 나오나요?"

지배인은,

"복어회와 시원한 복국이지요."

"아, 그래요."

나는 양 교수에게,

"당신은 복어회를 먹어봤나?"

"그럼요, 좋아해요."

"두 사람이 먹을 만큼 주세요."

식사를 마치고 바위틈 사이로 들어가서 대화를 한다. 그녀는,

"우리가 너무 늦게 만났어요. 이제 사랑이 무엇인가를 알았으니 굵고 빛나게 남은 삶을 살아가요. 당신을 만나고 나서 인생의 소망을 알았으며 여자의 삶을 알게 되었죠."

"우리는 늙어가는 것이 아니요. 익어 간다는 노래가 있지 않소."

"철없을 때는 연애의 철학을 몰랐지요. 그저 불탄 것뿐이었습니다. 그때는 사랑이 아니었습니다. 너무 행복합니다."

우리는 호텔로 들어간다. 803호 특실, 함께 샤워하고 준비해 온 속옷을 갈아입고 잠을 청한다. 아침에 일어나서 양 교수가 꿈 얘기를 한다.

"승주 씨, 어젯밤에 이상한 꿈을 꿨어요."

"무슨 꿈?"

"승주 씨가 이 여인을 죽이는 꿈이었어요. 나를 끌고 가더니 큰 강물에 던져버렸어요."

"그럼 꿈에 죽었어? 자기가 죽었다는 말이야?"

"네, 제가 죽었어요."

"죽으면 좋은 꿈이지."

"물에 빠져 허우적대고 있는 나를 외면한 채 당신은 차를 타고 그냥 가버렸어요."

"내가 그렇게 독하단 말이야? 나는 병아리 새끼 하나 못 잡아요. 그럴 용기나 있으면 좋겠어. 당신이 나를 살리지 않았소. 어쩌면 나는 죽을 수밖에 없는 사람이었지. 기갈자심飢渴滋甚이, 구거작소鳩居鵲巢요. 배고픔과 목마름이 점점 더 심해지고 이 시간에 비둘기가 까치집에 들어가 살고 있지 않소. 난망지은難忘之恩 그 은혜를 어찌 잊으리오. 한승주가 행동하는 모습이 그토록 추악하단 말입니까? 쓸데없는 소리 그만하시오."

"승주 씨, 비둘기가 까치집에 들어가서 살 수도 있는 거예요. 제가 누가 있어요? 당신밖에 없지요. 우리는 공도동망共倒同亡이지요. 넘어져도 같이 넘어지고 망해도 같이 망하고 죽어도 한날 한시에 함께 죽어 무덤으로 돌아가야 해요. 우리 둘이 세계여행을 다니며 자유인이 되어 살 수도 있어요. 돈은 인생의 전부가 아니에요. 하루의 삶을 소중하게 사는 사람은 현명한 사람이요 지혜로운 사람이지요. 내일 내일하고 노래를 부르는 사람은 소망이 있으나 꿈은 이루어지지 않아요. 승주 씨, 용지불갈用之不竭 하시잖아요. 아무리 써도 없어지지 않아요."

"그래요, 사람은 누구를 만나냐에 따라서 인생관이 달라지는 것이지요. 이 시간 서로가 행복하면 됐어요."

그녀는 롯데 백화점에 가자고 한다. 이것저것 많이도 산다. 7시간 동안 그녀가 인도하는 대로 나는 따라 다녔다. 전화가 걸려 온다. 그녀는 세미나가 있어서 미국으로 연수 교육받으러 갔다.

아침이 오기 전, 2019년 11월 19일 새벽 5시경 철커덩 문이 열린다. 옥살이를 마친 한승주.

"그만 우시고 자유를 찾아 나가시오."

철문은 큰 소리를 치며 굳게 닫힌다. 그날 12명이 만기 출옥한다. 11명이 각자의 집을 찾아간다. 그러나 나는 집이 없어 갈 곳이 없다. 하늘을 쳐다보면 별들은 총총히 빛나고 지상에는 생존을 위해 미친 듯이 차와 사람이 뒤엉켜 달리고 있다. 싸늘한 바람이 옷깃을 스치고 뼛속까지 사무쳤던 나의 삶은 부활하여 세상으로 나왔건만, 내 곁에는 교도관이 서 있다.

한 시간 이상을 교도소 문밖에 앉아 있었다. 그러나 나는 형제요, 친구요, 부모요, 자식이요 한 명도 찾아오는 자가 없다. 세상을 잘못 살았나 보다. 출소하면 형제요 고생했노라. 친구여 고생했노라. 내 아버지여 고생했노라. 찾아와서 죽지 않고 옥문이 열렸다고 두부를 먹으라고 소리를 친다.

"아버지, 두부 드세요."
"아들아, 두부 먹어라."
"친구여, 두부 먹어라."

수복을 갈아입고 예정된 집으로 각자 돌아가고 있다. 교도관이 찾아온다.

"한승주 씨, 아직도 가지 않고 있어요?"
"네, 교도관님."

"아니 댁이 없나요?"

2번 3번 물어본다.

"갈 때 없으면 여관이라도 가지요. 여관비 없어요? 아니면 갱생원에 보내드릴까요?"

나는 법무부에서 준 신발이요, 양말이요, 속옷이요, 겉옷을 그대로 입고 나왔다. 원래 교도소에서 수감을 마치고 나올 때는 사복을 입고 나오는 것이다. 그런데 나는 죄수복을 그대로 입고 있다. 내 모습을 보고 교도관은 불쌍히 여겼나 보다. 봉투를 건네준다. 지금 연락할 수 있는 사람은 김류경 전도사밖에 없다. '그분에게 전화할까, 아니면 주 목사한테 전화할까.' 딱히 두 사람뿐이다.

출소하기 일주일 전, 작은 누님에게 전화를 걸어 의복을 가지고 오라고 하였다. 속옷도 신발도 말이다. 그러나 작은 누님은 큰 소리로 화를 낸다.

"왜 나한테만 부탁해? 나는 죽을 고통을 당하고 세상 살맛도 안 난다고. 우울하다고. 그냥 거기서 죽어 버리지 집도 절도 없는 사람이 왜 나오려고 해? 그냥 죽어."

전화를 끊어 버린다.

'내가 그토록 죄를 지었단 말인가, 존재 가치가 없단 말인가!' 내 몸속의 206개 뼈가 분골쇄신이 되어 흘러내린다.

다시 감옥으로 들어가고 싶다. 나는 교도소 철문 사이를 바라보며 그리워한다. 영원히 출옥하지 않고 살다가 그대로 죽었으면 슬픔도 노래하지 않았을 텐데. 이 새벽 찬바람을 가르며 수없이 달려가는 자동차들 사이로 복잡한 안양의 도시는 자유를 찾아 사는 것 같은 생동감이 있다. 나는 길을 달려가고 있는 차를 향하여 '내 몸을 던져 버릴까!' 자연스럽게 옛 고장을 찾아간다.

하남시 비닐하우스에 들어가 아침을 기다리면서 기도한다. 이 시간은 칼바람이 삭신을 갈라 나는 바람을 막기 위해 신문지와 쓰레기 속으로 몸을 숨기며, '오 하나님 나를 버리셨나요? 내가 그렇게 잘못 살았으며 죄인 중의 죄인이란 말입니까? 출옥해서 나왔으나 갈 곳이 없어 비닐 하우스 속에 쪼그리고 앉아 아침을 기다리면서 주님 앞에 호소하고 있습니다. 어제는 고아와 노숙자들을 위해 이 한 몸 바쳐 사랑으로 헌신해 왔으며 친구와 목회자들을 위해 몸이 부서지도록 구제했으며 지인들을 위해서 먹이고 대접했습니다. 노부모를 섬기며 사랑했습니다.

그런데 누명으로 옥중생활을 한 나에게는 지극히 작은길도 피해 갈 수 없단 말입니까? 나는 아무도 찾아오는 자도 없고 정착할 때가 없으니, 세상이 무섭고 냉정합니다. 오 나의 하나님! 한평생 살아온 길 헛되지 아니하고 한 시간도 내 시간을 갖지 않고 구름 따라 세월 따라 후회 없이 살아왔습니다. 내가 잘못이 있다면 나를 진노하여 주시옵소서. 나의 죄를 용서하여 주시옵소서. 이 세상이 병들어 가고 있습니다. 사람이 병들고, 자연이 병들고, 문화가 병들고 있습니다. 나에게 예언하신 하나님! 바이러스가 생명을 앗아가고 있습니다. 이 바이러스와 함께 나를 데려가 주시고 세상을 전멸하지 마옵소서. 다시 깨끗한 물로 씻어주시고 죽었다가 부활된 사람들이 태어나게 하시며 거듭나서 정과 사랑의 행복 속에 인류가 살게 하옵소서.'

나는 잠시 잠이 들었다. 꿈속에서, '아들아, 너를 사랑하는 여호와 하나님이라. 두려워 말라. 놀라지도 말라. 내가 너에게 예언하는 은사를 주었건만 어찌 깨닫지 못하느냐! 이스라엘 백성들이 이집트에서 생활할 때 재앙이 내리는 것처럼 지금 온 인류도 병마로 생명이 죽어가고 있노라. 그러나 여호와는 너의 하나님이니 너를 버리지 아니하고 너를 통하여 재앙을 이겨내며 증거하는 사도로 사용하리라. 세상은 흑암 속에 있고 많은 생명은 죽고 있으니 회개하고 깨닫는 기회가 있다고 내가 너에게 말한 말씀을 선포하라. 여호와가 너를 사용하리라. 아멘'

나는 핸드폰 속에 숨어 있는 번호를 뒤적이다 노병균 형님을 찾았다.

"여보세요, 누구세요?"

"형님, 한승주입니다. 감옥에서 새벽에 출소했습니다."

"아 그래, 어디야 지금 어디야?"

"하남에 있습니다. 빨리 좀 오십시오. 배고파 죽겠습니다."

주머니 속에 80만 원이 있다. 교도소 안에서 배고파도 먹지 않고 병들어도 치료받지 않고 죽음은 죽으리라 하고 아껴서 모아둔 돈이다. 교도소에서는 일해야 한 달에 3만원에서 10만원까지 노동의 대가를 받을 수 있다. 그러나 나는 일하지 못했기 때문에 돈을 모을 수가 없었다. 출소 날을 생각하다 보니 흑암 속에 메아리치며 동전 한 닢도 아끼며 살아왔다.

죄가 죄인 줄 모르고 담 안에 사는 어린 생명들이 깨닫지 못하고 그들의 다양한 사건으로 인해 감옥에서 사는 그 모습들을 보고 나의 죄상을 깨닫게 되었다. 곧, 그들이 작은 예수로 보이기 시작한 것이다. 죄상을 깨닫게 하신 주님께 감사하고 그들이 당하는 고통을 위해 나누며 사랑으로 실천하였노라.

쓰레기 더미에서 사람의 오줌, 똥과 짐승의 배설물 등 온갖 악취가 바람과 함께 뒤엉켜 휘날리고 있는 곳에서 누더기 잠바를 주워 입고 있다. '오, 살아야 한다. 죽으면 안 된다.' 배가 고파 견딜 수가 없지만 어디 가서 무엇을 먹어야 하는지 지리를 알 수 없다. 형님이 찾아와 나를 끌어안자, 가슴

속에 요동치는 뜨거운 피가 흐르고 있다.

"어쩌다가 이렇게 되었을까!"

자신을 위해 동전 한 닢 남겨두지 않고 살아왔던 그의 행함이 야속하기만 하다. 차를 타고 은행마다 휴면 통장을 들고 찾아가 몇 푼이라도 있나 확인한다. 그런데 실로암교회 통장에 15만 원이 남아 있다. 이 통장이 내 생명을 살리는 것 같았다. 희망이 보인다. 노래를 마음속 깊이 불러보지만, 지체는 부서지는 파도와 같고 얼굴은 가뭄에 말라 금이 짝짝 갈라진 논밭 같았다. 근심이요, 고통이요, 괴로움이요 절망이 내 생명을 앗아가고 있었다. 물론 사람도 세상도 냉랭한 찬 바람만 무섭게 불어오고 있다. 형님은,
"잠깐 차에 있어."

24시간 편의점으로 들어간다. 따끈따끈한 차 한잔과 호빵 한 봉지를 사서 가지고 온다.

"우선 이거라도 먹어. 그리고 이 사람아 교도소에서 나온 신발, 옷 그대로 입고 있으니 도대체 이해가 가지 않는구먼."

형님은 담배만 연신 피워가면서 한숨을 들이쉰다. 어쨌든 연명하기 위해 생명의 빵을 먹고 나서,

"형님, 잘 먹었습니다."
"이 사람아, 한승주가 아무거나 먹나! 신경성 위장병 때문에 음식물을 삼킬 수 없고 냄새를 맡으면 토해버리는 자네의 체질을 내가 모르겠는가?"
"어쨌든 형님, 잘 먹었습니다. 이것저것 따지겠습니까?"
"내 가슴이 터지네."
"죄송합니다."

"사람은 비상금을 가지고 있어야 연명할 수가 있지. 자네처럼 아무 생각없이 있는대로 퍼주고 먹이는 사람이 어디 있어?"

"죄송합니다. 지금 오전 11시입니다. 점심시간 되기 전에 주민센터에 들어가야 합니다. 함께 갑시다."

천호3동 주민센터로 찾아간다. 긴급자금을 신청한다. 그러나 여러 가지 문제가 있고 신원조회 기간이 15일 걸린다고 한다.

"주무관님, 선지급 후 정산하면 되지 않습니까? 지금 당장 주거가 없어 풍찬노숙 생활을 하고 있습니다. 저는 두 다리가 장애요, 두 팔도 장애를 가지고 있습니다. 조금만 추워도 삭신이 얼음장 같아요. 혈액순환이 안 되 손에 쥐가 나고 다리는 송장처럼 너무나 차고 딱딱해요. 빵 한 개를 가지고 하루를 살아갈 수 있지만 주거가 없으면 하루도 살수가 없습니다. 어제 새벽에 교도소에서 출소했습니다."

나는 출소한 확인증을 보여주며 일발천균一髮千鈞같이 극도의 위험과 생존하는 위험 속에 처해 있음을 알린다.

"하루를 살아가는 것이 두렵고 무섭습니다. 저를 이대로 무관심에 버려둔다면 직무 유기입니다. 나는 살려고 왔지, 죽으려고 온 것이 아닙니다. 교도소보다 세상이 더 살기가 힘들고 생명의 위협을 느끼며 살아가는 두려움이 있습니다. 현재는 존망지추存亡之秋요. 지금 사느냐 죽느냐 족불리지足不履地입니다."

정신없이 사정했다.

"여기서 죽으면 공무원이 방조요, 유기를 했기 때문에 책임이 있습니다. 유서를 쓰고 죽으면 문제가 생길 것입니다. 저는 이것저것 따지고 묻고 할 시간조차 급합니다. 긴급 전세자금 LH에 신청을 해주세요.

그리고 3개월치 긴급자금을 마련해 주세요.”

주무관은,

“혹시 고시원에 들어갈 수 있어요?”

“아니 고시원이고 저시원이고 이것저것 따지게 생겼습니까? 살려주십시오. 살고 싶어요. 제가 사는 것이 원수를 갚는 길이지요.”

주민센터 공무원은 백방으로 알아본다.

“방이 있다고 하니 한번 같이 가보실래요?”

“주무관님, 계단이 있으면 안 됩니다. 중증장애인이 어떻게 계단을 오르락 내리락 하겠습니까?”

복지 담당은 여러 곳을 알아보았지만, 계단이 없는 곳은 없었다. 공무원도 답답했는지,

“왜 강동구에서만 살려고 하시나요? 시골도 있고 가까운 경기도도 있는데 말이죠. 분당에 가면 긴급 주거가 혹시 있을수도 있습니다.”

나는 분당 정자동으로 찾아갔다. 복지과 담당이 알아보더니,

“민원인은 이곳에 주소가 되어 있지 않기 때문에 안 돼요. 여기나 서울이나 별 차이가 없습니다. 주소지가 있는데서 알아보는 것이 오히려 빠를 수가 있습니다.”

공무원들은 이리저리 나를 배척해 버린다. 분당에서 서울로 다시 이동하고 있다.

“승주야, 산불염고山不厭高요 해불염심海不厭深이란 말 있잖아. 산이 높으면 높을수록 좋듯이 이 고난을 이겨내면 다시 희망이 보일 거야, 바다는 깊으면 깊을수록 꺼리지 않잖아. 어업인은 소망을 가질 수가

있어. 죽지 않고 살아온 걸 보면 다시 살아야 한다는 운명인가 봐. 확신을 가지고 노력해 보자고."

나는 생활 수급 대상자로 등록하고 긴급자금을 받아냈다. 전세자금 대상이 되어 여기저기 휠체어를 타고 부동산 여러 곳에서 알아봤지만, LH에서 주는 자금은 조건이 까다로워 방을 주지 않는다고 한다. 노 선배는,

"야, 우리 집 가서 당분간 같이 생활하자."

나는 자존심을 버릴 수가 없다.

"형님, 고기 좀 먹고 싶어요. 7년 동안 고기를 못 먹었습니다."

나는 형님을 모시고 고깃집에 가서 삼겹살을 먹었다.

"옥살이는 어떻게 했어?"

7월 30일, 춘천 교도소. 작업복을 주워 입고 개인 소모품은 전혀 들고 가지 않았다.

'만약 내가 구속되면 감옥에서 죽을 수도 있겠구나!' 하는 생각 때문이다. 다시 말하면 감옥 가는 것이 아니라 죽으러 가는 것이다. 하늘에 까만 구름이 나를 감싸고 악마에게 잡혀 끌려가는 환상을 보게 된다. 춘천 법정에 출두 명령이 떨어져 법정 심판을 받았다. 결과는 자정까지. 나는 나이 먹도록 경찰서에서 조사를 받아본 적이 없다. 그런데 춘천 교도소에서 미결수 옷을 갈아입는다. 죄 앞에서는 고양이 밑에 쥐다. 신분증, 수첩, 전화기, 복용 약, 속옷까지 다 벗은 후 알몸으로 수복을 갈아입는 중이었다. 온 삭신이 사시나무 떨듯 떨리고 있었다. 저쪽에 있는 교도관이 업무를 보고 있는데 너무 목소리가 크다. 죄수들이 교도소에 들어오는데 행시주육이다. 나는 소리를 질렀다.

"이보시오. 목소리가 왜 이렇게 커요. 이곳에 귀먹은 사람 한 명도 없어요. 목소리 좀 낮추세요."

큰 소리를 쳤다. 목소리가 교도관보다 배는 컸다. 한마디 소리를 질렀더니 교도소 안이 조용해졌다. 여기저기 죄를 짓고 들어온 춘천교도소 안은 '찰칵찰칵' 셔터 소리만 들려온다. 왜 사진을 찍는지 알 수 없다. '나는 죽으면 죽으리라.' 이제는 여기서 구속되면 세상에 빛을 볼 수가 없으며 '이대로 죽는구나!' 하는 생각이 정신 속 깊은 곳에 울려 퍼지고 있다. 결과를 기다린다. 그때, 창자가 끊어지듯 슬픔은 표현도 하지 못한 채 일분 일초가 천년 같았다. 밤 12시, 결과가 나왔다.

"한승주 씨, 법정구속입니다."

용지를 받는 순간 기절하고 말았다. 나를 지켜보는 사람은 아무도 없다. '삭신은 뼈를 부수고 몸은 모래섬처럼 파도에 밀려 매를 맞고 무너지고 있구나.'

깨어보니 새벽 2시 10분, 병동에서 함께 있는 죄수들은 잠을 청하고 있다. 마치 안방처럼 행복한 모습으로 자고 있다. 그런데 어떤 사람이 간식을 우물우물 훔쳐 먹는다. 교도관이,

"왜 잠을 안 자고 있어?"

삭막한 철장 안의 그 한마디 사람의 소리는 얼마나 반가운지 모른다. '이 무서운 교도소도 사람이 살고 있다.'라고 하는 그 자체는 죽어있는 생명이 살아서 감동과 슬픔의 강을 이룬다. 지난 밤을 지새우며 아침이 왔다. 사람 소리가 그립다.

"한승주 씨, 면회요."

오전 10시 10분 8동에서 면회실까지 교도관의 도움을 받아 면회한다. 딸, 누나, 노병규 선배까지 찾아왔다. 나는 변호사에게 면회오라고 하고 근거 서류를 잘 관리하라고 하였고 홍천 시설도 급매매 하라고 하였다. 옥중에서 병사요, 스트레스요, 충격으로 죽는 사람도 있다. 감옥은 하루가 일일삼추—日三秋이다.

일주일이 지났다. 내가 있는 병동은 벌써 11명의 죄수가 살고 있다. 한 달이 지나가니 나 혼자 감방 안에 덩그러니 남아 있었다. 다른 이들은 불구속으로 재판받고 담 안에서 나간 것이다. 재판을 마치고 불구속이라도 자유를 찾아가는 사람들을 보면 그순간이 황금을 주고도 바꿀 수 없는 보물 같았다.

'나는 담 안에서 하루살이와 같이 살다가 죽을 것인가! 그래, 오늘 밤이 마지막인지도 모른다.'

오후 5시 30분경 식구 통 사이로 밥이 들어온다. 밥을 먹고 나면 청소를 한다. 설거지는 당번을 정해놓고 순서대로 돌아간다. 미결수 방은 재판을 준비하기 위해 변호사를 만나는 일, 반성문을 쓰는 일, 변호인이 없는 잡범들은 자 이유서를 쓴다. 8동은 병사이기 때문에 죽음을 재촉하는 사람들이 고통스럽게 살아간다. 두 다리가 절단된 자, 뇌졸중으로 마비가 온 자 등 다양한 형태의 질병을 지고 병상에 들어왔다.

수감을 마치고 5명이 감옥에서 나가려고 하는데 교도관이,

"잠깐만요, 김영철 씨. 벌금이 있네요? 아니 어제까지만 해도 전산에 뜨지 않는데 지금 보니 벌금 200만원이 있다고 하네요. 오늘 출소 못하겠습니다."

"아니 하루가 징역인데 벌금이 있어요?"

교도소에서 일정 기간 동안 노역하게 된다. 김영철 씨는 가족이 없다. 누가 벌금을 내 줄 사람도 없다. 이런 사람들이 다반수다.

'왜 법무부는 사람을 가지고 장난 하는가!' 행정의 오류로 인해 다시 감옥에서 노역 생활을 해야 하니 안타깝다. 어제는 출소한 지 8일 만에 또다시 교도소에 들어 온 죄수가 있다. 암 때문에 대변 주머니를 차고 다니는 그는 죽음을 앞두고 있지만, 재범을 한 것이다. 자식도 부인도 있는 사람이 교도소가 자기 안방인가보다.

"중환자 같은데 어떻게 들어왔어요?"

"일하다 들어왔어요."

"무슨 일이요?"

"이번에 사업 5천만 원권 실수를 했어요. 그래서 사고가 났지."

"네?"

옆에 있는 수용자가 슬며시 웃는다.

"왜 웃지요?"

"저 양반 은행 털다가 잡혀서 들어왔어. 그런데 자기는 직업이래. 하루에 5천만 원씩 번다고 큰소리 쳐."

죄를 짓는 것이 직업이라고 한다. 알고보니 절도죄로 유명하다. 수번 833번은 3일을 앞두고 출소하려고 할 때 검사는 출두명령을 내린다. 추가 사건이 있다는 것이다. 이 소식을 듣고 충격 또 충격을 받는다. 그는 운동 시간에 옥상에 올라가 자살을 시도했다. 그러나 죽지 않았다. 결국 833번은 요시찰. 노란 명찰을 가슴에 달고 들어온 것이다.

출소하고 모텔에서 하룻밤 자고 나니 경찰이 찾아와 벌금 때문에 교도소로 다시 들어온 사람도 있다. 그는 자기 손가락을 물어 잘라버렸다. 사람은 독사보다 더 독하고 무서운 동물이다. 감성과 이성이 없으면 괴물 중의 괴물이다. 그러나 죄는 미워도 사람은 미워하지 말아야 한다. 이런저런 이야기를 하다 보니 하루가 지났다.

'인간이 왜 이렇게 살아야 하는가!' 나는 소리 없이 자리에 앉아 울고 있다. 형상은 사람 같으나 분명 짐승보다 못하다. 감옥에 들어오면 갖고 싶은 것, 먹고 싶은 것, 하고 싶은 것을 할 수가 없다. 물도 마음대로 먹을 수가 없다. 인간의 기본권마저 사라져 버린다. '이게 무슨 인간의 존엄성이 있단 말인가.' 감옥이 무섭다. 그때 담당 교도관은,

"한승주 씨, 잠깐 나와 보세요."

순간 전율과 공포가 온몸에 밀려온다. 나는 어렵게 몸을 둥글둥글 굴려 가며 거북이처럼 생긴 내 풍채가 휠체어에 올라앉아 교도관을 만난다.

"왜 그러시죠?"

"아니요. 차 한잔하게."

교도관은 키가 크고 몸매가 호리호리하다. 삶의 이야기를 넋두리 한다.

"사람들이 갑자기 많아지니까 머리가 멍하지요?"

"네, 그런데 저희 방에 살인자도 있다면서요?"

"그래요."

"그럼 사고라도 나면 어떻게 하나요?"

"걱정하지 마세요. 교도관이 24시간 지키고 있잖아요."

"주임님은 무섭지 않아요?"

"그래서 몸에 권총을 차고 수갑을 가지고 다니지요."

"교도관님, 어떻게 교도관 공무원을 하려고 했어요?"

"친구가 교도관이었어요. 군대 제대하고 나니 시험을 보라고 하더

군요."

"그럼, 일찍 교도관이 되었겠네요?"

"아니요, 직업군인이었어요."

"장교였나요?"

"네."

"그럼, 무서운 것도 없겠네요?"

"아니에요. 가족과 외식하고 있는데 덩치가 크고 문신을 하고 있는 젊은 남자들이 들어오면 겁나지요. 어느날 아들이 밥을 먹다가, '우리 아빠는 교도관이야.' 그 소리에 깜짝 놀랐습니다. 옆에 사람들이 교도관인 줄 알면 이미지가 좋지 않죠. 교도관은 명함도 없거니와 사회에서도 사람 대접을 받지 못합니다. 그뿐입니까! 아침에 편의점에 가서 간단한 먹거리를 고르고 있는데 어디서 많이 본 놈 같아서 갑자기 머리가 희끗희끗 서지요."

"그럼, 주임님 제가 요시찰(꼴통)인 줄 알 텐데 어떻게 병동으로 배정을 받았나요?"

"한승주 씨가 춘천 교도소에서 유명합니다. 기결에 강원은행장이었던 김 씨도 꼴통입니다. 한승주 씨 때문에 과장들이 생이빨이 다 빠졌어요. 과장님은 한승주 씨 때문에 근무하지 못하겠다고 보안과장님께 보고 했다가 엄청 야단 맞았어요."

"그런데 굳이 문제 병동에 왜 담임 주임을 원하셨어요?"

"아니요. 저는 한승주씨를 믿어요. 마음이 착하고 믿음이 있고 초범이요. 억울한 누명을 썼잖아요. 우리 잘해 봅시다."

"네, 주임님."

"그런데 아까 과장님이 왜 나를 찾았나요?"

"그냥 초범이고 방송에 나온 사람들은 특별관리대상입니다. 한승주 씨를 면담하고 싶었대요."

그 과장님은 '내가 먼저 면담하려고 했는데 주 대리가 면담한다고 하네.'

두 달 사이에 미결 병동 사람들은 형을 다 받고 이미 결방으로 나가고 어떤 이는 불구속으로 교도소 철문을 열고 출소하였다. 나는 혼자 갇혀 있다. 식구 통 사이로 밥이 들어온다. 내가 살아있는 것을 말해주고 있는 것 같다. 소지(도우미)들은 물을 주고 있다. 그러나 나는 요시찰 대상인가 보다. 물을 창살 속으로 받을 수가 없다. 소지는 교도관을 부른다.

"교도관님, 8방에 문을 열어주세요. 903번 혼자 있어요."

"왜?"

"903번은 몸을 자유자재로 움직일 수가 없어요."

교도관은 깜짝 놀라 찾아왔다. '혹시 간밤에 자살이라도 한 것일까.' 장애인이요, 초범이고 자살 시도를 할 요지 대상이다.

교도관들이 특별히 관심이 있다. 교도관은 문을 따준다. 철문은 삐거덕 소리를 내며 열린다. 답답하여 견딜 수 없는 감방은 찬바람이 시원하게 불어온다. 조금은 숨통이 터지는 것 같았다.

'아, 살 거 같단 말이야. 그러나 이대로 살면 뭐 하겠는가, 죄도 없는 내가 담 안에서 철장 신세를 지고 있다니 말이다.'

아침 6시 점호 시간이다. 과장은 나에게,

"간밤에 잘 잤어?"

대답이 없다. 나를 죄인이라고 반말하는 교도관을 죽이고 싶다.

"한승주 씨, 왜 대답을 안 해?"

"대답하며 뭐 해, 그냥 확인하고 가면 되지."

과장은 영 기분 나쁘다는 마음이 얼굴에 훤하게 드러나 있다. 나는 그들이 막가자고 하면 나 역시 막가는 것이다. 교도관은 옆방으로 가서 점호를 한다.

"일어나, 깨워"

깨우는 소리가 들리지만 일어나질 않는다. 그는 마약사범이다. 마약사범들은 기력이 없고 많이 먹는다. 하나 둘 번호를 먹이며 숫자를 확인한다. 담당 교도관은 나에게 찾아온다. 철문을 열고 들어온다.

"한승주 씨, 지금 재판 기간이기 때문에 블랙리스트에 오르면 재판에 지장이 있어요. 마음을 잡으세요."

김 주임은 풍채가 크다. 배도 많이 나왔다. 그는 나에게 자기의 삶을 이야기 한다.

"한승주 씨, 교도소 생활이 처음이지만 이 교도관은 25년째입니다. 우리 감옥에서 25년을 담 안에서 생활하는 사람은 나밖에 없습니다. 제일 좋은 방법은 말없이 살아야만 합니다. 그리고 점호 시간에 과장이 물어보면 큰소리로 대답하세요. 지금은 깡패들만 감옥에 들어오는 것이 아니에요. 정치인, 경제인, 대통령, 사기꾼, 공무원 등 다양한 사람들이 와서 사는 곳이에요. 인생 한 번쯤은 감옥에서 사는 것도 큰 교훈이 되는 거예요. 우리 장모님이 권사님이세요. 그런데 한승주 목사님을 잘 알고 계시더라고요. 장모님이 말했어요. 한승주는 죄가 없다고."

미결수 한 명이 들어온다. 키는 작지만, 풍채가 크고 여기저기 문신이 새겨져 있다. 그는 춘천 교도소에서 교도관들을 괴롭히는 악질이라고 유명하다. 교도관들이 조금만 잘못해도 고발을 남발하는 것이다. 그렇게 사는 것이 징역 사는 방법이다.

이상민은 전과 19범 사람을 죽인 살인자다. 그는 시시한 변호사보다 법을 더 많이 안다. 나는 그 소리를 듣고 오금이 저린다. 오늘 밤에 2003번한테 맞아 죽을 수도 있다. 사람을 죽이는 것은 식은 죽 먹기요, 그는 사람을 사람으로 보지 않는다. 감정이 전혀 없는 인간이다. 야간 근무하는 교도관이 지나간다.

"교도관님?"

소리를 지르며 불러본다.

"왜요?"

나는 교도관에게 큰 소리로 말을 할 수가 없다. 작은 쪽지에 '이 사람이 살인자라고 하는데 저는 이 사람과 방에서 함께 잘 수가 없어요. 무서워요. 나를 죽이지 않을까요?' 두려움에 떨고 있었다. '죽을 각오를 하고 있으면서도 순간 누군가에게 맞아 죽을까 봐 두려워 떨고 있는 것이 인간이란 말인가!'

나는 감옥살이한 지, 4개월도 채 안 됐다. 교도관은,

"괜찮아요. 그러나 나는 임시 야간 근무자이기 때문에 방을 바꾸어 줄 수도 없고 어떻게 할 방법이 없어요. 내일 아침에 담당 교도관이 오시면 상의하세요."

전전반측하며 아침이 오기를 오매불망 기다렸다. 점호 시간이 되었다. 오후 5시, 미결수 7명이 내가 있는 8호 병동으로 들어온다. 정신이 없다. 이 작은방에 9명이 함께 잠을 자라고 하니 담당 교도관을 보고 나는,

"우리가 사람이지 짐승이야? 어떻게 3평도 안 되는 방에서 9명이 자

란 말이야?"

"한승주 씨, 지금 무슨 소리요? 15명까지 잘 수 있어요."

교도관들은 사람을 무서워하기는커녕 조심도 없고 절제의 능력도 없다. 교도소에 와서 변화 받는 곳이라고 생각했지만, 사실은 그렇지 않다. 교도관들은 인격 도덕성도 없다. 그 이유는 죄수들을 닮아가기 때문이다. 이에는 이로, 눈에는 눈으로 하겠다는 것이다. 교도관은 사랑이 없다. 나는 주임에게 소리지른다.

"돼지 새끼도 이렇게는 안 살아. 콩나물 잠을 자란 말이야? 아직 우리는 미결수야. 재판 중이기 때문에 죄인으로 취급하면 안 된다고."

평균 수용자들은 2~3년 정도 살아야만 재판이 끝난다. 잠깐 왔다가는 것이 아니다. '인간은 누구나 미결수이다.' 죄를 짓고 감옥에 들어왔어도 기본권은 존재하는 것이다. 배고프면 밥을 먹어야 하고, 아프면 병원에 가야 하고, 밤에는 충분히 자야 한다. 생활의 근원인 옷과 생필품 등 기본은 갖추어져 있어야 하는데 알몸으로 살라고 하니 사람으로 생각하지 않는 것이 교도소다. 죄수가 변화 받길 원하면 교도관이 변해야 한다. 교도관은 선생이기 때문이다.

실제로 교도관은 소년원이나 구치소, 교도소 등에서 수용자들을 관리하고 조정하며 교육하고 선도하는 역할을 하며 사회에 나왔을 때 적응할 수 있도록 돕기도 하고 수용자를 위하여 교화 교육, 직업 훈련 등을 한다. 그러나 더 중요한 것은, 사랑으로 깨닫고 성화 될 수 있도록 그 책무를 다하는 것이다.

교도관은 수용자들에게 자주 있는 일은 아니지만, 수감자들의 습격이나 폭행 위험에 노출된 이유로 상황대처 능력도 필요하므로 체력 수준도 높아야 하고 무엇보다 사회정의를 위해 봉사하는 마음이 탑재된 사명감이 절실히 요구되는 사람들이다.

그리고 타인에게 도움을 주는 성격이거나 치료하는 활동에 흥미를 느껴야 일을 하는 데 있어 유리하다. 다소 사명감과 책임감을 무장해야 하고 누구나 할 수 있는 직업은 아닐 것이다. 선진적 선도를 실천하여 수감자 갱생의 길을 열어줘야 하는 것이 교도관들의 임무이다.

사람을 가르치고 인격으로 선도했을 때 수감자들은 변화하는 것이다. 생명을 변화하게 하는 것은 오직 인간이다. 실수로 들어왔던 고의로 들어왔던 의도적인 죄성과 계획적인 죄를 가지고 담 안에서 살고 있지만 생물학적 동물은 인간의 행동에 따라 변하고 거듭날 수 있다. 감옥은 뉘우치고 깨닫고 반성하고 변화되고 중생 되어 사회로 나가게 만들어 줄 학교라고 생각한다.

어느 추운 초겨울이었다. 몹시 춥다. 바깥 날씨는 체감 온도가 영하 20℃라고 한다. 그러나 교도소 안에는 칼바람이 분다. 영하 7℃ 된 것같이 꽁꽁 얼어 있는 곳이다. 사람이 정신을 차리지 않으면 그대로 얼어 죽는다. 육신이 건강한 청년들은 운동장에서 몸의 체온을 올리기 위해 열심히 운동한다. 밤에는 페트병에다 따뜻한 물을 담아 품고 잔다.

까마귀가 새벽 4시에 날아온다. CRPT(경비교도대)를 까마귀라고 부른다. 까만 모자, 까만 신발, 까만 옷을 입은 채 담 안에서 죽어가는 사람들을 운송하기 위해 20~30명이 새벽에 뛰어간다. 구급 침대에 실려 나가는 것을 보면, '누가 또 죽어 가는구나.'

어제도 3명이나 죽었다고 했는데 오늘 새벽에 또 한 명이 실려 나간다. 아침에 일어나보니 병원으로 간 환자는 자살로 죽었다고 한다.

나는 5개월 채 안 되는 2월 17일 CRPT가 수용실 검방(방 점검)을 한다고 이동해 무단 침범을 한다. 손 재능으로 만든 노트, 사물함, 성인잡지, 담요, 침낭 등을 이 잡듯 뒤진다. 개인 사물함을 다 꺼내고 침낭 한 개 이상을 가지고 있으면 압수하게 된다. 사생활이요 인격도 전혀 무시해 버린다. 일체 검방을 하고 나니 온 방이 쓰레기로 가득하다. 일반 검방은 교도관이 대충한다. 그러나 CRPT는 수용자가 유리 테이프로 제작한 노트요, 수첩 등은 불법이기 때문에 압수를 한다. '큰일 났구나!'

수건을 가지고 실을 다 뽑아낸다. 이틀 동안 뽑아낸 수건은 목욕 타올로 변화된다. 또 박스를 가지고 책상을 만들고 전기면도기를 부셔 필수적으로 사용할 수 있는 칼을 만든다. 그런데 볼펜 속에 꽂혀 있는 자칼을 발견한 것이다. 이 칼은 2㎝ 정도 된다. CRPT는 바로 조사실에 접수한다.

"칼을 만든 사람이 누구입니까?"

물어봐도 침묵이다. CRPT는,

"누가 이 칼을 만들었어?"

두목 같은 행동과 말투로 수용자들에게 거칠게 말한다.

"한승주, 왜 대답이 없어? 니 사물함에서 나왔단 말이야."
"아닙니다. 나는 칼을 만든 사실이 없습니다. 그런 손재주도 없는 사람입니다. 하루가 천년 같은 옥살이를 하고 있는데 무슨 그런 기구가 저에게 필요하겠습니까?"
"그런데 왜 니 자리에서 칼이 나왔냔 말이야?"

각자 조사를 받았다. 그러나 나는 묵묵부답이다. 그 방에서 쫓아내기 위해 누군가가 칼을 만들어 내 소지품 안에 숨겨 놓은 것이다. 아무리 아니라고 해도 믿지 않는다. 교도소에서는 말이 통하지 않고 일방적이다. 누명을 씌우고 방 안에서 밀어내기 시작하면 한 사람으로서는 이겨낼 수가 없다. 억울하게 당하고 마는 것이 교도소의 현실이다. 나는 사실을 사실로 말하지 못하고 2월 17일 징벌방에 또 들어간다.

이곳은 영하 17℃ 사방이 온통 깜깜해서 방향이고 사물이고 분간할 수 없는 칠흑 같은 어둠 속이다. 콘크리트 바닥이요, 차가운 냉기가 품어 나오고 소리를 질러도 들리지 않는 한 평 남짓한 좁은 방이다. 가슴이 터지고 죽을 것만 같다.

"내가 하지 않았다니까, 야 이 씨발놈들아, 차라리 나를 죽여라."

소리를 지르지만 아무도 오지 않는다. 이대로 저체온증으로 죽을 수도 있다. 오줌을 질질 싼다. '오 주님, 이대로 나를 죽게 하옵소서. 저 사탄과 귀신들이 나를 불 속에 담금질해 도탄지고 하게 하고 있습니다.' 보안과장이 먹방으로 찾아온다.

"한승주 조용히 못 해. 죄를 짓고 왔으면 열심히 수용 생활을 해야지. 요즘 말이야 대통령도 감옥에 오는 세상이야."

나는 보안과장을 째려본다. 두꺼비 같은 내 눈동자가 하얀 눈알로 뒤집히며 살기가 요동친다.

"왜 요동치고 지랄이야. 저 새끼 더 묶어놔. 손이고 발이고 더 세게 묶어놔. 혓바닥 깨물어 뒤지면 안 되니깐 철저하게 도구를 사용해서 아가리 벌리지 못하도록 해."

'보안과장이 어떤 사람인가!' 그가 뜨면 교도소는 비상이다. 과장은 나를 꽁꽁 묶는다. 손이요, 발이요, 머리까지 씌워버린다. 교도관은,

"억울하면 대통령 보고 빼달라고 해."

"그래, 억울하다. 나는 죄를 짓지 않았어. 사람을 유기치사 하지 않았 단 말이야. 죽인 범인은 따로 있어."

아침이 오자, 순진하고 인정이 많은 과장이 먹방문을 열고 밥과 죽을 가 지고 들어온다. 나는 사람의 소리가 무척이나 그립다.

"한승주 씨, 체온도 재고 밥도 먹어야지."

대답이 없다. 교도관은 나를 달랜다.

"그렇게 해서 어떻게 감옥살이하려고 해? 밥을 먹어야 수갑도 풀 수 가 있잖아. 천천히 먹으란 말이야."

"교도관님, 저는 밥을 먹을 수가 없습니다."

"그럼, 죽이라도 먹어야지. 한승주 씨, 우리도 사람이야. 이 교도관도 수용자들과 똑같은 삶을 살고 있잖아. 조금은 이해해줘. 먹고 사는 것 이 무엇이길래 이 비참한 꼴을 보면서 살아야 하겠어."

한 시간 동안 나를 달랜다. 심장이 멈출 것만 같다. 이대로 죽는 것이 더 나은 것 같다. 살아있는 사람에게 기름을 부어 불태우는 고통보다 더 힘 들다. 먹방은 전기불이요, 냉방이요, 장판도 깔리지 않는 냉기가 올라오고 추워서 견딜 수가 없다. 공기통도 없다. 24시간 깜깜한 밤이다. 교도관은,

"이번 재판을 받으면 불구속으로 나갈 겁니다. 암 꼭 나가야지. 어떻 게 수감생활을 할 수 있겠어."

"네 과장님, 밥 먹겠습니다. 이대로 죽으면 안 되겠지요?"

"그런 말마. 그러면 풀어주지도 않아. 깡패 새끼들도 3일만 이곳에 있 으면 다 뒤진다니까. 죽는다고 하면 안 돼. 요시찰(요지 인물 감시 대상) 로 찍혀."

수갑을 풀어주고 포승줄도 풀어준다. 죽을 한 숟가락 입에 넣는다. 넘어가지 않는다.

"천천히 먹어 천천히, 징역도 머리가 있어야 해, 무식하면 안 돼. 징역 사는 방법을 터득하고 알아가야 해."

한 시간 동안 3~4숟가락을 입에 넣었다. 11시 30분 면회가 찾아온다.

"한승주 씨, 면회요."

"누구시지요?"

"변호사요."

다른 교도관은 깜짝 놀라 긴장하고 나를 면회실까지 데리고 간다. 변호사는,

"한승주 씨가 어디가 아픈가요?"

하고 묻는다. 그러나 교도관은,

"아니요, 한승주 씨를 마음대로 다루거나 고문한 사실이 없습니다. 한승주 씨가 수용 생활을 못해서 여러 교도관이 힘들어 하고 있습니다. 수용자를 무시하거나 모독한 사실이 없습니다."

묻지도 않는 대답을 교도관은 극구변명한다.

2015년 1월 30일, 오늘은 재판 날이다. 나는 재판이 뭔지도 모른다. 한 번도 구경해 보지도 않았다. 변호사를 선임했다. 죄를 짓지 않았기 때문에 반성문이나 자료를 수집할 필요도 없다. 조력자는 오직 변호사이기 때문이다. 8가지 죄명이 있다. 재판하고 있는 순간은 눈물뿐이다. 나는 합의부였다. 판사가,

"피고인, 왜 그렇게 울어요? 그만 우세요."

'울고 싶어서 우는가.' 세상은 요지경이고 질서가 없으며 통제불능이다. 판사는 막강한 권력을 가지고 법을 준수하지 않고 마음대로 휘두른다. 이 칼에 많은 생명이 죽어가고 있다. 증인들은 모두 다 거짓으로 증언하였다. 재판 진행 중,

"10분간 휴식하겠습니다."

재판이 중단되었다. 재판관은 박관선 검사에게,

"차 한 잔 하시지요?"

휴식하는 장소로 불러들인다. 이것은 몹시 잘못된 행위이다. 재판 진행 중 재판관이 피해자를 기소한 검사를 동석한다는 것은 불법이다. 나는 재판장이 마음에 들지 않는다. 판사 기피신청을 원했으나 변호사는 못 들은 척 쉴 곳을 찾아간다. 모든 재판 진행은 검사와 판사가 짜고 재판하는 생각이 머리에 스친다. 피가 거꾸로 솟는다. 판사는 공정한 판결을 해야 한다. 가해자나 피해자의 편을 들어서는 안 된다. 정직한 저울이 되어야 한다. 그러나 재판장은 오판하는 것이 분명하다.

"변호사님, 판사를 바꾸세요. 저 판사하고는 재판할 수 없습니다. 판사 기피신청을 하세요."

1차, 2차 마지막 3차까지 합의부 판사에 의해 그대로 재판이 끝나버렸다. 변호사는 재판중에 일절 말 한마디가 없다. 재판하면서 변론해야 하고 완벽한 반석으로 집을 짓듯이 머리카락 하나 들어갈 틈이 없이 증거자료를 준비해야 한다. 그런데 변호사는 침묵속에 구경한다. 피고인의 마음을 충분히 전달하지도 못하고 재판장의 의도와 생각을 잘 인지해야 하는데 전혀 재판장의 생각을 읽지 못하고 있다면 이 재판은 실패한 것이다.

재판에 참석했던 교도관들은,

"불구속으로 나가니까 걱정하지 마세요."
'짜고 고스톱을 치는데 어떻게 불구속으로 나간단 말인가!'

그러나 송 변호사가 변론을 잘한다면 혹시 불구속으로 나갈 수 있다. 나는 8가지 죄명 중에 한가지의 죄를 지은 것을 고백한다. 그 죄는 '횡령'이다. 하나의 단체를 운영하는 공인은 횡령을 안 할 수가 없다. 목사요, 공무원이요, 회사원 등 모든 사람은 횡령죄를 범하는 것이 일반적 관례이다. 따라서, 사기죄도 마찬가지이다. 사회공동체를 이루고 살아가는 사람들은 사기를 안 칠 수가 없다. 만약 사기를 안 친다면 그가 곧 예수다. 하나의 예를 들자면 가게 외상값을 갚지 않아도 일종의 사기가 성립된다. 곧, 절도죄도 법의 조명에 따라 사기가 될 수 있다.

세상은 한 인간이 살아가는데 억울한 부분이 있다. 그것은 정범죄일 것이다. 정범죄는 일반 사람들은 전혀 알 수가 없다. 이 죄는 상식인데도 말이다. 나는 재판을 받았다. 마지막 1심 재판이다.

'피고인을 징역 8년에 처한다.'

전혀 참작도 없고 조력자인 변호사마저 무능하다. 나는 호송차에 몸을 싣고 춘천 교도소로 들어간다. 교도관들은,

"와, 합의부가 세기는 세다. 한승주 씨가 어떻게 구속이 된단 말이야?"

옆에 있는 나는 살아야 할 의욕도 에너지도 방전되어 버렸다. 죽어있는 사람 같았다.

'내가 감옥이나 오려고 지금까지 열심히 살아왔는가!' 차라리 은행강도나 사기나 사람을 죽인 사람이라면 낫겠다.

병동 8방에 들어온다. 밥이 기다리고 있다. '왜 밥을 놓아 두었는가!' 한참 만에 알게 됐다. 재판하고 온 사람들은 식사 때가 늦을 수 있다.'그러면 밥이 모자란 사람이 먹으면 되지, 왜 남겨 놓았을까!' 남겨놓지 않고 먹으면 갈취이기 때문에 죄가 성립되는 것이다. 먹고 싶었던 밥을 남겨 놓았지만 도저히 먹을 수가 없다. 나는 8년 형을 받자, 세상이 붕괴하고 사람들이 미쳐가고 나 역시 사생결단하게 된다. 지극히 작은 언어에도 화가 하늘을 찌른다. 교도관 말도 수용자의 규칙도 지키지 않는다. 그래서 어느 한 놈 죽이고 속풀이를 했으면 좋겠다.

일주일에 한 번씩은 수용법에 저촉되어 먹방(징벌방)으로 들어간다. 담당 교도관은 수갑을 채우고 나를 휠체어에 태운 채 의료과장을 만나서 잘못했다고 빌라고 한다. 나는 입을 다문 채 거부하면 또다시 징벌받게 된다. 사회에서는 당연한 이야기를 했으나 이유를 달거나 경우를 따지면 바로 CRPT들이 벌 떼와 같이 몰려와서 두 말도 못하고 먹방에 끌려간다. 나는 살기 위해 억울하지만 의료과 교도관들에게 잘못했다고 빌었다. 반성문을 쓰라고 했다. 기가 막히다.

나는 점점 괴물로 변해간다. 교도관의 손가락을 이빨로 자근자근 씹어 피와 함께 뱉어버리고 휠체어 발판을 빼서 교도관 놈들을 죽이려고 한다. 나는 다시 징벌받는다. 2년 동안 눈물과 악과 독과 살인자의 행동을 하며 변해가는 것이다. 사람으로서의 감정도 이해도 전혀 없다. 내 마음은 칼을 갈고 있기 때문이다. 보이는 사람마다 다 죽여서 피도 마시고 살은 불태워 구워서 먹어버리고 싶다. 나는 사자의 눈처럼 사나워졌다. 교도관들을 검찰청과 인권위원회에다 고발했으나 무용지물이었다. 죄수는 사람의 권위나 기본권마저 없기 때문이다. 병동에 있는 수용자들은 암 환자, 치매 노인, 에이즈 등 장애인들이다. 교도소는 아파서 약을 처방해 달라고 해도 특별한 약을 주지 않는다. 진통제, 소염제 가벼운 약만 주고 만다. 살아 있으나 죽어있는 것이다. 병원에 입원해야 할 응급환자도 수수방관한다. 의료 과장을 만나는 것이 하늘의 별 따기보다 더 어렵다.

'병원에 응급환자가 실려 간다. 그는 암 4기로 죽었다.'

암 환자임에도 불구하고 기침하니 '감기약만 처방해 주던 감방의 의사들이여! 당신들은 살인자다.' 옆방에 있는 동료 한 사람이 이 사건을 보호자들에게 편지를 썼다. 사실을 알게 된 죽은 수용자의 보호자들은 KBS에 제보를 한다. 9시 뉴스에 보도되어 춘천 교도소가 발칵 뒤집혔다. 이제 와서 환자들이 병원을 요구하면 즉시 입원하게 되고 약도 철저히 처방을 해 준다. 그러나 잠시 잠깐의 행동이었지 교도관들의 마음속에는 전혀 죄수를 사람으로 생각하지 않는다. 사회는 장애인이나 전과자를 인간 이하로 취급하는 것이 현실이다.

오늘 72세 된 할아버지가 감옥에 들어왔다. 그는 원주에 사는 농부였다. 그런데 왜 순수한 사람이 감옥에 들어왔을까! 궁금하다. 두 달이 된 농부 할아버지가 살인자인 것을 문 표를 보고 알게 되었다. '왜 천 씨는 살인을 저질렀을까!'

여름 가뭄에 물이 부족해서 싸움이 벌어졌다. 앙금을 품고 이를 갈고 있던 그는 피해자를 불러서,

"우리 화해하세. 동네에서 매일 싸우면 되겠는가. 자네도 60세 다 되고 나도 70이 넘었는데 다투고 시기하고 미워하는 것은 죽기보다 싫다네. 우리 한 잔씩 하고 마음 풀게나."

천 씨는 화해한다고 하면서 막걸리에다 농약을 타서 죽인 것이다. 그는 말도 잘 하지 않고 점잖은 어른이었다. 그러나 우발적인 마음이 악마로 변해 사람을 죽인 것이다. 천 씨는 나에게 시비를 건다.

"야, 니가 고참이면 고참이지, 병신 주제에 무슨 말이 그렇게 많아?"

나는 어이가 없다. 그 사람이 살인자라고 하기에 말도 섞지 않았다. 그런데 자리 때문에 시비가 생겼다. 한참 실이 꼬인 것처럼 꼬였었는데 천 씨가 폭력을 행사하는데도 방 안에 있는 수용자들은 말리지 않았다. 오히려 독박을 씌우고 싸움을 부추긴다. 두 사람이 싸워야 징벌방으로 가면 방 안이 넓어지고 방장이 없어지기 때문이다. 교도관이 찾아왔다.

"한승주 씨와 천 씨는 나오세요."

나는 관구실로 옮겨서 사실을 진술한다. 그러나 교도소에는 가해자도 피해자도 없다. 쌍방과실이다. 교도관은 두 사람을 화해시킨다.

"화해하세요. 안 하면 징벌방에 가야 하니까 고생하지 마시고 빨리 화해하세요."

나는 천 씨와 화해하고 다시 병동 8방으로 돌아왔다. 우리 두 사람을 반기지 않는다. 함께 있는 수용자들은 수군거리며 고양이 밑에 쥐처럼 꼼짝 못 하고 있다. 나는 꼴통 방장이기 때문이다. 미결수들은 언제 어떤 상황이 닥칠지 아무도 모른다.

딸이 면회를 왔다. 영치금 50만 원을 입금했다. 나는 이상민 앞으로 20만 원을 더 계좌이체하라고 했다. 이상민은 아무것도 없는 쥐털이다. 그러나 수용자들은 나를 범털이라고 생각한다. 처음에는 쥐털이 뭔지 범털이 뭔지 알 수 없었으나 나중에 알게 되었다. 쥐털은 빈털터리를 말하고 범털은 돈을 가지고 있는 사람을 지칭한다. 이상민은 징역 3년을 선고받기 전 잠시 미결방에 머물었다. 그는 이미 몇 년을 받아야 한다는 사실을 판사, 검사, 경찰관보다 훨씬 빠삭하다. 징역 준비를 위해 속옷이요, 겉옷이요, 이불이요, 신발이요 완벽하게 준비하였다. 어느 겨울이었다. 교도관들이 병동 8방으로 무단 침입한다.

"이상민 씨, 짐 싸세요."

그는 깜짝 놀라 당황했다. 한승주에게 영치금을 갈취했다고 한다. 면회실의 상황을 교도관들은 잘 알고 있었지만 나를 데리고 간 교도관이 면회하고 있는 상황을 주시하고 있었다. 그리고 그 교도관은 관구실에 불법 영치한 사실을 고발했다. 이상민은 2인실 작은방으로 전방 간다. 나는 관구실로 불려 갔다. 이미 이상민은 그곳에 와 있었고 조사를 마친 상태였다. 나는 이상민 옆에서 쌍방대조를 한다. 나는 교도관에게 법은 어떤 시각으로 보느냐, 어떤 방향으로 사진을 찍느냐에 따라서 사건은 달라지는 것이라고 말했다. 철저하게 육하원칙에 따라 진술하였다.

그동안 이상민이 불쌍해서 도와줬던 것이 하나의 갈취가 된 것이다. 나는 초범이라 수용법에 대해서는 전혀 알 수 없었다. 그냥 상민이가 요구하는 것들을 들어줬다. 알고 보니 수용 생활은 감정에 치우치거나 인정에 마음 아파할 필요도 없는 것이다. 옆에서 굶어가는 자가 있어 도와주면 수용법에 저촉되는 것이다. 그는 방에서 나가고 나는 8방에 그냥 있으라고 한다. 사실은 나도 다른 방으로 전방 가는 것이 원칙이다. 초범이기 때문에 수용법을 모르고 수용에 대한 규칙과 질서도 모른다.

1심에서 징역 8년을 받고 나니 2심을 준비하기 위해 백방으로 변호사를 알아보고 상담하고 있다. 삭신을 파고드는 총알 같은 바람은 온 식물에 앙상한 가지만 남겨 놓고 그해 겨울은 절망과 죽음으로 지내왔다.

"한승주 씨, 변호사 접견입니다."

추운 겨울에 양말과 신발도 신지 않은 채 맨발로 휠체어에 의지하며 총알같이 변호사를 만나러 간다. 나는 송 변호사가 올 줄은 몰랐다.

"원장님, 나 같은 놈은 능력이 부족합니다. 여기서 포기하겠습니다. 정치적인 의도가 분명히 있는 것 같습니다. 8년을 징역에 처한다는 것은 도저히 납득이 안 됩니다. 유기치사, 유기, 횡령, 감금, 사기, 장애인차별금지 및 권리구제 등에 관한 법률 위반, 기부금품의 모집 및 사용에 관한 법률 위반, 장애인복지법 위반에 변동 없이 징역 8년에 처한다는 것은 판사와 검사가 짜고 고스톱을 치는 것입니다. 어떻게 제가 변론을 할 수 있단 말입니까?"

나는 기가 막혔다. 죄가 있다면 8가지 중 한 가지 횡령죄밖에 없다. 그러나 변호사는 박 검사 기소의 변론을 못 한 것이다. 법은 증거로 말하고 판결하는 것이다. 아무리 판사가 판결의 권한이 있다고 해도 심증만 가지고는 판결할 수가 없다.

그렇다면 변호사는 원심 재판에 충분히 입증할 증거자료가 있는데도 불구하고 변론 자체도 구멍이 뚫리는 시원한 답변을 못함으로 합의부 판사는 검사 기소에 손을 들어준 것이다. 그러나 사법경찰 박정희 수사관은 유기치사는 무죄라고 수사관 참고자료에서 진술하였다. 변호사를 통해서 유기치사는 100% 무죄라고 또한 주장했다.

그는 50여 명의 실로암 가족을 한 명씩 만나 조사하였고, 본 실로암 장애우들은 이구동성으로 감금하거나 유기하거나 밥을 굶기거나 방치한 적이 없다고 진술하였다. 판사는 죄를 판결한다. 그러나 변호인은 검사의 기소한 내용을 충분히 단도리 해야 하고 판사의 마음을 이해하며 의도와 인지를 잘 아는 것이 변호사의 책무다.

나는 2심 준비를 위해 딸에게 변호사를 백방으로 알아 보라고 부탁했다. 딸은 면회를 왔다. 로펌 회사의 변호사를 선임하기로 했고, 원심 이유서는 충분하게 판사를 설득하지 못했기 때문에 2심에서는 머리털 하나도 들어갈 틈이 없이 다시 잘 써야 한다고 한다. 반드시 2심에서는 무죄로 나온다고 변호사들은 이구동성으로 말하고 있다.

여러 곳의 로펌 변호사를 꼭 선임하려고 노력했다. 그러나 사건 내용을 훑어보더니 방송국과 판사들의 계획적인 의도가 숨어 있어서 포기하였다. 이제는 재판하려고 하면 피고인의 변론을 충분히 해줄 수 있는 국선 변호사가 필요하다. 그러나 국선 변호사는 사명감이 없어 자료 수집을 충분히 하지 않고 사건 내용도 이해하지 못해 재판할 때 피고인을 위해 변론을 하지 못한다. 나는 국선 변호사의 재판 과정을 보면서 필요성을 느끼지 못했다. 왜냐하면 판사의 변호를 전혀 인지 못 하고 시간만 죽인다. 재판은 그대로 끝나고 만 것이다.

송 변호사도 무용지물이요, 국선 변호사도 재판에 도움이 되지 않은 허수아비였다. 국선 변호사는 돈이 없는 피고인이요, 가정환경이 어려운 잡범이나 무의무탁자들을 위해 나라에서 억울함을 당하지 않고 재판을 판시하도록 지정하여 준 것이다. 그러니 국선 변호사는 있으나마나 하다.

어떤 사건도 피고인의 조력이 없으면 변호를 할 수 없기에 재판이 진행될 수가 없는 것이다. 그런데 4차례나 변호인들은 본 사건을 거부하였다. 재판은 연기되기 시작했다. '왜 이럴까!' 점점 사건은 수렁에 빠져들게 되고 나는 층층이 쌓아 놓은 달걀 알처럼 몹시 위태롭고 아슬아슬한 누란지위累卵之危며 대나무 꼭대기에 서 있는 간두지세竿頭之勢였다.

그러나 그 이유를 늦게나마 알게 되었다. SBS 방송사, 대법원장, 판사, 검사 등 원팀이 되었기 때문이다. 그래도 소망을 가지고 외롭고 쓸쓸한 감옥에서 홀로 2심을 준비하고 있다.

'나에게도 봄은 찾아올 것인가!'

<박관선(가명) 검사의 기소 이유>

'유기치사'

피고인은 2006. 9. 16.일 경부터 2013. 3. 27.경까지 위 '실로암 연못의 집'에서 중증 지체 및 정신장애 1급인 피해자 서유철(가명)을 보호하게 되었다.

그런데 피해자는 2008. 6.경부터 욕창이 발생하여 2009. 6.경부터 2010. 4.경까지, 다시 2010. 9.경부터 2011. 6.경까지 2회에 걸쳐 인제 현리 병원에서 입원 치료를 받은 후 퇴원하게 되었다. 이러면 피고인으로서는 피해자의 욕창이 재발하지 않도록 전담 생활 지도원을 고용하여 피해자의 자세를 2시간마다 한 번씩 변경해 주고, 욕창 부위의 청결 상태를 유지하며, 욕창이 재발하지 않도록 영양 보충에 신경을 써야 할 뿐만 아니라 욕창이 악화하면 신속히 피해자를 병원에 입원시켜 치료받게 하는 등 적절한 질병 관리와 치료 방법을 생각해야 할 보호 의무가 있었다.

그런데도 피고인은 장애인복지법에 따른 『장애인 복지시설의 종류별 사업 및 설치 운영기준[1]』에 따라 6명 이상의 생활 지도원을 고용하지 아니한 채 피해자와 같은 중증장애인 8명을 포함한 41명의 원생을 단 한 명의 생활 지도원만으로 관리하는 등 피해자의 관리를 소홀히 하였다. 그 결과 상태가 호전되었던 피해자의 욕창이 2011. 7.경 다시 악화하기 시작하였으며,

피고인은 그 욕창이 지속해서 악화가 될 것이라는 사정을 잘 알고 있음에
도 단순하게 욕창 부위를 소독하고 마데카솔 분말을 뿌려주는 등 불충분
한 처치만 하도록 한 채 2011. 7. 11.경부터 2012. 9. 24.경까지 피해자
를 병원에 입원시키지 않고 방치함으로써 피해자가 적절한 치료와 간호를
받지 못하게 하였다. 그뿐 아니라 피고인은 2012. 10. 23. 퇴원 당시 상태
관찰을 위해 2주 내 내원하라는 의사의 지시에도 불응하는 바람에 피해자
의 상태가 다시 악화하여 결국 피해자를 2013. 3. 27. 17:20경 '실로암 연
못의 집'에서 욕창 악화에 의한 패혈증으로 사망하게 하였다. 이로써 피고
인은 피해자를 유기하여 사망하게 하였다.

그러나 가짜 기소

\<박관선 검사 기소 내용의 오류를 범한 피고인의 답변서\>

판사님!
1. 형법 제275조 제1항(유기치사) 관하여
피해자 망 서유철에 대한 건강보험 요양급여 내역(증거목록 순번 59번 :
증거기록의 책수·쪽수 표시가 증거목록과 다르므로 이하 '증거목록'을 기
준으로 거시하겠습니다)이나 진료내역(증거목록 순번 60번)에서 확인할
수 있는 바와 같이 피고인은 피해자 망 서유철의 사망 직전까지도 치료를
소홀히 하지 않았습니다.

비록 피고인이 과거에 스스로 거리의 장애인들에 대한 욕창치료를 하여 완
치시켜 본 경험을 과신하여 피해자에 대한 정확한 병원치료의 기회를 놓친

측면이 없는 것은 아니나, 주지하는 바와 같이 욕창은 일단 발병하면 특별한 치료법이 있을 수 없고, 잘 관리하고 돌보는 방법밖에 없으며, 병원에서 계속 치료를 받는다고 하더라도 예측할 수 없이 악화되는 경우가 있을 정도로 완치가 어려운 질병입니다. 이러한 점을 고려할 때, 피고인이 직원을 통하여 피해자에게 행한 관리의 정도가 '요부조자를 위험한 장소에 두고 떠난 것'에 비견할 정도라고 보는 것은 피고인의 의사와 객관적 사실에 비추어 볼 때 지나친 과장입니다.

피고인은 최후까지도 피해자 망 서유철의 가족이 수술 동의를 거부하는 상황에서도(증인 서경선의 증언, 증거목록 순번104번 문자메시지) 피해자를 수술시키기 위해 서울과 춘천을 오가면서 끝까지 노력하였다는 점에 비추어 볼 때(증인 황두연의 증언), 피해자 망 서유철이 끝내 사망에 이른 결과에 대하여 오로지 피고인에게 형사책임을 물을 수는 없다고 할 것입니다.

따라서, 박관선 검사가 기소한 내용에 따르면 전혀 근거가 없는 조작이었습니다.

1) 망 서유철 피해자는 2006. 9. 16.에 입소하였다고 박관선 검사는 주장하고 있으나, 망 서유철은 2007. 5. 2.에 입소(공증)하였습니다. 피고인을 범죄자로 만들기 위해 허위 유포를 한 것이며 '본 실로암 연못의 집'입소일 기록부에 여러 가지 근거자료로 입증할 수 있으매 자료를 제출합니다.

처음 입소 된 생활기록부에 기재된 날짜는 2006. 6. 15. 박관선 검사의 기재 내용과 날짜가 맞지도 않고 보호자 부 서정철, 보증인 누나 서경선과 함께 세 사람은 사문서 위조를 한 것입니다.

따라서, 입소일은 2007. 5. 2.이며 그날 각서를 쌍방 간에 하고 1,300만 원 중 800만 원을 2007. 5. 2. 오후 5시까지 입금하기로 했고 만약 입금이 안 되면 공증은 무효 처리가 된다는 약속을 받았습니다.

7개월 후, 망 서유철이 기초생활수급자가 되면 본 시설에서 퇴소하여 타 시설에 입소하기로 약속하였고, 만약 수급자가 안될 시 나머지 500만 원을 본 시설로 입금하고 일반 입소자로 생활하기로 약속하였습니다. 그러나 500만에 대한 지불을 하지 않았습니다. 결국 망 서유철은 2007. 5. 2. ~ 2013. 사망일까지 일반 환자였습니다.

본 시설은 수급자이든 일반환자이든 무료로 입소하거나 유료로 자유롭게 입소할 수 있으나, 타 시설은 기초생활수급자가 아니면 입소할 수 없으며 만약 일반환자가 입소하면 월 150~200만 원 정도의 비용이 지출되며 병원비, 기저귀, 간식, 의료비, 간병비, 기타 등 별도로 입금하는 것이 관례입니다. 그래서 망 서유철 보호자들은 본 시설에 조건이 좋으므로 임시로 입소를 약속하였습니다.

2007. 5. 2. 법무법인 한결. 변호사 사무실에서 공증하였습니다.

그렇다면 박관선 검사는 어떤 근거로 2006. 9. 16.에 입소하였다고 하는 것입니까? 박관선 검사 기소 내용은 사실이 아닌 거짓 위증을 한 것입니다.

2) 망 서유철은 정신지체 1급 장애인이 아니라 중증 지체장애인임을 바로잡습니다. 중증 지체장애인을 정신 1급 장애인으로 둔갑시켜 거짓을 하는 박관선 검사의 기소 내용은 사실이 아닙니다. 피해자 망 서유철은 고등학교까지 졸업했다는 사실을 법정에서 밝힌 바 있습니다. 그런데 왜 법을 아는 법관이 위증하고 있는지요?

박관선 검사는 거짓 기소를 하여 죄 없는 피고인을 죄 있는 사람으로 만들어 구속하려는 충분한 의도와 계획적인 것이 드러나 있고 이에 따르는 사실을 바로잡아 주시기를 바랍니다.

3) 41명의 장애인을 단 한 명의 생활 지도원만으로 관리했다고 하는데 그

것은 터무니없는 억지 주장이며 물리적으로도 단 한 명의 생활 지도원이

41명을 관리한다는 수학적 공식은 답이 나오지 않습니다. 본 '실로암 연

못의 집'은 미인가(개인)시설로서 피고인 원장 사비로 운영되었으며 정부는

미인가 시설에 단 십 원도 보조해 주지 않았습니다.

따라서, 피고인은 41명의 장애인을 시설, 환경, 영양공급, 장애인 자유의

기본권을 준수하기 위해 식당 2명, 생활 지도원 2명, 미화원 1명, 정원사 1

명, 사무실 2명, 설교자 1명, 운전자 1명, 원장, 또한 하루에 자원봉사자들

이 50명씩 찾아오며 날마다 먹을 것과 입을 것을 트럭으로 가득히 싣고 왔

습니다. 한국에서 최고의 시설과 환경을 갖추고 있습니다.

의료진은 설악병원 최 원장님께서 왕진하였고, 그 후 춘천 예담 병원에서

왕진하였습니다. 환자들의 건강을 위해 최선을 다했다고 자부하는 것은

1988. 10. 7. 설립하여 2013. 9.까지 15,000명의 후원자가 두 눈으로 피

고인을 조명하고 있어 이 사실을 생생하게 밝히고 있습니다. '본 실로암'

은 직원이 10명 이상이며 망 서유철은 중환자이기 때문에 관리 대상이므로

1:1로 보살폈습니다.

피해자 망 서유철은 물론, 모든 욕창 환자는 2시간마다 한 번씩 자세를 변

경해 주고 충분한 영양을 보충하기 위해 엑기스 염소와 보신탕 등 직접 피

고인이 양재동 마트에 가서 시장을 봐 왔고, 장애인들은 인지능력이 부족

하고 미각이 없고 식욕만 왕성합니다. 곧, 똥에다 밥을 말아줘도 거부하지

않고 잘 먹습니다. 절제하지 못해 창자가 터지도록 밥을 먹습니다. 따라

서, 철저하게 관리하지 않으면 사망에 이르게 됩니다.

그리고 모란시장까지 직접 찾아가 참깨를 짜서 그 기름으로 양념하였고

고랭지 배추 5,000포기도 자원봉사자들과 함께 담근 사실은 증거자료로

제출하였는데도 불구하고 영양이 부족해서 욕창이 생겨 패혈증으로 사망

에 이르게 되었다는 기소는 사실과 다릅니다. 그런데 어째서 박관선 검사는 근거도 없는 유기치사로 기소하였는지 너무나도 억울합니다.

4) 박관선 검사는 2008. 6.에 욕창이 발생해 2009. 6. ~ 2010. 4., 2010. 9. ~ 2011. 6., 2회에 걸쳐 인제 현리 병원에서 입원 치료 후 퇴원했다고 기소하였으나 사실이 전혀 아닙니다.

망 서유철은 인제병원에 입원할 당시에는 진료기록부가 없습니다. 왜 그럴까요? 다른 이름으로 입원했기 때문입니다. 의료보험 공단이나 병원에 자료가 없음에도 있다고 하는 날짜까지 기재하였으나, 그것은 위증죄고 허위 유포한 것이 영역이 드러나고 있습니다. 망 서유철은 2010. 9.경 유경종 직원과 시설에서 봉사하는 박덕환과 함께 퇴원한 것입니다. 곧, 유경종 직원은 2010. 12.경 퇴사하였습니다.

또한 박관선 검사 말에 따르면, 인제 현리 병원에 2회에 걸쳐 입원했다고 하는데 그것은 사실이 아닙니다. 인제 현리 병원에서는 욕창치료가 불가능해 강제 퇴원을 하였고 개인 병원에서는 욕창을 치료할 수 없으므로 의사들이 소견서를 써서 큰 병원으로 가보라고 하는 것이 개인 병원 의료시설의 한계입니다. 아무것도 모르는 박 검사는 의료상식과 개인 병원의 사정도 모르는 무식한 사람이므로 거짓 기소를 주장하고 있습니다.

따라서, 망 서유철은 2010. 9.경 인제 현리 병원에서 퇴원 후 설악병원, 청심국제병원, 강원대병원, 강원성심병원, 혜민병원 등 피고인이 환자 한 사람에게 온 힘을 기울였다는 사실이 자료가 증명해 주고 있습니다.

그 후, 또다시 인제 현리 병원까지는 입원한 사실이 전혀 없을 뿐 아니라, 거리상 간단한 외래 치료조차 할 수 없는 미약한 시골 병원이기 때문에 인제 현리 병원에서 외래 치료 2회를 했다고 하는 주장은 억지 주장입니다.

판사님,

따라서 무단퇴소 후, 2008. ~ 2010. 8. 말까지는 욕창이 생기지 않았습니다. 그런데 망 서유철이 입원한 인제 현리 병원에서 욕창이 발생하여서 퇴원을 요구하여 보호자들에게 여러 차례 연락을 취했으나 수수방관하여 '본 실로암' 시설에서는 계산하지 않고 한 생명을 살리기 위해 도의적인 책임으로 유경종 직원을 통해서 퇴원시켰고, 2010. 9.에 가평 청심국제병원으로 다시 입원하였습니다. 그 후 6개월이 지난 2011. 1. 20.경 정오에 퇴원하였습니다.

존경하는 판사님,

망 서유철 피해자의 사건 내용을 보면 기가 막힙니다. 임의대로 무단 퇴소한 다음, 인제 현리 병원에 입원시킨 2008. 당시에는 본<실로암 연못의 집> 이름을 도용하여 입원시켰습니다. 그 시기에는 건강한 사람이었으며 풍채가 좋아 4명이 들어야 목욕을 시킬 수 있고 차로 이동할 수 있었습니다. 따라서 풍채가 비만이었고 욕창이 걸리지 않았던 건강한 청년이었습니다. 그러므로 욕창 발병된 시기는 2010. 도가 분명하고 그 후 퇴원 시기는 2010. 9.에 퇴원을 요구 받았습니다. 단, 욕창은 2008.도가 아니고 2010.이 확실합니다. 건강보험공단에서 확인하여 제출합니다. 그런데 박관선 검사는 사실과 다른 위증을 창작해서 소설보다 더 무서운 마녀사냥을 하여 기소하고 구속하려고 하는 괴물이라는 표현을 피고인은 외치고 싶습니다.

판사님,

이 모든 증거는 자료 제출을 충분히 했습니다. 참작하여 주시고 사명 의식을 가지고 계신 판사님께서는 정직하게 판결함으로써 억울한 누명을 벗겨주시기를 두 손 모아 소원합니다.

결론(총론)

박관선 검사는 욕창에 대한 상식이 없습니다. 시기와 때가 맞지 않습니다. 2008. ~ 2009. 말까지는 욕창이 생기지 않은 건강한 사람인데도 불구하고 박 검사는 2008. ~ 2011. 6까지 욕창으로 인해 인제 현리 병원에 입원하였다고 거짓 기소를 하고 있습니다. 그러나 망 서유철은 2010. 9.경 인제 현리 병원에서 마지막 퇴원을 했습니다.

박관석 검사가 기소한 죄명인 형법 제275 제1항에 해당, 형법 제271조 내지 형법 제273조에 해당하는 (유기치사, 유기, 학대)죄 등 피고인은 진실로 범하지 않았습니다. 망 서유철이 사망한 것은 피고인 때문이 아니라 피해자의 보호자 부 서정철, 누나 서경선이 유기치사곧, 망 서유철을 사망에 이르게까지 하였기에 살인한 것이라고 판단됩니다.

2008. 본 시설에서 무단퇴소하여 인제 현리 병원에다 일방적으로 입원시켰습니다. 이것은 계약위반이므로 피고인 책임이 아닙니다. 그러나 물리적인 방법이나 수학적인 계산을 하지 않고 도덕적인 마음을 가지고 최선을 다했습니다. 피고인은 마지막까지 망 서유철을 살려보고자 보호자들에게 수술을 요구했으나 본 '실로암 연못의 집'으로 퇴소하거나 마음대로 하라고 유기를 한 것은 망 서유철 보호자들의 행동이었습니다.

그러기에 박관선 검사는 기소한 죄명(유기치사) 형법 제275조, 제273조 1항의 죄는 피고인에게 물을 것이 아니라, 망 서유철 가족과 형제들에게 물어야만 마땅하고 인제 현리 병원은 고 서유철이 사망에 이르기까지 책임을 물어야 합니다. 망 서유철은 2006. 9.에 입소하였다고 기소했으나 본 <실로암 연못의 집> 기록부에는 2007. 5. 2.에 입소하였다는 사실이 입증되었습니다.

박관선 검사는 실로암을 운영하는 피고인에게 책임을 묻고 망 서유철을 치료와 환자 관리를 수수방관함으로써 망 서유철이 2013. 3. 27.에 사망하였다고 살인적인 기소를 하였습니다.

그러나 기소한 박관석 검사는 죄가 없는 피고인을 살인자로 둔갑시키고 유기치사를 한 망 서유철의 누나 서경선, 현리 병원 등에 죄를 물어야 마땅하지만, 망 서유철 보호자들에게는 아무런 죄가 없는 사람으로 묻지도 따지지도 않고 있습니다. 망 서유철 누나를 증인으로 출석하라고 요구하였으나 거부하였습니다. '왜 그들은 거부하였을까요?' 누나 서경선과 부친 서정철은 유기한 것이 분명하고 더 나아가서 유기치사죄를 물어야만 마땅하다고 피고인은 자신 있게 말합니다. 따라서, 망 서유철을 살인한 것은 부친이요, 누나요, 이 씨, 지 씨입니다.

판사님,

삼인성호가 생각납니다. 이 억울한 누명을 가지고 중증장애인 피고인이 죄 없이 감옥에 갇혀있는 것은 너무나도 부당합니다. 만약 피고인이 죄를 짓거나 혹은 살인죄를 지었다고 한다면 옥중생활하는 것이 당연합니다.

입을 열기 전에 귀를 열어주시고 이 피고인의 정직한 사실을 사실로 판시하였으면 합니다. 따라서 망 서유철 보호자 서정철, 누나 서경선은 지 목사(본 직원)와 함께 공범하여 피고인의 시설보다 인제 현리 병원이 환경과 조건이 더 좋다며 무단퇴소 후, 입원시켰으며 신호권(뇌 병변) 1급 중증장애인 명의를 도용하여 망 서유철을 신호권으로 둔갑시켜 입원시킨 것입니다. 피해자 누나 서경선은 병원 비용을 전혀 부담하지 않기 위해서 사문서위조 명의도용을 한 것입니다. 인제 현리 병원측에서 망 서유철의 신원도 확인하지 않고 신호권 씨 주민등록을 무단 도용하여 병원과 함께 공모하여 입원시킨 것입니다.

만약 피고인이 망 서유철을 병원에 입원시켰다 할지라도 병원비 전체는 망 서유철 보호자들이 책임을 져야 당연합니다. 망 서유철에 대해 피고인 본

<실로암 연못의 집>에서는 책임이 전혀 없습니다.

따라서 일반환자이며 강제적으로 본 <실로암 연못의 집>에서 퇴원했기 때문입니다.

P.S : 이 재판은 피고인에게 죄를 묻는 것이 당연하나 실무자들 황 씨, 지 씨, 김 씨, 이 씨등 이들에게도 법적인 책임이 준수된다는 사실을 인지하여 주시기 바랍니다.

<변호사의 의견서>

피고인이 운영하던 <실로암 연못의 집>은 법인화된 사회복지시설이 아닌 개인시설로서, 하반신 마비로 자신도 지체 1급 장애인인 피고인이 30여년 전부터 송파구 가락시장 등지에서 거리에 버려진 장애인들을 모아 돌보면서 시작한 곳입니다. 현재의 시설은 무일푼인 피고인이 강론과 저서, 부흥회, 자부담 등 모금활동을 통하여 벌어들인 돈과 후원금, 많은 대출금 등으로 어렵게 만들어낸 시설입니다. 피고인은 어려움 속에서도 그야말로 삶과 죽음이 종이 한 장의 차이밖에 되지 않은 장애인들과 동거동락하면서 평생을 지내왔기 때문에 위 시설에서 지내는 모든 장애인들이 단순히 보호받고 관리되는 수동적인 객체가 아니라 움직일 수 있는 힘만이라도 있는 사람들이 같이 힘을 보태어 공동생활을 영위하자는 취지로 시설을 운영하여 왔습니다. 따라서 <실로암 연못의 집>에서 생활하던 장애인들은 손 하나 까딱하지 않아도 모두 뒤처리 해주는 그런 극진한 대우는 못받았을지라도 함께 어울리고 서로 의지가 되는 그런 '공동체'를 이루어 왔습니다. 피고인은 몸 뿐만 아니라 마음까지도 비틀리고 상처받은 장애인들이 비록 물질적으로는 풍요롭지 못하더라도 서로 기대어 위로받을 수 있는 시설을 만든다고 생각하면서 살아왔던 것입니다.

피고인은 1988년경 가락시장 바닥을 리어카를 끌고 기어다니면서 물건을 판 돈으로 장애인들을 거두어 입히고 먹이던 시절부터 이것저것 따지지 않고 입소를 원하는 장애인은 누구든지 받아들여 왔습니다. 그 당시의 피고인은 기초생활수급비가 무엇인지도 모르고, 후원금은 언감생심 꿈도 못 꾸면서 알음알음 도와주는 작은 성금들과 악착같이 피고인 스스로 번 돈으로 모두 먹이고 입혀서 그네들을 '살렸다'는 것, 적어도 그네들이 길거리 구석에서 아무도 모르게 죽어가는 것을 막았다는 것을 가장 큰 가치로 생각하던 그런 시절이었습니다.

<실로암 연못의 집> 입소 장애인이었던 박성곤의 모친인 증인 김귀숙의 증언에서 드러난 바와 같이, 피고인이 운영하던 시설은 타 시설에서 관리, 비용 등의 이유로 입소를 거절당한 장애인들도 자유롭게 입소할 수 있었던 곳입니다.

물론 피고인이 법인 시설에 준할 정도로 고용인을 많이 두어 관리를 하지 않은 점에 비난 가능성이 있을 수 있고, 타 기관에서 입소를 거절한 것에는 그만한 이유가 있는 것 아닌가 하는 의문이 있을 수 있습니다. 그러나, 여기에서 반드시 고려되어야 할 것은 피고인이 계속하여 채용공고를 내고 직원을 뽑으려고 노력하였으나 시설이 너무나도 외진 곳이고 교통도 불편하여 직원채용이 원활하지 않았을 뿐만 아니라 어렵게 채용하여도 곧, 그만두고 나가는 일들이 많았다는 점과 피고인이 받아줄 곳 없는 장애인을 받아들임으로 해서 그 장애인 뿐만아니라 그 장애인의 가족들도 살 수 있도록 해주었다는 점입니다.

또한 <실로암 연못의 집> 자체가 깊은 숲속에 위치하고 있었다는 점을 감안할 때, 공소사실처럼 '방치'된 것이라면 그렇게 지하실 방이나 몇몇 이부

자리에만 제한적으로 곰팡이가 있을 수는 없었을 것이고 <실로암 연못의 집>에 있던 장애인들 중 의사소통이 가능한 몇몇 사람은 "식사가 형편없지는 않았다", "더 달라고 하면 더 준다", "먹는 것은 솔치(현재시설)나 실로암이나 똑같다"라고 말하고 있는 점에 비추어 볼 때 비록 획일적인 식단이 제공된 정황은 있다고 하더라도 그것이 '유기'의 정도에 이른다고 보기는 어렵습니다. 따라서 피고인이 장애인들을 유기하였다고 인정한 원심의 판단에는 채증법칙을 위반한 오류가 있다고 할 것입니다.

<실로암 연못의 집> 장애인들은 대다수 정신지체 장애를 가진 사람들이었습니다. 만약 정신지체가 있는 장애인들을 '외부출입문'조차 시정하지 않은 채 방치한다면 아무리 관리를 잘한다고 하더라도 장애인들이 순식간에 밖으로 나가서 사고가 나는 일이 생기고 말았을 것입니다. 실제로 <실로암 연못의 집>에서 외부출입문을 시정하지 않은 결과 장애인들이 밖으로 나가서 산길을 헤매는 것을 찾아서 데리고 오는 사고가 수차례 있었고 그러한 사고 이후 외부출입문을 시정하게 된 것입니다. 하지만 <실로암 연못의 집> 건물 앞과 뒤쪽으로는 1,000평이 넘는 잔디밭을 조성하여 장애인들이 산책도 하고 신체활동을 할 수 있도록 공간을 확보하고 있습니다. 공소사실의 '외부출입문'은 바로 이렇게 넓은 정원과 바깥을 구분 짓는 담장에 달린 대문을 일컫는 것인데, 과연 건물 현관문이 아닌 '외부출입문'을 시정한 것이 장애인들의 신체활동의 자유에 대한 침해라고 볼 수 있는지 의문이 아닐 수 없습니다.

<박관선 검사 원심 기소 증인들>

박관선 검사, 지 씨, 서정철, 서경선, 황 씨, 이 씨, 김 씨등 있습니다. 이들
은 다 허위이며 작은 양심도 없고 화인 맞은 인생이라 한 점 부끄러움도
모른 채 위증하고 있습니다.

판사님,

피고인은 형법 275조 제1항에 해당하는 죄, 형법 제271조 제1항(유기),
형법 제273조 1항(학대)에 해당하는 죄 등을 위반하지 않았습니다. 그러
므로 형법 제275조 제1항에 해당하는 죄는 망 서유철의 부친 서정철, 누나
서경선과 형제들이 죄지었다는 사실을 넉넉히 입증하고 있습니다. 그런데
어찌 박관선 검사는 거짓 기소를 했을까요?

<제 2. 피고인의 의견 탄원서>

존경하는 재판장님께,

정직한 판시가 성립되어 피고인의 억울한 누명을 벗겨주시기를 바랍니다.

1. 피고인은 물건을 가지고 장사를 했습니다. 그러나 방송은 시나리오를
엮어 대역으로 구걸하는 모습을 방영했습니다.

2. 피고인은 사업을 했으나 직접 돈을 만지거나 계수한 적은 없었고 돈을
숨기지도 않았으며 오히려 직원들에게 사기만 당했습니다. 그러나 방송에
서는 피고인이 사실에도 없는 돈을 세고 있고, 손님이 오면 돈을 숨기는 장
면을 촬영해서 방송했습니다. 그 대역은 현실성이 없는 것입니다. 요즘 누
가 돈을 계수한단 말입니까? 전혀 근거도 없는 내용을 가지고 시청률만 올

리기 위해 왜곡된 방송을 했습니다.

방송의 사명은 육하원칙에 따라 사실만을 보도해야 합니다. 대역을 시켜 죄 없는 피고인을 거지나 사기꾼처럼 묘사한 것에 대해 억울하고 분해서 견딜 수가 없고 한 순간도 안정되지 않아 눈을 감고 죽을 수조차 없는 사불명목死不瞑目입니다. 피고인은 정직하게 살지는 못했습니다. 그러나 정직하게 살려고 노력했고 남에게 피해를 주면 칼로 살을 자르는 아픔이 있습니다.

3. 피고인이 휠체어를 타고 남·여 직원을 대동해 다니는 것을 대역하여 방송했습니다. 직원과 함께 다니는 것이 당연한 일인데 왜 방송에 여비서와 함께 동행했다는 이미지를 심어 주었는지요? 그렇게 방송할 내용이 없는가요? 피고인은 장애인이기 때문에 혼자서 휠체어를 타고 마음대로 다닐 수도 없고 식당 출입도 어렵습니다. 혼자 음식점에 가면 주인이 피고인을 거지 취급하며 돈을 주는 일들도 여러 차례 있었습니다.

그런데 김 PD는 피고인이 휠체어를 타고 다니는 장애인이라는 사실을 망각한 것인지, 아니면 알면서도 그렇게 엮어 놓은 것인지 묻고 싶습니다. 피고인은 회장처럼 행세한 적도 없고, 사장이라 말한 적도 없습니다. 피고인이 장애인이라 행여 무시당할까봐 늘 쾌활하게 웃으며 먼저 말한 것이 죄라면 그것이 죄이겠지요. 목사지만 목사라고 교만하지 않았고, 원장이지만 거만하게 굴거나 건방지게 군적도 없고, 많은 이들에게 장애인이라는 이미지를 주지 않으려 노력했습니다. 항상 웃고 즐거운 것처럼 보이니 그저 음해하는 사람들이 하는 말입니다.

4. 츄링닝을 입거나 잠바를 입으면 사람들이 얕잡아 보고 무시하며 거지라고 오해를 받아 왔습니다. 단정하고 깔끔한 옷을 입고 다니는 것은 피고인

을 외모로 판단하지 못하도록 살아왔습니다. 흰옷을 입게 된 이유는 어머니의 권유로 특이한 색깔을 입게 되었습니다. 그것이 죄란 말입니까? 과연 방송 내용으로 적합하다고 볼 수 있습니까? 단, 목사이기 때문에 사기요, 하나의 이리로 둔갑시켜 방송을 연출했던 것입니다. 언론은 시청자를 기만하고 사기를 친 것입니다. 잘못된 방송은 가짜의 가짜요, 한 사람을 매도하여 파멸시키는 괴물의 집단이 되고 사회의 문제를 일으키는 언론이 되는 것입니다.

5. 2,000년도에 강원도 홍천군 서면 중방대리에 장애인 복지시설을 설립하게 되었습니다. 현대식 건물 앞에는 정신지체 장애인들의 심리적인 안정을 위해 건축을 한 후 경제적 어려움으로 타격을 받던 중, 2008년도에 박찬수라는 사람을 통해서 사업을 하게 되었고 부장, 사장, 상무 등과 회식하기 위해 간간이 식사한 뒤 2차 노래방에서 함께 자리를 동석했으나, 피고인은 체질적으로 술을 마실 수 없습니다. 직원은 방송에 피고인을 유흥가에서 성 교제를 한다는 식의 발언을 하였고 그것이 여지없이 그대로 방송되었습니다.

피고인은 목사의 신분이고 더구나 성격상 직업여성들은 불결하고 추해서 성 교제를 할 수가 없고, 하기도 어렵고 나 같은 장애인하고는 성 교제를 하려고 하지도 않습니다. 그런 상식 이하의 발언을 한 사람의 잘못된 말만 듣고 확인 절차도 없이 방영한다는 것은 피고인을 매도 하다못해 살인하는 것과 무엇이 다르겠습니까? 술집에 가서 술을 먹고 여자를 끌어안는 장면을 찍어내고 단 한 번도 회장 행세를 한 적 없는 목회자를 회장으로 칭하며 방영한 SBS 방송은 저주의 대상이요, 살인자요, 한 생명을 죽이는 방송입니다. 목회하는 목사 신분으로 두 다리와 양쪽 손을 쓰지 못하는 중증 장애인이 여자를 끌어안고 술을 마시며 유흥가의 여성과 성 교제를 했다고 하니, 죽고 싶은 마음뿐입니다. 제보자의 그릇된 망언만 믿고 카드 사용처나 실로암 복지시설을 후원하여 주시는 분들과 황 실장 등을 찾아다니며 취재하는 과정에서 방송을 위해 미리 짜 맞추어 둔 틀에 맞도록 유도 질문하며 흥미 위주의 방송 내용이 될 수 있도록 드라마를 만든 SBS 방송국장, 김 PD, 작가, 기자들은 사실이 아닌 내용을 편집, 연출하여 방영해 험한 세상을 향해 열심히 살아온 개인 한 사람을 살인했습니다. 김 PD는 이에 책임을 지고 형사 입건이 되어야 합니다.

6. SBS는 거짓 방송을 했습니다.

피고인은 학구열에 불타는 공부에 미친 사람이었습니다. 독학으로 공부했고 총회 신학, 예술 신학, 미국 미드웨스트대학에서 신학을 공부하여 정식으로 강도사 고시를 거쳐 12명이 경기노회에서 안수받았고 그 밖에 동문이요, 목사요, 지인들, 앨범 등으로 증명할 수 있습니다. 수많은 언론, 신문, 잡지, 간증, 교회, 설교, 회사에까지 강의를 다니며 올바른 목사 상을 가지고 사명을 감당했습니다. 그러나 김 PD는 교회 정치법, 교회 행정, 교회 교리, 교회법을 전혀 모른 채 섹스 설교만 했다는 제보자의 말만 듣고 목사를 모욕했습니다. 그것은 SBS의 자작극입니다. 피고인을 도마에 올려놓고 피와 살을 발라내듯 인격모독과 명예를 실추시켰습니다.

그러나 방송은 성실히 살아가는 죄 없는 장애인 목사를 왜 이토록 정신병자로 만들었습니까? 고통을 참기 위해 피고인은 아산병원 신경정신과에 입원하여 심한 우울증과 싸웠습니다. 언론이 우선인가요? 방송을 누가 만들었나요? 방송의 주인은 누구일까요? 사람은 명예, 돈, 권력, 능력이 생기면 살인하는 것이 인간의 본능입니다. 그러나 짐승은 배가 부르면 잠을 자고 겸손하고 온유합니다.

7. '실로암 연못의 집' 가칭 '실로암 장애인 교회'입니다. 주소는 강원도 홍천군 서면 중방대리에 자리 잡고 있습니다. 2001년 교회 건축을 끝냈습니다. 이곳은 장애인 70%, 정상인 30%, 대략 60여 명이 예배드리고 있습니다. 건축하기 전에는 하남시 초이동에 천막을 치고 주일학교 70명, 비장애인 100명, 장애인 30명 등 목회를 열심히 해왔습니다. 고인이 된 신현균 목사님과 함께 전국을 다니며 부흥회를 했습니다. 그런데 가짜 목사라니요? 거지 목사라니요? 입이 있으면 함부로 말해도 되나요? 방송국을 가지고 있으면 근거 없는 사실을 방송해도 되나요? SBS는 사명감 없이 가짜의 가짜 방송을 하였기에 책임을 묻습니다.

8. 방송에서 대한의사협회 송 대변인은 의사라는 미명 아래 피고인이 망서 씨를 한 번도 돌보지도 않고 그대로 방치해 놓았다고 함부로 말했습니다. 단지 사진 한 장만 보고 그런 발언을 했습니다. 망 서 씨 때문에 많은 돈이 지출되었고 욕창 치료를 위해 여러 병원에 문의하여 수술을 받았고 그를 살리려고 최선을 다했습니다. 그러나, 대한의사협회 송 대변인은 돈을 받고 출연하여 사실과 맞지 않는 허위 유포를 해, 마치 피고인이 방치하여 사망에 이르게 하였다는 판단을 하고 있습니다. 유기치사는 망 서 씨 보호자들이 한 것입니다.

'그의 죽음은 누구의 책임일까요?'
물론 피고인도 책임이 있습니다만, 실무자들인 황두연, 김은혜, 지관석, 이기문 등도 법적 책임이 있습니다. 그리고 망 서 씨는 부잣집 아들입니다. 그런데 보호자들은 병원비가 많이 들어간다고 실무자 황 실장 휴대폰에 문자를 남겼습니다.

<1/5 오전에 한승주목사님과 통화했습니다. 아래는 목사님과 통화한 이후 목사님께 보낸문자

2/5 전문입니다. 그럼...---- 서유석누나입니다. 오전에 목사님과 전화통화드린 후 다시부

3/5 모님과 상의했지만 이미 말씀드린 것처럼 저도, 부모님도 앞으로 있을 병원비와 간병비

4/5 를 감당 못하겠습니다 모든 걸 목사님께 위임했으니 현명한 판단이 있으실 줄 믿습니다

5/5 여건이 안되시면 시설로 데려가 주십시오.. 그럼 안녕히 계세요..>

'원장님, 알아서 하세요. 우리는 책임을 지지 않겠습니다.'라고 말했습니다. 그래도 피고인은 혜민병원 과장님께 또다시 '서 씨를 수술시키고 싶어요. 서 씨는 신경마비가 되어 아픈 부위 감각을 전혀 느끼지 못합니다만 정신은 건강한 사람입니다. 그런데 수술하지 않고 놔두면 너무나 제 마음이 괴롭고 고통스러워서 견딜 수가 없을 것 같아요. 수많은 원생들도 사랑했지만, 지체장애인 서 씨에게 특별히 애착을 갖고 있습니다. 과장님, 수술하면 안 될까요? 만약 수술하면 몇 개월이나 살까요?', '수술해도 3개월 혹은 6개월 약물치료를 하면서도 1년까지밖에 살 수가 없습니다.', '그래도 수술했으면 좋겠습니다.', '보호자의 사인이 필요합니다.', '보호자가 연락이 되지 않습니다.', '그냥 퇴원하셔서 약물로 열심히 케어해 주세요.' 죽는 날까지 수술하려 노력했으나 보호자의 협조가 없었습니다. 망 서 씨는 일반 환자였기 때문에 비용이 많이 들어가는 것을 알기에 보호자는 회피하고 방치한 것입니다. 보호자들은 망 서 씨가 병원에 있을 때 찾아오지도 않고 방치했습니다. 전혀 관심도 없었고 포기하므로 불가피하게 퇴원하게 되었습니다. 시설에 있을 때도 보호자가 승낙하지 않아 2013년 2월 27

일 광진구에 있는 혜민병원에서 퇴원. 시설로 돌아와 약물로 열심히 치료했으나 한 달 후, 결국 2013년 3월 27일 사망하게 되었습니다. 그런데, 방송에 나온 의사는 정말 전문의가 맞는 건지요? 전문의사도 생명이 살아있는 환자에게 오류를 범할 수가 있는데 하물며 죽은 시체도 없는데, 어디에 근거를 두고 판단하는지요? 사진 한 장으로 피고인이 한 번도 돌보지 않고 그대로 방치해서 죽게 했다는 의사의 말은 거짓입니다. 만약 이대로 간다면 그대의 양심이 그대를 죽음으로 몰게 할 것입니다.

과학이 발달해 사람이 할 수 없는 것은 첨단기계를 사용해 세밀한 것을 보고 판단하게 되지요. 따라서 모든 의사는 환자의 상태를 알 수 있으나 때로는 오진을 할 수 있는 것이 의사입니다. 의사의 말 한마디에 사람이 죽기도 살기도 합니다. 방송에 나온 의사는 본인이 한 말에 책임을 져야 할 것입니다. 입에는 독이 있어 절제하지 않으면 무기가 되고 사람을 죽게 만듭니다. 망 서 씨는 2011년 8월경 현리 요양병원에서 퇴원할 때 이미 병원에서부터 욕창이 발생하여 있었습니다.

9. SBS 방송내용을 보면 사용하지 않는 지저분한 지하 창고를 마치 장애인들이 사용하는 방처럼 방영했고, 기저귀를 미처 갈아주지 못했던 중증장애인들만 골라 방송했고, 폭력이요, 감금이요, 유기요, 유기치사요, 굶기지도 않았는데 말이면 다 하는 것인지 방송은 사실이 아닌 것을 사실처럼 방영했습니다. 시청률을 올리기 위해 마치 유흥가를 활보하는 괴물처럼 방영하여 세상에 알렸습니다. 산속에는 습기가 많아 두 달에 한 번씩 도배하지 않으면 곰팡이가 피고, 변기 소독이요, 방역이요 자주 관리 감독하지 않으면 안 되는 곳이 이곳 '실로암 장애인 시설'입니다. 치매 환자는 욕심이 많아 떡을 숨기고, 벽에다 똥을 바르고 손으로 만져 옷장에다 숨겨놓기도 합니다. 그래서 관리를 철저히 하지 않으면 악취 때문에 살아갈 수가 없습니

다. 낙원 같은 시설과 환경을 만들어 놓았는데도 불구하고 왜 잘 쓰지 않는 지하 창고 같은 곳만 골라 방송했을까요? 그것은 시청자들의 관심만 끌기 위해 사실과 다른 마치 한 편의 소설을 창작하여 방송했습니다. 이 방송은 사실이 아닙니다. 거짓입니다.

존경하는 재판장님,

30년이 넘도록 어두움에서 살고 있는 생명들을 살리기 위해 둥지를 틀고 사람이 대우받으며 살아가는 한 공동체를 만들어 왔습니다. 그 이후로 피고인의 자녀들은 월 30만 원씩만 도와달라고 아비에게 호소해도 피고인은 자식에게 오히려 이해시켰습니다. 너희들은 어미와 아비가 있고 육체가 건강하니 얼마든지 살아갈 수가 있다. 그러나 목숨만 살아 꿈틀거리는 사람들이 도움을 받지 않으면 그대로 죽게 된다고 달랬습니다.

SBS 방송국은 6천 원짜리 식사요, 피고인이 입고 있는 옷이요, 시계요, 안경을 부정적으로 인식을 시켜 시청자들에게 사기를 쳐 피고인을 매도했습니다. 김 PD는 지극히 작은 것을 촬영하여 방송자료로 만드는데 혼신을 다해 왔으나 그것은 PD로서 사명이 없고 한 사람을 죽이려고 하는 목적입니다. '두 얼굴의 사나이 거지 목사'라는 주제를 가지고 피고인을 괴물로 인식시켰고, 결국 사회의 부정적인 낙오자로 만들었습니다. 사람은 누구나 두 마음, 두 얼굴, 두 모습을 가지고 사는 것입니다. 그러나 권위, 인심, 인정, 신뢰성이 떨어지면 한 생명도 살아갈 수가 없는 사회적 구조입니다.

피고인은 부잣집 아들로 태어나 그들이 말하는 거지들을 집으로 데리고 와 먹이고 입히며 살아왔고, 서울에 상경해 생존하기 위해 죽음보다 더 무서운 고통을 당하면서 살아왔습니다. 피고인은 육체의 장애를 가졌으나 마음의 장애는 갖지 않고 올바른 사고와 정신으로 살아가는 것이 삶의 철학이었습니다. 그러나 SBS 방송국은 피고인을 매도하였고 시청하는 시청자들은 그것을 사실로 받아들여 마음이 화광충천하게 하였습니다. 가짜의 가짜 방송은 사회를 붕괴시키는 것이기 때문에 그대로 언론을 신뢰하고 인정하는 것은 잘못된 것입니다.

<2013년 11월 26일 8가지 사건에 대한 답변>

1) 유기치사 : 피고인은 24시간 치매 노인이요, 장애인들이요, 욕창 환자에게 치료해 주었고 병들어 고통을 당하는 고아들에게 병원에 입원시켜 죽어가는 생명들을 살리는 것을 만민이 잘 알고 있습니다. 그러나 SBS는 전혀 근거가 없는 조작으로 유기치사했다고 방송했으나 그것은 천부당만부당 한 일입니다. 어디에 근거를 두고 그런 죄명을 말하는지 이해가 전혀 되지 않습니다. 이것은 사실과 다릅니다.

2) 유기 : 시설에 있는 가족들은 자유와 기쁨, 소망과 평화를 마음으로 느끼며 즐거워하였고 언제나 간식과 식사를 마음껏 먹을 수 있도록 허용하여 인지능력이 없는 환자들은 너무 많이 먹어 대장이 터지는 응급한 상황도 있었습니다. 사람은 먹고 싶은 것을 마음껏 먹지 못한다면 불행한 일이라고 생각합니다. 그런데 SBS는 시설에 있는 환자들을 유기했다고 방송에 내보냈습니다.

3) 사기 : 누가 누구에게 사기를 쳤다는 말입니까? 피고인은 평생에 사기를 쳐 본 적이 없으며 세상의 어두운 생명들에게 빛을 비추는 사명을 감당했습니다. 그러나 공영방송에서는 정직과 진실이 반영되어야 함에도 불구

하고, 근거 없는 가짜의 뉴스를 전했습니다. 이에 따른 정신적, 물질적, 육체적 피해보상이 요구됩니다.

4) 여신전문금융업법위반 : 망 서 씨의 통장을 피고인이 사용한 사실이 없고 카드도 도용한 사실이 없습니다. 직원들이 망 서 씨를 통해 통장과 카드를 사용한 사실이 있습니다. 그러나 방송은 전혀 근거가 없는 허위 유포를 했습니다.

5) 감금 : 50여 명의 가족들에게 자유와 인권 기본권을 소멸한 사실이 없으며 자유롭게 출입할 수 있도록 대문이 개방되었고 2,000평이 되는 넓은 정원에 환자들이 특별한 은혜 안에서 대접받고 살아왔습니다. 그러나 시설에 입소하면 감금되고 사람이 죽어 나갔다고 하였는데 그것은 사실이 아니며 죽기 직전에 생명의 위협을 느꼈지만, 본 시설에서 그들에게 마음을 다하고 사랑을 다하고 정성을 다해 건강을 회복시켜 왔습니다. 그런데 SBS는 무슨 근거로 사람이 날마다 죽어 나간다는 끔찍한 보도를 했는지 이에 따르는 책임을 묻고 싶습니다.

6) 업무상횡령 : 피고인의 노력으로 개인 신고시설을 운영했으며 공금을 횡령할 수도 없고 정부의 지원도 전혀 받지 못했습니다. 수급비는 병원비요, 식비요, 의료비요, 문화비요 그들의 용돈으로 사용됐습니다. 그러나 방송은 공금을 횡령했다고 거짓말을 일삼아 명예를 실추시켰습니다. 따라서, 이 내용은 전혀 거짓입니다.

7) 장애인차별금지 및 권리구제 등에 관한 법률 위반 : 환자들을 장애인으로 보지 않고 건강한 사람으로 섬기며 사랑하였고, 그들이 자유 속에 살면

서 기본권을 억제하지 않고 인간의 욕구인 성욕, 탐욕, 탐심까지 허용하며 인격을 존중하고 인간의 존엄성을 갖도록 최선을 다했습니다. 그러나 방송 내용은 전혀 사실이 아닙니다.

8) 장애인복지위반 : 과거에는 장애인이라는 미명아래 돈이 있어도 월세나 전세를 임대할 수가 없고, 임대해 주지도 않았습니다. 더욱이 바깥출입을 할 수가 없어 두문불출하며 생명만 살아 꿈틀거렸습니다. 장애인이라는 이유로 더불어 사는 사회의 공동체를 만들어 갈 수가 없는 저주받은 사람들이었습니다. 그러나 피고인은 인간의 존엄성을 가지고 있는 한, 사람을 초록동색하여 가정, 관계, 욕구 등을 자유의지 속에 살아갈 수 있도록 사회적 교육을 해왔습니다. 피고인은 전혀 복지를 위반한 사실이 없는데도 불구하고 SBS는 장애인 복지를 위반했다는 근거 없는 허위보도를 했습니다.

·8가지 사건은 피고인이 전혀 한 사실이 없으며, 방송에 방영된 내용은 가짜의 가짜입니다. 없는 사실을 보도한 것은 국가를 붕괴하며 사회의 괴물이 되는 빨갱이 단체입니다. 존경하는 판사님께서는 억울하게 누명을 쓴 피고인을 위해 판시하여 주시길 바랍니다.

2013년 9월 13일 '그것이 알고 싶다' 취재 후, 하루 만에 홍천 군청에서 오전 7시부터 청원경찰이요, 강력계팀과 장애인 인권위원회, 불교단체, 봉사자 등 시설에 쳐들어와 가지 않으려 발버둥 치는 장애인 가족들을 한명 한명씩 끌고 차에 태웠습니다. 그날은 왜 그토록 비가 많이 내렸는지……. 충격적인 사탄의 행동들을 보고 하나님마저 놀랐는지 진노조차 하지 않고 말없이 울고 계시는 것만 같았습니다. 비가 양동이로 퍼붓듯 앞뒤가 보이지 않게 쏟아졌습니다. 그 비를 맞아가며 점심도 먹지 않은 중환자들을 강제로 차에 태웠습니다. 전쟁이 일어났습니다. 불이 난 것 같았습니다. 장애인들을 강제로 불법 연행하듯 납치하여 가고 있었습니다. 중환자 20여 명을 차에 싣고 일차로 떠나가고 나머지 20여 명만 남았습니다. 이들은 가지 않겠다고 몸부림을 칩니다. '내 집에서 어디로 가? 원장님 안 가요. 아빠가 여기 있는데 내가 왜 가?' 오후 5시까지 안가겠다는 그들의 몸부림을 무시한 채 설득시키다 안 되니까 강제로 끌어내었습니다. 그때 구경꾼들은 누가 있었나요? 강력계 팀장 청원경찰 90여 명이 그 광경을 지켜만 보고 안 간다고 울며 몸부림치던 장애인들에게 '원장님이 설득해 주세요. 협조해 주세요.' 그래, 어차피 일은 벌어졌고 '덕환아, 현수야, 유명자 씨, 박인자 씨 거기 가 있어요. 곧 데리러 갈게요.'

그제야 그들은 약속을 믿고 떠나게 되었습니다. 봉사자와 경찰들은 별장 같은 아름다운 시설에 신발을 신은 채 장애인 가족을 체포하듯 강제로 끌어내었습니다. 안 간다고 하던 가족들에게는 욕설을 퍼붓고 발로 차기도 했습니다. 장애인의 인권은 법에서 보호받을 수 없나요? 장애인복지법 위반이요, 장애인차별법이요, 장애인 권리법이요, 장애인 구제법이요 보호를 받아야 합니다. 법은 약자를 위해 존재하는 것입니다. 그러나 장애인차별법이요, 인권이요 장애인 도덕과 윤리는 아직도 법으로 보호받지 못하고 있습니다.

2014년 2월 7일 방송된 내용을 보면 장애인을 팔아넘겨 폭행하며 일 못한다고 급여를 주지 않고 폭력을 일삼는 사건들이 어제와 오늘의 일이 아닙니다.

한승주는 52년 전, 서울로 상경할 곳이 없어 헤매다가 성남시 수진동 가방 공장에서 밥을 얻어먹고 급여를 받지 못하고 살아왔습니다. 양손마저 제대로 쓰지 못해서 공장장에게 폭력을 당하고 이곳에서 쫓겨나면 갈 곳 없어 죽을 수가 있겠다는 생각이 들었습니다.

직원들은 술을 마시고 잠을 자고 있을 때 혼자 공장에서 밤새워 일을 했습니다. 내 경험이 52년 전 장애인차별을 받았던 그때나 지금이나 달라지지 않았습니다.

나는 필리핀을 자주 갈 일이 있었습니다.

그곳에는 길거리에서 잠을 자고 아기를 낳고 옷을 벗고 거지 생활하는 나그네들이 많습니다. 나에게 다가와 돈을 달라고 그 어린아이들은 애원했습니다. 주고 싶은 충동이 일어나고 본인이 필리핀에 와 거지 마을을 세우고 싶었습니다. 1달러를 주려고 하니까 옆에 있던 가이드가 돈을 주면 안 된다는 것입니다. 그들은 비를 맞고 1달러를 얻기 위해서 처량한 모습으로 있었습니다. 누구는 주고 누구는 안 주면 총으로 쏜다고 합니다. 필리핀 마닐라에 거지들이 벌 떼처럼 몰려온다고 합니다. 다시 말하면 죽을 수 있다는 것입니다. 그런 필리핀도 백화점이나 식당에 가면 장애인이 들어갈 수 있도록 시설을 잘 만들어 놓고 부자나 가난한 사람이나 장애인이나 차별하지 않고 인격적 시선으로 바라보며 양보하고 최고라고 말합니다. 남의 말은 하지 않습니다. 필리핀도 가난한 사람을 무시하지 않습니다. 그러나 대한민국은 세계에서 10위권에 들어가는데도 장애인을 차별하고 인격 살인을 합니다.

SBS 방송 '그것이 알고싶다' 진행자 김씨는 인격 살인을 했습니다. 나를 '거지 목사'라고 불렀습니다. 왜 그는 거지 목사라고 말하는지요? 이것은 명예훼손이요, 인격모독입니다. 평생 남에게 해하지 않았고 약자이기 때문에 약자를 위해 살아왔고 신앙심이 아니면 살 수 없어서 절에 들어가 5년 동안 수양하며 마음을 달랬습니다. 그러나 나의 인생은 조금도 변함이 없었습니다. 목사가 되기 위해서 12년간 신학 공부를 했으며 많은 책을 보았습니다. 그리고 연구하며 공부했습니다. 그런데 왜 나를 보고 거지 목사라고 하는지요? 모독이며 치욕스럽습니다. SBS 방송 '그것이 알고 싶다' 프로는 없어져야 합니다. 이 프로가 아니라도 다른 방법으로도 얼마든지 세상을 드라마틱하게 감동을 줄 수 있습니다. 미리 조사도 해보지 않고 유명한 목사를 거지 목사라고 말했으니 김 PD, 작가, 국장, 진행자, 방송국은 정신적 피해를 보고 있는 한승주를 살인한 것입니다. 철장 없는 감옥 속에서 살고 있습니다. 한 평생 장애인의 몸으로 이루어 놓았던 재산이 있습니다. 무형재산이요, 유형재산이요 공인이기 때문입니다. 사람들은 나에게 간음한 여인처럼 돌을 던지고 있습니다. 괴물이라고, 살인자라고, 나쁜 놈이라고, 저놈은 죽어야 한다고. 식당에도 갈 수도 없고 꼼짝없이 방안에 갇혀 벙어리가 되었습니다. 병원에 입원했습니다. 그러나 이젠 이대로 죽을 수 없음에 반드시 정의는 살아있다는 걸 만인에게 보여 주고 싶다는 생각이 마음속에서 일어납니다. 나를 어떻게 회복시키겠습니까? 거지 목사요, 살인자요, 사기꾼이요, 장애인을 차별했다고 말했으니, 어디를 보고 이런 말들을 했나요? 사실이 아닙니다. SBS 방송국 사장은 잃어버린 내 명예를 되찾아 주어야 할 것입니다. 진행자가 말하기를 이 난리에 거지 목사는 방안에서 한발짝도 나오지 않는다고 한 것입니다. 국민들에게 거짓 증거를 방송했기에 국민을 속이는 사기꾼이 된 것입니다. 언론은 사실을 가지고 방송해야 합니다.

망 서 씨 누나가 말하기를, 아버지는 요양병원에 입원이요, 남편은 교통사고로 중환자실에서 생명을 다투고 있다고 말했습니다. 그러나 그것은 사실과 다르며 방송 내용 중 얼굴을 보면 건강하고 부자로 사는데도 돈이 없다고 병원비도 내지 않았습니다.

지금까지 800만 원만 받았을 뿐인데 방송에서는 1,300만 원 모두 내고 병원비도 다 망 서 씨 보호자인 아버지와 누나가 냈다고 하니 이것은 사실과 전혀 다릅니다. 망 서 씨 카드는 병원비로 거의 사용하였고 그중 일부만 직원들이 사용했습니다.

그것이 알고 싶다. 의 방송 중,
'실로암에 들어오면 다 죽어요. 여기 오지 마세요.' 하고 방송한 부분은 실로암을 아는 주변 사람들까지 아연실색하게 만들었습니다. 정신질환을 앓고 있는 분별력이 없는 장애인 가족에게 김 PD는 계획적으로 유도 질문을 했습니다. 상식적으로 있을 수 없는 상황을 방송했습니다. 그리고 제보자 황 실장이 '망 서 씨를 병원에 입원시켜야 하지 않겠습니까?' 그렇게 말한 적도 없었습니다. 이유는? 아프면 이유 불문하고 병원으로 호송하여 응급실에 입원시키라고 철저한 당부를 했으며 법인카드는 항상 황 실장이 보관하여 생활비, 병원비, 간병비 등에 사용하고 있기에 자유롭게 환자들을 병원으로 호송하도록 교육시켜 책임을 주었습니다. 그래서 책임자의 급여를 받았습니다. 황 실장이 제게 한 말은 "중환자들은 다른 시설로 보내면 안 됩니까? "나는 "중환자를 다른 시설로 보내면 무슨 의미가 있겠느냐? 자원봉사자들도 와서 보고, 봉사하고 직원들이 그래서 필요한 거지" 그렇습니다. 중환자들은 다른 곳으로 다 보내버리고 건강한 사람들만 데리고 있으면 편할 수는 있겠지요. 하지만 어렵고 힘든 사람을 돕겠다는 제 원래 취지에 벗어나는 일입니다. 그리고 망 서 씨는 일반 환자이기 때문에 타 시설에서는 받아주지 않습니다. 황 실장은 자주 망 서 씨를 다른 시설에 보내라고 했습니다. 그러나 나는 거부했습니다.

<맺는말>

위의 내용은 사실과 전혀 다르게 방송이 되어서 바로잡아 주시기를 바라며 나는 양심에 조금도 부끄러움이 없이 솔직하게 기록하였으니 꼭 참고해 주시기를 바랍니다.

P.S : 박 검사가 사문서를 위조하였고 송 변호사는 사실에 대한 자료제출을 충분히 못함으로 피고인이 억울한 누명을 쓰게 되었다. 따라서 그밖의 모든 증인들은 허위유포를 하였으나 송 변호사는 수수방관하였다.

<장애인 가족 박정호(35세)의 간절한 전화 한 통>

며칠 전에 걸려 온 한 통의 전화에 그동안 참고 참았던 감정이 복받쳐 올라 목을 놓고 엉엉 울고 말았습니다. 내가 데리고 있던 박정호(741114-지체 3급)의 전화였습니다. 어딘지 알 수 없는 대전 모처 임시 거주지에 머물고 있다고 말하였고 현관문이 잠겨 밖으로 나갈 수가 없다고 말하였습니다. 자신과 친구들 몇 명이 좁은 어두운 방에 함께 있다고 하며 실로암으로 친구들과 함께 돌아가고 싶다고 말하였습니다. 정호의 전화에 반가운 마음으로 통화를 시작했으나 횡설수설하는 정호의 태도에 얼마나 놀라고 가슴이 아픈지 또다시 분노가 치밀어 올랐습니다. 실로암에 돌아가도 지금 자신은 수시로 바지에 오줌을 싸기에 기저귀를 차야 하고 누군가 자신을 돌보아 주어야 한다고 말했습니다. 그렇게 해줄 수 있느냐고 횡설수설하며 반문했습니다. 정호는 비록 지체 3급 장애인이지만 사리 판단 능력과 분별력이 있고 글씨를 읽고 쓸 줄 압니다. 비록 어눌한 말투지만 전화도 곧잘 받았기에 '실로암 연못의 집'에 있는 동안 전화를 받고 우편물을 받고 사인도 해주고 팩스도 보내며 간단한 사무적인 일을 도우며 조금씩의 월급을 받으며 일을 했던 사람입니다. 그러던 사람이 불과 며칠 만에 대소변을 가리지 못하고 말을 제대로 하지 못하는 사람으로 바뀌다니요. 조금만 환경이 바뀌어도 불안해하는 장애인들을 마치 짐승처럼 갑자기 끌고 나간 기관들은 이런 사실을 알고나 있는 것일까요? 그뿐 아니고 강화에서 오신 김씨도,

"원장님, 여기서는 사람이 살 수가 없어요. 빨리 데리러 오세요."

하며 전화로 울면서 말했습니다.

아이들을 보호해야 한다고 강제로 끌고 나간 그들입니다. 도대체 누굴 누구로부터 보호하고 있는 건지 알 수가 없습니다. 이런 아이들이 정호뿐이겠어요? 모두 다 아무 기관에나 끌어다 놓고 외면하고 있을 뿐이겠지요. 밥을 주고 배만 채워준다고 해결되지 않는 그들도 감정을 가진 인간이란 것을 알고는 있는지 궁금하네요.

장애인 인권위원회에 묻고 싶습니다. 우리 장애인 가족들의 인권을 위해서 이렇게 끌고 나간 뒤 우리 가족들의 불안하고 불편한 마음을 위해 어떤 노력을 했는지요? 어떤 방법으로 그들을 안정시켰는지요? 얼마만큼의 정성으로 그들을 돌보아왔는지요? 홍천 군청과 장애인 인권위원회에 답변을 꼭 듣고 싶습니다. 그에 대한 조사도 철저하게 해주시길 바랍니다.

2015. 1. 30. 원심을 파기하고 2015. 7. 15. 판결선고를 내린다. 원심판결을 파기하고 부분 무죄를 선고받는다. 정말 감사하고 기쁘고 즐거웠다. 그러나 벌금형으로 1년 6월을 받게 된다.

교도관들은 말한다. '변호사도 없이 부분 무죄를 받았으니 놀라운 일입니다. 만약 변호사를 선임했으면 당신들이 잘해서 무죄가 나왔다고 성공

사례를 요구했을 것입니다. 왜 변호사는 원심에서 변론을 제대로 못했을까요? 원심 재판중에 변호사는 판사 기피신청을 왜 하지 않았을까요? 또 검사의 피해자 증인들을 위증죄와 허위유포로 왜 고발하지 못 했을까요? <실로암 연못의 집> 실무직원들도 고발하지 않았을까요?'

나는 한입골수恨入骨髓요. 사부전목死不瞑目과 같다. 원한이 맺혀 뼈에 사무치고 가슴에 피멍이 들어 지금 죽어도 눈을 감을 수가 없다. 지인들이 면회를 온다. 그러나 딸이 찾아오지 않으면 가슴이 미어지게 아프고 소망이 없다. 나는 교도소에서 이대로 죽을 수도 있기 때문이다. 교도관들은,

"한승주 씨, 면회가 많네요?"

함께 면회 간 깡패들은 나를 보고 인사를 한다.

"형님, 안녕하셨습니까?"

마치 깡패 두목이 된 것 같았다. 많은 수용자에게 먹을 것을 보내 주고 배고픈 자들을 돌아본다. 교도관들은,

"한승주 씨, 마음대로 음식 돌리면 안 돼요. 경고요."

나는 신경안정제와 우울증약을 복용하고 있었다. 이 약은 교도소 안에서 처방받은 것이 아니고 아산병원에서 들어온 약이다. 옆에 있는 사람이,

"한 회장님, 약 하나만 줘요."
"이게 무슨 약인지나 알고 달라고 해."

옆에 있던 나 씨는,

"빵쟁이는 약 색깔과 모양만 봐도 무슨 약인지 금방 알아. 괜히 빵쟁이인 줄 알아?"

그들은 정신과 의사보다 약의 성분을 더 잘 알고 있다. 진통제와 정신과 약은 마약 성분이 들어있어 모아 두어 한꺼번에 10알 혹은 20알을 먹고 쓰러져 잠을 자는 것이다.

밖에서 정신과 약이 들어온다. 안정제다. 옆에 있는 수용자는 달라고 요구한다. 소지(도우미)들도 요구하는 것이 많다. 장기수와 모범수들은 속옷, 영양제, 티셔츠를 나에게 사달라고 부탁하는데 나는 그들의 요구를 들어준다. 그래야 배식할 때 반찬을 넉넉히 주고 뜨거운 물도 받을 수 있다. 소지에게 왕따를 당하면 아무것도 할 수 없는 작은 방안에서 제3의 징역을 덤으로 고통당하며 살 수밖에 없고 교도관들에게도 인심을 잃고 나면 왕따를 당해 감옥에서 죽을 수도 있다.

세월이 지나가는 산봉우리는 고비마다 삶은 고달팠다. 감옥살이는 하루가 징역이라고 교도관들은 말한다. 마음에 안정은 찾았으나 아직도 이성은 찾지 못하고 남몰래 눈물이 파도를 친다. 침상은 젖어가고 있다. 나는 미결수로 3년 동안 재판에 시달렸다. 분류심사를 받는다. 3급이다. 교도관들은 미결수 방에서 기결수 방으로 전방해야 한다고 한다. 이제는 범죄자가 되어 연수를 보내며 살아야 한다.

2016. 2.경 안양교도소로 이감을 간다.

분류심사 이력서를 확인하고 가지고 있는 이불, 책 등이 본인 이름으로 등록되지 않으면 압수한다. 철저히 수색한 다음 3화 3방으로 배정됐다. 나는 어디를 가든지 입방 거부를 당한다. 수용자들이 나를 싫어한다. 왜 중증장애인이기 때문이다. 수용자들이 내 수발을 들어줘야 한다는 생각 때문에 외모만 보고 판단하고 부담을 갖는다.

3방에서는 내가 어떤 사람인지 소문이 나 있어 처음부터 입방 거부를 하지 않았다. 이화 3방은 수용자들이 하루를 넘기지 못하고 싸우고 입방 거부를 당한다.

3방에는 농아 3인, 뇌졸중 1인, 조현증 1인 총 5명이 있었다. 방은 3평이다. 내가 들어가면 6명까지 수용하고 있어야 한다. 가슴이 터질 것 같다. 다리를 펼 수도 없고 자리를 잡고 마음대로 움직일 수도 없다. 그러나 방이 작아도 살아갈 수는 있으나 사람에게 시달림을 받는 것은 살 수가 없다. 3화 3방은 유명하다.

'왜 유명하지요?' 김대수 그의 별명은 망치다. 꼴통 중의 왕 꼴통이다. 망치는 감옥에서 출소한 뒤 한 달도 안 돼서 다시 들어온다.

사회에서 적응을 못 해 또다시 교도소에 들어오지만, 교도소에서도 적응을 못 해 교도관들이요, 함께 있는 수용자들에게도 태클을 걸어 수용 생활에 지장을 줘서 요시찰 대상이다. 망치는 함께 있는 사람들의 숨소리요, 방귀 소리요, 트림이요, 머리카락이요 밤에 잘 때도 코를 골면 뼈도 못 추리게 만든다. 교도소 안에서는 장기를 두는 것이 필수인데 망치가 있는 동안에는 장기요, 간식이요, 잠도 마음대로 잘 수 없다. 물건을 구매할 때도 개인으로 구매를 못하게 한다. 오직 공동구매를 요구한다. 절제하지 못하면 함께 살아갈 수 없다. 완전히 병적 결벽증 환자이기 때문이다. 그는 전과 35범이다. 정보공개 보고서 등 수시로 요청해 교도관들이 치를 떤다. 조그마한 건수가 생겨도 검찰청에 고발한다. 그 방에만 들어가면 하룻밤을 지새우지 못하고 폭력을 일삼아 방이 깨지고 만다.

나는 머리가 길다. 갑자기 스트레스를 받아 탈모가 되어 머리를 삭발하거나 길어야 한다. 그런데 망치는,

"야, 이 새끼야 머리 잘라."

40대 김대수는 60대 나를 갈군다. 물론 교도소는 20대 젊은 청년이 80대 할아버지에게,

"야, 이 씹새끼야, 대우받으려면 왜 죄를 지었어? 여기가 사회인 줄 알아? 감옥이야 감옥. 80먹은 주제에 죄를 지었으면 똑바로 해."

화장실에 데리고 가서 20대 수용자는 80대 할아버지를 정신없이 두들겨 팬다. 그러나 고발하지 못한다. 나는 하루에 방을 6번 쓸고 닦는다. 화장실 청소는 농아 2명이 매일 비누로 청결하게 관리한다. 의료과장도 망치를 보면 고개를 절레절레 흔든다. 그는 의도적으로 괴롭히기 때문이다. 그가 독방에 있을 때였다. 바늘을 삼키고 칫솔대를 삼키고 교도관들과 싸우면서,

"야, 니네 마음대로 해."

화장실에 들어가 목에 칼을 꽂고 있다. 자칫 잘못하면 교도관도 맞아 죽을 수 있다. 김대수는 교도관들을 하도 괴롭혀 CRPT들이 발로 차고 주먹으로 치고 족쇄를 채우고 기절시킨다. 그 후, 옷을 벗겨 알몸으로 영하 20℃ 되는 날씨에 찬물을 때려 붓는다. 1분도 안 되어 몸이 꽁꽁 얼어붙는다. 머리도 눈썹도 눈꺼풀도 덜덜 떨고 있었다. 그때는 인권이고 뭐고 없다. 교도관들은 괴물로 변하여 문제의 수용자을 의자에 앉혀놓고 쇠고랑을 채우고 밥도 굶기고 쥐도 새도 모르게 죽여 버린다. 그러나 지금은 인권이 존재함으로 수용 생활을 하는데 조금은 좋아졌다.

어느 밤, 콩나물 잠을 자고 있을 때 꼴통인 김 씨가 말을 건넨다.

"나는 왜 추위를 많이 타는지 몰라."

"김 사장님, 그 증상은 징역 골병입니다. 평생 옥살이를 했는데 그 몸이 지금도 살아있으니 기적이지요."

망치는 골병이 들어 징역 후유증으로 고통을 당하는 줄도 모르고 있다. 저녁 6시 30분이면 취침 시간이다. 나는 한 손으로 그의 몸에다 멘소래담을 발라 한 시간 동안 마사지를 해준다.

교도소는 자살하는 수용자들이 많다. 목매 달아 죽는 사람이요, 고무장갑을 뒤집어써 자살하는 사람이요, 병들고 매 맞고 배고파 죽고 스트레스 받아 죽는 일이 비일비재하다. 그 중 살아 있는 사람은 정신 이상자가 되는 것이 자명한 현실이다. 어느 날 운동장에서 20대가 나에게 다가온다.

"사장님은 왜 감옥에 들어오셨어요? 무슨 죄를 지었나요? 바지사장이었나요?"

나는 마음이 우울해 누구에게도 말을 건네고 싶지 않다. 서로 소통이 잘 못되면 상처를 받게 되고 그 상처 때문에 싸움이 생기는 것이다.

2월 27일 김대수가 3년을 살고 만기 출소한다. 3방은 자유가 찾아왔다. 생기가 돈다. 신문도 보고, 장기도 두고, 야한 잡지도 본다. 교도소에서는 여성 나체 사진이 꼭 필요하다. 성욕장애가 오기 때문이다. 나는 이 방에 방장이 되었다.

살인자가 들어오고 범법자들이 들어온다. 다른 방에서는 적응을 못 해, 내가 있는 3방으로만 문제 수용자들을 들여보낸다. 덩치가 크다. 혐오감이 든다. 키는 195㎝, 허리둘레 60㎝, 머리는 삭발이요 방에 있는 수용자들은 기가 죽어있다. 그러나 나는 미리 주임님과 상의했다.

"무기수요, 살인자인데 다른 방에서는 적응 못 하고 한승주 씨가 데리고 있어야 할 것 같아요."

흔쾌히 승낙했다. 우발적 살인자는 악한 것이 아니다. 28방에서 3방으로 전방 온 수용자는 얼굴이 천사 같았다. 나는,

"홍수민 씨, 아무것도 하지 마세요. 청소, 빨래, 설거지, 이불 개기도 하지 마세요."

그는 한쪽에 누워 있다. 화장실에 가서 샤워하고 나오면 그를 보게 된다. 덩치는 황소 같지만 그의 얼굴은 시내 산에서 모세가 기도하고 내려올 때처럼 얼굴에 광채가 나고 있었다. 그러나 본인은 알 수가 없다. 날마다 죽음을 일삼는다.

"혀를 깨물고 벽에 머리를 치면 혀가 잘려 죽을 수 있습니다."

그는 나에게 원한이 사무쳐 있다고 한다. 희망이 없다. 흑암의 저승사자가 그를 재촉한다. 나는 울면서 그의 머리를 붙잡고 기도한다.

'불안과 초조, 괴로움, 고통, 죽음을 사라지게 하여 주시고 나는 너의 하나님이라. 나는 너의 여호와라. 너의 아버지라. 두려워말라. 놀라지말라. 마음을 강하게 하라. 좌우로 흔들리지 말라'

두려움과 악마의 어두움은 서서히 사라지고 그의 영육에 변화가 온다.

"내가 나가면 합의도 보고 무기를 유기로 바꾸겠습니다. 그러니 조금만 인내하십시오. 절망은 죽음의 무덤입니다. 가석방으로 나갈 수가 있습니다."

밤새도록 홍수민의 이야기를 들어준다. 그는 특수부대(HID)에서 파견되어 훈련받았다. 첩보 기밀 임무를 수행하는 부대들의 업무 연장선에서 특수전 임무를 수행하는 특임대인만큼 첩보 임무 중 특수작전을 위주로 수행한다. 북한의 언어, 북한의 문화요, 만약 북한에서 잡힐 경우 자살하는 방법도 배웠다. 즉, 기타 줄을 목에다 걸고 뒤에서 잡아당기면 그대로 죽는다. 그뿐 아니라 태권도, 유도, 합기도, 격파술, 복싱, 줄타기 등 운동을 배우며 특수교육을 받고 나면 HID로 파견된다.

그는 HID를 마치자, 국가에서 직장을 구해줬다고 한다. 홍수민 씨는 경찰로 임명받아 직무를 한다. 그는 조직폭력배, 마약 등 담당하는 강력계 형사였다. 별명은 헐크인데 전국의 폭력배들은 다 안다. 힘이 세고 운동을 잘하고 덩치도 좋고 머리도 좋다. 그의 손에 잡히는 날엔 끌어다 땅에다 처박는다. 헐크는 하루에 400~500만 원씩을 벌어들였다. 죄를 지으면서도 조금도 양심의 가책을 느끼지 못하며 여대생이요, 골프 치는 유부녀와 쾌락을 누리며 살아왔다. 나는 그의 이야기를 밤이 늦도록 들어주고 잠이 들었다. 무기수라는 그 한마디가 날마다 슬픔이요, 괴로움의 지옥 속에서 수감생활을 연장하며 절망하고 있다.

아침이 찾아온다. 갑자기 헐크에게 다른 교도소로 이송하라는 명령이 떨어진다. 우리 두 사람은 큰 충격이었다. 이별이 죽음의 무덤으로 가는 것 같았다. 그는 가면서도 3방을 바라보고 그리워한다. 만남의 인연은 매우 중요하다. 아니다. 오직 하늘의 뜻이며 섭리이다.

나는 그들을 변화시키기 위해서 열심히 노력한다. 야간에 근무하는 계장님은,

"왜 목사님이 방을 닦아요?"

나는 대답하지 않는다. 모범수로 2년이 지난 후 가족 면회를 하게 된다. 그때 누나 두 명이 음식을 해온다. 오리고기, 삼겹살, 민물장어구이, 갖가지 나물, 찰밥까지 해왔다. 목욕도 일반 수용자들보다는 자주한다. 미결수 때에는 면회오는 사람들이 하루에 한 명씩 있었다. 그러나 기결수로 확정되면서 친구요, 형제요, 지인이요, 자녀들까지 면회를 오지 않는 것이 현실이다. 나는 이 사실을 체험하면서 인정할 수밖에 없었다.

면회나 영치금이 들어오지 않으면 감옥에서 수용자들은 죽고 만다. 사

회는 인맥이 필요하고 돈이 필요하다. 물론 옥살이 하는 사람들도 똑같다. 면회를 자주 오고 영치금이 많이 들어오면은 함부로 인격모독을 당하지 않는 것이 감옥이다. 나는 모범수로 3급에서 2급으로 등급 받아 한 달에 4번씩 전화를 하고 계장들과 면담했다. 오전 10시다. 계장이,

"한승주 씨, 바빠?"

"아닙니다. 계장님."

절도있게 대답한다.

"커피 한 잔 해요?"

"계장님, 무슨 일 있습니까?"

"아니, 면담하려고."

"징역 생활하는 것이 슬픕니다. 사람을 죽여놓고 범법자가 되어 감옥살이를 한다면 그것은 당연하지만, 죄없이 감옥에 사는 것은 죽는 것보다 더 고통을 당하는 것입니다."

계장님은,

"나가면 재심하세요. 우리가 봐도 한승주 씨는 억울하다는 생각이 드는데 본인은 얼마나 힘들겠습니까? 장애인 몸으로 징역을 산다는 것이 쉬운 일은 아니지요. 그런데 한승주 씨, 왜 매일 방 청소를 하나요? 삼중고의 고통을 당하면서 다른 수용자보다 10배의 징역을 살고 있는데 그 몸으로 빨래하고 걸레 빨고 방 청소를 한다니 대단하다는 생각이 듭니다. 다른 이들은 장애라는 미명으로 감옥에서도 특별대우를 받으려고 교도관을 괴롭히고 고충 처리반에 민원을 집어넣고 인권위원회에 고발하고 있습니다."

"교도관님, 저도 미결수일 때는 죽음의 무덤으로 갔으며 저승사자와

함께 살기를 원했던 것입니다. 그래서 날마다 교도관을 괴롭히고 수용법을 준수하지 못했지요. 그러나 마음대로 되지 않는 것이 감옥이더군요. 이제는 살아야 하겠다는 사실을 깨닫고 방법을 터득했습니다. 불편한 몸이 되어 다른 사람에게 피해를 주어서는 안 되고 이 몸으로 행동하며 함께 살고 있는 수용자를 위해 탄원서를 써주고 인생상담을 해주며 배고픈 자에게 먹을 것을 나눠주고 헐벗어 춥고 떨고 있는 자를 돌아보며 모범수가 되는 것도 중요하지만 주변의 사람을 위해 모범적으로 살아야 한다는 것을 알게 되었습니다. 손수 실천하며 봉사하며 섬길 때 옥중생활은 최고의 행복을 만들어 냈습니다. 사회란? 생존 경쟁을 하며 수학적 마음을 가지고 세상을 이기는 것이 사회이지요. 세상살이가 자유롭다고 하지만 그것은 거짓이었습니다. 한 평생 살아온 길 나는 자유가 없었습니다. 행복도 없었습니다. 억 만분의 일과 싸워서 승리해야만 한 생명이 살아서 존재할 수 있습니다. 그것은 철장 없는 감옥이었지요. 다 포기하고 나니 행복이 찾아왔습니다. 이제는 우는 자들과 함께 울어주는 삶을 살다가 출소하겠습니다."

교도관은,

"한승주 씨와 같은 사람만 있다면 교도관 생활을 할 만하지요. 혹시 불편함이 있으면 말씀하세요."

"교도관님, 고창수 씨 때문에 다른 방으로 전방 갔으면 좋겠습니다."

"13방 2인실이 있는데 약간 장애를 가지고 있는 수용자가 있습니다."

"그가 누구지요?"

"김병철입니다."

"아 알아요. 착한 사람이던데…."

"네, 맞습니다."

나는 13방 2인실에 가서 일주일 동안 생활을 했다. 그는 나에게 아무것도 시키지 않는다. 청소요, 빨래요, 이불을 개는 것과 이부자리 펴는 것까지 본인이 다 하는 것이다. 그러나 알고 보니 나에게 요구하는 것이 많다. 간식이요, 이부자리요, 갖가지 생활용품을 사달라고 조른다. 그리고 정치인들에게 욕설을 퍼붓는다. 정신적으로 문제가 많다는 생각이 들었다. 나는 입이 있어도 말도 못 하고 살아있는 송장 그 자체였다. 안되겠다는 생각이 들어 담당 교도관을 만나 상담을 한다.

"다시 3방으로 가겠습니다."

3방에서는 대환영을 한다. 그 이유는 빵장 징역 뒷바라지를 넉넉히 해주었기 때문이다. 그도 출소했다. 수용자들이 나에게,

"형님으로 모시겠습니다."

어느 날 계장이,

"한승주 씨는 징역을 30년 산 사람 같아요. 적응을 잘하고 시간을 지혜롭게 보내고 징역을 죽이는 것 보면 우리 직원들은 감동한다니까요. 검방하다 보면 매일 집필을 하고, 신문을 보고, 독서를 즐기는 게 얼마나 감사한지 몰라요. 다른 방들은 싸워 깨지고 징벌방으로 쫓겨가고 문제가 심각합니다. 출소한 지 한 달도 안 되어 들어온 사람들이 3분의 1이에요."

"계장님, 농아가 한 달 만에 다시 들어왔어요."

"그 방에 있어요? 어떻게 생겼어요?"

"머리는 삭발하고 호리호리한 애 있잖아요. 2300번"

"아, 농아지요?"

"네, 맞아요. 꼴통입니다. 그런데 계장님, 마음은 착해요. 인정도 있고 저한테 얼마나 잘하는지 몰라요."

"한승주 씨가 범털이잖아. 그러니까 잘하지요. 암튼 3방만 들어가면 수용자들이 변화 받고 적응하니까 참 이상합니다. 물론 한승주 씨가 여러모로 잘하고 있는 덕분이지요."

"계장님, 부산에서 깡패 새끼가 장애인을 두들겨 패서 죽였다고 해요. 여름에는 더위를 먹어서 죽고, 겨울에는 추워서 죽고, 징벌방에 간 사람들이 샤워할 때 보면 동상에 걸려 있어 안타까워요."

"성추행은 매우 심합니다. 군대에서만 성추행이 발생하는 게 아닙니다. 교도소에서도 성추행, 성폭력, 동성애가 생기지요. 사람이 완벽하고 거룩하다고 하지만 인간들이 모이는 곳에는 성적인 문제가 발생합니다."

"계장님, 그 말씀은 무슨 말씀인지?"

"목사, 신부, 스님 그리고 무당 등 종교인들도 성폭력, 성추행하고 감옥에 들어오는 사람들이 많이 있습니다."

"아 그래요. 인간의 본능은 절제하지 않으면 짐승보다 더 못한 동물이지요."

"우리 교도관도 반은 감옥살이하고 있지요. 10년 전에 보일러실에서 교도관이 맞아 죽은 일도 있어요."

"아, 그런데 수용자들은 출소하고 한 달도 안 되어 다시 교도소로 들어오나요?"

"부모나 자식, 가족, 형제 지인들까지 외면하지요. 사회에서 사람 취급받지 못하고 인격 살인을 당하면 교도소로 돌아오지요."

"그러면 사회적으로 문제가 있네요. 저 같은 사람도 사회에 나가서 적응할 수 있을까요? 걱정됩니다."

"걱정하지 마세요. 사회에서 덕망 있고 성공한 사람은 다시 재기 할 수 있습니다."

상담이 끝나자, 나는 계장님에게 메모지를 건네준다.

<파랑새>

'억만금을 주고도 바꿀 수 없는 보물이 있다. 이 땅에 친구요 지인들이 저 하늘에 별과 같이, 저 바다의 모래알 같이 많다. 그러나 진정한 친구가 없다. 외롭고 슬프다. 혼자서 자문자답하며 한 세월 살아오면서 황무지 같은 땅에 진리의 터를 닦으면서 은혜도 있었고, 기쁨도 있었고, 감사도 있었지만 고난과 슬픔이 천지를 휘날렸다. 그러나 고난은 저주가 아니라 은혜와 축복이다. 고난이 없는 사람은 꿈을 이룰 수 없다. 꿈은 완성이 아니라 미완성이고, 과거형이 아니고 현재형이며 진행형이다. 꿈은 멀리 있지 않다. 오직 내 곁에 함께 공감하며 성취하며 에너지 속에 사는 것이 인생의 성공이다. 인간은 괴로움과 슬픔이 찾아오는 것이 당연한 일이다.

그 괴로움을 빨리 해결하려고 하지만 시간이 흐르고 때가 되면 문제가 해결되는 것이다. 괴롭다고 아무나 만나는 것은 비극이고 고통이 가중되는 것이다. 사람을 차별해서는 안 된다. 서로가 수평적 관계와 수직적 관계이다. 누가 누구를 만나느냐에 따라서 성공할 수도 있고 실패할 수도 있다. 인간이 사람을 만나지 않는다는 것은 고독한 것이다.

벨기에의 시인이자 극작가 모리스 마테를링크가 쓴 희곡『파랑새』에는 진정한 행복을 위해 파랑새를 찾아 떠나는 두 남매가 나온다.

그들은 행복을 찾아 멀리 여행길을 떠나지만, 그 어디에서도 파랑새를 찾지 못한다. 그러나 그리워하고 사모하였던 파랑새는 멀리 있지 않고 내 옆에 함께 있다는 것을 발견하게 되었다.

따라서 자신을 잃어버리는 것은, 다 잃어버리는 것이다. 돈, 명예, 권력, 부귀영화가 있다고 해도 자신이 견인불발 마음이 건강하면 이길 수 있는 에너지가 충천할 수 있으니, 그는 부자요 부족함이 없어 외로움도 고독도 없으므로 행복과 감사가 충만한 사람들이 자신을 바라보면서 행복의 씨 앗을 뿌려준다. 감사의 꽃이 피며 나눔의 미덕 속에 삶이 나를 속일지라도 슬퍼하거나 노하지 아니하고 모든 게 쓰나미처럼 밀려와도 든든한 반석 위에 있는 것이다. 인간은 돼지에게 진주를 던지고 있다. 착각 속에 소망 을 가지는 것이 사람의 본능적 근원이다.

현대사회는 보기 좋고 맛 좋은 예술적 먹방이 사람을 유혹하고 있다. 그 러나 아무리 맛이 좋고 보기 좋은 음식도 만족함이 없다. 그순간 솜사탕 처럼 음식에 속고 만다. 집에 돌아오면 물 말아서 먹는 밥이 만족이며 행 복이다.

문명문화가 발달해 성욕, 탐욕, 탐심에 만족함이 없어 인간이 AI처럼 사 는 것이 불행이다. 인간은 동물과 성격이 달라 오감이며 감정이 있어 감 사를 가지고 행복의 만족 속에 살아간다. 지금 당신은 파랑새를 찾기 위해 여행을 떠나지 말고 그 파랑새는 당신의 집에 있다는 사실을 믿고 행복의 집을 짓기 바란다.'

양 교수가 한국에 귀국했다. 딸에게 소식을 듣고 그녀의 발걸음은 땅에 닿지 않으매 어느새 옥중에 갇혀있는 나를 보고 넋이 나갔다.

"사람이 그토록 냉정하시나요? 당신의 여자가 아니란 말입니까? 당 신의 품이 그리워서 잠시도 멀리 있지 못해 함께 가자고 했던 그 한

마디, 귀를 열고 듣지 않던 당신을 어찌 이 여인이 꺾는단 말입니까? 귀국할 때까지 당신은 나를 기다리며 이 여인이 둥지를 튼 그 집에서 잠시 여유를 즐기라고 했건만 그토록 답답했단 말입니까? 당신이 있는 곳에 축복이, 당신의 마음이 내 곁에 있을 때 천국이 이루어졌습니다. 이제는 시간이 흘러 추억의 그림자마저 없고 내 곁에 당신이 입던 잠옷이요, 당신이 신던 신발이요, 그 흔적들이 나를 적시며 침상은 애원하여 그리움에 눈물의 강이 임했습니다."

나는 양 교수가 안쓰러웠지만, 간신히 달래서 면회를 마치고 돌아섰다. '당신은 누구시길래, 그토록 나를 사랑하시나요.' 나는 양지원에게 편지를 쓴다.

'고독감옥 그 자체는 아무런 자유가 없고 수용법에 준수하고 살아야 합니다. 먹을 수 없는 음식도 꼭 먹어야 하고 교도소에는 돈이 필요합니다. 돈이 없으면 죽고 옥중생활을 할 수가 없습니다. 아낌없이 영치금을 넣어주고 면회를 오고 있는 당신의 그 발걸음은 한 생명을 기르고 보호하고 있습니다. 나는 차가운 감옥 방에서 덜덜 떨고 있으며 찬물로 빨래를 손수 해야 합니다. 그대는 나를 생각하기를 '장애인이니까 도우미가 있겠지.'라고 생각하지만 감옥은 그렇지 않습니다. 인격도 도덕도 자유도 없는 곳입니다. 차가운 바람이 나를 향하여 스쳐가고 그 바람으로 인해 삭신은 꽁꽁 얼어붙어 고통이 따릅니다. 영치금이 있고 간식이 많이 들어오면 소지들이 1.5리터 페트병에 물 3병을 받아줍니다. 그것을 이불 속에 끌어안고 잠을 자면 조금은 괜찮습니다. 여름에는 수감자들이 함께 붙어 있으매 그 열기로 사람을 죽음으로 몰고 갑니다.

양 교수, 감옥이기 때문에 가슴이 아프고 온 뼈가 녹고 있습니다. 죄인이기 때문에 할 말도 못 하고 서러움은 혼자만이 삼켜야 하며 고달픈 인생을 달래가며 참아야 한다고 다짐하며 눈물로 편지를 쓰고 있습니다. 이 죄인은 견딜 수 없도록 외롭고 슬픈 마음이지만, 그래도 임이 오는 소식에 절망은 소망으로 노래하고 몸은 옥중에 있으나 마음은 그대 품에 있습니다. 지난번 면회하러 와서 영치금이요, 간식을 풍성히 넣어주어 독거방이요, 쥐털방 수용자에게 쥐도 새도 모르게 전달했습니다. 물론 우리 방에 있는 수용자도 그 덕분에 부족함이 없도록 생존하고 살아갑니다. 옥문이 열리는 그날까지 나는 임을 위해 죽지 않고 그대 품에 안길 때까지 열심히 생활하겠습니다. 그러면 몸 관리 잘하시고 내 걱정하지 마세요. 내 몸처럼 사랑하는 나의 뼈 중의 뼈요, 나의 살 중의 살인 당신이 병이 나면 어찌하겠습니까! 다시 만나는 날까지 영육이 건강하기를…'

양 교수는 일주일마다 면회를 온다. 미결 때는 하루에 한 번씩 면회가 가능하지만, 기결 때에는 한 달에 4번밖에 안 된다. 당연히 영치금도 줄어들게 된다. 이곳에 홀로 독고 생활하는 사람들은 형제요, 지인이요, 자식이요, 부모도 찾아오지 않고 집을 팔고 아내는 다른 남자와 재혼해서 외국으로 떠나든지 멀리 이사를 가 버린다.

20년 혹은 30년 형을 받은 무기수까지도 배신한다. 세월을 이기지 못하고 자연도 사람의 훈기도 사라지며 바람조차 찾아오지 않는 것이 감옥이다. 곧, 이들은 자유를 찾아 세상으로 출옥해도 집도 절도 없는 나그네 신세가 되는 것이다.

양 교수에게 편지가 왔다. 사진도 보내왔다. 개나리 드레스를 입은 독사진이요, 나와 함께 호텔에서 찍었던 야한 사진, 강릉 바닷가 백사장에서 물결치던 그 반주에 앉아 노래하던 사진 등을 보내왔다. 서적도 매달 보내고 있다. 모범수가 가정이 있는 사람이라면 하룻밤을 가족 만남의 집에서 자유롭게 고기를 굽고 밥을 지어 함께 먹는 특별한 시간이 주어진다.

나는 양 교수와 가족 만남의 시간을 가지려고 했으나, 혼인신고가 되어 있지 않아서 부부 만남은 할 수가 없다고 거절당했다. 양 교수는 여러 가지 방법을 통해서 나와 함께 하룻밤을 지새우려 했으나 그것은 불가능한 일이었다. 그는 옥중결혼이라도 해서 혼인신고를 하자고 했다. 거절했다.

"여보, 내가 나가면 얼마든지 행복하게 살아갈 수 있으며 꽃길을 걸을 것이며 우주와 만물 속에 환영받으며 살아갈 것입니다. 우리가 만나서 사랑을 속삭일 때 천지가 춤을 추었고, 들에 핀 꽃들이 나와 당신께 행복하냐고 물을 때 꽃잎은 우수수 떨어지며 꽃 세례를 받은 추억도 있었지요. 조금만 기다려 주세요."

옥중생활 1년을 남겨두고 있는 5월이었다. 세상에는 개성이 충만하고 감성이 넘치며 물결이 생동해 청산은 아름다운 꽃들로 온누리를 가득하게 한다. 날씨는 따뜻하고 어디론가 훌쩍 여행을 떠나고 싶은 봄날이다. 그때, 양 교수와 특별면회를 하게 된다. 여성 교도관이 양 교수의 알몸을 수색한다.

"옷 전체를 벗어야 하는데 자존심이나 인격모독을 갖지 마십시오. 혹시 마약을 가지고 들어올 수 있고, 들어오는 사람도 있어서 어쩔 수가 없습니다."

항문이요, 자궁이요, 소변까지 검사한 후 액세서리, 시계, 벨트 등을 보관한 다음 면회를 하게 된다. 나는 양 교수와 만나 정신없이 키스하며 3시간을 대화했다. 그녀는 나를 사랑한다. 지금이나 그때나 그토록 옥시토신이 화염충천 하고 있는지 나를 위해 목숨을 거는지도 모른다. 가석방도 받을 기회가 있다. 모범수요, 초범이요 장애인이기 때문에 형 3분의 1만 살면 가석방 대상이 되기 때문이다.

양 교수는, "2심 재판 때 수소문하여 연락을 취하지 왜 안하셨나요?"

그녀는 내 마음을 잘 알고 있으면서도 투정을 부리고 있다.

"미국에서 연수 교육을 받는 그대에게 어찌 내가 말하란 말인가."

바다의 물이 파도를 치며 강하게 밀려오고 그 물속에서 함께 살아왔지만 사면초가 하니 밀물처럼 왔다가 썰물처럼 가버린 것이 인생이다. 아무에게도 내 소식을 알리지 않았다. 그러나 양지원은 여러 차례 전화하고 나를 백방으로 수배하였으나 무소식이었다. '틀림없이 무슨 일이 생겼구나!' 걱정하면서도 그녀는 한승주를 청산의 산처럼 기대하며 믿었다.

양 교수는 내가 없으면 못살 것 같다는 말을 늘 하곤 했다. 정신없이 바쁠 텐데 시간을 쪼개서 면회를 오고 있으니 감사하다. 오늘도 그녀는 나를 찾아온다.

"자기야, 수복이 왜 그리 낡았나요? 많이 구겨져서 보기 싫습니다. 왜 수염은 깎지 않았어요? 초라해 보이시네요. 이번 가석방에 선정이 됐는지요?"

"선정은 됐는데, 27일 분류심사 할 텐데 모르지."

양 교수는,

"법적으로나 조건을 봤을 때 가석방 대상이 됩니다. 징역 산 지가 4년이 넘었는데 3분의 1을 살면 가석방은 충분합니다. 이번 사건은 내가 곁에 없었으니까 억울한 누명을 쓰고 감옥에 간 것이요. 제가 그 내용을 찾아서 보내드리겠습니다. 저한테도 있습니다."

양 교수는 방송 중재위원회에서 판결한 내용을 보내주었다.

'언론중재위원회에서 정정 보도와 피해보상을 해주고 합의를 보려고 했으나 방송국에서는 거부했다. 그 이유는 20억이라는 피해보상을 해야 하고 정정 보도해야 하는데 그것은 언론으로서는 치명적인 일이다. 재판 결과를 보고 '합의를 조정하겠습니다.'라는 방송 측의 의사임으로 방송 중재위원회는 중재하지 못하고 불성립으로 한다는 내용을 피해자에게 보낸 것이다.

정본입니다. 직인

2014. 03. 24

언론중재위원회
서울 제4중재부

조사관 최영훈 직인

언론중재위원회
서울 제4중재부
결정

사건번호 2014 서울 조 정197·198, 2014 서울 조 정199·200(병합)

청구 몇 각 정정·손해배상 청구

신청인 한승주

피신청인 1. 주식회사 에스비에스(SBS-TV)

　　　　　　서울 양천구 목동서로 161

　　　　　　대표이사 이웅모

　　　　2. 주식회사 에스비에스콘텐츠허브(인터넷 SBS)

　　　　　　대표이사 홍성철

　　　　위 1, 2의 조정대리인 장경수, 박진선

결정일 2014. 03. 24

주　　　문

이 사건 조정을 불성립으로 한다.

신청 취지

<2014 서울 조 정197·198의 건>

1. 피신청인은 [별지] 기재의 정정보도문을 SBS-TV <그것이 알고 싶다.> 프로그램에서, 진행자가 통상적인 진행 속도보다 빠르지 않게 낭독하되, 말이 진행되는 동안 [별지] 기재 정정보도문의 제목을 시청자들이 충분히 알아볼 수 있는 크기의 [별지] 기재 자막으로 계속 표시하며, 설명해 준 배경 화면은 조정 대상 보도의 자료화면으로 한다.

2. 피신청인은 신청인에게 금 20억 원을 지급한다.

<2014 서울 조 정199·200의 건>

1. 신청인은 SBS(http://www.sbs.co.kr) <그것이 알고 싶다.> 홈페이지 초기화면에 [별지] 기재의 정정보도문 제목을 [ ]안에 표시하여 48시간 동안 게재하되, 제목을 클릭하면 [별지] 기재의 정정보도문을 이어서 게재하도록 한다. 또한 48시간 게재 후에는 DB에 보관하여 검색되도록 한다.

2. 피신청인은 신청인에게 금 20억 원을 지급하라

이   유

이 사건 조정신청은 당사자 간 합의 불능 등 조정에 적합하지 않은 현저한 사유가 있으므로, 언론중재 및 피해구제 등에 관한 법률 제21조 제3항의 규정에 따라 주문과 같이 결정한다.

중재부장   중재위원   임병렬

중재위원   윤 구

중재위원   이재무

중재위원   송정훈

[별지]

가. 제목 : 「 '……' 」 관련 정정보도문

나. 본문 : 본 방송은 지난 2011년 9월 「그것이 알고 싶다.」 프로그램은 방송에서 강원도에 있는 '실로암 연못의 집' 담임목사이자 원장인 한 목사가 과거 가락시장에서 불편한 다리를 이끌고 구걸하던 '거지'였으며, 현재는 수행원을 대동하고 다닐 정도가 되었고, 수급비와 후원을 받아 이를 노래방이나 안마시술소에서 사용하는 등 유흥비로 탕진했으며,

1급 지체장애인 서 모 씨를 제대로 돌보지 않고 방치하면서도 후원금을 받기 위해 서 씨와 기타 중증 환자들을 이용하는 한편, 서 모 씨 명의로 신용카드를 발급받아 9천여만 원의 카드 빚을 남겼다고 보도한 바 있습니다. 또한 한 목사가 장애인을 입소시키는 대가로 5천만 원의 돈을 요구했고, 입소 장애인의 말을 빌려 한 목사가 운영하는 시설에 석연치 않은 사망사건이 있는 것처럼 보도했으며, 한 목사가 상당한 부채를 지는 등 시설을 운영할 재정적 능력이 없고, 매달 수천만 원의 후원금을 받고 있으며, 중증환자인 서 모 씨를 제대로 돌보지 않았고, 몸을 움직이지 못하는 다른 환자들을 구타했으며, 정식 목사로 등록되거나 졸업했다고 주장하는 대학교를 실제로는 나온 사실이 없다는 등의 내용을 보도한 바 있습니다.

그러나 사실 확인 결과, 과거 한 목사는 가락시장에서 구걸한 것이 아니라 물건을 판매했던 것으로 '거지'가 아니었으며, 별도의 수행원을 둔 바 없고, 수급비를 받아 난잡한 생활을 한 사실도 없으며, 1급 중증장애인인 서 모 씨를 방치한 바 없고 최선을 다해 돌보았으며, 서 모 씨의 동의하에 신용카드를 만들어 사용한 것이고 카드 대금 역시 9천만 원이 아닌 2천4백만 원인 것으로 확인돼 이를 바로잡습니다. 또한 환자들을 빌미로 후원금을 받아내려 한 바 없고, 입소 대가로 5천만 원을 요구한 사실도 없으며, 시설에서 사망한 환자들은 모두 중환자들로 보호자 입회하에 사인死因을 확인했고, 시설을 운영할 재정적 능력도 있으며, 매달 3천만원 가량의 후원금이 시설로 들어온다는 보도 역시 사실이 아님이 밝혀져 이를 바로잡습니다. 한편, 중환자인 서 모 씨를 방치하거나 다른 환자들을 구타한 사실이 없으며, 신학대학을 졸업하고 선교사 자격증을 취득한 사실이 있는 것으로 확인돼 이를 바로잡습니다.

이 보도는 언론중재위원회의 조정에 따른 것입니다.

P.S. 방송 중지위원회에서 보내온 내용은 사실임을 증명함.

양 교수는,

"변호사가 누구예요? 1심에서는 변동이 전혀 없었습니다. 변호사가 재판장의 마음을 충분히 인지하지 못했습니다. 그리고 2심에서는 자기 혼자 외롭게 재판했는데 부분 유죄가 나왔다는 것은 이해되지 않습니다."

양 교수는 한 달 만에 면회를 왔다. 그녀의 얼굴은 시들어져 있다. 웃는 모습을 봐도 소리가 들리지 않는다. 항상 바람처럼 자유롭고 깃털처럼 가벼운 그녀의 모습은 큰 산이 무너지는 것 같은 느낌을 받고 있다.

"자기야, 요즘에 몸이 안 좋아 병원에 입원해야 해요."
"어쩐지 몸이 좋아 보이지 않는군, 얼굴이 형편없어."

감옥에 있는 나에게 근심 있을까 봐 그녀는 병을 비밀로 하였다. 그녀의 몸속 가장 깊은 곳까지 병입고황病入膏肓이 된 것 같은 느낌이다. 삼추지사三秋之思요, 하루가 천년 같은 그리움에 몸부림을 치고 있다. 그녀는 암 4기로 항암제를 맞으며 생명을 유지하고 있다. 힘도 없는 암 환자가 나에게 편지를 보낸다.

'그동안 골수에 사무쳐 답답해 견딜 수가 없는 고통이 요동쳤지만, 옥중에서 울고 살이 피가 되도록 녹는 그대의 모습을 어찌 내가 말할 수가 있겠습니까? 이 여인은 따뜻한 방안에서 당신을 생각하지만, 당신은 차가운 바닥에서 참새 다리처럼 연약하고 삭신이 냉골이 되어 살아가는데 당신께 표현을 할 수가 없었습니다. 당신을 뵌 지가 3개월이 지났습니다. 이 여인은 당신이 두고 간 속옷을 보면서 내 남자의 향기에 조금이나마 위로받고 있습니다. 인내하시고 기다리세요.

봄이 되면 나비처럼 그대 곁에 사뿐히 날아가리라. 사랑합니다. 당신
의 여자가'

안양교도소의 감방 생활은 같은 상에서 뒹굴고, 밥을 먹고, 같은 자리에
자면서 형제요 자식처럼 한줄기 같으나 속으로는 각각 다른 생각을 하고
마음에 검을 차고 있다. 아주 가까운 사이인 것 같지만 서로 다른 꿈을 꾸
고 있는 동상이몽同床異夢이다.

그러나 두 사람이 한 몸이 되어 같은 피가 흐르고 있다. 마음도 하나가
되어 둥글게 뭉쳐져 있고 둘이 헤어지면 슬퍼서 울고 있다. 그래도 행복하
다고 하는 삶을 살고 있다. '이것이 동상동몽同床同夢 아닌가!' 이러한 실낱
같은 희망이 있어야 살아간다.

방 안에 있는 동료들은 편지를 보고 울며 슬퍼한다. 같은 처지에서 살고
있기 때문이다. 누가 누구를 정죄하리오. 누가 누구를 판단하리오.

"목사님, 사모님에게 무슨 일이 있어요? 면회를 자주 오셔서 간식도
넣어주고 그랬는데 무슨 일이 있나 봐요?"

"암 4기래."

"설마."

그녀에게 온 편지를 보자고 한다. 같은 방 사람끼리는 편지도 함께 보
고 은혜를 나누는 것이다.

"너무 안 됐습니다. 걱정하지 마세요. 함께 기도합시다."

나는 그녀에게 편지를 쓴다.

'하늘은 푸르고 조각구름이 뭉게뭉게 피어 있고 햇빛은 강하고 눈부

시며 생명들에게 양식을 공급하니, 생동하는 바람은 자유롭게 가고 오며 산들산들 춤을 추는 복수초 꽃이요. 인생의 힘듦을 이겨내고 나를 만나려고 왔던가요?

그날이 올 것을 고대하고 동백꽃 피는 빨간 드레스를 입고 왔었노라. 노란 개나리꽃 드레스를 입고 그대는 나에게 미소를 지었어라. 지금의 고난은 감히 누구도 비교할 수 있겠습니까? 생명을 연장하기에 항암제 주사를 맞으며 고통받는 당신이 내 머릿속에 맴돌고 복수초 피는 흑암에도 그대 생각에 잠을 잘 수 없소. 내 눈은 사슴 눈처럼 총총 빛나고 임이 오는 봄날을 고대하며 시간을 보내고 있습니다. 깊은 골수마다 고통에 혈관이 봄이 되어 흐르는 것 같지만, 그 아픔은 행동으로 느낄 수 없는 죽음입니다. 그러나 잠잤던 만물이 그 자리에 다시 움이 트고 있을 때 그 나무는 부활하여 나비요, 벌이요 숲속의 잠을 잤던 동물들도 깨어 일어나 당신과 나를 찾아오겠지요. 사랑의 꿀벌은 식물의 속 사정을 알고 있듯이 열매를 맺게 하여 주신 것은 나눔이 있어서 그 사랑은 온 인류로 다시 오리라. 천년은 알몸으로 덜덜 떨고 있을 때 옷을 입히고 산천은 그 이름 연명하였노라. 그러니 실망하지 마세요. 그 증거는 봄이 온다는 자연의 섭리입니다. 우리 집 정원사는 사철나무가 돌아갔노라. 주인을 찾아 외쳤지만, 당신과 나는 그냥 두시오. 버리면 그 자리가 흉악하니 봄이 오면 그때 다른 나무로 분갈이 하겠노라.

포기했던 정원사는 당신과 나의 말에 대꾸하지 않고 무시해 버리고 기분 나빴노라. 당신들이여! 그대들이 정원을 가꾸는 것이 아니고, 이 정원사가 넓은 정원을 관리하고 있는데 신뢰를 못 한다고 방황하여 길이 없는 곳을 향해 그가 떠났지만, 그날이 오니 죽은 나무는 새 옷으로 갈아입고 그대와 나를 반갑게 맞으며 빙그레 웃고 있었지요. 인간은 누구나 착각 속에 살지요. 우리는 실망하지 맙시다. 짧은 시간에 사랑의 세레나데는 이별을 혹독하게 아픔을 주었습니다. 분명코 우리는 다시 그날이 올 것입니다.

나의 임이여!

내게 입 맞추기를 원하니 내 사랑이 혈관에 흘러 넘치고 있음에 육체와 마음이 혼연일체 하였고 임의 향기에 취해서 충만함을 감당하지 못했노라. 네 기름이 향기로워 아름답고 네 이름이 쏟는 향기를 갔음으로 당신을 사랑하는 마음은 꽃잎이 되어 바람에 날려 임이 있는 곳에 앉아 그대를 기쁘게 할 수 있노라. 그러나 어찌 이 몸은 한 걸음도 움직이지 못하고 그리워하다 밤이 오는구나.

당신은 나를 늘 좋은 길로 인도하였노라. 나는 당신을 따라 달려가며 그 물결치는 환경속에 우리 둘은 세상에 혼자만이 살고 있다고 외쳤노라. 세상 사람들이여, 왜 내 남자를 보고 돌을 던지고 있는가! 당신은 죽은 낙지발처럼 흐물거려도 그 아름다움이 장막 속 어머니 갔었어라. 그대가 입고 나에게 다가온 옷차림은 눈부시게 우아하고 설레었노라. 내가 햇볕에 쬐어서 거무스름할지라도 사랑스러운 포근한 어머니요, 그 품 안에 나는 아기였어라.

'와인 한잔 드세요' 하며 내게 다가와 입맞춤을 해주던 그대는 그리움에 취해버렸습니다. 목숨보다 소중한 그 사람 사랑의 꽃이 바람에 휘날려 나를 덮는구나. 표독한 겨울바람이 불어오지만, 우리 두 사람에게 시원한 바람이 불어오매 인연이 좋았노라.

내 마음으로 사랑하는 그대여!

내가 하는 일들이 아름답고 존귀하다고 기를 세워주고 삭막한 황무지 같은 내 마음을 푸른 초장으로 만들어 주었던 나의 임이여 어찌 그 얼굴을 내 마음에서 가릴 수가 있단 말입니까? 발자취를 따라 나를 부르던 진돌이가 꼬리를 치고 애타게 나를 부르고 있었지만, 진돗개가 애타지 아니해도 '야, 이 놈' 나는 당신의 발자국 소리만 듣고도 알았노라고 쉬쉬하였던 그 시절 내 뺨에 다가와 사랑한다고 말하던 당신은 꽁꽁 얼어붙은 마음이 봄의 흐르는 물소리였습니다.

사랑하는 어여쁜 여인이여 그대는 침상에서 나를 위해 태어났다고 말했죠. 어여쁜 여인은 비둘기 같은 눈동자였구나.

화려한 샤론의 꽃 피어 골짜기의 송사리들 반기고 있었노라. 목소리만 듣고도 천지는 꽃이 피고 그 밤에도 우리 두 사람은 화창한 날이었습니다. 나의 꿀송이 같은 여인이여 나의 친구 같은 여인이여 어찌 이별을 생각할 수 있을까요? 항상 내 곁에서 밤에 이슬이 내려 부족함이 없었습니다. 일어나라 함께 걸어갑시다. 두려워 마십시오. 하나님은 우리 두 사람을 갈라놓지 않을 것입니다. 잘 견뎌주어서 고맙소. 행복합니다. 나 그대가 있기 때문입니다. 그러면 다음에 소식을 기다리면서 좋은 희망의 연주하는 소리를 또다시 듣겠습니다.'

출소일 6개월을 남겨 놓고 내 사랑하는 여자가 면회를 왔다고 한다.

"한승주 씨, 면회요."

나는 교도관의 인도에 따라 면회실까지 가게 된다. 15호실. 내 예감이 어찌 잘 맞았는지 그녀가 면회를 온 것이다. 그녀의 모습은 살가죽과 뼈가 맞붙을 정도로 피골이 상접했다.

'어여쁜 내 여인이여, 온 세상 다 가진자여, 마음이 아름답고 피부 색깔

은 오색 빛이 아니라 억만 가지의 색깔을 가졌노라.'

그러나 그녀의 얼굴은 찾아볼 수가 없다. 마치 무덤속에 파묻혀 뼈만 남아 있으니 절제할 수 없어 그녀 앞에서 눈물을 보이고 만다.

'이 추한 모습은 서로가 보여주지 않기 위해서 얼마나 노력했던가!' 그러나 연약한 인간의 마음인가 보다.

"양 교수, 몸이 왜 그래요?"

휠체어를 타고 있는 양지원은 그 옛날의 모습을 찾아볼 수가 없었다.

"승주 씨, 별일 없지요?"
"그럼, 잘 있지."

'잘 있기는 무슨 말인가! 그러나 환골탈태換骨奪胎해야지. 그래야 오색 빛 찬란한 눈부신 봄이 되어 당신 곁으로 가리라' 연신 되새김질하고 있다.

사람은 떡으로만 사는 것이 아니라 색깔을 먹고 사는지도 모른다. 그래서 오늘의 희망이 내일의 꿈을 수단으로 얻어 살고 있다. 그녀는 자신을 걱정하지 않고 감옥에 있는 이 남자를 걱정한다.

"자기야, 걱정하지 마. 나는 잘 살고 있잖아. 자유가 있어 날개 치며 날 수도 있고 황홀한 생명의 존재 속에서 색깔에 묻혀 사는 사람이잖아. 자기야, 출소하려면 몇 개월 남았지요?"
"한 6개월 남았지."

출소하기를 기다리는 그녀의 정신 속에는 출옥하는 철문이 애타게 열리기만을 바라는 마음이다. 그녀는 백마를 타고 신랑을 구출하려고 고삐를 당기면서 일곱 가지 색깔을 내며 머리카락이요, 입고 있는 옷은 팔랑이는 바람에 휘날리고 있다.

'이리얏, 어서 가자.'

일분 일초를 다투는 모습은 짙은 안개 속으로 사라진다. 교도관은 갑자기 쓰러진 나를 보면서,

"한승주 씨, 왜 그러세요?"

그 순간 기절을 하고 있을 때였다. 양지원의 모습이 천사로 변하여 하늘로 승천한 모습을 본 것이다. 그녀가 돌아간 지 5분도 안 됐을 때였다. 잠에서 깨어난 내 모습은 의료과 베드에 누워 있었다.

과장님께서,

"괜찮으세요?"

나는 방으로 들어왔다. 밥은 먹을 수가 없어 죽을 먹는다. 그러나 벌레를 씹는 듯한 고통과 아픔이 요동친다. 점호 시간이다. 흩어졌던 몸과 마음을 바로잡고 정신 통일하고 수복을 단정하게 입고 줄을 맞춰 앉아 있다.

계장님은,

"한승주 씨, 이제 괜찮아요?"

"네, 괜찮습니다."

목소리는 부드럽고 길게 굴리면서 대답한다. 배식이 들어온다. 식사를 한다.

'죽어서는 안 돼. 살아야 해. 살아서 나가야 한다.' 음식을 투정하지 않고 잘 먹는다. 나는 수용자들의 모습을 보면서, '얼마나 살려고 반찬이 없는 꿀꿀이 밥을 먹는가'

측은하다. 나는 속으로 생각하고 있다. '내 밥까지 드세요' 저녁 6시 30분경 교도관이 편지를 모아 수복을 입은 자들을 향해 철문 사이로 던져준

다. 양지원 씨가 면회를 왔다가 편지를 썼나 보다.

'자기야~

나의 운명도 숙명도 아닌 천지 섭리의 인연이 되므로 그 사랑이 미완성이니 이 여인의 마음과 자기의 마음이 불꽃 튀는 그 속에서도 재가 되지 않고 진주가 되고 있으니 얼마나 감격하고 충만한가요! 연애수지정戀愛壽之情 사무치는 그리움이 강물이 되어 흐르고 있습니다. 그러나 양지원은 영원한 이별을 할 수가 없습니다. 자필로 쓸 수가 없어 간호사에게 도와 달라고 부탁했습니다. 심수봉 씨가 불렀던 가사 두 곡이 생각납니다. 또박또박 자필로 그림을 그려 당신께 전해줬으면 더욱 살아서 움직일텐데… 이 가사와 연애수지정의 말을 가슴에 새기기를 바라며 그 시간과 때를 생각하면서 묵상하시길 빕니다.'

<1부> 비나리

'큐피드 화살이 가슴을 뚫고 사랑이 시작된 날 또다시 운명의 페이지는 넘어가네! 나 당신 사랑해도 될까요? 말도 못 하고 한없이 애타는 나의 눈짓들 세상이 온통 그대 하나로 변해 버렸어. 우리 사랑 연습도 없이 벌써 무대로 올려졌네. 생각하면 덧없는 꿈일지도 몰라 꿈일지도 몰라 하늘이여 저 사랑 언제 또 갈라놓을거요. 하늘이여 간절한 이 소망 또 외면할거요? 예기치 못했던 운명의 그 시간 당신을 만나던 날 드러난 내 상처 어느새 싸매졌네. 나만을 사랑하면 안 될까요? 마음만 달아올라 오늘도 애타는 나의 몸짓들 따사로운 그대 눈빛 따라 도는 해바라기처럼 사랑이란 작은 배 하나 이미 바다로 띄워졌네.
생각하면 허무한 꿈일지도 몰라 꿈일지도 몰라 하늘이여 이 사람 다
시 또 눈물이면 안 돼요. 하늘이여 저 사람 영원히 사랑하게 해줘요.
아 사랑하게 해 줘요.
다시 오는 그날까지 힘들고 어려운 옥중 살이지만 당신곁에 이 여자
가 있습니다. 안녕 8월. 여름날에 이 가사를 묵상하는 당신을 생각하
면서… 양지원 드림'

감옥 안에 있는 사람들은 늘 검은 구름 속에 숨어있는 햇빛이 살짝 비추
다 또다시 금방이라도 터질 것 같은 소낙비에 서로의 눈치 속에 살아가고
있다. 돌아가면서 이 편지를 읽어보고 다들 날벼락이 쏟아지는 빗속에 자
기 몸을 피하려고 오늘도 위로하고 있다.

그녀가 풍성하게 넣어줬던 사식은 목이 메어 먹을 수가 없다. 빨리 병마
에서 치료받아 사진 속에 있는 그 여인처럼 다시 회복하기를 고대하고 있
다. 나는 오늘 옥중에서 그녀에게 편지를 쓴다.

'소중한 나의 사랑 나의 여인이여
심수봉의 백만 송이 장미보다 더 화려한 사랑을 했었지요. 이 남자와
그대가 함께 있으면 구경꾼의 대상이 되어 부정하다 고개를 갸웃거
리며 비웃던 사람들, 의식하지 않고 불타던 진주 속의 그 사랑 온 인
류를 뜨겁게 달궈 버렸습니다.
그 사랑은 에로스요, 필레오요, 아가페적 사랑도 아니요. 온 세상 한
여인이었습니다. 그러나 심수봉이 불렀던 그날의 추억을 생각하니,
상처가 덧나 울고 아픔이 절실히 혈관을 타고 요동치고 있습니다. 그

사람을 잡아먹는 악마들 409

때 그날은 추억속에 묻혀 그림 한 폭이요. 또다시 연애수지정한 마음으로 혼을 담아 보냅니다. 우리가 처음에 만났을 때는 그냥 스치며 지나가는 바람인 줄 알았습니다. 그러나 이 영혼이 당신 곁에서 백만송이 꽃이 되어 활짝 핀 얼굴로 뜨겁게 사랑하게 될 줄은 몰랐습니다. 그대는 누구신가요?

작은 연못에 물고기 한 마리 살 수 있도록 만들어 주고 간 당신, 그리움에 사무쳐 앉으나 서나 끊임없이 솟아나는 마음이 나를 울렸던 어둠 속 캄캄한 밤이었으나 하늘의 별빛은 소망을 주었습니다.

'임이여. 임이여. 섭섭함이 몸부림을 치고 있는 나의 삭신을 알고 있나요?'

온 정신과 영혼이 당신을 그리워하며 내 살을 삼키는 아픔의 핏방울이 온 세상을 빨갛게 물들여 가고 있습니다. 그러나 당신이 사랑하는 그 영혼은 제가 되지 않고 영롱한 진주처럼 빛이 되고 있습니다. 그리고 이 생명 다하도록 뜨거운 마음속 불꽃을 피우고 있습니다. 당신을 괴롭히는 암 덩어리는 불꽃 튀는 그 사랑으로 저 태평양 바다로 띄워 보내고 그대와 나는 다시 환히 빛나는 삶의 행복이 분명코 찾아올 것입니다.

우리의 인생 가을이었어라. 겨울이었어라. 봄이 다시 올 것을 고대하며 나는 시간을 헤치며 살아가고 있습니다. 보내주신 서신을 읽다가 슬퍼서 울었지요. 옥중에 살아있는 사람들도 함께 요동치며 소리를 쳤지요. 간식은 먹고 넘쳐서 어려운 독거노인들에게도 쥐도 새도 모르게 생명의 떡과 음료수를 주었지요. 시들어져 가고 있는 직전이었지만 그 사랑이 살아서 활짝 핀 여름꽃이었습니다. 물망초가 생각납니다. 꽃의 의미는 나를 잊지 마세요. 여름에는 여러 가지 꽃들이 만발하지만, 60가지 종류의 식물이 뜨거운 가뭄에도 일사병에 시들어 죽지 않고 살 수 있는 것은 아침, 저녁으로 이슬을 먹고 생명이 생존하지요. 우리 얼마 남지 않았으니 그날을 고대하리라. 그리고 병마 속에서 꼭 승리하는 내 사랑이 되기를 기도합니다.'

<영원히 이별을 하였노라>

스치고 지나왔던 여름은 자취를 감추고 개성에 따라 꽃이 떨어지며 열매를 맺는가 싶더니, 10월 황금으로 옷을 갈아 입고 있는 절기에 그녀가 사망했다는 소식이 들려온다. 나는 정신을 잃으면 안 된다는 생각에 불구의 몸을 불사르며 고충 처리반에 상담을 요청했다. 아내가 사망했으니 외출을 허용해 달라고 호소했다.

"네, 안 됐습니다. 아내가 사망했으니 외출이 가능하지요. 한승주 씨는 S2 모범수입니다. 외출이 가능합니다." 그러나 한참 조회하더니, "양지원 씨는 법적으로 혼인신고가 되어 있지 않고 동거인이기 때문에 수용법으로는 불가능합니다."

나는 소리를 쳤다. 사실혼임을 인정해 달라는 애달픔은 들어주지 않았다. 모범수인데도 가석방 대상이 될 수가 없고 특별 외출도 할 수가 없다는 것이다. 영원히 사랑하는 사람에게 작별의 인사 한마디 남기지 못하고 양지원 씨는 하늘나라로 승천한 것이다. 시간이 가고 30일 밤이 온다. 야속하다. 잠을 이루지 못하고 있다. 누군가가 시비를 걸면 사고 쳐서 징벌받고 추가로 다시 몇 개월을 연장 징역 살면 된다. 그러나 절제하자. 감옥에서는 죽을 수도 없고 송장이 되어 고깃덩어리인 채 세상으로 나갈 수는 없다.

2019년 12월 찬 바람만 무정하게 불어온다. 그때, LH 전세자금이 선정됐다. 그러나 자부담이 5%인데 400만 원이 없어 절망이요, 포기요, 살아야 할 가치가 없었다. 월가 부동산을 찾았다. 옛날에 살던 고장이라 이 지역에서는 나를 모르는 사람이 없다.

부동산 사장님은,

"3,000만 원에 50만 원 월세가 있습니다."

나는 방을 보러 갔다. 엘리베이터가 있는지, 복도에 휠체어를 세워둘 공간이 있는지, 출입문에 턱이 없는지 자세히 살펴보았다. 전동휠체어를 타고 갔기 때문에 방 안은 살필 수가 없었다. 대충 평수만 알고 계약하자고 약속하였다. 5%면 150만 원이 있어야 한다. 하남시에 있는 지인이 100만 원을 도와준다. 자비 50만 원은 있었다.

2020년 2월 15일 오앤하우스 임대 주인을 부동산에서 만나 계약한다. 노 선배도 동참하였다. LH 법무사요, 임대인이요, 월가 부동산 사장님이요 총 5명이 모였다. LH에서 도배, 이사비용, 부동산 소개비 등은 지급한다고 한다. 그러나 '월세 3개월 치 150만 원을 선지급해야 계약이 됩니다.'라는 뜻밖의 이야기를 듣게 된다. 내 몸은 고질병으로 인해 온몸이 쑤시고 있다.

나의 인생은 사면초가 되어 사회에서는 살 수가 없다. 옥중에서 사는 것이 더욱 편하고 안정이 된다. 사회는 돈이 필요하고 인맥이 필요하고 지인들과의 소통이 중요하다는 것을 깨닫게 된다.

나는 노숙 생활을 하려고 LH 전세를 포기하였다. 어디서 돈이 나올 구멍이 없다. '땅을 파야 된다는 말인가!' 파도 팔 수도 없고 1년이고 2년이고 판다고 해도 물 한 방울 나오지 않는다.

그때 노선배는,

"내가 150만 원 해줄께."

"아니 무슨 말씀입니까? 주변인들도 외면해 버리는데 형님이 무슨 돈이 있습니까?"

"아니야, 내가 줄께 계약해."

우리 두 사람의 이야기를 듣고 형편이 어렵다는 인지를 하고 집주인은 계약을 거부한다. LH 법무사 팀은, "월세를 3개월 밀리면 전세대출, 임대주택, 영구임대 등 아무 혜택도 받을 수 없습니다."

나는 과거의 이야기를 안 할 수가 없다.

"아주머니, 저도 빌딩을 가지고 있었습니다. 누군가가 집에 못만 박아도 창자가 뒤틀리는 고통이 왔습니다. 집을 가지고 있는 사람은 집에 대한 애착이 강합니다."

독사진을 보여줬다. 하얀 백색의 차이나칼라 정장을 입고 있는 모습이었다.

"제 별명은 앙드레 김이었습니다. 이런 옷이 아니면 입지도 않았습니다. 단 한 번도 사무실 월세를 밀려본 적도 없었습니다."

4명은 듣고 나더니 감동한다. '승주야, 실망하지 말자' 실망은 패망하는 것이요, 넘어짐의 앞잡이요, 지구가 멈춰버리는 것이다. 사람은 누구나 자기만 알고 상대를 모르기 때문에 무시하거나 상처를 준다. 이런 이론을 잘 알고 있어 상대성 원리를 가지고 충분하게 설득과 이해를 시키면 반응이 나타나는 것이다.

3월 6일 계약이 성사됐다. 나는 몸뚱어리만 살아있다. 빈곤 속의 소낙비가 내리고 있다. 주거생활을 하기 위해서는 생활의 도구가 필요하다. 냉장고, 세탁기, 에어컨, 침대, 청소기, 주방기구 등 필수요건이다. 그러나 수저 젓가락도 없다. 아는 사람만 1만5천 명 지인들이 있다. 그들은 내가 하는 일에 동참하고 '영차 영차 힘내세요. 원장님, 할렐루야 아저씨 아멘입니다. 힘내세요.' 행복의 품에서 살아오던 그날의 추억이 내 가슴을 치고 있다.

그러나 이 빈곤한 모습을 지인들에게 알리고 싶지 않았다. 그 이유는 과거에 화려하게 살았고 빈틈이 없는 사람으로서 좋은 집에서 부유하게 살았기 때문이다. 그러나 지금은 수급자요 가진 것이 없다. 그런데도 지인들과 사람들은 나를 보고 몇 백억을 가지고 있다고 오해를 하고 있다. 나는 지금이나 옛날이나 유형재산은 없으나 무형재산으로 만만의 벚꽃이 활짝 피워 무서운 가뭄에도 물이 흐르고 있다. '부정하다 친구들이여, 부정하다 사람들이여, 착각은 자유겠지' 형제도 가족도 자식도 넘쳐난다. 그러나 아무도 없다. 혈혈단신孑孑單身으로 살아야 한다.

교도소에서 출소하여 갈 곳이 없다고 누군가에게 손을 내밀자니 나는 비위에 맞지 않는다. 넉살맞은 사람도 아니다. 오직 자존심 하나로 살아가는 것이 한승주이다. 나에게 누가 태클을 건다면 죽일 수도 있다. 이 세상 누구도 말이다. 나는 덕망을 세워가며 빌딩을 세웠던 인심 좋은 작은 자다. 그러나 목사요, 박사요, 공무원이요, 의사요, 판사요, 교수요 도원결의桃園結義를 맺은 형제도 입술을 삐죽이고 나를 보고 죽으라고 하였다. 죄는 미워도 사람은 미워하지 말라.

나는 영하 20℃ 매서운 추위보다 더 냉혹한 인생 겨울을 맞는다. 이 한 사람 입은 얼어붙는다. 눈썹이 얼고 머리가 얼고 온몸이 꽁꽁 얼어 맥박이 끊어지기 직전이다. 천지도 인간을 차별하는 것인지 '오 하나님이여 어찌 당신은 공평하지 않습니까? 만물이 역동하는 봄이 오고 있는데 매서운 인

생 겨울은 멈추어 섰습니다.'

꽃은 종류만 해도 지구상에 4만여 종 이상이 되며 어디에서든 분포하고 있다. 천지 만물 자연은 향기를 내고 여러 종류의 벌레들은 봄이 왔다고 새 옷으로 갈아입고 2만 종의 나비들은 짝짓기를 위해 시각과 후각을 이용한다. 이 사람은 아직도 인생의 겨울에서 멈춰 있다. '나는 이 자리에서 죽어가고 있단 말인가.' 그러나 지진 속에 무너진 땅에도 꽃은 피듯이 나의 인생을 위한 불기둥이요 양식을 가지고 와 새 길을 열고 있다. 이렇게 둥지를 틀 수 있는 인생의 중심에 기둥이 되어 주는 사람들이 있다.

LH 공무원이요, 주민센터 복지 담당 최 계장님(여)이 있다. 이들의 생명수가 나를 살렸다고 외치고 싶다. LH 주거문제 때문에 전화를 건다.

"여보세요, 전세자금을 받았는데 자부담이 없어요. 돈이 없단 말이에요. 20년 전에 닳고 닳았던 누더기 옷 한 벌밖에 없어요. 아니요. 알몸뿐입니다. 죽고 싶어요. 감옥에서 이제 나왔거든요."

LH 직원은,

"선생님, 왜 죽어요? 우리 한국의 복지제도가 얼마나 잘 되어 있는지 몰라요. 주거비도 신청하세요. 수급자도 신청하세요. 활동지원사도 신청하세요. 죽는다는 생각은 조금도 갖지 마세요. 충분히 선생님은 불구의 몸을 이끌고 지금까지 살아왔다면서요? 옥중에서 고통당하는 그때를 생각하면 못 할 일들이 어디 있겠어요. 긴급자금도 신청하세요. 선생님은 지혜롭고 총명하여 목소리가 상대를 감동하게 할 수 있는 능력이 있습니다. 여기저기 두들겨 보세요. 구하세요. 할 수 있을 것입니다. 대인기피증은 자신을 파괴하며 절망과 좌절 속에 살아가게 하지요. 하늘의 별처럼 바다의 모래알처럼 사람들이 많지만 선생님을 죄인으로 보지 않습니다. 과거에 열심히 살지 않았습니까? 선생님은 작가잖아요. 장애를 가졌다고 누가 선생님께 외치던가요? 그것은 옛날 50년 전 이야기입니다. 선생님은 살아갈 수 있습니다. 영구임대, 국민임대, 전세임대를 신청하세요. 생각이 바뀌면 길이 보입니다."

2시간 동안 LH 여직원은 인생을 포기하고 자살하려고 하던 나를 설득해 암흑의 원수는 사라지고 광명의 빛이 비치었다. 대인기피증, 정신적 고통 등 누가 나를 도울 자 한 사람도 없다. 나 홀로 황무지에 눈만 뜨고 모래 속에 묻혀 있다. 구제할 자는 나그네도, 하늘도, 구름도 없다. 오직 불사신이요 불요불급 불사조다. 자신을 개척해 가며 인생의 긴 터널을 지나야 한다. 조금은 에너지가 생긴다.

나쁜 판·검사, 고위공무원이 있다. 사기를 치고 사람을 죽이고 예의도 없고 덕망도 없는 공무원들은 탐욕, 탐심, 시기, 질투가 요동치고 있다. 그러나 좋은 공무원이 있다. 그래서 나는 다시 일어나 길을 향해 나아갈 수 있다. 말 한마디에 부자가 되어 길을 내어 가리라. 일단은 노숙 생활에서 아침 이슬을 먹으며 살고 비바람을 등지고 살아야 하는 고통은 벗어났다. 우선 둥지를 강동구 둔촌동에 틀었다.

3월 6일 이사를 했다.

"형님(노 선배), 오늘 이사합니다."

형님은 두말하지 않고 고양시에서 마을버스를 타고 전철로 갈아타 종로에 내려 5호선으로 환승을 한다. 1시간 30분에서 2시간 가까이 걸린다. 이사를 도와준다. 이것저것 챙겨주며 신발마저 없는 한 원장의 마음이 짠하기만 한 것일까! 신발 한 켤레를 사다가 신겨준다. 입구에 여러 사람이

이삿짐을 옮기기 위해 분주하다. 그때,

"한 원장, 방이 너무 작은데 어떻게 사나?"

그 후에 한마디 말도 없이 정신없이 쏟아져 지나가는 서울 한복판을 바라보며 담배만 뻐끔뻐끔 피우고 있다.

"야 이 사람아, 방이 작아서 못 살겠다고."

나는 형님을 위로했다.

"한 평에서도 몇 년을 살았는데 이 정도면 대궐입니다."

벽지도 바르지 못했다.

"이제는 누구도 만나지마. 사람은 어려울 때 도와주고 의리를 지켜야지. 이렇게 힘든데도 개미 새끼 한 마리도 없잖아. 김은혜 그년도 죽여야 해. 민정 변호사 사무실에 찾아가서 변호사비도 반환 청구해야 해. 무슨 죄를 지었길래 변호사가 벙어리가 되었냐고? 그 새끼들 다 소탕해야 해."

그러나 자신이 없다. 다 잃었다. 돈도, 명예도, 의욕도, 권력도 말이다. 구사일생으로 다시 살고 있다.

나는 2년 반 동안 작은 골방에 누워 제2의 감옥살이를 하며 생각에 묻혀 하루하루를 지내고 있다. 두문불출하고 있으니 자유를 잃어버리고 새 한 마리가 날개를 잃어버린 것처럼 한승주도 그렇다. 누구도 억울한 누명을 풀어줄 사람도 없고 들어줄 사람도 없다. 사람들은 차라리 죽어버리지 왜 불사신이 되었냐고 한다. 그러나 눈이 있고 귀가 있다. 여전히 내 심장은 뛰고 위장은 쉬지 않고 일을 한다.

전화벨이 울린다. 그 순간, '살아있다'라고 하는 증거를 대신 말해주고 있다. 그러나 나는 소리도 두려워 깜짝깜짝 놀란다. 형님께서 아들이 결혼한다고 한다. 한 달 정도 여유가 있다. 고민이 생긴다. 인천까지 결혼식에 참석할 수가 없다. 남 앞에 설 자신도 없다. 아련히 그날을 생각해 보면, '황무지 땅을 가꾸며 정원 속에 둥지를 틀 수 있었던가!'

끝내 회중이 많이 모이는 곳에 갈 수가 없어 꾸겨서 숨겨 놓은 10만 원을 은행에 가서 송금하라고 활동지원사에게 부탁을 했다. 지금도 마음 한곳에 자리를 잡고 있다. 나는 나쁜 놈, 그리고 이율배반 한 놈, 사람의 구실도 못하고 사는 것 같아 속상하다. '세상에서 제일 나쁜 사람이 누구일까' 하고 묻는다면 한승주가 제일 나쁜 사람이라고 말하고 싶다. 사람 구실 못하고 형님한테 적선만 받았던 인간이다. 철장 없는 감옥살이를 하고 있다.

햇볕이 화창하게 내리쬐던 어느날, 강동성심병원에 갔다. 뱃속에서 꾸르륵 소리가 난다. 아침 양식을 채우지 못했으니 에너지가 부족하여 내 풍채는 밥을 달라고 외친다. 낮 12시 12분 본능적으로 식당을 찾았으나 내가 갈 곳은 한 군데도 없다. 아는 사람이 무섭고 더 무서운 것은 장애물이다. 계단이 있으면 사면초가 되어 이대로 하루를 보낼 수밖에 없다.

집도 절도 없던 그 시절, 산중살이 하는 인생 산골길 잘도 만들어 놓았으나 한 사람도 오지 않던 한세월이 그대로 말하는 것은 무성한 풀과 잡초들이 길을 막고 있기 때문이다.

나는 포기하고 장애인 콜택시를 불러 하남시 초이동으로 가려고 한다. 오후 1시 42분, 계단이 없기에 한술 뜨고 가리라. 문을 열고 식당 안으로 들어가려고 할 때 누군가 나를 쳐다본다.

"한 원장 아니야? 죽은 줄 알았어."

나는 쏜살같이 도망간다. 그녀는 소리를 지른다.

"한 원장 왜 도망가, 밥 먹고 가야지."

끝까지 나를 붙든다. 10년 전 기억 속에 살아있는 그녀는 내가 살아서 돌아왔다고 외친다.

"이게 무슨 일이야? 죽은 줄만 알았어."

우리는 탁자에 앉았다. 그녀는,

"어이쿠, 억울하게 누명을 썼지. 살아온 것이 꿈만 같아. 어떻게 살았어?"

"죽지 못해 살았지."

"구사일생이다. 하늘이 무너져도 솟아날 구멍이 있다고 하더니, 한 원장이 살아서 돌아올 줄은 꿈에도 생각하지 못했지."

나는 일사병에 걸려 있는 들풀처럼 시들어져 가고 있는 목소리로 그녀에게 말을 붙여 본다.

"아예 생각도 추억도 없었겠네. 나는 옥중에서 그리움에 그대들을 생각했건만, 하얀 백지가 되어 흔적마저 없애 버렸단 말이야? 그런데 어떻게 금방 나를 알아봐?"

그녀는,

"그 모습이 어디로 가겠어?"

죽었던 친구가 살아 돌아오는 모습은 반갑기도 하지만, 애처롭다는 동정의 눈으로 나를 보며,

"한 원장, 배고플 텐데 식사해야지?"

"뭐가 되는데?"

"보쌈 되지. 고기가 전문인데."

"그러면 비계가 많이 있는 돼지고기 보쌈 줘 봐."

"한 원장, 원래 비계는 안 먹잖아?"

"아니야, 이젠 살코기가 뻣뻣해서 먹을 수가 없어. 비계가 부드럽고 맛있더라고."

"늙었네."

"그렇지, 정신도 늙고 육체도 늙었지."

"그래 말이야, 더 살라는 운명인가 보다."

나는 넋두리 같은 세월의 흔적을 기억 속에서 생동감 있게 울려 퍼낸다. 그때 그날을 말이다.

사랑의 노인 잔치를 하려고 할 때 그는 행동으로 옮기며 내 이웃을 내 몸 같이 사랑하며 용암온천에 함께 독거노인과 장애인을 위하여 원동력이 되고 있다. 나는 오뚜기처럼 자꾸 넘어진다. 그러나 다시 일어나 독수리 날개처럼 또다시 날고 있다. 날개가 부러졌을 때 그녀는 나의 날개를 대신하여 내 사역에 온 힘을 기울여 도왔다. 그녀는 의리가 있고 정이 있고 마음이 아름답다.

나는 다 잃어버리고 몸만 살아서 꿈틀거리고 있을 때 사람들은 나에게 돌을 던졌지만, 그녀는 나에게 날마다 밥을 제공하고, 대구탕을 끓여 집으로 가져다주며 싸늘한 바람을 맞고 있을 때 나의 힘이 되었고 옷이 되어 주었다. 지금도 그녀와 나는 친구의 우정으로 변치 않고 살아가고 있다.

나에게도 기다렸던 인생의 봄이 왔다.

아침에 일어나 전화를 건다.

"여보세요? 거기 방송 중재위원회이지요?"

"네"

"제가 무죄를 받았는데 피해보상을 요구할 수 있나요?"

"네, 할 수 있습니다."

급한 마음으로 1588-4388 전화를 건다.

"여보세요? 장애인 콜택시죠?"

"네, 고객님 그렇습니다."

"자택에서 중구 프레스센터로 이동하려고 합니다."

"탑승 인원은 몇 명인가요?"

"2명입니다. 지금 대기인원은 80명입니다."

"그럼 오래 걸리겠네요."

"대기시간은 알 수가 없습니다."

"그래도 대충 시간을 말씀해 줄 수 없나요?"

"저희는 예측할 수 없습니다."

나는 더 이상 말을 잇지 않고 전화를 끊고 기다린다. 시간 반을 기다렸더니 앞에 30명이 남았고 지연된다는 문자가 왔다. 2시 30분경 콜택시 기사에게 전화가 온다.

"고객님, 여기 방이역 근처입니다. 대략 20분 정도 걸릴 거 같습니다."

김류경 활동지원사가 나의 머리요, 옷이요, 신발이요 외출준비를 하고 있다. 나는 중증장애인이라 도우미가 없으면 아무것도 할 수가 없다. 곧, 한 살밖에 안 된 아기처럼 살아서 눈만 초롱초롱 빛나고 있다. 활동지원사는 조심스럽게 어린아이 다루듯 한다. 만약 안전 부주의로 사고라도 나면 다리요, 팔이요, 목이요, 머리요 몸 전체를 상해 입힐 수도 있다. 그래서 항상 조심 있게 관리한다. 도착했다고 기사에게 다시 연락이 왔다.

"잠시만 기다려 주세요. 내려갑니다."

전동휠체어를 타고 8층에서 엘리베이터를 이용해 1층으로 내려간다. 장콜(장애인 콜택시) 택시는 우리를 기다리고 있다.

"안녕하세요?"

활동지원사는 콜택시 기사에게 항상 먼저 인사를 한다. 친절하고 인상이 좋은 기사님이 나를 맞이한다.

"기사님, 참 친절하시네요. 어떤 분은 인상도 고약하고 대답도 안 하고 운전도 험하게 하던데요?"
"손님, 요즘은 그런 분 없습니다."
"그럼, 제가 거짓말을 하나요? 혹시 장콜 운전을 몇 년이나 하셨나요?"
"20년이 넘었습니다."
"오래 하셨네요."
"내년이면 퇴직합니다."
"기사님, 그동안 어려운 일이 많았겠네요?"
"말도 마요. 술 먹고 차 안에다 구토하고 나서 '야? 담배 하나 줘봐' '담배 없어요. 그리고 차 안에서 담배 피우면 안 됩니다' '아니 담배 하나 있으면 달라니까 이 새끼가 무슨 헛소리야' 가지고 있는 지팡이를 잡고 내 머리를 툭툭 쳤어요. '손님, 하지 마세요. 한 번만 더 하면 중간에 하차할 수 있어요' '야 내려봐' 진상 손님들이 많습니다."

기사님은 어쩔 도리가 없다. 손님을 길에 내려놓으면 방임죄가 될 수가 있다. 어쩔 수 없이 목적지까지 잘 모셔야 한다.

"수없이 욕먹고 운전해 왔습니다. 이제는 장애인들과 미운정 고운 정이 다 들었습니다. 손님은 신사 중에 왕신사이네요. 노란 한복을 입고 있는 사람이 거의 없어요. 말씀도 점잖게 하시고 위로하시는 그 미덕이 참 아름답습니다. 강동구의 멋쟁이시네요."

"아니지요. 장애자이기 때문에 당연히 착하게 살기 위해 모든 걸 절제하면서 살아야지요."

한참 대화를 하다 보니, 활동지원사는 두 사람의 이야기만 듣고 있다가 코를 골고 잠을 맛있게 자고 있다.

나는 한강을 바라본다. 30년 전 여인과 이곳에서 뜨거운 사랑을 했던 추억이 지나간다. 서울 시내는 바벨탑 같은 빌딩들이 줄지어 서 있어 어디가 어딘지를 분간하지 못한다. 영락교회를 지나 서울시청 광장을 돌아서 목적지인 프레스센터 방송언론중재위원회를 찾아간다. 햇빛은 봄처럼 따뜻했다. 그러나 바람이 매섭게 삭신을 파고든다. 마음도 생각도 정신도 춥다. 나는,

"아저씨, 오늘 날씨가 춥네요."

언론중재위원회 사무실에 들어간다. 친절하다. 잠시 외국에서 생활하던 일들이 머릿속에 맴돌고 있다. 대한민국도 이제는 장애인을 보는 인식이 많이 변했다. 그러나 아직도 멀게만 느껴진다. 사무실에 앉아 상담을 한다. 뜻밖의 일이다.

"3년이 지나면 효력이 정지됩니다."

"그러면 아무런 대책도 없나요?"

"전문 변호사를 찾아가 상담해 보세요. 장애인이나 수급자는 법률구조공단에서 무료로 변론을 해줍니다."

나는 무료법률공단을 찾아간다. 대나무숲 사이로 우뚝 서 있는 빌딩 안으로 들어선다.

"변호사비 반환청구를 할 수 있나요?"

"네, 할 수 있습니다."

"언론사에서 피해를 봤습니다. 보상을 요구할 수 있나요?"

"할 수 있습니다."

그러나 기일 날짜를 자세히 보더니,

"유효기간이 지나서 불가능합니다."

나는 실망과 좌절 속에 집으로 돌아왔다. PC를 켜고 유튜브를 보다 변호사비 반환청구를 할 수 있다는 이야기를 시청하고 나서 전화를 걸어본다. '변호사비는 법적으로 받을 수가 없습니다.'라며 이야기한다. 변호사들의 한결같은 대답이다.

그당시 재판이 끝났을 때, 민정 사무실에 반환청구를 요청했으나 그들은 수수방관하였다. 밤에 잠을 이룰 수가 없었다. 변호사를 알아보기 위해 또다시 유튜브를 켜고 강의를 듣다 보니, 반환청구를 할 수 있다는 실낱같은 희망이 보인다. 서초동에 전 변호사 사무실에 전화를 건다.

"변호사비 반환청구를 할 수 있습니까?"

"네, 할 수 있습니다."

"혹시 대한변호사협회에 탄원서를 보내봤나요?"

"아니요. 사무장님 저는 아무것도 몰라요. 내 인생은 실타래처럼 꼬여 있어서 그 끝을 찾을 수가 없어요."

"네, 상당히 트라우마가 심하시네요."

"우리 전 변호사님을 어떻게 알게 되었나요?"

"우연히 유튜브를 보았어요."

"네, 상담비는 10분에 10만 원입니다."

"알겠습니다."

약속을 잡는다. 시간을 지키기 위해 미리 집을 나선다. 1시간 20분 후 목적지에 도착했다. 사무실로 들어가서 한참 동안 기다렸다.

"한승주 씨, 들어오세요."

변호사 방은 휠체어가 들어가기에 비좁았다. 사회구조는 상대를 생각하지 않는다. 항상 자기 편리주의로 구조와 환경을 만들어 가고 있다. 나는 벽에 기스가 나지 않도록 온 정신을 다해 숨도 쉬지 않고 들어선다. 상담 시간이 정해져 있기에 질문지를 작성해 가지고 간 내용을 보여준다. 한참 훑어보더니,

"법에 문제가 전혀 되지 않습니다. 내용 증명서요, 전화요 찾아가는 것 등 상대편에선 거부할 수가 없습니다. 민법 163조에 변호사비 반환청구를 할 수가 있습니다."

나는 조심스럽게 변호사 방을 나선 후, 상담 비용 10만 원을 사무장에게 주었더니, 변호사님이,

"상담비는 받지 않겠습니다. 그냥 선생님께 봉사하고 싶어요."

라며 말했다. 마음이 무겁다. 누구에게 공짜로 도움을 받는 것은 적선 받는 것이고 적선을 받는 것은 곧 거지다. 그래서 끝까지 10만 원을 건네주었으나 변호사는 사양했다. 지나친 자존심은 상대방을 무시하는 것이다.

변호사는 서양인같이 키가 크고 흑발 머리에 양장을 입었는데 감색 바지에 상의는 하얀 재킷을 걸쳤다. 그녀는 40대의 풍채를 지니고 있으나 가

까이 보면 50대의 이미지가 어디에선가 풍기고 있었다. 그녀는 지성인이
요, 성숙한 말과 행동 그리고 손님을 대하는 태도는 온몸에서 아름다움이
풍겨 나와 사람들에게 큰 은혜를 주고 있는 선진국가형 여성미가 흐른다.
키는 170㎝ 정도요 몸신 같았다. 곧, 그녀는 인격, 도덕성, 윤리, 예의 등 두
루두루 잘 갖춰진 여성이었다. 변호사는 엘리베이터 앞까지 친절하게 배
웅한다. 그리고 90도로 인사한다. 배움에서 열매가 맺힌 것처럼 그녀의 행
동 하나하나가 향기로운 꽃이 피어난다. 나는 한 가닥의 소망이 생겼다.
이미 재판이 종결되어 유효기간은 지났다. 하지만 재판 당시 변론을 확실
하게 하지 못했기 때문에 피고인은 당신들에게 피해를 봤으니 변호사비
2,000만 원 중 70%를 반환하여 달라는 내용증명서를 그 당시 감옥에서 보
낸 것이다. 곧, 지금의 내용증명서와 연관이 있다는 확신이 든 것이다. 나
는 계속 민정 변호사 사무실에 내용 증명서를 보냈다.

내용 증명서
(제 목 : 변호사비 반환청구)

1. 70%
2. 피해보상 1억
3. 내용증명 비용 120만원
4. 연 15% 이자 2,400만 원

이　　유
본 사건은 SBS 방송 사회 고발성 시사 보도 프로그램에서 허위 유포로 보

도함으로써 시작된 사건이다. 따라서 의뢰인은 초상권 침해, 프라이버시 침해, 명예훼손, 추측 보도, 변론 부족 등으로 인한 정신적, 육체적, 물질적 피해를 입는가 동시에 사회의 낙오자가 되어 가정이 파괴되고 사회생활을 할 수 없는 폐인이 되었다. 그러나, 이 사건은 무죄임으로 피해보상을 받아야 함에도 불구하고 변호사는 수수방관을 해 결국 억울한 누명을 쓰게 되었다. 변호사는 증인들이 허위 진술을 하였으나 위증죄로 고발하지 않았으며, 판사가 재판 중에 정직한 판시를 하지 못함으로 피고인은 기피신청을 원했으나 전혀 반응이 없었고, 검사도 기소 내용이 사실이 아닌 허위 유포를 하였으나 거기에 대한 대응을 하지 못했다는 사실이다. 따라서 피고인은 재판자료를 변호사에게 충분하게 전달하였음에도 불구하고 완벽한 변호를 하지 못하였다. 피고인은 재판이 끝난 동시에 변론을 하지 못한 변호사 사무실에 2015년 8월 11일 ~ 2023년 4월 현재까지 의사가 없는 걸로 인정하고 의뢰인에게 정신적 살인을 하고 있다는 판단이 든다. 의뢰인은 민법 163조에 따라 변호비를 반환 요청한다. 의뢰인은 막가파요 살인자 같은 삶을 살지만, 그대들은 그렇게 살지 않았으면 좋겠노라. 곧바로 약속을 이행하여 주시길 바랍니다. 만약 기간내에 실행하지 않으면 귀하의 회사에 피해가 갈 수 있습니다.

의뢰인 : 한 승 주

내용 증명서

수신 : 1. 대표이사 박 정 훈

　　　주식회사 에스비에스(SBS-TV)

　　　서울 양천구 목동서로 161

2. 대표이사 김 휘 진

　　주식회사 에스비에스콘텐츠허브(인터넷 SBS)

　　서울 마포구 상암산로 82 SBS 프리즘타워 15,16층

발신 : 한 승 주(010-0000-0000)

　　서울시 강동구 천호대로

제목 : SBS TV '그것이 알고 싶다'

방송일시 : 2013년 9월

방송제목 : '두 얼굴의 사나이'

　　　　 '가락동 시장의 거지 목사'

신 청 취 지

1. 무죄가 선고됐음으로 이에 따르는 정신적, 육체적, 물질적 피해보상
　100억을 청구한다.

2. 정정보도를 요구한다.

어느 날, 민정 변호사 사무실에서 누나를 통해 변호사비 반환을 하겠다는 것이다. 그러나 내가 요구하는 금액은 할 수 없다고 한다.

나는 금액이 문제가 아니라 변호사비를 반환받는다고 하는 것은 그들이 인정을 하는 것이다. 이 사실만으로도 모든 트라우마가 치료가 되고 있다.

사람들은 말하기를, 변호사비를 한번 주면 돌려받을 수 없다고 인지하고 있다. 그러나 민법 163조에는 3년 안에 변호사비를 돌려받을 수 있다는

법적 근거가 있다. 그러나 많은 법조인들은 변호사비 반환청구를 할 수가 없다고 한다. 그들은 사기꾼들이다. 헌법에는 명확히 기재가 되어 있는데도 불구하고 변호사들은 말하기를, "그런 것이 어디 있어요?" 뚝잘라 말한다. 그들은 변론을 제대로 해야 한다. 자료준비와 답변 준비를 정확하게 해야만 한다는 것이다. 그렇지 않으면 한 인생을 나락으로 보낼 수 있기 때문이다. 조심하고 신중해야 한다.

'한국 변호사들이여, 사명감에 불타기를 바란다.'

지금도 피해를 보고 있는 피해자나 가해자들은 변호사들이 충분한 변론을 못했다고 생각하면 반환청구 할 수 있다. 나는 6년 만에 변호사비를 돌려받았다. 그러나 나는 지금부터 시작이다.

호세아 선지자

6. 호세아 선지자

현대판 호세아 선지자 유경종 목사님은 40일을 금식禁食하였다. 50년 전, 450원을 들고 서울로 상경한 그는 레미콘 회사를 운영하는 중소기업 가이다. 성실하고 진실하게 살아가고 있다.

아침 출근하기 전, 기도실에 들어가 오늘 하루 지혜와 절제요, 내 이웃을 내 몸같이 사랑할 수 있도록 기도하고 있다. 이것은 어머니의 삶을 배워 온 것이다.

지난날을 더듬어 본다. 그는 시간을 쪼개가며 특수 면허증인 덤프트럭, 화물자동차, 조종사 면허증 등 갖가지 면허를 취득하였다.

성남시에 있는 경기 유통회사에 취직해 버스를 운전한다. 성남 상대원 2공단에서 출발하여 주지 고개를 넘어 경원대학을 거쳐 잠실역까지 도는 100번 버스였다. 하루에 5~6바퀴를 돌아야 한다. 그는 모범기사이다. 제복을 입고 모자를 쓰고 운전하는 모습은 전문적이고 단정해 보여서 멋이 있다.

항상 기뻐하며 범사에 감사하며 자신의 직업이 천직이라 생각하고 손님을 만나도 인상 한번 찌푸리지 않고 친절하게 맞이한다. 이웃집 오빠 같기도 하고, 아들 같기도 하고, 남자 친구인 듯 호평을 받고 있다. 한 아주머니는,

"기사님은 인기가 짱이네요. 연예인 같아요."

"손님, 무슨 인기가 있겠습니까?"

"아니에요. 기사님은 다른 기사분보다 인물도 좋고, 말씨도 구수하고, 운전도 차분하게 잘하시잖아요."

"과찬의 말씀입니다."

갑자기 옆에 차 한 대가 와서 살짝 부딪힌다. 급브레이크를 밟는다. 사람들은 깜짝 놀라 운전석 앞으로 쏠린다.

"손님, 여러분 죄송합니다. 혹시 다친 곳은 없으신지요?"

머리카락이 쭈뼛 서며 온몸에 전류가 흐르고 정신이 없고 맥이 풀린다. 사고처리를 위해 회사에 연락을 취한다. 사람들은 다행히 다친 곳이 없다. 그는 다시 운전대를 붙잡고 달린다. 잠깐이라도 방심하면 사고는 순간이다.

유경종은 생명의 빛을 비추고 있다. 자신을 위해 사는 것도 중요하지만 주변에 어려운 이웃들을 위해 봉사와 헌신을 한다. 신앙과 믿음을 가지고 있기 때문에 그렇다. 하지만 사람들이 모두 그렇게 사는 것은 아니다.

직업에는 귀천이 없다. 고기를 잡는 어부, 농사를 짓는 농부, 집을 짓는 목수, 환경미화원, 교수, 의사, 변호사 등 16,000여 가지의 직업이 있다. 대형 버스나 운전은 생명의 위협을 느끼지만 사람들은 부러워한다.

어느 날, 친구가 경종이를 찾아온다.

"경종아, 버스보다 레미콘이 훨씬 편해, 정신적 물질적으로도 좋아. 고소득이야. 앞으로 미래가 보여. 한국은 분명히 건설업 붐이 일어날 거야, 20~30년만 지나면 부동산업이 황금어장이 된다고."

밤새도록 생각한다. 지혜와 명철 그리고 분별력을 달라고 기도한다. 그러나 그는 대형버스 운전을 천직이라 생각하고 있다. 무엇을 하든지 자기 적성에 맞지 않으면 만족함이 없다. 돈보다는 서비스 직업이 더 보람된 일이라고 생각한다. 그러나, 친구는 기회만 있으면,

"경종아, 생각해 봤어?"

"난, 그냥 버스 운전대나 잡는 것이 좋다."

"야, 버스 백날 몰아봐야 월급쟁이 밖에 더 하겠어? 월급쟁이는 아무리 돈을 많이 받아봐야 여유도 없고 그 자리에서 허덕이며 살아야 돼."

그래도 그는 마음이 움직이지를 않는다. 비가 주룩주룩 내리고 있을 때 친구가 다시 찾아온다.

"경종아, 밥먹으로 가자."

식사를 하면서 넋두리처럼 과거와 현재를 말하며 그를 설득시키고 있다. 드디어 경종은 천직이라는 운전을 버리고 레미콘 회사에 취직하기로 결정한다.

몇 달 후, 회사에 사표를 내고 친구가 일하고 있는 레미콘 회사에 취직해 열심히 일하고 인간이 살아가는 삶의 지혜도 배워간다. 세월은 물과 같이 흐르고 있다. 붙잡을 수도 없다. 시간은 말이 없으나 자연은 말이 있다.

50년 전, 경종 씨는 기차에 몸을 실었다. 김제역에서 용산역까지 완행열차는 달려가고 있다. '철커덕 철커덕' 소리를 내는 기차는 하얀 연기를

내 뿜고 구불구불한 철도 길을 한 참 달려가고 있을 때 어디까지 왔는지 기적소리를 낸다.

열차 안에서는 자기 아들 만나러 간다고 이야기을 늘어놓고 젊은 청춘들은 희망의 줄을 잡고 서울로 향해 간다. 집에서 삶은 달걀을 가지고 와 나눠주는 사람도 있다. 찹쌀떡이요, 과자요, 건빵이요, 음료수 등을 사라고 애처로운 목소리로 연명하는 아저씨는 생존을 하고 있다.

어떤 친구는 어머니가 가다가 배고프니까 차 안에서 먹으라고 음식을 싸준다.

"아들아, 서울은 도둑놈도 많다고 하더라. 정신 바짝 차리지 않으면 그 자리에서 돈도 뺏기고 코도 베어 간다더라."

음식을 펼쳐본다. 찐 고구마 10개와 개떡 5개가 있다. 혼자 먹을 수 없어 옆사람도 나눠주고 사이다도 한 병 사서 마신다. '서울 가서 꼭 성공할 것이다.' 다짐을 한다. '그래.' 시골에 살면 가족들이 굶어 죽을 수도 있다. 그래서 미래의 큰 꿈을 가지고 열차에 몸을 실은 것이다.

어머니가 주신 돈 3,800원이 있다. 그 돈은 오랫동안 안방 장판 밑에서 구겨지고 걸레처럼 닳아진 돈일 것이다. 아니면 어머니 고쟁이 속에 숨겨 놓고 다녔던 돈인지도 모른다. 얼마나 오래됐는지 히마리가 하나도 없고 색깔이 변해 글씨도 그림도 희미하다.

그러나 유경종은 450원을 가지고 김제역에서 350원에 표를 끊고 나니 100원밖에 남지 않았다. 긴 열차가 20㎞로 간다. 경종이는 멍하니 차 창밖을 내다보고 있다. 밤하늘에는 별들이 총총 빛나고 달빛은 천지를 밝게 비추며 어두움은 찾아볼 수가 없다. 이름도 알 수 없는 나무요, 꽃이요, 생물들이 살아서 이 밤에도 열심히 일하고 있다.

모래 한 차 팔면 450원이다. 경종이는 그 돈을 어머니에게 주지 않았다. 왜? '나 경종이는 시골에서 살면 안 된다. 서울로 가야혀. 우리 어무니는 충격을 받겠지. 엄니 그래도 아들은 서울 가야혀. 친구들이 서울 가서 성공한 걸 보니 아들도 꼭 가야혀. 쬐끔 섭섭하당께. 울지 말고 계셔잉.' 그는 속옷, 바지, 티 한 개씩을 챙겨 작은 가방에 넣고 집을 나왔다. 경종이의 마음속은 이슬이 내리고 코끝이 찡하지만 어쩔 수 없다. '사나이는 서울로 가야 한당께. 가시나는 제주도로 가야혀.'

용산역에 도착하니 새벽 4시 50분, 사람들이 많다. 이성을 잃은 채 뜻을 따라 찾아가는 광경이 얽히고 설키고 마치 실타래처럼 꼬여 있는 듯 사람들의 검은 머리만 뭉쳐 있어 구별을 못하겠다.

'인생이란 무엇인가, 그 수수께끼는 아무도 풀 수 없단 말인가!'

그는 봉천동에서 홍은동으로 가는 150번 버스를 타기 위해 몰두하고 있는데 갑자기 왠 아줌마가 곁으로 다가오더니,

"총각 쉬었다가 가, 예쁜 색시 있어."

그는 살아있는 송장처럼 대꾸하지 않는다. 이 순간 여자고 밥이고 아무 생각이 없다. 어제 저녁 9시부터 이 시간까지 물 한 모금 마시지 않고 친구를 찾아가는데 '무슨 놈의 여자야, 팔자 좋은 소리 하네. 어머니 몰래 훔쳐온 돈을 가지고 쥐도 새도 모르게 여기까지 왔는데, 어찌 사람들이 경종의 마음을 안 단 말인가!'

그는 아줌마에게,

"홍은동 가려고 하는데 어디로 가지요?"

아줌마는,

"총각, 같이 가. 나도 그리 가려고 해."

그는 북한산 자락이 위치한 곳에서 내렸다. 친구 박민구가 나를 반갑게 맞이하기 위해서 기다리고 있었다. 희망의 빛이 보인다. 작은 숙소에서 친구와 숙식하면서 기술을 배운다.

한 달이 지나간다. 그는 시다를 하는데 아직 뭐가 뭔 줄 모른다. 이곳은 물도 나오지 않는다. 긴 작대기 양 끝에 쇠고리를 달아 나무 등받이에 짚을 꼬아 멜빵을 만든 물지게를 지고 유진상가 앞에서 물을 길어다 산동네까지 계단을 오르다 보면 양철통에 담긴 물이 흔들거려 거의 쏟아진다. 홍은동은 가난한 달동네로 경사가 져서 계단이며 길이 좁아 사람하나 비켜가기도 힘든 곳이다. 이곳은 지방에서 올라온 사람들로 구성된 곳이다.

공장 사장은,

"야, 왜 이렇게 물을 조금씩 담아와. 가득 채워 가지고 오란 말이야."

야단도 맞는다. 아침 저녁으로 물을 져 높은 계단을 오르다 보면 허기가 져서 지친다. 겨울이면 바닥이 꽁꽁 얼어 사람이 다닐 수 없는 위험한 광경이다. 만약 여기서 넘어지면 뼈가 부러지거나 뇌진탕에 걸려 죽을 수 있다. 상병신이 되고 만다는 두려움이 온다. '그러나 포기하지 말자. 남자는 강해야 한다.' 또 다짐하고 다짐한다.

서울 사람들이 벌 떼나 구름 떼 같이 몰려가고 오는데 분명코 목적이 있고 그 목적은 성공이 있기 때문이다. 3개월이 지나다 보니 물지게 지는 요령이 터득된다. 몸이 물지게와 하나가 되어 함께 흔들릴 때 쏟아지지 않는다. 방법을 알고 나니 힘도 들지 않고 물도 그대로다.

6개월이 지난 후, 태극기 만드는 기술도 익혔다. 밤잠을 못 자고 야간작업을 한다. 국경일 전날은 바빠 정신이 없다. 첫 월급을 탔다. 눈물이 끝없이 흘러내린다. 1년 만에 고향을 찾는다. 정장을 맞춰 입고 어머니의 빨간 내복이요, 동생들에게는 종합선물 세트를 양손 가득 사들고 간다. 동네 사람들은,

"갱종이가 왔당께. 촌놈이 서울 가더니만 때가 쏙 뺏겨져 왔당께. 사람은 역시 도시에서 살아야 혀. 서울 밥이 좋기는 좋은가봐 잉."

칭찬을 아끼지 않는다. 어머니는 서울로 가 버린 큰 아들을 위해 전전긍긍하며 날마다 기도했다.

"우리 큰 아들 출세했당께. 장하당께."

경종은 시골에서 매일 일만 했다. 산에 올라가 나무를 지게에 잔뜩 지고 내리막길을 내려오다가 물이 흐르고 있는 하천으로 굴러 떨어진다. 어느 날은 나무를 자르다가 손을 다쳐 피가 많이 난다. 지혈이 되지 않는다. 옆에 있는 쑥을 주먹으로 한 움큼 뜯어서 입으로 자근자근 씹어 상처 난 부위에 얹는다. 입고 있던 옷을 찢어 손을 묶었다. 어머니가 큰 맘 먹고 사준 새 옷이었는데….

그의 집은 도로가 근처에 있었다. 마을 어귀에 큰 미루나무가 서 있고 비포장도로에는 늘 도락구(군용트럭)들이 달려 먼지를 뒤집어쓰게 만든다. 당시에는 제일 잘 사는 집엔 도락구를 가지고 있었는데 그거 한번 얻어 타려고 아부를 떨던 아이들도 꽤 나 있었다.

그의 부모는 골재 채취장을 했다. 아주머니들이 삼태기에다 모래 자갈이 섞어진 것을 사래판에 부어 모래는 모래대로 밑으로 빠지고 자갈은 자갈대로, 돌은 돌대로 구분하다 보면 콩알 만 한 돌은 한 차를 채우게 된다. 큰 돌멩이는 골라내고 자갈하고 모래만 쓸만한 것을 삼태기에 담아다가 사래판에 붓는다. 자갈은 앞으로 튀어나오고 모래는 밑으로 떨어진다. 하

얀 먼지가 안개처럼 자욱하다. 일하는 사람들이 누구인지 구분이 안 될 정도로 먼지와 함께 하루를 살기 위해 고군분투하고 있다. 새벽 5시 30분, 경종이가 깊은 잠을 자고 있을 때 어머니는 아들을 깨운다.

"갱종아, 일어나랑께."

깨워도 대답이 없다. 어머니는 다시 깨운다. 그러나 아무 기척이 없다. 머리를 만져보니 불덩어리다.

"갱종아, 그래도 일어나랑께. 쬐끔 힘들어 잉? 장남이 그렇게 약해 어디에 써 먹긋어."

"어무니, 왜 나만 일 시킨당께. 이제 그만 하랑께. 난 못 하긋어."

"야 이놈아, 우리 집안을 이끌어 갈 큰 아들인디 그렇게 약해 빠져서는 안 된당께. 빨리 자진게(자전거) 타고 아짐씨들 불러오랑께."

"넘 집 큰 아들은 장남이라 일도 안 시킨디 왜 우리 집은 나만 일 시킨다요?"

"쓰잘떼기 없는 소리 말고 어여 불러오랑께."

경종이는 마당 한구석에 있는 작은 칫간(화장실)으로 들어간다.

"칫간 간다던 놈이 똥을 다 주 묵고 오는가 아니면 똥간에 빠져 뒈졌는가 기벨이 없네잉."

성질이 급한 어머니는 아들을 불러댄다. 한참 후,

"어무니, 똥도 맘대로 못싸라. 왜 이렇게 괴롭힌당께. 징해서 못 살 긋어."

"야 이놈아, 젊었을 때 열심히 일해야 밥숟갈이라도 한 술 떠."

그는 아픈 몸을 멀리하고 자전거를 타고 동네방네 다니면서 사람들을 깨워 데리고 온다. 모래 한 차를 삽으로 퍼담아 실어 보내고 나면 배가 얼마나 고픈지 거북이 등짝에 배가 붙어 있는 것 같았다. 고생도 고생도 지겹게 했다. 왜 우리 부모님은 큰아들을 고생시키는지 알 수가 없다. 하루는 큰 마음을 먹고 어머니에게 하고 싶은 말을 한다.

"어무니, 나 주워왔쓰?"

"맞아야, 다리 밑에서 주워왔쓰. 어뜩케 알았냐. 참 이제 어린아이가 머리도 잘 돌아가네잉. 우리 갱종이 천재네잉."

"어무니, 나 어린네 아니랑께. 이젠 다 알아. 11살이여."

"이놈아 까불지마잉."

그는 이대로 있다가는 하루 한 끼 밥도 먹을 수 없고 골병들어 죽겠다는 생각이 들었다. 어머니는 지독한 사람이었다. 다른 집은 장남을 대학 보내 출세시켜 집안을 일으키는 것을 운명처럼 생각한다. 그러나 우리 집은 '하루하루 살아가는 것이 힘들다고 장남을 머슴 부리듯 일을 시키는가, 혹시 친엄마가 아닌가, 다리 밑에서 진짜 주워 왔단 말인가, 그렇다면 진짜 엄마는 어디에 있단 말인가!'

들녘에는 곡식들이 무르익고 과실수는 열매를 맺어가며 황금의 계절을 맞이한다. 추석을 보내기 위해 도시로 나간 친구들이 정장에 구두를 신고, 자가용을 타고 '아들 성공했어라' 외치고 또 외친다.

조용한 시골은 도시 못지않게 복잡하고 시끄럽다. 사람들이 여기저기서 인사를 하고 떡이요, 먹을 것을 준비해서 나누며 윷놀이를 하고 있었다. 그는 그들이 하염없이 부러웠다. 서울 간 친구 박민구가 우리 집을 찾아왔다. 경종이는,

"야, 너 서울에서 살만혀? 나도 서울 가고 싶어. 돈 벌 수 있는 공장

을 알선해 주라."

친구는 주소와 전화번호를 적어주고 찾아오라고 한다. 추석이 지난 이틀은 시끌벅적하고 잔칫집 같았던 마을이 조용하기만 하다. 그는 서울로 상경한다.

유경종은 홍은동에 있는 태극기 제작하는 회사를 그만두고 친구의 소개로 봉제공장에 취직을 한다. 자전거에 원단을 1미터 20센치 높이 싣고 전농동에서 장충동까지 배달을 하고 있다. 중노동이다. 그는 어렸을 때부터 자전거를 잘 탔다.

3년 동안 봉제공장에 근무하면서 주경야독하여 조색사 샘플 자격증을 취득한다. 그는 20대에 조색사가 되었다. 뛰어난 안목으로 배합을 하는데 놀라운 변화가 일어난다.

수천 가지 색들이 이 세상을 조명하는 것이다. 천지는 오색찬란한 천 무늬의 결을 따라 재창조 되어 자연의 오묘함을 느끼며 살아가는지도 모른다. 아무도 그의 색을 모방할 수가 없다. 오직 그의 잠재력 속에 창조되는 것이다. 무늬와 색깔이 없으면 세상은 아무런 의미도 없다. 그는 지금 조색사로서 권위가 있고 인정받는 사람이 되었다. X 회사에서도 그를 찾는다. 사장은 전무를 부른다.

"도색을 잘하는 기술진이 있다고 하는데 그를 알아봐."

전무는,

"사장님, 조색사를 데리고 오기는 어려울 것입니다."

"왜?"

"고집이 셉니다. 소문이 났습니다."

"대쪽 같은 사람인가? 그런 사람이면 우리 회사에 더욱 필요하지."

전무는 조색사를 만나러 간다.

"언제 시간 내서 저녁식사 한번 하시죠?"

"저를 아십니까?"

"유경종 씨, 이 세계를 잘 알면서 왜 묻습니까?"

그는 얼떨결에 대답한다. 눈이 많이 내리고 있는 겨울이었다. 전무가 또 찾아왔다.

"오늘은 일찍 좀 끝내시지요? 눈도 내리는데 오늘 같은 날 야간작업 은 안 하시는 게 좋지요."

"요즘 많이 바빠요."

"경종 씨, 제가 몇 번이나 약속을 하지 않았습니까?"

"그럼, 작업이 끝나려면 3일 정도 걸릴 겁니다. 그 후 만나 뵙지요."

며칠 후, 전무가 또 찾아왔다. 유경종은 전무와 승용차를 타고 30분 정 도 지나 일식집으로 들어간다. 둘이 앉아서 식사를 마친 후, 양주가 들어 온다. 예쁜 여성도 함께 앉는다. 술을 한 잔 마시고 나더니 전무는 조색사 에게 조건을 제시한다.

"최고의 대우를 하겠습니다. 그리고 주택지원도 할 것이며 결혼하면 아이들의 학자금도 도와드리겠습니다. 우리 회사에서 함께 일할 수 있습니까?"

"제가 회사를 갑자기 그만두면 되겠습니까? 그것은 말도 안 되는 일 입니다."

전무는 계속 설득한다. 어느 날, 유경종은 동료와 말다툼을 벌인다. 두 사람의 다툼은 끝나지 않고 점점 거세진다. 서로가 폭력까지 일삼더니 결 국 동료의 치아가 부러졌다. 주변에서 신고해 경찰이 와서야 싸움은 끝이 났다. 조사를 받은 후 합의가 되지 않아 서대문 형무소에 가게 된다. 일주일이 지나자 누군가가 면회를 온다. X 회사의 전무였다. 전무는,

"제가 합의를 보겠습니다."

"네, 좀 도와주세요."

"얼마를 요구하나요?"

"치아가 부러졌기 때문에 상당한 보상을 요구할 것입니다."

전무는,

"알았습니다. 제가 피해자를 만나 보겠습니다."

그날 오후 친구가 면회를 왔다 갔다. 그 후 서울에 사는 사촌 누나에게 경종이가 서대문 형무소에 구속되어 있다고 하니 깜짝놀라 누나는 면회를 와서 바로 합의를 했다. 출소하는 날, 사촌 누나와 함께 온 어머니는 기도를 한다.

'다시는 우리 아들이 폭력이나 감옥에 오는 일이 없도록 주께서 붙들어 주옵소서' 어머니는 경종이가 어릴 때 새벽마다 교회에 데리고 다니면서 새벽기도에 열심을 다하던 중 담임목사님께서 경종이 머리에 손을 얹고 기도를 한다. '너는 꼭 목사가 되거라'

일주일 후, X 회사에 반장으로 스카우트 되었다. 조색사가 원하는대로 최고의 연봉을 받게 된다. 그의 인생은 실타래가 풀리고 있었다. 그리고 회사 일이 눈 코 뜰 새 없이 바빠 오줌싸고 고추 볼 시간도 없다. 그는 주변에서 인정받는 성실한 청년이었다. 보는 자들마다 사위를 삼고 싶다고 하여 중매가 이곳저곳에서 들어오고 있으며 인기가 충만하다. 하루는 식당에서 밥을 먹고 있는데 장로님이 들어왔다. 그는,

"장로님, 안녕하세요?"

"오늘 회사에 출근을 안 했나봐요?"

"네, 장로님."

"언제 함께 차 한 잔 하시지요?"

"시간 내주시면 장로님 제가 순종하겠습니다."

유 선생은 약속 장소인 초원다방으로 먼저 가 기다렸다. 벽에 걸린 시계는 똑딱똑딱 소리를 낸다. 오전 11시 10분, 장로님은 유 선생이 있는 장소에 나타난다.

"아이고, 유 선생님이 먼저 와 있었네요. 일찍 오셨나요?"

장로님은 손목에 차고 있는 금시계를 본다.

"11시에 왔습니다."

"그럼, 내가 10분이나 늦었습니다."

커피는 모락모락 하얀 김이 피어오르고 있었다.

"그동안 유 선생을 위해 기도했고 많은 생각을 했어요. 단도직입적으로 말하는데 우리 딸 한나를 어떻게 생각하세요?"

그는 갑자기 당황한다.

"아직까지 결혼에 대해 생각해 보지를 않았습니다."

"그동안 안 했으니 이제는 해 봐야지. 금년에 나이가 어떻게 됩니까?"

"27세입니다."

"아니, 나는 23세에 결혼을 했어요."

"네"

"나 생각하면 늦은 거지. 30대가 다 되어 가는데."

"장로님, 기도해 주십시오."

"알았네. 우리 한나가 24살이야. 여자 나이로는 늦은 거라고. 만 20세가 지나면 여성은 결혼해야 돼. 유 선생도 우리 한나를 잘 알잖아. 함께 주일학교 선생이니까."

"네, 잘 알지요."

"우리 한나는 국민학교(초등)선생이라 직업도 괜찮지. 기도해봐."

한참 혼인 이야기가 오고 갔다.

식당 아줌마가 맞선을 보라고 한다. 여자를 만난다. 그녀의 첫인상이 마음에 들지 않았다. 들창코에다 얼굴도 몸매도 좋지 않다. '마음에 들지 않는 여인과 한평생을 어떻게 산단 말인가!'

오늘 일은 그냥 없던 것으로 했으면 좋겠다. 둘은 차를 마시고 헤어졌다. 며칠 후, 퇴근하려고 하는데 한 여성이 회사 문 앞에서 기다리고 있다.

"아저씨, 저 좀 봐요?"

"누구시죠?"

"저번에 맞선 본 여성이 우리 언니에요."

"네"

"우리 언니가 요즘에 밥도 먹지 않고 아저씨만 생각하고 소리 없이 눈물만 흘리고 있어요. 언니는 아저씨하고 결혼 못 하면 죽는대요. 옆에서 지켜보는 언니의 마음을 헤아릴 수가 없어서 제가 이렇게 실례를 무릅쓰고 찾아왔어요. 한 번만 만나주면 안 될까요?"

"죄송합니다. 저는 아닌 거 같아요. 더 좋은 분이 있을 겁니다."

여동생은 눈물을 글썽이며 전심을 다해 사정을 한다.

"우리 언니 좀 살려주세요?"

"아니, 내가 언니를 뭘 어떻게 살리란 말이에요?"

"제발, 언니를 한 번만 만나 주세요?"

그는 거절을 할 수가 없어 여동생과 함께 집으로 찾아갔다. 그러나 언니는 집에 없었다. '이 남자가 그렇게 인기가 있단 말인가!' 20대에 왕성한 청춘은 보는 자들에게 호감을 주는 인상이었다. 그는 훤칠한 키에 꽃미남이요, 성실하게 산다고 주변에서 맴돌고 보는 여자들마다 향기를 풍기고 있었다.

어느날, 그녀가 찾아왔다. 한번 만 만나 달라고 대성통곡을 한다. 너무나 힘들다. '마음에 없는 여인을 만나서 식사를 하고 이야기를 들어준 단 말인가!' 그러나 만나주지 않으면 죽는다고 한다.

쌀쌀한 늦은 가을, 식당 아줌마가 중매를 해 줄테니 길 건너 초원다방에서 만나자고 한다. 경종이는 쉬는 날 약속 장소에 들어간다. 아줌마와 아가씨는 함께 앉아 있었다.

"총각, 여기에요."

손을 흔들며 그를 부른다. 맞은편에 앉아 소개를 받는 여인은 인상이 좋았다. 그는 동에서 근무하는 면서기였다. 아줌마는,

"마음에 들어요?"

"네"

고개를 끄덕인다. 물론 아가씨도 마음에 들어했다. 그는 한참 전성기를 맞이하고 있었다. 그런데 마음에 들지 않는 여성이 인생의 가시였다. 선을 50번쯤 봤지만 선미 씨처럼 눈에 차지 않는 여자는 없었다. 하루는 일을 마치고 퇴근하는데 공장 직원이 쪽지를 전해준다.

'경종씨에게

내 마음 깊숙이 스며든 당신이여

처음 당신의 이름을 불렀을 때

텅빈 마음 가득 채워 온 인류를 다 가졌노라

이 여인은

나뭇가지에 매달린 흰 눈꽃처럼 아름답지 못하지만

마음은 순결하여 당신의 품속에 살고 싶어라

당신의 그 아름다움은 영원하리라

보는 그 순간

거룩한 당신이여

나는 오늘도 속는 줄 알고 당신을 불러봅니다.

그 한 사람

모든 것으로도 만족함이 없고

당신 그늘 속에 행복의 꽃이 피었으면 좋겠노라

사람들이 말하는 그 사랑이 아니고

잉태에 태어나 운명의 만남이었어라

비가 오면 울고, 눈이 오면 슬프고, 바람이 불면 그리움에

오늘 하루가 가고 있노라

하루만 당신과 살다가 온 인류가 부서지고 깨져도

나는 후회하지 않겠노라

시린 겨울이 오면 서로 떨어지지 않으려고 꼭 붙어 있는 모습이

당신과 나의 눈에는 그저 아름답게 느껴집니다

내 곁에 있으매 사철의 봄바람 불어오리라

바람에 떨어졌던 잎새는 이별을 하였으나

그 흔적 앙상한 나무에 홀로 앉아

당신을 부르는 노래가 있습니다.

그 위대한 당신께

선미의 마음을 드립니다.'

경종은 그녀가 죽는다고 해서 어쩔 수 없이 만나게 된다.

"선미씨, 세상에 멋있는 남자가 얼마나 많은데 왜 하필 나를 좋아하
시나요?"

"무슨 소리에요? 경종씨처럼 멋있는 남자가 어디 있겠습니까?"

경종은 삐긋이 웃는다. 처음에는 전혀 마음이 움직이지 않았다. 그러나
목숨을 바쳐 사랑한다고 하니 순수한 경종이의 마음은 녹아지기 시작한
다. 휴일날 달맞이 공원에 가서 데이트도 하고 부대찌개를 시켜놓고 식사
도 했다. 그녀는 경제적 어려움이 심한 것 같다. 그의 부모님도 동전 한 푼
없고 딸도 무일푼인 것 같다. 고민이 밀려온다. 주변에 직업이 좋고 돈이
있는 여성들도 있는데 가난한 여성과 결혼을 한다니 근심이 생긴다. 그뿐
아니라, 유 선생은 진실한 기독교 신자이고 그 여인은 불교 신자였다. 서로
종교가 맞지 않으면 살아가는데 힘들고 결국은 이혼하는 사람도 있다. 며
칠을 두고 고민을 했으나 돈 때문에 사람을 버린다는 것은 큰 죄라고 생각
한다. '그냥 없으면 없는 대로 행복하면 되겠지, 여자가 남자를 죽을 만큼
사랑한다는 것은 운명이고 하나님의 깊은 섭리가 있겠지!'

경종은 마음을 정리하고 선미와 결혼하기로 한다. 회사에서 퇴직금을
선불 받았다. 양가 부모님들은 계옥지탄桂玉之嘆이다. 한 달에 아홉끼 밖
에 먹을 수 없는 빈곤이 그들의 생명을 위협하고 있다. 마치 쌀을 구하기

가 계수나무 구하듯 어렵고, 땔감을 구하기가 옥을 구하기만큼 어려운 실정이다.

화창한 봄이 무르익어 가는 5월 20일 결혼을 앞두고 있다. 그래서 경종이는 모든 것을 짊어진다. 결혼반지요, 양가 부모님들의 옷이요, 신부옷이요, 모든 혼수며 버스 2대까지 계약하고 청첩장을 만들어서 지인과 친구들에게 건네준다. 경기도 구리시 코끼리 예식장이다.

시골에서 부모님, 사촌·형제들이요, 동네 어르신들이요, 신부의 지인들도 축하하기 위해서 결혼식에 참석한다. 주차장에는 사람들이 몰고 온 승용차가 북새통을 이루었다. 그들은 마음도, 몸도, 정신도 새 옷으로 갈아입고 어른이 되기 위해 허물을 벗는다. 설레는 마음을 끌어안고 서로가 절제하며 고속버스를 타고 부산까지 내려간다. 이 봄철에 아름답게 단장한 그들의 시선은 사람들로 하여금 축복을 받는다. '이제는 행복하리라. 불행도 고통도 지나가고 새로운 가정 속에서 영혼이 목마르지 않는 생수의 샘이 넘치리라.' 인근 여관으로 들어간다. 그들은 호화찬란한 무궁화 8개짜리 호텔보다는 소박한 여관에 몸을 맡긴다.

그들은 샤워하고 가운으로 갈아입고 설레었던 마음을 사랑의 불꽃으로 태우고 있다. 이제는 경종이도 이 여인을 사랑하리라.

아침이 우리의 신혼을 깨운다. 일찌기 태종대로 마음이 조명하여 발걸음이 향해간다. 광활한 바다가 넘실넘실 말을 하고 동백나무, 참식나무 등 식물이 각양각색 옷을 입고 기지게를 펴며, 높고 푸른 하늘에는 떠 가는 조각구름이요, 둥실한 바위 한석 자리를 잡고 있다. 이곳 태종대는 한 나라의 임금이 백성의 눈물을 닦아주고, 배고픈 서러움에 움켜 안고 있는 빈 배를 채우기 위해 근신하고 있는 사람들을 생각하며, 임금도 이제는 지쳐 잠시 쉬었다가 가는 이곳이 행복했노라. 옛날 왜놈에게 끌려간 남편을 이곳에서 기다리던 여인이 지쳐 끝내 화석이 되었다는 망부석도 있더라. 우리 부부는 여인의 전설처럼 한이 되면 안되리라.

비가 많이 내린다. 더 이상 여행을 할 수 없어 집으로 돌아와 신혼을 보내고 있다. 유 반장은 일취월장한다. 이제는 둥지를 틀고 가정을 가꾸어 나가는 한 정원의 주인이 된 것이다. 한 달에 반은 야간 근무로 신혼을 보냈다.

그는 딸을 낳았다. 발가락도 손가락도 눈, 코까지 아빠를 닮았다. 그래서 유난히 예뻐하는지도 모른다. 행복은 온누리에 가득 차고 지구상에 있는 어떤 사람보다 행복하다. 인생의 삶에 있어 가정이 소중하다는 것을 깊이 깨닫게 된다. 이제는 야간 근무를 해도 피곤한지도 모르고 콧노래를 불러가며 최고봉의 조색사가 되고 있다. 다른 사람들이 20~30만 원 급여를 받을 때 그는 월 70만 원을 받았다.

그러나 조색사 일도 과학이 발달함으로 수작업의 일들은 정확도가 떨어지며 인건비와 타산도 맞지 않아 하향성을 타면서 수작업은 끝이 난 것 같다.

결혼생활은 유수와 같이 일년 반이 흘러갔다. 아내는 둘째 아이를 임신했다. 생명을 주신 하나님께 감사한다. 생명이 잉태되기까지는 정자와 난자가 만날 확률이 3억분의 1이다. 그렇다면 하나님의 섭리가 아니면 생명은 얻을 수가 없는 것이다. 고귀한 생명을 하찮게 여기면 안 된다. 그는 축복을 받고 있다는 생각이 들며 감사하고 자신이 충만하여 더욱 열심히 일에 매진했다.

아내가 출산을 한다. 그러나 첫째 때 자연분만을 시도했으나 아기가 위험해 제왕절개를 했기에 둘째도 수술을 해야 한다. 수술을 무사히 끝내고 둘째 아이는 태어났다. 그런데 3일째 아이를 보는 순간 정적이 흐르고 싸늘한 기운이 든다. 왜?

첫째 때는 마냥 좋고 기쁘기만 했다. 나를 붕어빵처럼 닮았기 때문이다. 그런데 둘째 아이는 발가락이요, 손가락이요, 눈썹까지요 한 군데도 닮지 않아 섬짓하다. 묘한 기운만 감돌고 남의 아이처럼 멀게만 느껴진다. 첫째 아이와 둘째 아이를 볼 때 분명코 자매임에도 불구하고 전혀 닮은 곳이 없다. 자식이 없어 양자로 데려온 것 같다. 아니다. 영혼없는 한 생명이 어디에서인가 환생하여 나타난 것 같다. 가면 갈수록 둘째 딸을 보면 유경종의 마음은 요동치며 갈등 속에 파고든다. '외갓집 식구들을 닮았을까!' 방황하는 나의 마음을 달래고 또 달래본다. 그러나 둘째 아이를 볼수록 기분이 나쁘고 가슴이 터질 것만 같고 그 아이가 나의 인생을 망하게 하는 독버섯 같았다. 이런 생각을 한다면 천벌을 받을 일이다. 하루는 큰 마음을 먹고 준비 기도를 하고 나서 아내에게 물어본다.

"여보, 둘째 아이가 이상하지 않아?"

"뭐가요?"

"누구 닮았는지 모르겠어. 전혀 유 씨 씨앗이 아닌거 같아. 우리 어머니도 나를 다리 밑에서 주워왔다고 했는데 둘째 딸도 누가 보면 남의 자식인 줄 알겠어."

물어봐도 대답이 없다. 더 이상 경종이는 말을 잇지 않는다. 갑자기 하늘에서 번개가 치며 소낙비가 내리고 검은 구름이 몰려온다. 언젠가 집 주인이,

"이봐, 마누라 단속 잘해."

기분이 아주 불쾌했다. 하지만 아내를 의심한다면 최고의 죄악이라고 생각하고 그 죄가 장성해 불행이 나에게 찾아올 것이다. 도저히 괴롭고 고

통스럽고 답답하여 살 수가 없다.

'유전자 검사를 해볼까, 아니야 만약 내 자식이면 죄를 짓는거야. 그냥 쓸데 없는 생각하지 말고 잘 길러 보자. 하나님이 주신 선물이며 나의 기업인데 나쁜 생각을 한다니…'

시골에서 어머니가 오셨다. 둘째 아이를 안아보더니 남의 자식 같은 느낌이다. 어머니도 무슨 생각인지 퇴근하고 온 경종이에게 물어본다.

"갱종아, 둘째는 니가 난 딸이 맞냐?"

"어머니 무슨 말씀이세요? 제 딸이지 누구 딸입니까?"

어머님은 3일 계시다가 두 아이들을 데리고 시골로 내려갔다. 아이들은 할머니와 한달 동안 지냈다. 어머니에게 전화가 왔다.

"아들아 잘 있냐잉?"

"네, 어머니."

"갱종아, 아무리 생각해봐도 그런디 둘째는 니가 난 딸이 맞냐?"

"맞지요. 어머니."

"야, 근디 꼭 돌연변이 같다잉."

그는 마음이 괴로워서 결국 둘째 딸 머리카락을 뽑아 친자 확인 검사를 했다. 아니기를 바라며 간절히 기도했다. 그러나 결과는 99.9%가 일치하지 않는다. 내 자식이 아니고 다른 남자의 정자로 난 생명이다. 경종이는 아내에게 한마디 말도 하지 않는다.

'경종씨, 유전자 검사가 일치하지 않으면 아내에게 말을 해야죠' '설마 애기 엄마가 이 사실을 모르겠어? 남자인 나도 알고 있는데 본인이 생명을 낳으면서 자신의 육체에 변화가 오는 느낌을 받고 있으면서 왜 모르겠어', '유전자 검사 결과 친자가 아니라고, 누구하고 성관계를 해 임신을 했는지 사실대로 이야기 해보자고 대화를 해야지', '아니야 대화하면 뭐하겠어, 이미 일은 벌어졌는데', '그럼 이혼할거에요?', '이혼하면 부모가 없는 고아로 만들텐데 나 하나 좋으라고 헤어지거나 도망을 가면 되겠어? 사람들은 이런 사실을 보고 이해를 못하고 소송하고 이혼하지만 나는 그렇게 못하겠어', '그럼 그렇게 살거에요?', '살아야지. 자식을 버릴수는 없어. 하나님의 섭리인지도 몰라', '이해가 안 된다. 이해가 안 돼', '경종이가 바보인가 아니면 그 여자가 경종이를 이용하는가!'

죄를 지었으면 고통이 따르기 때문에 견딜 수가 없어 헤어지거나 이혼을 하는 것이 당연한데 이대로 산다니… 이미 아내는 잘 알고 있겠지.

만 3살 때 큰딸과 작은딸은 백색과 흑색이다. 느낌도 다르고 시각도 다르다. 마음이 그 아이에게 멀리 떠나고 있다. 그러나 그는 생명은 하나님께서 주신 선물이고 나에게 준 기업이며 아이를 통해서 하나님의 영광이 이 땅에 전파될 것을 믿고 기도한다.

그러나 그는 하루에도 천국과 지옥을 오르락 내리락하며 고통속에 살다가 '에라 모르겠다. 차라리 죽어버리자.' 그는 차를 끌고 밤 10시에 미친 듯이 속도를 낸다. 낭떠러지에 짚차가 굴러 떨어진다. 그러나 죽지 않고 이마에 피만 흐르고 있다. 어느 날 옥상에 올라가 떨어져 죽고 싶은 생각이 충동질한다. 옥상까지 올라가 멍하니 한 시간 동안 정신과 생각에 빠져버려 바보처럼 서 있었다.

또 농약을 파는 가게를 찾아 사이나를 사서 먹으려고 집으로 가지고 오다가 갑자기 '내가 미쳤나, 정신이 나갔구나, 하나님을 믿는 자녀가 자살을 생각하다니 어리석은 일이야' 약을 차창 밖으로 던져 버린다. 이 고난은 사명을 감당하라는 기회와 축복인지도 모른다. 26년의 시간을 기도와 좌절 속에 살아야 할 이유를 모르고 탕자처럼 방황하였다.

"경종 씨, 여자친구를 소개해 줄까?"

"무슨 소리요?"

"요즘 애인하나 정도는 두고 사는 세상이잖아. 내가 소개해 주려고 하는 여성은 돈이 많아요. 아버지가 사채업을 하는 사람이기 때문에 경제적 여유 있는 여성이지요. 그런데 이 여자는 결혼해서 실패한 여자이지요. 애가 하나 있어요."

3년 전, 유반장은 식당에 들어가 점심식사를 하려고 하는데 집주인 동씨가 한쪽 구석에 앉아 소주를 글라스에 따라 마시고 있었다. 유반장은,

"안녕하세요?"

묵묵부답이다.

"아이고, 오늘은 혼자서 술 한잔 하시네요?"

대답이 없다. '무슨일이 있나, 말도 없네.'

김치찌개를 시켜놓고 한참 먹고 있는데 갑자기 집주인 동씨가 유반장을 향해 다짜고짜,

"자네 말이야, 마누라 단속 잘해."

"네? 무슨 말씀이신지?"

물어봐도 대답하지 않는다. 집주인은 '횡'하니 나가 버린다. 경종은 망치로 정수리를 한 대 맞은 기분이다. '아니, 마누라 단속을 잘하라니 이게 대체 무슨 소리야!'

밥을 먹다 말고 도저히 앉아 있을 수가 없어 밖으로 나가 동씨가 있는

지 찾아본다. 그러나 보이지 않는다. 동씨 집으로 올라가 문을 두드린다.

"누구세요?"

할머니가 문을 연다.

"왜 왔어?"

"혹시 아드님 안 계세요?"

"아까 나갔는데."

"아줌마는 계세요?"

"모르겠어. 다 나갔어."

집으로 돌아온다. 아내에게 이 사실을 물어보자니 가슴이 뛰고 터질 것만 같다. 몇 날 며칠 누구에게도 말 못하고 속앓이를 한다.

겨울이 깊어만 간다. 만물이 땅속에 들어가 겨울잠을 자고 있을 때였다. 무서운 바람이 유경종에게 찾아온다. 겨울밤은 고요한 달빛만 비춰오고 있다. '누가 내 마음을 안 단 말인가!' 오후 3시, 친구를 만나기 위해 밖으로 나가던 중 전봇대 앞에 동씨가 서 있다.

"안녕하세요?"

대답이 없다. 그러나 동 씨는 유경종에게,

"이봐. 마누라 단속 잘해."

유경종은 그 소리를 듣자 멱살을 잡고 흔들어 댔다.

"야 이 양반아, 동네에서 젊은 여자들은 다 따 먹는다고 소문이 자자하던데 너 우리 마누라 건들였어?"

깜짝 놀란 듯하며 시침을 뚝 땐다.

"아니야, 무슨 그런 회괴망측한 소리를 하는거야?"

"당신 말이야 다시 한번 그딴 소리하면 죽여 버리겠어."

야간작업을 하고 있을 때 집주인은 혼자 있는 유경종의 아내를 찾아간다. 노크한다.

"누구세요?"

"집주인입니다."

"이 시간에 무슨 일이세요?"

그녀는 시계를 본다. 밤 9시 32분. 할 말이 있다고 하더니 일방적으로 젊은 유부녀 방으로 들어온다.

"차 한 잔 주세요."

차 한잔을 마시더니 유부녀를 끌어안는다.

"왜 이러세요?"

집주인은 여자 말에 댓구도 하지 않고 가슴을 만지고 오른손으로 여자의 아랫도리를 더듬는다. 유부녀는 한참 소리를 지르더니 더 이상 견디지 못하고 쓰러진다. 거부하지 않는다. 집주인은 여자의 옷을 하나씩 하나씩 벗긴다. 한 시간 동안 섹스를 하고 동씨는 밖으로 뛰쳐나가 버렸다.

유경종이 야간근무를 하면 그 틈을 이용해 집주인과 새색시는 어느 순간 성욕이 하늘을 찔러 서로를 마음에 품고 성행위를 하며 즐긴다. 그러나 한편으로는 불안한 마음이 있었지만 그것도 잠시 잠깐 집주인의 성행을 거부하지 못한 것이었다.

어느 날, 차 한 잔을 마시면서 약속한다.

"아저씨, 무덤에 들어갈 때까지 우리 이야기는 비밀이에요. 우리 남편은 세상에서 제일 정직하며 성실하게 살아가는 사람이에요."

"걱정마, 꼭 약속 지키지."

말이 끝나자마자 집주인은 여자의 몸을 다시 요구한다. 서로가 무릇 익어가고 사랑의 싹이 피어나기 시작한다. 틈만나면 집주인은 그녀를 찾아가 부부처럼 행동을 하며 차를 마시고 섹스를 즐긴다. 두 사람은 계속 불타고 있었다. 이제는 이 불을 아무도 끌 수가 없다. 그녀는 동씨의 몸을 미치도록 그리워한다. 1년이 하루같이 지나간다. 동씨가 안방 드나들듯이 유부녀를 만나고 있을 때 그녀는 고백을 한다.

"나 임신했어요."

집 주인 동씨는,

"당연한 것 아니야? 너가 알아서 해. 모든 권한은 당신께 있잖아."

그녀는 묵묵부답이다. 회사에 경제적 위기가 닥쳐 부도가 나기 직전이다. 유경종은 사표를 내고 용인으로 이사를 한다. 버스 회사에 취직을 하였다.

큰딸은 내 혈육이지만 작은딸은 원수의 딸이었다. 그래도 차별하지 않고 둘 다 대학을 보냈다. 학비를 마련하기 위해 엄청난 부담이 갔다. 다른 남자와 바람이 나 임신해서 낳은 둘째딸을 보는 순간마다 그는 날마다 매를 맞고 죽음을 생각하며 사는지도 모른다. 차라리 이렇게 살 바에야 자살해 죽는 것이 낫고 아니면 모든 것을 포기하고 어디론가 나홀로 떠나버리면 좋겠다.

'30대에 인생을 절망 속에 산다면 억울하지 않은가! 새출발 하자.'

그때마다 등 뒤에서 누군가가,

'경종아 내가 너를 사랑한다. 가정을 지켜라. 그 영혼들이 불쌍하지 않느냐? 그들을 버리고 너가 떠난다면 바다의 물고기 밥이요, 산짐승의 밥이요, 지옥의 땔감이로다.' 그 가정을 위해서 긍휼히 여기며 사랑하며 사명을 감당하라고 한다.

눈보라 속에 방황하며 살았으나 죽음의 직전 그들을 사랑하라고 부탁한다. '경종이는 사랑도 긍휼함도 능력도 없는 연약한 인간인데 내가 신이란 말인가! 아니 하나님이란 말인가! 그냥 평범하게 살고 싶다.' 그러나 영혼 없는 사랑속에 그들의 둥지가 되어 지금까지 살아오고 있다. '경종아 너가 사랑하는 큰딸이 있지 않느냐? 그 딸을 위해서 목숨을 바쳐라. 그들은 너의 마음을 잘 알고 하늘도 알고 있노라.'

생명은 초록동색이라 하늘이 주신 선물이며 운명이기 때문에 그는 차별하지 않는다. 더욱더 작은딸을 사랑하며 차별 없이 교육을 시켰다. 어느 날 경종이는 몸살이 난다. 하늘을 봐야 별을 딸 수 있을텐데 시간도 없이 생존의 일터에서 하루하루를 보내고 있다. 그는 비가 오면 온몸이 아파 견딜 수 없는 고통이 요동을 친다. 두 딸의 학비를 벌기 위해 가랑이가 찢어지고 먹지도 입지도 못하며 죽어라 일만 하며 살아간다.

그러나, 아이들이 '아빠, 아빠'하고 애교를 부리며, 두 딸이 내 품으로 안길 때, 고통과 슬픔, 외로움도 사라지고 그때에 아픔을 잊어버리며 행복이 충만하다. 나쁜 과거는 잊어버리고, 오늘 하루 있었던 일들을 생각하면서 사는 것이 은혜요, 축복이다.

어느 날이었다. 분방 중인 아내는 작은 공장에 가서 일하고 온다고 한다. 이제는 믿을 수가 없다. 남녀가 있는 곳에는 신뢰가 가지 않는다. 하루하루 지레밭을 걸어가는 아픔의 고통이 찾아온다. 이것이 나의 운명이라고 한다면 함께 살아야 한다. 모든 걸 절제하며 길을 열어가자. 아이들이 크니 사춘기가 찾아온다.

유경종은 딸들을 엄하게 길렀다. 저녁 8시 30분까지 꼭 집에 들어와 있어야 한다는 교육을 철저하게 각인시켰다. 여자나 남자나 밤늦게 돌아다니고 이 남자 저 남자를 만나고 이 여자 저 여자를 만나면 인생은 끝난 것이다. 절제하면서 순결하게 살기를 원했다.

어느덧 딸들이 20대가 되었다. 이제는 성인이다. 그런데 작은딸은 약속 시간을 잘 지키는데 큰딸이 9시가 넘어도 집에 들어오지 않는다. 자꾸만 약속 시간이 빗나가고 밖에서 남자 친구를 만나는 것 같았다.

"너 이리와 봐. 지금 시간이 몇시야?"

"9시 37분이에요."

"뭐하다 늦었어?"

"친구들과 놀다가 늦었어요."

"몇시까지 귀가하라고 했어?"

"8시 30분이요."

"여자나 남자나 한 사람을 만나면 평생 그 남자 그 여자하고 살아야 해. 그렇게 살지 못하면 짐승만도 못한 인간이야. 사람답게 살아야지. 너 부엌에 가서 가위 갖고와."

가위를 가져온다. 아버지는 큰 마음을 먹고,

"이제는 안 되겠다."

딸의 머리채를 잡고 삭발할 정도로 사정없이 잘라버렸다. 마음이 아파 견딜 수가 없다. 그러나 아버지는 독한 마음을 먹지 않으면 탕자처럼 방황하며 살 것만 같다. 딸은 방안에 들어가 하염없이 눈물을 흘리고 만다. 아내는 한마디 말도 없이 딸과 함께 울고 하룻밤을 새웠다. 그는 아내에게 들으라는 이야기인 줄도 모른다. 트라우마로 인한 고통이 자아 속에 숨어 있다가 환경이 바뀌면 다시 불꽃처럼 피어오르고 있는지도 모른다.

경종은 신학을 공부하기로 마음 먹는다. 열심히 공부해서 석사학위를 취득하고 목사 안수를 받는다. 개척교회를 한다고 아내에게 선포한다.

그러나

"여보, 나는 개척을 하면 당신하고 살 수가 없어요."

"무슨 소리요. 지금까지 분방하면서도 가정을 지키고 아이들을 티 없이 밝고 훌륭하게 키워왔소. 두 딸 모두 장신대를 졸업시켰고 유치원에서 아이들을 잘 가리키고 있는데 이제는 50이 넘었으니, 하나님께 영광을 돌리고 인생을 맞춰야 하지 않겠소?"

"그것은 아빠 생각이지요. 제가 사모를 할 수 없고 내조도 할 수 없습니다."

유경종은 퇴근하고 저녁에 집으로 들어온다. 아무런 기척이 없다. 현관문을 열어보니 싸늘한 찬바람만 몸속 깊이 스며든다. 텅빈 방 안에는 쪽지 한 장이 붙어 있다.

"여보, 이제는 떠날 때가 됐나 봐요. 저희는 가겠습니다. 늘 건강하시고 행복하기를 기원합니다."

유경종은 바닥에 주저앉아 하염없이 눈물을 흘린다. 이별은 찾아올 줄 알았지만, 암흑의 두려움이 클 줄은 몰랐다.

'26년간 죄악으로 고문당하며 가시밭 길 걸어오면서도 혹시나 아내는 거듭나 변화를 받았는지 생각하고 이제는 함께 주님의 일을 하면서 트라우마를 이겨내며 살고 싶었는데 아직도 그녀는 변하지 않고 죄악된 세상에서 방황하며 살고 있다. 차라리 가려거든 일찍 떠났으면 좋았을텐데….

젊은 청춘 세월 속에 흘러 보내고 홀로 남아 개척하려고 하니 세상이 무심하구나.'

인생 쓰나미가 찾아와 견딜 수 없는 아픔이 그의 몸속에서 천둥을 치고 있다. 원주에 사는 동기 목사에게 전화를 건다.

"목사님, 제가 원주로 가겠습니다."

차를 타고 달려간다. 그러나 용기가 나지 않고 할 말도 없다. 사생활을 동기들에게 이야기한다는 것은 자존심이 허락하지 않는다. '오! 주여' 찜질방으로 들어가서 마음을 달래고 자신을 위로하고 '이순간이 지나면 조금은 나아지겠지'하고 잠을 청하려고 하는데 동기 목사에게 전화가 걸려 온다.

"목사님, 오실 때가 지났는데 안 오시네요?"

"차라리 내일 12시에 만나서 식사나 하지요." 하고 전화를 끊는다. 목욕탕에 들어가서 한 시간 이상 뜨거운 물에 온몸을 담근다. 이제는 지칠 때가 됐나 보다. 힘이 없다. 라면 한 개를 먹고 잠을 청한다.

원주로 이사를 한다. 오늘따라 왜 이리 비바람이 부는지 대지가 젖어 든다. 나무에는 투명한 물방울이 뚝뚝 떨어지고 마당에 있는 병아리와 어미 닭은 비를 맞고 생쥐처럼 젖어 있다. 그 모습들은 이 남자의 모습이었다. 처량하다. 어쩌면 여자보다 남자가 더 외로움을 타는지도 모른다. 모든 흔적을 지워버리기 위해 꼭 필요한 것들을 차에 싣고 경기도 광주에서 원주 간 고속도로를 달린다.

\<흔적\>

『그토록 사랑에 목말라 애원하던 님이여

내 몸속에 피가 흘러 파도를 칠 때

그 피를 먹고 생존하였나요

살아있으매

견디기에

지옥보다 더 무서운 고난이어라

하늘을 친구삼아 하소연을 했건만

비가 오고 바람이 불고

먹구름만 대신 하였노라

정신을 잃으면 짐승의 밥이 될까

길이 없는 곳을 향하여 가고 오며

일터에서 시간을 보냈노라

터지는 가슴

입술로 나팔을 불까

절제하며 하루를 살았노라

꿈틀거리는 이 몸 하루가 천년 같고

그 세월 한숨 쉬며 26년

목석처럼 살았습니다

자연은

가을이 오고 겨울이 오고

봄이 오고 여름이 오며

그 흔적

영육 간에 가루가 되어

바람에 휘날렸노라

그들은 날개에 힘이 생겨

자유를 찾아

떠났노라』

가슴이 시리다. 가뭄에 말랐던 하천에는 물이 흐르고 있다. 그 물줄기를 보면 마치 내가 눈물을 흘리는 것 같노라.

26년 가까이 주변 사람들과 함께 웃음 지으며 기쁨이 넘쳤지만 내 영혼 속에는 고독감옥이었노라. 끝까지 인내하고 좋은 날이 오기를 기다렸건만, 그녀는 나를 버리고 아이들을 데리고 말없이 떠나버렸다. 이별하기 전 한마디라도 했더라면 이렇게 지독한 고독은 없었으리라. 이미 떠날 줄은 알았지만, 흔적은 찬바람만 불고 있노라. 속절없이 가버린 세월 '청춘의 고난이 천둥 치는 들판에서도 또다시 이겨내야 하는 야생화가 되란 말인가'

〈고멜〉이 생각난다. 그녀를 데리고 오면 집을 나가고 다시 데리고 오면 그대로 임이 있기에 목걸이를 걸어주고 가지 말라고 언약의 반지를 끼워주었건만 그녀는 떠났어라. 그러나 〈고멜〉은 둥지에서 성행위는 안 했지만 그대는 내가 살고 있는 울타리에 들어와서 잡놈과 음란의 행동을 하여 그 흔적으로 하루에도 천 번은 죽었어라.

'경종씨, 강간죄로 감옥에 쳐 넣어 버려야지요. 왜 당신만 바보처럼 당하고 있나요?' '그럼 내 상처가 치료가 될 수 있어? 세상이 뒤집어지기라도 한대? 만약 두 년놈을 감옥에 쳐 넣으면 애들은 누가 돌보고 또 그 애들이 성장하면서 올바르게 자라겠어? 분명코 아버지가 엄마를 감옥에 넣었다고 원망할거야. 원수를 사랑하라고 했는데 아빠는 엄마를 사랑할 수 있는데 왜 사랑하지 못했나요? 하고 원망하면 그 감당은 배가 될 수밖에 없어. 여기서 멈춰야 할 것 같아' 다른 이들은 이해를 못하지만 경종이는 자신만 이해하고 잊어버린다면 여러 사람이 행복할 수 있다라고 생각하는 것이다.

세상은 성난 파도요, 지진의 무너진 땅이요, 불꽃이 바람에 흔들려 화마요, 그 불꽃은 하늘을 찌르고 연기는 자욱하며 사면은 암흑에 생명을 앗아가버렸던 그날에도 헤치고 지금까지 경종이는 살아왔다. 그 옛날 목사님이 예언하시던 말씀이,

"경종아, 너는 목사가 되거라."

어머니도 무릎이 닳도록 기도하며 너는 목사가 되어야 한다고 입술이 부르트도록 말씀하였다.

유 목사는 2011년 11월 11일 개척한다. 남녀노소를 막론하고 축하해주기 위해서 예배당을 가득 채웠다. 나도 그날에는 참석해 작은 의자에 앉아 자리를 빛내주었다. 유경종 목사의 얼굴에는 광채가 나고 생기가 살아 꿈틀거리고 은혜와 성령이 충만하다. 한 시간 이상 모든 순서를 다 끝내고 식사하기 위해 식당으로 자리를 옮긴다. 유경종 목사는 나에게 다가온다.

"한승주 목사님, 감사합니다."

많은 목사님이요, 지인들이 지극히 작은 힘을 한곳으로 모아 성령의 불로 충만케 한다. 한승주 목사는 식사비를 완납하였다. 돈을 원한다면 목사가 되지 말아야지, 생존하기 위해서 성직자가 되는 사람들도 많다. 그들은 사명을 감당하지 못하고 악을 도모하며 살인하며 시기하며 도둑질하며 거짓말을 즐기는 자들이다.

유경종 목사는 한승주 원장이 장애인을 도와주는 그 모습에 감동해 일년이 넘도록 <실로암 장애인의 집>에서 손과 발이 되어 신발 밑창이 다 닳아지도록 무보수로 헌신 봉사하였다. 장애인들의 옷을 갈아입혀 주며 기저귀를 갈아주고 악취가 나는 욕창도 치료를 하였다.

그는 배고파 울고 있는 사람이 있거나 목회자들이 어려움을 당한다는 소식을 듣고 시골이요, 산이요, 바다로, 그들을 찾아다니며 선교하였다. 그는 세상의 모든 걸 버리고 한 영혼을 천하보다 소중히 여기는 하늘의 사자가 되기 위해 오늘도 말씀과 기도로 양식을 삼고 새롭게 거듭난다.

유목사는 개척한 지 6개월 만에 40일 금식을 한다. 금식을 시작할 때는 많은 준비를 한다. 약국에 가서 장을 청소하는 소염제를 이틀 동안 먹는다. 음식도 기도도 얽힌 모든 문제도 정리 정돈하는 것이다. 금식하다 죽는 사람이 있기 때문이다. 금식은 생명을 바치는 것이다. 금식한다고 자랑하거나 교만해서는 안 된다. 금식 때문에 신비한 인간 창조의 근원을 잃어버리고 괴물로 변해가는 사람들이 많다. 온전한 금식은 물도 먹지 않고 금식하는 것이 성경적이다.

모세는 40일간 3번을 금식했으나 인간 자체가 거듭나지 못해서 신의 거부를 하게 되고 혈기 속에 신을 대적하는 일들이 일어났다.

이스라엘 백성들은 (피, 개구리, 이, 파리, 가축돌림병, 악성 종기, 우박, 메뚜기, 흑암, 장자의 죽음) 10가지 재앙을 당하고 성민 된 백성이요 신의 조명을 받아 살아야 할 인간을 홍해 바다를 건너게 하였다. 그들은 40년의 연단을 받게 된다.

그 이유는 모세가 신의 말에 온전히 순종하지 못하여 그 백성들은 고난의 연속이었다. 그는 출애굽을 한 다음 40일 금식한다.

십계명을 땅에다 던져버렸던 돌판을 두 손으로 들고 가서 시내 산에서 마지막 금식을 한 후 십계명을 다시 받고 온몸이 해같이 빛나고 얼굴에 광채가 있으매 모세를 바라보는 이스라엘 백성들은 두려워하며 그 말씀에 순종하였고 곧 모세는 신(하나님)에게 순종하므로 성민 된 백성을 위하여 성막을 세우게 된다.

한국의 목사들이요, 교인들이요, 직분자들이요 금식한다고 기도원으로 올라가는 것은 온전히 성령의 조명을 받아 거듭난 삶을 살기 위한 하나의 방법이다. 오늘날의 인본주의 속에 살아가는 기복 신앙인들이 여기저기 많다. 이것은 예수 무당들이다.

'예수 무당들이여 들어라! 40일 금식했다고 현수막을 걸어놓고 자랑을 일삼는 한국교회 목사들, 교인들이 많다. 능력을 받았다고 천국이요, 지옥을 보았다고 한다. 그것은 다 거짓 선지자이고 삯꾼들이고 양의 탈을 쓴 이리의 모습이다' 그러나 유경종 목사는 금식하면서 시내산(금식기도원)에 올라가지 않았다. 개척교회에서 금식한다. 그는 주일예배, 수요예배, 금요철야, 새벽기도 등 여기저기서 초청받아 헌신 예배요 부흥회까지 인도하러 다닌 것이다.

유 목사님은 낚시터에 가서 심방을 하는데 갑자기 물 한 병을 가져다 주는 교회 성도가 있었다고 한다. 그것이 기억에 남고 감사하다고 한다. 목사님은 금식 중에 솜이불을 밟고 걷는 것 같은 느낌이 들었고 온몸이 새 털처럼 가벼웠다고 한다. 그는 운전하고 심방을 한다. 사람들이 말하기를,

"40일 금식하면서 혹시 숨어서 몰래 먹는 거 아니야?"

오해를 받았다. 한 성도가 의심이 나서 먹을 것을 숨겨 놓고 있나 샅샅이 조사한다. 그러나 음식물은 빵 한 조각도 없었다. 강대상 옆에 작은 생수 물만 쌓여 있었다. 그는 아무것도 먹지 않고 물만 마셨다고 외치고 있다.

나는 유 목사님의 말씀을 듣고, '신이 그대에게 관심을 가지고 좌우로 붙들고 계시고 있다'라는 말을 했다. 원래 금식은 3일만 해도 모든 뼈가 쑤시고 어지럽고 죽을 것 같은 고통이 밀려온다. 유 목사님은,

"목사님, 3일 단식이 더 힘들어요. 그러나 3일만 지나면 몸이 가벼워 날아가는 것 같아요."

"네, 대단하십니다. 목사님 원래 금식은 교회에서는 못하는 거예요. 20일 금식도 아니고 40일 금식을 한다는 것은 하나님의 섭리가 아니면 할 수가 없는 것입니다. 세상 가운데 금식을 한다는 것은 절제의 능력과 참아내는 고통을 이겨내야 합니다. 주변에는 먹을 것이 많고 성도들이 먹는 음식을 눈으로 보면 오감을 느낄 수밖에 없습니다. 세상 사람들과 더불어 교회 안에서 기도하며 금식했으니, 당신은 모세보다 더욱 나은 사람이요. 충성된 종입니다. 목사님, 40일 금식중에 기도 응답은 받았습니까?"

나는 물었다.

"회개만 터져 나왔습니다."

<경종이는 회사에서 다툼이 생겨 평소보다 조금 늦게 집에 들어왔다. 아내가 밥을 차려온다. 경종은,

"왜 이렇게 맛이 없어?"

시비를 건다. 아내는 죄가 크므로 남편에게 한마디 말 못 하고 야단을 치던 욕을 하던 그저 듣고만 있었다.

"그렇게 벙어리처럼 입만 다물지 말고 말 좀 하란 말이야. 당신이 그렇게 잘났어? 왜 나를 괴롭히는데, 서로가 고통스러우니깐 차라리 죽는 게 낫겠어. 개지랄하고 살면 뭐 하겠어? 집주인 놈하고 붙어 처먹다가 그것도 모자라서 그놈 새끼를 낳아서 나보고 기르란 말이야? 이 경종이란 놈이 당신한테 죽을죄를 지었어? 원수라도 돼? 왜 사람에게 정신적 고통을 주면서 이렇게 비참하게 하는 거야?"

그는 아내에게 주먹을 휘두르지만, 원수의 자식에게는 한마디 혼내지도 못하고 상처가 될 말은 절대 하지 않는다. 엄마의 잘못이지 어린아이들이 무슨 죄가 있겠는가! 아내가 떠나는 것이 서로가 좋을 것 같다. 지금 30대인데 평생 이렇게 산다는 것은 인간이 능지처참당하고 사는 것이다. 마음의 고통이 있어 평안함이 사라지고 사는 것이 사는 것이 아니다.

이슬비가 내리며 안개가 자욱하게 낀 어느 날이었다.

차라리 죽자. 하루도 아니고 몇 년 동안 아내가 간음했다는 사실이 기억 속에서 지워지지 않는다. 이 고통은 죽음보다 더 아픈 고통이다. 더 큰 비극이 오기 전에 차라리 죽어버리자. 자살하기 위해서 낭떠러지로 차를 몰고 가다 굴렀다. 그 순간,

"왜 죽어, 바보 같은 짓을 하지 마라. 경종이는 살아야 해. 스쳐 가는 은은한 소리가 나를 향해서 들린다. 죽지 않았다. 이마가 찢어지고 오른손에 상처가 나 피가 흐르고, 다리요 온몸은 멀쩡하다. 이렇게 해서도 죽지 않는 것은 운명인가 보다.

어느 6월이었다.

집에 들어오면 누구와 대화할 사람도 없고 상한 마음을 치료할 수 없어 사는 것이 지옥 같다. 이 경종이는 믿음 생활을 잘한다고 했고 죄가 있다면 10대에 교회를 간혹 다니지 않고 방황하며 친구들과 놀던 때가 좋았다. 공부하고 싶었지만, 어머니는 공부하지 말고 일을 하라고 하였고 책을 짝짝 찢어 불에 태워버리고 말았다.

갑자기 죽고 싶은 생각이 밀려온다. 저수지에 가서 죽어버려야지, 신고 있던 양말과 신발을 벗고 윗옷과 바지도 벗어 정리해 돌 위에 올려놓고 물속에 뛰어 들어가려고 하는 순간, 어디에선가 큰 돌멩이가 날아와 물속에 풍덩 빠진다.

'왜 죽으려고 해?'

환청이 들려 소스라치게 놀라 뒤로 넘어지고 말았다. 목 놓아 엉엉 울면서 죽자니 마음대로 안 되고 살자니 고통이 나를 짓누르고 있으니 나보고 어찌하란 말인가!

나는 40일 금식하면서 30일째 되는 날 회개가 터지고 마음에 응어리가 진 상처는 성령의 불로 태워버리고 평안과 기쁨이 넘쳤다. >

"아무 응답도 없습니다. 39일째 날, 저녁에 비몽사몽간에 잠이 들었습니다. 하나님(신)께서 기다리라고 말씀만 하셨습니다."

나는 유 목사님께,

"기다리라고 하는 말이 진리이고 하나님의 응답입니다. 목사님, 금식 마지막 몸조리는 어떻게 하셨습니까?"

"죽집에서 쌀을 갈아서 쌀 물을 3일 동안 먹고, 4일째는 맹물 죽을 먹었습니다. 7일째 되는 날은 바나나처럼 큰 돌덩어리 같은 변이 항문에서 빠지지 않았습니다."

유 목사는 손으로 파냈다고 한다. 금식을 마치면 주로 사람들은 병원으로 가서 몸조리한다. 그러나 시작부터 끝나는 날까지 의학의 도움을 빌리지도 않았다. 오직 믿음 안에서 금식을 마쳤다. 아직도 고난이 끝이 아니요 연속이다. 그러나 어떤 위험이 닥쳐와도 좌절하거나 포기하지 않고 있다.

나는 유 목사님께,

"인간은 죽는 날까지 기다리며 살아야 합니다. 천국가는 그날까지 말이죠. 그래서 인간은 미완성입니다. 계속 선한 싸움을 싸우고 복음을 전하며 영혼을 사랑하는 마음이 불꽃처럼 타올라야 합니다."

나는 유경종 목사님과 하루에 한 번씩 통화한다.

"목사님, 이번 주일은 서울에 가서 예배드리겠습니다."
"감사합니다."

목사님과 독대를 한다.

"금식할 때 언제 가장 힘들었습니까?"
"3일째 되는 날이 고비였습니다. 지하실에서 기도하고 있는데 짜장면이요, 김치찌개요, 돼지갈비 등 각종 냄새들이 지하실로 들어와 내 몸을 혹사시키고 먹고 싶은 충동이 일어 견딜 수 없는 고통이었습니다. 너무 힘들었습니다. 열흘째 되는 날은 냄새가 전혀 미각을 건드리지 않고 정신만 초롱초롱 빛나고 얼굴은 반쪽이 됐지만 광채가 빛났습니다."

"목사님 그럼 무슨 기도를 많이 했습니까?"
"어릴 때 어머니 말을 듣지 않고 내 고집대로 살아왔던 일이었습니다. 어머니는 학교를 보내주지 않고 일만 시켰습니다. 그 이유는 아버지께서 심장병이 있었기 때문입니다. 아버지는 바람이 불면 옷으로 얼굴을 가리고 바람을 등지며 견디지 못해 일하다 말고 집으로 들어가 쉬곤 했던 것이지요. 어머니는 아버지를 지극히 사랑했습니다."

"아니 그것을 어떻게 알아요?"

"연년생으로 아들 다섯을 낳고도 모자라서 딸 하나를 더 낳았지요."

"부부금실이 참 좋았네요?"

"네. 어머니와 아버지는 믿음이 좋았습니다. 어머니는 아버지 대신 저를 가장으로 만들기 위해서 머슴 부리듯 일만 시켰지요. '갱종아 너는 일을 많이 해야 한다.' 하면서 책을 불에 태워버렸습니다. 얼마나 어머니를 원망했는지 모릅니다. 지금까지 살아오면서 거짓말한 죄, 티끌만한 죄도 뼛속 깊이 회개가 나왔습니다. 나에게 죽을 만큼 고통을 주고 간 아내에게도 간절히 기도가 나오더군요. 어디서 방황하지 말고 지금이라도 돌아와서 주님을 영접해 달라고 눈물을 흘리며 기도했습니다. 매일매일 하나의 실수를 통해 가정이 부서지고 깨질 수밖에 없는 저주의 마음을 회개하였던 것입니다.

사명 받은 자들이 사명을 감당하지 않는 것은 큰 죄입니다. 목사님, 저는 금식할 때 학장이요 지인들이요 동료들이 밥을 먹으러 가자고 전화가 왔습니다. 단 한번도 연락하지 않던 친구도 금식하고 있을 때 전화를 걸어 '우리 식사나 할까?' 합니다. 그러나 한 사람에게도 유혹 당하지 않고 시험에서 이겨내려고 여러 가지 위험 속에서도 금식을 마쳤습니다."

"지금 자녀들이 연락은 오나요?"

"네. 한 달에 한두 번씩 전화가 걸려 옵니다. 큰딸은 자주 전화옵니다."

"큰딸은 아버지에게 상처를 많이 받았을텐데요?"

"아니에요. 오히려 딸이 고마워해요. 큰딸 때문에 방황하던 마음을 잡았습니다."

"왜요?"

"큰딸은 작은딸이 차에 칠까봐 자기 몸으로 동생을 끌어안고 지켜주었지요. 만약 큰딸이 동생을 사랑하지 않았으면 작은딸은 죽었을 것입니다. 큰딸의 행동을 보면서 저는 마음을 잡았지요. 그리고 그 누구보다도 작은딸을 더욱 사랑했지요."

지금 유경종 목사는 헌신예배, 주일예배, 전국 부흥회를 다니며 정신없이 바쁘다.

나는 유경종 목사님께 교도소에 선교하라고 <나는 무죄였다> 책 30권을 보내 드렸다. 갇혀있는 자들은 신문 한 장도 소중하고 잡지요, 메모지요, 책들이 소중하다. 그곳은 성경을 읽고 철학을 배우며 법학도가 되는 곳이다. 우리는 가난한 자에게 위로자가 되어야 한다. 갇힌 자를 돌아볼 때 세상에서 지치고 고통당한 자를 돌아볼 수 있는 것이다. 현대는 조현증, 우울증, 조울증으로 살아가는 사람들이 90%이다. 강자를 보지 말자. 나보다 못한 사람들을 위해 살아가면 행복해질 것이다.

유 목사님은 선한 싸움을 싸우고 복음을 전하며 한밤중 산중에라도 전화가 걸려 오면 쌀을 사고 달걀 5판을 사서 가져다 드리고 오면 근심, 걱정, 괴로움, 슬픔이 물거품처럼 금방 사라진다고 한다. 나는 목사님을 만나서 행복하다. 함께 교회 개척을 위해서 진리의 터를 보러 다닌다.

그는 3월경 교도소에 선교하러 간다. 옥에 갇혀 있는 자들을 위해 생명의 말씀을 전하고 위로하고 위로받고 와서 슬럼프에 빠졌다. 교도소에 갇혀 있는 자들은 출소하면 갈 곳이 없고 굶어 죽는다고 한다. 그래서 또다시 죄를 짓고 감옥에 들어오는 것이 허다하다고 한다. 감옥은 제시간에 밥을 주고 아프면 약을 주고 옷을 주기 때문에 어쩌면 세상에서 사는 것보다 훨씬 행복하다고 한다. 사실은 감옥에 있는 사람들은 죄인인 것 같지만 의인이다. 그곳의 죄인들이 회개하고 돌아올 수 있는 천국의 시민권자들이다. 한 달에 5만 원만 가지면 죄를 짓지 않고 감옥에서 참다운 사람이 되어 천국에 갈 수 있는 황금의 어장을 낳는 곳이다.

나는 유경종 목사님, 김 전도사님과 4월 1일 경기도에 있는 교회를 보러 갔다. 교회 건물은 20년 가까이 사용하지 않아서 재건하려면 수억이 있어야 하며 옆 건물 5층까지 리모델링을 해달라고 요구하는 것이다. 목사는 (?) 입에 독이 있다. 몇 억이 있으면 양평에서 전원교회를 임대하든지 땅을 사서 교회를 새롭게 건축하면 해결되는 것이다. 그러나 나는 목사의 권위나 언어에 약속이 성취되는 인격적 성직자라고 생각했으나 그는 행시주육이었다. 강도요 살인자보다 더 무서운 막가파 인생을 사는 것 같았다. 우리 일행은 마음의 상처를 받고 돌아왔다. 나는 사람을 보며 세상을 봐도 절망뿐이다.

아버지는 새끼들을 죽이고 음행하며 악독하며 살인하며 거짓말을 하며 혀에 독사의 독이 있고 형상은 사람 같으나 괴물이요, 무수히 강매하며 간통하며 시기하며 죽이기를 좋아하는 이 시대가 가슴 아프다. 그저 범사에 기뻐하며 감사하며 자신을 돌아보며 사랑하며 관용을 베푸는 것이 인간의 근원이거든 어찌 감성도, 온유함도, 오감도 없어 자신만 생각하는가! 독불장군들이여, 사악한 사자로 변해 하늘에는 불비가 쏟아지며 여름에는 주먹만한 우박이 쏟아지고 있노라.

죄를 물 마시듯 숨 쉬듯 먹고 마시면서도 조금 양심의 가책을 느끼지 못한 자들이여! 거듭나서 천국에 가기를 기원하노라.

이대로 있으면 정신적 시달림에 죽고 만다. 나는 살고 싶다. 살기 위해서는 시간을 지배하며 세월을 보내고 사는 것이 거듭나는 일이다.

몇날 며칠 고민 끝에 배낭여행을 떠난다. 해외는 갈 수 없다. 여러 가지 조건이 맞지 않는다. 도보여행을 떠나보자. 목적지를 정해놓고 떠나는 것은 어쩌면 힘들 수도 있다. 그저 세월 따라 시간 따라 무작정 가야 한다. 여행길에서는 배고픔이요, 고생이요, 본토박이에게 수없이 매를 맞으며 생명의 위협을 당할 때도 있을 것이다. 마음을 단단히 먹고 여행 준비를 한다.

휠체어 밧데리와 타이어를 새 것으로 교체하고 공기 주입기까지 챙기고 츄리닝 한 벌, 바람막이 잠바, 화장지, 칫솔, 치약, 물통, 수건, 비상약, 장갑, 양말, 등산화, 모자, 썬크림, 선글라스, 기저귀, 얇은 담요 한 장, 간식(초코파이, 껌, 영양 빵) 등 꼭 필요한 도구만 준비하고 휠체어 뒤에다 태극기를 꽂고 서울에서 땅끝마을까지 도보(휠체어)하기 위해 완전무장을 했다. 그러나 지인들은 불가능하다고 한다.

도보여행은 잘 먹고 잘 자고 편안한 시간을 보내기 위해 떠나는 것이 아니다. 나 자신이 얼마큼 인내할 수 있는지 그리고 내 삭신의 에너지가 얼마만큼인지 시험해 보기 위한 것이다. 동반자도 없다. 혼자서 가는 길이다. 그러나 며칠(일주일이요, 보름이요, 아니면 3개월이요)이 걸릴지는 모른다. 시간의 구애를 받지 말자. 가다가 힘들면 쉬었다 가고, 하루에 10킬로를 가던지 30킬로를 가던지 정해놓지 말자. 즐기면서 꽃도 보고, 물소리도 듣고, 산도 바라다보면서 어느 순간에는 밭을 가는 늙은이도 만날 것이다.

5월 8일 나의 시험 여정, 서울 강동구에서 오전 5시에 출발해 하남을 거쳐 경기도 광주까지 가고 있다. 홀로 가고 있는 길 위의 인생은 외롭고 고독하다. 그러나 적막하지만 산은 나에게 다가와 말을 건넨다.

"여보시오. 쉬었다 가시오. 그늘진 곳에 앉아 즐거움을 나누며 소나무 솔잎 향기를 마시며 그 품에 잠시 쉬었다 가시오."

진달래, 개나리, 사철의 꽃들이 피어 있는 산들은 나에게 말하며 선물을 건넨다.

"그래요."

여행하고 있는 나는 자존심을 버리고 주면 받아서 먹어야 생존한다. 전동휠체어를 타고 가기 때문에 4시간 이상 걸려서(약 30킬로) 경기도 광주에 도착했다. 지나가는 한 중년이 다가와,

"왜 이러고 계시나요? 제가 도와드릴 것이 있나요?"

"아닙니다. 목이 말라서요."

물을 사서 가지고 온다. 한 병을 주면서 함께 마시자고 한다.

"고맙습니다."

"아저씨는 어디를 가시기에 여기 있나요?"

"저는 해남 땅끝마을까지 무전여행을 하는 중입니다."

"아니, 몸이 불편해 보이는데…."

"네, 중증장애인입니다."

"아이고, 그 몸으로 어떻게 무전여행을 합니까?"

"아저씨, 저는 살아야 하기에 한계를 시험해 보는 겁니다."

"대단하십니다."

물 3병을 더 사다가 주면서 엄지척하고 내 곁을 떠난다. 나는 점점 멀어져 가는 그의 뒷모습을 보면서 흔적마저 사라질 때까지 하염없이 바라본다. 그러나 중년이 주고 간 물병은 나의 생명을 연장한다.

곤지암에 도착했다. 12시 40분. 힘이 없다. 배가 고프다. 지금 밥을 먹지

않으면 안 된다. 곤지곤지 대구탕 식당에 들어가 1인분을 시켰다.

"아줌마, 저~ 휠체어 충천 좀 할 수 있습니까?"

"네"

나는 충전기를 꺼내어 아줌마에게 도움을 요청한다.

"아줌마, 죄송해요. 충전기 좀 꽂아주세요."

친절하게 도와주신다. 밥을 먹는데 아줌마는 내 곁으로 다가와,

"손님은 인상이 참 좋으시네요. 그런데 어떻게 하다가 휠체어를 타게 됐나요?"

"어렸을 때 하반신과 상체까지 장애인이 되었습니다."

"얼굴을 보니 아까워요. 멀쩡하게 생긴 양반이 장애인이 됐으니 그 세월이 얼마나 힘이 들었겠습니까?"

"나름 열심히 살았습니다."

아줌마는 한참 대화하고 나더니,

"손님, 밥값은 제가 내겠습니다."

"아니, 주인 마담이 아니십니까?"

"아닙니다. 알바에요."

"그런데 밥값을 안 받으시면 어떡합니까?"

"오늘 좋은 분을 만나 대접할 수 있게 되어서 감사한 일이지요. 목적지가 어디세요?"

"해남인데 그 목적이 이루어지려는지는 잘 모르겠습니다."

"체력이 있어야 해요."

"그러게요. 에너지 충전이 잘 되어야 할 텐데…"

아줌마는 핸드폰 번호를 교환하자고 한다.

"잘 먹어야 합니다. 식사 시간 맞춰서 꼭 드시면 성공할 거에요."

"아줌마, 지금 몇 시예요?"

"오후 3시 52분입니다."

"감사합니다. 제가 드릴 것은 없습니다. 그러나 제가 쓴 <나는 무죄였다> 책 한 권 드리겠습니다."

"아, 소설가이시네요?"

"네, 맞아요."

"표지 인물이 배우 같으시네요."

"하하, 아닙니다."

"어쨌든 받았으니 잘 읽어 보겠습니다."

나는 핸드폰을 가지고 내비게이션을 본다. 15킬로 거리다. 그렇다면 2시간 30분 이상이 걸릴 것이다. 5시쯤 되니깐 졸음이 쏟아진다. 피곤하다. 걱정이 연신 밀려온다. '이렇게 육체가 연약해서 어떻게 국토를 횡단한단 말인가!' 아침 식사를 우유 한잔으로 때우고 나니 금세 허기가 찾아와 배를 무리하게 채우다가 피곤이 밀려온 것이다. 곤지암에 있는 수양4리 마을회관이 보인다. 잠시 쉬었다 가야겠다.

밭에는 논을 갈아엎고 모내기가 시작되고 있다. 산 넘어 노을이 훤히 비치고 있는데 농부는 아직도 한창이다.

'농부의 모습은 그 옛날 우리 집을 연상시킨다. 아버지는 방앗간을 했고 어머니는 농사를 많이도 지었다. 그렇게 열심히 살던 부모님은 내 곁을 떠났다. 그러나 그 추억은 아직도 마음에 남아 꿈틀거리고 있노라.' 해가 서산에 기울기 전에 부지런히 길을 나서야 한다.

경기도 이천에 도착했다. 해는 지고 어두움이 밀려온다. 오늘 하룻밤을

이곳에서 묵어야 한다. 모텔에 들러,

"방 있어요?"

"네, 있습니다."

나는 첫날 여행이기 때문에 모텔에서 묵기로 했다. 그러나 계단이 있어 휠체어가 들어갈 수가 없었다. 민박집으로 다시 찾아간다. 그런데 민박집도 휠체어가 장애가 되었다. 찜질방도 갈 수가 없다. 사면초가다. 하룻밤 자고 갔으면 좋겠다.

밤 8시. 허름하고 쓰러져 가는 빈집이 보인다. 나는 그 집을 향해서 가고 있다. 입구에 들어서니 거미줄이 사방에 수를 놓고 있다. 오른쪽 뒷면에 글 귀가 보인다. '불가능은 없다.' 붓글씨로 쓰여 있다. 오랫동안 살았던 옛 모습이 뚜렷하게 보인다. 나그네들이 이곳에 들어와 잠을 청했는지도 모른다. 냄새가 나고 창문들은 깨지고 부서져 있다. 우리네 인생도 잠시 방황하면 이 빈집처럼 쓸모가 없는 사람이 된다는 생각을 해본다.

휠체어 등받이를 젖히고 바람막이 잠바를 꺼내 이불 삼아 덮고 잠자리를 준비하고 나니 조금은 배가 출출하다. 가방에서 초코파이와 우유를 꺼내어 저녁 식사로 때운다. 밤 10시쯤 어디선가 '쿵' 소리가 들린다. 깜짝 놀라 일어나니 암흑이 나를 가로막아 갑자기 두려움과 무서움이 몰려왔다. '혹시 누가 왔나' 이리저리 둘러보아도 아무도 없다. 그런데 커다란 소 한 마리가 이곳으로 들어온 것이다. 생명의 위협을 느끼지만 가지고 온 후레쉬를 비추며 '저리가, 저리가' 말해도 꼼짝도 안 하고 그 자리에 서 있다. 그런데 순간, 그 소가 나를 지켜주는 것 같은 느낌이 들었다.

'그래, 나와 함께 여기서 동침하자. 그냥 자야겠다'

새벽 3시다. 깊은 잠이 오지 않는다. 밤을 설치면서 아침을 맞는다. 소는 내 옆에 누워 있었다. 잠깐 놀랐지만, 나를 지켜준 것 같아서 고맙다. 나는 소에게 다시 한번 고맙다고 이야기를 한다.

'너와 나는 사람이 싫고, 주인이 싫고, 세상이 싫구나. 그래서 네가 나를 찾아왔구나. 네 마음이나 내 마음이나 이심전심以心傳心이로다.'

오전 6시 10분, 사람들의 소리가 여기저기서 웅성웅성 들린다. 소를 찾는다. 아침에 일어나니 주인은 소가 사라진 것을 보고 찾아다니다가 내가 있는 빈집까지 온 것일게다. 어젯밤에 도망 나온 소가 나와 함께 있는 것을 보고 주인은 기쁨이 넘쳤나 보다. 혹시 도로에서 길을 헤매다가 죽을 수도 있었기 때문이다.

그래서인지 소 주인은 얼마나 감사하게 생각하는지 모른다. 잃었던 소를 찾게 되니 복의 근원이다. 소 덕분에 인연이 되어 그 집에서 하루를 묵게 된다. 그 집은 본채와 사랑채가 따로 있었다. 지금은 건너편 사랑채가 비어 있으니 거기서 묵으라고 한다.

아침 6시에 식사를 마치고 안성시로 간다. 일죽면까지 24킬로 거리다. 무리하지 말자. 두 번 쉬었다가 가는 것이 에너지가 고갈되지 않고 충전이 되는 것이다. 천천히 길을 떠난다. 고요하다. 길 건너에 있는 할매가 무언가를 열심히 캐고 있다. 나는 아무것도 먹지 않고 쉬지도 않고 누군가를 만나지도 않고 꼬박 2시간을 간다. 자연 속에 묻혀 추억을 만들며 가던 중 모가면에 있는 24시 편의점이 눈에 들어왔다. 밧데리 충전을 시키기 위해서 잠시 쉴 수밖에 없다. 50대로 보이는 남자가 나에게 다가온다.

"왜 그러시지요?"

"다름 아니라 저는 장애인이며 보다시피 휠체어를 탈 수밖에 없습니다. 저는 무전여행을 하는 중입니다. 밧데리가 방전 직전이라 충전을 시켜야만 합니다. 도와주시면 안 되겠습니까?"

나는 간절히 애원했다. 그러자 남자는,

"네, 도와드리겠습니다. 어떻게 해야 합니까?"
"코드만 꽂아주면 됩니다."

친절하고 좋으신 분이다. 그러나 2시간 동안 충전을 시켜야 한다. 전동
휠체어를 타고 국토여행을 한다는 것은 밧데리가 큰 장애다. 오직 충전만
이 강권이다. 춥고 배고프고 헐벗고 길거리에서 이슬을 맞으며 잠을 자고
먹는 것도 생존할 수 있는 에너지도 빵 한 개로 족하다. 모든 것이 불편해
항상 불안하다. 그러나 이것이 인생이다.

충전이 끝난 후, 목적지를 향해 나선다. 11시 5분이다. 일죽면까지 14킬
로 남았다고 네비게이션이 알려준다. 나는 하늘과 땅 그리고 자연을 벗삼
아 대화하며 빈 마음을 채우려고 노력한다. 중간에 포기한다면 내 인생은
없다. 정신없이 앞만 보고 가고 있다.

푸른 초원 산천 속에서 일하는 사람들이 새참을 먹는다. 가던 길을 잠
시 멈춰 옛 추억을 생각하면서 바라본다. 그 모습이 정겨워 사진을 휴대
전화에 담았다. 어찌나 진실하고 정직해 보이던지 넋이 나가 구경을 하고
있는데,

"아저씨, 여기에 와서 막걸리 한 잔 하세요?"

코끝이 찡하다. 나는 항상 마음이 약하고 사람의 정이 그립다. 사랑을
받지 못해 누군가에게 관심을 받으면 감사가 충만하다.

"감사합니다."

막걸리를 한 잔 따라준다.

"아저씨, 마음과 성의는 황송합니다. 그러나 저는 술을 먹지 못합니다. 만약 술을 먹는다면 국토여행을 할 수가 없어요. 저는 서울에서 사흘째 여기까지 왔습니다."

"아니, 몸도 성치 못한 양반이 집에서 가만히나 계시지 여기까지 어떻게 오셨어요?"

"여행 중입니다."

"그 몸으로 어떻게 여행을 할 수 있단 말입니까? 불가능합니다."

100년 된 느티나무 아래에 둘러앉아 새참을 먹는 사람들의 풍경은 뜨거운 태양을 피하려고 큰 모자에 수건을 감고 양쪽 볼을 차단하고 가벼운 난방 차림에 하의는 몸뻬 바지를 입었으나 흙물이 튀어 얼룩지고 있는 그 모습은 농촌의 풍경을 그대로 그려내고 있다.

5명이 둘러앉아 참을 먹으면서 이구동성으로 하나같이 안 된다고 고개를 갸웃거리며 이상한 사람으로 바라보고 있다. '그래도 이대로 포기해서는 안 된다.' 나는 충분히 그들을 이해시키려고 한다.

"아저씨들이여, 저는 비록 장애를 가졌지만 행복하고 보람 있는 삶을 살아왔습니다. 그러나 지금은 방안에서 철장 없는 감옥살이를 하면서 좌절, 분노, 사회적 상처 속에 사람이 싫고 무서워서 바깥 구경조차 못하고 두문불출하고 살다가 결국 우울증에 걸려 치료하기 위해서 자유여행을 선택했습니다. 저는 작가이며 목사입니다."

음료수 한 잔을 얻어 마셨다. 나는 책을 한 권 꺼내어 주고,

"안녕히 계십시오. 땅끝마을까지 가려고 하니 갈 길이 멉니다."

자신을 재촉하며 길을 나선다.

일죽면에 3시에 도착했다. 벤치에서 쉬었다 간다. 다시 3시간 걸려 안성

시 종합버스터미널까지 왔다.

오후 8시, 오늘은 어디서 자야 하는지 면도칼로 내 살을 자르는 아픔이 몰려온다. 주변이 허허벌판이다. 여인숙이나 모텔을 찾아보자. 시내까지 들어가자니 20분이 걸릴 것 같아 오늘은 터미널에서 노숙해야겠다. 배가 고프다. 비상식량을 꺼낸다. 누룽지를 먹고 물을 마신다. 누룽지는 면역력을 키우며 소화도 잘되고 성인병을 예방시켜주는 좋은 식품이다. 충분한 에너지를 보충하자.

오늘 밤은 돌베개를 베고 하늘과 바람을 이불 삼아 잠자리를 마련해야 한다는 예감이 든다. 화장실에서 자는 것이 어쩌면 체온이 떨어지지 않고 생명의 위협을 느끼지 않을 것이다. 그러나 대합실에서 잠을 청하기로 했지만 내 생각과는 빗나갔다. 장애인 노숙자인줄 알고 밖으로 쫓겨난다. 그 근처에 벤치가 나를 기다리고 있었다. 이곳에서 하룻밤을 보내야 한다. 사람들이 보기에는 추하고 비참해 보이지만 목적이 있고, 꿈이 있고, 살아야 한다는 미래 지향적인 생각이 있기에 결코 주변 사람을 의식을 해서는 안 된다.

'풍찬노숙', 아침이 나를 깨운다. 양치질을 이틀 동안 못 했더니 입에서 악취가 난다. 미니 가방을 찾아 양치 도구를 꺼낸다. 여행용 칫솔은 파란색이며 치약은 아주 작다. 물 한 병을 꺼내 두 모금으로 입을 헹구고 하천 뒤에 뱉어버린다. 다시 목적지를 향하여 거북이처럼 천천히 길을 나선다. 30킬로를 가는 것이 오늘의 목표이지만 그 목표를 달성하지 못해도 아무런 상관이 없다. 누구 하나 나를 터치하는 사람도 없다. 바쁘지도 않다. 급한 마음도 들지 않는다. 그저 자연과 벗 삼아 가면 된다.

60이 넘은 아줌마는 한복을 곱게 차려입고 터미널 쪽으로 부지런히 걸어간다. 사람 사는 냄새요. 인정이 넘치는 것이 마치 고향에 온 것 같다. 서울로 가는 버스는 큰 소리를 내며 달린다. 운전기사는 나에게 손을 흔든다. 이곳은 민간인이 살지 않고 밭이요, 논이요, 산들이 여기저기 누군가를 기다리는 것처럼 자리를 잡고 있다. 아침부터 바람이 불어 시원하고 좋다. 길거리에 서 있는 가로수들이 춤을 추고 천지 만물들은 살아서 제자리를 지키고 있다. 그러나 바람이 점점 세차게 불더니 나무가지는 꺾여 땅에 떨어져 바람 따라 뒹굴뒹굴 굴러가고 있다. '내 인생도 바람과 함께 뒹굴뒹굴 굴러가는 것인가!'

밤 9시 천안에 도착했다. 날씨도 쌀쌀하다. 도로가에 지나다니는 차 소리에 정신을 집중하지 않으면 사고가 발생할 수 있다. 스트레스도 받는다. 비도 내려서 온몸이 쑤시고 아프다. 약간 어지럽기도 하며 머리도 띵하다. 이것저것 생각하지 말자. 바로 눈앞에 보이는 스카이 모텔로 숙소를 정했다. 짐을 한쪽으로 정리하고 입고 있던 옷들을 다 벗고 욕조로 들어간다. 물이 펑펑 나온다. 세상에 다시 태어난 인생 같았다.

길을 따라 국토여행을 한다는 것은 죽음이라는 것을 알고 출발 했지만, 육체적 정신적으로 이렇게까지 힘든지는 몰랐다. 그러나 좋은 경험을 하고 있다. 많은 살얼음판을 지나오다 보니 얼마나 감사한지 모른다. 따끈따끈한 탕에 들어가 여유를 즐기니 그 옛날 추억들이 골수에 사무친다. 배가 고프다. 미각 속에 뭔가를 그리워하며 기다리고 있다. 출출한 배를 채우자.

오후에 편의점에 들러서 미리 사 놓은 컵라면과 삼각김밥을 먹는다. 꿀맛이다. 희로애락이 따로 없다. 벽에 걸려 있는 시계는 밤 11시 45분을 가리키는데 혼밥을 하는 이 남자는 세상을 다 얻은 것 같다.

다음 날, 짐 정리를 서둘러 하고 천안을 떠나가고 있다.

'또다시 찾아올 수 있을까!'

'우주와 만물을 창조하신 그분께 감사하노라' 하며 콧노래를 불러댄다.

조금 소리가 커도 주변 사람들은 들을 수 없어 신경 쓸 필요 조차 없다. 주변에 아파트들이 바벨탑처럼 세워져 서울 도시를 연상시킨다. 한 시간이 지나서 아산에 있는 현충사에 들렀다. 주변 경관이 푸르고 아름답다.

<그대의 숭고한 정신이 이 나라의 밑거름이 되고 당신의 흔적을 세계에 알리게 된 것은 오직 명예와 욕심 개인적 생활을 버리고 순국하는 정신이 수천의 적군을 물리칠 때 너무나 미약해서 어이할꼬! 외치다가 내가 죽고자 하면 살 것이요 내가 살고자 하면 죽을 것이라는 담력을 가지고 바람과 파도는 당신과 함께 군병이 되어 싸워준 바다의 물결이요. 나의 지혜는 곧 하늘의 지혜였음을 고백하노라. 마지막 일생을 마치고, 나의 죽음을 적들에게 알리지 말라. 묵묵히 꺼져가는 그의 생명을 보는 자들에게는 실망과 좌절뿐이었어라. 그러나 당신이 주신 교훈에 병사들은 끝까지 싸워 승리했노라.>

나는 이순신 장군의 흔적 중 난중일기를 보고 큰 감명을 받는다. 그가 일기를 쓰지 않았으면 하늘의 지혜를 받을 수가 없었고 오늘날의 무궁한 영광을 나타내는 대한민국이 빛날 수는 없다고 생각했다. 나는 입구에 걸려 있는 이순신 장군의 영정 사진을 보고 '당신은 위대합니다. 지극히 작은 자의 풍채가 세계를 덮는 큰 폭이 되어 몸채로 감쌌으니 나는 당신의 흔적을 보며 담력이 생기고 감동의 눈물로 하루가 갔습니다.'

나는 접었던 날개를 다시 펴고 송악면을 거쳐 광덕면까지 내려와 보니 늦은 밤이었다. 광덕에서 하룻밤을 보내야 한다. 노숙 자리를 찾는다. '어디서 잠을 자란 말인가, 또다시 이슬을 먹으며 하늘을 이불 삼고 바람을 등지고 자란 말인가.' 고민이 밀려온다. 바로 옆 초등학교에 들어가 차가 세워진 옆자리에 둥지를 튼다. 오늘 밤은 유난히도 찬바람이 불어온다. 비가 내릴 거 같다. 환경에 잘 적응하고 이겨야 한다.

가지고 온 텐트를 펴고 단단히 준비한 후 잠이 든다. 해가 떴다. 길을 나선다. '앞으로 몇 킬로를 갈까, 아니면 이 자리에 멈춰 들짐승의 밥이 될까?' 연약한 마음과 몸이 흔들리기 시작한다. '이대로 죽을 수가 있을까?' 괜찮다. 죽는 것은 불행이 아니다. 어디서 어떻게 죽던 삶의 철학이 분명하고 가치 있게 살다가 가는 것이 더욱 중요하기 때문이다. 죽고 나면 비참하게 죽었는지 억울하게 죽었는지 살아있는 사람만이 판단한다. 그러나 그 판단은 잘 못된 것이다. 죽는 것이 정한 이치다. 이 몸 바쳐 도보 여행하다가 이별한다는 것은 나에게는 값지다. 초코파이를 먹자. 콜라를 먹자. 에너지를 충전해야 갈 수 있다. 한 시간 가량 지나니 슈퍼마켓이 눈에 들어온다. 들어가서 김밥을 먹는다. 아저씨가 나와서,

"국물 좀 드세요. 몸이 불편한 것 같은데 서울에서 땅끝마을까지 국토여행을 한다니 대단하십니다. 나이가 들어 여행한다는 것은 힘든 것입니다. 젊었을 때는 혈기 때문에 도보여행이요, 장거리 여행도 두려움 없이 살아본 적도 있었습니다."

아저씨는 몸조심하라고 당부한다. 휠체어 뒤에 글씨를 보았나 보다. 살다 보면 나쁜 사람, 좋은 사람 각양각색의 인생들이 살고 있다. 그러나 많은 이들이 나에게 친구가 될 수는 없다.

"아저씨, 잘 먹었습니다."

"어디까지 가세요?"

"하루하루 가는 것에 의미를 두지요. 목표는 정해두지 않고, 가고 싶을 때 가고, 쉬고 싶을 때 쉽니다."

"편하고 자유롭게 여행하세요."

GPS가 자전거 도로를 알려주는 대로 천천히 따라간다. 아침 이슬이 영

롱하게 비춰온다. 풀잎이 향기를 내며 나를 향해 웃는다. 나는 들에 있는 식물에서 '비가 와도 원망하지 않고, 배가 고파도 누구에게 밥을 달라고 애원하지도 않고, 항상 변하지 않는 들풀이요, 꽃들이요, 나는 너처럼 살다가 이별했으면 좋겠노라.'

15킬로 이상을 더 간다. 온몸이 아프고 쑤신다. 시간은 나에게 말을 건네지 않지만 내 육체는 간절하게 애원한다. '쉬었다 가시오. 쉬었다 가시오. 쓰러져 흙이 되기 전에 그 청춘 쉬었다 가시오. 시간은 당신을 재촉하지 않습니다. 그래서 말이 없습니다. 지구가 돌고 있는 것뿐입니다. 그 지구에 따라 우리는 쉬었다 가는 것입니다.' 그러더니 내 입에서 '시절을 따라 들녘이 할 일을 하고 있네. 농부는 변함없이 땀과 함께 살아가네. 변하지 않는 땅을 믿고 60년을 살아왔네. 그래도 뼈만 남아 있는 늙은이가 젊은이보다 청춘이로다. 일하는 모습을 보니 애처로운 것보다는 멋있게 살았다고 외치고 싶네. 한참 모내기로 바쁜 시골 부모님들이여 당신들이 있었기에 내가 있고 국가가 있습니다.'

갑자기 비가 쏟아진다. 더 이상 갈 수가 없다. 동네 정자가 있어 그곳에서 잠시 비를 피해 숨어 들었다가 잠이 들었다. 어젯밤에는 몹시 힘이 들었나 보다. 숙박하면 편하고 좋으련만, 그러나 밥도 먹지 않아 당이 뚝뚝 떨어진다. 그것을 방지하기 위해서 영양을 조금씩 보충한다. 돈을 마음대로 쓰고 먹고 여행한다면 아무 의미가 없다. 쓰러지지만 않도록 에너지를 보충하면 된다. 주머니에 있는 핸드폰을 꺼내어 보니 한 시간 정도 졸았나 보다. 꿀잠이다.

'은혜와 기쁨이 충만하노라.' 삶이 헛되지 않고 값지게 살아가는 나 자신이 훌륭하고 대견스럽다. 식당을 찾는다. 가든에 들려 불고기 2인분을 시켜 정신없이 먹고 있다. 며칠을 굶어 허기진 배는 고기 냄새를 맡으니, 미각이 춤을 추어 정신없이 주워 먹었다. 배가 부르고 힘이 난다. 된장국에 밥 한 그릇을 말아 뚝딱 해치우고 뜨거운 물을 마신다.

"아줌마 계산이요?"

내 곁으로 온다.

"아줌마, 뜨거운 물 한 통 얻을 수 있나요?"

"네"

"날씨가 흐리니 싸늘한 바람이 불어오겠지요?"

"뜨거운 물을 자주 마시고 수면을 보충하세요. 서울에서 여기까지 휠체어를 타고 오신 것이 기적이네요."

"이것은 기적이 아니에요. 세월아 네월아 하면서 하루에 10킬로도 가고 때에 따라서는 20킬로도 가고 하지요."

"체력만 따라주면 재미가 있겠네요. 자유롭고 시간의 구애도 받지 않으니, 인간이 이렇게 사는 것도 자신을 시험해 보는 거지요."

"아줌마께서는 긍정적이시네요?"

말 한마디에 힘을 얻는다. 모내기하는 농부들이 오후 참을 먹고 있을 때 나이 지긋한 어르신이 나를 부른다.

"막걸리 한 잔 드시게?"

나는 염치없지만,

"감사합니다. 그런데 저는 술을 못합니다."

그러나 막걸리를 따라주면서 꼭 마셔야 한다고 한다. 한 잔을 먹고 나니 얼굴이 빨갛게 달아오른다. 얼굴뿐인가 온몸이 홍실이 되었다. 모내기하는 것을 구경하다보니 저녁이 온다.

"어르신, 이 동네는 여관이나 모텔이 없나요? 하룻밤 묵고 가야 할 것 같아요."

"여기는 없어. 읍내에 나가야 있지. 그러지 말고 저쪽에 노인정이 있으니깐 거기서 하룻밤 자면 돼. 내가 노인회장이야."

그는 머리를 올백으로 넘기고 백색 면류관을 쓰고 있다. 키는 162센티미터요, 허리가 40인치다. 목소리는 허스키하다. 나는,

"어르신, 목소리가 허스키한 것을 보니 노래를 잘하시겠어요?"

"좋아하지, 지금은 마음 잡고 열심히 농사 일을 하고 있지."

옆에 있던 아줌마가,

"말도 마요. 도박도 잘하지, 바람도 잘 피지, 술을 밤새도록 마셔도 취하지 않지. 동네 사람들은 꼼짝도 못 해요. 저 키에 씨름하면 청년들도 못 당한다니까요."

"그럼, 회장님이 대장이시네요?"

"아, 그럼, 대장이고 말고 내가 이 동네 대통령이야."

"아, 그러시군요. 하하하."

나는 노인회장님에게 고맙다고 3만 원을 건넸더니,

"왜 이래?"

"어르신 받으세요. 밥도 잘 얻어먹고 막걸리도 한잔하니 기분이 좋습니다. 호텔보다 더 좋은 숙박을 할 수 있어 감사합니다."

노인회장은 보일러를 틀어주고 뜨거운 물까지 사용할 수 있도록 배려해 주며,

"어이 젊은 선생? 보일러 조금 돌려야 해. 뜨거운 물도 잘 나오니 좀

씻고 푹 주무시게나."

밤 9시쯤이다. 방이 따뜻해 몸이 노곤해지며 피로가 풀리고 있을 때 동네 사람들이 노인정으로 들어온다. 청년회장, 부녀회장, 새마을지도자, 이장 등 유지들이 오신 것이다. 이 밤에 노인정에서 노래를 부르겠다고 한다. 부녀회장이 노래를 부르는데 가수 뺨친다. 옛날에는 서울에서 잘 나갔던 여자라고 한다.

한 시간 동안 노래 부르며 뜨겁게 몸이 달궈지는 것 같았다. 나는 잠을 잘 수가 없어 일어났다. 청년회장이 방문을 열더니 나에게 다가와서 어디서 왔냐고 묻는다.

"서울에서 왔어요."

"아니 서울에서 왔으면 모텔에서 주무셔야지 노인정에서 주무시나요?"

"죄송합니다."

"죄송하다니, 그런 말 하지 마세요."

숙박비를 내라고 한다. 어이가 없다. 10만 원을 요구한다. 나는,

"그렇게는 할 수 없습니다. 노인 회장님에게 전화해 보십시오."

그는 가지고 온 소주를 글라스에 따라 마시더니 느닷없이 나의 뺨을 친다. 사람들이 말리지만 소용이 없다.

"병신, 거지새끼가 어디서 굴러와서 싹수 없이 행동해?"

욕설을 퍼붓는다. 발로 찬다. 다른 사람도 나에게 욕설하고 옆구리를 걸어찬다. 얼굴이 예쁘장한 60대 아줌마는 술에 취해 나를 끌어안고,

"야, 나하고 연애 한번 하자."

하며 내 몸 구석구석을 만진다. 성추행을 하고 있다. 기가 막힌 일이다. 아줌마가 행동하는 시간에는 폭력은 사라졌다. 새벽 2시, 경찰이 와서 사람들을 다 데리고 나갔다. 함께 놀던 사람이 신고했나 보다. 노인회장이 들어와,

"선생님 어디 다친 데는 없습니까? 죄송합니다. 이렇게 될 줄 알았으면 읍내에 가서 숙박했어야 하는데 제가 실수했네요. 미안합니다."
"아니 괜찮습니다."
"그럼 잘 주무세요."

노인회장은 내가 머무르고 있는 방과 모든 문들을 단속한다.

"네, 회장님, 걱정하지 마시고 들어가세요. 저는 내일 일찍 가겠습니다."

아침 일찍 노인회장은 나를 찾는다.

"간밤에 또 무슨 일은 없었지요?"
"네"

나는 길을 떠나기 위해 준비하고 있었다. 그때 회장님은,

"아침밥은 우리 집에 가서 먹읍시다. 특별하게 준비한 것은 없으나 여행하는 사람은 늘 집밥이 그립습니다."

사양하며 그냥 가겠다고 했지만, 회장님은 끝까지 당신네 집에 가서 아침 식사를 하고 가라고 한다. 거부할 수 없어 순종하며 따라갔다.

아침을 해결하고 길을 나선다. 마음이 무너지고 허무하여 견딜 수가 없다. 그냥 병마에 싸우다가 이별을 했다면 더욱 좋았을텐데. 이 나이에 무슨 인생을 다시 살겠다고 길의 인생이 되어 고난 속에 무덤을 보고 있으니

차라리 이대로 죽는 것이 낫다고 생각한다. 갑자기 딸과 아들이 보고 싶어 온다. 이틀 후, 공주시에 도착했다. 많이 지쳐 있다. 서울로 돌아갈 수도 없고 이 자리에서 멈출 수도 없다. 병원에 입원하였다. 뒷날 퇴원하고 지구를 따라 그 원동력으로 나는 또다시 길을 가고 있다. 시간은 사람을 이리저리 흔들어 괴롭히지 않는다. 그러나 바람은 온 만물을 흔들고 괴롭히며 고통을 주지만 나는 바람이 자유로워 좋다.

도보여행이 며칠이 지났는지 알 수가 없다. 하루가 천년 같다. 내 몸이 에너지를 분산할 때까지 간다. 오는 길 가는 길 따라 꽃과 대화도 하고 들풀의 향기도 마시며 구름 꽃을 바라보며 푸른 하늘을 벗 삼아서 여기까지 흘러왔다.

나는 사람을 의지했기 때문에 마음의 상처는 쌓였고 그 아픔이 골이 깊어져 사람을 의지할 수 없어 멀리한다. 사람을 믿으면 고통이 시작되고 자연과 더불어 하루를 보내면 지혜를 얻는 것도 깨닫는 것도 많다. 이제는 나 홀로 왔으니 수학적 마음으로 시간을 보내지 말자. '목적도 뜻도 없는 내가 뭐가 그리 불안해서 생존의 떡을 기원했는가! 나는 자연이 주는 대로 먹자. 마시자. 바람이 불면 부는 대로, 푸른 초원이 춤을 추면 추는 대로 노래하리라.' 이렇게 묵도하는 시간 속에 공주 '들꽃문학관'을 우연히 만나게 된다.

『진리의 터가 자리를 잡고
시간이 지나간다.
그 흔적으로 말미암아
풀도 고개를 떨구고 세상으로 나왔네
꽃들도 그 이름을 가지고 찾아왔네

친구도 없고 반가워하는 자도 없는데

식물은 이곳에 자리를 잡았네

못된 심술쟁이도 늙은이도

잉태한 지 일 년도 안 된 아기도 찾아왔네

진실은 그대로 나타나지만,

거짓된 흔적도 여기저기 열매가 맺혀 있네

당신은 어릴 때부터 한국의 문학을 알았나요?

인연 속에 꽃이 피어 일찍이 한글을 알았고

그 학문이 당신을 아름답게 만들었습니다.

한세월 지나오면서도 진실은 당신의 몸속에서 피어나고

감동은 목마르지 않고 조금만 스쳐도 그 몸속에 이슬이 내리고

비가 오고 생수가 흘러넘치지요

당신의 지체는 흔적이 한 폭의 그림이 되어

그 자리를 잡고 있구려

그러나,

어린아이와 같은 깨끗한 마음이 나에게 감동을 주었고

희망찬 꿈을 가지고 다시 돌아갈 수 있노라

인연은 꽃이 피고 열매를 맺어 세상의 필요한 자들에게

하나의 도구가 되리라.』

나는 서울에서 길을 떠난 지, 열흘째 되는 날이다. 명성 모텔에서 하룻밤을 묵었다. 정신적 육체적 피로가 많이 겹쳤다. 열흘이 넘도록 방랑 생활을 했다. 일어나니 오전 10시 30분이다. 허기가 진다. 입이 짧은 나는 먹을만한 음식이 없다. 김밥도 라면도 떡도 잘 먹지 않는다. 그러나 이것저

것 따질 때가 아니다. 아무거나 닥치는 대로 먹어야 한다. 가까운 곳에 가서 국밥 한 그릇을 먹자.

부여 5일 장이 보인다. 시장으로 들어선다. 반 달씩 간판이 입구에 서 있다. 백제의 풍경이 있는 부여로 특화 거리라고 쓰여 있다. 낡은 간판이 세월을 말하고 있으나 특화 거리라고 하는 이름은 낯설지가 않다. 옷이요, 과일이요, 집에서 직접 만들어 온 따끈따끈한 두부, 밭에서 캐온 고구마, 땅콩, 토마토 등을 팔러 나오신 할매는 손가락 마디마디에 굳은 살이 박혀 있고, 꼬부라진 등은 수고의 대가를 말하고 있다. 지나다가 공중에 걸려 있는 바구니요, 대나무 싸리비가 가지런히 주인을 기다리고 있다. 그 모습은 할아버지가 집에서 겨우내 손수 만들었던 추억이 생각난다.

허름한 밥집에 자연스럽게 들어선다. 85세 된 할매는 식당을 50년째 운영하며 이 자리를 지키고 있다고 한다. 주방에는 양은냄비에 김치찌개가 가득 채워져 보글보글 끓고 있다. 두부, 김치, 마늘, 고추, 돼지고기, 양파 등 여러 재료가 녹으면 맛있는 음식이 탄생 되는 것이다. 사람도 사회의 빛과 소금이 되기 위해서 헌신하며 희생하는 마음이 있어야 한다는 생각이 화광충천한다.

부여는 백제왕릉원, 부여정림사지오층석탑(국보 제9호), 능산리 고분군 등 불교가 대한민국을 사로잡고 있었다. 나는 한국의 역사를 보면 머리가 아프다. 우리 민족이 겪은 역사적 비극 앞에 아픔이 서려 있고 그 흔적이 비참한 현실을 반영하기에 기억도 하기 싫다. 꼭 내 인생과 비슷하다. 충청남도 부여군 부여읍 부소산에는 삼국시대 백제의 의자왕과 관련된 바위 낙화암이 있다.

'내 혈육에는 백제의 꽃이 피고 물이 강하게 넘쳐흐르고 있다. 그러나 이 몸이 어찌 그대들의 손에 잡혀 내 혈육을 함께 한단 말인가, 차라리 이

강에서 죽는 것이 낫도다! 하면서 그대들이 입고 있는 치마폭에 얼굴을 감싸고 고기밥이 되고 말지언정 그대들의 밥이 될 수는 없다는 한들이 서리고 있다.'

군산에 도착했다. 옛 추억이 내 마음을 사로잡고 있다. 세상에 태어나서 한 번도 구경하지 못한 지역은 힘들고 고난 속의 꽃이 피어 나 여기 왔노라. 넓은 바닷가 살아 있으매 생명체는 요동치고 소망의 닻을 놓아 살아가는 어부들의 인생은 한낮의 태양보다 뜨겁다. 시장을 한 바퀴 천천히 돌고 있다. 여러 종류의 바다 고기들이 누군가의 배를 채우기 위해 있다. 바닷가의 냄새요, 악취가 진동한다.

'이것이 인간 장터란 말인가!' 나는 이성당을 찾았다. 한국에서 최초로 만들어졌던 단팥빵이라고 한다. 무려 80년을 이어갈 수 있는 것은 옛 추억이 대신하고 있었기 때문이다. 인생은 추억을 먹고 그리움을 사모하면서 산다고 한다. 그래서 옛 단팥같은 추억이 맴돈다. 나는 다른 지역으로 옮겨가기 위해 빵 5개를 사서 가방에 담는다. 예비 식량을 준비한다.

군산을 떠나온 지 사흘째 되는 날, 5시 25분에 전북 정읍에 도착했다. 이 고장은 아내의 친정집이다. 내가 아직도 아내를 못 잊어 하는지 나는 속일 수가 없다. 정읍에 들리지 않으려고 했는데 내 영혼이 이곳으로 이끌어 준 것이다. 뇌 속에는 그 옛날 이야기가 살아서 꿈틀거리고 내 육체를 이곳까지 이끌어 준 것 같다.

이곳은 사당이 많아 귀신들이 춤을 추고 재물로 바친 아들이 어머니의 영혼 속에 들어와서 장가 보내달라고 애원하며 무속인은 춤을 추고 아들의 한을 풀어주고 있다는 생각이 솟구친다.

나는 한참 돌아서 정읍 중앙길 쌍화차 거리를 돌아본다. 세종실록지리지와 신동국여지승람 등 옛 문헌에 정읍의 토산품으로 차가 기록되어 전해져 올 정도로 역사를 간직하고 있다.

'젊은 날의 생동하던 봄이었는가 연애하던 그대와 나는 차마루 집에 들어가 쌍화차를 마시면서 속삭였던 그 추억이 더욱 쓸쓸하게만 하는구나!' 한 잔을 입에 대니 그날의 생각들이 휙휙 지나간다.

15킬로를 달려 노령역 근처에서 휠체어가 삐그덕삐그덕 소리를 내며 중심 방향을 잡지 못하고 속도를 내지만 전혀 가지를 못하고 있다. 이상하다. 바닥에 앉아 확인해 보니, 오른쪽 앞바퀴에 펑크가 난 것이다. 이미 생각했다. 그러나 막상 상황에 닥치니 어떻게 해야 할지 막막하다. 공구를 꺼냈다. 앞바퀴의 나사를 풀려고 애를 썼지만, 손이요, 다리까지 힘이 없어서 지체의 중심을 잡을 수가 없다. 힘이 든다. 땀이 비오듯이 흐르고 있다. 300킬로를 왔으니, 펑크가 나는 것도 당연한 이치다. 지금까지 무탈 없이 온 것이 감사할 따름이다. 육체가 건강한 사람도 300킬로를 도보하게 되면 발이 부르트고 체력도 떨어져 쓰러질텐데 당연한 결과이다.

마음도 생각도 급하게 먹지 않고 천천히 세월 따라 오면서 여러 사람을 만나면서 '쉬었다 가시오. 배고픈데 물 한 잔 마시고 가시오.' 하는 자도 있었고 시간의 여유가 있어 성난 청년도 만나 폭력도 당하고 인격도 자존심도 저버리고 여기까지 온 길이 수월하지 않았지만, 중간중간 쉬었다 왔기 때문에 나는 체력을 견딜 수가 있었다.

홀로 길을 떠나면 새로운 사람들을 만날 수 있으니 행복하고 사귀는 미덕을 가질 수 있고 창조할 수 있는 자신감도 생겼다. 한참 땀 흘리며 휠체어를 만지고 있을 때 지나가던 용달차가 내 앞에 멈췄다.

"혹시 제가 도와드릴 것이 있나요?"

40대 남성이었다. 그는 얼굴이 새까맣고 털털해 보인다. 정을 나누는 풍성한 마음을 가진 그 사람은 구수한 목소리로 마음에 감동을 줬다. 내가 지금 천붕지통天崩之痛하고 있지만, 희망의 길이 있어 좌절이 아닌 기쁨이 충만해진다.

"감사합니다. 도와주십시오. 서울에서 등천리까지 왔습니다."

"와, 대단합니다. 나는 농촌에서 일하고 있지만 10킬로도 도보할 수 없습니다. 정신력이 인간의 한계를 말해주고 있군요. 육체가 건강한들 아무 소용이 있습니까? 정신력이 상실해 버리면 죽은 시체가 되고 마는군요. 어떻게 도와드릴까요?"

"바퀴를 빼주면 됩니다."

"그럼, 교환할 수 있는 여벌은 있나요?"

"네, 있습니다."

통째로 바꿨다. 30분도 안 되어서 사고 난 휠체어를 완벽하게 수리했다. 나는 40대 젊은 청춘과 30분이 넘는 동안 인생론을 이야기 했다.

"저녁 시간이 됐으니, 식사나 같이 해요?"

"아닙니다. 사장님께서 도와주지 않았다면 이대로 멈췄을 것입니다. 점점 어두워지는데 사람의 기척도 없는 낯선 지역에서 저는 노숙할 수밖에 없었을 것입니다. 그런데 얼마나 감사한지요. 수고비를 드릴까요?"

"무슨 수고비입니까? 당연한 일이고 서로가 간담상조하며 살아야 하지 않겠습니까? 여기서 5분 정도 가면 전북 제일교회 옆에 식당이 있습니다. 그곳에서 함께 식사하지요?"

식당에 들어가 두부전골을 시켜서 먹었다. 나는 감동의 눈물을 흘리며 식사비를 내려고 하는데 나를 말리며,

"아니, 됐습니다. 제가 냈습니다. 농촌에서 살지만 옛날하고 틀려서 중소기업의 수입은 됩니다. 오늘 밤은 어디서 주무시지요?"

"혹시 가까운 곳에 모텔이 있나요?"

"없습니다."

"아 그럼, 1인용 텐트를 치고 하룻밤 노숙하면 됩니다."

그는 한참 생각하고 나더니,

"죄송합니다만, 교회에 가서 주무시면 안 되겠습니까?"

"아휴 죄송해서요."

"선생님, 저는 교회 집사입니다. 모태신앙으로 자랐지요. 저희 아버지는 진실하고 정직한 모범 장로였습니다."

나는 그 말을 듣고 '신앙의 근본은 정신의 건강을 회복시킬 수 있다'는 사실을 깨닫는다. 그는 믿음 생활을 잘하고 있는 분이었다. 교회에 가보니 잘 꾸며져 있다. 목사님이 나오셔서 집사님의 말씀을 듣더니,

"당연히 도와드려야지요."

목사님은 50대 중반으로 보인다. 순수하고 깨끗한 선지자의 성품을 가지고 계신 분이었다. 아침 4시에 일어나서 목사님과 함께 새벽기도를 마친 후 식사를 하자고 사모님과 함께 왔다.

'만물과 우주를 창조하시며 주관하신 하나님 아버지, 이 시간에 주께서 주신 양식을 대접받습니다. 이 양식을 먹음으로 말미암아 살이 되고 피가 되어 에너지를 공급하여 주시옵소서. 이 시간에 간절히 기도하는 것은 몸도 불편한 하나님의 종이 300킬로를 여행 중에 있습니다. 종의 마음은 저희가 알 수 없습니다만 불가능한 일입니다. 그러나 우리 주님께서는 함께

동행하여 주시고 힘주셔서 종이 가는 목적지까지 무사히 갈 수 있도록 영육 간에 건강을 더하여 주옵소서. 종이 몹시 육체가 피곤하여 지쳐 있는 상태입니다.

독수리의 날개처럼 힘을 주시옵소서. 욕창이 생겨서 패혈증이 올 수 있는 일이 없도록 하나님께서 건강을 더하여 주시옵소서. 건강한 사람도 자신을 시험할 수 없는데 연약한 장애인 몸으로 자신을 시험하기 위해 여정 중에 있습니다. 그 여정을 포기하지 않도록 하시며 의욕과 자신감을 불태워 주옵소서. 우리의 힘이 되시고 능력이 되신 나의 하나님 아버지, 여행을 하는 이 여정에 종을 괴롭히는 원수 마귀 사탄들이 넘보지 않도록 피할 길을 주시고 오고 가는 길에 좋은 분들만 만나게 하여 주시고 그 목적이 완성될 수 있도록 주여 도와주시옵소서. 아멘.' 목사님은 기도를 하였다. 아침밥을 먹고 길을 나선다.

"목사님, 사모님 감사합니다."

"아닙니다. 우리는 하나의 도구에 불과한 것입니다."

목사님은 나에게 하얀 봉투를 건넨다. 깜짝 놀랐다. '시골에서 무슨 돈이 있다고 나에게 준단 말인가!' 나는 안절부절못하며 교회에서 숙식을 제공받은 자체가 후회스럽다. 그냥 길을 떠나 노숙했으면 좋았을 텐데… 정신적 육체적 고통이 밀려온다. 사람은 대접받는 것보다는 대접하는 것이 복의 근원이다. 30분 동안 실랑이 하다 봉투를 받고 말았다.

"목사님 그럼, 잘 쓰겠습니다."

"당연하지요."

사모님은 시골 분이 아닌 것 같았다. 머리는 검은빛에 단발의 생머리였다. 상의는 하얀 블라우스를 입고 있으며 운동화를 신고 있었다.

"그럼 물러가겠습니다. 큰 대접을 받았습니다."

교회를 나와 30분이 지나자 갑자기 배가 아프기 시작한다. 비상약을 꺼내어 먹고 한참 동안 기다리고 있다. 묵상한다. '혹시 내가 밥을 잘못 먹었나, 아니면 부담 때문에 챘을까!' 나는 원래 신경이 예민하고 낯을 많이 가린다. 타인에게 대접받는 것을 아주 싫어한다. 그러나 나그네 인생길이 되었으니 대접을 받을 수밖에 없는 상황이다. 돈봉투 10만 원을 받고 하룻밤을 숙식하였고 음식 대접도 두둑이 받고 나니 정신적인 압박을 받은 것이다.

이런 부담을 받지 않는 것이 나의 철칙이며 삶의 철학이다. 그러나 내 주변 사람들은 고질적인 병이며 자존심이라고 한다. 이제는 버려야 한다. 그래서 나 홀로 길을 떠나 낯선 타지에서 시간을 보내며 자유를 찾아 자신을 연단하며 훈련하는지도 모른다. 여행 떠나는 목적은 단 하나, 자신을 분골쇄신하며 불사신이 되어 다시 거듭난 삶을 살고 싶다는 것이다. 누군가는 나에게 말한다. 이제는 나이도 70이 다 됐으니, 자신의 여생을 돌아보며 공생활 속에서 이별하는 생각을 가지고 사는 것이 근원이라고 말한다. 그렇다. 그 말은 어쩌면 맞는 말이다. 죽을 준비를 하는 것은 지혜로운 사람이다. 나는 지금 죽을 준비를 하는지도 모른다.

약을 먹어도 배 속에서 부글부글 끓고 있다. 그러나 어디로 가서 배변을 볼 수도 없다. 기저귀에다 그대로 설사하고 말았다. 산속 길목에 들어선다. 기저귀를 빼내고 물티슈로 뒤처리하고 나서 새 기저귀로 갈아 착용한다.

'자, 다시 힘을 내자. 아직도 갈 길이 멀다.'

에너지가 소진되지 않고 자신이 생긴다. 도보여행은 매력이 있다. 처음 보는 사람을 만나 인간의 감정을 소통하고 그 감정 속에 정을 나누며 사랑의 꽃이 피어 행복을 말하고 있다. 내비게이션를 보니 6킬로 지점에 자동차 정비소가 있다. 30분을 가야 한다. 들녘마다 그림 한 폭이 걸려 있고 하늘은 그림을 구경하고 있다. 농부가 뿌려놓은 씨앗은 철을 따라 잘 완숙되어 있다. 보리를 베는 기계로 거둬들이는 첨단과학이 농부의 손이 되고 힘이 되니 세상은 변해오고 있다. 그러나 순수하고 정 많던 사람들은 사라지고 악한 사자로 변해가는 시대 속에 된장국 끓여놓고 이웃집을 불러대는 사촌 형제들이요, 인간은 나눔 속에 행복을 만들어 가는 것이다. 어느새 내비게이션은 내가 가는 '목적지까지 도착했습니다.' 라고 말한다. 나는 자동차 정비소에 들어가서,

"선생님, 수고가 많습니다. 저는 서울에서 출발해 도보여행하는 중인데 휠체어 바퀴에 펑크가 나서 여기까지 왔습니다. 혹시 때워줄 수 있나요?"

한참을 생각하더니, 전동휠체어에 가까이 와서 살펴본다. 망치로 타이어를 툭툭 치더니,

"아저씨, 펑크는 나지 않았습니다."
"네, 맞습니다. 그러나 교환한 타이어가 있습니다. 이것을 때워야 합니다."

고개를 갸웃갸웃한다. 돈이 안 되고 시간만 걸리고 처음 하는 일이라 그대들의 전공이 아니어서 그럴 수도 있다. 사정해 본다.

"대인기피증이 있어 삶의 의욕을 잃어 두문불출하고 살았습니다. 매일 자살 기도를 했습니다. 살아야 할 이유가 없다는 판단에 죽음을 생각했던 것입니다. 그러나 죽음은 하늘이 있으니 내 마음대로 되지 않더군요. 그래서 여행하는 중입니다. 이 여행은 눈이 부시고 마음이

기쁘고 행복한 시간을 보내기 위해서 하는 것이 아니고 하루하루 가고 오는 길은 나의 운명이고 일이라 생각하고 있습니다. 선생님 조금 부담스럽지만, 펑크를 때워주시면 큰 원동력이 될 수 있습니다."

듣고 있던 정비사는 함께 일하는 친구를 부른다.

"석 기사, 이 타이어 떼울 수 있어?"

"네"

때워준다. 물통에다 타이어를 푹 담가보더니 새는 곳이 없다.

"과장님, 다 했습니다."

과장은 타이어를 나에게 가져다주며 휠체어 뒤에 잘 얹어준다. 얼마냐고 물었더니,

"괜찮습니다."

"과장님 감사해요."

강퍅했던 나의 마음속에 단비가 내리고 있다. 가는 곳마다 대접받고 있으니 살아야 할 소망이 충만해진다. 노령역에서 광주까지 50킬로 이상 거리다. 그러나 광주를 생각하면 트라우마가 생긴다.

'40년 전, 광주 갱생원에서 지하실로 끌려가 알몸으로 매를 맞고 죽을 뻔했던 적이 있었다. 갑자기 불안해진다.'

길이 있으나 보이지 않는다. 육체도 정신도 고갈되어 가고 있다. 에너지가 있다면 길도 보이고 가는 길이 쉽게만 느껴질텐데 짧은 거리에도 멀게만 느껴지고 자신감이 떨어진다. 거리를 계산해 보면 5일은 도보해야 할 거리다. 이곳 입암면에서 멈추고 싶다. 하루를 쉬어도 느낌이 없다. 이제는 피곤함이 극에 달한다.

속도의 개념을 버리고 시간의 구애를 받지 않고 여기까지 오다 보니 등천리, 신월리, 장안리 등 15개 리를 지나 월정리에 도착했다. 생각보다 긴 시간이 내 지체를 사로잡아 버렸다. 넘어지고 쓰러진다. 내 육체의 속살은 욕창이 되어 패혈증에 걸리기 직전이다. 2주 동안 걸려 월정리에 도착해 있다. 끊임없이 물을 마시고 왔건만, 한계에 도달한다. 양지식당에 들어가려고 하니 계단이 있다. 가나안을 바라보는 모세의 신세가 되고 만다.

　　"아줌마, 식사해야 하는데 안으로 들어갈 수 없습니다."

　　"왜요? 들어오시면 되지요."

　　"제가 걸을 수가 없어요."

　　"아, 그래요. 제가 착각했습니다."

　　아줌마는 식당에 있는 남자들을 불러댄다. 5명이 휠체어를 들고 어렵게 들어선다. 김치찌개를 시켰다. 나는 김치찌개는 맵고 짜기 때문에 먹지를 않는다. 그러나 맵고 짠 음식이 시각에서 당긴다. 계란말이를 시켜서 단백질 보충을 하였다. 갑자기 머리가 핑 돈다. 그러나 쓰러지지 않기 위해 탁자를 붙들었다.

　　주변사람들이 119를 불렀다. 구급차가 도착해 보조 들것에 나를 싣고 차에 태운다. 휠체어는 싣지를 못한다. 혈압을 재보더니 저혈압이 심해 빨리 이송해야 한다고 한다.

　　"휠체어는 나중에 생각하세요."

　　식당 주인에게 부탁하고 광주 기독교 병원 응급실로 들어간다.

　　의료진은 정신없이 나를 여기저기 만져본다.

　　"그동안 뭐 했습니까?"

대답이 없다. 링거를 꽂고 안정을 취한다. 응급실에서 하루만에 일반실로 옮겨왔다. 담당 주치의는 나에게 묻는다.

"여기까지 이 몸으로 어떻게 오시게 되었나요?"

"도보여행하는 중입니다. 제가 지금은 하는 일이 없고 하루가 길고 힘들고 지루해서 불안한 마음이 나를 사로잡습니다. 이길 수 있는 에너지를 충전시키고 세상에 다시 태어나 깨끗하고 아름답게 사는 것이 제 남은 삶이며 운명이라고 판단했습니다."

주치의는,

"사정은 충분히 이해하겠습니다만 300킬로가 넘게 도보여행한다는 것은 불가능한 일입니다. 죽을 수도 있습니다. 육체가 건강한 젊은이들도 시도조차 못 하는데 연세가 드신 환자께서 이 시간까지 모험한 것은 이것으로 충분합니다. 더 이상 무리하지 마세요."

하루 만에 퇴원하려 했으나 욕창이 생겼고 영양도 부족해 면역력이 떨어지고 잘못하면 정신적으로도 불안감이 있는지 안정을 취하라고 한다. 3일째 되는 날이었다. 나는 몸이 조금씩 회복이 되고 기력이 생긴다. 혈색도 돌아왔다. 주치의는,

"컨디션은 어떻습니까?"

"좋습니다."

"얼굴을 보니 많이 괜찮아진 것 같습니다."

의사는 말이 끝나자 돌아간다. 점심을 먹고 있을 때 전화벨이 울린다.

"여보세요?"

"네, 작가 선생님 안녕하세요?"

"누구시죠?"

"도보여행 중 곤지암 식당에서 식사하셨죠?"

"네네, 기억납니다. 아이고 안녕하셨어요?"

"바쁘신데 전화를 다 주셨네요."

"네, 다름 아니라 주신 책을 읽고 감동했습니다. 작가님, 지금은 어디쯤 가고 계세요?"

"네, 전라도 광주까지 왔습니다."

"어휴, 대단하시네요. 어디 불편하신 곳은 없어요?"

"사실은 병원입니다."

"네?"

"여기는 광주기독병원이에요."

"어머나 세상에⋯ 왜 병원에 계세요? 어디 아프세요? 혹시 사고라도 났나요?"

수화기 너머로 정신없이 묻는다.

"그건 아니고, 체력이 고갈되어 입원해 있습니다. 곧 퇴원합니다."

"아무튼 몸 관리 잘하고 계세요."

"네네, 감사합니다."

그녀와 전화를 끊고 나니 '언제 이 여자를 만났나!' 오랜 연인 같은 생각이 든다. '혹시 그 옛날 나의 스폰서였나! 한때는 나도 잘 나갔었는데⋯' 이제는 나무껍질이나 풀뿌리를 뜯어 먹고 사는 인생이다. 그러나 개똥밭에 굴러도 저생보다는 이생이 더 즐거운 전분세락轉糞世樂이라 생각하니 희로애락일세.

다음 날 오전 10시경, 긴 파마머리에 푸른 하늘색 원피스를 입고 높은 힐을 신은 왠 여성이 내 앞에 서 있다. 누군지 모르겠다. 그녀는 과일 한 바구니와 영양 주스를 들고 있다.

"안녕하세요? 저 누군지 아시겠어요?"

"글쎄요."

"어제 통화했던 곤지암 식당이에요."

"아네, 그런데 어떻게 오셨나요?"

"작가님은 나에 대해 전혀 모르지만 저는 잘 알고 있습니다."

환자복을 입은 채 머리는 새집을 짓고 수염은 한 달 동안 깎지 않아 소도둑놈같이 생긴 내 모습을 그녀에게 보여주는 것이 어쩐지 자존심을 상하게 하였다. 그러나 '이것이 운명의 만남일까!' 현실을 직시하며 반갑게 맞이한다. 그녀는 핸드백에서 면도기를 꺼내 수염을 깎아준다. 수건에 뜨거운 물을 묻혀와 얼굴도 닦아주었다.

"우리, 잠깐 밖에 나가실래요?"

"아니, 이 꼴을 하고 어딜 나가요?"

나는 꿈인지 생시인지 어리둥절하며 뭐에 홀린 것 같이 환자복을 입고 있는 그대로 따라나선다.

"작가님, 점심시간이 좀 이르니 저쪽 커피숍에 가서 시원한 아메리카노 어때요?"

"네, 그러세요."

병원 안 커피숍은 테이블마다 작은 의자들이 줄지어 있다.

"우리 한갓진 데로 가요"

그녀는 커피 두 잔을 들고 내 곁으로 온다. 세련된 여성이다. 또닥또닥

발걸음 소리는 경쾌하고 가볍다.

"작가님은 달게 드셔야지요?"

"어떻게 제 취향을 아세요?"

"여행을 하는 사람은 당이 떨어지면 안 되니까 주로 단 것을 먹어줘
야 하지요."

"센스가 있으시네요."

그녀의 말 한마디가 내 마음을 사로잡았다.

"자녀들은 몇 명이에요?"

"딸 하나 있어요."

"출가 했겠네요?"

"네, 했습니다."

"남편은 뭐하세요?"

한참 침묵 속에 잠겨 있더니, 그녀의 얼굴은 검은 안개가 피어오르고 있
다. 그러더니 입술이 살아서 움직인다.

"남편은 죽었습니다."

"네? 언제요?"

"35년 됐습니다."

"그럼, 여태 혼자 살고 계시나요?"

"네"

"아니, 젊은 청춘의 세월을 어떻게 보냈어요?"

"저는 남자한테 질렸어요."

"상처가 있나요?"

"네, 남편이 결혼하자마자 바람을 피우고 다녔지요."

"남자들은 한 번씩 그런 때가 있습니다. 그러면서 사업도 하는 것이지요. 남편은 옛적에 무슨 일을 했나요?"

"정수기 사업을 했어요."

"30년 전에 정수기 사업을 했다면 미래를 보는 사람입니다."

"남편이 돈을 많이 벌었어요. 그래서 곤지암에다 땅을 사 놓았지요. 그러면 뭐해요. 까딱하면 지방 출장이요, 해외 출장을 다녔고, 모임도 많아 술로 시간을 보냈지요. 가정은 돌보지도 않았어요."

"여사님이 어느 정도는 이해하셔야지요."

"어린 나이에 한 남자를 만나서 순결을 바치고 살았습니다. 그러나 남편은 가뭄에 콩 나듯 집에 들어와서 폭력을 일삼았고 시어머니는 '네가 잘하면 너 남편이 왜 밖으로 돌겠냐?'하면서 구박이란 구박은 다 하며 밖으로 나가지도 못하게 해 집안에서 가사일만 전념했습니다. 남편은 거래처 회장 부인과 눈이 맞아 바람피우다가 덜미가 잡혀 쥐도 새도 모르게 두들겨 맞고 고문도 당했고 그 후유증으로 병원에 입원하게 되었지요.

그때 알지도 못하는 여러 명의 여인들이 병문안을 오더군요. 바람피고 사는 것은 알았지만, 많은 여인들을 거느리고 살았는지는 차마 몰랐어요. 그러다가 남편이 죽고 홀로 30년이 넘도록 생과부로 살아왔습니다. 모든 것을 정리하고 곤지암으로 온 지가 3년밖에 안 됩니다. 시간을 보내기 위해 잠시 알바했던 것입니다. 작가님, 저는 딸이 있지만 그 딸은 제가 낳은 딸이 아니고 남편이 밖에서 데리고 들어온 딸이지요."

"그럼, 여사님이 낳은 친자녀는 없나요?"

"하늘을 봐야 별을 따지요. 그동안 지옥 속에 허덕이며 살았습니다. 그 시기에 <나는 서울의 거지였다> 소설책을 읽었죠. 큰 힘이 되었어요."

"아, 그래요. 여사님 제가 말씀을 듣고 보니 어떻게 해야 할지 모르겠습니다. 여자는 사랑을 받고 살아야 하는데 지금까지 홀로 계셨다니 마음이 아픕니다."

"인생은 고난의 연속이에요."

그녀는 과거와 현재를 이야기하며 눈물을 소리없이 흘리고 있다. 나는 티슈를 건네준다.

"여사님, 요즘 생활은 어떻게 하십니까?"

"친정의 유산과 남편이 남겨 놓은 재산이 있어서 사는 대는 지장이 없습니다."

"그럼, 원래 잘 사셨나요?"

"네, 친정집이 좀 살았어요."

그녀는 핸드폰을 본다.

"어머, 벌써 시간이 많이 지났네요. 식사하러 가시죠?"

"네"

"병원 내에는 먹을만한 음식이 없어요."

"그냥 간단하게 먹으면 돼요."

설렁탕을 먹는다. 나는 그녀에게,

"설렁탕은 드시지를 않았을 텐데… 잘 드시네요."

"나이가 몇 개인데요? 세월이 가면 입맛도 변하더군요. 지금은 가리는 거 없이 잘 먹습니다."

"그만큼 고생을 많이 했다는 증거입니다."

나는 식사를 마치고 병실로 돌아왔다.

"여사님, 이제 집으로 돌아가셔야지요?"

"언제 퇴원하시나요?"

"이틀 후에 퇴원할 것 같습니다. 욕창 치료도 거의 끝났고 몸 회복이 됐으니 얼른 나가야지요."

"그럼 퇴원할 때까지 병원에서 함께 있어요."

"아니에요, 제가 부담스럽습니다."

"작가님, 걱정하지 마세요. 저에게 도울 수 있는 시간을 주세요. 이렇게 만난 것도 인연이잖아요. 퇴원하시는 것 보고 저도 올라가겠습니다."

나는 퇴원할 때까지 그녀의 섬김을 받으며 편안한 마음으로 병원 생활을 마쳤다.

우리는 장애인 콜택시를 타고 광주 명소인 사직공원 전망 타워를 찾아갔다. 멋진 구조물이 인상적이다. 4층 전망대에 올라 광주의 전경을 한눈에 볼 수 있었다. 하늘은 넓고 푸르고 광주 전체를 감싸고 있다. 지상은 드문드문 빌딩이 서 있고 아파트들이 자랑을 일삼고 무등산 전경이 사람의 마음을 사로잡는다. 그러나 빈곤의 생활들이 마음을 아프게 한다.

"여사님, 여기까지 온 길에 이 근처 우일선 선교사 사택도 둘러보지요."

광주의 역사를 보기 위해서 우일선 선교사 사택을 찾아가기로 하였다. 우리는 그곳에 도착해서 주변만 둘러보고 선교사가 살았던 흔적들은 볼 수가 없었다. 그러나 사진을 보고 있노라니 선교사는 털털한 옷차림 그 자체였다. 구경할 수 있는 데까지 주변을 돌아보았다.

『황무지 같은 광주 지역 빈곤 속에 허덕이다 생존을 끝마치고 그 남아있는 인생들도 병마에 죽음으로 가고 있었지.

이곳은 사람이 살아야 할 환경이 조성되지 않고 사막의 바람만 불어 생명은 존재할 수가 없었다네. 광주 일대뿐만 아니라, 산골 굽이굽이 들어가면 풀을 뜯어다가 삶아 먹고 보릿재를 떡으로 삼아 생명을 연장했지.

그날이 불모지 같았어라.

생명이 시체가 되어 짐승의 밥이 되고 있었어라.

한 국가를 회복하기에는 소망이 전혀 없던 빈곤이 춤을 추었네.

미국 젊은 선교사가 이역만리서 찾아와 면역이 없는 병마에 시달려 해골만 남아있는 생명들을 살려보겠다고 사명에 불이 탔고, 눈을 떠 살아야 한다라는 절실함은 있으나 볼 수도 없고 느낄 수도 없고 표현할 수도 없는 언어도 장벽이 되어 사면초가 되었다네.

한국 땅에서 한글을 가리키며 언어를 구성하며 소통할 수 있는 열쇠가 온누리에 가득차게 하였노라.

수많은 사람들이 찾아와 구원救援이라는 사명 속에 한세월을 보냈건만, 선교사는 외로움 속에 묻혀 육체는 마른 흙이 되어 부서지고 바람에 날리는 외로움을 달래기 위해 은단풍나무를 고향에서 가져와 터를 만들어 심고 달래며 소통할 수 없는 은단풍나무와 선교사는 소통하고 있었다.

선교사들은 병원이요, 학교요 일터를 만들어 교육을 창조적으로 육성해 가는 사명은 그 흔적 속에 아직도 불타고 있다.

한국이여 살아서 땅과 하늘을 바라보아라.

100년 전, 그 시절을 생각하면 나라를 잃어버렸던 백성은 길이 없고,

갈 수도 없어 그 자리에서 멈춰버렸노라. 그날을 회고하고 감정의 물결이 넘치는 사람들이 되었으면 좋겠노라. 그러나 배가 불러 그날을 기억하지 못하고 맹수가 되어 피의 물결이 한강 물이 되었노라. 이제는 회개하고 돌아와서 그 자리에 둥지를 틀고 사랑의 꽃이 피었으면 좋겠노라.』

그녀의 자동차가 있는 병원 주차장으로 다시 돌아갔다. 나는 그녀가 타고 온 벤츠 600을 볼 수밖에 없다.

"우리, 이제 여기서 헤어지지요?"

그녀는,

"그렇게 할까요? 며칠 동안 너무 즐거웠어요. 다음에 또 뵙지요. 무슨 일 있으면 연락 주세요."하더니, 그녀는 나에게 카드를 건네준다.

"이건 뭐예요?"

"현금 카드에요. 길거리에서 주무시지 말고 시간 맞춰 식사도 하고 호텔에서 편히 쉬기도 하세요."

"아니, 이건 좀 지나치네요."

"아닙니다. 제 마음이 움직이는 대로 행동하는 것이 얼마나 행복한지 몰라요. 제가 작가님 펜이잖아요. 그리고 존경도 한다고요. 너무 감사해요."

다시 장애인 콜택시를 부른다. 그녀는 나주까지 같이 갈 테니 그곳에서 만나자고 한다. 거기서 식사하고 호텔을 잡아주고 편히 자는 것을 보고 그녀는 돌아갔다.

아침에 일어나니 노란색 메모지 한 장이 나를 기다린다. '짧은 시간이었지만 이 여인은 행복했습니다. 작가님이 피곤함에 지쳐 잠든 모습을 보고 저는 곤지암으로 돌아갑니다. 돌아오시는 그날까지 몸조심하세요.'

설레는 마음을 주체하지 못한다. 연약한 사람이 도보여행을 완수했다는 정신이 화광충천하였다. 나는 조금 더 빨리가고 싶었다. 10킬로만 더 가면 해남 땅을 밟는다. 불가능하다는 압박감으로 포기하고 목적 없이 왔건만, 처음 생각했던 목표가 달성됐으니, 자신이 대견스럽고 아직도 더 살아야 하고 그 삶은 운명이 있다고 하는 사실을 깨달았다. 그러나 교통사고가 났다.

<강진군 성전면에서 출발해 전남 해남군 계곡면 선진리를 넘어가던 중 7월 15일 오후 6시 반쯤 사고가 나 논두렁으로 굴러떨어져 기절하고 만다.>

나는 아직도 잠에서 깨어나지 않고 있다. 피의자가 신고해 경찰이 와서 앰뷸런스에 싣고 해남 종합병원 응급실로 들어간다. 옛날 함께 했던 지인들이 찾아왔다.

"행님, 행님 억울함을 우리가 풀어드리겠습니다. 이 새끼들은 갑절로 응징해야 합니다."

"괜히 언론에 손대다가 독박을 쓸 수 있어. 조심해야 해. 이젠 모든 것을 포기하고 조용히 살고 있는데 찾아와서 문제를 일으킨다는 말이야?"

"아닙니다. 포기했다고 하지만 마음속에 응어리는 풀어야 하지 않습니까? 그때 상처 때문에 늘 고통을 당하고 세상을 포기해야겠다고 생각하고 있지 않습니까? 그냥 놔둬서는 안 됩니다."

"야, 그럼 어떻게 하려고?"

"다이너마이트를 300개 제작하고 휘발유 한 통만 준비하면 됩니다."

그들은 조직을 세우고 여의도 일대에 불바다를 만들겠다고 계획을 세운다. 아주 구체적으로 결성하고 있다. 일단은 허위유포한 이 씨, 황 씨, 지 씨, 김 씨 등을 잡아다가 고문해 100배의 고통을 준다. 그때 당시 박검사, 김 재판장, 윤 판사, 변호사 등 칼로 찌르고 그 집에 찾아가 불을 지르고 그것도 성에 차지 않아 방송국 PD들을 이 잡듯 잡아 쥐도 새도 모르게 죽이고 방송국도 휘발유를 뿌려 새벽 3시에 불을 지르고 만다. 그러고 나서,

"행님, 한을 풀었습니다. 이제는 억울하게 생각하지 마세요."

6개월 후, 형님 동생하던 전과 10범 조흥철은 구속이 되고 만다. 한승주는 천국을 갔다 왔다. 황금마차를 타고 예수님과 동행하며 금·은 면류관을 쓰고 있다. 나는 5일 만에 죽음에서 깨어났다. 그러나 꿈이었다.

해남 종합병원에 누워 있었다. 다행히 크게 다치지 않았는지 상처는 보이지 않는다. 주치의가 온다.

"의사 선생님, 제가 다친 곳은 없는 것 같은데 5일 동안 꿈속에서 헤매고 천국과 지옥을 오르락내리락 했습니다."
"정신적 충격을 받으면 그럴 수도 있습니다. 일단은 깨어나서 다행입니다."

병문안을 많이 왔다가 갔는지 병실에는 과일과 음료수로 가득 차 있었다. 활동지원사는 어떻게 알고 왔는지 내 옆에 있었다.

"누가 연락했나요?"
"경찰한테 연락이 왔습니다. 깜짝 놀라 한걸음에 달려왔어요. 사경을 헤매고 계시는 모습을 뵈니 다시는 못 뵐 줄 알았습니다. 천만다행이에요."

활동지원사는 내 손을 꼭 부여잡고 흐느끼며 운다.

"왜 울어요? 천국 보고 왔구만, 황금마차를 타고 영광의 면류관을 쓰고 예수님 우편에 있으면서 왕노릇 했습니다. 그곳은 낙원이었습니다. 금은과 보석 12가지 빛깔을 발하고 있었습니다. 시기, 질투, 사망도 없었습니다. 그곳은 사랑이요 기쁨만이 충만한 곳이었습니다."

한참 이야기가 무르익을 때 병실에 있는 시계는 오후 2시였다. 경찰관이 찾아온다.

"으매, 이제서야 깨어났당께."

전라도 사투리에 구수한 말솜씨로 치료를 잘 받으라고 한다. 경찰관이 나간 뒤에 보험사 직원이 찾아온다.

"많이 놀라셨지요? 기적이에요. 영원히 깨어나지 못할 줄 알았어요. 빨리 회복하세요. 사고 낸 차가 다행히 보험을 잘 들어놓아서 병원비는 걱정 안 하셔도 됩니다."

20년 동안 잊고 살았던 아들, 딸이 보고 싶고 그립다. 어디서 잘 살고 있는지, 우리 아이들은 결혼은 했는지 여러 가지 생각들이 주마등처럼 지나간다. 나는 초심으로 돌아간다. 무슨 일이든 다 할 수 있다. 불꽃처럼 타오른다. 나는 활동지원사의 도움을 받으며 병원 생활을 마치고 서울로 돌아왔다. 다시 개척하며 죽어가는 생명들을 살리는데 촛불이 되기를 꿈꾸며 설계하며 계획을 세운다. 내 평생 동안 살아온 길, 삶의 체험으로 다시 일어나 함께 걸어가자 외친다.

<다음 편으로 이어 집니다.>